Kelley Armstrong, née en 1968, est canadienne. Elle a publié douze romans à ce jour, la plupart situés dans l'univers que les lecteurs ont découvert avec *Morsure*, qui remportent un succès étourdissant aux États-Unis et en Grande-Bretagne. Son œuvre se place dans la lignée d'Anne Rice et Laurell K. Hamilton.

Du même auteur, chez Milady :

Femmes de l'Autremonde :
1. *Morsure*
2. *Capture*

Du même auteur, aux éditions Bragelonne :

Morsure
Capture
Magie de pacotille
Magie d'entreprise

Kelley Armstrong

Capture

Femmes de l'Autremonde – 2

Traduit de l'anglais (Canada) par Mélanie Fazi

Bragelonne

Milady est un label des éditions Bragelonne

Cet ouvrage a été originellement publié en France par Bragelonne.

Titre original : *Stolen*
Copyright © 2003 by Kelley Armstrong

© Bragelonne 2008, pour la présente traduction

ISBN : 978-2-8112-0271-2

Bragelonne – Milady
35, rue de la Bienfaisance – 75008 Paris

E-mail : info@milady.fr
Site Internet : http://www.milady.fr

À ma mère, qui m'a acheté mon premier journal intime
et a tenu à ce que je le remplisse.

REMERCIEMENTS

À mon agent Helen Heller, ma faiseuse de miracles.
À Sarah Manges de Viking US, qui se met toujours en quatre pour moi.
À Anne Collins de Random House Canada, pour ses conseils formidables.
À Antonia Hodgson de Time Warner Books au Royaume-Uni pour m'avoir soutenue depuis le début.
À Bev Irwin pour ses conseils professionnels sur les détails d'ordre médical.

Et enfin à ma famille, pour m'avoir toujours laissé me retirer tranquille dans mon donjon d'écrivain et m'avoir pardonné de leur montrer les dents quand ils y faisaient intrusion.

PROLOGUE

Il détestait la forêt. Ses niches omniprésentes de ténèbres et d'humidité. Son incessant fouillis d'arbres et de buissons. Son odeur de pourriture – végétation en décomposition, cadavres d'animaux, tout ici était mourant, même les créatures vivantes qui chassaient sans relâche leur prochain repas, et que chaque échec rapprochait lentement de la mort. Bientôt, son corps, enterré ou abandonné aux charognards qui retarderaient leur fin un jour de plus grâce à la sienne, souillerait l'air d'une puanteur supplémentaire. Il allait mourir. Il ne l'envisageait pas avec la résolution obsessionnelle des suicidaires ni le désespoir total des condamnés, mais la simple résignation d'un homme qui se sait à quelques heures de quitter ce monde pour l'au-delà. C'était ici, dans cet enfer humide et puant, qu'il allait mourir.

Il ne cherchait pas la mort. Il aurait préféré l'éviter. Mais c'était impossible. Il avait pourtant essayé, planifiant son évasion pendant des jours, économisant son énergie, se forçant à manger, à dormir. Puis il s'était échappé, à sa propre surprise. Il n'avait jamais vraiment cru y parvenir. Bien entendu, sa fuite n'avait que l'apparence de la réussite, tel un mirage miroitant dans le désert, sauf que c'étaient les ténèbres et l'humidité, au lieu du sable et du soleil, qui remplaçaient l'oasis. Il s'était échappé du centre pour se retrouver dans la forêt. Toujours plein d'espoir, il avait continué à courir. Mais il n'était allé nulle part. Ils arrivaient à présent. Ils le pourchassaient.

Il entendait le chien aux abois, sur sa piste. Il devait exister des moyens de le tromper, mais il ignorait lesquels. Citadin depuis toujours, il savait comment passer inaperçu en ville, devenir invisible au milieu de la foule, adopter une apparence si médiocre que les gens pouvaient le regarder bien en face sans le voir. Il savait comment saluer les autres résidents de son immeuble, yeux baissés, bref signe de tête, aucun échange de paroles, si bien que personne ne savait réellement qui occupait le 412 : était-ce le couple âgé ? la jeune famille ? la femme aveugle ? Ne se montrant jamais assez amical ou grossier pour attirer l'attention, il se noyait parmi un océan d'individus trop concentrés sur leur propre vie pour remarquer la sienne. Là-bas, il maîtrisait parfaitement l'invisibilité. Mais ici, dans les bois ? Il n'avait plus mis les pieds dans une forêt depuis que ses parents, lorsqu'il avait dix ans, avaient enfin renoncé à faire de lui un adepte du grand air et avaient accepté qu'il reste auprès de sa grand-mère tandis que ses frères et sœurs allaient faire du camping et des randonnées. Ici, il était perdu. Totalement. Le chien le trouverait, les chasseurs le tueraient.

— *Tu ne veux pas m'aider, hein ?* demanda-t-il, formulant ces mots dans sa tête.

Qiona garda le silence un long moment. Il sentait au fin fond de lui-même la présence de cet esprit qui le guidait, plus éloignée qu'elle n'avait jamais été depuis la première fois qu'elle s'était manifestée, alors qu'il était un enfant trop jeune pour parler.

— *C'est ce que tu veux ?* l'interrogea-t-elle enfin.

— *Tu ne le feras pas. Même si je te le demande. C'est ça que tu souhaites. Que je te rejoigne. Tu ne vas rien faire pour empêcher ce qui se prépare.*

À l'approche de sa proie, le chien se mit à donner de la voix, sur une intonation que l'extase rendait mélodieuse. Quelqu'un cria.

Qiona soupira, et il sentit ce bruit tournoyer telle une brise dans son esprit.

— *Que veux-tu que je fasse ?*

— *Dans quelle direction est la sortie ?* demanda-t-il.

De nouveau, le silence. Puis des cris.

— *Par là*, dit-elle.

Même sans la voir, il comprit laquelle elle désignait. Un ayami possédait présence et substance mais pas de forme, idée impossible à expliquer à toute autre personne qu'un chaman, mais aussi aisée à comprendre pour lui que le concept de ciel ou d'eau.

Il tourna à gauche et se mit à courir. Des branches cinglaient son visage ainsi que sa poitrine et ses bras nus, laissant des zébrures qui évoquaient les stigmates d'un flagellant. Lui aussi, songea-t-il, se les infligeait volontairement. Une partie de lui voulait arrêter. Baisser les bras. Accepter. Mais il ne pouvait pas. Il n'était pas prêt à renoncer à la vie. Les plus simples des plaisirs humains le séduisaient encore trop : des muffins anglais avec beurre et confiture de fraises au *Talbot Café*, au balcon du deuxième étage, à la table du fond sur la gauche, le soleil sur ses avant-bras, un roman policier abîmé dans une main, sa tasse de café dans l'autre, les gens qui hurlaient et riaient dans la rue animée au-dessous de lui. *Des bêtises*, rétorquerait une Qiona méprisante. Elle était jalouse, bien sûr, comme de tout ce qu'elle ne pouvait partager, tout ce qui le reliait à son corps. Il voulait la rejoindre, mais pas encore. Pas maintenant. Alors il courait.

— *Arrête-toi*, lui ordonna Qiona.

Il l'ignora.

—*Ralentis*, insista-t-elle. *Ménage tes forces.*

Il l'ignora.

Elle se retira, en proie à une colère qui brûla le cerveau du chaman comme une flamme furtive, ardente et vive, prête à s'embraser de nouveau. Il n'entendait plus le chien, mais uniquement parce que le sang cognait trop fort à ses oreilles. Ses poumons le brûlaient. Chaque goulée d'air inspirée l'enflammait comme s'il avalait du feu. Il n'en tint aucun compte. C'était facile. Il refusait d'entendre la plupart des ordres de son corps, de la douleur aux pulsions sexuelles et à la faim. Son corps n'était qu'un véhicule, un moyen de transmettre à son âme des données telles que la confiture de fraises, le rire, la lumière du soleil. Après une vie passée à le négliger, il lui demandait à présent de le sauver, mais son corps ne savait comment faire. Il entendit derrière lui le chien aux abois. Sa voix était-elle plus forte ? Plus proche ?

—*Grimpe à un arbre*, lui conseilla Qiona.

—*Ce ne sont pas les chiens qui m'inquiètent. Ce sont les hommes.*

—*Alors ralentis. Change de direction. Brouille ta piste. Tu avances en ligne droite. Ralentis.*

Impossible. Il devait approcher des limites de la forêt. Il le fallait. Sa seule chance consistait à les atteindre avant les chiens. Ignorant la douleur, il rassembla tout ce qui lui restait de force et accéléra.

—*Ralentis !* s'écria Qiona. *Att…*

Son pied gauche heurta une légère élévation, mais il rectifia le tir et retrouva l'équilibre en avançant le pied droit. Lequel ne rencontra toutefois que le vide. Basculant en avant, il vit l'eau couler au-dessous de lui, au fond d'une petite rigole usée par des décennies de circulation. Il tenta de maîtriser sa chute, cherchant un moyen d'atterrir sans se blesser, mais, cette fois encore, il ne savait comment faire. Lorsqu'il heurta le gravier, il entendit le chien. Il l'entendit clamer si fort son triomphe que ses tympans menacèrent d'éclater. Il se tortilla pour se relever et aperçut trois têtes canines qui franchissaient le bord de la rigole, un limier accompagné de deux chiens de garde massifs. Le limier leva la tête pour donner de la voix. Les deux autres marquèrent une pause d'une seconde, puis bondirent.

— *Sors de là !* hurla Qiona. *Tout de suite !*

Non ! Il n'était pas prêt à partir. Il résista au besoin de libérer son âme de son corps et se roula en boule comme dans l'espoir de l'y garder ancrée. Il vit le dessous du ventre des chiens lorsqu'ils bondirent depuis le bord de l'à-pic. L'un d'entre eux atterrit sur lui, lui coupant le peu de souffle qui lui restait. Des dents se plantèrent dans son avant-bras. Il éprouva une violente sensation de déchirement. Puis il s'éleva. Qiona l'attirait hors de son corps, loin de la douleur de l'agonie.

— *Ne regarde pas en arrière*, lui dit-elle.

Bien entendu, il ne l'écouta pas. Il fallait qu'il sache. Baissant les yeux, il vit les chiens. Le limier se trouvait toujours en haut de la rigole, où il hurlait en attendant les hommes. Les deux autres chiens n'attendaient pas. Ils déchiquetaient son corps dans une gerbe de chair et de sang.

— Non, gémit-il. Non.

Qiona le réconforta de soupirs et de baisers, le suppliant de détourner le regard. Elle avait tenté de lui épargner cette douleur, mais en vain. Regardant les chiens détruire son corps, il n'éprouvait pas la douleur de leurs dents, mais un atroce sentiment de perte et de chagrin. Tout était fini.

— Si je n'avais pas trébuché, dit-il. Si j'avais couru plus vite…

Qiona le fit alors se retourner, de sorte qu'il puisse regarder de l'autre côté de la forêt. Les arbres s'étendaient à l'infini, jusqu'à une route si lointaine que les voitures y évoquaient des insectes rampant sur la terre. Il jeta un nouveau coup d'œil à son corps, masse mutilée de sang et d'os. Les hommes sortirent de la forêt. Il les ignora. Ils n'importaient plus. Rien n'importait plus. Il se tourna vers Qiona et la laissa l'emporter.

—Il est mort, dit Tucker à Matasumi tandis qu'il entrait dans le poste de garde du bloc de cellules et raclait sous ses bottes la boue de la forêt. Les chiens l'ont eu avant nous.

—Je vous avais dit que je le voulais vivant.

—Et moi, je vous avais dit qu'il nous fallait d'autres chiens. Les rottweillers sont des chiens de garde, pas de chasse. Un limier attend le chasseur. Un rottweiler tue. Il ne sait rien faire d'autre.

Tucker ôta ses bottes et les posa sur le paillasson, parfaitement alignées contre le mur, lacets rentrés à l'intérieur. Puis il en enfila une paire identique mais propre.

—Je ne vois pas ce que ça change, reprit-il. Ce type était à moitié mort, de toute façon. Faible. Inutile.

—C'était un chaman, répondit Matasumi. Les chamans n'ont pas besoin d'être des athlètes. Toute leur puissance réside dans leur esprit.

Tucker ricana.

—Eh ben, pour ce que ça lui a servi contre ces chiens… Ils l'ont déchiqueté en morceaux pas plus gros que mon poing.

Quand Matasumi se retourna, une porte en train de s'ouvrir le cogna au menton.

—Oups, dit Winsloe en souriant. Désolé, vieux. Il faudrait une vitre dans cette saleté de porte.

Bauer entra derrière lui et le contourna.

—Où est le chaman? demanda-t-elle.

—Il n'a pas… survécu, répondit Matasumi.

—Les chiens, ajouta Tucker.

Bauer secoua la tête et continua à marcher. Un garde saisit la poignée de la porte intérieure qu'il maintint ouverte afin de la laisser passer. Winsloe et le garde la suivirent. Matasumi fermait la marche. Tucker resta au poste de garde, sans doute afin de punir les responsables de la fuite du chaman, bien que les autres n'aient pas pris la peine de le lui demander. Ils ne s'abaissaient pas à ce genre de détail. Raison pour laquelle ils avaient engagé Tucker.

La porte suivante était épaisse et faite d'acier, avec une poignée allongée. Bauer s'arrêta devant une petite caméra. Un rayon lui scanna la rétine. L'un des deux voyants surmontant la porte passa au vert. L'autre resta rouge jusqu'à ce qu'elle saisisse la poignée pour que le capteur vérifie l'empreinte de sa main. Quand le deuxième voyant passa au vert, elle ouvrit la porte et la franchit. Le garde la suivit. Lorsque Winsloe s'avança, Matasumi voulut lui saisir le bras mais le manqua. Des alarmes se mirent à hurler. Des voyants clignotèrent. Le bruit synchronisé d'une demi-douzaine de bottes à pointe d'acier avançant à pas lourds et rapides résonna dans un couloir lointain. Matasumi s'empara du talkie-walkie sur la table.

—Rappelez-les, je vous prie, dit-il. Ce n'était que M. Winsloe. Une fois de plus.

—Oui, monsieur, crépita la voix de Tucker dans le récepteur. Pourriez-vous rappeler à M. Winsloe que chaque combinaison de scanner rétinien et manuel n'autorise le passage que d'un membre du personnel accompagné d'une deuxième personne?

Tous deux savaient qu'il ne servait à rien de le rappeler à Winsloe, qui avait conçu lui-même ce système. Matasumi éteignit le talkie-walkie. Winsloe le gratifia d'un rictus.

—Désolé, vieux, dit-il. Je voulais seulement tester les capteurs.

Il recula vers le scanner rétinien. Une fois que l'ordinateur l'eut reconnu, le premier voyant passa au vert. Quand il saisit la poignée de la porte, le deuxième voyant fit de même et la porte s'ouvrit. Matasumi aurait pu le suivre sans passer par les scanners, comme l'avait fait le garde, mais il laissa la porte se refermer et suivit la procédure. Si l'on autorisait le passage d'une deuxième personne, c'était afin de faire circuler les captifs d'un secteur du centre à un autre, à raison d'un captif seulement par membre du personnel. Le système n'était pas conçu pour laisser passer ensemble deux membres du personnel. Matasumi rappellerait à Tucker d'en parler à ses gardes. Ils avaient tous l'autorisation de franchir ces portes et auraient dû le faire correctement, sans prendre de raccourcis.

De l'autre côté de la porte blindée, un couloir évoquant un corridor d'hôtel séparait deux rangées de pièces équipées chacune d'un lit double, d'une petite table, de deux chaises ainsi que d'une porte menant à une salle de bains. Rien de très luxueux, mais tout était simple et propre, comme l'hébergement haut de gamme que s'autorise un voyageur soucieux de son budget, quoique les occupants de ces pièces ne soient pas franchement amenés à voir du pays. Ces portes ne s'ouvraient que de l'extérieur.

Le mur séparant les pièces du couloir était fait d'un verre spécialement conçu, plus solide que des barreaux d'acier – et bien plus agréable à l'œil. Depuis ce couloir, on pouvait observer les occupants comme des rats de laboratoire, ce qui était le but recherché. La porte ouvrant sur chaque pièce était elle aussi faite de verre, afin de ne pas obstruer le champ de vision de l'observateur. Même les murs des salles de bains étaient de Plexiglas transparent, non pas parce que les observateurs étudiaient les pratiques hygiéniques de leurs sujets mais parce qu'ils avaient découvert que, lorsque les quatre murs d'une salle de bains étaient opaques, certains des sujets s'y réfugiaient des jours entiers afin d'échapper à ce regard insistant et constant.

Le verre des murs extérieurs constituait en réalité un miroir sans tain. Ils en avaient débattu, comparant les mérites de ce type de miroir par rapport à une simple vitre. Bauer avait autorisé Matasumi à prendre la décision finale, si bien qu'il avait envoyé ses assistants rassembler le plus vite possible un maximum de traités de psychologie sur les effets de l'observation continue. Après avoir pesé le pour et le contre, il avait décidé qu'une vitre sans tain serait moins perçue comme une intrusion. En dissimulant les observateurs, elle diminuait le risque de rendre les sujets nerveux. Il s'était trompé. Au moins, dans le cas d'une vitre, ils savaient qu'on les observait. Avec un miroir sans tain, ils le savaient également – aucun n'était assez naïf pour croire qu'on avait décoré ce mur d'un miroir dans un simple souci d'esthétique –, mais ils ignoraient quand, ce qui les plaçait en état d'alerte perpétuelle, exerçant sur leur santé mentale et physique un regrettable effet néfaste.

Le groupe passa devant les quatre cellules occupées. L'un des sujets avait retourné son siège contre le mur du fond et s'y tenait immobile, ignorant les revues, les livres, la télévision, la radio qu'on lui avait fournis pour le divertir. Dos tourné au miroir sans tain, il restait assis sans rien faire. Il se trouvait ici depuis près d'un mois. Une autre occupante était arrivée le matin même. Elle aussi était assise sur sa chaise, mais face au miroir qu'elle fusillait du regard. Elle les défiait… pour l'instant. Ça ne durerait guère.

Tess, l'assistante que Matasumi avait impliquée dans le projet, se tenait devant la cellule de l'occupante indocile, griffonnant sur son bloc-notes. Elle leva les yeux à leur passage et les salua d'un signe de tête.

— Du nouveau ? demanda Bauer.

Tess se tourna vers Matasumi pour lui adresser sa réponse.

— Pas encore.

— Parce qu'elle ne peut pas, ou parce qu'elle ne veut pas ? demanda Bauer.

Nouveau coup d'œil à Matasumi.

— Apparemment… Je dirais…

— Oui ?

Tess inspira.

— Son attitude laisse penser qu'elle réagirait si elle en était capable.

— Donc, c'est qu'elle ne peut pas, dit Winsloe. Il nous faut une sorcière du Convent. Je me demande bien pourquoi on s'est encombrés de celle-là…

— Parce qu'il semblerait qu'elle soit extrêmement puissante, l'interrompit Bauer.

— D'après Katzen, rétorqua Winsloe. Vous y croyez, vous ? Pas moi. Mage ou pas, ce type raconte n'importe quoi. Il est censé nous aider à attraper ces monstres. Au lieu de quoi il se contente de nous dire où chercher, puis il se tourne les pouces pendant que nos hommes prennent tous les risques. Et pourquoi ? Pour ça ? (Il désigna la captive d'un doigt tendu.) Notre deuxième sorcière inutile. Si on continue à écouter Katzen, on va passer à côté de véritables trouvailles.

— Comme les vampires et loups-garous ? demanda Bauer dont les lèvres esquissèrent un petit sourire.

Vous êtes toujours vexé parce que Katzen affirme qu'ils n'existent pas.

— Des vampires et des loups-garous, marmonna Matasumi. Nous sommes en train de remonter à la source de facultés mentales inimaginables, d'une magie véritable. Nous avons un accès potentiel aux mages, nécromanciens, chamans, sorcières, tous les véhicules concevables de magie… et lui, il veut des créatures qui boivent du sang et hurlent à la lune. Nous menons des recherches scientifiques sérieuses, pas une chasse aux croque-mitaines.

Winsloe vint se placer face à Matasumi, qu'il dépassait de quinze bons centimètres.

— Non, vieux, c'est vous qui menez des recherches scientifiques sérieuses. Sondra cherche son graal. Et moi, je veux m'amuser. Mais rappelez-vous que c'est moi qui finance ce petit projet, alors si je dis que je veux chasser un loup-garou, vous avez tout intérêt à m'en procurer un.

— Si vous y tenez tellement, je vous suggère d'ajouter un loup-garou dans un de vos jeux vidéo, car nous ne pouvons pas fournir ce qui n'existe pas.

— Oh, on dégottera bien une proie que Ty puisse chasser, répondit Bauer. Si on ne trouve pas l'un de ses monstres, on demandera à Katzen d'invoquer quelque chose de suffisamment démoniaque.

— Un démon ? dit Winsloe. Ça, ce serait classe.

— Je n'en doute pas, murmura Bauer en ouvrant la porte de l'ancienne cellule du chaman.

Démoniaque

— P itié, ne me dites pas que vous croyez à ces trucs-là, lança une voix contre mon épaule.

Je me tournai vers mon voisin. La quarantaine, complet-veston, ordinateur portable, un cercle pâle autour de l'annulaire dont il avait retiré l'alliance. Belle allure, très étudiée.

— Vous ne devriez pas lire ce genre de bêtises, poursuivit-il avec un sourire dévoilant une dentition pleine de taches de café. Ça va vous griller les neurones.

Je hochai la tête avec un sourire poli en espérant qu'il allait s'éloigner, dans la mesure où ça lui était possible à bord d'un avion qui volait à plusieurs kilomètres d'altitude. Puis je me replongeai dans la lecture des pages que j'avais imprimées sur le site believe.com.

— Ça parle vraiment de loups-garous ? demanda mon voisin. Avec des crocs, de la fourrure et tout ? Comme Michael Landon dans *I was a Teenage Werewolf* ?

— Michael… ?

— Oh, c'est un vieux film. D'avant mon époque. Du temps des cassettes vidéo.

Nouveau hochement de tête poli. Nouvelle tentative un poil moins courtoise de me remettre au travail.

— Non, mais c'est sérieux ? insista mon voisin. Quelqu'un vend des infos sur les loups-garous ? Les loups-garous ? Je me demande bien qui achèterait des conneries pareilles.

—Moi.

Il s'arrêta, doigt suspendu au-dessus de mes papiers, cherchant à se convaincre qu'on pouvait croire aux loups-garous sans dérailler sérieusement, du moins quand la personne concernée était une jeune femme à côté de laquelle on se retrouvait coincé pour une bonne heure au moins. Je décidai de lui venir en aide.

—Ben ouais, répondis-je en adoptant une intonation convaincante de blonde écervelée. C'est trop cool, les loups-garous. Les vampires, c'est grave dépassé. Un truc de goths, pfff. Mes potes et moi, on a essayé une fois, mais quand je me suis teint les cheveux en noir, ils ont viré au vert.

—C'est, hum…

—Au vert ! Vous vous rendez compte ? Et vous auriez vu les fringues qu'ils voulaient nous faire porter ! C'était ignoble. Alors Chase, il m'a dit : « Et les loups-garous ? » Il avait entendu parler d'un groupe à Miami, alors on a contacté ces mecs et ils nous ont dit que les vampires, c'était fini. Le nouveau truc, c'est les loups-garous. Chase et moi, on est allés les voir, ils portaient des costumes avec la fourrure, les crocs, la totale. On a enfilé les mêmes, on a pris des pilules, et hop, on est devenus des loups-garous.

—Hum, ah oui ? répondit-il, les yeux cherchant désespérément une issue. Eh bien, je suis sûr…

—On pouvait courir, hurler, bondir dans tous les sens. Et puis on est partis à la chasse et un de ces types a chopé un lapin, je sais bien que c'est dégueu mais on avait une de ces fringales, et puis l'odeur du sang…

—Veuillez m'excuser, m'interrompit mon voisin. Je dois me rendre aux toilettes.

—Ouais. Je vous trouve un peu vert. Ça doit être le mal de l'air. Ma copine Tabby a ce problème. J'espère que vous vous sentez mieux, parce que j'allais vous demander si vous vouliez m'accompagner ce soir. Y a une réunion de loups-garous à Pittsburgh. Ils organisent une veillée de pleine lune ce soir. C'est là que je vais retrouver Chase. C'est plus ou moins mon mec, mais il est bi, vous savez, et il est trop canon. Je crois qu'il vous plairait.

L'homme marmonna quelques mots et remonta le couloir à une vitesse inimaginable pour un type qui n'avait sans doute pas dépassé l'allure de la marche rapide depuis le lycée.

—Attendez que je vous parle de la veillée, lui criai-je. C'est trop classe.

Dix minutes plus tard, il n'était toujours pas revenu. Dommage. Quelle vacherie, le mal de l'air.

Je repris ma lecture. Believe.com était un site Web qui vendait des informations sur le paranormal, une sorte d'eBay du surnaturel. C'est flippant de savoir que ces choses-là existent. Et plus encore que ça puisse rapporter gros. Believe.com consacrait toute une section à la vente aux enchères de débris de vaisseaux spatiaux, laquelle proposait, au dernier recensement, trois cent vingt articles. Les loups-garous n'avaient même pas droit à leur propre rubrique. On les rangeait dans la catégorie « Zombies, loups-garous et phénomènes démoniaques divers ». Phénomènes démoniaques divers ? Franchement, c'était blessant. C'est vrai que j'y étais allée un peu fort en chassant un pauvre type de son siège d'avion, mais ça n'avait rien de démoniaque. Un « phénomène démoniaque » l'aurait évacué par le sas de secours. Je n'en avais presque pas été tentée.

Oui, j'étais loup-garou depuis l'âge de vingt ans, c'est-à-dire depuis près de douze ans. Contrairement à moi, la plupart des loups-garous le sont de naissance, bien qu'ils ne puissent pas changer de forme avant l'âge adulte. Le gène se transmet de père en fils – ça ne concerne pas les filles. Une femme ne peut devenir loup-garou que si elle est mordue et y survit. C'est très rare, non pas la morsure elle-même mais le fait d'y survivre. Je n'y étais parvenue que parce que j'avais été recueillie par la Meute, qui est exactement ce que suggère son nom : une structure sociale inspirée par les meutes de loups, avec un Alpha, un territoire protégé et des règles clairement définies, dont la première consiste à ne pas tuer d'humains, sauf nécessité absolue. Quand on avait les crocs, on passait au fast-food le plus proche comme n'importe qui. Les loups-garous extérieurs à la Meute, que nous appelions cabots, mangeaient des humains parce qu'ils n'essayaient même pas de lutter contre le besoin de chasser et de tuer, et parce que les humains étaient la cible la plus facile à trouver. Les loups de la Meute chassaient des cerfs et des lapins. Oui, j'avais tué et mangé Bambi et Pan-Pan. Je me demandais parfois si les gens ne trouveraient pas ça encore plus choquant, dans un monde où un chien jeté d'une voiture attire davantage l'attention des médias que des meurtres d'enfants. Mais je m'égare.

En tant que membre de la Meute, je vivais avec l'Alpha, Jeremy Danvers, ainsi que Clayton Danvers, son fils adoptif/garde du corps/bras droit, qui était également mon partenaire/amant/fléau de mon existence… Mais là, tout se complique. Revenons-en à l'essentiel. Comme tous les autres membres de la Meute, j'avais des responsabilités. L'une de mes tâches consistait à surveiller le Net pour traquer les signes indiquant qu'un cabot attirait l'attention sur lui. Believe.com était l'une de mes sources d'information, bien que j'y trouve rarement quoi que ce soit qui mérite davantage qu'une deuxième lecture avant rejet. En février dernier, j'avais suivi une piste en Géorgie, non pas tant parce que l'annonce me semblait inquiétante que parce que l'État de New York subissait une tempête de neige qui durait depuis une semaine et que tout endroit situé au sud de la Caroline prenait des airs de paradis.

L'annonce que j'avais sous les yeux était différente. Elle avait si violemment déclenché mes signaux d'alarme que, l'ayant lue le mardi, j'avais aussitôt envoyé un message à la vendeuse et lui avais fixé rendez-vous le vendredi à Pittsburgh, n'attendant trois jours que pour masquer mon intérêt.

L'annonce disait : « Loups-garous. Informations précieuses à vendre. Réservé aux croyants véritables. Deux meurtres de SDF à Phoenix en 1993-1994. D'abord attribués à des chiens. Gorge déchirée. Corps partiellement dévoré. Une empreinte canine de grande taille trouvée près du second corps, toutes les autres empreintes effacées (chiens très soigneux ?). Identifiée par un zoologue comme appartenant à un très gros loup. Après enquête dans les zoos locaux, la police a conclu à une erreur du zoologue. La troisième victime était une prostituée. Elle avait parlé à sa colocataire d'un rendez-vous qui durerait toute la nuit. Corps retrouvé trois jours plus tard. Schéma correspondant aux meurtres précédents. La colocataire a conduit la police à l'hôtel où travaillait la victime. Trouvé des traces de sang nettoyé dans la chambre. La police répugnait à se concentrer plutôt sur un tueur humain. Elle a décidé que le troisième meurtre était simplement inspiré des deux autres. Affaire non classée. Détails accessibles dans les archives. Consulter l'*Arizona Republic* pour confirmation. Le vendeur en possède d'autres. Médias bienvenus. »

Histoire fascinante. Et tout à fait véridique. C'était Jeremy qui se chargeait de chercher dans les journaux des cas de mutilations et d'autres activités qui semblaient pouvoir être l'œuvre de loups-garous. Il avait trouvé dans l'*Arizona Republic* l'article décrivant le deuxième meurtre.

Le premier n'avait pas été signalé dans les journaux – la mort d'un SDF n'avait rien d'un scoop. J'étais allée enquêter, arrivant trop tard pour aider la troisième victime, mais juste à temps pour m'assurer qu'il n'y en ait pas de quatrième. Le cabot coupable de ces meurtres était enterré dans le désert sous deux mètres de sable. La Meute n'avait guère d'indulgence pour les tueurs d'hommes.

On ne s'était pas inquiétés d'une éventuelle enquête policière. L'expérience m'avait appris que les flics de la brigade criminelle étaient une bande de petits malins, assez futés pour savoir que les loups-garous n'existaient pas. Face à un cas de mutilation où les preuves indiquaient une présence canine, ils voyaient un meurtre commis par un chien. Si les preuves indiquaient également une présence humaine, ils voyaient un psychopathe accompagné d'un chien, ou un lieu de crime dérangé par un animal. Il ne leur arrivait jamais, au grand jamais, de voir un corps partiellement dévoré, des empreintes de pas et de la fourrure et de songer : *Mon Dieu, on a un loup-garou sur les bras !* Même les tarés qui croyaient à notre existence nous attribuaient rarement ces meurtres. Ils étaient trop occupés à chercher des bêtes enragées, à moitié humaines, qui hurlaient à la pleine lune, volaient des bébés dans leur berceau et laissaient des empreintes de pattes qui se transformaient mystérieusement en traces de pas. Quand je lisais ce genre d'annonce, je m'inquiétais surtout de savoir quelles autres informations détenait le vendeur.

La mention selon laquelle les médias étaient les bienvenus m'inquiétait aussi. Presque toutes les annonces de believe.com se terminaient par « Médias s'abstenir ». Les vendeurs voulaient faire croire qu'ils cherchaient ainsi à décourager les journalistes de tabloïds qui déformeraient leur récit, mais ils s'inquiétaient en réalité de se faire humilier. Quand j'allais enquêter sur ces informations, je me faisais toujours passer pour membre d'une association d'étude du paranormal. Cette fois, dans la mesure où la vendeuse n'exprimait aucune objection vis-à-vis des médias, j'avais affirmé être journaliste, mensonge tout à fait bénin puisque c'était ma profession, même si je m'occupais plutôt d'articles en free-lance sur la politique canadienne, sujet sans aucun rapport avec les phénomènes démoniaques, quoique ça puisse expliquer la montée des néoconservateurs.

Arrivée à Pittsburgh, je pris un taxi, passai déposer mes bagages à l'hôtel et me dirigeai vers le lieu de rendez-vous. J'étais censée rencontrer la vendeuse, Mlle Winterbourne, devant un établissement nommé *Tea for Two*. Il ressemblait exactement à ce que suggérait son nom, une boutique cucul la praline qui proposait du thé, des pâtisseries et des déjeuners légers. L'extérieur était de brique blanchie à la chaux avec des moulures rose pâle et bleu pastel. Des rangées de vieilles théières s'alignaient en vitrine. À l'intérieur, de minuscules tables de bistro ornées de nappes blanches et des chaises en fer forgé. Après s'être donné tant de mal pour rendre cet endroit aussi écœurant que possible, quelqu'un avait collé à la vitrine un morceau de carton annonçant aux passants, d'une écriture manuscrite, que la boutique proposait également café, expresso, café au lait et « autres boissons à base de café ».

Mlle Winterbourne avait promis de me retrouver devant la boutique à quinze heures trente. J'arrivai à trente-cinq, jetai un coup d'œil à l'intérieur, ne vis personne attendre et ressortis donc. Mais on ne faisait pas le pied de grue devant un salon de thé comme devant un café. Au bout de quelques minutes, les clients commencèrent à me dévisager. Une serveuse sortit me demander si elle pouvait m'«aider». Je lui assurai que j'attendais quelqu'un, afin d'éviter qu'elle me prenne pour une clocharde venue mendier des restes de scones.

À seize heures, une jeune femme approcha. Elle me sourit quand je me retournai. Comme elle n'était pas très grande, je la dépassais de quinze bons centimètres avec mon mètre soixante-quinze. Je lui donnais une vingtaine d'années. Longs cheveux bruns et bouclés, yeux verts, traits réguliers – le genre de jeune femme qu'on décrit souvent comme «mignonne», expression passe-partout signifiant que, même si elle n'était pas réellement une beauté, rien ne la tirait pour autant vers la laideur. Elle portait des lunettes noires, un chapeau et une robe bain de soleil qui flattait le genre de silhouette qu'adorent les hommes et que détestent les femmes, ces courbes pleines tant décriées dans le monde de Slim-Fast.

—Elena ? demanda-t-elle d'une voix grave de contralto. Elena… Andrews ?

—Heu… Oui, répondis-je. Mademoiselle Winterbourne ? Elle sourit.

—L'une des deux. Je m'appelle Paige. Ma tante ne va plus tarder. Vous êtes en avance.

—Non, répondis-je en lui retournant un sourire tout aussi éclatant. C'est vous qui êtes en retard.

Elle cligna des yeux, déstabilisée par mon franc-parler.

—Nous n'avions pas rendez-vous à seize heures trente ?

—Quinze heures trente.

—J'étais persuadée…

Je tirai de ma poche l'impression papier de notre échange d'e-mails.

—Ah, dit-elle après un rapide coup d'œil. Quinze heures trente. Je suis désolée. J'ai dû me tromper en le notant. Je suis heureuse d'être passée en avance, dans ce cas. Je ferais mieux d'appeler ma tante pour la prévenir.

Lorsqu'elle tira de son sac un téléphone portable, je m'écartai pour lui accorder un peu d'intimité, quoique mon ouïe décuplée me permette d'entendre à trente mètres une conversation à voix basse. J'entendis à l'autre bout du fil soupirer une femme plus âgée. Elle promit de nous rejoindre le plus tôt possible et demanda à sa nièce, sur un ton autoritaire, de ne pas commencer sans elle.

— Bon, dit Paige en raccrochant. Toutes mes excuses une fois encore, mademoiselle Andrews. Je peux vous appeler Elena ?

— Je vous en prie. Voulez-vous qu'on attende à l'intérieur ?

— En fait, l'endroit n'est pas très adapté pour ce genre de chose. J'y ai pris le café avec ma tante Ruth ce matin. On y mange très bien, mais c'est beaucoup trop calme. On entend les conversations à l'autre bout de la pièce. On aurait dû s'en douter, mais on n'a pas une grande expérience de ces choses-là.

— Ah non ?

Elle éclata d'un rire rauque.

— Vous devez souvent entendre ça, j'imagine. Des gens qui refusent d'admettre qu'ils traitent ce genre d'affaires. Nous, si. Je ne vais pas dire le contraire. Mais c'est notre première... comment vous appelleriez ça ? Une vente ? Enfin bref, comme ce salon de thé se révélait un mauvais choix, nous avons fait préparer des assiettes que nous avons emportées à notre hôtel.

— Votre hôtel ?

Je croyais qu'elles habitaient Pittsburgh. Les vendeurs donnaient généralement rendez-vous dans leur propre ville.

— C'est à quelques rues d'ici. On y sera vite à pied. Intimité garantie.

Sonnette d'alarme. Toutes les femmes, même aussi peu féminines que moi, savent qu'il n'est pas très judicieux de s'aventurer dans la chambre d'un étranger. Ça me rappelait ces films d'horreur où l'héroïne se rend seule dans une maison abandonnée où tous ses amis ont connu une mort atroce, tandis que le public lui crie « Mais n'y va pas, gourdasse ! » Sauf moi, qui crie plutôt « Vas-y, mais n'oublie pas ton Uzi ! » Foncer tête baissée dans un piège était une chose, mais y foncer sans arme en était une autre. Heureusement pour moi, je possédais la force de Supergirl. Et si ça ne suffisait pas, mon costume de Clark Kent était muni de griffes et de crocs. Un coup d'œil à cette femme d'un mètre cinquante-cinq à peine, de près de dix ans ma cadette, m'apprit que je n'avais pas matière à m'inquiéter. Mais bien entendu, je devais faire croire le contraire. C'était ce qu'on attendait de moi.

— Hum, eh bien…, dis-je avec un coup d'œil par-dessus mon épaule. Je préférerais un lieu public. Ne le prenez pas mal…

— Pas du tout, répondit-elle. Mais toutes mes affaires sont restées à l'hôtel. Que diriez-vous d'y passer, et si vous n'avez toujours pas confiance, on pourra prendre mes affaires, retrouver ma tante et aller ailleurs. Ça vous va ?

— Je crois, dis-je avant de la suivre.

THÉ

L'hôtel était l'un de ces vieux établissements dotés d'un vestibule aussi grand qu'une salle de bal, de chandeliers de verre et de liftiers vêtus comme des joueurs d'orgue de Barbarie. La chambre de Paige, au quatrième étage, était la deuxième en sortant de l'ascenseur. Elle tint la porte ouverte pour moi. J'hésitai.

— Je peux caler la porte pour la maintenir ouverte, proposa-t-elle.

Son visage affichait une parfaite innocence, mais l'intonation moqueuse de sa voix ne m'échappa guère, peut-être parce que j'étais plus grande et en meilleure forme physique. Même sans ma force de loup-garou, j'aurais été en mesure de la battre. Ce qui ne signifiait pas pour autant qu'aucun gorille armé d'un semi-automatique ne rôdait derrière la porte. Tous les muscles du monde n'empêchent pas de recevoir une balle dans la tête.

Je jetai un œil à l'intérieur avant d'entrer. Elle prit sur la table un bloc-notes qu'elle éleva tout en désignant la porte en train de se refermer.

— Ce n'est pas la peine, répondis-je.

— Le téléphone est juste ici. (Elle souleva le combiné afin que j'entende la tonalité.) Vous voulez que je l'approche ? Je suis persuadée qu'il y a un numéro pour appeler les urgences à Pittsburgh.

Bon. Voilà qu'elle se moquait de moi. Pauvre petite conne. Sans doute une de ces gourdes qui se garaient dans des parkings déserts la nuit et vantaient leur courage. *L'impulsivité des jeunes*, soupirai-je intérieurement avec toute la maturité d'une femme approchant de ses trente-deux ans.

Comme je ne répondais pas, Paige proposa de préparer du thé et disparut dans une chambre contiguë de la suite. Je me trouvais dans le salon, meublé d'une petite table, de deux fauteuils, d'un canapé, d'un fauteuil inclinable et d'un téléviseur. Une porte partiellement ouverte donnait sur la chambre. Je voyais de l'autre côté des valises alignées contre le mur latéral et plusieurs robes pendues à des cintres. Devant la porte d'entrée, trois paires de chaussures, toutes féminines. Aucune trace d'un occupant de sexe masculin. Jusqu'ici, les Winterbourne semblaient jouer cartes sur table. Ce n'était pas que je me sois réellement attendue à voir un type armé d'un semi-automatique jaillir de derrière la porte. Mais j'étais quelqu'un de méfiant. Effet secondaire de ma nature de loup-garou.

Alors que je m'asseyais à table, je jetai un œil aux assiettes du salon de thé. Sandwichs, biscuits et pâtisseries. J'aurais pu dévorer les trois assiettes pour mon quatre-heures. Autre caractéristique propre aux loups-garous. Comme la plupart des animaux, nous consacrons la majeure partie de notre vie aux trois *b* qui assurent notre survie : la bouffe, la bagarre et la… reproduction. Pour ce qui est de la nourriture, c'est une nécessité. Nous brûlons des calories comme le feu consume du petit bois : en l'absence de provisions constantes, notre énergie s'épuise vite. Je devais faire preuve de prudence quand je mangeais devant des humains. Ce n'était pas juste. Les mecs pouvaient engloutir trois Big Mac sans que personne bronche. Moi, on me regardait bizarrement si j'en finissais deux.

—Alors, ces informations que vous vendez, commençai-je au retour de Paige. J'espère qu'elles sont aussi intéressantes que l'affaire de Phoenix ?

—Mieux que ça, répondit-elle en posant son plateau sur la table. C'est la preuve de l'existence des loups-garous.

—Vous y croyez ?

—Pas vous ?

—Je crois à tout ce qui fait vendre des magazines.

—Alors vous ne croyez pas aux loups-garous ? demanda-t-elle en esquissant un demi-sourire agaçant.

—Ne le prenez pas mal, mais ce n'est pas mon truc. Moi, j'écris sur ces choses-là. Je vends mes articles à des revues. Les gens comme vous les achètent. Quatre-vingt-dix pour cent des lecteurs n'y croient pas eux-mêmes. Ce sont des rêveries inoffensives.

—Il vaut mieux en rester là, hein ? Si on commence à croire aux loups-garous, alors on doit admettre la possibilité de l'existence d'autres espèces, comme les sorcières, les mages et les chamans. Sans parler des vampires et des fantômes. Et puis il y a les démons, et ça, c'est la porte ouverte aux ennuis.

Bon. Là, elle se payait vraiment ma fiole. Est-ce qu'on venait de me coller dans le dos un panneau indiquant « J'adore qu'on se moque de moi », ou quoi ? Mais je le prenais peut-être plus personnellement que je n'aurais dû. Examinons les choses de son point de vue. En tant que croyante, elle considérait peut-être les sceptiques comme eux-mêmes la voyaient, c'est-à-dire comme une pitoyable ignare. Et me voilà en train d'acheter des informations afin de perpétuer un mythe auquel je ne croyais même pas, de vendre mon intégrité pour payer mon loyer. De la prostitution journalistique. Ne méritais-je pas quelques railleries ?

— Où sont les informations ? demandai-je le plus poliment possible.

Elle tendit la main vers le meuble où reposait un classeur. Elle le feuilleta un moment, ses lèvres esquissant une moue. Puis elle en tira une page qu'elle posa entre nous. C'était une photo montrant la tête et les épaules d'un homme d'âge moyen, asiatique, nez pincé et bouche sévère adoucis par des yeux de biche.

— Vous le reconnaissez ?

— Je ne crois pas, répondis-je. Mais c'est un visage très ordinaire.

— Et celui-ci ? Il l'est déjà moins.

La photo suivante montrait un homme d'une trentaine d'années. Ses cheveux d'un roux sombre étaient retenus en un long catogan, mode qui ne passait bien qu'au-dessous de vingt-cinq ans. Comme la plupart des types qui conservaient cette coiffure au-delà de cet âge, il semblait vouloir compenser le fait que la naissance de ses cheveux ait reculé comme les vagues à marée basse. Son visage bouffi avait possédé un charme qui disparaissait aussi vite que ses cheveux.

— Lui, je le reconnais, répondis-je.

— Ah oui ?

— Évidemment. Franchement, il faudrait que j'habite au Tibet pour ne pas le reconnaître. Et même les journalistes tibétains lisent *Time* et *Newsweek*. Ils ont parlé de lui, quoi, cinq fois l'année dernière ? Ty Winsloe. Milliardaire et magnat de l'informatique.

— Alors vous ne l'avez jamais rencontré en personne ?

— Moi ? J'aimerais bien. Malgré toutes les interviews qu'il a déjà accordées, un entretien exclusif avec Ty Winsloe donnerait un sacré coup de pouce à une journaliste inconnue comme moi.

Elle fronça les sourcils, comme si j'avais répondu à la mauvaise question. Mais au lieu de reprendre la parole, elle posa les deux photos devant moi et attendit.

— D'accord, dis-je, je donne ma langue au chat. Quel rapport avec les preuves de l'existence des loups-garous ? Je vous en supplie, ne me dites pas que ces deux-là en sont. C'est ça qui vous amuse ? Publier une annonce crédible sur le Net, attirer ici une crétine de journaliste pour lui baratiner une histoire hallucinante de loups-garous milliardaires ?

— Ty Winsloe n'est pas un loup-garou, Elena. S'il l'était, vous le sauriez.

— Comment… ? (Je secouai la tête.) Je crois qu'il y a un malentendu. Comme je vous le disais dans mon e-mail, c'est mon premier article sur les loups-garous. L'idée qu'il existe des experts dans ce domaine est flippante, mais ce n'est pas mon cas.

— Vous n'êtes pas ici pour écrire un article, Elena. Vous êtes journaliste, mais pas de cette sorte-là.

— Ah bon, répondis-je. Alors dites-moi donc pourquoi je suis là ?

— Pour protéger votre Meute.

Je clignai des yeux. Les mots me restèrent coincés dans la gorge. Comme le silence se prolongeait plus de trois secondes, je m'efforçai de le combler.

— Ma… ma quoi ?

— Votre Meute. Les autres loups-garous.

— Ah bon, alors comme ça je suis un… (je me forçai à lui adresser un sourire condescendant)… un loup-garou.

Mon cœur cognait si fort que je l'entendais. Ça ne m'était encore jamais arrivé. J'avais déjà suscité quelques soupçons, mais on ne me posait que des questions vagues sur mon comportement – du style « Qu'est-ce que tu trafiques dans les bois en pleine nuit ? » – et jamais rien qui établisse un lien avec ma nature. Dans le monde normal, les gens ordinaires ne passaient pas leur temps à accuser les autres d'être des loups-garous. Une personne dont j'étais proche m'avait vue me transformer et s'était convaincue qu'elle hallucinait.

—Elena Antonov Michaels, récita Paige, Antonov est le nom de jeune fille de votre mère. Née le 22 septembre 1969. Parents tués dans un accident de voiture en 1974. Élevée dans d'innombrables foyers adoptifs du sud de l'Ontario. Étudiante à l'université de Toronto. Études abandonnées la troisième année. Puis reprises quelques années plus tard afin d'obtenir une licence de journalisme. Raison de cette interruption ? Une morsure. De la part d'un amant. Clayton Danvers. Pas de deuxième prénom. Né le 15 janvier 1962…

Je n'entendis pas le reste. Le sang cognait à mes oreilles. Le sol vacillait sous mes pieds. J'agrippai fermement le bord de la table pour retrouver mon équilibre et me levai péniblement. Les lèvres de Paige remuaient. Mais je n'entendais pas ce qu'elle disait. Je m'en moquais.

Quelque chose me tira brusquement en arrière et je retombai dans mon fauteuil. Une pression s'exerça autour de mes jambes comme si on les attachait. Je voulus me lever d'un bond mais n'y parvins pas. Baissant les yeux, je ne vis aucune entrave.

Paige se leva. Je tentai de m'arracher au fauteuil. Mes jambes refusaient de bouger. La panique se diffusa dans ma poitrine. Je la chassai. C'était un tour de passe-passe. Rien de plus.

—Je ne sais pas ce que vous êtes en train de faire, dis-je, mais je vous conseille d'arrêter. Je vais compter jusqu'à trois.

—Ne me menacez…

—Un.

—… pas, Elena. Je peux faire…

—Deux.

36

—… bien plus que vous attacher…

—Trois.

—… à ce fauteuil.

Je levai brusquement les deux poings contre le dessous de table et l'envoyai valdinguer dans les airs. Lorsque la pression disparut de mes jambes, je bondis sur Paige, dont aucun obstacle ne me séparait plus, et la projetai contre le mur. Elle voulut dire quelque chose. Je la saisis par le cou et lui bloquai les mots dans la gorge.

—Eh bien, on dirait que j'arrive juste à temps, déclara une voix derrière nous.

Regardant par-dessus mon épaule, je vis une femme entrer dans la chambre. Elle était petite et rondelette, âgée d'au moins soixante-dix ans, avec des cheveux blancs, une robe à fleurs et un collier de perles assorti à ses boucles d'oreilles, parfaite image de grand-mère telle que la montrait la télévision dans les années cinquante.

—Je suis Ruth, la grand-tante de Paige, m'annonça-t-elle aussi tranquillement que si je prenais le thé avec sa nièce au lieu d'essayer de l'étrangler. Tu as encore voulu maîtriser la situation toute seule, Paige ? Regarde ce que tu as fait. Ces bleus mettront des semaines à disparaître, et on n'a pas emporté de col roulé.

Je desserrai ma prise autour du cou de Paige et cherchai une réponse appropriée. Je n'en trouvai aucune. Que pouvais-je faire ? Exiger une explication ? Trop dangereux, et ça sous-entendrait que j'avais quelque chose à cacher. Mieux valait réagir comme si l'accusation de Paige relevait de la folie pure et que je voulais me barrer d'ici. Une fois sortie de cette situation, je pourrais mieux réfléchir à ce que je ferais ensuite. Je lançai à Paige le genre de regard méfiant qu'on réserve aux gens d'une santé mentale douteuse et fis un pas de côté vers la porte.

—S'il vous plaît, ne faites pas ça, dit Ruth en posant la main sur mon bras, fermement mais sans insistance. Nous devons vous parler, Elena. Ce sera peut-être mieux si je dirige tout ça moi-même.

Ces mots firent rougir Paige, qui détourna le regard. Je dégageai mon bras de la prise de Ruth et fis un pas de plus en direction de la porte.

—Je vous en prie, Elena. Je peux vous entraver, mais je préférerais ne pas en arriver là.

Je me précipitai vers la porte dont je saisis la poignée à deux mains. Ruth prononça quelques mots. Mes mains se figèrent. Je voulus les écarter vivement mais elles refusèrent de lâcher prise. Je tentai de tourner la poignée. Mes doigts ne m'obéirent pas.

—C'est comme ça que le sort doit fonctionner, dit Ruth dont le visage et la voix dégageaient le calme d'une institutrice chevronnée face à un enfant récalcitrant. Il ne cédera pas tant que je n'en donnerai pas l'ordre.

Elle prononça quelques mots. Mes mains se libérèrent si brusquement que j'en perdis l'équilibre. Tandis que je reculais d'un pas vacillant, Ruth tendit la main pour me retenir. Je recouvrai mes esprits et m'écartai très vite.

—Restez, je vous en prie. Les sorts d'entrave ont leur utilité, mais ce n'est pas extrêmement civilisé.

—Des sorts d'entrave ? répétai-je en pliant mes doigts toujours engourdis.

—De la sorcellerie, dit Ruth. Mais vous l'aviez certainement compris. Quant à savoir si vous voulez y croire, c'est une autre histoire. Si nous reprenions depuis le début ? Je m'appelle Ruth Winterbourne. Cette fougueuse jeune femme, derrière vous, est ma petite-nièce Paige. Nous devons vous parler.

ABRACADABRA

J'avais envie de m'enfuir. D'ouvrir la porte à toute volée, de me mettre à courir et de ne m'arrêter qu'une fois Ruth et Paige Winterbourne disparues non seulement de mon champ de vision, mais aussi de mes pensées. Je voulais courir jusqu'à ce que les jambes me fassent mal, que les poumons me brûlent et que je ne puisse plus penser qu'à m'arrêter, incapable de consacrer la moindre énergie à m'occuper de ce qui s'était passé. Ce n'était pas la réaction la plus adulte qui soit. J'en avais bien conscience. Mais j'étais douée pour ça. M'enfuir. Je l'avais fait toute ma vie. Même quand je tenais bon et que j'affrontais mes peurs, une partie de moi continuait à courir à toutes jambes.

Je savais ce que je devais faire. Rester pour m'occuper de cette histoire, nier les affirmations de Paige et découvrir ce que savaient ces deux femmes. Si Paige avait simplement déclaré qu'elle savait que j'étais loup-garou, j'aurais pu gérer la situation, aussi dérangeante soit-elle. Mais quand elle avait récité ma biographie, bien que les détails soient disponibles dans les archives, c'était devenu une violation plus personnelle. Lorsqu'elle avait mentionné mon histoire avec Clay sur un ton aussi neutre que lorsqu'elle récitait ma date de naissance, chaque fibre de mon corps m'avait hurlé de m'enfuir, de me tirer d'ici, de m'occuper de tout ça plus tard. Seule la démonstration de pouvoir de Ruth m'en avait empêchée. Ça me laissait aussi le temps de m'arrêter pour réfléchir.

Avais-je envie de retourner voir Jeremy pour lui dire que deux étrangères m'avaient accusée d'être un loup-garou et que je m'étais barrée ? Oh, il ne se mettrait pas en colère. Il comprendrait. C'était ça, le pire. Je ne voulais pas qu'il comprenne pourquoi j'avais tout fait foirer. Je voulais qu'il soit fier de moi. Je sais bien que j'étais trop vieille pour guetter l'approbation d'une figure paternelle de substitution, mais je fonctionnais comme ça. Après que Clay m'avait mordue, Jeremy s'était occupé de moi, mettant sa propre vie entre parenthèses pour réparer la mienne. Chaque fois que j'entreprenais une de ces enquêtes, je lui montrais qu'il ne s'était pas trompé, que je prouvais ma valeur à la Meute en lui rendant ses efforts au centuple. Aujourd'hui, alors que j'affrontais pour la première fois un risque de révélation imminente, allais-je rentrer à New York et lui dire « Désolée, Jer, je n'ai pas pu m'en occuper » ? Jamais de la vie. Si je me mettais à courir, je ne m'arrêterais plus. Tout ce pour quoi j'avais travaillé si dur lors de l'année écoulée – m'autoriser à accepter ma vie à Stonehaven, au sein de la Meute, avec Clay –, tout ça serait gâché et je me retrouverais aussi malheureuse et paumée que dix-huit mois plus tôt.

Je restai donc. Et parvins à un accord avec Ruth. J'allais l'écouter jusqu'au bout, sans rien admettre. Si je le voulais, je pourrais traiter son récit comme les divagations d'une vieille femme sénile et faire semblant de ne rester que par politesse.

Lorsqu'on s'installa autour de la table, Paige s'assit face à moi, plaçant son siège en retrait. Elle n'avait pas pipé mot depuis l'arrivée de sa tante.

—Vous croyez aux sorcières ? demanda Ruth en me servant une tasse de café.

—À la wicca? demandai-je prudemment.

—Non. Aux sorcières. Héréditaires. Comme les loups-garous.

Voyant que j'allais protester, elle leva la main.

—Je ne vous demande pas d'admettre quoi que ce soit, rappelez-vous. Vous êtes en train de faire plaisir à une vieille femme. Eh bien, si vous n'avez jamais cru aux sorcières, si vous n'y croyez toujours pas, je dois partir du principe que vous ne croyez à rien de plus fantastique. Très bien. Commençons donc par le début. Faisons comme s'il existait des sorcières et… autre chose. Faisons comme si ces créatures – nous employons le terme d'espèces – étaient au courant de leur existence mutuelle et se réunissaient de temps à autre pour échanger des informations et empêcher les révélations potentielles. À une époque, les loups-garous prenaient part à cette collaboration…

J'ouvris la bouche mais Ruth leva de nouveau la main.

—Très bien, dit-elle, vous n'avez pas besoin d'un cours d'histoire. Nous ne sommes pas là pour ça. Comme Paige vous l'a peut-être dit, nous sommes venues vous prévenir. Est-elle allée jusque-là?

—Je lui ai montré les photos, répondit Paige. On n'en est pas arrivées aux explications.

—Alors permettez-moi de m'en charger. Ces hommes – ces humains – nous ont causé des soucis. Beaucoup, même. Affrontements, accusations, enlèvements. Il semble qu'ils en sachent plus qu'ils le devraient.

—Ces deux-là? demandai-je en désignant le classeur. Ty Winsloe? En train d'enlever des sorcières? Je suis paumée, là. Tout ça est absurde.

—Qu'est-ce qui ne l'est pas, de nos jours? répondit Ruth avec un faible sourire. Autrefois, nous ne devions nous inquiéter que de Grands Inquisiteurs et de bûchers.

Maintenant apparaissent de dangereux magnats de l'informatique. Je ne vais pas entrer dans les détails, d'abord parce que vous ne resterez sans doute pas assez longtemps pour m'écouter, mais aussi parce que j'espère que la curiosité conduira votre Meute à notre réunion.

— Je n'ai…

— Ces gens sont au courant de l'existence des loups-garous et les cherchent, tout comme ils nous cherchent aussi.

Je m'enfonçai dans mon fauteuil et regardai tour à tour Ruth et Paige. Ruth m'observait avec des yeux perçants d'un vert brillant. Paige feignait de me regarder mais ses yeux du même vert étaient voilés, lointains, comme si elle me fixait sans me voir.

— Vous savez quelle impression ça donne, non ? répondis-je. Faisons comme si j'étais vraiment un loup-garou. Vous m'attirez ici avec une histoire bidon et vous vous présentez comme des sorcières. Non seulement des sorcières, mais aussi des membres des Nations unies du surnaturel. En tant que déléguées de ces Nations unies, vous avez décidé de me contacter pour me parler de magnats de l'informatique démoniaques…

— Ils ne sont pas démoniaques, m'interrompit Ruth. Comme je vous l'ai dit, ils sont humains.

— Vous prenez vraiment tout ça au sérieux, hein ?

— C'est très sérieux, répondit Paige, braquant sur moi un regard glacial. Nous avons peut-être commis une erreur en vous choisissant…

— D'ailleurs, à ce propos, pourquoi moi ? À moins que vous ayez publié cette histoire sur le Net en supposant que seul un loup-garou répondrait ? Supposons que cette conspiration existe et qu'il y ait réellement des types qui cherchent des loups-garous. Qu'est-ce qui les empêcherait de répondre à votre annonce ?

— Nous avons reçu beaucoup de réponses, m'expliqua Ruth. Mais nous attendions la vôtre.

— La mienne ?

— Il y a quelques années, notre conseil a eu une prise de bec avec un loup-garou. Pas un membre de votre Meute. Un étranger. Nous l'avons gardé à l'œil, au cas où nous aurions un jour besoin de contacter vos semblables. Quand ces ennuis ont commencé, nous l'avons retrouvé et… convaincu de partager quelques informations avec nous. Il connaissait l'existence de votre Meute, savait qui la dirigeait, qui étaient ses membres et où ils habitaient. Par ailleurs, il savait tout de vous et de votre passé. En tant qu'unique spécimen de sexe féminin, il semblerait que vous ayez acquis un statut quasi légendaire au sein de votre espèce.

Elle sourit. Je répondis d'un regard inexpressif.

Ruth poursuivit :

— Il savait que vous enquêtiez sur les témoignages réalistes de personnes ayant vu des loups-garous et que vous guettiez les écarts de conduite. Très intéressant. Nous faisons la même chose, en surveillant les sorcières qui ont quitté le Convent. Nous avons donc décidé d'essayer de vous contacter par ce biais avant de recourir à une méthode plus directe.

— Pourquoi moi ?

— Vous faites partie de la Meute. Et puis, en tant que seule femme loup-garou, vous paraissiez un… meilleur choix. Peut-être plus facile à aborder que vos homologues masculins.

En d'autres termes, plus crédule ? Moins susceptible de répondre à une menace par la violence ? Si c'était cette dernière option qu'elles cherchaient, elles auraient mieux fait de remonter jusqu'au sommet. Jeremy était le plus pondéré d'entre nous. Ainsi que le plus ouvert. Il aurait été

43

un meilleur choix pour cette réunion. Et n'aurait-il pas été plus logique de faire directement part de leurs inquiétudes à l'Alpha ? À moins qu'elles aient justement des raisons de souhaiter l'éviter.

— Vous vous rendez toujours bien compte de l'impression que ça donne, répondis-je. Laissons tomber les motifs pour lesquels vous m'avez choisie. Vous m'attirez ici pour me sortir des répliques de série B du style « Nous savons qui vous êtes ». Désolée, mais je cherche la caméra cachée. Admettons que je croie à toutes ces histoires farfelues. Si les loups-garous ne font pas partie de ces Nations unies, alors pourquoi cette soudaine envie de les contacter ? Si vous êtes des sorcières, vous avez déjà dû affronter de sales types.

— Ces révélations nous menacent tout autant que vous, répondit Ruth. Mais elles avaient toujours concerné une espèce à la fois. Cette fois, c'est différent. Cette histoire nous implique tous, et c'est pourquoi nous devons nous regrouper.

— Un pour tous et tous pour un, marmonnai-je.

— Ce n'est pas une blague, répondit Paige.

— Vous ne nous croyez toujours pas, n'est-ce pas ? demanda Ruth. Même la partie sur les sorcières, malgré notre petite démonstration.

— On pourrait en faire une plus marquante, suggéra Paige. Par exemple vous sceller les lèvres. D'une manière définitive.

— Paige, l'interrompit Ruth sur un ton réprobateur. Veuillez pardonner l'exubérance juvénile de ma nièce. Mais si vous y tenez, je peux effectivement vous faire une meilleure démonstration. Rien d'aussi impoli qu'un sort d'entrave, bien entendu.

— Non merci, répondis-je.

— Pourquoi ? demanda Paige. Parce que vous n'y croyez pas ? Ou parce que vous ne voulez pas y croire ?

—J'ai fait ce que j'avais promis. Je vous ai écoutées. Maintenant, je m'en vais.

Tandis que je me levais, Ruth me posa la main sur le bras.

—Rapportez au moins nos paroles à votre chef. Nous nous réunissons dans deux jours. Les délégués des principales espèces seront présents afin de débattre de ce problème. Nous aimerions que votre Meute se joigne à nous. Voici ma carte.

Elle me tendit une carte de visite. Je m'attendais presque à y lire «Ruth Winterbourne, sortilèges et potions». Mais j'y lus «Winterbourne Stylisme, vêtements féminins sur mesure». Elle mentionnait une adresse dans le Massachusetts, mais pas à Salem, à ma grande déception.

—Oui, dit Ruth avec un sourire. C'est une vraie carte de visite et un vrai commerce. La sorcellerie ne rapporte plus trop de nos jours.

—Je ne…

—Rangez-la dans votre poche et faisons comme si vous alliez la jeter une fois sortie d'ici. Si vous m'appelez, faites-le sur mon portable. En partant d'ici, nous allons rejoindre directement la réunion dans le Vermont. Si vous décidiez de venir, la route ne serait pas très longue depuis l'État de New York. J'espère que vous le ferez.

Je marmonnai une réponse neutre, empochai la carte et me retirai.

Je méditai ensuite plus longuement ces histoires de sorcières et de complots ourdis par des milliardaires. L'idée d'autres créatures «surnaturelles» m'intriguait, quoique j'aie du mal à y croire. D'accord, ce scepticisme peut paraître hypocrite de la part d'une femme qui se transforme régulièrement en loup, mais je n'y pouvais rien. J'avais passé six mois dans la peau d'un loup-garou avant d'admettre enfin leur existence. J'avais changé de forme, vu Jeremy faire de même, et pourtant j'arrivais encore à me convaincre que ce n'était pas réel. Ça, c'est ce que j'appelle du déni. Il m'était peut-être plus facile de croire que les loups-garous étaient une aberration unique de la nature, tout comme certaines personnes (moi comprise) pensent que l'univers ne compte qu'une planète habitée. C'était seulement trop bizarre d'imaginer vampires et zombies rôdant à la surface de la terre. Elle n'avait parlé que de sorcières et… d'autres espèces. Les sorcières, je pouvais y croire. L'idée que des gens soient capables d'exploiter les pouvoirs de la terre me semblait plus facile à accepter que celle, au hasard, de voir des gens se transformer en loups.

Quand j'entrai dans ma chambre d'hôtel, le téléphone sonnait. Je restai sur le pas de la porte, envisageai brièvement de faire demi-tour, puis me résignai à répondre. D'autant que ce ne serait peut-être pas qui je croyais.

— Mais qu'est-ce que tu fous à Pittsburgh ? aboya mon interlocuteur avant même que j'approche l'écouteur de mon oreille.

Je cherchai sur le téléphone un bouton réglant le volume, n'en trouvai pas et envisageai de raccrocher « par accident ».

— Moi aussi, je suis ravie de t'entendre, Clayton. Mon vol s'est bien passé, merci. Comment ça va, à Detroit ?

— Fait une chaleur d'enfer, marmonna-t-il avec une intonation traînante, typique du Sud, qui ressuscita dès qu'il baissa la voix à un volume moins assourdissant. Et ça pue encore plus. Pourquoi tu ne m'as pas appelé pour me dire que tu allais à Pittsburgh ?

— Parce que tu aurais insisté pour m'y retrouver. Je n'ai pas besoin…

— Trop tard. Je fais déjà mes bagages.

— Je n'ai besoin ni de ton aide, ni de ta protection.

— Et de ma compagnie, chérie ? Je suppose que ça non plus.

— Lâche-moi un peu. Tu n'es parti qu'hier et je te retrouve lundi.

— Alors je peux te faire économiser deux vols. Je viens ce soir en voiture, et quand tu en auras fini, je pourrai te ramener à Detroit…

— Non.

— J'essaie seulement de…

— Te montrer possessif, surprotecteur, et de tout contrôler.

— Tu me manques.

— Bien essayé. La réponse est toujours non. Je peux régler ça toute seule.

— Et qu'est-ce que tu dois régler au juste ?

— Je te raconterai demain, répondis-je. Quand j'en aurai parlé à Jeremy.

— C'est intéressant ?

— Peut-être.

— C'est distrayant ?

— Y a de quoi foutre un bordel pas possible.

— Allez. Dis-moi tout.

— Plus tard.

— Arrête de me narguer, grogna-t-il.

— Tu veux que je le fasse pour de bon ? demandai-je.

— Ouais, si tu veux me voir débarquer à Pittsburgh dans l'heure.

— Il y a six heures de trajet.

— Tu veux parier ?

On continua ainsi trois bons quarts d'heure. Avant la fin de la conversation, Clay accepta, à contrecœur, de ne pas me rejoindre à Pittsburgh. Je dus admettre qu'il avait fait de gros efforts, depuis que nous nous étions remis ensemble, pour se montrer moins possessif et surprotecteur, et pour moins chercher à tout contrôler. Il ne me laissait pas pour autant vivre une vie semi-indépendante. Nous faisions chambre à part, mais ça n'allait pas plus loin. Il s'attendait toujours à m'avoir auprès de lui vingt-quatre heures sur vingt-quatre. Même cette histoire de chambres était une blague. Posséder la mienne signifiait simplement que j'avais un endroit où ranger mes affaires. Partout où je dormais, Clay m'accompagnait.

Dans le cadre de mes propres efforts visant à préserver notre relation, j'avais dû reconnaître que ce côté fusionnel faisait partie intégrante de la nature de Clay. Mordu dans son enfance, il avait oublié avoir jamais été humain, et aucune des expériences vécues ensuite ne l'avait convaincu qu'il y perdait quoi que ce soit. Il était davantage loup qu'humain. Au sujet de ce besoin constant d'être ensemble, Clay rétorquait qu'on ne verrait jamais un loup dire à son partenaire qu'il devait «s'éloigner un moment» ou avait «besoin d'un peu d'espace». Les loups nouaient des liens qui duraient toute une vie et semblaient très bien marcher, malgré la cruelle absence de thérapies relationnelles.

Clay et moi étions ensemble depuis près de douze ans. Enfin, j'exagère un peu en disant «ensemble». Notre relation avait commencé douze ans plus tôt, puis cette histoire de morsure était survenue. Après avoir passé dix ans à jouer les yoyos, j'avais craqué, m'avouant que je l'aimais et ne pouvais vivre sans lui, toutes ces histoires à la Harlequin. Malgré tout, notre relation n'avait rien de commun avec celles des romans à l'eau de rose. Clay et moi étions aussi bien assortis que le feu et l'essence : chaleur intense, gerbes d'étincelles, dégâts et ravages de temps à autre. J'avais fini par comprendre qu'on fonctionnait ainsi. Ce n'était pas une relation calme et stable, ça ne le serait jamais, et aucun d'entre nous ne le souhaitait de toute façon. Le bonheur d'une vie casanière domestique, on le laissait aux autres. Qu'on nous donne étincelles et explosions, positives comme négatives, et là nous nagions en pleine extase.

Cette nuit-là, je ne trouvai pas le sommeil.

Étendue dans mon lit, je fixais le plafond, luttant contre un malaise qui m'empêchait de fermer les yeux.

Il y avait en premier lieu la question des sorcières. Était-ce réellement leur nature ? Quelle que soit la réponse, je doutais de leurs motivations. Trop de points, dans leur récit, me paraissaient illogiques. J'aurais dû appeler Jeremy dès que j'avais quitté leur hôtel. Il ne serait pas ravi de découvrir que j'avais attendu une journée entière avant de lui en parler. Deux personnes au moins savaient que j'étais un loup-garou et je n'en avais averti ni Clay, ni Jeremy. Mais où avais-je la tête ? Et si j'appelais Jeremy sur-le-champ ? Il était deux heures quarante-cinq. Mon avion décollait à huit heures. Ça pouvait attendre. Le fallait-il ? En aurais-je la patience ?

Je décidai d'aller courir afin de m'éclaircir les idées. De faire du jogging, je veux dire. Ce serait distrayant de me balader dans Pittsburgh sous forme de loup, mais ce n'était vraiment pas le genre d'amusement dont j'avais besoin. J'enfilai un short et un tee-shirt, quittai ma chambre et suivis un dédale de ruelles jusqu'à une zone industrielle déserte. Les grandes villes n'étaient pas le meilleur endroit où faire son jogging en pleine nuit. Toute personne qui verrait une jeune femme courir dans les rues de Pittsburgh à trois heures du mat' chercherait son poursuivant.

J'avais parcouru quatre cents mètres quand je perçus une présence derrière moi. Rien de bien surprenant. Comme je vous le disais, les jeunes femmes qui font leur jogging la nuit attirent l'attention, souvent indésirable. Bien sûr, si un type me sautait dessus, je pourrais le projeter contre le mur de brique le plus proche et le monde aurait un violeur de moins dont s'inquiéter. Mais ça impliquait de se débarrasser d'un corps dans une ville inconnue. Sans compter que je n'en étais pas capable. Je bluffe sans trop de mal, mais je ne suis pas si coriace que ça. Même si un voleur me menaçait d'un flingue et m'obligeait à le tuer, je le regretterais. Je me demanderais si ma réaction était excessive, je me dirais que c'était peut-être le premier délit de ce type et qu'il m'aurait suffi de lui coller une bonne frousse pour le remettre sur le droit chemin, qu'il avait peut-être une femme et des enfants et cherchait simplement quelques dollars pour acheter à manger. Mieux valait éviter de me mettre dans une situation où ce genre d'action serait nécessaire. Les loups sauvages survivaient en évitant toute confrontation avec les humains. Les loups-garous aussi.

Quand j'entendis près de moi un bruit de pas étouffé, je m'assurai d'abord qu'il ne s'agissait pas d'une coïncidence. J'empruntai les trois tournants suivants de manière à revenir à mon point de départ. Le bruit de pas me suivit. Puis je me plaçai sous le vent et flairai l'odeur, au cas où il s'agirait d'un autre loup-garou. En tant que seul spécimen de sexe féminin dans un pays qui comptait quelques dizaines de mâles, j'étais considérée comme un trophée. Avoir pour amant le loup-garou le plus craint et le plus haï ne faisait qu'ajouter à ma valeur. Si les cabots n'avaient pas envie de me baiser littéralement, ils voulaient baiser

Clay au sens figuré – et l'occasion de faire d'une pierre deux coups semblait irrésistible aux yeux de beaucoup. Je ne connaissais pas de cabots habitant Pittsburgh et les environs, mais je les savais généralement assez nomades et je ne tenais jamais mes dossiers à jour.

Mon poursuivant n'était pas un cabot. Les loups-garous possédaient une odeur sous-jacente caractéristique, ce qui n'était pas le cas de ce gars-là. C'était un mec – un humain, je veux dire. Ce détail mis à part, son odeur ne m'apprenait pas grand-chose. Pas d'après-rasage. Un soupçon d'odeur corporelle, comme si son déodorant avait atteint sa limite temporelle. À part ça, il était propre. Très propre. Ce que je n'attendais pas d'un violeur ni d'un voleur. Oui, je sais que tous les tordus ne sont pas des clochards débraillés et mal rasés. Mais la plupart ne sont pas des fanas de l'hygiène. Ma curiosité étant piquée, je décidai de jeter un œil à mon poursuivant.

Toujours désireuse d'éviter une confrontation, j'essayai de le regarder tout en continuant à courir. Afin de le localiser, je m'arrêtai au milieu d'une rue vide et me penchai pour refaire mes lacets. Puis je marmonnai à mi-voix, les défis d'un coup et recommençai. Alors que je les nouais pour la troisième fois, mon traqueur commença à devenir nerveux, me maudissant certainement de m'être arrêtée sur la route plutôt que dans un coin obscur à souhait. Il se pencha hors de sa cachette, se trahissant par ce mouvement dans une rue où tout était immobile. Il se cachait dans un renfoncement sur ma gauche.

Je me redressai et entrepris de faire des étirements des tendons du jarret. En plein milieu de la deuxième série, je m'élançai. Courant à fond la caisse, je m'engouffrai dans la ruelle longeant le bâtiment où se cachait mon poursuivant. Le temps qu'il se lance à ma poursuite, je me trouvais derrière l'immeuble adjacent. Je m'arrêtai dans une entrée et inspectai le sol. À quelques mètres sur ma gauche, je vis ce que je cherchais. Quelque chose de sombre dont la forme évoquait un missile. Une demi-douzaine de canettes de bière éparpillées autour de la porte. Je m'emparai de la plus proche, que je lançai dans l'allée perpendiculaire. Elle atterrit quelque part derrière le bâtiment voisin. Par chance, mon traqueur n'était pas sourd. Quand il atteignit le bout de l'allée, il se tourna dans la direction du bruit et s'y précipita, s'éloignant de moi.

Toujours cachée parmi les ombres, je le regardai filer. Un mètre quatre-vingt-cinq, peut-être quatre-vingt-dix. Corpulence moyenne. Vêtu d'un pantalon et d'une veste sombres. Coiffé d'une sorte de chapeau. Casquette de base-ball ? Il ralentit, s'arrêta, chercha ses marques. Puis il se voûta et se mit à marcher très lentement, tournant la tête de gauche à droite comme un tireur embusqué se faufilant à travers la jungle. Quelque chose pendait de sa main. Une arme à feu. Une grosse. Eh ben, Elena. Te voilà suivie dans les rues de Pittsburgh par un vétéran du Vietnam armé. Voilà ce que j'avais gagné à regarder *Platoon* avec Clay la semaine précédente. Ce type devait trimballer une bouteille de Wild Turkey.

Rasant le mur, je m'approchai furtivement de mon traqueur. La lumière d'une ampoule nue se refléta sur ce qu'il tenait à la main. C'était effectivement un flingue. Je plissai les yeux pour mieux distinguer sa tenue. Il portait un treillis noir. Ça devenait lourd, ces flash-backs de *Platoon*. Les treillis n'existaient pas en noir, du moins, pas que je sache. Le type portait un pantalon baggy noir, une veste tout aussi ample, une casquette sombre et des bottes à semelles épaisses.

Il s'arrêta. Je m'aplatis contre le mur et attendis. Retirant sa casquette d'une main, il se gratta la tête de l'autre. Dans le silence de la nuit, j'entendis le bruit de ses doigts dans ses cheveux courts. Très courts. Façon coupe militaire. Sans remettre sa casquette, il tira quelque chose de sa poche, décrivit un geste du poignet puis leva la main vers son oreille.

—Elle est passée par là? murmura-t-il dans le talkie-walkie (je supposai que c'en était un car je ne l'avais pas vu composer un numéro de téléphone). Ouais… Non. Elle a dû me semer. Elle a flippé et elle s'est barrée. Elle m'a eu par surprise… Ouais… Non, non. J'aurais remarqué. Un loup ne passe pas inaperçu ici.

Un loup? Il avait bien dit « un loup »?

Ce n'était vraiment pas mon jour.

HOUDINI

— Non, dit mon traqueur dans son talkie-walkie. Pardon? Ouais… Sans doute. Vous allez voir ça avec Tucker?… Nan, j'y vais à pied. Dites à Pierce de la garer derrière… Ouais? Ben, c'est pas très loin… À plus.

Il fourra la radio dans sa poche. Puis leva son arme et décrivit un mouvement qui la fit rétrécir, je ne sais s'il avait replié le canon ou s'il l'avait dévissé, un truc comme ça. Hé, je suis canadienne. Je ne connais rien à ces engins-là. Enfin bref, il réduisit de moitié la taille de son flingue, souleva sa veste et le rangea dans un étui.

Je suivis mon type tandis qu'il rejoignait la rue. Là, il retrouva un deuxième homme, également vêtu de tout l'attirail du voleur de voitures avec treillis gothique. Tous deux retirèrent leur casquette qu'ils rangèrent dans leur sac à dos. Puis ils ouvrirent leur veste afin d'avoir l'air le plus normal possible sans dévoiler leur arme. Ils prirent la direction de l'est. Je les suivis.

Au troisième tournant, je compris où ils allaient, bien que nous en soyons toujours à huit cents mètres. Comme je m'y attendais, ils tournèrent à gauche trois rues plus loin, puis à droite, et tournèrent encore trois rues plus loin pour arriver devant l'hôtel où j'avais rencontré les Winterbourne l'après-midi même. Finalement, je n'étais donc pas si parano de m'inquiéter de la présence d'hommes armés dans la chambre des Winterbourne.

Sauf qu'au lieu de demander à leurs acolytes/sous-fifres de me sauter dessus sur place, elles avaient attendu que je sorte à l'abri de la nuit.

Je m'attendais à voir ces deux types entrer directement dans le vestibule. Ils n'en firent rien, à ma grande surprise, mais je compris que deux hommes vêtus de noir entrant dans le vestibule d'un hôtel à quatre heures du mat' susciteraient quelques haussements de sourcils… ainsi qu'une certaine inquiétude. Clients ou pas, ils passèrent par-derrière. Ils se faufilèrent jusqu'à une porte latérale. Mon traqueur s'appuya contre le mur, me bouchant la vue, tandis que son ami trafiquait la serrure. Deux minutes s'écoulèrent. Puis la porte s'ouvrit et ils se glissèrent à l'intérieur. Je comptai jusqu'à vingt avant de les suivre.

Ils empruntèrent l'escalier. Ils montèrent au quatrième étage, empruntèrent la sortie et y jetèrent un œil. Après quelques discussions, le compagnon de mon poursuivant se glissa dans le couloir, laissant l'autre seul dans l'escalier.

Dilemme. De l'endroit où j'étais placée, en dessous du traqueur, je ne voyais rien – ni lui, ni son compagnon, bien que la porte soit maintenue ouverte. Mais une solution s'offrait à moi. Quand j'étais venue avec Paige, j'avais remarqué un deuxième escalier de l'autre côté du vestibule. Je pouvais sortir au troisième étage, trouver cet autre escalier, monter au cinquième et rejoindre le premier escalier. Placée en surplomb, j'y verrais mieux. Et mon traqueur s'attendrait sans doute davantage à ce que le danger vienne d'en bas, de quelqu'un qui monterait du rez-de-chaussée. D'un autre côté, ça signifiait aussi que je ne pourrais ni les entendre, ni les flairer pendant quelques minutes au moins. Valait-il mieux rester là où je pourrais recourir à ces deux sens ? Plus j'attendais, plus il serait risqué de partir. Je descendis lentement au troisième.

Revenir à mon point de départ ne me posa aucun problème. Les sorties étaient indiquées à chaque extrémité du couloir. Je revins au premier escalier, ôtai mes chaussures, me glissai par la porte du cinquième et descendis très prudemment jusqu'à me trouver à une demi-douzaine de marches du palier où patientait mon traqueur. Enfilant mes chaussures, je m'accroupis pour jeter un coup d'œil à travers la rampe. Parfait. Maintenant, j'avais les bruits, les odeurs et les images. Le partenaire de mon traqueur se trouvait dans la chambre 406. Celle des Winterbourne. Accroupi devant la porte, il s'affairait avec des outils de crochetage. Ce n'étaient donc pas des clients de l'hôtel. Peut-être les Winterbourne disaient-elles vrai quand elles parlaient de danger. Du moins quand elles affirmaient être *elles-mêmes* en danger. Et moi? Eh bien, je ne me serais jamais trouvée à Pittsburgh sans elles, non? Ces apprentis miliciens ne m'auraient sans doute pas suivie ce soir si j'étais restée chez moi. Que les Winterbourne soient ou non complices, je pouvais toujours leur reprocher ça. Une bonne chose, car j'avais très envie de leur en vouloir pour quelque chose.

Mon traqueur bascula sur ses talons et s'éleva sur la pointe des pieds, marmonnant à mi-voix. Dans le couloir, son compagnon essuya son visage en sueur sur son épaule. Il se leva, s'étira, puis s'accroupit de nouveau. Il testa plusieurs fois la poignée de porte puis se tourna vers son acolyte en secouant la tête. Le traqueur finit par lui répondre d'un signe. Je remontai aussitôt de trois marches, hors de leur vue. Ils regagnèrent la cage d'escalier et fermèrent la porte.

—Rien à faire, dit le crocheteur. Je n'y arrive pas. Je suis sûr d'avoir ouvert la serrure, mais la porte reste fermée.

—Y a un verrou?

Le crocheteur fit signe que non.

—J'ai inspecté les lieux ce matin. Ce sont de bonnes vieilles serrures.

—Appelle Tucker. J'ai vu un téléphone public, dehors. Je t'attends ici.

Le crocheteur descendit les marches en trottinant. Quand la porte du premier étage se referma derrière lui, j'entendis s'ouvrir une autre porte, au quatrième étage. Mon traqueur entrebâilla la porte de sortie pour jeter un œil dans le couloir. Puis il émit un bruit de gorge, un rire étouffé. Je descendis de quelques marches, m'accroupis de nouveau et regardai par la porte entrouverte.

Paige Winterbourne se tenait dans le couloir, bras croisés sur la poitrine, vêtue d'une chemise de nuit de soie verte et d'un châle assorti. Sourcils froncés, elle balaya le couloir du regard. Puis se tourna vers la sortie où nous nous cachions. Bien que la porte ne soit entrouverte que de quelques centimètres, elle aperçut sans doute de la lumière ou une ombre au travers. La voyant regarder dans cette direction, le traqueur hésita, poignée de porte en main, prêt à la refermer. Si elle était rentrée dans sa chambre appeler la sécurité, il aurait foncé. Mais elle n'en fit rien. Elle plissa les yeux et regarda dans notre direction. Encore un cliché de film d'horreur. Quand l'ingénue évaporée entend un bruit dans la nuit, va-t-elle se mettre à l'abri pour appeler des secours ? Bien sûr que non. Elle doit voir ce qui se trouve derrière cette porte entrouverte. Il ne manquait plus à Paige que de laisser tomber son négligé afin de courir nue dans le couloir en hurlant à pleins poumons quand elle ouvrirait la porte et verrait le tueur tapi de l'autre côté.

Mon traqueur fit une entorse au scénario. Au lieu d'attendre que Paige ouvre la porte, il tira son arme et la rassembla. Puis il ouvrit tout doucement la porte d'un centimètre supplémentaire avant d'élever son arme vers l'entrebâillement. L'année précédente, j'avais vu une femme innocente se faire abattre à cause de moi. L'innocence de Paige était sujette à caution, mais je doutais qu'elle mérite de se faire tuer dans un couloir d'hôtel. J'enjambai la rampe et atterris sur le dos du type. Il bascula en avant. Je lui agrippai la tête et lui tordis le cou. La manière la plus simple, la plus silencieuse et la plus propre de tuer.

Lorsqu'il tomba face la première sur le sol, je levai les yeux et vis que Paige tenait la porte ouverte en me regardant fixement.

— Montez la garde, lui dis-je. Est-ce que votre porte est déverrouillée ?

— Ma… ? Hum, oui.

Je hissai le cadavre sur mon épaule et contournai Paige pour rejoindre le couloir.

— Je vous ai demandé de monter la garde. Il n'était pas seul.

— Où est-ce que vous… Oh, attendez. Dans ma chambre ? Vous ne pouvez pas le laisser… (Elle s'interrompit.) Emportez-le dans la suite voisine de la nôtre. De ce côté-ci. Elle est vide.

— Tant mieux.

— Je peux ouvrir la porte grâce à un sort, dit-elle.

Elle s'engouffra bien vite dans le couloir, murmurant des mots dans une langue étrangère. Tandis qu'elle parlait, je couvris ma main de ma chemise et brisai la poignée de porte de la chambre vide.

— Retournez chercher son arme, dis-je. Puis réveillez votre tante et entrez ici.

Paige hésita, comme si un réflexe lui interdisait de recevoir des ordres. Elle sembla estimer qu'il serait peu judicieux de protester et n'attendit qu'une seconde avant de se précipiter vers l'escalier. Je traînai le cadavre dans la salle de bains, fermai la porte et fouillai ses poches en quête d'une pièce d'identité. Rien. Voyant le talkie-walkie dans sa poche, je me rappelai qu'il y avait un deuxième homme armé et que Paige et sa tante prenaient bien leur temps pour évacuer leur chambre.

J'ouvris la porte de la salle de bains tandis qu'elles entraient dans la chambre vide. Paige portait toujours sa chemise de nuit et son châle. Le long peignoir de Ruth cachait sa tenue. Elles transportaient toutes deux des vêtements de rechange ainsi que leur sac.

— Bonne idée, leur dis-je. Vous avez vos papiers là-dedans ?

— Ça ne sert à rien de leur laisser d'indices s'ils entrent par effraction, dit Paige. Si nécessaire, on peut abandonner le reste de nos affaires.

— Paige m'a raconté ce qui s'est passé, dit Ruth. Nous vous sommes très reconnaissantes. Et nous sommes très impressionnées. Vous avez d'excellents réflexes.

— J'ai pris des cours d'autodéfense, répondis-je.

— Vous n'admettez toujours pas être un loup-garou ? demanda Paige.

Je me dirigeai vers la salle de bains dont je maintins la porte ouverte.

— Est-ce que l'une de vous avait déjà vu ce type ? Ne touchez à rien. Les flics chercheront des empreintes.

— Les flics ? répéta Paige.

— Oui, les flics. Qui va se charger d'enquêter sur le meurtre, à votre avis ? La sécurité de l'hôtel ?

— Le meurtre ? Vous voulez dire qu'il est mort ?

— Non. Il se repose tranquillement, répondis-je. Les gens dorment toujours mieux avec la tête à un angle de 90 degrés. Il a l'air bien installé, non ?

—Pas la peine de donner dans le sarcasme, répondit Paige d'une voix sèche. Vous avez peut-être l'habitude de trimballer des cadavres, moi pas.

—Quelle vie de privilégiée. Vous vous dites sorcière et vous n'avez jamais eu à tuer quelqu'un ?

La voix de Paige se fit plus sèche encore.

—Nous avons recours à d'autres moyens pour nous défendre.

—Par exemple ? Jeter un sort qui donne des pensées positives à vos agresseurs ? Transformer leur flingue en bouquet de fleurs ? Paix et amour pour tous ?

—Je me serais servie d'un sort d'entrave, répondit Paige. Je l'aurais gardé en vie pour pouvoir l'interroger. Ah, tiens, quelle idée originale. Si vous ne l'aviez pas tué, on aurait peut-être pu lui parler.

—Ah oui, c'est vrai. Votre sort d'entrave, d'une efficacité à toute épreuve. Vous savez quoi, la prochaine fois que je vois un type braquer un flingue sur vous, je vous laisse faire. Commencez votre invocation et voyez si vous arrivez à finir avant qu'il vous abatte. D'accord ?

Paige souleva le pistolet, l'ouvrit, en retira une seringue sédative et me la montra.

—Personne ne voulait me tuer.

—Vous en êtes sûres ? demanda une voix masculine.

Je sursautai, tout comme Paige. Même Ruth leva les yeux, surprise. Au coin de la chambre se tenait un homme vêtu du même treillis noir que le mort. Il était d'une taille et d'une corpulence moyennes, avec des cheveux d'un brun quelconque coupés court, mais pas à la militaire. Son unique trait distinctif – une très mince cicatrice lui courant de la tempe au nez – me permettait d'affirmer avec certitude que je ne l'avais jamais vu. Je jetai un coup d'œil à la porte du couloir. Elle était toujours fermée et verrouillée. La tenue de rechange de Paige, devant la porte, n'avait pas bougé. Comment ce type était-il donc entré ?

—Je suis ravi d'apprendre que vous n'auriez pas tué ce pauvre Mark, dit l'homme, assis au bord du lit, étirant les jambes et croisant les chevilles. Très chic de votre part. J'imagine que ce qu'on dit des sorcières est vrai. Tellement pleines d'altruisme, de sollicitude, et d'une effarante naïveté.

Je m'avançai vers lui.

—Non ! me dit Paige.

—C'est elle, le loup-garou ? demanda-t-il en dirigeant vers moi ses yeux d'un brun terne pour me jauger avec un petit sourire narquois. Mieux que ce à quoi je m'attendais. Alors vous allez nous suivre, la louve ? Ou il va falloir que les choses deviennent plus… (son sourire s'élargit en rictus)… physiques ?

Je lançai un coup d'œil à Paige et à Ruth.

—Oh, elles viennent, elles aussi, dit-il. Mais elles ne m'inquiètent pas. Ce ne sont que des sorcières, vous savez. Elles feront ce qu'on leur dit.

Paige émit un bruit de gorge, mais Ruth la retint d'une main posée sur son bras.

—Vous êtes là pour nous enlever ? demandai-je.

L'homme étouffa un bâillement.

—On dirait bien, non ?

—Qu'est-ce qui vous y a poussé ? demanda Paige.

—Vous voyez ? dit le type en me regardant. C'est bien les sorcières, ça. Elle me culpabilise. En faisant appel à ma douceur et à ma gentillesse. Ce qui pourrait marcher si j'en possédais.

—Alors vous travaillez pour Ty Winsloe ? demandai-je.

—Oh, arrêtez, mesdames. J'adorerais parler de mes motivations et des chances des Yankees pour la prochaine Coupe du monde mais…

Je plongeai vers lui, franchissant le mètre cinquante qui nous séparait. Mes mains se tendirent, prêtes à le heurter en pleine poitrine pour le faire basculer en arrière. Mais rien ne se produisit. Je n'atteignis que du vide et tombai sur le lit, en me retournant très vite pour me redresser avant la contre-attaque. Laquelle ne vint pas. Je pivotai pour voir l'homme debout à la porte de la chambre, affichant toujours la même expression d'ennui.

— C'est ce que vous pouvez faire de mieux ? demanda-t-il avec un soupir. Grosse déception.

J'avançai vers lui, lentement, regard fixé au sien. Quand je me trouvai assez près pour entendre battre son cœur, je m'arrêtai. Il afficha de nouveau son rictus et ses yeux pétillèrent d'anticipation, évoquant un gosse impatient de voir le jeu commencer. Sa gorge palpitait tandis que les mots montaient à ses lèvres. Avant qu'il puisse dire quoi que ce soit, je tendis le pied droit, le glissai derrière sa jambe et tirai fort. Il bascula en arrière. Puis il disparut. L'instant d'avant, il tombait comme une brique, la seconde d'après… il n'était plus là. Tout simplement.

— Bien essayé, dit-il quelque part derrière moi.

Je me retournai et le vis debout dans la salle de bains, près du cadavre.

— Vous commencez à prendre le coup, déclara-t-il, le regard éclairé d'un sourire. J'adorerais vous donner une autre chance, mais mes compatriotes arrivent. Pas question qu'ils me voient jouer avec l'ennemi. Ils ne comprendraient pas. Ces humains.

Il se pencha vers le fusil tranquillisant que Paige avait lâché. Les lèvres de Ruth remuèrent. L'homme s'immobilisa, bras tendu, doigts assez proches pour se refermer sur le métal. Mais sa main ne bougea pas.

—Allez-y, dit Ruth en ramassant son sac par terre. Ça ne va pas durer.

Paige traversa la pièce en courant, m'agrippa par le bras et me tira vers la porte. J'arrachai mon bras à son étreinte et me retournai vers l'homme. Il était immobilisé. Ça ne durerait pas longtemps, mais ça importait peu. Il ne me fallait pas beaucoup de temps. Je m'avançai vers lui. Paige me saisit par le bras.

—Pas le temps! dit-elle. Il peut rompre le sort d'une seconde à l'autre!

—Allez-y, répondis-je.

—Non, dit Ruth.

D'un même mouvement, elles me poussèrent vers la porte. Je résistai, mais il m'apparut nettement qu'elles n'iraient nulle part sans moi, et je ne comptais mettre la vie de personne en danger, pas même la mienne. Je me précipitai donc vers l'escalier. Elles me suivirent.

Nous avions descendu près de deux étages quand j'entendis des pas provenant d'en bas. Je pivotai et fis signe à Paige de remonter. Tandis que nous courions vers la sortie du troisième étage, quelqu'un nous appela d'en bas. La cadence des pas accéléra à mesure qu'ils montaient les marches à toute allure dans notre direction.

Je contournai Ruth et Paige et les guidai le long du couloir en direction de l'escalier d'en face. Nos poursuivants atteignaient à peine le troisième étage lorsqu'on franchit l'autre porte, descendit l'escalier, emprunta la sortie de secours du premier. L'alarme se mit à sonner.

Paige prit la direction du nord. Je la saisis par le bras pour la tirer en arrière.

—Par là, c'est la rue, sifflai-je en la poussant devant moi vers le sud.

—Ils ne nous abattraient pas devant témoins, me répondit-elle.

— Vous voulez parier ? À votre avis, combien de personnes peut-il y avoir ici à quatre heures trente ?

— Ne vous arrêtez pas, dit Ruth. Je vous en prie.

L'alarme parut ralentir les hommes. Peut-être quelqu'un les avait-il arrêtés. Je n'en savais rien et je m'en moquais. L'important était que nous ayons atteint l'extrémité sud de la ruelle, tourné vers l'ouest et remonté la moitié de celle-ci avant que nos poursuivants sortent de l'hôtel en aboyant des ordres. La ruelle orientée ouest s'interrompit. Nous avions le choix entre le sud, qui menait à une impasse, et le nord, qui menait à la rue. Comme Ruth et Paige étaient en chemise de nuit, je n'étais pas sûre qu'il soit très judicieux de courir vers l'abri potentiel de la rue. Mais l'idée d'impasse avait quelque chose d'inquiétant. Je choisis donc le nord et continuai à courir. En fait, le terme « courir » est un peu fort. Je parlerais plutôt de marche très rapide. Même si Paige parvenait à rester derrière moi, forcer sa vieille tante à courir à mon rythme normal la condamnerait à mort aussi sûrement que la laisser en arrière.

À mi-chemin de la rue, on atteignit une étroite ruelle orientée vers l'ouest que j'empruntai. Les hommes tournaient à présent au coin nord, le souffle aussi bruyant que celui de chiens aux abois sur nos talons. J'étais ravie que Paige et Ruth ne puissent les entendre. Devant nous, une benne à ordures nous bloquait le chemin vers l'ouest. Je vis un tournant vers le sud et supposai qu'il y en avait également un au nord. Ce n'était pas le cas. Pire encore, l'embranchement sud débouchait sur un mur de deux mètres cinquante.

— Grimpez sur la benne, chuchotai-je. Je vais sauter et vous hisser là-haut.

Ruth secoua la tête.

— Par là, siffla-t-elle en désignant le sud.

—Mais il n'y a pas de…

—Cachez-vous, dit-elle.

Je regardai la ruelle sombre en plissant les yeux. Il n'y avait là aucun abri potentiel, rien que des ombres. Je me tournai vers Ruth pour le lui dire, puis vis son visage. Il était cramoisi et sa respiration pénible la faisait grimacer. Elle ne pouvait pas aller plus loin.

Hochant la tête, je les escortai jusqu'au mur à l'ouest, où les ombres étaient les plus denses, et leur fis signe d'y attendre. Je me plaçai ainsi que Paige devant Ruth, vêtue de son peignoir jaune pâle, pour la protéger. Ça ne servirait à rien. Ils allaient nous voir. Un coup d'œil dans cette ruelle et nous étions perdues. Je ne pouvais plus rien faire d'autre que me préparer à les affronter.

Nous nous étions à peine installées parmi les ombres quand trois hommes s'arrêtèrent brusquement devant la benne. L'un d'eux était le crocheteur, l'autre le Houdini de la chambre d'hôtel, et le troisième un clone identique, également de style militaire.

—Ne bougez pas, dit Paige en me touchant le bras.

Je ne pensais pas que ça serve à quoi que ce soit, mais si ça pouvait les tranquilliser, je resterais immobile jusqu'à ce qu'on nous découvre. Les hommes regardèrent la benne puis jetèrent un œil dans l'allée sud, trop vite pour nous voir. Le crocheteur se dirigea d'un côté de la benne à l'autre.

—Une impasse, dit-il. Elles n'ont pu passer que par-dessus.

—Deux mètres cinquante? dit le nouveau. Avec une vieille dame? Pas possible.

Houdini s'appuya contre le mur de brique au nord, sortit une cigarette de sa poche et craqua une allumette. La flamme éclaira un instant son visage puis s'éteignit en crachotant. Il tira une bouffée tandis que les deux militaires se disputaient pour savoir s'il était ou non possible qu'on ait escaladé la benne. Hé! ho! On se trouvait à six mètres d'eux, presque à découvert. Mais personne n'a jamais dit que l'armée recrutait ses hommes pour leur cervelle. Et, plus je voyais ces types, plus je doutais qu'ils agissent sous les auspices de quelque aile de l'armée américaine que ce soit. Alors qu'étaient-ils? Des militaires à la retraite peut-être? Plus probablement réformés. Ou membres de ces milices qui apparaissent avec une inquiétante fréquence aux informations américaines. Mais enfin bref, ce n'étaient pas des lumières.

Alors que je me retournais vers Houdini, il me renvoya mon regard. Il savait très bien où nous étions. Pourquoi n'en disait-il rien à ses camarades? Pour nous faire des frayeurs. Sa façon de jouer au chat et à la souris. Il porta sa cigarette à ses lèvres et inhala. Le bout incandescent se mit à luire dans la nuit puis disparut, encore et encore, clignotant dans les ténèbres avant de heurter le sol dans une gerbe d'étincelles. Lorsqu'il s'avança vers la ruelle sud, je me raidis et retins mon souffle. Ses yeux balayèrent l'allée en nous frôlant avant de s'éloigner de nouveau. C'était mignon, ça. Faire semblant de ne pas nous voir. Endormir notre méfiance. Enfoiré de sadique. Je retins mon souffle et me préparai à l'attaque.

Réunion

Houdini s'avança à moins de trente centimètres de moi, regarda le mur d'en face puis tourna les yeux dans ma direction. Et voilà. Il prenait tout son temps, feignant de ne pas me voir. Puis il croiserait soudain mon regard, et hop, il se délecterait de la peur qu'il s'attendait à y lire. Je serrai les dents quand sa tête pivota vers moi. Mais son regard restait en mouvement, balayant mon visage sans même croiser mes yeux. Il poussa un grognement. Un tic agita un muscle sous sa cicatrice. Il se tourna vers le mur au bout de l'allée et leva les yeux. Puis il disparut. J'entendis un bruit de papier froissé de l'autre côté du mur. Suivi d'un juron. Et il rejoignit à grands pas les deux autres demeurés de militaires.

— Les ordures sont intactes de l'autre côté du mur, dit-il. Elles ne sont pas passées par là. Soit elles ont grimpé par-dessus la benne, soit vous avez pris le mauvais tournant. Je vais regarder de l'autre côté de la benne, mais je penche plutôt pour la deuxième option. Ces humains, je vous jure.

Ses compagnons se mirent à râler, mais Houdini avait déjà disparu. Il revint une minute plus tard.

— Il y a des flaques, dit-il. Mais je ne vois aucune trace humide qui s'en éloigne. Vous avez tout fait foirer.

Le crocheteur le fusilla du regard.

— Si vous êtes un si bon traqueur, pourquoi vous n'avez pas pris les commandes ?

—Ce n'est pas mon boulot, répondit Houdini en s'éloignant dans la ruelle. Moi, c'est les opérations spéciales.

—C'est ça, lui cria le crocheteur. Vous qui avez des superpouvoirs, vous auriez dû être capable de vous téléporter à la sortie de l'hôtel avant qu'elles se barrent. Ah, désolé, j'oubliais. Vous n'êtes pas assez puissant pour ça, hein ?

Houdini tendit le majeur en l'air sans se retourner ni s'arrêter. Le crocheteur lança un nouveau coup d'œil à la benne, puis jeta un œil dans l'allée qui se dirigeait au sud. À moins d'être héméralope, il aurait dû nous voir. Mais ce n'était pas le cas. D'une voix brusque, il lança quelques mots au troisième homme et ils se mirent à suivre Houdini.

Quand ils furent trop loin pour nous entendre, Ruth se pencha vers moi et me dit :

—Un sort de camouflage. Je voulais vous avertir, mais je n'ai pas eu le temps.

J'écoutai leurs pas qui s'éloignaient, attendis qu'ils disparaissent puis me tournai vers elle.

—Ça a marché, mais je suppose que vous n'avez rien d'un peu plus incapacitant dans votre répertoire, des fois qu'ils reviendraient ?

Ruth s'esclaffa.

—Désolée. Nos sorts sont défensifs plutôt qu'offensifs.

—Nous connaissons quelques sorts plus agressifs, dit Paige. Mais ils sont plus longs à préparer.

Ruth pinça les lèvres.

—Nous ne nous en servons pas. Ce n'est pas notre façon de procéder.

Je me rappelai les propos d'Houdini au sujet des sorcières. Personnellement, je préférais arrêter mes agresseurs de manière irrévocable, mais leur philosophie semblait tout autre.

Comme je repensais à Houdini, je ne pus m'empêcher de leur demander :

— C'était quoi, ce type ?

— Un semi-démon capable de se téléporter. Son rayon d'action est limité et ne s'étend sans doute pas à plus d'un mètre cinquante à trois mètres. C'est la progéniture d'un démon mineur, ce qui explique cette dilution de ses pouvoirs. J'ai dans l'idée que c'est le meilleur élément dont disposent Winsloe et sa bande. C'est pour ça qu'ils veulent de meilleurs spécimens.

— Des spécimens ? répétai-je.

— Nous vous expliquerons tout ça lors de la réunion, répondit Ruth. Pour l'instant, nous devons nous mettre à l'abri.

— Je peux nous faire passer par-dessus la benne, dis-je. C'est salissant, mais plus sûr que de regagner l'hôtel.

Ruth hocha la tête et on remonta la ruelle à toute allure. Passer par-dessus la benne ne serait pas le trajet le plus agréable qui soit, mais ça ne devrait pas nous donner trop de mal. Un bond d'un mètre quatre-vingts ne représentait rien pour un loup-garou. Pas plus que de hisser deux femmes de taille moyenne. Le pire était la puanteur, suffisante pour me couper l'appétit, un véritable exploit. On atteignit l'autre côté sans entendre un seul bruit provenant de l'autre ruelle. Nos poursuivants étaient partis depuis longtemps.

Une fois franchie la benne, mon flair me guida jusqu'à un marchand de beignets ouvert toute la nuit. On parvint à se faufiler à travers le parking et à entrer furtivement dans les toilettes sans attirer l'attention. J'achetai un café et des beignets que j'emportai dans les toilettes où Paige et Ruth se nettoyaient. Tandis qu'elles mangeaient, je me glissai par la porte affichant « Réservé au personnel » et fouillai les casiers en quête de vêtements. Je n'étais pas sûre qu'ils soient à la bonne taille, mais tout vaudrait mieux que ces chemises de nuit, si bien que je pris ce que je trouvai et l'emportai aux toilettes. On décida qu'il était temps de nous séparer.

—Soyez prudente, dit Ruth tandis que je m'apprêtais à partir. Surveillez vos arrières et rendez-vous directement à l'aéroport. On se reverra à la réunion.

J'hésitai, car je ne voulais pas leur donner l'impression que notre collaboration de cette nuit impliquait ma participation à leur réunion, mais Ruth s'était déjà détournée pour parler à Paige. Je murmurai donc un au revoir et partis.

Je regagnai l'hôtel et racontai au réceptionniste que j'étais sortie faire mon jogging et que j'avais laissé en haut la carte ouvrant ma porte. Il m'escorta jusqu'à ma chambre, ouvrit et patienta tandis que je feignais de chercher ma carte, alors que je guettais en réalité la présence d'intrus. Après son départ, je rassemblai mes affaires, sortis, pris un taxi pour l'aéroport et appelai Jeremy.

Tandis que je lui téléphonais, mon cerveau tournait à plein régime. Tant que je courais et cherchais à m'échapper, je n'avais pas eu le temps de trop penser à ce que je voyais. À présent que je l'avais largement, mon esprit en profitait pleinement. Des sorcières et des sorts d'entrave. Des démons qui se téléportent et des miliciens armés. Des fusils tranquillisants et des projets d'enlèvement. Où était le bon vieux temps où je n'avais à m'inquiéter que d'une poignée de cabots cinglés ? Les loups-garous, je pouvais m'en accommoder. Mais ça ? Qu'est-ce que c'était que cette histoire ?

Je la déballai à Jeremy en un flot de paroles à moitié cohérentes, reconnaissante d'avoir trouvé une cabine téléphonique privée et de ne pas devoir me soucier de ce que je disais. Jeremy attendit que j'en aie fini, s'assura que je n'aie plus rien à dire, puis déclara :

— C'est plutôt inquiétant, tout ça.

Je ne pus m'empêcher de rire. Je sentis alors la tension s'apaiser dans mon cou et mes épaules, et me relaxai pour la première fois ce soir-là. C'était Jeremy tout craché. Le champion des euphémismes. J'aurais pu lui dire qu'une ogive nucléaire échappée de Russie se dirigeait vers New York, il m'aurait répondu sur ce même ton calme et imperturbable.

— Eh non, répondis-je, je n'ai pas bu, ni ingéré de substances illégales.

Il gloussa.

— Je te crois. Où es-tu en ce moment ?

— À l'aéroport.

— Parfait. Ne prends pas de vol pour Syracuse. Achète un billet pour Buffalo et méfie-toi des passants trop curieux. Je te rejoins à l'aéroport.

Quand mon avion atterrit, je m'étais assez détendue pour me sentir idiote d'avoir appelé Jeremy dans un état proche de la panique et de l'obliger à rouler trois heures jusqu'à Buffalo. Il devait bien exister une explication logique et non surnaturelle à ce que j'avais vu cette nuit-là. J'ignorais laquelle, mais j'en étais persuadée.

Lorsque la foule des passagers en train de débarquer me conduisit dans le hall, je regardai au-dessus des têtes pour chercher Jeremy et le repérai aussitôt. Avec son mètre quatre-vingt-cinq, il n'était peut-être pas le type le plus grand de la pièce, mais il dépassait généralement ses voisins d'une bonne dizaine de centimètres, assez pour que j'aperçoive des yeux noirs surmontés de sourcils recourbés et d'une frange sombre qui avait toujours besoin d'une bonne coupe. La dernière fois qu'il avait daigné me laisser lui couper les cheveux, j'avais remarqué les premiers fils blancs. Rien d'étonnant à ça, puisqu'il avait cinquante-deux ans. Nous vieillissons lentement – Jeremy paraissait la trentaine – et il avait largement l'âge des cheveux grisonnants, mais je continuais à le taquiner impitoyablement. Chez Jeremy, le moindre défaut méritait d'être relevé. Il n'en avait franchement pas assez.

Quand il me vit enfin, ses lèvres esquissèrent un infime sourire, puis il hocha la tête et attendit que j'approche. Typique.

—Bon, commençai-je en le rejoignant. Dis-moi que ma réaction était excessive.

Il me prit mon sac.

—Absolument pas. Ça vaut largement mieux que, disons, ne pas m'appeler dès que tu as été au courant pour ces deux femmes.

—Désolée.

Il balaya cette excuse d'un geste.

—Ça n'a plus aucune importance. On se rend tout droit dans le Vermont. J'ai fait nos bagages. Ça ne paraît pas très judicieux de retourner à Stonehaven avant d'en apprendre un peu plus sur cette menace.

—Alors on va assister à cette réunion?

—On n'a pas tellement le choix. Ces sor… ces femmes semblent connaître toutes les réponses.

—Alors ça veut dire qu'on y va simplement pour obtenir des infos, pas pour nous joindre à elles?

Jeremy eut un petit rire.

— Tu as l'air soulagée. Ne t'en fais pas, Elena. La Meute n'a pas besoin d'aide extérieure.

— J'ai essayé d'appeler Clay depuis l'aéroport, mais il était sorti. J'ai laissé un message disant qu'on devait lui parler. Tu veux que je réessaie maintenant ?

— Il a eu ton message et a appelé chez nous. Je lui ai expliqué ce qui s'est passé. Je crois qu'il vaut mieux qu'on assiste à la réunion sans lui. Je ne suis pas sûr qu'il s'y montrerait sous son meilleur jour.

— Je l'imagine très bien. Il débarquerait là-bas en exigeant des réponses et menacerait de passer quelqu'un par la fenêtre s'il ne les obtenait pas assez vite. Et *ça*, ce serait son meilleur jour.

— Exactement. Ce n'est pas le genre d'arrivée que j'ai en tête. Alors j'ai minimisé le danger et je lui ai dit qu'on pouvait gérer ça tous les deux. Je le tiendrai au courant, et si la situation se révèle difficile, il pourra nous rejoindre.

— Et Nick et Antonio ? Ils sont encore en Europe pour deux semaines.

— Trois, rectifia-t-il. Je les ai appelés et j'ai demandé à Tonio de rester sur le qui-vive. Si on a besoin d'eux, on les appellera. Dans le cas contraire, l'Europe est peut-être l'endroit le plus sûr pour eux. Ils y seront hors de danger.

— Alors il n'y a plus que nous deux.

Nouveau gloussement.

— Je suis sûr qu'on survivra.

On passa la nuit dans un chalet que Jeremy avait loué dans le Vermont. Bien qu'on soit en pleine saison, il avait réussi à trouver un endroit dont les occupants initialement prévus avaient annulé leur réservation à la dernière minute. En plus de se situer dans une zone boisée et retirée, il était bien plus que « convenable » et frôlait même la perfection, situé au bord d'un lac peu fréquenté par les vacanciers. Il m'aurait déjà fallu beaucoup de chance pour trouver une réservation dans un motel de troisième zone en bord d'autoroute. On pouvait compter sur Jeremy pour dénicher le paradis dans un délai de vingt-quatre heures.

La réunion se déroulait à Sparta, dans le Vermont. Pendant le trajet, Jeremy avait appelé Ruth sur son portable pour la prévenir que nous arriverions lundi, bien que la réunion commence le dimanche. En réalité, nous pensions nous y rendre dès le premier jour, mais il estimait qu'un petit mensonge jouerait en notre faveur. Si quelqu'un nous tendait un piège, on le prendrait au dépourvu en débarquant avec un peu d'avance.

À mesure que chaque nouvelle heure enfouissait Pittsburgh un peu plus loin dans les tréfonds de ma mémoire, je retrouvais mon scepticisme. Qu'avais-je réellement vu ? Rien qu'une troupe de magiciens ou d'illusionnistes n'aurait pu faire apparaître. Des sorts de camouflage et des démons qui se téléportent ? Ouais. À la lumière du jour, ces choses-là me paraissaient ridicules. Des fantasmes suscités par la nuit et la nervosité. Il était bien plus probable que nous soyons bel et bien en train de foncer dans un guet-apens, habile mais bien humain. Au minimum, nous nous apprêtions à rencontrer des gens sérieusement nourris d'illusions.

Le lendemain matin, alors que nous roulions sur l'autoroute qui descendait de la montagne, je vis Sparta devant nous, nichée dans la vallée, avec son église blanche sur le flanc de montagne, la flèche enveloppée de nuages ou de brouillard tardif. Des maisons aux murs de bois, de toutes les couleurs de l'arc-en-ciel, pointaient parmi la verdure du mois d'août. Des vaches frisonnes et des granges rouges ponctuaient les quelques champs qui se détachaient parmi la nature. Au sud, des chaumières roses entouraient un lac. Tout ça offrait la perfection d'un tableau... de loin. Plus on approchait, plus les signes de déclin devenaient apparents. Les maisons aux couleurs vives avaient furieusement besoin d'un coup de pinceau ou d'un revêtement extérieur en vinyle. Les fondations des granges s'effritaient jusqu'à n'être plus que des tas de pierres soutenant à grand-peine la charpente. Des clôtures rouillées et des poteaux en train de pourrir laissaient échapper les vaches dans les champs voisins. Les chaumières en bord de lac ne paraissaient pas assez grandes pour contenir un lit double, sans parler d'une salle de bains. On passa bientôt devant un panneau qui nous accueillait à Sparta, 600 habitants. Le cimetière situé de l'autre côté de la route comptait sans doute plus d'occupants que le village lui-même. Un village mourant soutenu par l'unique source restante de tourisme, un immense terrain de camping situé hors des limites du bourg, plein à craquer de caravanes et de camping-cars sans une seule tente en vue.

Le centre de Sparta grouillait de touristes, dont certains logeaient au village de caravanes, d'autres sans doute dans des gîtes des environs. Sparta n'avait pourtant rien d'un haut lieu du shopping. Il y avait une station-service Exxon, le restaurant chinois *Chez Wang*, *Lynn coiffure*, l'épicerie générale *Yankee Trader* – munie de panneaux annonçant fièrement des jeux vidéo et des glaces artisanales – ainsi que l'inévitable café, simplement baptisé *Chez Joe*. D'après ce que j'en voyais, Sparta ne comptait que trois rues, la grand-route ainsi que deux rues transversales aux extrémités, Baker Street à l'ouest et New Moon à l'est. Les maisons bordant les deux rues latérales ne se différenciaient que par leurs couleurs, qui couvraient tout le spectre du bleu pastel au violet sombre et au vert-jaune. Malgré l'abondance de terrains vides au-delà du village, les pelouses étaient à peine assez vastes pour justifier l'achat d'une tondeuse électrique. Il n'existait que deux variétés de fleurs : soucis et bégonias. Des couronnes d'osier ornaient les portes d'entrée et des panneaux accrochés au porche annonçaient « Les Miller : John, Beth, Sandy, Lori et Duke. Bienvenue à tous ! »

— C'est curieux qu'ils choisissent un si petit village pour se réunir, déclarai-je.

— Peut-être, répondit Jeremy, mais à ton avis, combien de ces passants habitent vraiment ici ?

Je compris ce qu'il voulait dire. Des deux côtés de la grand-route étaient garés une multitude de véhicules utilitaires et de monospaces. Des familles marchaient dans la rue, léchant des cornets de glace et buvant du soda light. Le nombre d'étrangers dépassait sans doute celui des autochtones à dix contre un. Personne ne remarquerait quelques individus en plus.

— Oups, on l'a dépassée, dis-je. Il y a un panneau qui indique la salle municipale, derrière. Désolée.

Jeremy se gara dans un parking, attendit le temps de laisser passer une brigade de poussettes, puis fit faire demi-tour à l'Explorer. La salle municipale se trouvait au bout de Baker Street, huit cents mètres au-delà de la dernière maison de cette rue. Jeremy ralentit pour observer le bâtiment, puis continua sur une trentaine de mètres et se gara dans une impasse. On trouva un chemin menant à la salle municipale en traversant une zone boisée. Après une hésitation, on choisit de ne pas l'emprunter. Il nous aurait permis d'approcher furtivement et de jeter un œil, mais il y avait aussi le risque qu'un participant de la réunion choisisse ce moment pour sortir et nous aperçoive en train de rôder parmi les arbres. Pas l'entrée la plus digne qui soit.

On arriva donc par la route, approchant toutefois avec prudence. Quand on atteignit la salle, je balayai le parking du regard et comptai quatre véhicules : deux voitures de location de taille moyenne, une Jeep immatriculée en Californie, et une Accord avec des plaques du Massachusetts.

— Je vois que les sorcières sont venues en voiture, dis-je en désignant l'Accord. C'est fini, le temps des balais magiques et des sorts de téléportation. Et regarde-moi cet endroit. Une salle municipale. On va assister à une réunion d'espèces surnaturelles dans une salle municipale. Par une belle journée d'été, sans même un coup de tonnerre en arrière-plan. Ils n'auraient pas pu trouver un manoir victorien délabré ?

— Le mausolée du cimetière était déjà réservé. Et si tu regardes le coin gauche, là-bas, sous le toit, je crois que je vois une toile d'araignée.

— C'est un serpentin. Un serpentin rose. Qui date d'une réception de mariage.

— Enfin bref, je suis sûr que tu trouveras quelques toiles d'araignée à l'intérieur.

— Ouais, juste à côté de la buvette de l'asso des veuves de guerre.

Jeremy se pencha pour lire le programme affiché derrière une vitre fêlée.

— Alors, on est inscrit pour participer à quoi ? demandai-je. La conférence sur les modes de vie alternatifs de l'ère New Age ?

— Non, l'atelier sur la technologie d'entreprise.

— Génial. Des sorcières sans balais, ni sorts de téléportation. Et puis quoi encore ? S'il y a des vampires dans le tas, tu vas voir qu'ils boivent un substitut artificiel de plasma sanguin. Stérilisé, bien entendu.

—Si les vampires existent, ils doivent être dans leur crypte à cette heure-ci. On est en plein jour.

—Dans ce cas, je peux logiquement conclure qu'ils n'existent pas, hein ? Sinon, ils assisteraient à la réunion. Et s'ils y venaient, elle se déroulerait de nuit. Donc, une réunion en plein jour signifie qu'il n'y a pas de vampires. Bonus.

—Tu n'es pas très fan des vampires ?

—Ce n'est pas ça. Mais réfléchis un peu. Les sorcières, les mages, les magiciens, tout ça… Ce sont des petits joueurs. Si ces choses-là existaient, ce ne seraient guère plus que des humains avec des dons. Les loups-garous, c'est la classe supérieure. Aucun tour de passe-passe ne peut battre notre grand jeu. Ajoute à ça une force et des sens surnaturels, une certaine agressivité…

—Parle pour toi.

—Exception faite des personnes ici présentes. Ce que je veux dire, c'est qu'on aurait l'avantage sur les sorcières. Mais les vampires ? Ils seraient peut-être plus puissants. Et ils obtiendraient certainement meilleure presse. En entrant ici, je risque de découvrir que je ne suis pas la créature la plus redoutable de cette pièce.

—Peut-être pas, mais tu resteras la plus redoutable des créatures *vivantes*.

Je souris.

—L'angle mort-vivant. Je n'y avais pas pensé.

—La clé, c'est de ranger les choses dans la bonne catégorie. Allez, on entre.

Jeremy tira sur la porte. Elle ne bougea pas.

—C'est verrouillé, dit-il.

Il marqua une pause comme s'il se demandait s'il allait frapper, mais je savais qu'il n'en ferait rien. L'Alpha des loups-garous n'attendait pas d'autorisation pour entrer sur les lieux d'une réunion d'espèces surnaturelles. Il tira donc plus fort sur la porte, mais elle ne céda pas, ne trembla même pas.

— J'imagine qu'on perd ses pouvoirs passé un certain âge, lui dis-je. Laisse-moi essayer.

Jeremy s'écarta avec une semi-courbette ironique. Je saisis la poignée et tirai assez fort pour arracher la porte de ses gonds. Elle ne bougea pas.

— Ah, dis-je.

— «Ah», c'est le mot. Peut-être que tu arriveras à la démolir en soufflant dessus.

Une image de Pittsburgh me revint. Le crocheteur se plaignant de la porte de la chambre des Winterbourne.

— Un sort, répondis-je. Ils y ont jeté un sort. Je crois qu'on va devoir frapper.

— Je t'en prie.

C'était embarrassant. Des loups-garous frappant à une porte. Mais où allait le monde ? Malgré tout, nous n'avions pas le choix. Je m'exécutai et Paige vint m'ouvrir quelques instants plus tard. Elle écarquilla les yeux.

— Vous êtes en avance.

— Ça pose un problème ? demanda Jeremy de sa voix la plus suave.

Paige leva les yeux vers lui, hésita, puis secoua la tête.

— Non, bien sûr que non. Entrez, je vais vous présenter les autres.

Présentations

Tandis qu'elle nous guidait le long du couloir, on aperçut devant nous la pièce principale. Quatre personnes étaient assises sur des chaises pliantes autour d'une table en bois également pliante, le genre de meubles qu'on trouve dans tous les sous-sols d'église. En regardant ces quatre-là, je fus soulagée – ou peut-être légèrement déçue – de constater la totale absence de pieds fourchus et d'appendices corporels disgracieux. Ils donnaient l'impression d'assister réellement à une conférence, même informelle et située dans la cambrousse en plein été.

Ruth était assise près d'un siège vide. Comme Paige, elle portait une robe bain de soleil. En face d'elles se trouvaient une femme mince d'une quarantaine d'années aux cheveux auburn coupés court et un jeune homme aux épaules larges, au visage enfantin et aux cheveux châtain clair dans les pointes étaient teintes en blond. À gauche de ce dernier, un homme costaud et grisonnant atteignant la fin de la cinquantaine. Il semblait aborigène, sans doute inuit, et son visage lisse dessinait un masque de calme méditatif. Alors c'était ça, leur réunion des créatures surnaturelles les plus puissantes d'Amérique du Nord ? Pitié. Le service du casting aurait trouvé des spécimens plus convaincants parmi les présentateurs télé du samedi soir.

De l'autre côté de la pièce se trouvait la buvette de l'asso des veuves de guerre. Enfin, pas exactement, mais peu s'en fallait. Ne manquait que la matrone aux cheveux bleus distribuant des friandises au compte-gouttes et surveillant sa caisse. Il y avait une table munie d'un percolateur, une boîte de margarine contenant une poudre blanche qui devait être plus probablement un succédané de lait que de la cocaïne, une pyramide de gobelets en polystyrène expansé – dont l'un rempli de morceaux de sucre – ainsi qu'un plateau de beignets. Sur le mur du fond, un écriteau manuscrit rappelait aux acheteurs que le café et les beignets coûtaient vingt-cinq cents chacun, précisant que ça faisait cinquante cents pour un beignet plus un café, pas vingt-cinq pour les deux. J'espérais de tout cœur que l'écriteau et les friandises étaient une initiative des types de la salle municipale. Sinon… Eh bien, je ne voulais pas réfléchir à l'alternative. Disons simplement que si quelqu'un faisait passer un plateau pour ramasser les cotisations, je me tirais d'ici.

Près de la table se trouvait un tableau de conférence, sur la première feuille duquel figurait un programme des rencontres, pas une simple liste des sujets abordés, mais un programme détaillé qui commençait par le discours d'accueil et les rafraîchissements à dix heures, une présentation à dix heures trente, puis une table ronde à onze heures quarante-cinq suivie du déjeuner de midi quinze à treize heures quinze. Par-dessus mon épaule, je vis Jeremy lire le programme, les lèvres agitées de spasmes.

—Au moins, ils sont organisés, murmura-t-il, trop bas pour que Paige l'entende.

À notre entrée, tout le monde se retourna. Ruth se leva, masquant sa surprise en se composant un sourire chaleureux.

—Bonjour, dit-elle. Je croyais que vous n'arriviez que lundi.

—Nos projets du week-end sont tombés à l'eau.

—Ah oui? Bon. Entrez alors. Les autres, je vous présente Jeremy... Jeremy Danvers, le... chef... j'espère que c'est bien ça, le chef?... de la...

—Jeremy tout court, ça ira très bien, finit-il. Et voici Elena.

Le jeune homme aux pointes blondes afficha un rictus.

—Les célèbres loups-garous? C'est marrant, vous n'avez pas la tête de l'emploi. Pas de sourcils qui se touchent, pas de paumes velues. Merde. Encore un mythe qui se casse la figure. Et moi qui croyais que tous les loups-garous étaient de sexe masculin. Ça, ce n'en est visiblement pas un.

—Encore un coup des féministes, répondis-je. Maintenant, on est partout.

Son sourire s'élargit.

—Alors il n'y a donc rien de sacré?

—Elena est le seul spécimen de sexe féminin, expliqua Paige en se dirigeant vers le siège vide. On peut devenir loup-garou de deux façons, soit en héritant des gènes, soit en se faisant mordre. La plupart le sont par hérédité, dans la mesure où peu de gens survivent à une morsure. Et comme les gènes ne se transmettent que de père en fils, les femmes loups-garous sont très rares.

Le jeune homme roula des yeux.

—Dans un instant sur la chaîne Découvertes, Paige Winterbourne vous parlera de féminisme et de loups-garous.

—Va te faire foutre, Adam.

—Avec plaisir.

—Je vous en prie, dit Ruth, ne faites pas attention à eux. Adam et Paige se connaissent depuis l'enfance. Je me dis parfois qu'ils n'ont pas beaucoup progressé dans l'intervalle. Maintenant, les présentations. Cette jeune fille, à côté de moi, s'appelle Paige, et ce jeune homme, Adam, au cas où vous n'auriez pas suivi. Notre jeune génération. Ce pauvre homme coincé entre les deux s'appelle Kenneth.

Le type d'âge moyen cligna des yeux comme si on venait de le rappeler sur terre en sursaut. Il nous regarda en nous adressant un sourire confus.

— De l'autre côté d'Adam, c'est Cassandra.

Le sourire de la femme aux cheveux auburn n'atteignit pas ses yeux, qui nous étudiaient avec intérêt mais peu d'émotion.

— Mais ce n'est pas ce que vous voulez savoir en réalité, hein ? dit Adam. Enfin, pas la partie intéressante, c'est-à-dire notre *nature* plutôt que notre nom, c'est ça ? Cela dit, il vaut peut-être mieux faire la distinction, sinon ça va finir par ressembler à une réunion des Alcooliques Anonymes de l'enfer. « Bonjour, je m'appelle Adam et je suis un semi-démon. »

— Un semi… ? répétai-je.

— C'est exactement ce que vous pensez. Maman est humaine. Papa est l'incarnation vivante du mal absolu. Heureusement, je ressemble plutôt au côté maternel. Mon père n'a pas vraiment une tête à jouer les mannequins. Ne me demandez pas à quoi pensait ma mère. Elle avait dû abuser de la tequila ce soir-là.

— Les démons prennent forme humaine pour violer ou séduire les humaines, précisa Paige. Les semi-démons ont toujours une apparence humaine. Ils héritent d'autres qualités de leur père. Chacun possède des pouvoirs différents, en fonction du type de démon qui l'a engendré.

— Les X-Men de l'au-delà, dit Adam. Maintenant que Paige a si joliment résumé mes caractéristiques biologiques, voici les détails juteux concernant les autres. Paige et Ruth, sorcières, mais vous le savez déjà. Cass, vampire. Ken, chaman. Vous savez ce qu'est un chaman ?

—Oui, répondit Jeremy.

—Alors voilà. Les principales espèces surnaturelles réunies en un seul endroit, comme l'Arche de Satan.

—S'il te plaît, le gronda Ruth avant de se tourner vers nous. Adam aime plaisanter, mais je vous assure que nous ne sommes ni maléfiques, ni sataniques, ni quoi que ce soit de ce genre.

—Juste des gens normaux, dit Adam. Avec quelques bizarreries.

Je l'inspectai brièvement. C'était donc là un semi-démon. Ouais. Je n'avais jamais entendu parler de semi-démons avant Pittsburgh, mais j'étais certaine que ces créatures, si elles existaient, n'auraient pas dû ressembler à ce type. Tous les portraits de démons que j'avais vus jusque-là s'accordaient sur plusieurs points : ils possédaient des pieds fourchus, des écailles, des cornes et une queue. Logiquement, un semi-démon aurait donc dû au minimum posséder une vilaine peau. Pas ressembler à un parfait petit Américain au visage juvénile qu'on imaginerait mieux accueillant les visiteurs de Disney World. L'idée était peut-être justement là. Peut-être les semi-démons étaient-ils censés paraître charmants et inoffensifs. Il leur serait bien plus facile de tenter les mortels s'il n'y avait ni écailles ni cornes pour gâcher cette première impression si capitale. Peut-être cette apparence innocente cachait-elle une âme parfaitement maléfique.

—Des chaises, dit Adam en se relevant. Il vous faut des chaises. Attendez-moi. Je reviens dans deux secondes.

C'était peut-être un puits de malveillance bien caché. Très bien caché.

Et il y avait Cassandra. Un vampire ? De qui se moquait-on ? Elle ressemblait autant à un mort-vivant buveur de sang que moi à un monstre à moitié loup. D'accord, mauvaise analogie. Ce que je veux dire, c'est que Cassandra ne pouvait pas être un vampire. Et pas seulement pour une question d'apparence. Il est vrai qu'elle ressemblait moins à un monstre vivant dans les cryptes qu'à un cadre de Wall Street, le genre de femme dont les robes sur mesure, la manucure parfaite et le maquillage impeccable évoquent un piège prêt à se refermer sur toute personne qui s'imagine qu'une telle apparence est synonyme de douceur intérieure. Mais le problème allait plus loin. Beaucoup plus. Pour commencer, je ne voyais pas de crocs, pas même de canines trop grandes. Deuxièmement, elle était assise dans une pièce dont les fenêtres laissaient entrer la lumière du soleil. Troisièmement, jamais de la vie (ou de la mort?) je n'aurais accepté de croire qu'une femme pouvait se coiffer et se maquiller sans voir son reflet dans un miroir. Même avec un triple miroir, je n'arrive pas à retenir mes cheveux à l'aide d'une pince sans que des mèches s'échappent dans tous les sens.

Jeremy devait suivre le même raisonnement, car il déclara :

—Avant de commencer, nous devons mettre une chose au point. Je ne veux pas vous sembler méfiant…

—Ne vous excusez pas, répondit Cassandra. Vous avez des raisons de l'être.

Il hocha la tête.

—Bien qu'Adam ait eu l'amabilité de vous présenter tous, vous comprenez bien que nous puissions avoir besoin de… preuves plus concrètes.

—Pour dire les choses plus franchement, ajoutai-je, comment peut-on s'assurer que vous êtes bien ce que vous prétendez? Vous dites être un vampire, mais…

—Tout le monde sait bien que les vampires n'existent pas, dit Cassandra.

—C'est un peu dur à avaler, répondis-je. Des vampires, des sorcières, des chamans, des démons.

—Non mais vous vous entendez? dit Paige. Vous ne croyez pas au surnaturel? Vous, un loup-garou?

—Supposé loup-garou.

Paige roula les yeux.

—C'est reparti. Vous ne croyez toujours pas qu'on soit des sorcières, hein? Malgré tous les sorts qu'on a lancés pour vous sauver la vie…

—Me sauver la vie? lâchai-je. C'est vous qui couriez en chemise de nuit dans un couloir d'hôtel, impatiente de voir le sale type qui rôdait derrière la porte.

Adam éclata de rire. Paige le fusilla du regard.

—D'accord, répondis-je, faisons comme si je croyais aux vampires et aux sorcières. Comment puis-je savoir que c'est bien ce que vous êtes? Vous savez combien de tarés se prennent pour des vampires? Croyez-moi, vous n'aimeriez pas le savoir. Ça vous empêcherait de dormir la nuit.

—J'en ai vu, répondit Cassandra. Rouge à lèvres noir, vernis à ongles noir, sens de la mode proche de zéro. D'où leur vient cette idée selon laquelle les vampires sont daltoniens? (Elle éleva son stylo et me le tendit.) Vous pourriez me piquer avec ça. Mais pas dans le cœur, s'il vous plaît.

—Trop salissant, répondis-je.

Elle se renfonça dans son siège, les yeux braqués sur moi comme s'il n'y avait personne d'autre dans la pièce. Je sentais à présent une certaine curiosité dans ce regard qui détaillait mon visage. Ses lèvres esquissèrent un sourire, toujours froid mais désormais teinté d'un intérêt amical.

—Je pourrais vous mordre, dit-elle.

—Je vous rendrais la pareille, répondis-je.

Son sourire atteignit ses yeux noisette.

—Une idée intéressante. Que se passerait-il, à votre avis? Est-ce que je deviendrais un hybride loup-garou / vampire?

Ou est-ce que ça n'aurait aucun effet ? C'est intrigant, mais difficile à mettre en pratique pour l'instant. Cela dit, on pourrait déjà comparer nos crocs.

—C'est plutôt un truc de mecs.

Elle éclata de rire.

—À qui le dites-vous.

—Vous pourriez peut-être m'expliquer quelque chose, lui dis-je. Si vous êtes un vampire…

Je regardai la lumière du soleil qui se déversait par la fenêtre.

—Pourquoi est-ce que je ne me transforme pas en nuage de poussière ? Je me suis moi-même souvent posé cette question. Comme dirait Adam : « Encore un mythe qui se casse la figure. » Je suis plutôt ravie que celui-ci soit faux. Toute une éternité sans vacances sur les plages des Caraïbes, ce serait trop pour moi. J'étais bien plus découragée quand j'ai découvert que je ne pouvais pas voler. Mais voici une démonstration qui fera peut-être l'affaire.

Cassandra posa la main gauche sur la table, éleva le stylo et l'enfonça dans sa paume ouverte, à un centimètre de profondeur. Ruth frissonna et détourna le regard. Cassandra inspecta les dégâts avec un détachement glacial, comme si elle venait de planter le stylo dans le dessus de table.

—Sale boulot, dit-elle. Contrairement aux loups-garous, nous n'avons pas de force décuplée. C'est ce que je peux faire de mieux, mais ça devrait illustrer mon propos.

Elle tira sur le stylo pour l'extraire, puis éleva la paume afin que je puisse l'examiner. La plaie était aussi nette qu'un trou fait par un clou dans un mannequin de cire. Je vis les bords de la plaie se rejoindre, la chair se reconstituer. En l'espace d'une minute, sa peau était redevenue lisse et impeccable.

—Ni sang, ni douleur, ni chichis, dit-elle. Ça vous suffit ?

— Oui, répondit Jeremy. Merci.

— À mon tour ? demanda Paige. Qu'est-ce que je peux faire pour convaincre Elena ? Invoquer un démon ?

— Paige ! s'exclama Ruth, écarquillant des yeux inquiets, avant de se tourner vers nous. Rassurez-vous, nous n'invoquons pas de démons. En dehors de quelques sorts d'autoprotection très simples, les sorcières pratiquent une magie bienveillante.

— Si tu ne blesses personne, fais ce que tu veux, murmura Cassandra.

Ruth chuchota quelque chose à l'adresse de Paige, qui hocha la tête, haussa les épaules et roula les yeux, adoptant très nettement pour se défendre l'argument toujours très prisé par les jeunes : « Ben quoi, je plaisantais ! » Était-ce le cas ? Pas quand elle parlait d'invoquer un démon, mais quand elle s'en disait capable ? D'après Ruth, elles ne pratiquaient qu'une magie dite blanche. Était-ce tout ce dont elles étaient *capables* ? Ou tout ce qu'elles *voulaient* pratiquer ? Certaine apprentie ensorceleuse n'était-elle pas contrariée par son rôle prédéfini de descendante directe de la bonne sorcière du Nord ? Hmmm.

— Assez de démonstrations, dit Jeremy. Pour l'instant, j'aimerais en apprendre plus sur les hommes qui suivaient Elena.

— J'en ai entendu parler, dit Adam en me souriant. La première victime de la guerre. La vache. Je suis jaloux.

— Ça ne m'étonne pas de toi, dit Paige.

Ruth leur lança un regard qui mêlait quatre-vingt-dix pour cent d'affection exaspérée et dix pour cent d'avertissement tranquille. Ils se turent aussi vite que s'ils venaient de se faire sonner les cloches. Ruth marqua une pause, comme pour s'assurer que nous allions garder le silence, puis commença son récit.

Programme

Cinq semaines plus tôt, un chaman avait été enlevé et avait contacté Kenneth par le biais d'une projection astrale, quoi que ça puisse bien être. Il était alors en piètre état. Comme les chamans n'étaient jamais très forts sur un plan physique, il ne fallait pas les malmener beaucoup pour les blesser, nous expliqua Ruth. Compte tenu de sa faiblesse, son récit était fragmentaire et parfois incohérent. D'après ce qu'en comprit Kenneth, le chaman avait été enlevé par deux hommes et conduit à un centre situé à une bonne journée de route de son foyer en Virginie. Là, deux autres individus l'avaient interrogé sur ses pouvoirs et ses capacités. Au tout début de sa captivité, le chaman avait assez de force pour lancer une projection astrale hors du centre la nuit, cherchant des indices quant à l'identité et aux motifs de ses ravisseurs. Il avait appris le nom des deux hommes qui l'avaient interrogé, Lawrence Matasumi et Tyrone Winsloe. Le nom de Winsloe ne disait rien au chaman, pas plus qu'à Kenneth. Apparemment, se tenir au courant de l'actualité n'était pas la priorité numéro un des chamans.

Tandis que celui-ci explorait les lieux par le biais de la projection astrale, il avait découvert qu'il n'était pas le seul être surnaturel prisonnier de ce centre. Ses ravisseurs comptaient également parmi leur personnel un semi-démon capable de se téléporter – Houdini, sans doute. Il entendit également dire qu'un mage les assistait, bien qu'il ne l'ait jamais vu. En ce qui concernait les autres captifs, il découvrit lors de sa première projection astrale une sorcière, deux semi-démons, ainsi qu'un prêtre vodoun. Puis la sorcière disparut et il apprit qu'une autre, plus puissante, avait été ciblée pour la remplacer.

Le chaman n'en savait pas plus. Il avait promis de recontacter Kenneth le lendemain mais n'en avait rien fait. Lorsque Kenneth avait transmis ces informations à Ruth, Paige avait reconnu le nom de Winsloe et s'était renseignée sur le Net au sujet de Lawrence Matasumi, chercheur renommé en parapsychologie.

— Vous avez réussi à trouver ces types ? demanda Jeremy quand Ruth en eut fini.

— Les trouver ? répéta Adam. Ça, non. On pensait plutôt se cacher en priant pour qu'eux ne nous trouvent pas.

— En fait, nous débattions de ce sujet, dit Ruth, ignorant le sarcasme d'Adam, si toutefois elle l'avait perçu.

— Ah bon ? dit celui-ci. Je croyais qu'on avait pris une décision. Réagir plutôt qu'anticiper. C'est notre manière de faire. Enfin, celle des sorcières, et comme ce sont elles qui dirigent ces réunions…

— Qu'est-ce qui te prend, Adam, dit Paige, tu aimerais monter dans la hiérarchie ? Avoir de plus grandes responsabilités ?

Il répondit d'un rictus.

— Loin de moi cette idée. Je disais simplement que les sorcières, nos estimées dirigeantes, prenaient généralement ce genre de décisions stratégiques, et qu'elles avaient décidé de courir aux abris.

— Nous devons encore débattre de cette question, dit Cassandra. Cette situation est nouvelle pour nous. Nous n'avons jamais dû nous inquiéter de découvrir ceux qui nous menacent. Quand des gens pensent détenir la preuve de l'existence des vampires, ils ne s'intéressent pas aux subtilités de notre vie. Ils calculent combien d'argent leur rapportera leur livre. Les localiser ne pose aucun problème. Ils agitent de grands drapeaux rouges qui disent « Trouvez-moi, s'il vous plaît » – trouvez-moi que je devienne plein aux as.

—Mais avec ces types-là, c'est différent, dis-je. Donc, à menace différente, réaction différente, c'est ça? Ils se cachent, donc vous devez les trouver.

—Et ensuite? demanda Paige. Leur demander d'arrêter de nous harceler?

Jeremy regarda Ruth.

—Si nous localisons la menace, nous l'éliminons. C'est notre manière de procéder.

—Je vous suis, dit Adam.

—Nous allons prendre des mesures, dit Ruth. Tu le sais bien, Adam, même si notre idée de l'action ne colle pas à la tienne. C'est une menace sérieuse et je ne me sens déjà pas très rassurée que nous nous réunissions ici pour en parler. Malgré toute la prudence dont nous avons fait preuve en préparant cette réunion, nous avons ici sept êtres surnaturels rassemblés au même endroit, et ces gens adoreraient posséder un spécimen de chacun d'entre eux.

—C'est ce qu'ils font? demanda Jeremy. Ils collectionnent les spécimens?

—Nous ne connaissons pas très bien leurs motifs, répondit Ruth. Roger, le chaman kidnappé, n'était pas parvenu à les déterminer. D'après ses observations, nous supposons qu'ils nous étudient pour découvrir la source de nos pouvoirs.

—Afin de trouver comment les utiliser eux-mêmes, ajouta Paige.

Ruth haussa les sourcils.

—Nous n'en sommes pas sûrs. Je n'aime pas tirer des conclusions hâtives, mais ça paraît effectivement un motif probable. La présence de Lawrence Matasumi dans leur équipe suggère un intérêt scientifique marqué.

—Et celle de Ty Winsloe indique qu'ils pensent en tirer un max de fric, ajouta Paige. Winsloe n'est pas un philanthrope. Ce type ne traverserait la rue pour sauver une vieille dame que si elle lui laissait ses biens pour le remercier.

Ruth fronça légèrement les sourcils.

—Peut-être. Mais en tout cas, ils semblent vouloir exploiter nos pouvoirs. Peu importe que ce soit pour des gains personnels ou au nom de la science.

—Ils ne peuvent rien faire des miens, dit Adam. Ils sont strictement héréditaires.

—Tu en es sûr? demanda Paige. Peut-être que s'ils te disséquaient organe par organe, ils découvriraient quel élément précis dans ta structure physiologique te donne ces pouvoirs. Bien sûr, qu'ils le découvrent ou non ne ferait aucune différence pour toi, vu que tu te trouverais en pièces détachées dans ces petits sacs où l'on range les morceaux après une autopsie.

—Très imagé, Paige, rétorqua Adam.

—Le problème, reprit Ruth, est que nous ignorons ce qu'ils peuvent obtenir de nous. Certaines choses, comme les sorts mineurs, peuvent s'apprendre. Pour ce qui est de devenir vampire ou loup-garou, c'est une question d'une effrayante simplicité. Et si ces hommes se mettaient à vendre la possibilité de devenir loup-garou?

—J'espère qu'ils ne le feraient pas payer trop cher, marmonnai-je.

—Je suis sûre que beaucoup de gens comprendraient l'avantage de posséder une force surhumaine.

—Sans parler de prolonger la jeunesse, ajouta Paige. Tous les crétins se porteraient volontaires. La toute dernière alternative à la chirurgie esthétique : devenir loup-garou.

—Le problème, répéta Ruth, est que s'ils devenaient capables de faire toutes ces choses-là, de distribuer librement ces pouvoirs, ces hommes bouleverseraient l'équilibre de la nature. Des gens mourraient. L'humanité serait en danger, menacée par les pires excès, dictateurs immortels, tyrans lanceurs de sorts, tueurs en série capables de se transformer en loups...

—Ça, on a déjà donné, murmurai-je assez bas pour que seul Jeremy m'entende.

Un sourire éclaira son regard, mais son expression demeura impassible.

—Nous devons penser au-delà de nous-mêmes, dit Ruth.

—Ah oui ? fit Cassandra. Je sais que c'est ton sentiment, Ruth, mais je ne m'inquiète pas spécialement de préserver l'humanité de l'autodestruction. Je me soucie de ce que cette menace représente pour *moi*. Si tu me dis que ces types veulent m'enlever, c'est une raison suffisante pour que je prenne ça au sérieux. La question, c'est ce que nous allons y faire ?

Elle se posait effectivement la question. Les sept heures suivantes furent donc consacrées à en débattre, et on interrompit à peine le débat pour prendre le déjeuner qu'on avait envoyé Adam et Paige nous chercher.

Quel était donc le plan de Ruth ? Eh bien, la première étape consistait à ce que chaque délégué avertisse ses semblables. Ça paraît simple et logique, non ? Bien sûr, Jeremy préviendrait le reste de la Meute. Il n'aurait jamais envisagé de faire autrement. Maintenant qu'il comprenait l'étendue du danger, il allait demander à Clay de nous rejoindre immédiatement. Quand ce serait fait, il n'aurait à passer qu'un seul autre appel. L'année précédente, le conflit nous opposant aux cabots avait occasionné deux décès dans nos rangs et réduit ainsi la Meute au nombre de cinq. En plus de Clay, de Jeremy et de moi-même, il ne restait qu'Antonio Sorrentino et son fils Nick. Il y avait toujours une demi-douzaine de cabots qui tentaient de se faire admettre au sein de la Meute, et Jeremy envisageait d'en accepter deux ou trois compte tenu de la diminution de nos effectifs, mais, comme il n'était pas pressé de prendre cette décision, nous n'étions que cinq pour l'instant. Ces deux coups de fil seraient vite passés. Mais ce n'était pas ce que nous demandaient les sorcières. Elles voulaient qu'on avertisse aussi les cabots. Et puis quoi encore ? Comme le lui expliqua Jeremy, ils étaient nomades. Le territoire, c'était propre à la Meute. Un seul cabot en possédait un, et c'était grâce à un accord exceptionnel. Puis Ruth nous demanda d'avertir ce cabot et de le laisser prévenir les autres. Ouais. C'est ça. Je voyais le tableau d'ici. J'appellerais Karl Marsten, je lui demanderais de passer le mot à ses «amis cabots» et il en rigolerait assez fort pour se faire péter l'estomac. Il rirait encore en me raccrochant au nez.

Ruth ne comprenait pas comment fonctionnaient les choses. Comme nous, les sorcières possédaient un petit groupe central, qu'elles appelaient le Convent. Il y avait plus de sorcières hors du Convent qu'en son sein, comme dans le cas de la Meute et des cabots. Les sorcières extérieures étaient considérées comme une espèce inférieure, tout comme les cabots. Mais, contrairement à nous, les sorcières *n'avouaient pas* que les autres étaient inférieures. Oh, non. Ruth en parlait comme de pauvres âmes égarées qui avaient besoin de protection et de conversion. Elle me rappelait une missionnaire chrétienne de l'ancien temps parlant des

Indiens d'Amérique, et je vis que ses propos mettaient Paige très mal à l'aise. Mais, contrairement aux missionnaires, Ruth ne voulait pas que ces sorcières extérieures rejoignent leur «église» – leur Convent. Oh, non. Elles voulaient simplement qu'elles vivent leur vie de leur côté. Le Convent était réservé à une élite.

Si l'information des autres loups-garous nous paraissait difficile à mettre en œuvre, ça n'était pas moins impossible pour les vampires et les semi-démons. Cassandra savait où trouver la vingtaine de vampires vivants (ou devrais-je dire existants?), mais elle ne comptait en prévenir qu'une poignée et nous fit comprendre très clairement qu'elle ne gaspillerait pas son temps pour une tâche aussi ridicule. Que les autres s'occupent donc d'eux-mêmes. Quant aux semi-démons, il y en avait apparemment plus d'une centaine rien qu'en Amérique du Nord, dont cinquante pour cent, s'ils étaient prévenus, se bousculeraient pour postuler chez l'ennemi.

Bien entendu, Ruth ne voulait pas que nous contactions chaque membre de notre espèce, mais s'attendait à ce que nous en prévenions au moins quelques-uns en leur demandant de passer le mot. Seul Kenneth, de nous tous, y semblait disposé. Jeremy, Cassandra et Adam s'accordaient à y voir une perte de temps. Après quelques heures passées à en débattre, ils abandonnèrent et passèrent à la deuxième étape.

Celle-là faisait l'unanimité: il s'agissait d'en apprendre un peu plus sur l'ennemi. La marche à suivre soulevait d'autres questions, mais tout le monde s'accordait sur l'idée principale. Nous devions en apprendre plus. Et la troisième étape? Ne m'en parlez pas. Le groupe se divisait entre les sorcières et les chamans qui voulaient décourager ou discréditer nos adversaires, et les loups-garous et semi-démons qui voulaient les éliminer. Cassandra ne penchait d'aucun des deux côtés, du moment que ces gens fichaient le camp.

À dix-neuf heures, nous parlions toujours. Nous étions tous fatigués et quelque peu grincheux. Quand Ruth proposa de commander le dîner, la réponse fut un «Non!» sonore. Nous avions besoin d'une pause. Nous irions manger à Kingston, non loin de là, puis nous reviendrions à la réunion. Comme l'avait dit Ruth un peu plus tôt, nous courions déjà un risque rien qu'en nous rassemblant. Nous voulions tous décider le jour même de la ligne de conduite à adopter, puis nous barrer de Sparta.

Quand l'assemblée se dispersa pour le dîner, tout le monde gagna le parking en masse, excepté Paige. Peut-être devait-elle organiser ses notes. À moins qu'elle soit chargée du nettoyage. Une fois sortis, Kenneth et Cassandra se dirigèrent vers des voitures de location distinctes. Jeremy et moi nous rapprochions de l'Explorer quand Ruth l'appela. Jeremy me fit signe de continuer jusqu'à la voiture et rejoignit Ruth d'un pas énergique.

—Ils foutent la trouille, ces gens-là, hein? dit une voix sur ma gauche.

Quand je me retournai, je vis Adam qui trottinait derrière moi pour venir se placer à mes côtés. Il me sourit.

—Alors, c'était quoi le plus flippant? Le tableau de conférence? Les beignets?

—Pitié, ne me dites pas que les sorcières demandent vingt-cinq cents pour le café et les beignets.

—Non, non, non. Vous n'avez pas vu le panneau? C'est *cinquante* pour les deux. Vingt-cinq chacun. Plus sérieusement, ça, c'est la salle municipale. Mais le tableau et le programme, c'est bien l'œuvre de Ruth. Un ancien délégué m'a dit qu'il y a des années, les sorcières avaient

100

un cahier des charges et un code de conduite pour ces réunions. Je crois qu'il blaguait, mais je n'en ai jamais été bien sûr.

—Alors elles sont toujours aussi… solennelles ?

Adam éclata de rire.

—Solennelles. C'est une bonne façon de décrire les sorcières. Enfin, peut-être pas Paige, mais Ruth et les autres, sans aucun doute. Mortellement sérieuses. Tout ça est très important, voyons. (Il roula des yeux.) Chacun son hobby, et celui des sorcières, c'est l'organisation de ces réunions. Au fait, il paraît que c'est vous qui avez fait ces bleus à la gorge de Paige ?

—Un malentendu.

Il sourit.

—J'imagine. Elle l'avait sans doute mérité. Paige est une sacrée emmerdeuse quand elle s'y met, mais elle est très sympa, sinon. Il faut juste faire gaffe à ne pas se la mettre à dos. (Il jeta un coup d'œil à Jeremy et Ruth.) Alors, vous pensez que votre chef peut les convaincre de passer à l'action ?

—S'il n'y arrive pas, on le fera nous-mêmes. Nous n'avons pas l'habitude qu'on nous donne des ordres.

—Des gens comme je les aime. C'est ce qui manque à ces réunions. Un chef fort et actif.

—De sexe masculin ?

Adam leva les deux mains comme pour me tenir en respect.

—Je n'ai pas dit ça. Ce n'est pas une question de sexe. Mais plutôt d'espèce. Les sorcières et les chamans ne sont pas comme nous. Et les vampires ? En fait, ils ne ressemblent à personne, ce qui leur convient très bien. Cassandra est capable de tout casser quand elle le veut. Comme elle le disait, elle n'a pas de force surhumaine ni

101

rien de ce genre, mais cette histoire de régénération est bien pratique en combat. Un mec vous tire dessus, vous continuez à marcher et vous lui prenez son flingue. La grande classe.

—Alors ils sont immortels ?

—Nan. Enfin, pas au sens strict. Mais ils peuvent se régénérer, ils vivent cent ans et ils sont une vraie vacherie à tuer. Ce qui me paraît assez proche de l'immortalité.

Avant que je puisse lui poser d'autres questions, Paige se joignit à nous.

—Je t'accompagne, dit-elle à Adam. Kenneth a proposé de conduire Ruth. J'y serais bien allée aussi, mais à la vitesse à laquelle il conduit, je me serais évanouie de faim avant d'atteindre le restaurant. (Elle me lança un coup d'œil.) Vous voulez venir avec nous ?

Je m'apprêtais à décliner quand Jeremy me fit signe d'approcher, ce qui m'épargna la nécessité de trouver une excuse polie. Je leur promis de les retrouver au restaurant et courus vers Jeremy.

Brûlures

Nous avions choisi de manger italien. Mauvaise idée. L'endroit était bondé, bien qu'il soit près de vingt heures. Comme cette partie du Vermont proposait un maigre choix en matière de gastronomie, c'était à croire que tous les gens qui n'aimaient pas les hamburgers dans les quatre-vingts kilomètres à la ronde s'étaient rassemblés ici. N'ayant aucune chance de trouver une table pour sept, on décida de se séparer. Quand le serveur nous trouva une table pour six et une pour deux, Cassandra proposa de prendre la plus petite. Je crus d'abord qu'elle voulait manger seule, ce qui ne m'aurait pas surprise, mais elle m'invita à me joindre à elle. Cette proposition ne stupéfia pas que moi. Paige me dévisageait avec l'air de se demander quelle mouche pouvait bien piquer Cassandra pour qu'elle me choisisse comme compagne de table. Je crois qu'elle se serait moins étonnée que Cassandra me choisisse comme *repas*. Même Kenneth cligna des yeux, ce qui semblait indiquer qu'une invitation à dîner de la part de Cassandra n'était pas chose commune. J'avoue en avoir été flattée. Cassandra ne paraissait pas être le genre de personne qui ait besoin, et encore moins envie, de compagnie.

On s'assit à l'écart des autres, dans le patio. Je me demandais si elle allait manger. Elle commanda du poulet *alla parmigiana* et du vin blanc. Elle sirota le vin mais ne prit que quelques bouchées de poulet avant de déplacer la nourriture dans son assiette pour donner l'impression qu'elle en avait mangé un peu plus. Peut-être se nourrirait-elle plus tard. Je n'avais guère envie d'y réfléchir. Ça peut sembler absurde de se formaliser de l'alimentation des autres quand on bouffe soi-même du lapin cru, mais je n'étais pas alléchée par les mêmes choses en tant que louve et en tant qu'humaine. Le goût d'un cerf fraîchement tué était peut-être exquis juste après la chasse, mais je n'aimais pas trop y penser quand je mangeais des *linguini* aux fruits de mer.

— Vous êtes curieuse, me dit Cassandra quand on nous eut servi nos plats, mais vous ne posez pas de questions. C'est étrange pour une journaliste.

Je me demandai ce que Ruth et Paige avaient révélé de moi aux autres.

— Tout dépend de quel type de journaliste on parle, répondis-je. Je m'occupe de questions politiques et sociales. Des affaires strictement publiques. Je fouille très peu dans les histoires personnelles des gens.

— Donc vous évitez les questions personnelles. Peut-être parce que vous ne voulez pas qu'on vous en pose en retour. Si vous êtes curieuse, vous pouvez m'en poser. Ça ne me dérange pas.

— D'accord, répondis-je… avant de me taire.

Quand le silence se fut prolongé quelques minutes, je décidai qu'il fallait vraiment que je pose une question. Pas n'importe laquelle, mais la grande question. Après tout, je l'avais sous les yeux, incarnée par l'assiette presque intacte de Cassandra.

Je désignai son repas.

— Je suppose que vous n'êtes pas trop branchée poulet.

— Les aliments solides en général. Je peux manger quelques bouchées, mais si j'en avale plus, ça me donne une sale indigestion.

Elle attendit, le visage inexpressif mais un sourire miroitant au fond des yeux.

— Ça ne sert à rien de poser la question, n'est-ce pas ? demandai-je en buvant une gorgée de vin. Demander si les vampires... vous savez... ce serait comme demander si les loups-garous se transforment en loups. C'est la marque de fabrique de l'espèce.

— En réalité, dans mon cas, vous feriez erreur. Je sais, je sais, vous avez lu plein d'histoires. Mais tout est faux. Je tiens à vous dire que je n'ai jamais, au grand jamais, dormi dans un cercueil.

Elle s'arrêta, puis haussa les sourcils.

— Ah, vous ne parliez pas de ça ?

— Je veux dire que, de toute évidence, vous buvez...

Je désignai mon verre de vin.

— Du bourgogne ? Oui, je peux boire du vin. Mais je préfère le blanc. Dieu soit loué pour ces petits plaisirs. Je n'ai de problème qu'avec les aliments solides. Laissez-moi vous aider, Elena. Je crois que vous cherchez le mot « sang ».

— Oui, voilà. Il m'avait échappé.

Elle éclata d'un rire grave qui surprit le serveur alors qu'il franchissait la porte du patio. On lui demanda de nous resservir du vin, puis on attendit son départ.

— Alors, ça se passe comment de nos jours ? demandai-je. Livraison à domicile de la banque du sang ?

— Je crains que non.

— Un arrangement avec le boucher ?

— La FDA [1] s'y opposerait fermement. Malheureusement,

---

1. Food and Drug Administration : organisme américain qui a pour mission de tester l'innocuité des aliments, médicaments, etc., afin d'autoriser leur mise sur le marché. (*NdT*)

nous sommes contraints de nous procurer à manger selon les vieilles méthodes.

— Ah.

— «Ah», en effet, répondit-elle en riant de nouveau. Oui, je bois directement à la source. Mais il y a des règles. Pas d'enfants. Personne de moins de trente ans. Ça représente un plus grand défi.

— Je vous ai précisé que j'avais vingt-huit ans?

— Ce n'est pas ce que j'ai entendu dire, répliqua-t-elle avec un rictus. Mais ne vous en faites pas. La politesse nous dicte de ne jamais boire le sang de toute personne que l'on nous a officiellement présentée.

Elle coupa quelques bouchées de poulet qu'elle déplaça dans son assiette.

— Pour être honnête, j'ai essayé le sang animal et les banques du sang. Ça ne marche pas. Vivre ainsi, c'est comme se nourrir exclusivement de pain et d'eau. On survit, mais à grand-peine. Certains le font. Moi, je suis trop égoïste. Quitte à vivre, autant le faire pleinement. La seule excuse que je puisse mettre en avant, c'est que j'essaie de choisir ceux qui accueillent volontiers la mort, c'est-à-dire les personnes âgées, malades ou suicidaires. Mais je me mens à moi-même, bien entendu. Je suis capable de voir qu'un homme veut mourir, mais je n'ai aucun moyen de savoir s'il est prêt à sauter du haut d'un immeuble de vingt étages ou s'il s'agit d'une dépression temporaire liée à une déception amoureuse. La vie serait tellement plus simple si nous perdions notre âme quand nous renaissons, si nous abandonnions la capacité de ressentir, de faire la différence entre ce qui est bien et mal. C'est sans doute pour ça qu'on parle de malédiction. On garde cette conscience.

— Mais vous n'avez pas le choix.

—Oh, il y en a toujours un. L'autodestruction. Certains le font. La plupart y pensent, mais la volonté de survivre est toujours trop forte. Si ça revient à choisir entre la mort des autres et la mienne, au diable l'altruisme. La devise des plus forts. Ou des grands égoïstes.

On garda le silence un moment, puis elle dit :

—Alors je suppose que les loups-garous ne sont pas cannibales ?

—Vous parlez de manger des humains, pas d'autres loups-garous, ce qui, à proprement parler, serait du cannibalisme.

—Vous ne vous considérez pas comme humains ?

—À des degrés variables. Personnellement, je me vois toujours comme moitié humaine, moitié louve. Cla… D'autres non. Ils considèrent les loups-garous comme une espèce à part. Je ne suis pas en train d'éluder la question. Les loups de la Meute ont l'interdiction de manger des humains. On ne ferait jamais ça, de toute façon. Ça n'aurait aucun sens. Ça ne servirait qu'à assouvir une faim qu'un cerf peut tout autant apaiser.

—Alors c'est si facile que ça ?

—J'aimerais que ça le soit. Malheureusement, il ne s'agit pas que de la faim. Il y a l'instinct de la chasse, et j'avoue que les humains le satisfont bien mieux que n'importe quel animal.

Les yeux de Cassandra scintillèrent.

—Le plus dangereux des jeux.

Je songeai alors à quel point il était bizarre d'aborder ces sujets-là avec une autre femme. Puis je chassai cette idée et poursuivis :

—Le problème, c'est qu'il est difficile de chasser sans tuer. C'est possible, mais dangereux, et on risque de ne pas pouvoir s'arrêter avant la mise à mort. Les loups-garous extérieurs à la Meute ne se soucient guère de maîtriser leurs pulsions.

Le serveur vint alors prendre notre commande de dessert. Je m'apprêtais à passer mon tour, comme je le faisais généralement quand je dînais avec d'autres femmes, mais je compris que ça n'avait aucune importance. Cassandra se moquerait bien que je mange trois parts de gâteau. Je commandai donc du tiramisu ainsi qu'un café. Cassandra m'imita sur ce dernier point. Alors que le serveur se détournait pour partir, elle le saisit par le poignet.

—Un déca, plutôt, dit-elle.

Tout en parlant, elle gardait la main sur son poignet, pouce tendu comme pour tâter son pouls. Le serveur était jeune et d'une beauté latine, avec de grands yeux sombres et une peau lisse et olivâtre. Avait-elle remarqué qu'elle lui tenait le bras trop longtemps ? Certainement pas. Lorsqu'elle le rappela pour modifier sa commande, elle garda les yeux braqués sur les siens comme s'il était l'élément le plus fascinant de cette pièce. Il lui rendait son regard comme une souris hypnotisée par un cobra. Si elle lui avait demandé de l'accompagner dans la ruelle située derrière le restaurant, il se serait empressé d'obéir. Quand elle lui relâcha enfin le bras, il cligna des yeux, puis un sentiment proche de la déception passa sur son visage. Il promit d'apporter très vite les cafés et retourna dans la salle.

—Parfois, j'ai du mal à m'en empêcher, dit Cassandra après son départ. Même quand je n'ai pas faim. L'ivresse du pouvoir. Une sale dépendance, mais on a du mal à s'en débarrasser, vous ne trouvez pas ?

—C'est… tentant.

Cassandra éclata de rire.

—Vous n'êtes pas obligée de faire semblant avec moi, Elena. Le pouvoir est quelque chose de magnifique, surtout pour les femmes. J'ai passé quarante-six ans dans la peau d'une humaine du XVIIe siècle en Europe. J'aurais tué pour posséder un peu de pouvoir. (Ses lèvres esquissèrent un sourire espiègle.) Mais c'est ce qui s'est passé, non ? On fait de ces choix.

Elle se renfonça dans son siège, m'examina puis sourit de nouveau.

— Je crois qu'on va bien s'entendre, vous et moi. C'est un plaisir rare pour moi de rencontrer une chasseresse qui ne soit pas une autre vampire égocentrique.

Mon dessert et nos cafés arrivèrent alors. Je demandai à Cassandra quel effet ça faisait de vivre aussi longtemps, et elle me régala d'histoires pendant le reste du repas.

Après dîner, Adam me proposa, comme Paige un peu plus tôt, de les accompagner lors du trajet de retour vers la salle municipale. Cette fois encore, j'allais décliner, mais Jeremy l'entendit et insista pour que j'accepte, espérant sans doute que les deux jeunes délégués parleraient plus librement en l'absence de leurs aînés. Il promit en aparté de nous suivre dans l'Explorer.

Contrairement à Jeremy, Adam n'avait pas trouvé de place dans le petit parking situé derrière le restaurant, si bien qu'on se sépara des autres pour emprunter une rue latérale. Devant nous, de l'autre côté de la route, je vis la vieille Jeep du parking de la salle municipale, celle immatriculée en Californie.

— C'est la vôtre ? demandai-je à Adam.

— Malheureusement.

— Ça fait une trotte.

— Et une longue. En Jeep, une très, très longue. Je crois que j'ai perdu deux plombages à cause des secousses. C'est quasi impossible de dépasser la vitesse limite. Et doubler ! Même pas la peine d'y penser. Ce serait plus facile de passer par-dessus le toit des autres bagnoles. La prochaine fois, j'économise pour venir en avion.

— Tu dis ça chaque fois, répondit Paige. Robert propose toujours de te payer un billet d'avion, mais tu refuses systématiquement. Tu adores conduire ce tas de ferraille.

— Le temps vient à bout des plus belles romances. Si je dois encore une fois… Merde !

Levant les yeux, je vis une énorme Yukon faire un créneau pour se garer juste devant la Jeep d'Adam. Il y avait à peine la place de caser une voiture compacte. Ce monstrueux véhicule recula jusqu'à se trouver à quelques centimètres à peine du pare-chocs avant de la Jeep. Une autre voiture était garée à moins de trente centimètres de l'arrière de celle-ci.

— Hé ! s'écria Adam en courant vers la Yukon. Attendez !

Une quadragénaire occupant le siège du passager se tourna pour braquer sur lui un regard inexpressif.

— Je suis coincé derrière vous, lui expliqua-t-il avec un large sourire. Vous pourriez juste avancer deux secondes ? Quand je serai sorti de là, vous aurez beaucoup plus de place.

La vitre était baissée du côté passager, mais la femme ne répondit pas. Elle jeta un coup d'œil au chauffeur. Ils n'échangèrent pas un mot. La portière du chauffeur s'ouvrit et un homme en chemise de golf en sortit. Son épouse l'imita.

— Hé ! leur cria Adam. Vous m'avez entendu ? Je me retrouve coincé. Si vous pouviez avancer un peu, je sortirais en deux temps trois mouvements.

L'homme appuya sur le bouton de sa télécommande. L'alarme émit un petit bruit aigu. Sa femme vint se placer à côté de lui et ils se dirigèrent vers le restaurant.

—Bande de crétins, marmonna Paige. Ça s'achète une bagnole à cinquante mille dollars qui bouffe un max d'essence et ça croit posséder la route.

—Je vais leur parler, dis-je. Peut-être qu'il écoutera une femme.

—Non, dit-elle en me saisissant par le bras. On va rejoindre les autres et on reviendra chercher la Jeep ensuite.

—Je voulais seulement leur parler.

Elle jeta un coup d'œil à Adam, qui commençait à suivre le couple.

—Ce n'est pas pour vous que je m'inquiète.

L'homme se retourna, retroussant les lèvres pour lancer une insulte à l'intention d'Adam.

—Qu'est-ce que vous avez dit ? lui cria celui-ci en retour.

—Oh, merde, murmura Paige.

L'homme nous tourna le dos.

—Qu'est-ce que vous avez dit ? cria celui-ci.

Tandis qu'il s'avançait vers le type, je décidai en une fraction de seconde d'intervenir. Comme nous essayons généralement de garder profil bas, je ne tenais pas à attirer l'attention sur nous par une bagarre qui risquait de faire intervenir la police. Adam aurait bien dû le savoir, mais il semblerait que même les jeunes gens les plus tranquilles sont parfois sujets à des poussées de testostérone.

Quand je me tournai pour suivre Adam, Paige me saisit le bras.

—Attendez, dit-elle. Ne…

Je me dégageai et me mis à courir, ignorant ses pas et les avertissements qu'elle me criait. Alors que j'approchais d'Adam, je sentis une odeur de feu. Non pas de fumée ni de combustion de bois ou de soufre, mais l'odeur plus subtile du feu lui-même. Je l'ignorai, saisis Adam par le poignet et le fis pivoter.

—Laissez tomber, dis-je alors qu'il se retournait. Jeremy peut nous conduire…

À présent qu'il me faisait face, je comprenais l'origine de cette odeur. Ses yeux luisaient d'un éclat cramoisi. Les blancs étaient d'un rouge luminescent, étincelant d'une rage absolue et sans bornes.

—Lâche-moi, gronda-t-il.

Il n'y avait dans ces paroles aucune trace de la voix d'Adam, et son propre visage ne lui ressemblait plus. Des vagues de chaleur émanaient de son corps. C'était comme se tenir trop près d'une cheminée. De la sueur jaillit de mes pores. Je détournai mon visage de la chaleur, serrant toujours son poignet. Il me saisit par les deux avant-bras. Quelque chose grésilla. J'entendis d'abord le bruit et n'eus qu'une seconde pour m'interroger sur sa nature avant qu'une douleur fulgurante me traverse les bras. Il me lâcha et je reculai en titubant. Des marques rouges apparurent sur mes avant-bras.

Paige me rattrapa par-derrière. Je la repoussai et me retournai vers Adam. Il se dirigeait à grands pas vers une ruelle vide.

—Ne vous en faites pas pour lui, me dit Paige. Il va se maîtriser à présent.

L'Explorer apparut au coin de la rue. J'agitai les bras pour que Jeremy s'arrête et ouvris à toute volée la portière du côté passager avant que le véhicule soit entièrement immobilisé. Lorsque je bondis à l'intérieur, le regard de Jeremy se posa sur mes bras brûlés et sa bouche se pinça, mais il ne dit rien. Il attendit que je sois montée, puis enfonça l'accélérateur.

DISSECTION

Pendant le trajet, je lui racontai ce qui venait de se produire. Une fois sorti de la ville, il s'arrêta à une station-service, se gara devant la cabine téléphonique et sortit. Quelques minutes plus tard, il revint et prit la direction de l'autoroute.

— Et Ruth ? demandai-je.

— Je lui ai dit qu'on n'assisterait pas à la réunion ce soir. Elle est au courant de ce qui s'est passé. Elle s'est confondue en excuses. Elle m'a demandé si nous voulions revenir dans l'éventualité d'une nouvelle réunion demain. Je lui ai répondu que je n'en savais rien, alors elle veut que je la rappelle dans la soirée pour m'informer de ce qu'ils auront décidé.

— Tu vas le faire ?

— Sans doute. Ma première priorité, c'est la protection de la Meute. Et dans ce but, nous allons peut-être devoir nous joindre temporairement à ces gens pendant qu'ils enquêtent sur cette menace. Ils disposent de ressources dont nous n'avons pas l'équivalent. Pendant le repas, nous avons parlé de cette projection astrale qu'effectuent les chamans, et ça me semble un outil précieux pour en apprendre plus sur ces hommes que tu as vus à Pittsburgh. Mais en dehors de tout ça, je n'ai aucune intention de rester afin de les aider. Chacun ses batailles.

Lors du silence qui suivit, je réfléchis à notre journée, à toutes ces découvertes stupéfiantes que nous avions faites. Stupéfiantes pour moi, du moins. Jeremy ne paraissait guère impressionné, et absolument pas surpris. Je pouvais mettre ça sur le compte de sa sérénité coutumière, mais sa réaction semblait bien trop calme, même de sa part.

—Tu le savais, lui dis-je. Qu'il existait… autre chose. D'autres espèces que nous.

—J'avais entendu des rumeurs. Quand j'étais enfant. Lors des longues nuits qui suivaient les assemblées, on évoquait parfois la possibilité qu'il existe d'autres créatures comme des vampires ou des lanceurs de sorts. Quelqu'un se rappelait un oncle qui avait un jour rencontré un être doté d'étranges pouvoirs, ce genre de chose. Un peu comme les humains discutent de fantômes ou d'extraterrestres. Certains y croyaient. La plupart, non.

—Et toi ?

—Ça me paraissait improbable que nous soyons la seule créature légendaire possédant une base réelle. (Il roula un moment en silence, puis poursuivit :) Une fois, peu de temps avant sa mort, mon grand-père m'a dit que son propre grand-père affirmait avoir pris part à un conseil de ce que Ruth appellerait «créatures surnaturelles». Mon grand-père pensait qu'il pouvait s'agir d'une invention d'un vieil homme aux idées plus très claires, mais il estimait qu'il devait m'en parler. S'il était exact qu'il existait d'autres créatures, alors il fallait qu'un membre de la Meute soit au courant de cette possibilité.

—Est-ce qu'il n'aurait pas fallu que toute la Meute soit au courant ? demandai-je. Ne le prends pas mal, Jer, mais j'aurais vraiment apprécié d'être prévenue à l'avance.

—Pour être honnête, je n'y ai jamais pensé. Je n'ai jamais tenté de découvrir si l'histoire de mon grand-père était vraie. Je n'en voyais pas l'intérêt. Je ne m'intéresse pas aux autres créatures et nous sommes plus en sécurité si la réciproque est vraie. Oui, j'imagine que l'un d'entre nous risque d'en croiser par accident, mais dans la mesure où nous sommes peu nombreux, tout comme eux, l'idée qu'on puisse non seulement nous croiser mais aussi nous reconnaître paraissait très peu probable. Ça ne s'est certainement jamais produit, ni de mon temps, ni de celui de mon grand-père. Voilà que ces sorcières sont apparemment au courant de notre existence depuis très longtemps. Je n'avais jamais envisagé cette possibilité.

—Tu es en train d'admettre que tu as fait une erreur ?

Un infime sourire étira ses lèvres.

—J'admets un oubli. Ce ne serait une erreur que si j'avais envisagé cette possibilité et choisi de l'ignorer.

—Mais si les loups-garous ont réellement assisté à ce conseil, dans le temps, pourquoi ça ne figure pas dans l'Héritage ? demandai-je en mentionnant le livre qui recense l'histoire de la Meute.

—Je n'en sais rien. Si, comme le dit Ruth, les loups-garous se sont retirés du conseil, ils ont sans doute choisi d'effacer de l'Héritage cette partie de leur histoire.

—Peut-être pour de bonnes raisons, dis-je en frôlant du bout des doigts ma peau brûlée.

Jeremy me lança un coup d'œil et hocha la tête.

—Peut-être.

De retour à la chaumière, Jeremy nettoya et pansa mes brûlures, puis me demanda si j'étais prête à aller me coucher ou si je voulais veiller encore un peu.

—Tu comptais veiller ? demandai-je.

—Si tu le faisais.

— Si tu veilles, moi aussi, mais si tu es fatigué…

— Est-ce que tu es fat…

Jeremy s'interrompit. Un demi-sourire lui effleura les lèvres et je compris à quoi il pensait. On pouvait y passer la nuit, car aucun de nous deux n'exprimait d'avis qui risque de causer de désagrément à l'autre. Avec Clay, Nick ou Antonio, je formulais mes opinions et besoins sans hésitation. La survie du plus tapageur. Dans le cas de Jeremy, son infaillible courtoisie ressuscitait mon éducation, si bien qu'une simple prise de décision pouvait se changer en interminable série de «Après toi», «Non, j'insiste, après toi». Si Clay était là, il aurait décidé pour nous avant le deuxième mouvement de danse. Sans lui, nous étions livrés à nous-mêmes.

— Je vais rester debout un moment, lui dis-je.

— Je vais te tenir compagnie.

— Tu n'es pas obligé.

— Je sais. On va s'asseoir dans la véranda. Vas-y pendant que je nous prépare un encas.

Je sortis. Quelques minutes plus tard, Jeremy me rejoignit muni de deux verres de lait et d'un paquet de biscuits.

— Je n'ai rien de plus fort pour calmer la douleur, dit-il en me tendant le lait. Tu vas devoir te contenter de réconforts simples.

Il s'assit près de moi. On passa quelques minutes à fixer l'eau tandis que le bruit de mastication des biscuits résonnait dans le silence. La fumée d'un feu de camp flottait au-dessus du lac.

— On devrait faire un feu, dis-je.

— Pas d'allumettes.

— Et merde, où est Adam quand on a besoin de lui ?

Jeremy m'adressa un demi-sourire :

—Une fois de retour à Stonehaven, on te fera un feu de joie. On ne manque pas d'allumettes, là-bas. Ni de marshmallows. Si seulement je me rappelais comment tailler un bâton pour les faire griller.

—Tu sais faire ça ?

Il gloussa.

—Difficile à croire, hein ? Mais oui, j'ai fait du camping quand j'étais enfant. Dominic louait une maison de campagne chaque été pour faire sortir Antonio et ses frères de la ville, pour qu'ils retrouvent la nature. Et ils m'emmenaient.

Quand Jeremy se tut, je cherchai comment continuer à le faire parler. Il n'évoquait jamais son enfance. Absolument jamais. Les autres laissaient sous-entendre qu'elle n'avait rien eu d'idyllique, mais Jeremy ne pipait mot sur le sujet. À présent qu'il venait d'entrebâiller cette porte, je ne comptais pas le laisser la refermer si facilement.

—Vous alliez où ? demandai-je.

—Pas loin. Dans le Vermont ou le New Hampshire.

—C'était sympa ?

Nouveau demi-sourire.

—Très. Je n'étais pas trop branché retour à la nature. Il y a déjà tout ça à Stonehaven. Mais ça nous permettait, à Tonio et à moi, de nous faire passer pour de vrais gosses, de jouer *avec* d'autres gamins. Bien sûr, on en rencontrait à l'école. Mais on ne fréquentait que des écoles privées. En tant qu'Alpha, Dominic insistait sur ce point concernant tous les fils de la Meute. Si leurs pères n'avaient pas les moyens de les y envoyer, il payait lui-même. Il exerçait un contrôle strict sur son environnement. Ils passaient le week-end et les vacances chez eux et leurs interactions avec les humains restaient minimales. Mais pendant ces vacances, on pouvait se lâcher un peu, du moment qu'on se présentait sous de faux noms, ce genre de chose.

— Vous deviez vous servir de faux noms ? Vous aviez quel âge ?

— On était jeunes. Tonio était plus âgé, bien sûr. Mais c'était moi qui nous inventais des histoires. Une année, on était des gamins de la petite noblesse anglaise. Notre accent était atroce. Une autre année, des gosses de la mafia. Tonio avait adoré. Ça lui donnait l'occasion de pratiquer son italien et de faire trembler les petites brutes du coin.

— Je vois ça d'ici.

— On s'était beaucoup amusés jusqu'à ce que les autres gosses commencent à nous offrir l'argent qu'ils recevaient pour s'acheter des glaces. C'est là que Tonio a décidé de ne pas pousser plus loin. L'intégrité avant tout, même si ça revenait à refuser des suppléments de nourriture. On hésitait à avouer que toute cette histoire de mafia était une blague quand Malcolm est venu me chercher pour rentrer à Stonehaven. En avance, comme toujours.

Malcolm était le défunt père de Jeremy, que je n'avais jamais entendu l'appeler autrement que par son prénom.

— Tu lui manquais ? demandai-je.

Jeremy éclata de rire. Pas de son gloussement habituel, mais d'un éclat vigoureux qui me surprit tellement que je faillis lâcher mon biscuit.

— Non, répondit-il en se calmant. Je ne lui manquais absolument pas. Il faisait ça chaque été, il passait voir comment j'allais. Si je m'amusais, ce qui était toujours le cas, il décidait qu'il était temps que je rentre.

Ne sachant que répondre, je me tus. Jeremy poursuivit :

— Au bout de quelques années, j'ai commencé à ruser. Dès que Malcolm arrivait, j'étais soudain pris d'une furieuse envie de rentrer chez nous. J'étais affreusement malheureux. Impatient de repartir. Et, bien entendu, il me laissait rester là tout l'été. Les Sorrentino jouaient le jeu.

Ils savaient comment ça se passait pour moi, à la maison. (Il eut un demi-sourire ironique.) Toi, Clayton et moi. Trois personnes sous le même toit qui ont eu une enfance pourrie. Totalement improbable, non ?

—Clay a eu une enfance agréable.

—Si on excepte le petit détail de sa conversion en loup-garou à l'âge de cinq ans et des quelques années passées ensuite dans le bayou, à se nourrir de rats et d'ivrognes.

—Après ça, je veux dire. Quand tu l'as recueilli. Il a toujours dit qu'il avait eu une enfance agréable à Stonehaven.

—Quand il ne se faisait pas virer de l'école pour avoir disséqué le cochon d'Inde de la classe.

—Il était déjà mort.

Jeremy se remit à glousser.

—Je l'entends encore dire ça. Trente ans plus tard, je l'entends toujours parfaitement. La première assemblée de Meute à laquelle assistait Clay. J'essaie de faire comme si tout allait bien, sans parler de son expulsion à qui que ce soit. Et puis Daniel déboule en claironnant à qui veut l'entendre : «Clayton s'est fait virer de l'école pour avoir découpé un cochon d'Inde.» Clay se précipite dans la pièce, se dirige vers Daniel, le fusille du regard – ils avaient le même âge, mais il dépassait Daniel d'une bonne tête – et se met à crier : «Il était déjà mort !»

—Ce qui expliquait tout.

—Absolument. (Jeremy sourit et secoua la tête.) Entre l'animal de la classe disséqué et mon échec avec les animaux en plastique, je commençais à me demander si j'étais vraiment fait pour jouer les parents de substitution.

—Quels animaux ?

—Clay ne t'a jamais raconté ça ? demanda Jeremy en vidant son verre, avant de prendre le mien et de se lever.

Je tirai sur sa jambe de pantalon.

—Raconte-moi.

—À mon retour.

Je poussai un grognement et attendis. Longtemps. Il mettait une éternité à servir ce lait. Il savait doser ses effets.

—Les animaux en plastique, donc, lui dis-je quand il revint enfin.

—Ah oui. Donc, Clay avait des problèmes avec les autres enfants à l'école. Tu dois déjà le savoir.

Je hochai la tête et récitai :

—Il ne s'intégrait pas et n'essayait même pas. Petit pour son âge. Antisocial. Et son accent n'arrangeait rien. Je me suis interrogée là-dessus quand je l'ai rencontré. Il disait qu'il vivait depuis vingt ans dans l'État de New York, mais il donnait l'impression qu'il venait de descendre d'un train en provenance de la Louisiane. Il disait que les autres gamins se moquaient de son accent quand il était petit. Et qu'il le gardait pour cette raison. Clay et sa logique tordue.

—Tout ce qui pouvait le mettre à part. Donc, après cette sale histoire de cochon d'Inde, je lui ai moi-même donné des cours à domicile jusqu'au mois de septembre suivant, puis je l'ai envoyé dans une autre école en demandant au chef d'établissement de me signaler tout problème de comportement. Je te jure que je passais trois après-midi par semaine à rencontrer ses profs. La plupart du temps, c'était pour des bricoles, mais un jour, l'instituteur m'a dit que Clay avait des problèmes pendant la récré. Les autres gosses se plaignaient qu'il les suivait partout, qu'il les espionnait, ce genre de chose.

—Il les observait, répondis-je. Pour chercher leurs faiblesses.

—Exactement. En fait, je n'avais pas peur qu'il fasse quoi que ce soit. J'étais très strict sur ce point. Pas question de dévorer ses camarades de classe. (Jeremy roula les yeux.) Les autres parents disent à leurs gosses de ne pas parler aux étrangers. Je devais demander au mien de ne pas les manger. Enfin bref, cet instit me dit que Clay ne semble pas s'intéresser aux jeux habituels des cours de récré, comme s'amuser avec des jouets. Des jouets. Je savais bien qu'il manquait quelque chose. Comme Clay était le gamin le moins puéril que j'aie jamais connu, j'avais tendance à oublier qu'il devait s'occuper à des activités d'enfant. Après la réunion, je suis allé directement à la boutique lui acheter des jouets. Il les a tous ignorés... sauf un jeu d'animaux en plastique – des vaches, des chevaux, des moutons, des cerfs, des chameaux, la totale. Il les embarquait dans sa chambre et il y restait des heures. Je me suis félicité de ma grande perspicacité, supposant qu'il aimait ces animaux parce qu'il se sentait une sorte de proximité avec eux. Mais ensuite, j'ai trouvé le livre.

Jeremy s'interrompit.

— Quel livre ? demandai-je parce que j'étais censée le faire.

— Un guide sur l'anatomie animale. Il l'avait volé à la bibliothèque de l'école et en avait corné des pages. J'ai donc regardé de plus près ces animaux en plastique. Ils étaient tous marqués de croix rouges placées à des endroits stratégiques.

— Pour identifier les organes vitaux, dis-je. Pour la chasse.

— Exactement.

— Alors qu'est-ce que tu as fait ?

— Je l'ai longuement sermonné sur la question du vol et je l'ai forcé à rendre le livre immédiatement.

Je rejetai la tête en arrière et éclatai de rire. Jeremy passa la main autour de ma taille, geste rare de proximité dont je voulus profiter le plus longtemps possible.

— Et si on allait courir? demanda-t-il au bout de quelques minutes. On aurait bien besoin d'évacuer le stress de la journée, tous les deux.

Je commençais à fatiguer, mais je n'aurais jamais dit non. Les loups-garous préféraient courir à plusieurs – l'instinct de meute. Jeremy était différent, sur ce plan-là comme sur tant d'autres. Il préférait la solitude une fois qu'il avait procédé à sa Mutation. Parfois, il se joignait à une chasse de la Meute, mais il allait rarement courir avec un partenaire. Si bien que, lorsqu'il me le proposa, même l'épuisement le plus total n'aurait pu m'y faire renoncer.

On longea le chemin, pénétrant suffisamment loin dans les bois pour trouver des endroits où muter. Nous avions parcouru cinq ou six mètres quand Jeremy se retourna pour regarder par-dessus mon épaule.

— Quoi? lui demandai-je.

— Des phares qui ralentissent en haut de l'allée, murmura-t-il.

L'allée suivait une côte abrupte de la route à la chaumière, si bien que la voiture se retrouvait au sommet d'une colline et qu'on ne voyait que la lueur de ses phares jumeaux. Tandis que nous attendions, les lumières s'éteignirent et le grondement du moteur se tut. Une portière s'ouvrit et se referma. Des pas se dirigèrent vers le bord de la colline. Une pierre crissa sous une semelle avant de dévaler la pente. Une pause. Quelqu'un guettait une réaction à ce bruit. Puis le chuchotement de l'herbe longue sur des jambes de pantalon. Une ombre furtive au-dessus de nous, un mouvement dépourvu de forme. Puis ce mouvement reprit vers le sud, sous le vent. Volontairement. Un arbre craqua sur notre droite. Je sursautai. Ce n'était que le vent.

Jeremy écoutait, regardait, flairait, mais seule la tension de sa mâchoire trahissait sa nervosité. Je me tournai vers lui mais il ne me rendit pas mon regard. Trop occupé à observer. Et à patienter. Un craquement de brindilles sous des semelles. Puis de nouveau le silence. Un huard cria de l'autre côté du lac. Je sursautai de nouveau. Puis une pierre dégringola le long de la colline, sur ma droite. Quand je me tournai, j'aperçus un mouvement sur ma gauche. J'avais mal deviné. Merde. Trop tard. Quelque chose de flou me fonça dessus et me fit tomber à terre. Des mains me rattrapèrent dans ma chute, me retournèrent sur le dos et m'immobilisèrent les bras sur les côtés. Je heurtai le sol, mon agresseur perché au-dessus de moi.

INVITÉS

— Je t'ai manqué? demanda Clay qui me souriait, perché au-dessus de moi.

D'un coup de pied, je le fis culbuter par-dessus ma tête, si bien qu'il atterrit sur un tas de bûches. Le bois lui dégringola dessus en lui coupant le souffle.

— Faut croire que non, reprit-il d'une voix sifflante, le sourire moins assuré.

— Je peux le tuer? demandai-je à Jeremy. S'il te plaît.

— L'estropier, mais pas le tuer. On peut encore avoir besoin de lui.

Jeremy lui tendit la main et l'aida à se relever en tirant un peu plus fort que nécessaire.

— Ravi de voir que tu as reçu mon message, mais je ne pensais pas que tu arriverais si vite. Tu n'as pas eu trop de mal à quitter les cours?

Non, Clay n'était pas étudiant à l'université du Michigan. Il était professeur. Enfin, pas exactement. Pas de façon permanente, je veux dire. Il était chercheur en anthropologie et donnait parfois de courtes séries de conférences, non pas parce que ça lui plaisait – Clayton n'aimait *rien* qui implique un contact avec les humains – mais parce que ces incursions occasionnelles dans le monde universitaire réel étaient un mal nécessaire pour entretenir son réseau de contacts et assurer ainsi la poursuite de sa carrière. La plupart des gens qui le rencontraient, quand ils apprenaient la nature de son métier, répondaient quelque chose du style «Je croyais qu'il fallait un doctorat pour faire ça». De toute évidence, l'image de Clay et l'idée d'un doctorat n'allaient pas très bien ensemble. Oui, il en avait un – je peux vous le garantir, ayant vu son diplôme au fond du tiroir où il rangeait ses chaussettes. Mais on pouvait pardonner cette erreur aux gens qui le rencontraient. Il ne s'exprimait pas comme un diplômé de haut niveau. Et il n'en avait pas franchement l'allure. Clay faisait partie de ces gens détestables qui possèdent à la fois une intelligence proche du génie et un physique à tomber par terre. Yeux bleus, boucles d'un blond sombre, ainsi qu'un visage farouche tout droit sorti d'une revue. Ajoutez à ça un corps musclé et vous obtiendrez un tout qui ne serait pas passé inaperçu dans une convention de chippendales. Clay détestait ça. Il aurait été fou de joie de se réveiller un matin dans la peau de cette sorte de type qui n'attire de regards insistants que lorsqu'il sort la braguette ouverte. En revanche, la futile créature que je suis s'en serait nettement moins réjouie.

Clay expliqua à Jeremy que sa série de conférences faisait partie d'un programme d'intérim et qu'il n'avait donc eu aucun problème à faire reporter ses cours à plus tard. Pendant qu'il parlait, je mis en application mes cours de maths d'école primaire.

—Tu as laissé un message à Clay sur mon portable, qu'il avait emporté avec lui à Detroit, c'est bien ça? demandai-je.

Jeremy hocha la tête.

—Et quand as-tu laissé ce message?

—Avant le dîner. Quand tu es partie t'asseoir avec Cassandra, je me suis servi du téléphone public de l'entrée.

—Ouais. Donc, il y a environ quatre heures. Alors, à supposer que Clay ait pris le chemin le plus court depuis Detroit, en traversant l'Ontario, le Québec et en redescendant, ça fait bien plus de neuf cents bornes. Si une Porsche voyageait à, disons, cent quarante à l'heure, sans s'arrêter ni ralentir, le trajet lui prendrait au moins sept heures. Je suis la seule à trouver que cette équation ne tourne pas rond ?

—En fait je n'étais pas à Detroit quand Jeremy m'a appelé, dit Clay.

—Hmm ?

—J'étais… un peu plus près.

—C'est-à-dire ?

—Hmmm, disons… dans le Vermont.

—Espèce de sale hypocrite ! Tu es ici depuis le début, hein ? Qu'est-ce que tu faisais, tu nous suivais ?

—Je te protégeais.

Je résistai à la tentation de taper du pied. Pas la façon la plus adulte de lancer une dispute, mais parfois, la frustration réduisait la maturité à néant. Clay me faisait cet effet. Je me contentai de taper du pied une seule fois, assez fort pour ébranler le sol.

—Je n'ai pas besoin de protection, dis-je. Combien de fois me suis-je retrouvée dans une sale situation ? Trop pour tenir les comptes, et aucun ne m'a tuée jusqu'ici, hein ?

—Eh ben, c'est d'une logique, ça… Tu veux que j'attende que quelqu'un le fasse, chérie ? Et là, j'aurai le droit de te protéger ? De surveiller ta tombe, peut-être ?

—Clayton, intervint Jeremy, je t'avais ordonné de rester à Detroit.

—Tu m'as dit que ce n'était pas *nécessaire* que je vienne. Tu ne m'as pas dit que c'était *interdit*.

—Tu m'avais bien compris, répondit Jeremy. On parlera de tout ça plus tard. Pour l'instant, suis-nous à la chaumière et on va te raconter tout ce que tu ne sais pas encore.

On se dirigea vers la maison. On sortait presque des bois quand Jeremy s'arrêta et leva la main pour nous imposer le silence.

— Tu as loué une camionnette ? murmura-t-il à Clay.

— Nan, une espèce de petit tas de ferraille. Je me suis dit que la Boxster serait un peu voyante par ici. Pourquoi ? (Il suivit le regard de Jeremy.) Ce n'est pas à moi, ça.

Je regardai en haut de la colline et vis une camionnette garée au bout de l'allée.

— Quelle heure est-il ? demanda Clay.

— Trop tard pour s'envoyer en l'air, répondis-je. Trop tôt pour la chasse ou la pêche.

— J'ai l'impression qu'on a de la compagnie, dit Jeremy. Je vais monter la garde. Vous deux, faites le tour de la chaumière et allez accueillir nos invités.

Je sortis prudemment de la forêt, suivie de Clay. Le côté sud de la maison était calme et sombre. Je tendis l'oreille et entendis craquer des feuilles mortes du côté nord. Je fis signe à Clay de prendre le côté du lac tandis que je me faufilais de l'autre côté de l'allée.

Au nord de la chaumière, je trouvai ma proie, un homme seul qui faisait le guet. Je me faufilai à travers les arbres jusqu'à me trouver près de lui. Il devait avoir la cinquantaine, mais avec la carrure et le port d'un homme de vingt-cinq ans. Il se tenait droit comme un piquet, les yeux braqués sur l'allée, sans ciller. Un professionnel. Peut-être un ancien militaire, à en juger par sa coupe tondeuse de un centimètre de long et ses vêtements si raides que je le soupçonnais d'amidonner ses sous-vêtements. Il tenait son arme du côté droit, baissée, mais en alerte, prêt à la lever en un clin d'œil et à tirer comme s'il s'agissait d'un jouet automatique. Où Winsloe recrutait-il ses hommes ? Dans un jeu vidéo comme *Soldier of Fortune* ? À voir la fréquence avec laquelle ces types nous tombaient dessus, c'était à croire qu'il s'était acheté toute une armée.

Clay sortit de la forêt et approcha de l'homme armé par-derrière. Il croisa mon regard à travers les arbres. Je hochai la tête et m'accroupis. Tandis qu'il avançait à pas furtifs, un ivrogne brailla de l'autre côté du lac. Le guetteur pivota, mais Clay avait déjà bondi. Je me précipitai pour lui faire lâcher son arme tandis que Clay l'attrapait par le cou. Un craquement sourd. Puis le silence.

Clay déposa le mort à terre. J'ouvris la chambre du pistolet. À l'intérieur, les balles luisaient d'un éclat trop vif pour n'être que du plomb. Je les montrai à Clay tandis qu'il traînait le corps dans les bois.

— Des balles d'argent, murmurai-je. Pas le matos habituel pour un cambriolage.

Clay hocha la tête.

— Je passe par-devant ou par-derrière ? demandai-je.

— Comme tu veux.

Je me dirigeai vers la porte d'entrée. Elle était entrouverte. Tandis que je rasais le mur, j'entendis un bruit sourd à l'arrière de la maison, indiquant que Clay venait de briser la serrure de derrière. Quand je fus assez près pour voir par la porte entrebâillée, je m'arrêtai. Je ne perçus ni lumière, ni bruit, ni mouvement à l'intérieur. Du bout de l'orteil, j'ouvris la porte un peu plus grand. Toujours rien. Je m'accroupis pour m'y faufiler, en restant assez bas pour n'attirer l'attention de personne – et éviter de récolter une balle tirée aveuglément à hauteur de la poitrine.

Les portes de devant et de derrière étaient à l'opposé l'une de l'autre, reliées par un couloir commun, si bien que je vis Clay dès mon entrée. Il haussa les sourcils, l'air de me demander : *Tu as entendu quelque chose ?* Je fis signe que non. Tandis que nous entrions dans la pièce principale, il

désigna un point au-dessus de lui et articula «Lumière»
en silence. Je regardai vers l'escalier. Une lueur clignotait
à l'étage, comme un phare en mouvement. Clay nous
désigna tour à tour avant de montrer l'étage. Nous y allions
ensemble. Il prenait la tête.

Alors que nous atteignions les trois quarts de l'escalier,
une marche grinça. C'était inévitable, non ? Je crois que
les charpentiers s'arrangent pour fabriquer au moins une
marche qui grince afin qu'on ne puisse jamais monter ni
descendre furtivement sans se faire remarquer. On se figea,
l'oreille tendue. Silence. Clay monta une marche de plus
et se pencha en avant, jetant un œil sur le palier. Il secoua
la tête. Rien. Après une pause, il monta les trois dernières
marches. Il se dirigea sur la gauche, vers la chambre de
derrière, d'où provenait la lumière. Je me tins en haut des
marches, dos au mur, surveillant l'autre chambre, l'escalier
et Clay tout à la fois.

—Merde, murmura-t-il.

Je me retournai. Jeremy se servait de la chambre de
derrière. Soit c'était lui qui avait laissé la lampe de chevet
allumée, soit c'était l'un des intrus. Devant, un ventilateur
sur pied tournait à la vitesse minimale et ses pales cachaient
l'ampoule par intermittence, ce qui donnait l'impression
que la lumière clignotait. Tandis que je secouais la tête,
j'entendis des pas au rez-de-chaussée. La trappe du sous-sol
se referma.

—Pas la peine, dit une voix masculine. Ils ne sont pas là.

—Alors on va attendre, dit un autre. Va chercher Brant
et on repart.

Des pas devant la porte d'entrée.

—Brant n'est plus là.

—Il a dû aller pisser. Tu parles d'un vigile parfait. Va
démarrer la camionnette, dans ce cas. Il comprendra.

—Je les rabats vers l'arrière, chuchota Clay. Tu prends l'avant. Conduis-les dans les bois. Éloigne-les de leur camionnette – et de Jeremy.

Je me précipitai vers les marches en croyant que Clay allait me suivre. J'aurais dû me douter que non. Pourquoi prendre l'escalier quand on disposait d'une sortie plus théâtrale ? Mais il n'agissait pas uniquement pour faire son effet. Sa sortie permit de distraire les deux hommes afin qu'ils ne m'entendent pas quitter la maison. J'avais à peine franchi la porte quand la vitre de la salle de bains se brisa à l'étage. Une pluie de verre s'abattit sur les deux hommes. Alors qu'ils levaient les yeux, Clay atterrit devant eux.

—Vous allez quelque part ? demanda-t-il.

Avant que l'un ou l'autre puisse réagir, Clay désarma d'un coup de pied l'homme placé sur sa gauche. Celui de droite pivota, m'aperçut, leva son arme et tira. J'esquivai, mais quelque chose me piqua au mollet. Une seringue sédative. Clay avait compris lequel tenait l'arme la plus dangereuse et l'avait désarmé, laissant le fusil tranquillisant pour le deuxième round.

Le premier type plongea pour éviter un coup de pied et se précipita dans la forêt. Clay le suivit. L'autre homme resta planté à me surveiller, tenant son arme prête. Je retirai la seringue de ma jambe et chargeai. Il ouvrit de grands yeux, comme s'il s'était attendu à ce que je tourne de l'œil dans la seconde. De toute évidence, toute personne qui croyait avoir besoin de balles d'argent pour tuer un loup-garou ignorait également qu'il fallait, pour nous mettre à terre, une dose de sédatif propre à assommer un éléphant. Tandis qu'il visait de nouveau, je plongeai vers ses jambes et les tirai pour le faire chuter avec moi. Son arme tomba au sol. Il leva la main, non pas vers moi mais vers la gauche, par terre. Merde. L'autre flingue. Le vrai.

Je roulai de côté et, d'un coup de pied, éloignai l'arme de sa portée. Il se redressa sur les genoux, leva le poing, puis s'arrêta. C'était un truc de mecs. Sans doute une règle enracinée en eux depuis la cour de récré. Les garçons ne frappent pas les filles. Jamais. Ils n'hésitaient généralement qu'une seconde avant de comprendre que chaque règle a ses exceptions. Mais ça me laissa le temps de me baisser. Je levai le poing pour le lui balancer dans le ventre. Il se plia en deux, toujours agenouillé. Je l'agrippai par les cheveux et lui cognai violemment le visage par terre. Mais il récupéra vite. Trop pour que j'aie le temps de lui briser la nuque. Son regard fila droit vers le flingue. Tandis qu'il plongeait, je m'en saisis pour le prendre avant lui, reculai le bras et lui enfonçai le canon dans le cœur. Ses yeux s'écarquillèrent et il les baissa vers le flingue qui dépassait de sa poitrine, tâta le filet de sang qui coulait de la plaie, fronça les yeux, perdu, tituba puis bascula en arrière.

Clay sortit de la forêt, regarda ce type à terre et pencha la tête.

—Hé, chérie, dit-il. C'est de la triche. Les loups-garous n'utilisent pas de flingues.

—Je sais. Tu n'imagines pas comme j'ai honte.

Il éclata de rire.

—Comment tu te sens, après cette piqûre?

—Même pas envie de bâiller.

—Parfait, parce qu'il nous en reste un. Le mec a filé dans le marais. Je passais voir si tu avais besoin d'aide avant de lui donner la chasse. Il n'ira pas loin.

—Alors vous feriez mieux de muter, dit Jeremy qui nous rejoignait. Ce sera plus sûr. Comment vont tes bras, Elena?

Je retirai les pansements en grimaçant lorsqu'ils se dégagèrent. Nous guérissons vite, mais le processus prenait malgré tout plus de quelques heures.

— Ça va aller, répondis-je.

— Parfait. Alors vas-y. Je m'occupe de ces deux-là.

On le quitta, Clay et moi, pour chercher un endroit où procéder à la Mutation.

Au bout de douze ans, j'avais réduit les Mutations à une science, simple suite d'étapes que je suivais pour m'empêcher de me concentrer sur la douleur imminente. Première étape : trouver une clairière dans les bois, de préférence très loin des regards, car aucune femme, futile ou non, ne voudrait qu'on la voie en pleine Mutation. Deuxième étape : retirer mes habits et les plier soigneusement – du moins en théorie, car mes fringues se retrouvaient toujours accrochées à l'envers sur des branches. Troisième étape : me mettre en position, à quatre pattes, la tête entre les épaules, muscles détendus. Quatrième étape : me concentrer. Cinquième étape : ne pas hurler.

Quand j'eus fini de muter, je me reposai, puis me levai et m'étirai. J'adorais m'étirer quand j'étais louve, explorer les changements de structure, la nouvelle interaction de mes muscles. Je commençai par les pattes, enfonçant mes ongles dans la terre et appuyant des quatre pattes contre le sol. Puis je cambrai le dos et entendis craquer une ou deux vertèbres, savourant l'absence totale de raideur dans le dos ou le cou, ces petites douleurs de bipèdes que les humains apprennent à accepter. Je déplaçai l'extrémité de ma colonne vertébrale, enroulant ma queue sur mon dos, puis la laissai tomber et l'agitai de gauche à droite, frôlant de ses poils mes pattes arrière. Pour finir, la tête. Je fis pivoter mes oreilles et cherchai à entendre ne serait-ce qu'un nouveau bruit, un pivert à un kilomètre de là ou un scarabée en train de fouiller la terre près de moi. Je me livrai au même jeu avec mon nez, flairant de nouvelles odeurs, fumier dans un champ à huit kilomètres ou roses en train de fleurir dans le jardin d'une chaumière. Je ne pouvais pas faire de même avec mes yeux, ne serait-ce qu'à cause de ma vue moins bonne en tant que louve, mais je battis des paupières et regardai autour de moi pour accommoder ma vision nocturne. Je ne voyais pas en noir et blanc, contrairement à la plupart des animaux, mais en une palette assourdie de couleurs. Enfin, je retroussai les babines pour feindre de montrer les crocs et secouai la tête. Voilà. Fini de m'étirer. Il était temps de m'exercer.

Amusements

Depuis que Clay l'avait laissé partir, l'homme avait couvert pas mal de terrain. Il avait couru au moins trois kilomètres – dans le même rayon de quatre cents mètres, décrivant sans fin des cercles et des zigzags. Certaines personnes n'ont vraiment aucun sens de l'orientation. Quelle tragédie.

Clay l'avait rabattu vers une zone bourbeuse où aucun locataire de maison de vacances n'avait de raison de s'aventurer et où personne n'avait donc tracé de chemin. En approchant de l'homme, nous entendions les bruits de succion de ses bottes qui dessinaient une carte sonore de ses mouvements. À l'est sur trois cents mètres, descendant à chaque pas de quelques centimètres vers le sud, puis tournant brusquement vers le sud-ouest, sur six mètres avant de dévier vers le nord, nouveau tournant, quelques pas de plus – et il revenait quasiment à son point de départ. Clay poussa un soupir qui fit vibrer ses flancs. Pas de défi. Pas d'amusement.

À ce moment-là, nous aurions dû achever ce type – pénétrer dans le bourbier, un par-devant, un par-derrière, lui sauter dessus, lui déchirer la gorge et en finir là. Ça aurait été l'attitude la plus responsable, mettre fin à la menace sans courir de risques ni faire de chichis. Après tout, c'était un boulot et nous n'étions pas censés nous amuser. Mais il restait un problème. La boue. Elle se glissait entre mes orteils et l'eau froide engloutissait mes pattes avant. J'en soulevai une. Elle sortit de là avec l'apparence d'un épais gourdin noir, tous les poils recouverts de boue. Quand je reposai la patte, elle dérapa sur le sol humide. Je ne pouvais pas y aller comme ça. Trop risqué. Il ne restait qu'une solution. Nous devions attirer le type hors du bourbier. Ce qui signifiait lui donner la chasse. Oh, ce que ça me donnait mauvaise conscience.

On se sépara pour décrire des cercles opposés autour du type qui pataugeait dans la boue. Je pris au sud et découvris que le sol était toujours marécageux. Quand on se retrouva de l'autre côté, Clay fit pivoter sa tête au nord et m'avertit que le sol y était sec. Je m'arrêtai alors et localisai de nouveau l'homme grâce aux bruits. Sud-ouest, à une quinzaine de mètres. Clay se frotta contre mon flanc et se mit à gronder doucement. Il décrivit un cercle autour de moi, me frôlant le flanc, me chatouillant le museau de sa queue, puis contournant l'autre côté. Je m'approchai, plongeai le museau sous sa gorge et l'y appuyai. L'anticipation diffusait dans tout son corps une vibration palpable contre ma joue. Il me mordilla l'oreille. Je lui donnai un petit coup de museau, puis reculai. *« Prêt ? »* lui demandai-je d'un coup d'œil. Sa bouche s'ouvrit sur un rictus, puis il fila.

Je le suivis, pataugeant dans la boue. On prit la direction sud-sud-ouest. À six mètres environ au sud de notre cible, on s'arrêta. Puis on mit le cap au nord. Devant nous, l'homme avançait toujours dans le bourbier avec un bruit de succion, ponctuant sa progression de jurons à mi-voix. Ayant décidé qu'il avait semé Clay quelques kilomètres plus tôt, il était bien résolu à sortir de ce qu'il devait prendre pour le plus grand marécage d'Amérique du Nord. En approchant, on ralentit en nous efforçant d'étouffer nos bruits. Non que ça ait réellement de l'importance. Le type était tellement acharné à fuir ce marais infini qu'on aurait pu sauter sur place avec des castagnettes en main sans qu'il nous entende. À trois mètres environ, on s'arrêta. Alors que le vent nous soufflait dans le dos, on se trouvait maintenant assez près pour sentir malgré tout son odeur. Clay me frôla le flanc pour attirer mon attention. Quand je me tournai vers lui, il leva le museau vers le ciel, mimant un hurlement. Je m'ébrouai et secouai la tête. Avertir notre proie ne manquait pas d'attrait, mais je voulais essayer autre chose.

Je m'avançai petit à petit dans les broussailles. Quand l'odeur de l'homme se fit assez intense pour me soulever le cœur, je marquai une pause et vérifiai quelle direction il prenait. Il progressait vers le nord en me tournant le dos. Parfait. M'abaissant plus près de la boue et m'approchai furtivement jusqu'à voir le type traverser les ramifications d'un sumac. Il aurait tout aussi facilement pu contourner l'arbre difforme, mais il tâtonnait dans des ténèbres quasi totales, soit parce qu'il avait laissé tomber sa torche, soit parce qu'il l'avait oubliée près du corps de son partenaire. À l'exception du sumac, la zone était dégagée autour de lui. Je reculai, ce qui était beaucoup plus difficile à coordonner en tant que louve qu'en tant qu'humaine. Clay s'avança en dérapant pour me rejoindre. Quand il se trouva à mes côtés, je repliai les pattes avant et agitai mon arrière-train en l'air. Avec un grognement, il pencha la tête de côté, très clairement pour me demander «Mais qu'est-ce que tu fous?» Je m'ébrouai, me redressai et répétai mon geste, en rebondissant cette fois d'arrière en avant. Il mit une seconde à comprendre. Il me frôla une dernière fois et enfouit son museau dans mon cou. Puis il se retourna et bondit en direction du nord-ouest.

Je mis de nouveau le cap vers le nord et n'avais avancé que de deux ou trois mètres quand j'aperçus l'homme.

Il pataugeait dans l'eau jusqu'aux chevilles et lâchait maintenant ses jurons à raison d'un tous les deux pas. Je fis pivoter mes oreilles vers la droite et entendis les pattes de Clay avancer dans la boue. Quand il se trouva placé parallèlement à moi, il s'arrêta, ses yeux bleus luisant dans la pénombre. Je n'eus pas besoin de lui communiquer ma position. Ma fourrure pâle luisait quand je n'étais pas dans l'obscurité totale. Me tournant vers l'homme, je vérifiai son emplacement. Il avait avancé de deux pas dans l'intervalle. J'avançai de soixante centimètres pour compenser. Puis je me tapis, pattes avant repliées, arrière-train en l'air que j'agitais tout en changeant de position et testant mes pattes arrière. Levées, baissées, pas de côté, de nouveau baissées, tendues, immobiles… parfait. Je me concentrai sur mes pattes avant dont je contractai les muscles. Dernier coup d'œil à la cible. Aucun changement de position. Parfait. Prête à bondir.

Je m'élançai à travers les airs. La broussaille craqua lorsque je décollai. L'homme l'entendit, se retourna, leva les mains pour parer le coup, sans remarquer que ma trajectoire me conduirait à moins de un mètre de lui. J'atterris sur sa droite. Je baissai la tête entre les épaules et grondai. Dans ses yeux, la lueur de surprise disparut : il avait compris. C'était l'effet que je voulais obtenir, raison pour laquelle je n'avais pas laissé Clay l'avertir. Je voulais voir son expression quand il comprendrait exactement ce qui lui faisait face, car, pour une fois, on ne me prendrait pas pour un loup ni un chien sauvage. Je voulais lire la compréhension, l'horreur, et enfin la panique qui le ferait uriner dans son froc. Il me fixa un long moment, mâchoire ouverte, tout le corps immobile, sans même respirer. Puis la panique le heurta de plein fouet. Il pivota et faillit trébucher sur Clay. Il poussa alors un cri de terreur, glapissement aigu évoquant un lapin. Clay retroussa les babines sur des crocs que fit briller le clair de lune. Lorsqu'il gronda, l'homme fonça vers la voie la plus dégagée, au nord, où le terrain était plus sec.

Au cœur de ces marais, la partie de chasse évoquait une course-poursuite de catcheurs dans la boue dérapant davantage qu'ils n'avançaient. Lorsqu'on atteignit un terrain plus sec, l'homme se mit à foncer tête baissée. On piqua un sprint pour le suivre. La course n'était pas équilibrée. Un loup qui met toute la gomme court plus vite que la plupart des athlètes professionnels. Ce type était en excellente forme physique mais n'avait rien d'un pro, sans compter qu'il était handicapé par l'épuisement, une panique croissante et sa piètre vision nocturne. On aurait pu le rattraper en une seule accélération. Au lieu de quoi on ralentit. Il fallait lui donner une chance, non ? Bien sûr, c'était uniquement par souci d'équité. Loin de nous l'envie de prolonger la chasse.

On le poursuivit sur un bon kilomètre et demi dans un champ. La puanteur de sa panique nous heurtait de plein fouet, remplissant mes narines et saturant mon cerveau. Le sol défilait à toute allure sous mes pattes, mes muscles se contractaient et se détendaient selon un tempo si marqué que la sensation m'enivrait presque autant que l'odeur de sa peur. Dans le silence de la nuit, son souffle pénible évoquait un bruit de papier de verre. Je me forçai à ignorer ces bruits pour n'écouter que les halètements réguliers de Clay courant près de moi. À une ou deux occasions, Clay dévia assez près pour me frôler. L'ivresse de la chasse était totale. Puis le vent charria une nouvelle odeur et la réalité reprit le dessus. Des vapeurs de gazole. Il y avait une route devant nous. L'inquiétude m'envahit, aussitôt balayée par une vague de bon sens. Il était près de trois heures, un lundi, en pleine cambrousse. Les risques d'embouteillage étaient nuls. Ceux de croiser ne serait-ce qu'une voiture étaient presque aussi bas. Il nous suffirait de faire traverser la route à ce type et de continuer.

Je flairais toujours cette odeur de gazole, mais pas celle de l'asphalte. Une route de terre. Encore mieux. Atteignant le sommet d'une petite côte, je vis une route devant nous, ruban marron et vide qui slalomait à travers les collines. L'homme grimpa péniblement le fossé de notre côté. Tandis qu'on sautait du monticule, un éclat lumineux éclaira brièvement la route, puis disparut. Je m'arrêtai. L'espace d'un instant, tout fut noir. Puis les lumières réapparurent. Deux lumières rondes au loin, qui se dirigeaient vers les collines. L'homme les vit aussi. Il trouva un dernier sursaut d'énergie et se précipita vers le véhicule en approche, agitant les bras. Clay me dépassa en filant comme une flèche. Tandis que la voiture plongeait dans la dernière vallée, Clay traversa la route à toute allure, s'élança et fit basculer l'homme dans le fossé. Une camionnette apparut au sommet de la dernière colline, traînant un bateau à moteur qui avançait bruyamment. Elle passa près de nous et poursuivit sans s'arrêter.

Je fonçai vers la route. Clay et l'homme dégringolaient ensemble au fond du fossé, Clay claquant des mâchoires et s'efforçant de trouver une prise ferme tandis que l'homme se tortillait pour lui échapper. Tous deux étaient couverts de boue, ce qui compliquait la tâche de Clay et facilitait celle de l'homme. Celui-ci se tordit pour tendre la main vers le bas de sa jambe de pantalon. Je compris aussitôt ce qu'il cherchait. J'avertis Clay d'un jappement. La main de l'homme se referma sur un objet caché sous son revers. Lorsqu'il le tira, Clay plongea vers sa main. Bref éclat lumineux. Détonation. Gerbe de sang. Celui de Clay.

Je me précipitai au fond du fossé, désarmai l'homme et me tournai vers lui. Il ouvrit de grands yeux. Je bondis sur lui et lui déchirai la gorge. Du sang jaillit. L'homme se convulsa. Je le secouai de gauche à droite jusqu'à ce que sa gorge soit déchiquetée et que son corps aille valdinguer dans les buissons. Quelque chose s'enfonça dans mon flanc et je me retournai pour voir Clay. Le sang coulait de l'arrière de sa patte gauche. Je le poussai sur son flanc et nettoyai la plaie à coups de langue avant de l'inspecter. La balle avait traversé la peau et le muscle qui reliaient sa patte avant à son poitrail. La plaie empestait la poudre et la chair brûlée, et j'avais à peine fini de la nettoyer qu'elle se remplissait aussitôt de sang. Je la nettoyai, puis jaugeai le flux. Il coulait moins abondamment, juste goutte à goutte. Ce n'était pas beau à voir, mais ça ne le mettait pas en danger. Quand je reculai pour l'inspecter de nouveau, Clay me lécha le museau et enfouit le nez contre ma joue. Un grondement sourd, évoquant un ronronnement, fit vibrer tout son corps. Je me penchai pour inspecter de nouveau sa plaie, mais il me boucha la vue et me fit reculer dans les bois. Mission accomplie. Pas de blessures mortelles. Il était temps de muter en sens inverse.

Une fois que j'eus recouvré ma forme humaine, je regagnai l'emplacement où le corps reposait toujours à terre. Clay bondit derrière moi, me donna une tape sur les fesses et me saisit par la taille avant que je puisse riposter. Lorsqu'il se pencha pour m'embrasser, j'esquivai ses lèvres pour inspecter sa plaie. Elle se trouvait à présent à l'arrière de son bras, à quelques centimètres du torse – un emplacement précis de notre corps de loup ne correspondait pas toujours au même sur notre corps humain. La plaie saignait. Je me penchai pour l'examiner de plus près, mais il me saisit le menton, le souleva et m'embrassa.

—Il faut que tu le fasses examiner, marmonnai-je en plein baiser.

Il passa le pied derrière mon mollet droit et je basculai en arrière pour atterrir sur son bras valide.

—Il faut vraiment que…

Il m'abaissa à terre. Je résistai et serrai fort les genoux.

—Jeremy devrait…

Il étouffa le reste de ma phrase en m'embrassant plus fort. Je me dégageai de sa prise et reculai. Avec un rictus, il fit mine de s'avancer.

—Donc ton bras va bien ? lui demandai-je.

—Et sinon, je m'en fous.

—Parfait. Alors ça ne va pas te déranger de bosser un peu.

Je me retournai et filai. Je n'allai pas loin. Ce côté de la route se composait de forêt, et les bois denses n'étaient guère cléments pour les humains, surtout ceux qui couraient nus. Je contournai un bouquet d'arbres. Clay me suivit, puis changea de direction et tenta de m'attraper depuis l'autre côté. J'éclatai de rire et me remis à courir vers la route. Quand je me retournai de nouveau, il plongea vers mes pieds et m'attrapa. Je basculai, mais retrouvai mon équilibre alors qu'il heurtait le sol, la main entourant toujours ma cheville. Je me tortillai pour me dégager de son étreinte. Un rire rauque résonna parmi les arbres, suivi d'un grattement lorsqu'il se releva. Je filai derrière le bouquet d'arbres et attendis de voir quelle direction il choisirait. Je l'entendis se précipiter vers moi. Puis le silence. J'attendis. Le silence se prolongea.

Accroupie au-dessous du niveau des regards, je contournai furtivement les arbres dans le sens des aiguilles d'une montre. Rien. Je pivotai en croyant le trouver derrière moi. Il n'était pas là. Je m'arrêtai, puis m'avançai subrepticement dans le sens inverse des aiguilles d'une montre jusqu'à me retrouver côté clairière. Aucune trace de lui. Je tendis l'oreille, reniflai, regardai… Rien. Tandis que je reculais en direction de la clairière, je perçus un mouvement sur ma gauche, derrière un chêne massif. Je me détournai brusquement, mais pas assez vite. Clay m'attrapa par la taille et nous fit tous deux tomber à terre avec un bruit lourd et sourd.

Sa bouche retrouva la mienne, sa langue se faufila entre mes dents. Je le renversai sur le dos. Tandis que je luttais pour me relever, il me retourna de nouveau et me cloua les mains au sol. Je me débattis mais seulement pour sentir son corps bouger au-dessus du mien, son poids, le contact des poils de sa poitrine et de ses jambes qui me chatouillaient la peau, la contraction de ses muscles qui s'efforçaient de me maintenir à terre. Nous étions maculés de son sang qui se mêlait sur moi au sang séché de l'homme. Il en avait sur les lèvres et dans la bouche. Fermant les yeux, j'en goûtai la saveur piquante et explorai plus profondément du bout de la langue.

Le sol, au-dessous de nous, était glissant de feuilles humides recouvertes de couches de boue et de sang. On dérapait dessus, on se débattait en riant, en s'embrassant, en se caressant, puis Clay m'agrippa les hanches et s'enfonça en moi. J'eus un hoquet et il rejeta la tête en arrière dans un éclat de rire. On lutta encore un moment, à rouler et onduler ensemble sans prendre la peine de trouver un rythme. Le sol nous irritait et des brindilles nous piquaient à des endroits impossibles, mais nous continuions, nous embrassant jusqu'à l'essoufflement, puis riant et nous bagarrant encore un moment. Je fermai les yeux et absorbai tout, les battements de mon cœur, l'odeur des feuilles humides et du sang, le bruit du rire splendide de Clay.

Quand j'ouvris les paupières, il me regardait en souriant. Il ne fermait jamais les yeux quand nous faisions l'amour, ne détournait jamais le regard, scrutait toujours mon visage et me laissait lire tout au fond de ses yeux. Aux premiers frissons de l'orgasme, je vis ses yeux s'écarquiller, ses lèvres remuer lentement pour prononcer mon nom. Haletante, je sentis mon corps se tendre, traversé de vagues d'une sensation parfaite, tandis que je le rejoignais.

—Je t'ai manqué? me demanda-t-il quelques minutes plus tard, toujours allongé sur moi, se retirant lentement.

J'inclinai la tête en arrière pour le regarder puis souris.

—D'une certaine façon.

—Aïe. C'est cruel, ça. Très cruel.

—Au moins, je t'apprécie pour une chose.

—Une seule?

Sa main se dirigea vers mon sein dont il agaça le mamelon entre ses doigts, puis en approcha les lèvres en renfort. Je fermai les yeux et gémis.

—Ou peut-être plusieurs, murmurai-je. Ça, c'en est une. Tu veux faire la liste?

Il rit et la vibration diffusa un picotement dans mon sein.

—Pas de liste, par pitié, dit une voix grave sur la droite. Sinon, je vais attendre ici toute la nuit. Déjà que j'ai dû poireauter pendant le premier round.

Je tournai la tête et vis Jeremy s'avancer à travers les arbres.

—Désolée, répondis-je.

—Pas la peine. Mais j'aimerais qu'on nettoie tout ça avant l'aube.

Avec un grognement, Clay se souleva sur les coudes, toujours allongé sur moi.

—Oui, poursuivit Jeremy. C'est affreusement égoïste de ma part, de m'attendre à ce que vous vous débarrassiez des corps que vous avez laissé traîner avant de finir de fêter vos retrouvailles. Je vous présente mes plus plates excuses. Maintenant, Clayton, bouge tes fesses et mets-toi au travail.

Clay soupira, me donna un dernier baiser et se leva. Je me redressai et me dirigeai vers le cadavre. Oui, j'étais toujours nue, et oui, Jeremy était juste à côté de moi, et non, je ne tentai pas de me couvrir ni ne fis d'autre geste similaire traduisant une pruderie parfaitement ridicule. Jeremy m'avait déjà vue nue, m'avait dessinée nue, avait trébuché sur moi alors que je traînassais à poil. Nous étions des loups-garous, rappelez-vous. Ce qui signifiait que nous étions toujours nus après avoir muté, loin de nos fringues la plupart du temps. Nous étions habitués à la nudité, si bien que la présence ou l'absence d'habits ne faisait plus aucune différence.

—J'imagine que tu n'as pas apporté nos fringues? demandai-je. Ça ne devrait pas poser de problème, tant qu'on ne croise pas de promeneurs très matinaux en route.

—En fait, je les ai apportées, mais vu le sang et la boue dont vous êtes couverts, vous feriez sans doute mieux de rester nus encore un moment. Vous serez bientôt propres.

Je ne lui demandai pas ce qu'il entendait par là. Je me laissai tomber à genoux près du corps et cherchai un portefeuille ou des papiers d'identité. Jeremy se dirigea vers le fossé et revint muni d'une pelle qu'il lança à Clay.

—On l'enterre ici? demanda celui-ci.

—Non. Tu creuses un trou près de son cou, tu le retournes et tu le vides de son sang. On va l'emporter à la chaumière pour nous en débarrasser. Il y en a pour huit cents mètres environ. J'espérais qu'il serait tué plus près.

—On n'a pas trop eu le choix, répondis-je. On l'a trouvé dans un bourbier, on l'a rabattu sur un terrain plus sec, et ensuite il a sorti un flingue. Clay s'est pris une balle dans le bras.

Jeremy fronça les sourcils, se dirigea vers Clay et inspecta la plaie.

—La plaie est nette, dit-il. Ça te fait mal ?

Clay leva le bras au-dessus du niveau de l'épaule.

—Seulement si je fais ça, dit-il.

—Alors ne le fais pas.

—Tu n'as pas pu résister, hein ? lançai-je.

Clay me gratifia d'un rictus. Les lèvres de Jeremy esquissèrent un infime sourire, puis il lui assena une tape dans le dos.

—Alors mets-toi au travail. Vide le corps de son sang pour qu'on puisse le déplacer.

—Il n'a pas de papiers d'identité, déclarai-je.

Jeremy hocha la tête. Quand Clay souleva la pelle pour se mettre à creuser, on bondit tous les deux en même temps, comprenant qu'il valait mieux qu'il évite de faire ça avec un bras blessé. Après une brève dispute (ou disons plutôt que je me disputai seule tandis que Jeremy s'accrochait à la pelle), je le laissai creuser, puis fis basculer le corps au-dessus du trou. Lorsqu'il fut vidé, on remplit le trou à l'aide de feuilles des alentours, trempées de sang, puis on le recouvrit de terre avant d'emporter le cadavre à la chaumière.

Il faisait encore nuit noire quand on rentra. Jeremy et moi, on emporta les deux cadavres jusqu'à la partie boisée de la rive du lac. Clay resta en arrière avec le troisième, déclarant qu'il allait s'en « occuper ». Je ne lui demandai aucun détail, et Jeremy non plus. Avec Clay, mieux valait parfois ne rien savoir.

Je me tenais sur la rive, toujours nue. On avait noué une corde épaisse autour du cou et des jambes de chaque corps avant de les lester à l'aide de blocs de béton provenant du site de démolition d'une chaumière un peu plus loin sur la route.

— La vache, dis-je à Jeremy en m'abaissant pour plonger les jambes dans l'eau glacée. J'ai l'occasion d'envoyer quelqu'un « nager avec les poissons ». La grande classe. La première fois que je me débarrasse d'un corps façon mafia. Tu comprends ce que ça veut dire. Si je me fais prendre, je vais devoir collaborer avec les autorités et vous dénoncer. Et ensuite, je vendrai mon histoire un million de dollars. Mais je n'en profiterai jamais, vu que je passerai le reste de ma misérable existence dans une cabane des Appalaches, à manger du ragoût de rat musqué, à sursauter chaque fois que j'entendrai un bruit, en attendant le jour où l'un d'entre vous me pourchassera comme la sale traîtresse que je suis. (Une pause.) Attends. Ce n'est peut-être pas si classe que ça, finalement. On ne peut pas se contenter de l'enterrer ?

— Entre dans l'eau, Elena.

Je soupirai.

— La vie de gangster n'est plus ce qu'elle était. Al Capone, qu'es-tu donc devenu ?

Jeremy me poussa dans l'eau. Je heurtai la surface du lac dans une gerbe d'éclaboussures.

— Essaie de ne pas faire de bruit, dit-il.

— Je n'ai…

Il me jeta le cadavre dont le poids m'entraîna sous l'eau. Quand je refis surface, Jeremy avait disparu. Je nageai jusqu'au milieu du lac, tirant derrière moi le corps lesté.

Puis je plongeai pour estimer la profondeur. Au moins quinze mètres. Le type n'était pas près de remonter. Pour m'en assurer, je l'accrochai à des plantes sous-marines enchevêtrées. Puis je retournai chercher le deuxième corps.

Clay n'était toujours pas revenu quand j'atteignis le rivage. Jeremy me passa le deuxième cadavre, et je nageai de nouveau vers le large pour répéter la procédure, lâchant celui-ci une trentaine de mètres plus à l'ouest, en espérant que, si l'un des deux refaisait surface, personne ne découvrirait l'autre. Parfois, ça m'effrayait d'être capable d'avoir de telles pensées. J'avais trop d'expérience dans ce domaine. Beaucoup trop.

Quand je refis surface après avoir largué le corps, des bras me soulevèrent par la taille hors du lac avant de me relâcher. En redescendant, je heurtai l'eau dans une gerbe d'éclaboussures aux allures de raz-de-marée. J'attrapai Clay par le cou et l'attirai sous l'eau où je le maintins une seconde – peut-être plus – avant de le libérer.

— Jeremy ne t'a rien dit au sujet du bruit ? demandai-je d'une voix sifflante lorsqu'il sortit reprendre son souffle.

Il sourit.

— Je n'en fais pas. C'est toi qui patauges en faisant du boucan.

Je me jetai sur lui. Il m'attrapa et m'attira contre lui pour m'embrasser. Ses lèvres étaient glacées, son haleine brûlante. Je l'embrassai avec une ardeur accrue, l'entourant de mes bras et de mes jambes, puis l'attirai de nouveau sous l'eau.

— Tu m'as *vraiment* manqué, lui dis-je lorsqu'il refit surface.

Il pencha la tête et se frappa une oreille de la paume ouverte.

— Désolé, chérie. Je crois que j'ai de l'eau dans les oreilles. J'aurais juré t'entendre dire que je t'avais manqué.

Je grimaçai, puis fis volte-face pour nager vers la rive. Clay m'attrapa la jambe et me tira en arrière.

— Toi aussi, tu m'as manqué, dit-il en m'attirant bien droite contre lui, puis en promenant ses doigts le long de l'intérieur de ma cuisse. On ferait mieux de rentrer. Tu crois qu'on peut embobiner Jeremy si on regagne la rive un peu plus loin ?

— Quelques minutes.

— Ça suffira ?

— Pour l'instant.

Il sourit.

— Parfait. Tu veux faire la course ?

— Qu'est-ce qu'on gagne ?

— C'est le vainqueur qui choisit.

Je m'élançai. Il me saisit de nouveau la cheville, me tira en arrière, puis se mit à courir.

Le temps qu'on regagne la maison, Jeremy avait déjà rangé toutes nos affaires dans l'Explorer. Pour d'évidentes raisons, nous ne resterions pas un instant de plus à la chaumière. Avant de partir, Jeremy désinfecta la plaie de Clay et les brûlures de mes bras, puis pansa les deux. Ensuite, on se mit à la recherche d'un endroit où passer la nuit. Pendant qu'on se débarrassait des corps, Jeremy avait appelé Ruth qui lui avait appris, sans même qu'il mentionne nos visiteurs, que le groupe se réunissait de nouveau le lendemain matin. Quelqu'un avait dit à ces hommes où nous trouver. Seules cinq autres personnes savaient que nous étions dans le Vermont. Toutes les cinq assisteraient à la réunion le lendemain. Et nous aussi.

CONFRONTATION

La réunion devait commencer à huit heures. On se leva à sept, ce qui ne nous empêcha pas d'arriver en retard. Une heure ne suffisait pas pour que trois personnes entassées dans une minuscule chambre de motel puissent se doucher, se raser (non, ma nature de loup-garou n'accentuait pas ma pilosité, c'étaient les mecs qui se rasaient), s'habiller, partir, acheter le petit déjeuner, manger puis rouler jusqu'à Sparta. Afin d'accélérer les choses, Clay et moi avions même partagé la douche, ce qui ne nous avait bizarrement pas fait gagner de temps. Allez comprendre.

Avant qu'on se débarrasse des corps, Jeremy leur avait vidé les poches. Pas que nous soyons curieux quant à leur identité, mais la procédure habituelle consistait à détruire les papiers trouvés sur un corps avant de s'en défaire. Ainsi que je le disais, nous avions beaucoup trop d'expérience pour ces choses-là. Comme le type que j'avais fouillé, l'un des deux autres ne transportait sur lui ni portefeuille, ni papiers, ni argent. Le troisième avait deux billets de vingt dollars et un permis de conduire dans sa poche arrière. De l'argent pour les urgences et un permis au cas où les flics lui demanderaient de se garer. Le strict minimum. Ces types savaient ce qu'ils faisaient. Jeremy avait inspecté le permis de conduire et déclaré que c'était un faux. Impressionnant, mais un faux néanmoins. Jeremy s'y connaissait. C'était lui qui fabriquait toutes nos pièces d'identité factices,

151

autre domaine dans lequel nous avions beaucoup trop d'expérience.

On atteignit la salle municipale à neuf heures trente. Les quatre voitures se trouvaient dans le parking. Les sorcières s'étaient encore servies d'un sort pour verrouiller la porte, mais cette fois on se dispensa de frapper. Clay arracha la porte de ses gonds. Quand j'entrai dans la pièce, Ruth cessa de parler. Tous levèrent les yeux.

—Où étiez-vous passés? demanda-t-elle.

J'affichai un rictus qui dévoila mes dents:

—On était partis à la chasse.

—Vous voulez voir ce qu'on a chopé? demanda Clay derrière moi.

Il se dirigea vers la table à grands pas et y jeta un sac-poubelle. Seule Cassandra le regarda en se demandant qui il était. Tous les autres regardèrent fixement le sac. Personne ne fit mine de le prendre. Puis Cassandra tendit la main, en souleva un des côtés et jeta un coup d'œil à l'intérieur. La seconde d'après, elle le laissa retomber et se renfonça dans son siège. Ses yeux passèrent tour à tour de Clay à moi et son visage n'exprimait ni le choc, ni le dégoût, ni rien d'autre. Paige regarda à son tour et recula très vite.

La tête du troisième homme reposait sur le côté, ouvrant de grands yeux vides. Paige se redressa d'un bond et tenta de replier le bord du sac pour le cacher. Ce mouvement brusque fit rouler la tête. Elle ravala un hurlement.

—C'est intéressant, comme manière de se présenter, dit Cassandra qui regardait Clay. Puis-je vous demander qui vous êtes?

—Clayton Danvers, marmonna Paige entre ses dents. Le chien de garde de la Meute des loups-garous.

—La question n'est pas l'identité de Clay, dis-je, mais celle du type qui se trouve dans ce sac. Des volontaires pour nous renseigner ?

—On a trouvé cet homme hier soir dans notre chaumière, ajouta Jeremy. Avec deux autres qui sont tout aussi morts, je peux vous l'assurer. Ils sont venus armés de balles d'argent.

—Des balles…, commença Adam. Est-ce que ce n'est pas censé… (Il s'arrêta pour regarder les autres.) Vous croyez que c'est nous qui les avons envoyés ?

—Regardez-le, dit Paige en se tournant vers moi. Rasé de près, coupe militaire. Comme les types de Pittsburgh. De toute évidence…

—Quelle évidence ? demanda Clay. Soit toute cette histoire à Pittsburgh était une mise en scène, soit vous avez habillé ces mecs pour qu'ils ressemblent au type qui poursuivait Elena, comme ça, si ça tournait mal, on tirerait la conclusion la plus *évidente*. Si ces types faisaient partie de ce projet d'enlèvement, pourquoi venir s'en prendre à Elena et à Jeremy pendant que vous êtes tous terrés ici pour votre réunion du soir ? C'est plutôt vous, le choix *évident*.

—Peut-être qu'ils voulaient un loup-garou, dit Paige. Et puis, nous employons toujours des sorts de protection pour nos réunions. Ils n'auraient jamais pu nous atteindre.

—Alors vous attendiez des ennuis ? demandai-je. Merci de nous avoir prévenus. Mais ça n'explique pas comment ils sont arrivés jusqu'à nous. D'abord ils débarquent à Pittsburgh, ensuite ici. Comment ?

—Ils ont dû suivre… (Paige s'interrompit, puis murmura :) Quelqu'un.

—Ils vous ont suivie, dit Cassandra en se tournant vers Ruth. C'est vous qui les avez menés à nous.

—Peut-être que vous n'étiez pas derrière l'agression d'hier, dit Jeremy, mais nous ne pouvons malgré tout vous absoudre de tout reproche. Vous assurer que personne ne vous suivait depuis Pittsburgh, c'était une précaution de sécurité élémentaire. Si c'est comme ça que fonctionne ce groupe, alors je n'ai aucun intérêt à vous allier ma Meute, même de façon temporaire. Comme vous le voyez… (il désigna le sac)… nous sommes capables de prendre soin de nous-mêmes. Et nous continuerons à le faire sans votre aide. Toute personne qui cherchera à nous voir ou nous parler sera traitée de la même manière que les trois hommes d'hier soir. Qui que ce soit. Pour quelque raison que ce soit.

On repartit. Personne ne nous suivit.

Je conduisis l'Explorer jusqu'à l'hôtel. Elle était chargée, prête au départ. Il ne nous restait qu'à passer prendre la voiture de location de Clay.

—Où est-ce qu'on va ensuite ? demandai-je alors que nous nous trouvions dans le parking de l'hôtel.

—À Montréal, répondit Clay. On doit rendre la bagnole.

Je me tournai vers la voiture compacte de location et remarquai les plaques d'immatriculation québécoises.

—Mais qu'est-ce qui t'a pris de laisser ta voiture à Montréal ?

—Tu crois que j'avais l'intention de me balader dans tout le Vermont à la recherche d'une agence de location alors que je passais justement devant une grande ville ?

—Et si je rentrais directement chez nous et que vous m'y retrouviez ensuite ?

—Tu viens à Montréal, Elena, insista Jeremy.

Il se dirigea vers le véhicule compact et s'inséra tant bien que mal sur le minuscule siège passager. Oui, il aurait été plus à son aise dans son Explorer, mais ç'aurait impliqué d'écouter Clay maudire ce véhicule utilitaire qu'il détestait pendant quelques centaines de kilomètres. À choisir entre des crampes dans les jambes et une migraine, Jeremy préférait la première option. Et il était hors de question qu'il monte dans ce véhicule avec moi en laissant Clay seul dans la voiture de location. Jusqu'à ce que tout danger soit écarté, Clay resterait auprès de Jeremy, protégeant son Alpha comme le lui dictait son instinct.

Une fois que Jeremy se trouva dans la voiture, Clay s'approcha de moi, m'entoura la taille de ses deux bras et m'attira contre lui.

— Pour me faire pardonner, me chuchota-t-il à l'oreille, ce soir, on ira courir.

— En ville?

Il sourit.

— Tu es contre?

— Moi non, mais Jeremy ne voudra jamais.

— On l'emmènera. Je lui en parlerai pendant le trajet. D'ailleurs, à ce propos, tu as envie d'égayer un peu le voyage?

— En faisant la course?

— Tu lis dans mes pensées, chérie.

— Une quatre cylindres contre un V6?

— Ce n'est pas la bagnole qui fait tout, c'est le chauffeur.

— Ça roule. Le premier arrivé à Montréal choisit le lieu de la course de ce soir.

— Une condition, dit Clay. On ne prend aucun risque et on reste en vue. Si je ne te vois pas dans mon rétroviseur, je ralentis.

— Quel rétroviseur? C'est à travers ton pare-brise que tu me verras, mon chou.

— C'est ce qu'on va voir, répondit-il avec un rictus.

La course nous amusa beaucoup sur les petites routes de campagne du Vermont. Une fois sur l'autoroute 87, les choses deviendraient nettement plus ennuyeuses, mais sur les petites routes à deux voies, il fallait compter avec des montagnes, des vallées, des villes, des virages sans visibilité, des camping-cars qui monopolisaient la route et des touristes qui traînassaient. Ce fut très risqué. Et très marrant. Nos ennemis ne seraient pas obligés de nous tuer. S'ils attendaient assez longtemps, on s'en chargerait nous-mêmes.

Au bout d'une demi-heure environ, je me retrouvai coincée derrière Clay. C'était ma faute. On jouait à se dépasser depuis des kilomètres. J'avais d'abord pris la tête, puis je m'étais retrouvée derrière une camionnette traînant une caravane et j'avais commis l'erreur de laisser entre nous une distance de sécurité dans laquelle Clay, bien sûr, s'était aussitôt engouffré. On se retrouvait à présent coincés sur une route en lacet derrière cet escargot qui insistait pour respecter les limitations de vitesse. Puis je remarquai enfin une ligne droite assez longue pour nous permettre de passer. Mais Clay ne doubla pas. Je compris pourquoi après quelques secondes de réflexion. Il ne voyait rien au-delà de la camionnette. Moi, si. L'avantage de conduire un véhicule utilitaire : la vision améliorée. Ha ! Si bien que, lors de la ligne droite suivante, tandis que Clay déboîtait pour s'efforcer en vain de voir au-delà de la camionnette, je le doublai. Une fois celle-ci contournée, je dépassai aussi une voiture et un semi-remorque. Puis je mis la gomme. La petite bagnole de Clay disparut parmi un flot continu de touristes. Il serait furieux que j'aie brisé sa règle de visibilité, mais il l'avait cherché en se croyant capable de me battre quel que soit le véhicule qu'il conduisait. Ça ne faisait jamais de mal d'ébranler un peu sa confiance. Il me rattraperait bien assez tôt.

J'avalai quinze kilomètres sans trace de Clay dans le rétroviseur, puis ralentis. Mieux valait ne pas trop pousser, faute de quoi je me retrouverais également avec Jeremy sur le dos. Il nous laissait nous livrer à nos petits jeux, mais si j'allais trop loin, il me remonterait les bretelles. Et puis j'approchais de l'autoroute et je voulais m'assurer que Clay me suivrait à ce moment-là. Je ralentis donc jusqu'à la vitesse limite, bifurquai pour emprunter la route de gravier qui menait à l'autoroute, allumai la radio et me détendis.

Deux ou trois kilomètres plus loin, j'avançais tranquillement en profitant du paysage quand quelque chose apparut dans mon champ de vision. Quelque chose de gros. Juste devant moi. Trop près pour que j'aie le temps de voir s'il s'agissait d'un cerf, d'un orignal ou d'une personne. Je n'eus pas davantage le temps de réfléchir. Je réagis. Je tournai brusquement le volant et enfonçai la pédale de frein. Trop fort, dans les deux cas. J'eus à peine le temps d'apercevoir un visage sur la route. Puis l'Explorer vira à gauche, et je crus l'espace d'une seconde qu'elle allait se retourner. Ce ne fut pas le cas. Elle alla se planter dans le fossé. L'airbag s'ouvrit brusquement, me frappant au visage comme un sac de sable de boxeur. Avant que je recouvre mes esprits, la portière du chauffeur s'ouvrit.

— Tout va bien ? demanda une voix féminine. (Elle écarta l'airbag de mon visage et fronça les sourcils.) Tout va bien ? Ce type s'est précipité sous vos roues. Je n'en croyais pas mes yeux.

Sonnée, je secouai la tête.

— Un type ? Je l'ai heurté ?

157

—Non. Mais ç'aurait été bien fait pour lui. (Elle secoua la tête.) Je sais que je ne devrais pas dire ça. Allez, on va vous sortir de là.

Tandis qu'elle m'aidait à m'extirper de la voiture, je l'observai plus attentivement. Quarantaine bien entamée. Cheveux d'un blond sombre coupés au carré jusqu'au menton. Robe de lin. Simple chaîne d'or autour du cou. Visage inquiet.

—Venez vous asseoir à l'arrière de ma voiture, dit-elle. J'ai appelé une ambulance.

J'hésitai, vacillant sur mes pieds.

—Mes amis arrivent.

—Parfait.

Elle me conduisit jusqu'à son véhicule, une Mercedes noire et luisante, ouvrit la portière arrière et m'aida à entrer.

—On va les attendre ici. Comment vous sentez-vous ?

—Comme si on venait de me mettre KO au premier round.

Elle éclata de rire.

—Je ne peux pas dire que je sais quel effet ça fait, mais j'imagine. Vous êtes pâle, mais vous commencez à retrouver vos couleurs. Et votre pouls me paraît normal.

Je sentis ses doigts contre mon poignet. Puis autre chose. Une piqûre. Une vague de froid glacial. Tandis que je retirais ma main, la portière du chauffeur s'ouvrit. Un homme entra. Il se retourna vers moi, un rictus aux lèvres.

—Impatiente de reprendre la bagarre, hein ?

Son visage me revint en mémoire, mais mon esprit s'embrumait si vite que je n'arrivais pas à le remettre. Puis, alors même que mes muscles ramollissaient, je me rappelai.

Le semi-démon de Pittsburgh. Houdini.

Ma tête heurta le siège. Tout devint noir.

CELLULE

Je luttai des heures pour reprendre connaissance, émergeant juste assez pour savoir que quelque chose allait de travers mais incapable de m'arracher à cette torpeur, tel un nageur qui voit au-dessus de lui la surface de l'eau sans pouvoir l'atteindre. Chaque fois que je m'élevais vers la conscience, le sédatif me tirait en arrière tel un courant sous-marin. À une occasion, je ressentis la vibration d'une camionnette. Puis j'entendis des voix. La troisième fois, tout était immobile et silencieux.

La quatrième, je parvins à ouvrir les yeux et à les garder ouverts, certaine d'être perdue si je les refermais. Pendant une heure au moins, je restai étendue là, résistant avec succès à l'envie de dormir, mais sans la force de faire beaucoup plus que regarder fixement un mur beige. Était-il beige? Ou taupe? Peut-être sable. Et c'était sans aucun doute une peinture au latex. Coquille d'œuf. C'était effrayant que j'en sache tant sur la peinture. Et plus effrayant encore que je me retrouve étendue là, paralysée jusqu'aux paupières, à me demander de quelle couleur mes ravisseurs avaient peint ma prison. Je devais à Jeremy mon savoir encyclopédique en matière de peinture. Il redécorait sa maison de manière obsessionnelle. Vraiment obsessionnelle. Il avait ses raisons, qui ne concernaient que lui. Si refaire le papier peint de la salle à manger tous les deux ans apaisait les fantômes qui le hantaient, quels qu'ils puissent bien être, alors j'étalais la colle sans mot dire. Quant à savoir pourquoi je pensais à la peinture à un moment si peu approprié que c'en était ridicule, eh bien, je n'avais pas beaucoup d'autres sujets de réflexion. Je pouvais toujours me ronger les sangs et céder à la panique en me demandant où j'étais et ce que mes ravisseurs comptaient faire de moi, mais ça n'y changerait rien. Je ne pouvais pas soulever la tête. Ni ouvrir la bouche. Je ne pouvais rien faire d'autre que regarder fixement ce mur débile, et si ruminer des questions sur la peinture m'aidait à garder mon calme, alors qu'il en soit ainsi.

Taupe. Oui, j'en étais presque certaine. Ma lèvre supérieure picota, comme lorsqu'une anesthésie dentaire se dissipe. Je plissai le nez. Une odeur. De peinture fraîche. Génial. On en revenait à la décoration. J'inspirai plus profondément. Rien qu'une odeur de peinture, mais si forte qu'elle noyait tout le reste. Non, attendez. Il s'y mêlait autre chose. De familier. Quelque chose comme… Du sang. Le mien ? Je reniflai de nouveau. Pas le mien, ce qui n'était pas follement rassurant. Tandis que mes yeux roulaient vers le haut, je vis des taches sombres sous une couche de peinture appliquée à la va-vite. Des murs aspergés de sang. Ce n'était jamais bon signe.

Je grimaçai. Tous mes muscles étaient en état de marche. Génial. Maintenant, si quelqu'un m'agressait, je pourrais le mordre, à condition qu'il soit assez serviable pour enfoncer une partie de lui-même dans ma bouche. Le picotement descendit jusqu'à mon cou. Je levai les yeux. Un plafond blanc. Un bruit lointain. Des voix. Non, une voix. Quelqu'un parlait ? Je tendis l'oreille et reconnus le débit surexcité d'un présentateur radio. Qui se tut après un commentaire interminable méritant de figurer dans le Guinness. Un son de guitare nasillarde s'éleva d'une radio lointaine. De la country. Merde. La torture commençait déjà.

Mouvement de la main et du bras. Dieu soit loué. J'enfonçai les coudes dans le lit, soulevai mon torse et regardai autour de moi. Quatre murs. Dont trois de couleur taupe. Le quatrième recouvert d'un miroir. Sans tain. Génial. À mes pieds, une salle de bains. Je le savais car j'apercevais des toilettes, non pas à travers la porte mais à travers le mur, fait de verre transparent. Quelqu'un avait gardé des séances de matage dans les toilettes d'école primaire une obsession extrêmement dérangeante.

D'autres senteurs. Une femme. Son odeur imprégnait toute la pièce. Le lit sur lequel je reposais avait été pourvu de draps frais parfumés au citron, mais l'odeur de l'autre femme s'accrochait au matelas. Une nuance familière. Quelqu'un que je connaissais ? La femme qui m'avait droguée ? Non. Quelqu'un d'autre. Cette familiarité m'agaçait… Un déclic se produisit. Je reconnaissais son odeur car j'y percevais une nuance du sang aspergeant les murs. Ce n'était pas un très bon moyen de faire connaissance, et à en juger par la quantité de taches sombres que masquait la peinture, une rencontre en face à face semblait assez peu probable. Dans cette vie, en tout cas.

Une seconde. J'avais des hanches. Enfin, pas vraiment – mes jeans trop larges me prouvaient toujours le contraire. Je veux dire que mes hanches anatomiques et dépourvues de courbes étaient capables de mouvement et de sensation. Et j'avais des jambes. Oui ! Je les passai par-dessus le bord du lit et basculai à terre. Bon, d'accord, je ne les avais pas encore totalement retrouvées. Joli tapis, cependant. Fabrication industrielle. Un beau mélange de marron et de gris, parfait pour cacher des traces de sang gênantes.

Au bout de quelques minutes, je pus me lever péniblement. Je regardai autour de moi. Et maintenant ? À supposer que mes ravisseurs soient les mêmes que ceux du chaman, il devait y avoir d'autres prisonniers dans les cellules voisines. Je pouvais peut-être communiquer avec eux.

—Y a quelqu'un? dis-je, avant de répéter plus fort : Y a quelqu'un ?

Pas de réponse. De toute évidence, les murs étaient trop épais pour que les prisonniers murmurent entre eux. Même l'air qui traversait la grille d'aération de trente centimètres sur trente avait une odeur filtrée. Pourtant, si j'entendais une radio… Je cherchai autour de moi un haut-parleur. Il y avait un interphone près de la porte, mais la musique n'avait pas un son métallique et ne devait donc pas provenir de là. Comme je tendais l'oreille, j'entendis quelqu'un hurler, la voix rauque, des jurons à peine intelligibles. J'estimai la distance. La voix, très assourdie, devait provenir de plus de quinze mètres. L'insonorisation était très bonne, mais pas assez pour des oreilles de loup-garou.

Quand le hurleur prit une pause vocale bien méritée, je perçus un grattement. Des rats? Des souris? Non, je les aurais flairés. Et puis ma cellule était d'une grande propreté, stérilisée avec autant de soin qu'une cuisine de McDonald's un jour d'inspection sanitaire. Je tournai la tête pour localiser la source de ce bruit. Il provenait du couloir. Deux grattements, une pause, trois grattements, un bruissement. Celui du papier. Quelqu'un soulevait une page, la tournait, puis se remettait à gratter – un stylo sur une feuille. On écrivait devant ma cellule. Je me levai, me détournai du couloir, avançai de trois pas puis pivotai pour faire face à la porte. Le bruit s'interrompit. Je retroussai les lèvres, montrai les dents puis approchai ma bouche ouverte du miroir et fis mine d'en retirer un morceau de nourriture imaginaire coincé entre mes dents. S'ensuivit un griffonnage énergique. Bon, je savais maintenant avec *certitude* ce qu'observait la personne qui prenait les notes. Mais je ne me rappelais avoir signé aucun formulaire d'autorisation.

Je me dirigeai à grands pas vers la porte et cognai à la vitre. Elle ne bougea pas, mais mes poings vibrèrent à chaque coup. Je ne criai pas. Si personne ne m'entendait cogner, on m'entendrait encore moins brailler. Une longue minute s'écoula. Puis l'interphone sonna au-dessus de ma tête.

—Oui ?

Une voix de femme. Jeune. D'une neutralité calculée.

—Je veux parler à un responsable, dis-je.

—Je crains que ce soit impossible, répondit-elle tout en griffonnant.

Mes coups redoublèrent d'ardeur.

—S'il vous plaît, ne faites pas ça.

Calme, proche de l'ennui. Stylo grattant toujours.

Je reculai le poing que je balançai violemment contre la vitre. La vibration se diffusa jusque dans mon bras. Le stylo s'arrêta.

—Je comprends que vous soyez perturbée, mais ça ne servira à rien. La violence ne résout jamais les problèmes.

C'est nouveau, ça ?

Je me détournai comme si je renonçais, puis balançai un coup de pied circulaire contre le mur latéral. Un morceau de plâtre se détacha, révélant une bande de métal solide. Je glissai le bout des doigts derrière le métal et tentai de tirer. Il ne céda pas. Mais je n'y mettais pas vraiment du mien. Si j'arrachais suffisamment de plâtre, je pourrais passer les doigts sous le métal et tirer pour de bon...

Un bruit de pas lourds devant ma cellule. Ah, on progressait.

Déclic de l'interphone.

—Veuillez vous éloigner du mur, ordonna une voix masculine.

Il évoquait ces alarmes de voiture des années quatre-vingt-dix, époque où, si vous commettiez l'erreur funeste de passer à dix centimètres de la BM d'un yuppie, une voix mécanique vous demandait de vous éloigner, comme si vous risquiez de la frôler et d'y laisser des empreintes digitales. La dernière fois que nous en avions croisé un spécimen, Clay avait bondi sur le capot et laissé bien plus que ses empreintes. Le propriétaire de la bagnole était assez proche pour l'entendre. Je n'avais jamais vu un quadra grassouillet bouger si vite. Puis il avait aperçu Clay et décidé que les dégâts n'étaient finalement pas si méchants. Suivant l'exemple de Clay, je ne m'éloignai pas du mur. Je balançai mon poing dans le plâtre, entre les supports métalliques, perçant un joli trou dans la cellule voisine.

La porte s'ouvrit à toute volée. Un visage d'homme apparut furtivement dans la pièce, puis se retira. La porte se referma en claquant. Une radio se mit à brailler.

— Base numéro un, ici alpha. Demande immédiate de renforts dans le bloc de cellules numéro un, unité huit.

— Vous ennuyez ma gonzesse ? demanda une voix à l'accent traînant du Midwest, grésillant de parasites – celle d'Houdini. Vous m'avez l'air un rien paniqué, là, mon p'tit soldat. Vous voulez que je descende vous tenir la main ?

— Reese ? Mais qu'est-ce que vous foutez dans le… Peu importe.

Déclic. Les parasites se turent.

— Il ne se prend pas pour de la merde, lui.

— Sans blague, commentai-je.

Silence. Puis j'entendis « Merde » et un déclic lorsque l'interphone s'éteignit.

— Allez me chercher un responsable, demandai-je. Maintenant.

Un échange à mi-voix, indéchiffrable à travers la vitre. Puis un bruit de pas qui s'éloignait. Je décidai de ne pas m'inquiéter outre mesure de ce trou dans le mur. Pas encore, du moins. Je préférai me pencher pour regarder au travers. Autant regarder un miroir, un reflet inversé de ma propre cellule. Sauf que celle-ci était vide. Du moins, en apparence. Je pensai appeler par cette ouverture mais je n'avais pas entendu partir la preneuse de notes, et ça ne servait à rien de m'adresser à un camarade de cellule potentiel tant que je me savais écoutée. J'attendis donc.

Vingt minutes s'écoulèrent. Puis l'interphone s'alluma.

— Je suis le docteur Lawrence Matasumi, dit une voix masculine parfaitement dépourvue d'accent, cette intonation dénuée de tout caractère régional qu'on n'entend généralement que dans les bandes-annonces de nouvelles émissions. Je souhaiterais vous parler, mademoiselle Michaels. (Comme si l'idée venait de lui.) Veuillez entrer dans la salle de bains, baisser le siège des toilettes, vous y asseoir face au réservoir, placer vos mains tendues derrière vous et ne pas tourner la tête avant qu'on vous en donne l'autorisation.

Curieusement, ces consignes ridicules semblaient parfaitement rationnelles dans sa bouche. Je méditai une repartie mais la ravalai. Il ne me faisait pas l'effet d'un type qui apprécierait l'humour scato.

Pendant que j'étais assise sur les chiottes, la porte extérieure s'ouvrit en glissant, avec un bruit évoquant l'ouverture d'un bocal sous vide. J'entendis des bruits de pas. Une paire de mocassins, une de talons bas, et deux – non, trois – paires de bottes.

— Ne tournez pas la tête, je vous prie, dit Matasumi sans même que j'aie bougé. Gardez les mains tendues. Un garde va entrer dans la salle de bains pour vous attacher les mains derrière le dos. Je vous prie de ne pas résister.

Comment désobéir face à tant de politesse ? Surtout quand ses instructions s'accompagnaient du déclic jumeau du cran de sûreté de deux armes à feu. Quelqu'un entra dans la salle de bains et s'empara de mes mains, contact ferme et impersonnel – « Je ne fais que mon boulot, m'dame ». Il rapprocha mes bras et referma des anneaux de métal froid autour de mes poignets.

— Le garde va maintenant vous conduire dans la pièce principale. Vous pouvez vous asseoir sur le siège disponible. Quand vous serez confortablement installée, le garde attachera vos mains et vos pieds à la chaise.

Là, ça devenait pénible.

— Vous êtes sûr que vous ne voulez pas qu'il m'attache d'abord les pieds ? demandai-je. Qu'il me jette sur son épaule et me porte jusqu'à la chaise ?

— Veuillez vous lever des toilettes et passer dans la pièce principale.

— Je peux regarder maintenant ? demandai-je. Vous devriez peut-être me bander les yeux.

— Veuillez passer dans la pièce principale.

Bon Dieu ce que ce type était flippant. Tandis que je sortais de la salle de bains, je reconnus l'homme de la photo de Paige, petit, le visage rond, des yeux de biche qui me fixaient d'un air impassible. À sa gauche se trouvait une jeune femme aux cheveux hérissés couleur bordeaux et au nez orné d'un éclat de diamant. Elle gardait les yeux braqués sur mon menton comme si elle n'osait pas regarder plus haut. Tous deux étaient assis sur des chaises qui ne se trouvaient pas dans la pièce cinq minutes plus tôt. Ils étaient flanqués de deux gardes, d'allure militaire eux aussi. Comme le type qui m'accompagnait, ils arboraient une coupe tondeuse, portaient un treillis, un flingue, et paraissaient assez balèzes pour mettre la pâtée aux champions de catch. Ils me fixaient avec aussi peu d'expression que s'ils surveillaient les chaises plutôt qu'une personne vivante. Je croisai le regard de l'un d'entre eux, qui me répondit d'un demi-sourire timide. Il ne cligna même pas des yeux. Raté, pour l'espoir de séduire les gardes. Merde. Et ils étaient si mignons… comme peuvent l'être des poupées GI Joe dont ils partageaient le côté automate en plastique.

Quand je fus assise, mon escorte m'attacha au siège avec des entraves pour les bras et des fers aux jambes.

Matasumi m'étudia au moins trois bonnes minutes, puis déclara :

— Je vous prie de ne pas profiter de cette occasion pour tenter de vous enfuir.

— Allons bon ? (Je regardai les attaches métalliques qui retenaient mes poignets et chevilles à cette chaise, puis le trio de gardes armés derrière moi.) Moi qui y pensais justement.

— Parfait. Maintenant, mademoiselle Michaels, nous allons sauter la phase de déni et commencer notre discussion en partant du principe que vous êtes un loup-garou.

— Et si je vous contredis ? demandai-je.

Il ouvrit une boîte en teck remplie de flacons, de seringues et d'outils dont je préférais ne pas trop méditer l'usage.

— Bien reçu, répondis-je. Je suis un loup-garou.

Matasumi hésita. La jeune femme souleva son stylo de son bloc-notes et me regarda pour la première fois. Ils s'étaient peut-être attendus à ce que je résiste. À moins qu'ils aient espéré se servir de leurs jouets. Matasumi passa en revue quelques questions basiques de détection des mensonges, le genre de chose que savait toute personne ayant fait les recherches les plus superficielles sur mon compte : mon nom, mon âge, mon lieu de naissance, mon emploi actuel. Je n'étais pas assez idiote pour mentir. Je réservais ça aux questions les plus importantes.

— Je commencerai par vous apprendre que nous détenons un autre loup-garou. Vos réponses seront comparées à celles qu'il nous a déjà fournies. Je vous conseille donc de dire la vérité.

Merde. Voilà qui changeait tout. Je pouvais renoncer aux faux-fuyants systématiques. D'un autre côté, Matasumi mentait peut-être en prétendant détenir un cabot. Même si c'était le cas, je pouvais saupoudrer mes mensonges d'assez de vérité pour les pousser à se demander lequel d'entre nous n'était pas totalement honnête.

— Combien de loups-garous compte cette… Meute ? demanda Matasumi.

Je haussai les épaules.

— Ça dépend. Le chiffre n'est pas fixe. Ils vont et viennent. Ce n'est pas un groupe soudé. L'Alpha a même une façon plutôt arbitraire de décider qui il invite et qui il vire, selon son humeur. C'est un type très lunatique.

— L'Alpha, intervint son assistante. Comme celui d'une meute de loups. Vous employez la même terminologie.

— Sans doute.

— Intéressant, répondit Matasumi, hochant la tête comme un anthropologue qui vient de découvrir une tribu perdue depuis longtemps. J'ai des lacunes en matière de zoologie.

Derrière moi, la porte s'ouvrit avec un déclic et l'air s'échappa bruyamment. Je me retournai pour voir la femme qui m'avait attirée dans la voiture.

— Tucker m'a dit que vous aviez commencé tôt, dit-elle en m'adressant un sourire agréable, comme si nous étions de nouvelles connaissances qui se rencontraient lors d'un cocktail. Je suis ravie de vous voir si vite sur pied. J'espère que les sédatifs n'ont pas d'effets durables.

— Je pète la forme, répondis-je en faisant de gros efforts pour sourire sans montrer les dents.

Elle se retourna vers Matasumi.

— J'aimerais que le docteur Carmichael l'examine.

Matasumi hocha la tête.

— Tess, veuillez appeler le docteur Carmichael en utilisant le téléphone du couloir. Dites-lui de descendre son matériel pour un bilan à dix-neuf heures. Ça devrait nous laisser assez de temps pour interroger le sujet.

— Le sujet? demanda la femme la plus âgée, qui éclata de rire avant de me regarder. Veuillez nous pardonner. Je crains que notre terminologie ne soit pas des plus courtoises. Je suis le docteur Sondra Bauer.

— Enchantée de vous rencontrer, répondis-je.

Elle rit encore.

— J'en suis persuadée. Attendez, Tess, dit-elle lorsque l'assistante se dirigea vers la porte. Inutile d'appeler le docteur Carmichael. Elle nous attend à l'infirmerie.

— À l'infirmerie? répéta Matasumi en fronçant les sourcils. Je ne crois pas que ce sujet…

— Elle s'appelle Elena, corrigea Bauer.

— Je préfère Mlle Michaels, dis-je.

— J'aimerais qu'Elena soit examinée sur-le-champ par le docteur Carmichael, poursuivit Bauer. Je suis sûre qu'elle appréciera cette occasion de se dégourdir les jambes et de voir un peu les lieux. Nous pourrons poursuivre notre discussion avec elle à l'étage. Elle se lassera bien assez vite de ces quatre murs.

— Puis-je vous parler en privé? demanda Matasumi.

— Oui, bien sûr. Vous vous inquiétez des questions de sécurité, je le comprends bien, dit-elle, un tic agitant ses lèvres tandis qu'elle regardait tour à tour mes entraves puis les gardes, avant de rouler des yeux dans ma direction comme si nous partagions une blague. Ne vous en faites pas, Lawrence. Nous allons nous assurer qu'Elena soit suffisamment attachée, mais je ne vois pas la nécessité d'aller trop loin. Les menottes et des gardes armés devraient suffire.

— Je ne suis pas sûr…

— Moi, si.

Bauer se dirigea vers la porte. Ma représentation de la structure hiérarchique de ces lieux se précisait à toute vitesse. Assistante, gardes, semi-démon, tous plus ou moins égaux – la main-d'œuvre. Au-dessus d'eux, des scientifiques, et cette femme mystérieuse encore au-dessus. Et Ty Winsloe ? Où s'intégrait-il dans ce schéma ? Était-il seulement impliqué ?

Mon garde me détacha de la chaise et retira les entraves de mes bras et de mes jambes avant de me conduire vers le couloir. Ma cellule était la dernière de la rangée, face à une porte métallique surmontée de deux voyants rouges. À l'autre extrémité, une porte assortie munie de voyants identiques. Des rangées jumelles de miroirs sans tain longeaient le couloir. Je comptai les poignées de porte. Trois autres de mon côté, quatre en face.

— Par ici, Elena, dit Bauer en se dirigeant vers la droite.

Matasumi désigna la porte la plus proche.

— Ce serait plus rapide par là.

— Je sais.

Bauer me fit signe d'avancer, m'encourageant d'un sourire comme si j'étais une petite fille faisant ses premiers pas.

— Par ici, Elena, je vous prie. Je souhaite vous montrer les lieux.

Vraiment ? Une visite guidée de ma prison ? Eh bien, je n'allais certainement pas protester. Je suivis donc Bauer.

Visite

Alors que je suivais Bauer, je passai près d'une chaise placée face à ma cellule, sans doute celle où Tess prenait des notes. Quand je lui jetai un coup d'œil, elle se mit à trembler. J'aimerais croire qu'elle avait peur de moi, mais je suscitais rarement cette réaction chez des créatures vivantes, sans parler d'êtres inanimés.

— Zone sismique ? demandai-je.

— Chhhut ! dit Matasumi en levant la main.

Il s'accroupit près de la chaise et l'inspecta. Elle se balançait d'une diagonale à l'autre, d'arrière en avant, de plus en plus vite, puis ralentissait, regagnait en vitesse, s'inclinant presque au point de basculer, et se redressait ensuite.

Matasumi me fit signe d'avancer. Comme je ne bougeais pas assez vite, il agita la main d'un air impatient. Je m'avançai vers la chaise. Qui se balançait toujours. Matasumi avança la paume pour me demander de reculer. Je m'exécutai. Aucun changement. Il recourba le doigt pour me demander d'approcher, sans quitter la chaise des yeux. Je vins me placer à ses côtés. La chaise continuait à osciller, sans aucun changement de vitesse. Puis elle s'arrêta soudain. Bauer me gratifia d'un large sourire, presque teinté de fierté.

— Qu'en avez-vous pensé ? demanda-t-elle.

—J'espère sincèrement que ça ne veut pas dire que cet endroit est bâti sur une ligne de faille.

—Oh, non. Nous avons choisi notre environnement avec grand soin. Vous n'avez ressenti aucune secousse, n'est-ce pas ?

Je fis signe que non.

—Vous verrez souvent ce genre de chose ici, dit-elle. Ne vous inquiétez pas si vous vous réveillez un matin pour trouver votre table renversée ou vos revues dans votre cabine de douche.

—Quelle en est la cause ?

Elle sourit.

—C'est vous.

—Mlle Bauer veut dire « vous tous », précisa Matasumi. Nos sujets. Je doute que vous ayez beaucoup d'impact à titre personnel. Les loups-garous sont connus pour leur puissance physique, pas pour leurs pouvoirs mentaux. Ces événements ont commencé il y a quelques semaines, à mesure que notre collection de sujets grandissait. J'ai émis l'hypothèse qu'ils étaient le résultat de la forte concentration d'énergies psychiques de natures diverses. Des explosions d'énergie aléatoires causant des phénomènes qui ne le sont pas moins.

—Alors ils se produisent tout seuls ? Personne ne les provoque ?

—On ne discerne dans ces événements ni sens, ni schéma. Et ils sont parfaitement inoffensifs. Personne n'a été blessé. Nous les observons de près, car il se peut toujours que cette énergie s'accumule dans des proportions dangereuses, mais pour l'instant, nous pouvons affirmer avec certitude que vous n'avez aucune raison de vous inquiéter.

—Si des objets se mettent à voler, baissez-vous, dit Bauer. Maintenant, reprenons la visite avant d'être de

174

nouveau interrompus. (Elle désigna le plafond.) Nous sommes situés sous terre. Les murs externes se composent de deux mètres de béton armé. Ils ne sont peut-être pas impossibles à transpercer – à condition d'y aller au bulldozer et au boulet de démolition. Le deuxième étage est également souterrain, ce qui signifie que ce niveau-ci se trouve à plus de quinze mètres sous terre. Le plafond est d'acier, comme le sol. Le miroir sans tain est un modèle expérimental conçu tout spécialement – il résiste à combien de tonnes de pression, Lawrence ?

— Je ne connais pas les détails exacts.

— Alors disons simplement à une très forte pression, reprit Bauer. Aux deux extrémités du couloir, les portes sont d'acier renforcé, au moins aussi solide que les vitres. Le système de sécurité nécessite à la fois un scanner rétinien et un autre de la main. Comme vous l'avez déjà découvert, les murs séparant les cellules ne sont pas tout à fait aussi impénétrables. Mais vous n'avez pas grand intérêt à percer des trous pour regarder dans la cellule voisine, car, comme vous le voyez, elle est actuellement vide.

Elle désigna la cellule contiguë. Qui était vide, tout comme celle qui faisait face à la mienne.

— Notre pensionnaire suivant vous évoquera peut-être quelque chose, annonça Bauer en me conduisant un peu plus loin et en me désignant sa gauche.

L'homme regardait la télévision. Taille moyenne, mince et musclé, cheveux d'un blond sale rendu plus sale encore par un long intervalle séparant les douches, ombre de moustache rejoignant une barbe. M'évoquait-il quelque chose ? Très vaguement. À en juger par la façon dont Bauer me le présentait, il devait s'agir d'un cabot, mais je ne pouvais m'en assurer sans flairer son odeur. Parmi les quelques dizaines de cabots d'Amérique du Nord, j'en aurais identifié une moitié de vue. Pour les autres, j'avais besoin d'une odeur pour me rafraîchir la mémoire.

—Loup-garou? demandai-je.

—Vous ne le connaissez pas?

—Je devrais?

—Ça me paraissait plausible. Lui vous connaît très bien. De réputation, sans doute. Avez-vous le moindre contact avec les loups-garous extérieurs à votre Meute?

—Le moins possible.

C'était vrai. Nous ne faisions guère d'efforts pour nous associer aux cabots. Malheureusement, ça ne signifiait pas que les contacts avec eux étaient inexistants. J'avais sans doute déjà croisé celui-ci. Mais j'avais croisé tant de cabots que j'aurais eu du mal à les distinguer entre eux.

Bauer se remit en marche. Matasumi se trouvait juste derrière nous à présent. Tess s'était remise à prendre des notes, griffonnant l'intégralité de mes paroles. J'allais devoir faire preuve d'un peu plus d'éloquence. Si on notait mes propos pour la postérité, je devais paraître à peu près intelligente. «Brillante», ce serait encore mieux, mais c'était un peu trop demander.

—Nous avons ensuite un prêtre vaudou.

—«Vaudou», c'est le terme courant, dit Matasumi. La terminologie correcte est «vodoun».

Bauer balaya d'un geste cette distinction, puis inclina la main comme un mannequin vers la cellule de droite. Je savais que j'allais en faire des cauchemars, rêver que j'étais assise dans ma cage en train de me gratter les fesses tandis que cette potiche de jeu télévisé faisait la visite guidée des lieux: «Et sur la gauche, nous avons un spécimen rare de *Canis lupis homo sapiens* femelle, plus connue sous le nom de loup-garou.»

L'homme de la cage avait la peau sombre, de courts dreadlocks et une barbe taillée ras. Il lançait un regard noir au miroir sans tain comme s'il voyait au travers, mais ses yeux étaient braqués à un peu plus de un mètre à gauche de notre groupe. Ses lèvres s'entrouvrirent et il marmonna quelque chose. Je ne distinguai pas la langue, mais je reconnus la voix râpeuse de l'homme qui criait un peu plus tôt.

—Il est en train de nous maudire, dit Bauer.

Matasumi émit un curieux petit gloussement. Tess étouffa un rire. Bauer roula des yeux à sa façon habituelle, et tous éclatèrent de rire.

—Les prêtres vaudous n'ont que des pouvoirs insignifiants, dit Bauer. C'est une espèce mineure. Ce terme vous est-il familier ?

Je fis signe que non. Matasumi prit la parole.

—Nous avons la grande chance de disposer, parmi notre personnel, de quelqu'un qui a pu nous fournir les détails de la classification. « Majeur » et « mineur » font référence au degré de pouvoir que possède une espèce. Parmi les espèces majeures, il y a les sorcières, les semi-démons, les chamans, les mages, les nécromanciens, les vampires et les loups-garous. Ces groupes sont assez restreints. Les espèces mineures sont bien plus répandues. En fait, ce serait même impropre de les qualifier d'« espèces » car elles n'ont souvent aucun lien par le sang. Ce sont généralement des gens normaux qui témoignent d'une certaine aptitude et ont peut-être été entraînés à affiner ces talents. Parmi ces espèces mineures, il y a les prêtres vodoun, les druides, les télépathes et bien d'autres. Aux yeux des profanes, ils peuvent sembler posséder de grands pouvoirs, mais comparés à une sorcière ou un loup-garou…

—C'est sans commune mesure, intervint Bauer. Dans le but qui nous intéresse en tout cas. Ce «prêtre» ne possède aucun don que les plus faibles des sorcières ou chamans ne puissent surpasser. Notre première et dernière incursion dans le domaine des espèces mineures.

—Alors pour l'instant, vous le détenez ici…? commençai-je.

—Jusqu'à ce que nous ayons besoin de la cellule, dit Bauer.

C'était sans doute trop espérer qu'ils relâchent les sujets indignes d'intérêt.

—Nous avançons par tâtonnements, poursuivit Bauer. La plupart du temps, nous faisons d'excellents choix. Par exemple, jetez un coup d'œil à l'occupant de la pièce d'à côté.

Le prisonnier suivant, un homme de petite taille, charpenté, les traits fins, la peau café au lait, approchait de la trentaine. Il arracha son regard à un magazine, étendit les jambes, puis reprit sa lecture. Lorsqu'il avait levé les yeux, j'avais corrigé mon estimation de son âge : il paraissait dans les quarante-cinq ans, peut-être cinquante.

—Parvenez-vous à deviner ce qu'il est ? demanda Bauer.

—Aucune idée.

—Merde. J'espérais que vous pourriez nous le dire.

Matasumi affecta un sourire peiné. Tess éclata d'un rire forcé. Il s'agissait visiblement d'une vieille blague.

—Vous ignorez ce qu'il est ? demandai-je.

—Nous n'en savons rien, répondit Bauer. Quand nous l'avons trouvé, nous pensions qu'il s'agissait d'un semi-démon, mais sa physiologie ne correspond pas. À l'instar de la plupart des espèces majeures, les semi-démons possèdent des traits caractéristiques, comme nous l'avons appris en examinant les trois spécimens que nous avons acquis jusqu'à présent. Armen n'en possède aucun. Ses bizarreries anatomiques lui sont entièrement personnelles. Et ses pouvoirs non plus ne sont pas ceux d'un semi-démon.

— De quoi est-il capable ?

— C'est un caméléon humain. (Elle chassa d'un geste les protestations de Matasumi.) Oui, je sais, le docteur Matasumi vous dira que ce n'est pas une description exacte, mais ça me plaît bien. C'est plus accrocheur qu'« espèce inconnue possédant des capacités mineures de contorsion faciale ». (Elle m'adressa un clin d'œil, cette fois encore comme si elle partageait une blague avec moi.) Tout est question de marketing.

— Des capacités mineures de contorsion faciale ? répétai-je.

— M. Haig peut modifier volontairement sa structure faciale, déclara Matasumi. Mais il ne s'agit que de changements mineurs. Il est par exemple incapable de se transformer en vous ou moi, mais il pourrait modifier suffisamment son visage pour ne plus ressembler à la photo de son passeport.

— Ah bon ?

— Ça ne paraît pas très utile dans la vie de tous les jours, mais c'est un détail capital dans une perspective plus générale. Ce pouvoir spécifique n'est mentionné nulle part dans les annales de la parapsychologie. Je penche pour un nouveau saut dans l'évolution.

Il sourit alors pour la première fois, ce qui effaça des décennies de son visage, éclairant ses yeux d'une excitation enfantine. Il me regarda et attendit, remuant les lèvres comme s'il se retenait à grand-peine de poursuivre.

— Un saut dans l'évolution ? répétai-je.

—J'ai émis l'hypothèse selon laquelle les espèces sur-naturelles – les véritables, les majeures – sont le résultat d'anomalies dans l'évolution. Pour prendre l'exemple des loups-garous, dans un passé très lointain, un homme a un jour acquis la capacité de se transformer en loup. Une simple anomalie de la nature. Mais elle a amélioré ses capacités de survie, et s'est donc reproduite dans son ADN héréditaire, qu'il a transmis à ses fils. Les pouvoirs mineurs d'un loup-garou – longévité, force, sens affinés – ont pu faire partie de ce changement initial tout comme ils ont pu apparaître plus tard, afin que les loups-garous soient mieux adaptés à la vie qu'ils menaient. Des anomalies similaires expliqueraient l'apparition de toutes les espèces majeures.

—Excepté les semi-démons, dit Bauer.

—Ça va sans dire. C'est une hybridation qui se produit lors d'une reproduction naturelle. Ils transmettent rarement leurs pouvoirs à leur progéniture. Maintenant, pour en revenir à M. Haig, si ma théorie est correcte, ces changements aléatoires dans l'évolution doivent se produire à une certaine fréquence – pas extrêmement souvent, mais plus qu'on ne le croirait compte tenu du petit nombre d'espèces majeures existantes. Peut-être certaines de ces déviations sont-elles si récentes qu'il existe encore trop peu de membres pour parler d'espèce. Si c'est exact, alors M. Haig est peut-être l'ancêtre d'une nouvelle espèce. Sur des générations, son pouvoir pourrait se développer de manière exponentielle. Là où il n'est capable que d'embobiner un agent de police, son arrière-arrière-petit-fils pourrait suffisamment modifier sa structure physique pour *devenir* ce policier.

—Ah.

Matasumi se retourna et désigna les deux dernières cellules de la rangée d'en face.

— Voici deux autres spécimens intéressants. Regardez d'abord sur votre gauche, je vous prie.

Dans la cellule voisine de celle du cabot, une femme était allongée sur le lit, les yeux ouverts, fixant le plafond. Elle avait à peu près mon âge, mesurait un mètre soixante-cinq, pesait dans les soixante kilos. Cheveux d'un roux sombre, yeux verts et une peau d'une netteté enviable qui donnait l'impression de n'avoir jamais eu le moindre bouton. Elle dégageait des ondes de vigueur et de bonne santé, le genre de femme que j'imaginais bien en employée joviale d'un parc national.

— Sorcière ? demandai-je.

— Semi-démone, répondit Bauer.

Ils pouvaient donc être de sexe féminin ? Personne ne m'avait dit le contraire, mais j'avais supposé qu'ils étaient tous mâles, peut-être parce que les deux seuls que j'aie jamais rencontrés étaient des hommes, ou parce que, quand je pensais « démon », je pensais « mâle ».

— Quel est son pouvoir ? demandai-je.

— La télékinésie, répondit Bauer. Elle peut déplacer des objets par la pensée. Leah est la fille d'un démon Agito. La terminologie vous est-elle familière ?

— Heu… non. Les lacunes de l'éducation moderne.

Bauer sourit.

— Ça n'intéresse pas grand monde de nos jours, mais c'est un sujet fascinant. Il existe deux types de démons : les eudémons et les cacodémons. Les eudémons sont bons, les cacodémons mauvais.

— De bons démons ?

— Ça surprend, hein ? Mais c'est en fait une croyance religieuse assez répandue. Il n'y a que dans la mythologie chrétienne qu'on trouve des démons aussi parfaitement… démoniaques. En réalité, les deux sortes existent, mais

181

seuls les cacodémons se reproduisent. Parmi chacune de ces deux sortes, il y a une hiérarchie qui repose sur le degré de pouvoir relatif du démon. Un Agito se place assez haut sur l'échelle.

— Alors je suppose que la télékinésie est bien plus qu'un petit tour pour amuser la galerie.

— Beaucoup plus, confirma Matasumi. Les implications et applications de ces pouvoirs sont infinies.

— De quoi est-elle capable?

— De déplacer des choses par la pensée, déclara Matasumi, répétant tel un perroquet la description de Bauer.

En d'autres termes, il ignorait lui aussi ce qu'étaient ces « implications et applications ». D'accord, ce don paraissait épatant, mais que pouvait-on en faire concrètement? À part prendre la salière sur le comptoir sans se lever de table?

— Y a-t-il beaucoup de semi-démons de sexe féminin? demandai-je.

— Les hommes sont plus nombreux, mais les femmes ne sont pas si rares, répondit Matasumi. En fait, nous avons choisi Leah pour son sexe. Comme nos sujets de sexe masculin nous avaient donné du fil à retordre, j'ai pensé que des femmes seraient plus faciles à manipuler. Plus passives.

— Attention, Lawrence, dit Bauer, vous êtes entouré de femmes. Oui, elles semblaient faire de meilleurs sujets, mais ça n'a rien à voir avec la passivité. Les femmes sont plus en mesure d'estimer leur situation et comprennent à quel point la résistance est vaine. Les hommes se sentent obligés de riposter, quelles que soient les chances. Prenez notre prêtre vaudou. Il passe sa journée à marmonner des incantations, tous les jours. Est-ce que ça sert à quoi que ce soit? Non. Mais il continue. Comment Leah réagit-elle à la même situation? Elle garde son calme et coopère. (Elle se tourna vers moi.) Avez-vous déjà assisté à une démonstration de télékinésie?

— Heu, non, répondis-je. Je ne crois pas.

Elle sourit.

— Alors c'est l'heure de vous en présenter une.

Savannah

Bauer tendit la main vers le bouton d'interphone de la cage de la semi-démone. Mes tripes se nouèrent et j'ouvris la bouche pour l'arrêter, puis ravalai mes protestations. Qu'est-ce que ça pouvait me faire, que Bauer parle à cette femme ? Peut-être n'aimais-je tout simplement pas l'idée que les autres captifs sachent qu'on les observait et qu'on parlait d'eux comme d'animaux de zoo.

— Leah ? dit Bauer en se penchant vers le haut-parleur.

— Tiens, Sondra, dit Leah en se levant de son lit. Mon rendez-vous a encore été avancé ?

— Non, je ne fais que passer. Je montre les lieux à une nouvelle pensionnaire. Elle est très intéressée par vos pouvoirs. Ça vous dirait de lui faire une démonstration ?

— Bien sûr.

Leah se tourna vers la petite table. Au bout d'une seconde, une tasse à café s'éleva de la surface et se mit à tourner dans les airs.

— Ça vous va ?

— Parfait. Merci, Leah.

La femme sourit et hocha la tête. Si elle éprouvait la moindre objection à ce qu'on la traite comme un singe savant, elle n'en montra rien et se contenta d'attendre d'autres instructions.

— Je repasserai plus tard, Leah, dit Bauer.

—Je ne bouge pas d'ici. Passez le bonjour à Xavier de ma part. Dites-lui de venir me voir à l'occasion. Et d'apporter un jeu de cartes.

—Je n'y manquerai pas.

Bauer éteignit l'interphone.

—Xavier est notre autre semi-démon, m'expliqua-t-elle. Vous l'avez déjà rencontré.

—Houdini.

Bauer sourit.

—Oui, en effet. Nous avons vite découvert qu'aucun lien ne pouvait le retenir. Heureusement pour nous, il s'est montré ravi de coopérer en répondant à nos questions et en se soumettant à quelques expériences, avec l'encouragement financier adéquat. C'est un vrai mercenaire, notre Xavier. Mais un véritable atout pour l'équipe.

—Comme le mage, dis-je.

Bauer me lança un regard d'une neutralité calculée.

—J'ai entendu dire que vous aviez aussi embauché un mage, ajoutai-je.

Bauer hésita, comme si elle hésitait à mentir ou non, puis répondit :

—Oui, en effet. Il nous aide à trouver nos spécimens surnaturels. Mais il est peu probable que vous croisiez M. Katzen, si ça peut vous rassurer.

—Ça devrait ?

—Les mages ont une réputation… douteuse parmi certaines espèces surnaturelles. Pas totalement injustifiée.

Matasumi toussa discrètement, mais Bauer l'ignora et gratta contre le mur de la cellule du prêtre vaudou. Il leva les yeux, percevant peut-être sa présence, et lança au miroir un regard menaçant.

—La plupart sont des égotistes indignes de confiance, poursuivit Bauer. Je crains que M. Katzen ne fasse pas exception à la règle. Comme je le disais, vous n'avez pas à vous en inquiéter. Il ne s'associe pas aux espèces qu'il considère comme « inférieures ». Mais Xavier est beaucoup plus sociable.

—Il distrait Leah, à ce que je vois.

—En fait, non. Il est peu probable qu'il accepte sa proposition. C'est triste, vous savez. Quand Leah a découvert que nous avions ici un autre semi-démon, elle était aux anges. Je ne crois pas qu'elle ait déjà rencontré ses semblables. Mais Xavier refuse tout contact avec elle. Il l'a rencontrée à une occasion et refuse depuis de l'approcher. Nous avons même tenté de le soudoyer. Il est très important pour nous d'assurer le bien-être de nos pensionnaires. Leah est une jeune femme très sociable. Elle a besoin de contacts humains. Heureusement, nous avons trouvé d'autres moyens de la distraire. Elle s'intéresse beaucoup à deux de nos autres pensionnaires.

—Curtis et Savannah, dit Tess.

Bauer hocha la tête.

—Qui sont également ceux qui ont le plus besoin de compagnie pour leur remonter le moral. Je crois que Leah est douée pour ça. Elle a un sens inné de l'altruisme. Curtis et Savannah apprécient énormément sa compagnie. Ce qui ne fait qu'accentuer l'animosité de Xavier. Il refuse même de lui parler. Ça nous inquiète quelque peu. Nous aimerions que Leah intègre l'équipe, mais nous ne pouvons nous le permettre à cause des tensions que ça susciterait.

—Est-ce que beaucoup de priso… de pensionnaires ont rejoint l'équipe ?

Les yeux de Bauer pétillèrent comme si je venais de lui poser la question à un million de dollars.

—Pas beaucoup, mais c'est tout à fait possible. En particulier pour nos pensionnaires les plus respectés, tels que vous. Lorsque nous nous sommes assurés de la coopération d'un pensionnaire, nous sommes ravis de lui faire cette proposition. C'est une motivation qui justifie bien des efforts.

En d'autres termes, si j'étais une très gentille fille, j'aurais moi aussi le droit d'enlever et de torturer les êtres surnaturels comme moi. Joie, bonheur.

—Vous avez une idée des raisons qui poussent Xavier à détester Leah?

—La jalousie, répondit Matasumi. Dans la hiérarchie des semi-démons, Leah occupe un rang plus élevé.

—Ils ont conscience de cette hiérarchie? demandai-je. Je croyais que les semi-démons n'avaient pas beaucoup de contacts entre eux. Ils ne possèdent pas de groupe central ou dirigeant, hein? Alors comment savent-ils qui a quel statut?

Silence.

Matasumi finit par répondre:

—À un niveau ou un autre, je suis persuadé qu'ils en sont conscients.

—Un démon Agito est de rang plus élevé qu'un Evanidus, comme le géniteur de Xavier, expliqua Bauer. Et un Exustio dépasse les deux. C'est bien ce qu'est le géniteur d'Adam Vasic, non? Un Exustio?

—Étonnamment, ce n'est jamais venu dans la conversation.

La déception se lut brièvement sur le visage de Bauer, remplacée aussitôt par un nouveau sourire faussement chaleureux.

—Nous allons demander au docteur Carmichael d'examiner ces brûlures. Je suppose qu'elles vous viennent d'Adam.

Elle marqua une pause. Je ne répondis rien.

—Les semi-démons Exustio sont très puissants, poursuivit-elle. Tout en haut de la hiérarchie. Ce serait une prise de choix. Vous pourriez peut-être nous aider. Je suis sûre que ces brûlures doivent vous faire mal.

—Elles sont en train de guérir, rétorquai-je.

—Mais en tout cas, nous vous serions très reconnaissants…

Matasumi l'interrompit :

—Nous ne savons même pas si le géniteur d'Adam est un Exustio, Sondra. Nous ne disposons que d'un témoignage de seconde main.

—Mais d'un grand intérêt. (Bauer se retourna vers moi.) L'un de nos premiers captifs était un chaman qui avait participé au conseil de Ruth Winterbourne à l'époque où le beau-père d'Adam commençait à l'emmener aux réunions. C'est un semi-démon Tempestras. Le beau-père, je veux dire. Il est aussi censé être un expert en démonologie, et il était persuadé que le géniteur d'Adam était un Exustio.

—Mais rien n'a jamais laissé penser qu'il possède un tel degré de pouvoir, dit Matasumi. Ces brûlures sont plus certainement la marque d'un Igneus. Un Exustio aurait réduit Mlle Michaels en cendres.

—Peut-être, mais un semi-démon Igneus serait tout de même une belle prise ! Et j'adorerais avoir son beau-père. Nous disposons de très peu de données sur les démons Tempestras.

—J'aimerais bien rencontrer la mère, intervint Tess. Ça paraît improbable qu'une femme choisie pour porter la progéniture d'un démon finisse par épouser un semi-démon. Il doit y avoir quelque chose en elle qui les attire. Ça pourrait nous être utile pour nos recherches. Et très intéressant.

Ils commençaient à me filer les jetons. Que savaient ces gens à notre sujet ? C'était déjà terrible qu'ils connaissent notre nature, mais qu'ils aient ainsi fouiné dans notre vie personnelle était franchement dérangeant. Faisaient-ils ça souvent, discuter de nous comme si nous étions des personnages d'une série télévisée sur les monstres ?

— Pourquoi n'avez-vous pas pris Adam à ma place ? demandai-je.

— Ne sous-estimez pas l'importance que vous avez pour nous, Elena, dit Bauer. Nous sommes ravis de vous compter parmi nous.

— Et puis nous n'avons pas réussi à trouver Adam, ajouta Tess.

Merci du compliment.

Bauer poursuivit :

— Et voici, près de Leah, notre dernière pensionnaire, mais certainement pas la moindre.

Je me retournai. Dans la cellule située derrière moi, je vis une fille. Je ne veux pas dire une jeune femme. Je parle d'une enfant de douze ou treize ans au maximum. Je supposai que son apparence juvénile était la manifestation d'une espèce surnaturelle inconnue.

— Qu'est-ce qu'elle est ? demandai-je.

— Une sorcière, répondit Bauer.

— C'est un sortilège qui fait ça ? Qui lui donne l'air si jeune ? C'est pratique, mais personnellement, je ne reviendrais pour rien au monde à cet âge-là. Je préférerais longtemps avant la puberté ou longtemps après, merci bien.

Bauer éclata de rire.

— Non, ce n'est pas un sortilège. Savannah a douze ans.

Je me figeai. Si je frissonnais l'instant d'avant, j'étais carrément gelée à présent, comme si j'avais un bloc de glace logé dans les tripes.

— Douze ans ? répétai-je en espérant avoir mal entendu. Vous avez capturé une sorcière de douze ans ?

— Le meilleur âge, sans aucun doute, dit Matasumi. Les sorcières atteignent leurs pleins pouvoirs à l'apparition de leurs premières règles. Comme Savannah se trouve à l'aube de la puberté, elle nous offre l'occasion parfaite d'étudier les changements physiologiques et mentaux qui peuvent expliquer la capacité d'une sorcière à jeter des sorts. Nous avons eu une chance inouïe en la trouvant. C'est un accident, en réalité. Savannah est la fille d'une ancienne sorcière du Convent que nous avons ciblée il y a quelques semaines. Quand nos hommes sont allés chercher la mère, la fille n'était pas à l'école comme nous le pensions, si bien qu'ils ont dû l'emmener elle aussi.

Je balayai la pièce du regard.

— Elle ne partage pas la cellule de sa mère ?

— Sa mère nous a donné quelques soucis, répondit Bauer. Ses pouvoirs étaient plus grands que notre mage ne nous l'avait laissé penser. Je crois qu'on pourrait parler de magie noire, ce qui expliquerait sans doute son départ du Convent. Eve était… eh bien, nous avons dû…

— Nous l'avons retirée du programme, l'interrompit Matasumi. C'était la meilleure chose à faire. Elle était trop indocile pour faire un bon sujet, et sa présence distrayait l'enfant.

La glace se diffusa jusqu'à remplir mon estomac. Ces gens détenaient une fillette dans une cellule souterraine, se félicitaient de l'avoir trouvée et m'expliquaient ce qu'ils avaient gagné à tuer sa mère ? Je l'observai. Elle était grande pour son âge, très mince, avec un visage tout en angles. Des cheveux d'un noir de jais lui tombaient à la taille, si raides qu'ils semblaient lestés. D'immenses yeux bleus mangeaient son fin visage. Une enfant dont le physique étrange promettait une grande beauté. Elle regardait fixement un livre de mots croisés, crayon en équilibre au-dessus de la page. Au bout d'un moment, elle hocha la tête et griffonna quelque chose. Elle tint le livre à bout de bras, étudia la grille complète, puis l'écarta, se leva de table, fit plusieurs fois le tour de la pièce et choisit enfin d'étudier le contenu d'une étagère derrière le téléviseur.

—Elle doit s'ennuyer, dis-je.

—Oh, non, répondit Bauer. Ce n'est pas facile pour Savannah. Nous le savons bien. Mais nous faisons de notre mieux pour la distraire. Nous lui donnons tout ce qu'elle veut. Des barres chocolatées, des revues… Nous lui avons même apporté des jeux vidéo la semaine dernière. Elle est très… (Bauer marqua une pause, sembla faire rouler un mot au bout de sa langue, puis le rejeta et déclara doucement :) Elle est à son aise.

Elle savait donc quelle impression donnait toute cette situation. « Désolée d'avoir exécuté ta mère, gamine, mais voici une Game Boy et des revues pour ado, histoire de nous faire pardonner. » Bauer tapota le mur de ses ongles manucurés, puis se força à sourire.

—Enfin voilà, dit-elle. Vous vous demandez sans doute à quoi sert tout ça.

—Peut-être plus tard, murmura Matasumi. Le docteur Carmichael attend et ce n'est pas vraiment l'endroit…

—Nous avons montré les lieux à Elena. Maintenant, je crois qu'il serait juste de lui offrir une explication.

Matasumi pinça les lèvres. Alors ça ne faisait pas partie de la visite habituelle ? Pourquoi maintenant ? Un soudain besoin de se justifier après m'avoir montré Savannah ? Pourquoi Bauer se souciait-elle de mon opinion ? À moins qu'elle se justifie à ses propres yeux ?

Avant de poursuivre, elle me conduisit hors du bloc de cellules. J'étudiai les procédures de sécurité. Une fois sortis, on passa près de deux gardes armés, postés dans un cagibi au-delà de la porte blindée. Leurs yeux glissèrent sur moi comme si j'étais la femme de ménage. C'est l'avantage d'embaucher des gardes au passé militaire : on les a vidés de toute curiosité. Ils suivent les ordres sans poser de questions.

—Vous avez un lien avec l'armée ? demandai-je.

Puisque Bauer était d'humeur à répondre, autant en profiter.

—L'armée ? (Elle suivit mon regard jusqu'aux gardes.) Se servir d'êtres surnaturels pour construire l'arme parfaite ? Une idée intrigante.

—Pas vraiment, répondis-je. Ils ont fait ça dans *Buffy*. Une saison pas terrible. J'ai dormi pendant la moitié des épisodes.

Bauer éclata de rire, même si je voyais bien qu'elle ignorait de quoi je parlais. Je la voyais mal se prélasser devant un téléviseur, et quand bien même, elle ne devait regarder que CNN.

—Ne vous en faites pas, dit-elle. C'est une entreprise entièrement privée. Si nous avons choisi des gardes, c'est uniquement dans un but pratique. Le gouvernement n'a rien à voir là-dedans.

On franchit une autre porte pour entrer dans un long couloir.

—Dans notre société postindustrielle, la science repousse constamment les frontières technologiques, déclara Bauer sans cesser de marcher. (Je levai les yeux en quête de haut-parleurs, à moitié certaine d'entendre sa voix enregistrée sur bande pour une visite guidée.) L'espèce humaine a fait de grands pas dans le domaine de la technologie. Des pas immenses. Chaque jour qui passe nous facilite la vie. Mais sommes-nous heureux pour autant ?

Elle s'arrêta mais ne se retourna pas vers moi, comme si elle n'attendait aucune réponse. Question rhétorique, pause ménagée pour marquer un effet. Bauer maîtrisait les ficelles oratoires.

—Absolument pas, reprit-elle. Tous les gens que je connais sont en thérapie et possèdent toute une bibliothèque de guides de développement personnel. Ils partent en retraite spirituelle. Ils engagent des yogis et pratiquent la méditation. Est-ce que ça sert à quoi que ce soit ? Non. Ils sont malheureux. Et pourquoi ?

Nouvelle pause. Je me mordis la lèvre pour me retenir de répondre. Elle n'aurait pas aimé ma repartie.

—Parce qu'ils se sentent impuissants, poursuivit-elle. La science fait tout le travail. Les gens sont réduits à l'état d'esclaves qui injectent consciencieusement des données dans des ordinateurs et attendent que le grand dieu de la technologie les honore de résultats. Au tout début de l'ère informatique, les gens étaient surexcités. Ils rêvaient de travailler moins, de consacrer plus de temps aux progrès personnels. Ça ne s'est pas produit. Les gens travaillent aussi dur, si ce n'est plus, qu'il y a trente ans. La seule différence est la qualité du travail accompli. Plus rien de ce qu'ils font n'a de valeur. Ils ne sont qu'au service des machines.

Pause numéro trois.

—Ce que nous proposons de faire ici, c'est de rendre à l'humanité un sentiment de puissance. Une nouvelle vague de progrès. Pas sur le plan technologique. Mais des progrès internes. Ceux de l'esprit et du corps. En étudiant le surnaturel, nous pouvons influer sur ces changements. Les chamans, les nécromanciens, les sorcières, les mages – ils peuvent nous aider à augmenter nos capacités mentales. Les autres espèces peuvent nous apprendre à faire d'immenses progrès dans notre vie physique. Les loups-garous peuvent nous offrir la force et l'acuité sensorielle. Les vampires, la régénération et la longévité. Les semi-démons, d'innombrables autres avantages. Le meilleur des mondes pour l'humanité.

J'attendis que la musique atteigne un crescendo. Comme rien ne se passait, je parvins à déclarer avec une expression impassible :

— Tout ça me paraît très… noble.

— En effet, dit Matasumi.

Bauer appuya sur un bouton et les portes de l'ascenseur s'ouvrirent. On entra.

TEST

D' une blancheur et d'une froideur cliniques, remplie d'appareils numériques et d'instruments d'inox miroitants, l'infirmerie ressemblait parfaitement à ce qu'on pouvait attendre d'une opération aussi sophistiquée. Il n'y avait même pas une affiche décolorée sur les symptômes de crise cardiaque pour orner les murs. Tout était strictement fonctionnel, à l'image du médecin, une femme d'âge moyen assez baraquée. Carmichael résuma toutes les civilités d'usage d'un brusque salut. À partir de là, tout ne fut qu'une succession de « ouvrez ci, fermez ça, soulevez ci, tournez ça ». Pas de bavardages inutiles. Ce que j'appréciai. C'était plus facile à avaler que l'amabilité excessive de Bauer.

L'examen était moins intrusif qu'un bilan médical ordinaire. Ni aiguilles ni échantillons d'urine. Carmichael prit ma température et ma tension, me mesura et me pesa. Elle inspecta mes yeux et ma gorge puis me demanda si j'éprouvais de la nausée ou autres effets secondaires du sédatif. Quand elle écouta mon cœur, j'attendis les inévitables questions. Mon rythme cardiaque dépassait nettement la normale. Une « anomalie physiologique » typique des loups-garous, dirait Matasumi. D'après Jeremy, c'était à cause de notre métabolisme accru ou de notre flux d'adrénaline, quelque chose comme ça. Je ne me rappelais pas la cause exacte. C'était Jeremy, l'expert en médecine. J'avais réussi de justesse mes examens de biologie au lycée. Mais Carmichael ne fit aucun commentaire sur mon rythme cardiaque. Elle se contenta de hocher la tête et de le noter sur ma fiche. Je suppose qu'ils s'y attendaient, pour avoir déjà examiné le cabot.

Quand Carmichael en eut fini avec moi, je rejoignis les autres dans la salle d'attente. Seul l'un des trois gardes m'avait accompagnée à l'infirmerie. Il ne m'avait même pas jeté un œil quand j'avais enfilé puis retiré ma chemise de nuit. Je ne le lui reprocherais pas. Il n'y avait pas grand-chose à voir.

Matasumi, Bauer, Tess et les trois gardes me guidèrent le long du couloir en sortant de la salle d'attente de l'infirmerie. Avant d'atteindre notre destination, j'entendis sonner le talkie-walkie d'un garde. Il y avait un «incident mineur» dans le bloc de cellules, et une personne du nom de Tucker voulait savoir si Matasumi avait toujours besoin des gardes. C'était l'heure du dîner et la plupart des gardes qui n'étaient pas de service étaient allés en ville. Matasumi pouvait-il se passer des trois qui nous accompagnaient? Il répondit à Tucker qu'il les lui enverrait d'ici cinq minutes. Puis on entra en groupe dans un endroit que Bauer nommait «salon».

Il s'agissait d'une salle d'interrogatoire. Les fauteuils confortables et les motifs Art déco ornant les murs n'auraient abusé personne qui ait déjà vu des séries policières. Quatre fauteuils entouraient une table en bois. Un miroir sans tain de la taille d'un billard dominait le mur du fond. Des caméras vidéo et des micros pendaient à deux coins du plafond. Que Bauer appelle ça le dernier salon où l'on cause si ça lui chantait, mais c'était une salle d'interrogatoire.

Matasumi me conduisit face au miroir sans tain. Quand je fus installée, il souleva des rabats des deux côtés du fauteuil et tira d'épaisses courroies renforcées qu'il m'attacha autour de la taille. Bien que mes poignets soient toujours menottés, il se servit d'un autre jeu de courroies pour lier mes coudes aux bras du fauteuil. Puis il souleva sur le sol une lourde boucle attachée à des chaînes qui se rétractaient sous la moquette. Il la fixa à mes chevilles. Les quatre pieds du fauteuil étaient fixés au sol. Tiens, c'était exactement ce qu'il nous fallait dans notre salon à Stonehaven. Rien de tel qu'un fauteuil muni d'entraves en acier pour qu'un invité se sente comme chez lui.

Quand je fus attachée, Matasumi libéra les gardes. La vache, il prenait un gros risque, là. Pas de gardes armés ? Qui savait de quels ravages j'étais capable ? Je pouvais… Eh bien, lui cracher au visage en lui envoyant des noms d'oiseaux bien gratinés.

L'interrogatoire lui-même fut plutôt rasoir. C'était le même genre de questions que celles dont Matasumi m'avait bombardée dans la cellule. Je continuai à mélanger vérités et mensonges sans qu'on me reprenne. La séance se prolongeait depuis une vingtaine de minutes quand on frappa à la porte. Un garde entra et dit à Matasumi et Bauer que ce type, ce Tucker, demandait leur présence dans le bloc de cellules pour régler un « problème ». Bauer regimba, déclarant avec insistance que Matasumi pouvait s'en charger, mais il était question d'un de ses projets personnels, si bien qu'elle accepta d'y aller après avoir protesté encore un moment. Tess suivit Matasumi, bien que personne ne l'y ait invitée. Sans doute craignait-elle de se faire cracher dessus. Bauer promit de revenir dès que possible, et ils sortirent. En me laissant seule. Hmmm.

Mon optimisme s'évanouit bientôt. Il m'était impossible de m'échapper de ce fauteuil. Aucune montée d'adrénaline ne me donnerait la force de briser ces liens. Attachée comme je l'étais, on m'aurait opérée à cœur ouvert sans que je puisse faire beaucoup plus que hurler. Je ne pouvais même pas me changer en louve en espérant m'esquiver. Les courroies et les chaînes étaient attachées au moyen d'un système qui les maintenait tendues en permanence comme une ceinture de sécurité. Si je mutais, je ne risquerais que de me blesser.

Tandis que j'inspectais mes liens, la porte s'ouvrit derrière moi. Un homme entra dans la pièce en titubant, trébuchant sur ses fers. Avant que je voie son visage, une odeur me frappa de plein fouet et le duvet se hérissa sur mes bras. Un cabot. Je tordis le cou pour voir celui de la cage d'en bas. Patrick Lake. Son nom émergea dans ma conscience à la première bouffée de son odeur. Je ne l'avais rencontré qu'à une occasion, qui n'avait d'ailleurs rien eu de mémorable, mais un cerveau de loup-garou catalogue les odeurs avec l'efficacité d'un documentaliste chevronné. Quelques molécules d'odeur suffisent pour que l'information qui les accompagne nous revienne.

Patrick Lake était un marginal doublé d'un mangeur d'hommes. Il n'avait pas un profil de tueur – un corps par-ci, un corps par-là, comme la plupart des cabots, assez futé pour comprendre que chaque meurtre augmentait le risque qu'on le découvre, mais n'ayant ni l'envie ni la volonté d'arrêter. La Meute ne se souciait guère de cabots comme lui. Ça donne peut-être une sale impression, comme si nous avions le devoir d'arrêter tous les cabots tueurs d'humains, mais ça impliquerait d'exterminer les trois quarts de notre espèce, ce qui n'était franchement pas notre boulot. Si des humains se faisaient tuer, que d'autres humains s'en occupent donc. C'était rude, mais pragmatique. On ne s'inquiétait que lorsqu'un cabot attirait l'attention sur lui-même, nous mettant ainsi tous en danger. Lake l'avait fait quatre ans plus tôt en tuant la fille d'un élu de la ville de Galveston, au Texas. Clay et moi nous étions rendus sur place pour faire notre boulot respectif. Je m'étais renseignée sur la progression de l'affaire. Si Lake était soupçonné, il devait mourir. Comme les choses n'étaient jamais allées jusque-là, Clay avait décidé de lui coller une bonne dérouillée pour lui apprendre à se tenir à carreau, puis de s'assurer qu'il quittait le Texas par le premier avion. Nous n'avions plus eu le moindre ennui avec Patrick Lake depuis.

Quand il entra dans la pièce, je me redressai brusquement sur mon siège, ce qui resserra mes liens. Houdini – Xavier – entra derrière lui. En me voyant, il s'arrêta, cligna des yeux, puis balaya la pièce du regard.

—Vous êtes seule ? demanda-t-il.

Je ne répondis pas. À moins que la pièce soit gardée par des semi-démons capables de se rendre invisibles, c'était une évidence. Malgré tout, Xavier se pencha par la porte ouverte pour inspecter le couloir. Puis, poussant Lake devant lui, il s'avança jusqu'au miroir sans tain, y jeta un œil, fronça les sourcils, fila dans l'autre pièce puis revint.

—Toute seule, dit-il en secouant la tête. J'adore cet endroit. Efficacité militaire, sécurité high-tech, les derniers gadgets en matière de communication. Et malgré ça, c'est une pagaille qui n'a rien à envier aux placards de ma mère. Je n'en reviens pas qu'ils vous aient laissée seule. Il est vingt heures, c'est bien ça ?

—Attendez que je regarde ma montre, répondis-je.

Il pouffa.

— Désolé. Ils vous ont bien attachée, hein ? En voilà qui ne veulent pas prendre de risques. Mais je suis sûr qu'il est vingt heures, et j'étais censé faire monter Lake à cette heure-là. Même pas foutus de s'en tenir à leur planning. Faut qu'ils embauchent une secrétaire.

Lake me dévisagea. Il ne m'avait jamais rencontrée, pas officiellement en tout cas. À Galveston, j'étais passée assez près pour flairer son odeur, mais j'étais restée cachée et dans le vent. Clay n'avait pas besoin de complications. Les cabots avaient tendance à être un peu… excités la première fois qu'ils me voyaient. Question d'hormones. On m'avait dit que je dégageais l'odeur d'une chienne en chaleur – pas la description la plus flatteuse qui soit, mais ça expliquait beaucoup de choses. Une fois qu'un cabot me connaissait, son cerveau humain reprenait généralement le dessus et ignorait ces signaux, mais les premières rencontres étaient toujours risquées. Parfois, je pouvais retourner cette réaction à mon avantage. La plupart du temps, c'était plutôt une belle vacherie.

— Elle te plaît ? demanda Xavier.

Lake marmonna quelque chose et tenta de détourner le regard, mais il n'y parvint pas. Il vint se placer derrière mon siège, tandis que les chaînes qui lui entravaient les jambes faisaient naître de l'électricité statique au contact de la moquette. Je regardai droit devant moi. *Finis-en, connard.* Lake fit deux fois le tour de la table. Comme Xavier ricanait, Lake s'arrêta une seconde à peine avant que l'instinct lui dicte de se remettre en marche, tournant autour de moi, les yeux braqués sur ma personne.

— Je dois reconnaître qu'elle n'est pas mal du tout, dit Xavier. Mais tu ne trouves pas que tu en fais trop, mon pote ?

— Ta gueule, gronda Lake sans cesser de me tourner autour.

— Ne vous inquiétez pas, dit Xavier en se retournant vers moi. S'il essaie de vous renifler l'entrejambe, je lui colle une muselière.

Lake se tourna vers Xavier, tendu, comme s'il s'apprêtait à lui sauter dessus, puis se ravisa et se contenta de grommeler un chapelet de noms d'oiseaux. Mais le charme était rompu et, lorsqu'il se retourna vers moi, ses yeux ne flamboyaient plus de désir mais de fureur.

— Vous étiez là, hein ? dit-il. À Galveston. Avec *lui*. Quand il m'a fait ça.

Il éleva ses mains menottées et les tendit vers moi. Sa paume gauche était figée définitivement dans une position évoquant une poignée de main, et le reste de son avant-bras était noueux et atrophié, résultat de fractures trop nombreuses et mal réduites.

— Qui ça, « lui » ? demanda Xavier.

— Clayton, cracha Lake, regard embrochant toujours le mien.

— Ah oui, le petit ami, dit Xavier en feignant un soupir. Vous étiez obligés de le mentionner, lui ? Je l'ai vu dans le Vermont, et il m'a filé un complexe d'infériorité. Par pitié, dites-moi que ce type a de sales habitudes. Des odeurs corporelles. Ou qu'il se cure le nez. Donnez-moi quelque chose.

— C'est un putain de psychopathe, gronda Lake.

— Parfait ! Pile ce que je voulais. Merci, Pat. Je me sens beaucoup mieux maintenant. Aussi douteux que soit mon état mental, on ne m'a jamais accusé d'être un psychopathe, *moi*.

Lake s'avança et inspecta mes liens.

— Je vous déconseille d'avoir des idées malvenues, dit Xavier. Si vous la touchez, je vais devoir la laisser vous toucher à son tour. Je ne crois pas que ça vous plairait. Elle est costaud.

Lake ricana.

— Vous ne me croyez pas ? reprit Xavier. Elle est ici depuis quelques heures et elle a déjà percé un trou dans le mur de sa cellule. En deux semaines, vous n'avez même pas cabossé le vôtre. Peut-être bien qu'elle est plus forte que vous.

— Peu probable.

— Non, peut-être pas. Vous êtes plus grand. Vous avez une plus grande masse musculaire. Ce qui vous donne un avantage. Mais elle est beaucoup plus futée. Elle a compris comment m'assommer à la deuxième tentative. Vous et moi, on s'est affrontés une bonne vingtaine de fois et vous ne m'avez même pas touché. La femelle de l'espèce est plus meurtrière que le mâle. Qui chantait ça, déjà ?

— C'est du Kipling, dis-je.

— Vous voyez ? Elle est plus maligne que nous.

— Mieux éduquée, dit Lake. Pas plus maligne.

— Si on ouvrait les paris ? Vous vous affrontez en duel. Si elle vous bat, je prends votre bague.

— Allez vous faire foutre, marmonna Lake.

— Sociable, ce type, non ? Un virtuose de la conversation. Pas étonnant que vous ne vouliez pas de lui dans votre Meute.

— Allez vous faire foutre, répéta Lake plus lentement, se tournant vers Xavier pour le fusiller du regard.

— On dirait que j'ai touché une corde sensible ? Oh, allez. Jouez le jeu. Montrez-moi quel grand méchant loup vous êtes. Vous voulez prendre votre revanche pour ce bras, non ? Et vous, Elena ? Ça vous dirait de disputer quelques rounds contre M. Personnalité ?

— Je ne me bagarre pas sur commande, rétorquai-je.

Xavier soupira et roula des yeux. Puis s'avança vers moi

et défit les courroies qui m'attachaient au siège, ne laissant que les menottes.

— Hé! s'écria Lake en nous rejoignant.

Xavier l'arrêta d'une main tendue, s'agenouilla pour lui retirer ses fers, puis ouvrit ses menottes. Lake s'en défit et recula le bras pour balancer un direct à Xavier. Mais son poing ne rencontra que le vide. Le semi-démon avait disparu.

J'étais restée assise. Inutile d'affronter ce cabot. Mieux valait refuser de jouer le jeu en espérant que Matasumi et Bauer rentreraient vite.

Lake recula et m'observa. Un rictus lui chatouillait les commissures des lèvres.

— Pas la peine, dis-je. On a déjà tenté le coup dans des circonstances nettement plus avantageuses. Vous savez ce qui va se passer si vous faites la moindre tentative. Clay va s'assurer que vous ne puissiez plus jamais en faire d'autres.

— Vraiment? fit Lake en ouvrant de grands yeux et en regardant autour de lui. Je ne le vois pas ici. Peut-être que j'ai envie de tenter le coup.

— Très bien, répondis-je. À vos risques et périls.

Je ne bougeai pas. Les combats de loups-garous se composaient à soixante-dix pour cent de bravade. Ces jours-ci, Clay gagnait la plupart des siens rien qu'en se montrant. Sa réputation suffisait. Du moins, elle marchait pour les loups-garous mâles. Je n'avais pas cette chance. Je pouvais remporter tous les combats que je voulais, les cabots me croyaient toujours impuissante si je n'avais pas Clay pour me protéger.

Lake fit le tour de mon siège. Je ne réagis pas. Il m'agrippa par les cheveux, enroulant les longues mèches autour de son poignet. Je serrai les dents mais ne bougeai toujours pas. Il tira ma tête en arrière. Je me contentai de le fusiller du regard. Avec un grondement, il lâcha mes cheveux, m'agrippa par les épaules et me poussa violemment en avant, hors du fauteuil. Je me tortillai, m'efforçant d'anticiper le contact de la table, mais, contrairement à ma chaise, elle n'était pas fixée au sol. Quand je heurtai le coin, elle glissa hors de ma portée et je m'effondrai à genoux, projetant mes mains menottées en avant pour amortir ma chute. Lake me balança violemment son pied dans les fesses et me fit tomber face contre terre. Je demeurai immobile contre la moquette.

—Waouh, dit Lake. C'est fou ce que vous êtes réactive.

—J'ai des menottes, marmonnai-je contre les poils du tapis.

—Ah ouais ? Eh bien, ma main gauche ne marche plus très bien, grâce à l'autre beau gosse, là. Je devrais peut-être vous faire la même chose. Nan. Pas au bras. Au visage. Peut-être qu'il ne vous trouverait plus si séduisante.

—Le visage ou le bras, ça ne fait pas grande différence. Si vous me touchez, vous êtes un homme mort.

—Je le suis déjà, chérie. Maintenant que vous êtes là, ces salauds ne veulent plus de moi. Autant m'amuser tant que je le peux encore.

Tandis qu'on échangeait des coups, je gardai les bras cachés au-dessous de moi et me concentrai. De la sueur me perla sur le front. Lake s'agenouilla devant moi, souriant.

—Vous m'avez l'air un peu pâle, là, ma belle. Vous n'êtes pas aussi coriace que vous voulez le faire croire.

Je remuai pour soulager mes bras de mon poids. Lake se redressa d'un bond et planta un pied au milieu de mon dos. Quelque chose craqua. La douleur se diffusa dans tout mon corps. Étouffant un cri, je fermai les yeux et me concentrai sur mes mains. Je soulevai légèrement mon ventre du tapis et tournai ma paume vers le haut. Je sentais sur mon dos le poids du pied de Lake. Sans prévenir, il appuya, m'enfonçant dans le tapis. Cinq pointes traversèrent mon chemisier et s'enfoncèrent dans mon ventre. Secouée d'un haut-le-cœur, je sentis l'odeur du sang.

—Ça fait mal? demanda Lake. Ah là là, ce que je m'en veux. Vous savez comme ce bras m'a fait mal? Vous en avez la moindre idée? Sans que je puisse aller à l'hôpital ou voir un médecin? Jusqu'à ce que je trouve un charlatan qu'on avait radié…

Je me retournai très vite sur le dos, ce qui prit Lake au dépourvu. Il bascula en arrière. En l'espace d'une seconde, il retrouva son équilibre et recula son pied, visant ma poitrine tandis que je me relevais. Je levai brusquement la main gauche et lui saisis la jambe. Mes ongles traversèrent son jean et s'enfoncèrent dans la chair. Quand j'eus une bonne prise, je tirai d'un coup sec et lui ouvris la jambe. Il hurla et s'éloigna en titubant.

—Merde! C'est quoi ce b…?

Il regarda ma main. Qui n'en était pas une. C'était une patte ayant des doigts humains, la fourrure d'un loup, des ongles longs, tranchants comme des rasoirs et durs comme la pierre. Les menottes pendaient de mon autre main. La Mutation partielle avait suffisamment affiné ma main pour que je puisse la libérer.

—C'est quoi ce b…? répéta Lake en reculant contre le mur.

—Un petit tour de la Meute, répondis-je. Qui demande de la concentration. Beaucoup trop pour un cabot.

J'avançai vers lui. Il hésita, puis se projeta vers moi. On tomba à terre. Je lui griffai le dos. Il glapit et tenta de se dégager. J'agrippai le dos de sa chemise à l'aide de ma main gauche et l'écartai de moi. Tandis que je me relevais, la porte s'ouvrit à toute volée. Bauer se précipita dans la pièce avec Matasumi, Tess et les deux gardes sur les talons. Ils s'arrêtèrent tous les cinq sur le pas de la porte et nous regardèrent fixement. Puis Bauer traversa la pièce à grands pas et se précipita vers Lake.

— Mais qu'est-ce qui se passe ici ? demanda-t-elle.

— C'est elle qui a commencé, répondit-il.

— Sans blague, lui lançai-je en me redressant.

Ma main avait retrouvé sa forme normale. J'avais même remis les menottes. Xavier apparut par la porte.

— C'est lui qui a commencé, dit Lake.

— Je ne faisais que suivre les ordres, répliqua Xavier en s'appuyant au montant de porte, mains dans les poches. Votre bague est à moi, Pat. Elle vous a bien mis la pâtée.

— Tout est enregistré ? demanda Matasumi.

— Évidemment, répondit Xavier avec un bâillement.

Bauer se tourna vers eux.

— Des ordres ? Enregistré ? Qu'est-ce qui s'est passé ici ?

Je comprenais. J'avais été victime d'un coup monté, et j'étais furieuse de ne pas l'avoir deviné. N'aurais-je pas dû me demander pourquoi Matasumi, si parano en matière de sécurité, avait renvoyé mes gardes ? Pourquoi il m'avait ensuite laissée sans surveillance dans la pièce ? Pourquoi Xavier se baladait seul avec un autre loup-garou alors que Matasumi hésitait à me laisser quitter ma cellule accompagnée de gardes armés ? Matasumi avait dû tout organiser pendant mon passage à l'infirmerie. Tant que j'étais hors de ma cellule, pourquoi ne pas tenter une petite expérience ? Découvrir ce qui se passait quand on plaçait un membre de la Meute dans la même pièce qu'un cabot ?

Bauer commença à enguirlander Matasumi, puis s'interrompit. Elle renvoya Xavier et Tess pour la nuit, puis demanda aux deux gardes de m'escorter dans ma cellule. Lorsqu'on fut trop loin pour entendre, elle se remit à lui remonter les bretelles.

CONTACT

J'avais regagné ma cellule depuis vingt minutes quand Bauer m'apporta mon dîner. Jambon, gratin de pommes de terre, minicarottes, chou-fleur, salade, lait, café, gâteau au chocolat. Une nourriture assez correcte pour chasser toute velléité de grève de la faim – pas que j'aie eu l'intention d'en faire une de toute façon. Aucune cause n'était assez grande pour mériter qu'on s'affame.

Avant que je commence à manger, Bauer me fit faire le tour de la cellule, me désignant les produits d'hygiène, m'expliquant le fonctionnement de la douche et me détaillant les horaires des repas. Une chemise de nuit ainsi qu'une tenue de rechange étaient rangées dans un tiroir sous le lit. Pourquoi un seul rechange ? Bauer ne le précisa pas. Peut-être craignaient-ils, si nous avions trop de tissu à portée de main, que nous ne trouvions moyen de nous pendre à des poutres inexistantes ? Ou jugeaient-ils inutile de nous en fournir plus alors que nous n'allions peut-être pas vivre assez longtemps pour en avoir besoin ? Idée réjouissante.

Bauer ne partit pas après la fin de la visite guidée. Peut-être attendait-elle un pourboire.

—Je vous présente mes excuses, dit-elle quand je me fus assise pour manger. Pour ce qui s'est passé là-haut… J'ignorais qu'ils avaient préparé ça. Je suis contre le fait de jouer des tours à nos pensionnaires. Toute cette situation est déjà assez pénible sans que vous deviez vous inquiéter de combines de ce genre.

—Ce n'est pas grave, répondis-je, la bouche pleine de jambon.

—Mais si. Je vous prie de m'avertir si ce genre de chose se produit en mon absence. Voulez-vous que le docteur Carmichael examine vos plaies au ventre?

—Non, ça va.

—Il y a des habits propres, si vous voulez vous changer.

—Non, ça va, répétai-je avant d'ajouter, conciliante: Peut-être plus tard.

Elle s'efforçait d'être gentille. Je savais que j'aurais dû lui rendre la pareille. Mais il y avait une marge entre l'idée et l'acte. Qu'étais-je censée répondre? «Merci de vous soucier de moi»? Si c'était le cas, elle ne m'aurait pas enlevée, pour commencer. Mais tandis qu'elle me regardait manger, elle semblait sincèrement inquiète. Peut-être ne voyait-elle pas la contradiction qu'il y avait à m'enlever, puis à se soucier de la façon dont on me traitait. Elle restait plantée là comme si elle attendait que je dise quelque chose. Quoi donc? J'avais peu d'expérience des autres femmes. Faire la conversation à quelqu'un qui m'avait droguée et kidnappée dépassait de loin mes compétences sociales.

Bauer repartit avant que je trouve un sujet de conversation adéquat. Le soulagement se mêla à mon sentiment de culpabilité. J'avais beau savoir que j'aurais dû me montrer gentille, je n'étais vraiment pas d'humeur à bavarder. Mon dos me faisait mal. Mon ventre aussi. J'avais faim. Et je voulais aller me coucher, ce qui ne signifiait pas que j'étais fatiguée, mais que je voulais parler à Jeremy. Il était capable de communiquer avec nous par la pensée, le hic étant qu'il ne pouvait le faire que pendant notre sommeil. Après l'incident avec Lake, l'inquiétude avait commencé à transparaître derrière mes barrières soigneusement érigées. Je voulais parler à Jeremy avant de perdre tout contrôle sur mon stress. Il devait déjà réfléchir à un plan de sauvetage. J'avais besoin de l'entendre, de savoir qu'ils passaient à l'acte. Mais bien plus encore, j'avais besoin qu'il me rassure. J'avais peur et besoin de réconfort, de quelqu'un qui me dise que tout allait s'arranger, même si je savais que cette promesse était creuse. Demain, je me montrerais gentille et polie avec Bauer. Ce soir, je voulais parler à Jeremy.

Quand j'eus fini de manger, je me douchai. Ce qui me posa quelques problèmes d'intimité. Les murs de la salle de bains étaient transparents. La porte de verre de la cabine de douche n'était que légèrement opaque, brouillant les contours sans cacher grand-chose aux observateurs. Je me façonnai un demi-rideau en étirant la serviette des toilettes au miroir de rasage surmontant le lavabo. Me balader nue dans Stonehaven était une chose. Mais pas question de le faire devant des étrangers. Quand je me servais des toilettes, je posais la serviette sur mes genoux. Certaines choses nécessitent de l'intimité.

Après la douche, je me rhabillai. On m'avait peut-être fourni une chemise de nuit, mais je ne comptais pas la porter. Pas plus que je n'enfilerais leurs vêtements propres le lendemain. Je prendrais une autre douche le matin en espérant que rien ne sentirait. Mes habits étaient le seul article personnel qui me restait. Pas question qu'on me les reprenne. Du moins, pas tant que l'odeur serait supportable.

Jeremy ne me contacta pas cette nuit-là. J'ignore ce qui avait pu aller de travers. À ma connaissance, les seules fois où il n'avait pu nous joindre, c'était que nous étions inconscients ou drogués. J'étais certaine que mon organisme avait évacué le sédatif, mais je m'accrochai à cette excuse. Il se pouvait aussi que Jeremy soit incapable de me contacter ici, sous terre, mais je préférais ne pas y réfléchir car ça impliquerait non seulement qu'il ne pourrait pas m'aider à m'enfuir, mais aussi qu'il risquait de me croire morte et ne tenterait donc pas de venir à ma rescousse. Mais je savais au plus profond de moi que je me racontais des histoires. Clay viendrait à ma recherche. Il n'abandonnerait jamais avant de voir mon cadavre. Restait malgré tout cette insécurité, cette voix lancinante qui cherchait toujours à ébranler ma confiance, à me dire que je me trompais, qu'il ne risquerait pas sa vie pour me sauver, que personne ne pouvait ni ne voulait se soucier de moi à ce point. Si bien que, tout en sachant pertinemment le contraire, je m'éveillai baignée de sueur froide, persuadée d'être abandonnée. Rien de ce que je pourrais me dire ne m'aiderait. J'étais seule et craignais de le demeurer, contrainte de ne pouvoir me fier qu'à ma propre cervelle pour m'échapper. Et je n'avais pas une si grande foi en elle.

Tard dans la nuit, à l'approche de l'aube, quelqu'un se manifesta bel et bien. Mais pas Jeremy. Du moins, je ne pensais pas que c'était lui. Je rêvai que je me trouvais dans une yourte mongole en compagnie de Clay, avec qui je me disputais le dernier M & M's rouge. Alors que je m'apprêtais à renoncer, Clay rassembla ses fourrures et se rua hors de la tente pour plonger dans la bourrasque en jurant qu'il ne reviendrait jamais. Je m'éveillai de ce rêve en sursaut, le cœur battant la chamade. Alors que je tentais de me calmer pour me rendormir, on m'appela par mon nom – une voix féminine. J'étais certaine qu'il s'agissait d'une femme, mais je me trouvais dans cet état de confusion entre éveil et sommeil, incapable de déterminer s'il s'agissait d'une personne présente dans ma cellule ou d'une voix qui m'appelait dans un rêve. Je m'efforçai de soulever la tête de l'oreiller mais replongeai dans un nouveau cauchemar avant de pouvoir sortir de ma torpeur.

Le lendemain, je restai au lit le plus longtemps possible, prolongeant mon sommeil dans l'improbable hypothèse où Jeremy serait en train d'essayer de me contacter et n'aurait besoin que de quelques minutes de plus. À huit heures trente, je m'avouai vaincue. Je ne dormais plus, me contentant de fermer les yeux pour feindre le contraire.

Je sortis les jambes du lit, me pliai en deux et faillis m'effondrer à terre. J'avais l'impression qu'on m'avait tranché tous les muscles du ventre pendant mon sommeil. Qui aurait cru que cinq petites piqûres puissent faire si mal ? Savoir que je me les étais infligées moi-même n'arrangeait pas les choses. Premier jour de captivité et je me faisais déjà plus de mal à moi qu'à mes ennemis. Peut-être Patrick Lake souffrait-il plus que moi. Peu probable. Mon dos s'était ankylosé pendant la nuit, à cause du coup de pied qu'il m'avait asséné, et tandis que je luttais pour me redresser, mon corps protesta des deux côtés, ventre et colonne vertébrale. Je rejoignis la douche en clopinant. L'eau brûlante soulageait mon dos mais embrasait mon ventre. L'eau froide apaisait mon ventre mais ankylosait de nouveau mon dos. Le deuxième jour commençait vraiment bien.

Mon moral chuta quand Bauer m'apporta le petit déjeuner. Je n'avais pas à me plaindre du repas, bien sûr, ni du fait que ce soit elle qui me l'apporte, mais il me suffit de lui jeter un coup d'œil pour me décourager. Elle entra d'un pas nonchalant, vêtue d'un pantalon de daim beige moulant, d'un chemisier de lin blanc flottant et de bottes à hauteur des genoux, les cheveux retenus maladroitement par une pince, les joues teintées d'un rose qui ne devait rien au maquillage, et dégageant une légère odeur de cheval, comme si elle revenait tout juste d'une promenade équestre matinale. J'étais vêtue d'une chemise déchirée et tachée de sang, j'avais les yeux enflés des suites d'une mauvaise nuit, et le shampooing trop agressif avait emmêlé mes cheveux trop fins. Quand elle me souhaita le bonjour d'une voix enjouée, je m'avançai clopin-clopant vers la table, incapable de me redresser pleinement ou d'émettre plus qu'un grognement monosyllabique en guise de salut. Même penchée, je la dépassais toujours d'une dizaine de centimètres. Je me faisais l'effet d'une femme de Néandertal – grande, moche et pas très futée.

Quand Bauer tenta d'engager de nouveau la conversation, j'eus très envie de décourager ses efforts une fois de plus, mais je ne pouvais pas me permettre le luxe de déjeuner tranquille. Pour mettre au point mon évasion, je devais sortir de cette cellule. Le meilleur moyen serait de m'«allier» à mes ravisseurs. Et la meilleure méthode consistait à entrer dans les bonnes grâces de Bauer. Je devais donc faire bonne figure. Plus difficile qu'il n'y paraissait. Bizarrement, j'avais le plus grand mal à discuter paisiblement de la pluie et du beau temps avec la responsable de ma captivité.

—Alors vous habitez près de Syracuse, me dit-elle alors que j'entamais mon bagel.

Je confirmai d'un signe de tête, la bouche pleine.

—Ma famille vient de Chicago, poursuivit-elle. Les produits papetiers Bauer. Vous connaissez ?

—Le nom me dit quelque chose, mentis-je.

—Une vieille fortune. Très vieille.

Devais-je en être impressionnée ? Je fis semblant de l'être et hochai la tête en ouvrant de grands yeux.

—C'est curieux, vous savez, dit-elle en se renfonçant dans son siège… de grandir avec ce genre de nom, ce genre de fortune. Enfin, pas curieux pour moi. Je n'ai rien connu d'autre. Mais de se voir reflétée dans le regard des autres et de savoir qu'ils vous trouvent très chanceuse. «Née avec une cuiller d'argent dans la bouche», comme on dit. Vous êtes censée être heureuse, et tant pis pour vous si ce n'est pas le cas.

—L'argent ne fait pas le bonheur, répondis-je.

Ce cliché me laissa un goût amer sur la langue. Qu'est-ce qu'elle me jouait là ? Une histoire de pauvre petite fille riche ? Comme je suis pleine aux as et malheureuse, j'enlève d'innocents étrangers – bon, peut-être pas tout à fait innocents, mais non consentants, néanmoins.

—Mais *vous*, vous êtes heureuse, dit Bauer.

C'était une affirmation, pas une question. Je parvins à lui adresser un sourire à demi sincère.

—Eh bien, en ce moment même, comme je suis retenue prisonnière dans une cellule, je ne dirais pas vraiment…

—Mais le reste du temps. Avant ça. Vous êtes heureuse de votre vie.

—Je ne m'en plains pas. Bon, elle n'est pas parfaite. Il y a bien le sale fardeau de ma nature de loup-garou…

—Mais vous ne le voyez pas comme ça. Comme un fardeau. Vous dites ça sans le penser.

Elle me regardait fixement à présent. Non, elle ne me regardait pas, moi. Elle regardait *en* moi. Penchée vers moi, une flamme dans le regard. Affamée, je fis marche arrière.

—Certains jours, je le pense vraiment. Croyez-moi. (J'engloutis d'un coup mon bagel.) Ils sont délicieux. De

217

vrais bagels de New York. Je suppose que je n'aurai pas droit à du rab.

Elle se renfonça dans son siège et retrouva son sourire poli, toute flamme éteinte dans le regard.

— Je vais voir ce qu'on peut faire. (Elle consulta sa montre.) Je dois vous faire monter chez le docteur Carmichael pour votre bilan.

— C'est une routine quotidienne ?

— Oh, non. Hier, c'était juste un examen rapide. Aujourd'hui, c'est le bilan complet.

Bauer leva la main. La porte s'ouvrit et deux gardes entrèrent. C'était donc là qu'ils se cachaient. Je me posais justement la question, espérant que Bauer se sentait peut-être assez en confiance pour renoncer à la présence d'hommes armés. Visiblement, non. Une apparence de confiance, mais sans la substance. Peut-être n'était-elle tout simplement pas assez stupide. Merde.

J'avais une voisine. Quand je sortis de ma cellule, je vis quelqu'un dans la pièce faisant face à la mienne. Une femme assise à table et qui me tournait le dos. On aurait dit... Non, pas possible. Quelqu'un m'en aurait parlé. Je l'aurais su. Puis elle se tourna de demi-profil. Ruth Winterbourne.

— Quand est-ce que... ? demandai-je.

Bauer suivit mon regard et sourit comme si j'avais découvert une surprise cachée.

— Elle est arrivée en même temps que vous. Hier matin, nous nous trouvions dans le Vermont près de votre lieu de réunion. Quand nous vous avons vue partir avec les Danvers, Xavier et moi avons décidé de vous suivre. Le reste de l'équipe est resté près des autres. Nous savions que quelqu'un finirait bien par rester seul. Heureusement, c'était Ruth. Une excellente prise. Bien sûr, n'importe lequel d'entre eux aurait fait l'affaire. Enfin, sauf sa nièce. Une apprentie sorcière de cet âge-là ne nous serait pas très utile. Savannah, c'est une autre histoire, compte tenu de son jeune âge et de ce que nous savons des pouvoirs de sa mère.

— Comment se fait-il que je n'aie pas vu Ruth hier?

— Le voyage a été… plus éprouvant que prévu pour elle. En raison de son âge. Le facteur même qui la rend si précieuse constitue un handicap. Nous avons surestimé le dosage du sédatif. Mais elle va très bien maintenant, comme vous le voyez.

Elle n'en avait pas l'air. Peut-être quelqu'un qui ne connaissait pas Ruth prendrait-il ses yeux éteints, son teint jaune et ses mouvements léthargiques pour des signes habituels de vieillissement, mais je savais que ce n'était pas le cas. Physiquement, elle semblait indemne. Aucun signe de fractures ni de maladie. Les dommages se cachaient bien plus en profondeur.

— Elle a l'air en sale état, dis-je. Déprimée.

— Ça arrive parfois.

Simple énonciation d'un fait. Sans aucune émotion.

— Je pourrais peut-être lui parler, proposai-je. Lui remonter le moral.

Bauer se tapota la cuisse de ses ongles longs, songeuse. Si elle lut derrière mon altruisme un autre motif, elle n'en montra rien.

— Je vais voir ce qu'on peut faire, dit-elle. Vous vous êtes montrée extrêmement coopérative, Elena. Les autres s'inquiétaient, mais à part cette histoire de mur défoncé, vous vous êtes étonnamment bien conduite. Je crois à la nécessité de récompenser les bonnes conduites.

Sans ajouter un mot, elle se retourna en me laissant la suivre. Je regimbai intérieurement mais lui emboîtai docilement le pas tel un chiot bien dressé. Pardonnez-moi, mais «bonne conduite» n'est pas une expression qu'on devrait appliquer à une femme adulte, pourtant Bauer l'avait employée sans malice ni sous-entendus. *Sois un gentil chien-chien, Elena, et je te donnerai une friandise.* La tentation de montrer à Bauer ce que je pensais de son système de récompense était presque impossible à contenir. Presque. Mais je voulais vraiment parler à Ruth. Je n'avais pas d'autres contacts ici, et demander de l'aide n'était pas indigne de moi. C'était un sort qui nous avait tirées d'affaire dans cette ruelle de Pittsburgh. En associant ma force à ses sortilèges, nous devrions trouver un moyen de sortir d'ici.

Je me comportai donc comme un gentil petit toutou. Je subis le bilan médical sans broncher. Cette fois, ma visite à l'infirmerie se révéla un peu plus agressive. On me fit passer des radios, on me préleva des échantillons de sang, d'urine, de salive et de fluides corporels dont j'ignorais même l'existence. Puis on me fixa des câbles pour observer les réactions de mon cœur et de mon cerveau. Carmichael m'examinait sous tous les angles et me posait des questions qui m'auraient fait rougir de la part de mon gynéco. Mais je me rappelai que c'était le prix à payer pour parler à Ruth, ignorai donc ces intrusions et répondis à ses questions.

Le bilan dura plusieurs heures. À midi, quelqu'un frappa, puis ouvrit sans attendre de réponse. Deux gardes entrèrent. Peut-être ceux-là mêmes qui m'avaient conduite ici, mais je n'avais aucune certitude. Toutes ces coupes à la brosse se fondaient en une masse dépourvue de noms comme de visages. Quand on en voyait un, on les avait tous vus. L'un des gardes – peut-être un de ces deux-là, peut-être pas – était resté avec moi à l'infirmerie un peu plus tôt, mais au bout d'une heure ou deux, il avait marmonné quelque chose à propos d'un changement d'équipe et avait demandé au docteur Carmichael d'appeler des renforts. Elle n'en avait rien fait. Quand ces deux-là débarquèrent, je pensai qu'ils venaient remplacer le garde manquant. Au lieu de quoi ils firent entrer le « caméléon humain », Armen Haig.

— J'ai pris du retard, dit Carmichael sans se détourner d'une série de radios accrochées à un panneau lumineux.

— Vous voulez qu'on attende dehors ? demanda l'un des gardes.

— Pas la peine. Veuillez vous installer à la deuxième table, docteur Haig. Je suis à vous dans un instant.

Haig hocha la tête et s'avança vers la table. Ses gardes promirent de revenir d'ici une heure, puis se retirèrent. Contrairement à moi, Haig n'était même pas menotté. Je supposai que ses pouvoirs ne posaient pas un si grand risque en termes de sécurité. Même s'il changeait d'apparence, les gardes ne manqueraient pas de remarquer un homme au visage inconnu en train de rôder dans le centre. Il avait peu de chances de s'échapper.

Lors des vingt minutes qui suivirent, Carmichael s'affaira dans l'infirmerie, examinant des radios, regardant dans des microscopes, griffonnant sur un bloc-notes. Puis elle s'interrompit enfin, balaya la pièce du regard et prit sur un chariot métallique un plateau de fioles remplies de fluides.

— Je dois procéder à un test au labo avant d'en terminer ici, mademoiselle Michaels.

Qui a dit « déjà vu » ? Faire entrer un autre prisonnier dans la même pièce que moi, trouver une excuse pour quitter les lieux et voir quel distrayant chaos s'ensuivait. Ces types ne connaissaient-ils donc qu'une seule ruse ?

Carmichael se dirigea vers la sortie puis s'arrêta pour nous regarder tour à tour, Haig et moi. Elle marqua une pause, déposa son plateau sur le comptoir et décrocha l'interphone. Elle eut beau tourner le dos et baisser le ton, il était impossible de ne pas l'entendre dans cette pièce silencieuse. Elle demanda à un type de la sécurité si ça posait le moindre « problème » qu'elle nous laisse ensemble quelques minutes, Haig et moi, si j'étais menottée. On lui répondit que non.

— N'oubliez pas d'allumer la caméra, murmura Haig alors qu'elle raccrochait.

Il possédait une voix riche et suave teintée d'une nuance d'accent.

Carmichael ricana.

— Je ne suis pas foutue de programmer mon magnétoscope. Vous croyez que je sais me servir de ce truc-là ? (Elle désigna la caméra vidéo fixée en hauteur.) Mais je vous avertis. N'envisagez pas de sortir. Je verrouille derrière moi. Il y a une caméra en parfait état de fonctionnement dans la salle d'attente et des gardes dans le couloir. Ils verraient d'un mauvais œil toute tentative d'évasion.

Elle prit son plateau de fioles et quitta la pièce.

APÉRITIF

Après le départ de Carmichael, j'inspectai la caméra en quête de signes d'activité, mais elle demeura immobile et silencieuse.

— Alors, commença Haig, vous êtes là pour quoi ?

— Viol et cambriolage.

Les commissures de ses lèvres s'étirèrent.

— C'était ma première hypothèse. L'hébergement vous convient ?

— Vous parlez de ma niche ?

Nouveau quart de sourire.

— Ah, c'est donc *vous* le loup-garou. Je me demandais si c'était impoli de poser la question. Les manuels de bonnes manières n'abordent pas ces sujets-là. Loup-garou. Hmmm. Une fois, j'ai eu un patient atteint de lycanthropie. Il se sentait obligé de se retourner trois fois avant de s'installer sur le canapé. Assez éprouvant. Mais il me rapportait toujours le journal qu'il trouvait sur le paillasson.

Je me rappelai comment Carmichael s'était adressée à lui.

— Docteur Haig, dis-je. Vous êtes donc un psy… chiatre ?

— Un psy, oui. Mes pouvoirs spéciaux ne sont pas très rentables dans la vie de tous les jours. J'imagine qu'ils me seraient utiles si je voulais devenir assassin international, mais je suis un tireur exécrable. Et je vous en prie, appelez-moi Armen. La formalité détonne un peu ici.

—Je m'appelle Elena. Psychiatre, hein ? Alors vous connaissiez Matasumi ? Avant de venir ici ?

—J'avais entendu parler de lui. (Ses lèvres sombres esquissèrent une moue dégoûtée.) Un parapsychologue. Ayant la réputation de faire des entorses à l'éthique de la recherche.

—Ah bon ? Étonnant. Vous ne devez pas manquer de patients à analyser ici, entre les captifs et les ravisseurs.

—Le plus effrayant, c'est que les premiers que j'autoriserais à sortir seraient les pensionnaires des cages.

—Matasumi a des problèmes, de toute évidence, répondis-je. Et Bauer ?

—L'une des plus saines d'esprit, en fait. Mais triste. Très triste.

Ce n'était pas l'impression qu'elle me donnait, mais Armen poursuivit avant que je puisse lui demander d'entrer dans les détails.

—Celui que j'aimerais vraiment voir sur mon canapé, c'est Tyrone Winsloe. Mais ensuite, je serais affreusement tenté de l'y attacher et de me barrer à toutes jambes.

—Quel est son problème ?

—Par où commencer ? Tyrone Winsloe est... (Armen pencha la tête vers la porte ; des pas se firent entendre dans la salle d'attente, puis s'arrêtèrent.)... parti en ville pour le moment, pour affaires. (Il baissa la voix.) Si vous avez besoin d'aide pour... vous adapter, n'hésitez pas. Cet endroit n'est pas très agréable. Plus tôt nous sortirons, mieux nous nous en porterons.

Tandis qu'il braquait sur moi un regard entendu, je compris qu'il ne proposait pas de m'aider à m'adapter psychologiquement.

—Comme je vous le disais, mon pouvoir n'est pas d'une grande utilité, murmura-t-il. Mais je suis très observateur... en tant que psychiatre. Et comme tout le monde, j'ai toujours besoin de compagnie. À titre de soutien moral. Quelqu'un qui me prête un peu de sa force. Et je crois que c'est ça, votre spécialité. La force.

La poignée de porte tourna. Carmichael l'ouvrit d'une poussée puis entra, munie d'un nouveau bloc-notes dont elle feuilletait les pages.

—Vous pouvez y aller, mademoiselle Michaels, dit-elle. Votre escorte est dans la salle d'attente.

—Ravi d'avoir fait votre connaissance, Elena, dit Armen alors que je sortais. Profitez bien de votre séjour.

Bauer et les gardes me reconduisirent au salon / salle d'interrogatoire. Un garde m'attacha au niveau des jambes et du torse et ôta les menottes, ce que j'appréciai grandement jusqu'à ce que je comprenne qu'on ne m'avait libéré les mains que pour me permettre de déjeuner. Quand j'eus fini de manger, on me remit menottes et courroies aux poignets. Puis Matasumi et Tess nous rejoignirent et je subis la deuxième partie de l'interrogatoire.

Deux ou trois heures plus tard, alors que Bauer me ramenait à ma cellule, je jetai un œil de l'autre côté du couloir. La cellule d'en face était vide.

—Où est Ruth ? demandai-je.

—Il y a eu un petit problème. Elle est à l'infirmerie.

—Tout va bien ?

—Elle ne court pas de danger immédiat. Notre réaction est sans doute excessive, mais nous nous soucions beaucoup de la santé de nos pensionnaires.

—Je pourrai la voir à son retour ?

—Je crains que ce soit impossible, répondit-elle en tendant la main vers la porte de ma cellule. Mais je me suis arrangée pour que vous receviez une visite d'une tout autre sorte.

—J'aimerais parler à Ruth.

Bauer ouvrit ma porte et entra comme si je n'avais rien dit. Les gardes me poussèrent en avant. Je fis un pas vers ma cellule, puis m'arrêtai. Mes poils se hérissèrent tandis qu'un instinct ancestral me soufflait qu'on avait envahi ma tanière.

—Vous vous souvenez de Leah, n'est-ce pas ? demanda Bauer.

La semi-démone aux cheveux auburn, assise à ma table, se servait un verre de vin. Elle leva les yeux et sourit.

—Bonjour, dit-elle. Elena, c'est bien ça ?

Je hochai la tête.

—Bienvenue à la fête, dit-elle en levant son verre pour porter un toast. Je n'arrive pas à y croire. Du vin, du fromage, des crackers de luxe. Je ne mange pas aussi bien chez moi. Vous voulez vous joindre à nous, Sondra ?

—Si ça ne vous dérange pas.

—Plus on est de fous, plus on rit, répondit Leah avec un sourire totalement dénué de sarcasme. Voulez-vous que je vous serve un verre, mesdames ?

—Je veux bien, merci, dit Bauer.

Je ne répondis pas, mais Leah remplit néanmoins deux nouveaux verres. Lorsque Bauer s'avança pour prendre le sien, je ne pus que rester plantée là. *Un apéro avec vin et fromage ? Dites-moi que je rêve.*

—Vous aimez le blanc ? demanda Bauer en me tendant mon verre. C'est un très bon cru.

—Heu… Merci.

Je pris le verre et parvins à me replier et à m'insérer dans un fauteuil, tâche qui sembla bien plus pénible qu'elle n'aurait dû.

—Elena est journaliste, dit Bauer.

—Ah oui ? Pour la télé ou la radio ? demanda Leah.

—La presse, murmurai-je, réponse qui sortit sous la forme d'un grommellement guttural à peine articulé.

—Elle travaille en free-lance, expliqua Bauer. Elle est spécialisée dans la politique du Canada. Elle est canadienne.

—Ah oui ? Intéressant. Vous avez un Premier ministre, c'est bien ça ? Pas un président ?

Je hochai la tête.

Leah éclata de rire comme pour se dénigrer.

—C'est là toute l'étendue de mes connaissances en matière de politique internationale. Désolée.

On sirota notre vin.

—Leah est shérif adjoint dans le Wisconsin, dit Bauer.

Je hochai la tête, cherchant désespérément un commentaire pertinent sans en trouver un seul. *Allez, Elena. Tu peux faire mieux que ça. Dis quelque chose. N'importe quoi. Ne reste pas assise là comme une débile qui hoche la tête et s'exprime par grognements.* Leah ayant abordé le sujet de ma carrière, j'aurais dû l'interroger sur la sienne. C'était ainsi qu'on faisait la conversation. Mon expérience de la fréquentation d'autres femmes était proche de zéro, mais certaines règles s'appliquaient quel que soit votre interlocuteur.

—Alors vous travaillez dans la police, dis-je avant de grimacer intérieurement.

Tsss. Si je ne trouve rien de plus intelligent à dire, autant la boucler.

— Ce n'est pas aussi exaltant qu'on le croit, répondit Leah. Surtout dans le Wisconsin. Quelqu'un veut du fromage ?

Elle découpa des lamelles d'un gouda entier puis nous tendit la planche. On en prit une chacun, accompagnée d'un cracker qui s'émietta de manière fort peu seyante quand je mordis dedans. Tandis que nous mastiquions, Bauer remplit nos verres à moitié vides. Je descendis cul sec le contenu du mien, priant pour que ça m'aide, puis remarquai que les deux femmes me regardaient.

— J'avais plus soif que je ne pensais, dis-je. Je devrais peut-être en rester à l'eau.

Bauer sourit.

— Buvez tant que vous voulez. Il y en a encore en réserve.

— Alors vous vivez au Canada ? demanda Leah.

J'hésitai, mais compris que Bauer répondrait à ma place si je ne le faisais pas moi-même. Ma vie n'avait rien d'un secret par ici.

— Dans l'État de New York.

— Son mari est américain, précisa Bauer. Clayton est bien votre mari ? Nous n'avons pas trouvé d'acte de mariage, mais nous avons remarqué, quand nous vous suivions, qu'il portait une alliance. (Elle jeta un œil à mes mains.) Ah, tiens, pas vous. Mais c'est une bague de fiançailles que vous portez là, non ?

— Longue histoire, répondis-je.

Leah se pencha en avant.

— Ce sont toujours les meilleures.

Je reculai légèrement sur mon siège.

— Alors, et vous deux ? Mariées ? Un petit ami ?

— J'ai passé en revue tous les hommes épousables de ma petite ville, répondit Leah. J'ai fait une demande de transfert avant que les veufs de soixante-dix ans commencent à me paraître séduisants.

—J'ai été mariée, répondit Bauer. Rébellion juvénile. Je l'ai épousé parce que mon père me l'interdisait, et j'ai vite compris que les papas y voient parfois plus clair que nous.

—Que fait votre mari? demanda Leah.

—Clayton est anthropologue, répondit Bauer avant que je puisse détourner la question.

—Ah oui? Ça m'a l'air… fascinant.

Bauer, qui sirotait son vin, pouffa.

—Avouez, Leah. Ça a l'air assommant.

—Je n'ai pas dit ça, répondit Leah.

Bauer vida son verre et remplit de nouveau les trois.

—Non, mais c'est ce que vous pensiez. Croyez-moi, ce type-là n'a rien d'un universitaire en tweed. Vous devriez le voir. Boucles blondes, yeux bleus, et un corps… Un vrai dieu grec.

—Vous avez une photo? me demanda Leah.

—Heu, non. Alors, comment vous vous plaisez…

—Nous avons quelques photos de surveillance à l'étage, dit Bauer. Je vous les montrerai plus tard. Elena a beaucoup de chance.

—L'apparence ne fait pas tout, dit Leah avec un sourire malicieux. C'est la performance qui compte.

J'étudiai les bulles de mon verre de vin. Pitié, pitié, qu'elle ne me pose pas la question.

Leah vida son verre.

—Je voulais vous demander quelque chose. Si ce n'est pas trop personnel.

—Et quand bien même, protesta Bauer avec un petit rire.

Pitié, pitié, pitié…

—Vous vous changez en loups, c'est ça? demanda Leah. Alors quand vous êtes des loups, votre mari et vous, est-ce que… vous savez. Vous êtes toujours amants?

Bauer pouffa si fort que du vin lui jaillit des narines. D'accord, c'était la seule question encore plus gênante que me demander ce que valait Clayton au plumard. C'était un cauchemar. Mon pire cauchemar. En plus de me retrouver coincée à prendre l'apéro avec deux quasi-inconnues, il fallait qu'elles sachent tout de moi et commencent à être un peu pompettes. *Par pitié, qu'un gouffre s'ouvre sous mes pieds et m'avale sur-le-champ.*

—Ce fromage est excellent, dis-je.

Bauer riait si fort qu'elle fut prise de hoquet.

La porte s'ouvrit en glissant. Un garde passa la tête à l'intérieur.

—Mademoiselle Bauer?

Elle se dégrisa en un clin d'œil. Elle toussa une fois dans sa paume puis se redressa, l'expression toujours aussi souveraine.

—Oui? fit-elle.

—Nous avons un problème, expliqua-t-il. Le prisonnier numéro trois.

—Ce ne sont pas des prisonniers, lâcha-t-elle en se levant. Quel est le problème avec M. Zaid?

—Ses habits ont disparu.

Leah éclata de rire et se couvrit la bouche à l'aide de sa serviette.

—Qu'est-ce qu'il en a fait? demanda Bauer.

—Il… heu… il n'en a rien fait, m'dame. Quand il a fini de se doucher, ils avaient… disparu. Il a commencé à foutre le b… bazar. Il n'arrêtait pas de marmonner et de brailler. Des trucs vaudous. Il a exigé qu'on vienne vous chercher. Tout de suite.

Une expression agacée passa sur le visage de Bauer.

—Dites à M. Zaid…

Elle s'interrompit. Hésita.

—Très bien. Dites-lui que je vais lui parler. Entrez. Je reviens dans un instant.

Fantômes

B auer ne s'absenta pas assez longtemps pour que Leah et moi échangions plus de quelques phrases. À son retour, elle contourna sans le voir le garde qu'elle avait laissé avec nous dans la cellule. Elle semblait mécontente.

— Comment va Curtis ? demanda Leah.

Bauer cligna des yeux, comme distraite par ses propres pensées.

— Très bien, répondit-elle après une pause. Il va très bien. Il est juste… perturbé par cette histoire.

— Où étaient ses habits ? demanda Leah.

Nouveau clignement de paupières. Nouvelle pause.

— Oh, dans sa bibliothèque. (Elle s'installa sur son siège et remplit son verre de vin.) Soigneusement pliés sur l'étagère du haut.

— Les esprits sont en œuvre, déclara Leah, un sourire malicieux aux lèvres.

— Ne commencez pas avec ça, dit Bauer.

— C'est vous qui avez déplacé…, commençai-je. Je veux dire, est-ce que vous êtes capable de faire ce genre de chose ?

Leah agita un cracker surmonté d'un morceau de fromage, éparpillant des miettes.

— Non. Mais ce serait marrant. La télékinésie se limite au champ de vision du semi-démon. Ce que je ne vois pas, je ne peux pas le déplacer. Sans compter que mes pouvoirs ne sont pas très précis. Si j'essayais de faire léviter un tas de vêtements…

Elle se retourna vers mon lit. La couverture repliée posée au bout se souleva, flotta jusqu'au bord et tomba en vrac sur le tapis.

—La gravité reprend le dessus. Je pourrais le jeter contre le mur ou le lancer en l'air, mais quand je le lâche, il n'atterrit jamais soigneusement plié.

—Alors c'est cette histoire d'énergie psychique aléatoire ? demandai-je à Bauer.

—Ils sont revenus, dit Leah d'une voix d'enfant haut perchée.

Bauer éclata de rire, couvrant d'une main sa bouche pleine de biscuit et agitant son index libre à l'intention de Leah.

—Arrêtez. (Elle se tourna vers moi.) C'est de ça que je vous parlais. La marotte de Leah. Elle croit que nous avons un esprit frappeur.

—Un esprit frappeur ? répétai-je. Ne me dites pas que vous avez bâti cet endroit au-dessus d'un cimetière indien. Au bout de trois films, on s'attendrait à ce que les gens retiennent la leçon.

Leah éclata de rire.

—Tenez, vous voyez ? Merci, Elena. Sondra n'a même pas vu le premier *Poltergeist*. Toutes mes références de culture populaire lui échappent.

—Alors c'est une blague, dis-je, cette histoire d'esprit frappeur ?

—Pas du tout.

—Ne la lancez pas là-dessus, m'avertit Bauer.

—Vous ne croyez pas vraiment aux fantômes, dis-je.

—Si, répondit Leah en souriant. Mais je m'arrête aux loups-garous. Plus sérieusement, que savez-vous des esprits frappeurs ?

—Je me suis barrée au milieu du deuxième film et j'ai fait l'impasse sur le troisième. C'est tout.

—Eh bien, je suis une sorte d'experte autodidacte. Quand j'étais au lycée, je lisais tout ce que je trouvais sur les esprits frappeurs. À cause des similitudes avec mon « cas ». Je voulais en apprendre plus sur moi-même et sur mon espèce, et je pensais que ces prétendus esprits frappeurs étaient peut-être en réalité des manifestations de semi-démons doués de télékinésie.

—Ça me paraît plausible, dis-je.

—En effet, jusqu'à ce qu'on étudie le sujet de plus près. Les esprits frappeurs apparaissent généralement dans les environs d'enfants qui approchent de la puberté. Les semi-démons n'atteignent leurs pleins pouvoirs que plus près de l'âge adulte. Les esprits frappeurs sont également associés à des bruits et des voix, qui ne font pas partie de mon répertoire. Pas plus que le fait de redisposer des meubles ou de déplacer soigneusement des objets d'un endroit à un autre, autres signes caractéristiques des esprits frappeurs.

—Nous n'avons pas entendu de bruits bizarres, dit Bauer.

—Mais toutes les manifestations d'esprits frappeurs n'impliquent pas de bruits. Toutes les autres caractéristiques de ces manifestations désignent l'œuvre d'un esprit frappeur.

—Qui apparaîtrait justement ici, comme par hasard ? commentai-je.

—Ce n'est *pas* Savannah, dit Bauer en décochant à Leah un regard en biais à titre d'avertissement.

—La jeune sorcière ? demandai-je.

—C'est simplement une autre théorie, dit Leah. Savannah est à l'âge parfait, et compte tenu de ses pouvoirs, elle ferait un canal idéal, surtout en des circonstances aussi extrêmes.

—Vous croyez qu'elle a invoqué…

—Oh, non, non, répondit Leah. Savannah est un amour. Totalement innocente, j'en suis persuadée. En revanche, sa mère était un cas, et rien ne m'aurait étonnée de sa part, mais je suis certaine que Savannah n'a hérité d'aucun de ses pouvoirs les plus obscurs.

—Si, dit Bauer, et je répète, *si* Savannah a provoqué la… matérialisation d'un esprit frappeur, ce dont je doute, je suis persuadée qu'elle n'en a pas conscience.

—Certainement, admit Leah. Elle ne peut sans doute même pas le contrôler. Il n'y a aucune preuve du contraire… Enfin, à part…

Bauer soupira.

—Plusieurs des manifestations les plus inquiétantes tournaient autour de Savannah. Quand elle est contrariée, l'activité s'accroît.

—Si ce pauvre garde ne s'était pas baissé…, dit Leah. Mais non, je répète que Savannah ne peut pas le contrôler. Il est plus probable que sa colère pousse l'esprit frappeur à réagir. Un lien émotionnel inconscient, quoique potentiellement dangereux si quelqu'un contrariait…

—Il s'agit d'énergie psychique aléatoire, la coupa fermement Bauer. Jusqu'à ce que le docteur Matasumi ou moi-même voyions la moindre preuve du contraire, c'est notre hypothèse.

La porte s'ouvrit.

—Oui, lâcha brusquement Bauer, avant de se tourner pour voir l'assistante de Matasumi sur le pas de la porte. Je suis désolée, Tess. Que se passe-t-il?

—Il est presque seize heures trente. Le docteur Matasumi pense que je ferais bien de vous rappeler…

—Ah, oui. L'audioconférence. Désolée. J'arrive tout de suite. Pourriez-vous nous envoyer les gardes afin qu'ils escortent Leah dans sa chambre, je vous prie?

—La fête est finie, conclut Leah en vidant le fond de son verre.

Après le dîner, la voix entendue la nuit précédente me rappela. Cette fois, j'étais sûre d'être éveillée. Enfin, à peu près sûre. Je gardais espoir que toute cette scène d'apéro n'ait été qu'un cauchemar.

—Qui est là ? demandai-je tout haut.

—*C'est moi, ma chère. Ruth.*

Je me précipitai vers le trou que j'avais fait dans la cloison séparant ma cellule de la voisine, m'accroupis et y jetai un œil. Je n'y vis personne.

—Où êtes-vous ? demandai-je.

—*De l'autre côté du couloir. Je me sers d'un sort de communication ciblé. Vous pouvez me parler normalement et je vous entendrai comme si j'étais présente dans la pièce. Dieu merci, je suis enfin parvenue à vous contacter. J'ai passé un moment affreux. D'abord les sédatifs. Ensuite la barrière télépathique. Et pile au moment où je commençais à comprendre comment la contourner, ils m'ont fait sortir d'ici parce que mon taux de globules blancs était bas. Qu'est-ce qu'ils attendaient, à mon âge ?*

—Quelle barrière télépathique ? répétai-je.

—*Je vais tout vous expliquer. Asseyez-vous et mettez-vous à l'aise, ma chère.*

Afin de garantir notre intimité, Ruth jeta un sort capable de détecter toute présence dans le couloir. C'était pratique, les sortilèges. Pas ma tasse de thé, mais bien plus utile que je ne l'aurais cru.

Nos ravisseurs avaient enlevé Ruth à peu près au moment où Bauer et Xavier m'avaient emprisonnée, si bien qu'elle ignorait que j'avais été kidnappée et ne savait donc pas si Jeremy et Clay étaient retournés voir les autres ou s'ils savaient même ce qui m'était arrivé. Quand je lui annonçai que je n'avais pas pu contacter Jeremy, elle en fut surprise, et même abasourdie, non pas d'apprendre que nous ne pouvions entrer en contact, mais que les loups-garous possédaient des pouvoirs télépathiques. J'imagine que nous avons tous nos stéréotypes. Sorcières égale pouvoirs mentaux, loups-garous égale puissance physique, et les deux sont inconciliables.

— Que s'est-il passé quand vous avez tenté de le contacter ? demanda-t-elle.

— Je ne peux pas faire ça, répondis-je. C'est lui qui a ces pouvoirs. Je dois attendre que lui me contacte.

— Vous avez essayé ? demanda-t-elle.

— Je ne sais pas comment faire.

— Vous devriez essayer. C'est très simple. Détendez-vous et faites comme si… Enfin peu importe. Ça ne marcherait pas de toute façon.

— Pourquoi donc ?

— Ils ont mis en place une barrière télépathique. Avez-vous rencontré leur lanceur de sorts ?

Je secouai la tête, me rappelai qu'elle ne me voyait pas et répondis :

— Non. Mais j'ai entendu parler de lui. Je crois qu'ils l'appellent Katzen.

— Isaac Katzen ?

— Vous le connaissez ?

— J'en ai entendu parler. Je crois qu'il appartenait à l'une des Cabales. Oh ! mon Dieu, j'espère qu'ils ne sont pas dans le coup. Ça nous compliquerait sérieusement la situation. Les Cabales de mages sont… (Elle s'interrompit.) Désolée, ma chère. Des histoires de lanceurs de sorts. C'est inutile que je vous raconte tout ça.

—Et ce type, ce Katzen? Est-il nécessaire que j'en sache plus sur lui? Bauer dit que j'ai peu de chances de le croiser. Comment a-t-elle formulé ça? Il ne s'associe pas aux «espèces inférieures»?

Un petit rire bref.

—Typique d'un mage, sans aucun doute. Non, ma chère, je ne crois pas que vous deviez vous inquiéter d'Isaac Katzen. Les mages ne s'intéressent pas aux non-lanceurs de sorts. Et ils n'aiment pas beaucoup les sorcières. Les mages ne sont pas l'équivalent masculin des sorcières. C'est une espèce totalement différente. Une sale clique, je suis au regret de devoir le dire. Ils n'ont aucun sentiment d'appartenance à quelque chose de plus grand. Et font preuve d'une totale absence d'altruisme. Ils ne songeraient jamais à employer leurs pouvoirs pour aider… (Soupir suivi d'un petit rire.) Assez de digressions, Ruth. C'est l'âge, vous savez. Ce n'est pas que l'esprit commence à s'égarer, c'est plutôt qu'il est tellement rempli d'informations qu'il passe son temps à dérailler pour prendre la tangente.

—Ça ne me dérange pas.

—Question de temps, ma chère. De temps.

Je me tournai vers la porte.

—Quelqu'un arrive?

—Pas encore. Si Isaac Katzen fait partie de leur «personnel», comme vous diriez, alors il a dû jeter un sort bloquant les communications télépathiques, entre autres choses.

—Quelles autres choses?

—Eh bien, il pourrait espionner les communications, renforcer le système de sécurité…

—Espionner les communications? Vous voulez dire qu'il pourrait être en train de nous écouter?

—Non, ma chère. Il lui faudrait être près, pour ça, et je me suis déjà assuré qu'il n'y ait personne d'autre que des prisonniers à cet étage. Mais soyez prudente. S'il visite les cellules, il peut écouter sans recourir à l'interphone. Pour la plupart des sorts, il lui faudrait être près, mais il peut bloquer la télépathie à distance.

—Mais vous avez trouvé un moyen de le contourner. Pouvez-vous contacter quelqu'un à l'extérieur du centre ?

—Je crois que oui, même si je n'en ai pas eu l'occasion. Je le ferai plus tard. Je contacterai Paige pour l'avertir que vous êtes ici, afin qu'elle puisse communiquer avec vous. Elle a reçu la formation adéquate. Elle n'a jamais eu besoin d'y recourir, mais ça devrait bien se passer. Plus tard, elle sera une lanceuse de sorts très puissante. Elle en a le potentiel, sans parler d'une ambition plus que suffisante. Comme elle a pour l'instant un peu de mal à accepter ses limites, ça ne se passera peut-être pas aussi facilement qu'elle le voudrait. Soyez patiente avec elle, Elena. N'ajoutez pas à sa frustration.

—Pourquoi ai-je besoin de communiquer avec Paige ? Vous pouvez le faire, non ? Vous lui parlez, je vous parle…

—Il y a autre chose dont je dois m'occuper. Je ne cherche pas à être impolie, ma chère. Je ne vous abandonne pas. Avec l'aide de Paige, vous vous en sortirez très bien sans moi. Mais il y a quelqu'un d'autre qui a davantage besoin de mon aide. Ils détiennent une autre sorcière. Une enfant.

—Savannah.

—Vous l'avez rencontrée ?

—Je l'ai vue.

—C'est affreux, n'est-ce pas ? dit Ruth d'une voix étranglée par l'émotion. Vraiment affreux. Une enfant.

Comment peut-on être assez insensible… mais je ne peux pas m'attarder là-dessus. Je dois l'aider.

— Vous pouvez la faire sortir d'ici ?

Silence. Comme il s'étirait au-delà de dix secondes, je me demandai si quelqu'un était entré dans le couloir. Puis Ruth poursuivit.

— Non. Malheureusement, c'est au-delà de mes capacités, sinon je vous ferais sortir toutes les deux, ainsi que tous les pauvres gens détenus ici. Le mieux que je puisse faire, c'est donner à cette enfant les outils nécessaires à sa survie. À son âge, elle ne possède que les connaissances les plus élémentaires et ne peut jeter que les sorts les plus inoffensifs. Je dois lui donner bien plus. Accélérer son développement. Je ne choisirais jamais cette voie en d'autres circonstances. Ça pourrait se révéler… Eh bien, ce n'est peut-être pas la meilleure chose à faire, mais à choisir entre ça et la mort… Je suis désolée, ma chère. Je ne vais pas vous ennuyer avec les détails. Disons simplement que je vais m'occuper de cette enfant, mais je vous contacterai dès que possible. Maintenant, voici ce que vous devrez faire pour aider Paige à communiquer avec vous.

Ruth m'apprit comment me préparer pour les sorts télépathiques de Paige. En version condensée, me montrer « réceptive ». Rien d'affreusement compliqué. J'éprouverais peut-être quelque chose évoquant les prémices d'un mal de tête dû à la nervosité. Au lieu de l'ignorer, je devais me détendre et me concentrer pour me vider l'esprit. Paige ferait le reste. Ruth la préviendrait cette nuit, elle lui apprendrait que nous étions toutes deux saines et sauves et lui donnerait quelques conseils quant à la manière de lancer le sort de façon à contourner la barrière télépathique. Une fois que je communiquerais avec Paige, je pourrais lui dire comment joindre Jeremy.

—Maintenant, dit Ruth quand elle en eut fini, une mise en garde. Vous ne devez pas parler à Paige de l'enfant d'Eve. Savannah, je veux dire.

—Elle la connaît? demandai-je.

—Savannah? Non. Eve était enceinte quand elle est partie. Paige ne se la rappelle sans doute même pas. Elle n'était elle-même qu'une enfant à l'époque. Eve n'était proche de personne. Mais peu importe. Si Paige apprend qu'il y a ici une jeune sorcière, elle va insister pour voler immédiatement à son secours. Si elle n'y parvient pas et qu'il arrive quelque chose… (Ruth inspira profondément.) Paige ne se le pardonnera jamais.

—Ce n'est pas la peine d'y penser. Quand on s'échappera, on emmènera Savannah.

Ruth marqua une pause. Quand elle reprit la parole, une douleur si profonde imprégnait sa voix que je la ressentis moi aussi.

—Non, vous ne pouvez pas vous soucier de cette enfant. Pas pour l'instant. Je donnerai à Savannah autant de pouvoirs que je le pourrai. Vous devez vous concentrer sur votre propre évasion.

—Et vous?

—Ça ne compte pas.

—Ça ne compte pas? Hors de question que je parte…

—Vous ferez ce que vous devez faire, Elena. C'est vous qui êtes importante pour l'instant. Vous avez rencontré ces gens. Vous avez vu cet endroit. Ces informations seront inestimables pour aider les autres à combattre cette menace. Et votre évasion nous assurera l'aide de votre Meute. Si vous ne sortez pas d'ici… Mais vous allez le faire. Vous allez sortir, et votre Meute aidera les autres à arrêter ces gens avant qu'ils capturent d'autres d'entre nous. Ensuite, quand vous serez rentrée, vous pourrez vous soucier de l'enfant.

Si… Quand vous la libérerez, conduisez-la directement à Paige. C'est important. Après ce que je m'apprête à faire pour Savannah, seule Paige sera capable de contrôler les dégâts. Du moins, je l'espère… (Sa voix s'estompa.) Je ne peux me soucier de ça. Pas maintenant. L'important…

Elle se tut brusquement. Puis ajouta :

— Voilà quelqu'un, ma chère. Je vous parlerai dès que possible. Tenez-vous prête en attendant l'intervention de Paige.

— Et le deuxième esprit se pointera sur le coup de minuit ?

Ruth s'esclaffa.

— Pauvre Elena. Tout ça doit beaucoup vous déstabiliser. Vous vous en sortez très bien, ma chère. Maintenant, dormez un peu. Bonne nuit.

Rejet

Le lendemain matin, Bauer m'apporta le petit déjeuner ainsi qu'un café pour elle-même. On prit place à table et, une fois évacuées les formalités du type « Le petit déjeuner est-il bon ? Avez-vous bien dormi ? », je déclarai :

— J'aimerais vraiment voir Ruth. Si c'est possible.

J'avais gardé les yeux baissés et adopté ma voix le plus servile. Ça me brûlait la langue, mais je devais me soucier de choses bien plus importantes que mon orgueil blessé.

Bauer resta un moment silencieuse, puis posa la main par-dessus la mienne. Je luttai contre l'envie de la retirer brusquement et gardai les yeux baissés afin qu'elle ne voie pas ma réaction.

— Ce n'est pas possible, Elena. Je suis désolée. Le docteur Matasumi et le colonel Tucker pensent que c'est trop risqué en termes de sécurité. Si j'insiste, ils vont se braquer.

— Comment va Ruth ? demandai-je. Toujours déprimée ?

Bauer marqua une pause, puis hocha la tête.

— Un peu. Elle pose plus de problèmes d'adaptation que d'habitude.

— Peut-être que si elle me voyait, comme je suis un visage familier...

— Non, Elena. Je ne peux vraiment pas. Je vous en prie, ne me le demandez plus.

Je pris un morceau de pomme que je mâchonnai, puis déclarai :

— Dans ce cas, elle pourrait peut-être recevoir une autre visite. Pourquoi pas Savannah ? Ça lui remonterait sans doute le moral.

Bauer tapota sa tasse du bout des ongles.

— Vous savez, ce ne serait peut-être pas une mauvaise idée. Mais, là encore, il y a des questions de sécurité.

— Ah oui ? Je croyais que Savannah n'avait pas encore reçu ses pleins pouvoirs ? Il y aurait un risque que Ruth et moi complotions ensemble. Je le comprends très bien. Mais quel genre de sorts Savannah pourrait-elle jeter dont Ruth ne soit pas elle-même déjà capable ?

— Vous avez raison. J'en parlerai à Lawrence. Le docteur Carmichael et moi nous inquiétons pour Ruth. Une visite de Savannah est peut-être exactement ce dont elle a besoin. C'est très gentil à vous d'y penser, Elena.

Hé, je suis vachement gentille, comme fille. Sans arrière-pensées.

— Et ça ferait du bien à Savannah aussi, ajoutai-je. Une sorcière plus âgée à qui parler, maintenant que sa mère est morte.

Cette dernière phrase fit tressaillir Bauer. Bien envoyé, Elena. Joli coup bas. Je décidai de retirer cette écharde avant que la blessure ait le temps de s'infecter. Il fallait que je continue à me montrer gentille… et à m'attirer les bonnes grâces de Bauer.

— J'ai apprécié de rencontrer Leah, hier, lui dis-je. Merci d'avoir organisé ça.

— Je ferai mon possible, Elena. Je sais que les circonstances… ne sont pas idéales.

— Ce n'est pas aussi terrible que ça pourrait l'être. Il y a juste un article que je risque de rendre en retard si je ne sors pas d'ici la semaine prochaine. Je suppose que…

Bauer m'adressa un sourire minuscule.

— Désolée, Elena. Je ne peux pas vous faire de promesses.

— Ça valait le coup d'essayer, dis-je en finissant mon jus d'orange. Au fait, quand nous parlions de nos métiers, hier, nous avons oublié de vous demander le vôtre. Vous travaillez pour l'entreprise familiale ? Qui fabrique du papier, c'est bien ça ?

— En effet. Mon père a pris sa retraite il y a quelques années, si bien que c'est moi qui dirige désormais l'entreprise.

— La vache.

Un pâle sourire.

— Ça n'a rien de très impressionnant. C'est seulement parce que mon père a eu la malchance de n'engendrer que deux enfants. Mon frère cadet a repris l'entreprise quand mon père est parti en retraite. En fait, j'exagère un peu en disant « reprendre ». Mon père lui a transmis la société. Le fardeau a été trop lourd à porter pour mon frère. Il s'est suicidé en 1998.

— Je suis désolée.

— Après quoi je me suis retrouvée héritière par défaut, à la grande contrariété de mon père. S'il n'avait pas eu une attaque après la mort de mon frère, il aurait sans doute préféré reprendre les rênes plutôt que de les confier à une femme. Comme je le disais, c'est une vieille entreprise, une vieille famille. Le rôle d'une femme, c'est de faire un bon mariage et d'apporter du sang neuf au conseil d'administration. Techniquement, je gère la compagnie, mais je ne suis en réalité qu'un mannequin, une femme encore assez jeune et séduisante pour faire de la figuration lors de grandes réunions, montrer au reste du monde à quel point la famille Bauer est progressiste. Les directeurs généraux et les vice-présidents font tout le travail. Ils ne me croient pas capables de m'en occuper. Peu importe que je sois deux fois plus intelligente que ne l'était mon frère. Et deux fois plus ambitieuse. Deux fois plus volontaire. Mais vous devez savoir ce que c'est.

—Moi ? Je ne…

—Le seul loup-garou de sexe féminin ? Une jeune femme brillante et volontaire qui envahit le dernier bastion de l'exclusivité masculine ? Arrêtez. Votre Meute… Elle vous traite comme une sorte de mascotte, n'est-ce pas ?

—… Pas exactement.

Elle se tut. Je levai les yeux de mon petit déjeuner et la vis me regarder avec un sourire satisfait, comme si j'avais dit exactement ce qu'elle voulait entendre.

—Ils vous respectent ? demanda-t-elle.

Je haussai les épaules, espérant lui effacer ce sourire satisfait. Ce ne fut pas le cas. Au contraire, elle se pencha en avant sur son siège. Ses yeux brûlaient de l'intensité que j'y avais lue la veille quand elle m'avait interrogée sur ma vie.

—Vous bénéficiez d'un statut à part, n'est-ce pas ? En tant qu'unique femme.

—Je ne dirais pas ça.

Elle éclata de rire. Un rire triomphant.

—J'ai parlé à cet autre loup-garou, Elena. Patrick Lake. Il connaissait tout de vous. Vous parlez au nom du chef de Meute. Vous traitez en son nom avec les loups-garous extérieurs. Vous êtes même autorisée à prendre des décisions à sa place.

—Je ne suis qu'une vulgaire médiatrice, répondis-je. En matière de cabots, je m'occupe plus souvent de faire le ménage que de prendre des décisions.

—Mais on vous a confié le pouvoir de parler au nom de l'Alpha. Un immense pouvoir, dans votre monde. Assistante de confiance du loup-garou le plus important et maîtresse de son second. Tout ça parce que vous êtes la seule femme.

Elle sourit comme si elle n'avait pas conscience qu'elle venait de m'insulter. J'eus envie de lui répondre que Clay et moi étions amoureux avant que je devienne «la seule femme loup-garou» et que j'avais *mérité* mon statut auprès de la Meute. Mais je refusai de mordre à l'hameçon. Je n'en eus pas besoin. Elle ne s'interrompit que le temps de reprendre son souffle, avant de poursuivre.

—Savez-vous ce qu'il y a de pire dans ma vie, Elena?

J'envisageai bien de lui en dresser la liste, mais je doutais qu'elle apprécie l'effort.

—L'ennui, dit-elle. Je suis enchaînée à un travail que personne ne me laisse faire, coincée dans une vie dont personne ne me laisse prendre les rênes. J'ai essayé de profiter de tout ça, du temps libre, de l'argent. J'ai fait de l'alpinisme, du ski, de la plongée. Tout et n'importe quoi. J'ai tout fait. Plus c'était cher et dangereux, mieux c'était. Mais vous savez quoi? Je ne suis pas heureuse. Je ne suis pas épanouie.

—Ah.

Une migraine commença à naître derrière mes yeux. Bauer se pencha en avant.

—Je veux bien plus que ça, dit-elle.

—Ça doit être difficile…

—Je mérite plus.

Avant que je puisse trouver une autre réponse, elle se leva et quitta la cellule comme une *prima donna* après sa plus grande représentation.

—Qu'est-ce qu'elle vient de me jouer, là? marmonnai-je après son départ.

La migraine s'intensifia. Eh ben, j'étais dans un sale état. La colonne vertébrale déglinguée, une blessure au

249

ventre et un mal de tête en prime. Je pensai à Bauer. *Assez écouté tes problèmes, parlons des miens.* Je pouffai de rire pour moi-même, puis grimaçai quand ce rire envoya des éclats de douleur courir à travers mon crâne. Je me frottai la nuque. La douleur ne fit qu'empirer. Quand je m'étendis sur mon lit, la lumière du plafonnier me brûla les yeux. Merde. Je n'avais pas le temps d'avoir des migraines. J'avais tellement de choses à faire. Finir mon petit déjeuner, me doucher, nettoyer le sang de ma chemise, trouver un moyen de m'échapper de ce trou et déjouer les plans des savants fous. Un emploi du temps très chargé pour quelqu'un qui se retrouvait enfermé dans une cage sous terre.

Je me forçai à me lever. Ce mouvement brusque me donna l'impression qu'on m'enfonçait des aiguilles dans les yeux. Un mal de tête dû à la nervosité ? Tout bien réfléchi, j'y avais droit. Me frottant de nouveau la nuque, je me dirigeai vers la douche.

— *Elena ?*

Je me retournai et regardai autour de moi. Personne.

— Ruth ? demandai-je, bien que cette voix ne ressemble pas à la sienne.

Ce n'était d'ailleurs pas comme ça que Ruth avait communiqué avec moi. La voix de Ruth était audible. Alors que je sentais ou devinais celle-ci plus que je ne l'entendais.

— *Elena ? Allez !*

Cette fois, je souris. Bien que la voix soit à peine un murmure, trop faible pour que je la reconnaisse, cette exaspération était clairement identifiable. Paige.

Je fermai les yeux, me préparai à répondre et compris que je n'avais aucune idée de ce que je faisais. Ce n'était pas comme parler à Jeremy. Avec lui, la communication se déroulait dans un état onirique, où j'imaginais être capable aussi bien de le voir que de l'entendre. Ça donnait l'impression d'une conversation réelle. Cette fois, ce n'était pas le cas. Les communications de Paige me donnaient l'impression d'« entendre des voix », comme le dit l'expression, et les illusions auditives ne faisaient pas partie de ma psychopathologie habituelle. Comment lui répondre? Je tentai de former mentalement une réponse et attendis.

—*All... ena. Répondez...!*

Bon, d'accord, elle ne m'entendait pas et j'étais en train de la perdre. Je me concentrai plus fort, m'imaginai en train de prononcer les mots. Seul le silence me répondit.

—Paige? dis-je finalement à voix haute. Vous êtes là?

Pas de réponse. Je la rappelai, mentalement cette fois-ci. Toujours rien. Le nœud se desserra dans ma tête et je me mis à paniquer. L'avais-je perdue? Et si je n'étais pas capable de faire ça? *Merde, concentre-toi.* Que m'avait dit Ruth? De me détendre. De me vider la tête. Elle était vide... Enfin, à part la frustration qui faisait grésiller mon cerveau. *Concentre-toi, concentre-toi.* Ça ne servait à rien. Plus j'essayais, plus je craignais de ne pas y arriver. Maintenant, j'étais stressée. Et Paige avait disparu. J'inspirai profondément. *Laisse tomber. Va prendre une douche. Habille-toi. Détends-toi. Elle va réessayer...* Du moins l'espérais-je.

La deuxième tentative de Paige survint deux heures plus tard. Cette fois, j'étais étendue dans mon lit, en train de lire un article assommant dans une revue, et je dormais à moitié. Ce devait être l'environnement parfait pour la télépathie. Quand je l'entendis appeler, je réagis sans réfléchir et lui répondis dans ma tête.

—*Parfait,* dit-elle… *là.*

—*Je vous entends à peine,* dis-je.

—*C'est… vous n'avez… expérience.*

Sans même entendre la phrase complète, je devinai le contenu manquant. Si je ne la recevais pas, c'était que je manquais d'habitude. Le problème n'avait rien à voir avec *son* manque d'expérience. Naturellement.

—*… Ruth ?*

—*Elle va bien.*

—*Parfait.* (Plus fort, plus nettement, comme si son soulagement renforçait le signal.) *Et vous ? Comment ça va ?*

—*Je survis.*

—*Parfait. Alors attendez.*

—*Att… ?*

Trop tard. Le contact était rompu. Je me retrouvais de nouveau seule. La garce.

Vingt minutes plus tard.

—*Bon, me revoilà.*

Paige. Cette fois aussi, le contact fut facile, sans doute parce que, là encore, je ne l'attendais pas.

—*Vous êtes prête ?* demanda-t-elle.

—*Prête à quoi ?*

Le sol se déroba sous moi. Je me tortillai pour amortir ma chute, mais il n'y avait rien. Pas de sol. Pas de « moi ». L'ordre de bouger provenait de mon cerveau mais n'allait… nulle part. J'étais plongée dans des ténèbres absolues, mais je ne perdais pas conscience. Mon cerveau s'emballait, donnait des instructions : bouge ceci, fais cela, regarde, renifle, écoute, hurle. Rien. Aucun de mes sens ne m'obéissait. Je ne pouvais ni voir, ni entendre, ni parler, ni bouger, ni sentir. Toutes les synapses de mon cerveau explosaient sous l'effet de la panique. Absolue, animale.

— *Elena ?*

J'entendais quelque chose ! Mon esprit s'efforça de retrouver sa lucidité, s'accrochant à ce mot unique comme à un radeau de sauvetage. Qui avait dit ça ? Paige ? Non, pas elle. Une voix d'homme. Mon cœur bondit en l'identifiant avant même que mon cerveau comprenne.

— *Jeremy ?*

Je prononçai ce mot, sans le penser, mais je l'entendis nettement. Pourtant, mes lèvres n'avaient pas bougé et la voix que j'entendais n'était pas la mienne. C'était celle de Paige.

Je vis de la lumière. Une silhouette floue en face de moi. Puis un déclic mental et tout devint clair. J'étais assise dans une pièce. Jeremy se tenait face à moi.

— *Jer ?*

Mes mots. La voix de Paige. Je voulus me lever. Rien ne se produisit. Je baissai les yeux et vis mes mains reposant sur les bras d'un fauteuil, mais ce n'étaient pas les miennes. Les doigts étaient plus courts, plus fins, ornés de bagues d'argent. Je suivis le contour de mon bras. Des boucles brunes me coulaient sur les épaules, reposant sur une robe bain de soleil d'un vert sombre imprimée d'un motif de muguet. Une robe bain de soleil ? Ce n'était décidément pas mon corps.

— *Elena ?* demanda Jeremy en s'accroupissant devant moi – ou cette personne qui n'était pas moi – avant de froncer les sourcils. *Ça a marché ? Tu es là, ma chérie ?*

— *Jer ?* répétai-je.

Tout au fond de mon champ de vision, je vis mes lèvres – les lèvres – bouger, mais ne ressentis rien. Même mon champ de vision était oblique, incliné bizarrement, comme si j'observais la scène à travers une caméra curieusement placée. Je tentai de le redresser, d'ajouter un peu de hauteur à ma position, mais rien ne se produisit. Sensation déstabilisante qui me fit frôler la panique. Ça faisait donc cet effet-là d'être paralysée ? Mon cœur cognait à tout rompre dans ma poitrine. Je ne le sentais pas battre, je ne faisais que le percevoir mentalement, consciente à un niveau viscéral des réactions normales de mon corps à la peur, sachant que mon cœur devait battre la chamade, mais que ce n'était pas le cas.

— *Qu'est-ce…*, commençai-je.

Cette voix était si étrangère à mes oreilles que je dus m'interrompre. Et avaler ma salive. Mentalement, je veux dire. Si ma gorge bougeait, je n'en avais pas conscience.

— *Où est-ce que je suis ? Qui est-ce que je suis ? Je ne peux pas bouger.*

Le visage de Jeremy se troubla.

— *Elle n'a rien dit ?*

Il marmonna quelque chose à mi-voix, puis reprit, plus calmement :

— *Paige ne t'a rien expliqué ?*

— *Expliqué quoi ? Qu'est-ce qui se passe, bordel ?*

— *Elle t'a transportée dans son propre corps. Tu peux voir, entendre, parler, mais tu n'auras aucune sorte de mobilité. Elle ne t'a pas expliqué… ?*

— *Non, elle m'a larguée dans les limbes et je me suis réveillée ici. Tout ça, c'est pour se la raconter.*

— *J'ai entendu*, lança une voix lointaine dans ma tête, celle de Paige.

— *Elle est toujours là*, dis-je. *Quelque part. Elle nous espionne.*

— *Je n'espionne personne*, protesta Paige. *Vous occupez mon corps. Où voulez-vous que j'aille pendant ce temps ? Je* ne me la racontais pas. *Je savais que vous voudriez parler à Jeremy, alors j'ai voulu vous faire la surprise. La transition aurait dû se faire en douceur, mais j'imagine que votre manque d'expérience…*

— *Mon manque d'expérience ?* répondis-je.

— *Ignore-la*, intervint Jeremy.

— *J'ai entendu*, répéta Paige, plus calmement.

— *Comment ça va ?* demanda Jeremy.

Il posa la main sur la mienne. Je la vis mais ne la sentis pas, et éprouvai un pincement de regret.

— *Je me sens seule*, répondis-je à ma propre surprise, avant d'égayer ma voix. *Mais pas par manque de compagnie. On dirait que je suis une « pensionnaire » très populaire par ici. Mais c'est… Je suis…*

J'inspirai. *Reprends-toi, Elena.* Jeremy n'avait vraiment pas besoin de m'entendre au bord des larmes. Qu'est-ce qui m'arrivait, tout à coup ?

— *Je suis fatiguée*, expliquai-je. *Je dors mal, je mange mal, je ne fais pas d'exercice. Alors je suis un peu à cran. Le stress de l'enfermement, j'imagine. Physiquement, je vais bien. Ils ne m'ont pas torturée, ni battue, ni affamée. Rien de tout ça. Ça va aller.*

— *Je n'en doute pas*, dit-il doucement avant de tirer une chaise. *Tu as envie d'en parler ?*

Je lui décrivis Bauer, Matasumi, débitai à toute allure quelques détails sur les gardes et les autres membres du personnel comme Xavier, Tess et Carmichael, lui brossant un tableau sommaire de la situation. Je lui détaillai le plus possible l'organisation du centre et les autres prisonniers, mais je m'arrêtai avant de mentionner Savannah car je me rappelais la présence muette de Paige.

— *Tout ce qui m'intéresse, c'est de te faire sortir*, dit Jeremy quand j'en eus fini. *On ne peut pas se soucier des autres.*

—*Je sais.*

—*Comment tu tiens le coup?*

—*Très b…*

—*Ne me dis pas « très bien », Elena.*

Je marquai une pause.

—*Est-ce que Clay… est dans le coin? Je pourrais peut-être lui parler… Rien que quelques minutes. Je sais qu'on doit faire bref. Qu'on n'a pas le temps de bavarder. Mais j'aimerais bien… Si c'était possible…*

Jeremy garda le silence. Dans ma tête, Paige marmonna quelque chose. Une bouffée d'inquiétude me traversa.

—*Il va bien, j'espère?* demandai-je. *Il ne s'est rien passé…*

—**Clay va très bien**, dit Jeremy. *Je sais que tu voudrais lui parler, mais ce n'est peut-être pas… le meilleur moment. Il… il dort.*

—*Il dort…?* commençai-je.

—*Je ne dors pas*, grommela une voix de l'autre côté de la pièce. *Pas de mon plein gré, en tout cas.*

Je levai les yeux et vis Clay dans l'entrée, cheveux ébouriffés, yeux voilés par les sédatifs. Il entra dans la pièce d'un pas pesant, tel un ours s'éveillant de son hibernation.

—*Clay!* m'exclamai-je, le cœur battant si vite que je parvins à peine à prononcer son nom.

Il s'arrêta et me dévisagea d'un air renfrogné. Les mots suivants se coincèrent dans ma gorge. Je les avalai et réessayai.

—*Tu as encore causé des ennuis?* demandai-je en me forçant à rendre ma voix un peu plus enjouée. *Qu'est-ce que tu as fait pour pousser Jeremy à te droguer?*

Son air renfrogné s'intensifia pour céder la place à quelque chose que j'avais lu sur son visage un million de fois, mais jamais quand il me regardait. Le mépris. Ses lèvres se tordirent et il ouvrit la bouche pour parler, puis décida que je n'en valais pas la peine et reporta son attention sur Jeremy.

— *Cl…*, commençai-je. (Mes tripes étaient dures comme la pierre. Je ne pouvais plus respirer, et à peine parler.) *Clay ?*

— *Assieds-toi, Clayton, dit Jeremy. Je parle à…*

— *Je vois bien à qui tu parles.* (Nouvelle moue méprisante. Très bref coup d'œil assassin dans ma direction.) *Et je ne sais pas pourquoi tu perds ton temps.*

— *Il te prend pour moi*, murmura Paige.

Je le savais. Au plus profond de moi, je le savais, mais ça n'arrangeait rien. Peu importait l'identité qu'il me prêtait, c'était moi qu'il regardait. Moi.

— *Ce n'est pas Paige*, dit Jeremy. *C'est Elena. Elle communique à travers Paige.*

L'expression de Clay ne changea pas. Ne s'adoucit pas. Même pas une seconde. Il tourna vers moi son regard noir et j'y lus un dédain encore accru, brutal.

— *C'est ce qu'elle t'a dit ?* demanda-t-il. *Je sais que tu cherches à attirer l'attention, Paige, mais ça, c'est bas. Même de ta part.*

— *C'est moi, Clay*, insistai-je. *Ce n'est pas Paige.*

Il ricana et je lus sur son visage tout ce que j'espérais ne jamais y lire quand il me regardait, toute l'ampleur du dédain que lui inspiraient les humains. J'avais fait des cauchemars où je le voyais tourner vers moi ce regard-là. Je m'étais réveillée en sueur, le cœur battant, terrifiée comme je ne l'avais jamais été par mes cauchemars d'enfant. À présent que je le regardais, quelque chose céda. Le monde devint tout noir.

Renaissance

Je m'éveillai sur le sol de ma cellule. Je ne me levai pas. Avais-je rêvé ? Je voulais le croire, mais je me morigénai de formuler des vœux aussi stupides. Bien sûr, je ne voulais pas que ç'ait été un rêve. Je voulais croire que j'avais parlé à Jeremy, que je lui avais fait part de toutes mes observations, que j'avais mis en marche les rouages du sauvetage. On s'en foutait des réactions de Clay, non ? Bon, d'accord, pas tant que ça. Je m'en souciais bien plus que je le souhaitais la plupart du temps, mais je devais relativiser. Ce n'était pas *moi* qu'il regardait comme ça. Du moins, ce n'était pas à moi qu'il avait destiné cette expression. De toute évidence, le courant ne passait pas avec Paige, ce qui ne m'étonnait pas franchement. Quand il s'agissait des humains, Clay n'était déjà pas la sympathie incarnée, et encore moins quand l'humain en question était une sorcière trop confiante, un peu grande gueule et assez jeune pour faire partie de ses étudiantes. Allongée à terre, je me répétai tout ça sans éprouver de soulagement. Je me sentais… Mon esprit se referma d'un coup avant que le dernier mot m'échappe, mais je le rouvris de force. Je devais l'avouer, ne serait-ce qu'à moi-même. Je me sentais rejetée.

Bon, et alors ? Je me sentais rejetée. La grande affaire. Mais c'en était une. Trop grande. Cette émotion m'engloutit à la seconde où je l'admis. J'étais redevenue une enfant qui prenait la main d'un nouveau parent adoptif, la serrant très fort en priant pour ne jamais devoir la lâcher. J'avais six, sept, huit ans et les visages défilaient devant moi comme les pages d'un album de photos, tous ces gens dont j'avais oublié le nom mais que je reconnaîtrais si je les apercevais une fraction de seconde dans un train passant sous mes yeux. J'entendais des voix, le bruit de fond d'un téléviseur, appuyant très fort mon petit corps contre le mur, osant à peine respirer de peur qu'on m'entende, et je les écoutais parler, guettant la Conversation. La Conversation. Le moment où l'un des deux avouait à l'autre que ça ne marchait pas, que je leur donnais «plus de mal que prévu». Ils se persuadaient que l'orphelinat les avait embobinés pour qu'ils emmènent cette poupée blonde aux yeux bleus, cette poupée brisée. Mais personne ne les avait trompés. C'étaient eux qui n'avaient pas écouté. Les orphelinats essayaient toujours de les avertir en leur parlant de mon passé. À cinq ans, j'avais vu mes parents se tuer dans un accident de voiture. J'avais passé la nuit assise sur la route de campagne, cherchant désespérément à les réveiller, pleurant dans le noir en appelant à l'aide. On ne m'avait retrouvée qu'au matin, après quoi je n'étais, comment dire, plus très bien dans ma tête. Je me retirais dans mes pensées, n'émergeant que pour piquer des crises de rage. Je savais que je gâchais tout pour moi-même. Chaque fois qu'une nouvelle famille adoptive me recueillait, je me jurais de faire en sorte que ces gens tombent amoureux de moi, d'être le parfait petit ange qu'ils attendaient. Mais j'en étais incapable. Je ne pouvais que rester assise, prisonnière à l'intérieur de ma propre tête, à me regarder hurler et tempêter en attendant le rejet qui s'ensuivrait, et je savais que c'était ma faute.

Je ne racontais jamais cette histoire. Je la détestais. De tout mon cœur. Je refusais de laisser mon passé expliquer mon présent. J'avais grandi, j'étais devenue forte, j'avais surmonté tout ça. Fin de l'histoire. Depuis l'âge où j'avais compris que je n'étais pas responsable de mes problèmes, j'avais décidé de ne pas reporter la faute sur toutes ces familles adoptives, mais de m'en débarrasser. De rejeter mon passé. De tourner la page. Je n'imaginais aucun sort pire que de devenir une femme racontant l'histoire de son enfance troublée aux étrangers qu'elle croise dans le bus. Si je réussissais dans la vie, je voulais que les gens disent que je m'en sortais bien, sans ajouter «compte tenu des circonstances». Mon passé était un obstacle privé, pas une excuse publique.

Clay était la seule personne à qui j'aie parlé de mon enfance. Jeremy en connaissait des fragments, ceux que Clay avait jugé nécessaire de lui répéter lors de ces premiers jours où Jeremy avait dû s'occuper de moi après ma conversion. J'avais rencontré Clay à l'université de Toronto, où j'étais une étudiante qui s'intéressait à l'anthropologie et où il donnait une brève série de conférences. J'étais tombée amoureuse de lui. Vite et bien, impressionnée non pas par son physique ni son attitude de mauvais garçon, mais par quelque chose d'inexplicable, quelque chose en lui dont je me languissais, que j'avais besoin d'atteindre. Quand il m'avait accordé son attention, je savais que c'était un privilège et qu'il ne s'ouvrait pas davantage aux gens que je ne le faisais. À mesure qu'on se rapprochait, il m'avait parlé de sa propre enfance bousillée, passant sur les détails qu'il ne pouvait mentionner sans dévoiler son secret. Comme il me parlait de son passé, je lui rendais la pareille. Tout simplement. Je l'aimais et lui faisais confiance. Et il avait trahi cette confiance d'une manière dont je ne m'étais jamais vraiment remise, tout comme je ne me remettrais jamais de cette nuit interminable au bord d'une route de campagne. Je n'avais pas pardonné à Clay. Nous n'avions jamais parlé de pardon. C'était impossible. Et il ne me l'avait jamais demandé. Je ne crois pas qu'il l'attendait. Avec le temps, j'avais appris à ne plus attendre d'en être capable.

Les motifs qui avaient poussé Clay à me mordre étaient inexplicables. Oh, il avait tenté de me les exposer. Souvent. Il m'avait emmenée à Stonehaven pour me présenter Jeremy, qui comptait nous séparer, si bien qu'il avait paniqué et m'avait mordue. C'était peut-être vrai. Jeremy reconnaissait qu'il avait eu l'intention de mettre fin à notre relation. Mais je ne crois pas que Clay m'ait mordue sur une impulsion soudaine. Il n'avait peut-être pas prévu le moment, mais je crois qu'au plus profond de sa psyché, il avait toujours été prêt à le faire si nécessaire, si je menaçais jamais de le quitter. Alors que s'était-il passé après cette morsure ? Nous étions-nous réconciliés avant de tourner la page ? Jamais de la vie. Je le lui avais fait payer, à répétition. Clay avait fait de ma vie un enfer, et je le lui avais rendu au centuple. Je restais à Stonehaven des mois, et même des années, puis je partais sans prévenir, refusant tout contact, l'excluant totalement de ma vie. Je m'étais tournée vers d'autres hommes pour le sexe et, à une occasion, pour une relation plus permanente. Comment Clay y avait-il réagi ? Il m'avait attendue. Il n'avait jamais cherché à se venger, à me faire du mal, jamais menacé de trouver quelqu'un d'autre. Je pouvais partir un an puis revenir à Stonehaven et il m'attendait comme si je n'étais jamais partie. Même quand j'avais tenté de me construire une nouvelle vie à Toronto, j'avais toujours su que, si j'avais besoin de lui, Clay serait là pour moi. Aussi déglinguée que je sois, et quoi que je puisse commettre, il ne me quitterait jamais. Ne me tournerait jamais le dos. Ne me rejetterait jamais. Et aujourd'hui, après plus d'une décennie passée à apprendre cette leçon, il avait suffi d'un regard de lui, d'un unique regard, pour que je me retrouve recroquevillée sur le sol, pliée de douleur. Toute la logique et la raison du monde ne changeaient rien à ce que je ressentais. J'avais beau vouloir me persuader que j'avais surmonté mon enfance, ce n'était pas le cas. Ça ne le serait sans doute jamais.

L'heure du déjeuner passa. Ce ne fut pas Bauer qui me l'apporta, ce dont je fus reconnaissante. Je ne la revis que vers dix-huit heures. Quand elle ouvrit la porte de ma cellule, je vérifiai l'heure et songeai que soit le dîner était avancé, soit ma montre s'était arrêtée. Mais elle n'apportait pas de nourriture. Et quand elle franchit la porte, je compris qu'elle ne venait pas pour ça. Quelque chose allait de travers.

Bauer entra sans témoigner de sa grâce et de son assurance habituelles. Elle trébucha à moitié sur un pli imaginaire du tapis. Son visage était rouge, des taches vives ornaient ses joues et ses yeux brillaient d'un éclat peu naturel, comme sous l'effet de la fièvre. Deux gardes entrèrent à sa suite. Elle leur fit signe de s'avancer vers moi et ils m'attachèrent à la chaise où je lisais une revue. Pendant tout le temps où ils s'affairaient, Bauer refusa de croiser mon regard. Mauvais signe. Très mauvais.

— Allez-y, leur dit-elle quand ils eurent fini.

— Vous voulez qu'on attende dehors…, commença l'un d'entre eux.

— J'ai dit «Allez-y». Partez. Retournez à votre poste.

Lorsqu'ils se furent retirés, elle se mit à faire les cent pas. De petits pas rapides. D'arrière en avant, d'arrière en avant. Les doigts tapotant sa cuisse, d'une manière totalement différente à présent, avec une grande rapidité au lieu de sa lenteur songeuse habituelle. Avec une frénésie qui affectait sa démarche. Ses yeux. Tout le reste.

—Vous savez ce que c'est?

Elle tira brusquement quelque chose de sa poche et l'éleva en l'air. Une seringue. Remplie au quart d'un liquide transparent. Oh, merde. Qu'est-ce qu'elle allait me faire?

—Écoutez, lui dis-je. Si j'ai fait quoi que ce soit qui vous ait contrariée…

Elle agita la seringue.

—Je vous ai demandé si vous saviez ce que c'était.

La seringue lui échappa. Elle s'empressa de la rattraper comme si le plastique risquait de se briser en heurtant le tapis. Tandis qu'elle s'agitait, je flairai une bouffée d'odeur familière. La peur. Elle avait peur. Ce que je prenais pour de la frénésie n'était qu'une tentative de maîtrise, à mesure qu'elle tentait de nier une émotion qu'elle n'avait pas l'habitude de ressentir.

—Vous savez ce que c'est, Elena?

Sa voix monta d'une octave. Jusqu'au glapissement.

Avait-elle peur de moi? Pourquoi maintenant? Qu'avais-je donc fait?

—Qu'est-ce que c'est? lui demandai-je.

—Une solution saline mélangée à votre salive.

—Ma quoi?

—Salive, bave, crachat, dit-elle d'une voix montant dans les aigus, avant de lâcher un rire nerveux, comme une petite fille prise à dire un gros mot. Vous savez ce que ça peut faire?

—Je ne…

—Ce que ça fera si je me l'injecte?

—Si vous…?

—Réfléchissez, Elena! Allons. Vous n'êtes pas idiote. Votre salive. Vous mordez quelqu'un. Vos dents transpercent sa peau, comme cette aiguille percera la mienne. Votre salive pénètre dans leur système sanguin. Dans le mien. Que se passe-t-il?

—Vous vous transformeriez… Vous pourriez…

—Me transformer en loup-garou.

Elle cessa de faire les cent pas et s'immobilisa. Totalement. Un petit sourire lui étira les lèvres.

—Et c'est exactement ce que je vais faire.

Il me fallut un moment pour digérer l'info. Suite à quoi je clignai des yeux et ouvris la bouche, mais rien n'en sortit. Je déglutis, m'efforçai de me calmer. *Pas de panique. N'aggrave pas les choses. Traite ça comme une blague. Essaie d'alléger la situation.*

—Oh, allez, répondis-je. C'est ça, la réponse à vos problèmes? Comme on ne vous respecte pas au travail, vous devenez loup-garou? Vous trouvez un bon boulot auprès de la Meute, vous faites tomber quelques têtes, vous vous dégottez un beau gosse pour amant? Si c'est ce que vous avez en tête, croyez-moi, ça ne marche pas comme ça.

—Je ne suis pas idiote, Elena.

Elle me cracha ces mots accompagnés de postillons. Oups, mauvaise tactique.

—Ce que je veux, c'est changer, poursuivit-elle. Me réinventer.

—Devenir loup-garou n'est pas la solution, lui dis-je doucement. Je sais que vous n'êtes pas heureuse…

—Vous ne savez rien de moi.

—Alors dites…

—J'ai rejoint ce projet pour une raison. L'occasion de vivre quelque chose de nouveau, de plus dangereux, de plus exaltant que l'escalade du mont Everest, quelque chose qui change ma vie de manière bien plus radicale. Des expériences que tout mon argent et mon influence ne peuvent me payer. Les sortilèges, l'immortalité, la perception extrasensorielle, je ne savais pas ce que je voulais. Peut-être un peu de tout ça. Mais maintenant, je sais exactement ce que je cherchais. Le pouvoir. Ne plus courber l'échine devant les hommes, me faire passer pour plus bête qu'eux, plus faible, moins importante. Je veux devenir tout ce dont j'ai le potentiel. Je veux ça.

Mon cerveau dérapa, incapable de trouver prise assez longtemps pour comprendre ce que disait Bauer. La soudaineté de la situation me terrassait, presque au point de me convaincre que je rêvais ou que j'hallucinais. Mais était-ce vraiment si soudain? De mon point de vue, ça l'était incroyablement, mais du sien? Depuis combien de temps regardait-elle défiler les détenus en attendant celui qui lui accorderait le pouvoir dont elle rêvait tant? À présent qu'elle avait trouvé ce qu'elle croyait vouloir, peut-être avait-elle peur d'hésiter, de se raviser. Je devais la faire changer d'avis. Mais comment?

Bauer éleva la seringue. Alors qu'elle la fixait, elle cligna des yeux et blêmit presque. Une peur assez dense pour me boucher les narines déclencha malgré moi un flot d'adrénaline. Quand elle me regarda de nouveau, toute colère avait déserté ses yeux. Ce que j'y lus me figea. La supplication. La peur et la supplication.

—Je veux que vous compreniez, Elena. Aidez-moi. Ne me forcez pas à m'en servir.

—Vous n'êtes pas obligée, dis-je calmement. Personne ne vous y contraint.

—Alors faites-le pour moi. S'il vous plaît.

—Que…?

—Mordez-moi le bras.

—Je ne peux pas…

—J'ai un couteau. Je vais m'entailler la peau. Vous n'aurez qu'à…

La panique me comprima la poitrine.

—Non, je ne peux pas.

—Aidez-moi à bien le faire, Elena. Je ne sais pas dans quelle mesure la solution saline fonctionnera. J'ai dosé la quantité et la proportion au jugé. J'ai besoin que vous…

—Non.

—Je vous *demande*…

Je tirai sur mes liens, regard planté dans le sien.

—Écoutez-moi, Sondra. Donnez-moi une minute et je vous explique ce qui va vous arriver si vous faites ça. Ce n'est pas ce que vous croyez. Ce que vous voulez.

Ses yeux se mirent alors à briller. Toute frénésie avait disparu. Ils étaient glacials.

—Ah non?

Elle leva la seringue.

—Non! m'écriai-je en m'agitant sur mon siège.

Elle planta la seringue dans son bras et enfonça le piston. Puis ce fut fini. Une seconde. Une fraction de seconde. Le temps qu'il avait fallu à Clay pour me mordre.

—Mais c'est pas vrai! braillai-je. Pauvre conne! Appelez l'infirmerie. Maintenant!

Son visage était d'un calme surnaturel, lèvres étirées par une expression proche de l'extase. Un soulagement extatique de l'avoir fait.

—Pourquoi, Elena? Pourquoi devrais-je appeler l'infirmerie? Pour qu'ils puissent inverser le processus? Extraire ce don de mes veines comme du venin? Oh, non. C'est hors de question.

—Appelez l'infirmerie! Les gardes! Mais où sont les gardes, bordel?

—Vous m'avez entendue les renvoyer.

—Vous ne savez pas ce que vous venez de faire, aboyai-je. Vous croyez que c'est un don formidable. Une petite piqûre et vous voilà loup-garou? Vous avez fait des recherches, non? Vous savez ce qui est en train de se passer?

Bauer tourna vers moi son sourire rêveur.

—Je le sens circuler dans mes veines. Le changement. Il me réchauffe. Il picote. Le début de la métamorphose.

—Oh, ce n'est pas tout ce que vous allez ressentir.

Elle ferma les yeux, frissonna, puis les rouvrit en souriant.

—On dirait que j'ai gagné quelque chose, ce soir, et que vous l'avez perdu. Vous n'êtes plus la seule femme loup-garou, Elena.

Ses yeux s'écarquillèrent alors. Semblèrent quitter leurs orbites. Les veines de son cou et de son front se dilatèrent. Elle suffoqua, s'étrangla, leva les mains vers sa gorge. Son corps se redressa d'un coup, la colonne vertébrale rigide. Ses yeux roulèrent. Elle s'étira sur la pointe des pieds et se balança d'avant en arrière comme un pendu au bout d'une corde. Puis elle s'effondra à terre. Je hurlai pour appeler à l'aide.

WINSLOE

— Q u'avez-vous fait à Mlle Bauer ? demanda Matasumi.

Les gardes étaient venus chercher Bauer peu après que je m'étais mise à crier. Vingt minutes plus tard, ils étaient revenus avec Matasumi. Lequel m'accusait d'une voix dépourvue de toute nuance incriminatrice.

— Je l'ai dit aux gardes, répondis-je, assise au bord du lit, m'efforçant de me détendre, comme si ce genre de chose se produisait tous les jours. Elle s'est injecté ma salive.

— Et pourquoi aurait-elle fait ça ? demanda Matasumi.

— La morsure du loup-garou est un des moyens de se transformer à son tour.

— Je le comprends bien. Mais pourquoi… (Il s'interrompit.) Ah, je vois.

Ah oui ? Voyait-il *vraiment* ? J'en doutais. Aucun d'entre eux ne pouvait comprendre ce qui se préparait. Moi si, et je faisais de gros, gros efforts pour ne pas y penser.

Matasumi s'éclaircit la voix.

— Vous affirmez que Mlle Bauer s'est injecté…

— La seringue est par terre.

Son regard l'effleura brièvement, mais il ne fit pas mine de la ramasser.

— Vous affirmez qu'elle s'est servie de cette seringue…

— Je n'*affirme* rien du tout. Je vous explique ce qui s'est produit. Elle se l'est plantée dans le bras. Cherchez la trace de piqûre. Testez le contenu de la seringue.

La porte s'ouvrit. Carmichael entra précipitamment, les pans de sa blouse flottant derrière elle.

— Nous n'avons pas de temps à perdre en bavardages, dit-elle. Je dois savoir que faire pour elle.

Matasumi lui fit signe de s'écarter.

— D'abord, nous devons établir la nature exacte du mal dont souffre Mlle Bauer. Ce n'est pas parce que Mlle Michaels affirme…

— Elle dit la vérité, répondit Carmichael. J'ai vu la marque de piqûre.

Difficile à rater. Alors que les gardes évacuaient Bauer de la cellule, j'avais vu le point d'injection, enflé jusqu'à la taille d'une balle de ping-pong. Le souvenir de ma propre morsure me traversa l'esprit, mais je le chassai. L'observation froide et clinique. C'était la seule façon pour moi de gérer ça. Imiter Matasumi.

Carmichael se tourna vers moi.

— Je dois savoir comment réagir. Sondra est inconsciente. Sa tension baisse. Sa température grimpe en flèche. Ses pupilles ne réagissent pas aux stimuli. Son pouls s'emballe et devient irrégulier.

— Je ne peux rien faire.

— Vous êtes passée par là, Elena. Vous y avez survécu.

Je ne répondis rien. Carmichael s'avança vers moi. Je reculai sur le lit mais elle ne s'arrêta pas, approchant son visage du mien jusqu'à ce que je flaire l'odeur de sa frustration. Je détournai la tête. Elle me saisit le menton et me força à la regarder en face.

— Elle est en train de mourir, Elena. D'une mort atroce.

— Ça ne fera qu'empirer.

Ses doigts se raidirent et s'enfoncèrent dans les muscles de ma mâchoire.

— Vous allez l'aider. Si c'était vous, là-haut, je ne resterais pas inactive à vous regarder mourir. Dites-moi comment l'aider.

— Vous voulez l'aider ? Tirez-lui une balle dans la tête. Il n'est pas nécessaire qu'elle soit en argent. Du plomb ordinaire fera l'affaire.

Carmichael relâcha brusquement mon menton et recula pour me dévisager.

— Bon Dieu, quelle froideur.

Je ne répondis pas.

— Ça ne nous avance à rien, dit Matasumi. Traitez les symptômes tels que vous les voyez, docteur Carmichael. C'est le mieux que nous puissions faire. Si Mlle Bauer s'est infligé elle-même ce malheur, alors nous ne pouvons que traiter les symptômes et laisser le sort faire le reste.

— Ce n'est pas le mieux que nous puissions faire, rétorqua Carmichael, regard planté dans le mien.

Je n'avais pas envie de me défendre. Vraiment aucune envie. Mais ce regard me pesait trop.

— Que pensez-vous que je puisse faire, exactement ? demandai-je. Je ne passe pas mon temps à mordre des humains et à les soigner pour qu'ils récupèrent. Vous savez combien j'ai rencontré de loups-garous tout juste convertis ? Aucun. Zéro. Et je n'ai jamais côtoyé de loup-garou héréditaire lors du passage à la puberté. Je ne sais pas quoi faire.

— Vous êtes passée par là.

— Vous croyez que j'ai pris des notes ? Vous voulez savoir ce que je me rappelle ? L'enfer. Avec les flammes, le soufre, les démons et les diablotins, les pinces chauffées

271

au rouge et les puits de lave sans fond. Je me rappelle ce que j'ai vu là. (Je plaquai ma paume contre mon front.) Ce que j'ai imaginé, ce que j'ai rêvé. Les cauchemars, le délire, il n'y avait rien d'autre. La température, la tension et les réactions des pupilles, je n'y connais rien. Quelqu'un d'autre s'en est occupé pour moi. Et quand tout a pris fin, je n'avais aucune envie de savoir ce qu'il avait fait. Je voulais simplement oublier.

— Ces visions de l'enfer, dit Matasumi. Vous pourriez peut-être me les décrire plus tard. Le lien entre le surnaturel et les rituels sataniques…

— Au nom du ciel, arrêtez un peu, dit Carmichael. Pour une fois. Arrêtez.

Elle sortit de la pièce à grands pas. Matasumi se pencha pour ramasser la seringue puis s'interrompit, fit signe à un garde de s'en charger à sa place et suivit Carmichael.

Aurais-je aidé Bauer si je l'avais pu ? Je n'en sais rien. Pourquoi l'aurais-je fait ? Elle m'avait enlevée et enfermée dans une cage. Lui devais-je quoi que ce soit ? Ça, non. Si cette femme était assez débile pour se transformer en loup-garou de son plein gré, ce n'était pas mon problème. Avais-je dit ou fait quoi que ce soit qui l'ait poussée à céder à cette incroyable lubie ? Certainement pas. Avais-je cherché vengeance en l'encourageant à plonger cette seringue dans son bras ? Absolument pas. Oui, elle était mon ennemie, mais elle s'était infligé ça toute seule. Alors pourquoi me sentais-je responsable ? Je ne l'étais pas. Pourtant, une partie de moi regrettait de ne pouvoir lui venir en aide, ne serait-ce qu'en apaisant ses souffrances. Il s'agissait d'une autre femme devenue loup-garou et je ne voulais pas qu'elle souffre, aussi différentes les circonstances soient-elles. L'issue serait presque certainement la mort. J'espérais qu'elle surviendrait vite.

À minuit, Winsloe vint dans ma cellule. À travers les ombres d'un cauchemar, j'entendis la porte s'ouvrir, compris inconsciemment que le bruit provenait du monde réel et me forçai à m'éveiller, reconnaissante de cette diversion. Je roulai hors de mon lit et me levai pour voir Tyrone Winsloe à l'entrée de ma cellule, encadré par la lumière du couloir, qui se présentait en attendant que je le reconnaisse. Une vague de respect déconcertante me traversa. C'était comme voir Bill Gates se pointer sur le pas de ma porte – j'avais beau refuser de me laisser impressionner, c'était plus fort que moi.

—Alors voici donc la femme loup-garou, dit-il en entrant flanqué de deux gardes. Enchanté de faire votre connaissance, ajouta-t-il en feignant de s'incliner. Je m'appelle Ty Winsloe.

Il se présenta non pas avec modestie, comme si je risquais de ne pas le reconnaître, mais avec une suffisance obséquieuse, si bien que cette présentation sonnait aussi faux que sa révérence. Comme je ne réagissais pas assez vite, un frisson de contrariété perturba ses traits.

—Promethean Fire, dit-il en me lançant le nom de son entreprise mondialement célèbre.

—Oui, je sais.

Son visage se recomposa, affichant un petit sourire satisfait. Il fit signe aux gardes de ne pas bouger et s'avança dans la cellule. Son regard me parcourut tandis qu'il me contournait, détaillant lentement mes fesses, me lorgnant sans vergogne telle une esclave potentielle sur une place de marché romaine. Quand il revint devant moi, son regard s'attarda sur ma poitrine, ses lèvres s'abaissant en une moue de déception.

—Pas trop mal, dit-il. Rien que des implants ne pourraient arranger.

Je plissai les yeux. Il ne sembla pas le remarquer.

—Vous y avez déjà pensé? demanda-t-il, attardant de nouveau son regard sur ma poitrine.

—Je ne compte pas avoir d'enfants, mais si c'est un jour le cas, je crois que cette paire-ci leur conviendra très bien.

Il rejeta la tête en arrière et éclata de rire comme si c'était la chose la plus drôle qu'il ait jamais entendue. Puis il se pencha pour balayer de nouveau mon postérieur du regard.

—Mais joli cul.

Je m'assis. Il se contenta de sourire sans cesser d'étudier la moitié inférieure de mon corps. Puis il jeta un tas de vêtements sur la table.

—Vous pouvez garder votre jean, dit-il. Je vous ai apporté une jupe, mais j'aime bien ce jean. Ce cul-là a été fait pour les jeans. Je n'aime pas les gros culs flasques.

Il aimait les femmes au petit cul et aux gros nibards? En voilà un qui avait dû trop jouer à la Barbie quand il était petit. Je jetai un coup d'œil au tas de vêtements mais ne fis pas mine de le prendre.

—Vous devez retirer votre chemisier, dit-il. Il y a un débardeur, là. Pas besoin de soutif.

Je le dévisageai, incapable de croire ce que j'entendais. C'était une blague, hein? Les milliardaires étaient censés être excentriques, alors c'était sans doute l'idée tordue que se faisait Winsloe d'une farce. À mesure que je le dévisageais, ses lèvres se pincèrent, non pour sourire mais parce qu'il était froissé.

— Prenez ces vêtements, Elena, dit-il d'une voix que désertait toute jovialité.

Derrière lui, les deux gardes s'avancèrent, arme en main, comme pour me rappeler leur présence. D'accord, ce n'était peut-être pas une blague. Mais qu'est-ce qu'ils avaient tous, dans cet endroit ? En l'espace de quelques heures, j'avais vu une femme intelligente décider de se transformer en loup-garou et rencontré un milliardaire avec la maturité et la mentalité d'un adolescent. Comparée à toute cette bande, j'étais un monument de normalité.

Toutefois, me rappelai-je, c'était Tyrone Winsloe qui commandait ici, un homme habitué à obtenir ce qu'il voulait quand il le voulait. Mais s'il croyait que j'allais enfiler un débardeur afin qu'il puisse lorgner mes seins de taille médiocre… Une fille doit savoir poser ses limites, non ? J'avais été traitée comme ça par des cabots, mais je savais comment les remettre à leur place. S'ils me parlaient sur ce ton, je leur sonnais les cloches. S'ils me touchaient, je leur cassais les doigts. Ils n'auraient pas voulu que ça se passe autrement. Comme le disait toujours Logan, les cabots aimaient que les femmes aient des couilles. Ty Winsloe n'était pas un cabot, mais un type en surchauffe hormonale. Ça s'en approchait.

— Mes brûlures ne sont pas guéries, lui dis-je en me détournant des habits. Elles ont un sale aspect.

— Ça ne me dérange pas.

— Moi, si.

Long moment de silence.

— Je vous ai demandé d'enfiler ce débardeur, Elena, dit-il.

Il baissa les yeux vers moi, lèvres tordues en un sourire sans humour qui dévoilait ses dents et qu'aurait reconnu n'importe quel loup.

Je regardai tour à tour Winsloe et les gardes, saisis le débardeur sur la pile, étouffai l'envie de montrer les dents à Winsloe et gagnai la salle de bains à grands pas.

Compte tenu de la transparence du mur, me changer dans la salle de bains ne m'avançait pas à grand-chose, mais je pouvais toujours lui tourner le dos pendant que je retirais ma chemise. Le débardeur était taillé pour une jeune fille prépubère – et pas bien grande, avec ça. Il remontait jusqu'à ma cage thoracique et me creusait des sillons dans les épaules. Baissant les yeux, je vis qu'il ne cachait absolument rien. D'abord, il était moulant. Ensuite, il était blanc. Des cercles noirs jumeaux appuyaient contre le tissu. Au moindre coup de vent, on en verrait même bien plus. Une vague de fureur mêlée d'humiliation m'envahit. Après tout ce qui s'était passé ces douze dernières heures, c'était le pompon. La goutte d'eau qui faisait déborder le vase. Hors de question que j'accepte. J'allais… Je m'interrompis. J'allais faire *quoi* ? Je me rappelai l'expression de Winsloe quand j'avais résisté à son ordre de me changer. Ainsi que les commentaires d'Armen Haig sur le statut mental de Winsloe. Que ferait-il si je refusais ? Étais-je prête à prendre ce risque pour quelque chose d'aussi insignifiant qu'un débardeur moulant ? Je me passai les mains sur le visage, résistai à l'envie de croiser les bras sur la poitrine pour me protéger, et regagnai la cellule.

Winsloe étudia ma poitrine pendant deux bonnes minutes. Je le sais car je comptai les secondes, m'efforçant de ne pas passer tout ce temps à rêver de vengeance. Ce n'était rien, me disais-je. Rien du tout. Mais si. D'une certaine façon, me voir contrainte d'exhiber mes seins devant cet homme était une torture bien pire que toutes celles qu'aurait pu concevoir Matasumi avec son coffre à jouets. Je compris alors que le but réel de cette farce juvénile n'était pas de me voir en débardeur. C'était une question de pouvoir. Winsloe pouvait me forcer à le porter sans que je puisse y faire quoi que ce soit. Il voulait que je le sache.

— Au moins, ils sont fermes, dit-il. Pas si mal, en fait, si on aime les petits. Mais je persiste à croire que ça vaudrait le coup de tenter des implants.

Je me mordis la lèvre. Assez fort pour sentir le goût du sang et regretter que ce ne soit pas le sien.

— Quel tonus incroyable, dit-il en tournant autour de moi. Svelte et ferme, mais pas trop baraquée. Ça, c'était le point qui m'inquiétait. Les muscles, sur une fille, c'est flippant.

— Oh, j'en ai, des muscles, répondis-je. Vous voulez voir ?

Il se contenta de rire.

— Ce trou dans le mur m'en apprend bien assez. Et j'ai vu cette vidéo de Lake et de vous, même si je suppose qu'il s'agissait moins de force que de ruse. Vous êtes rapide à la détente.

— Comment va Ba… Mlle Bauer ? demandai-je pour changer de sujet.

— Vous êtes au courant ? (Il se percha sur ma table en tortillant du postérieur.) Ouais, j'imagine. Bizarre, hein ? Personne ne l'a vu venir. Sondra a toujours été tellement équilibrée. Limite coincée. On dirait que ce sont les plus rigides qui craquent les premiers, hein ? Pour en revenir à cette vidéo…

— Comment va-t-elle ? répétai-je. Quel est le pronostic ?

— Pas terrible, aux dernières nouvelles. Elle ne passera sans doute pas la nuit. Pour en revenir à cette vidéo, donc, j'ai des nouvelles qui vont vous plaire. (Il sourit, ayant déjà oublié la mort imminente de sa partenaire.) Vous voulez deviner ce que c'est ?

—Je n'ose même pas imaginer.

—Cette nuit, j'envoie votre cher adversaire chercher son ultime récompense. Le grand nonos céleste – ou infernal. Nous allons nous accorder une partie de chasse.

—Une… partie de chasse ?

Il sauta de la table.

—Une bonne vieille chasse au loup. Cette nuit. Larry en aura fini avec votre « cabot » et on va l'expédier comme il se doit.

Winsloe claqua des doigts pour appeler les deux gardes, dont je m'étais efforcée d'ignorer qu'ils assistaient à cette scène déplaisante.

—Fissa, les mecs. Passez ce coup de fil et dites à vos potes de préparer l'invité d'honneur. On les retrouve au poste de guet.

J'avais passé le gros de la demi-heure à fixer Winsloe d'un air ébahi. Mon incrédulité se mêlait à présent d'un autre sentiment. Une horreur croissante. Avait-il bien dit ce que je croyais ? Il allait donner la chasse à Patrick Lake ? Le lâcher et le chasser comme le gibier le plus précieux d'une réserve ? Non, je devais me tromper. Forcément.

—Alors ? dit-il en se tournant vers moi. Prenez cette veste sur la table. Il fait froid dehors. Pas envie que vous attrapiez une pneumonie.

—Je vais sortir ? demandai-je lentement.

Winsloe éclata de rire.

—On ne peut pas le chasser ici, hein ?

Il rejeta la tête en arrière, lâcha un rire sonore, me flanqua une tape sur les fesses et quitta la cellule d'un pas joyeux.

GIBIER

La nuit était froide pour une fin d'été. On était toujours en août, non ? Je fis le calcul. Oui, toujours. Même si j'avais l'impression d'être là depuis plus longtemps.

Si j'avais espéré que cette sortie m'apprendrait quoi que ce soit sur notre emplacement, je fus déçue. On monta de deux étages en ascenseur jusqu'au rez-de-chaussée, puis on sortit par une porte blindée pour émerger à trois mètres d'une forêt qui aurait pu se situer n'importe où du Cap-Breton au nord de la Californie. Si je connaissais un peu mieux la flore régionale, j'aurais sans doute pu réduire les possibilités, mais je n'avais pas la tête à examiner les arbres.

Mes poignets étaient menottés. Winsloe marchait devant moi. Les deux gardes nous suivaient, l'arme dégainée. Un sentier traversait l'épaisse forêt jusqu'à une clairière où un poste de guet s'élevait à trente mètres. Patrick Lake se tenait au pied d'un poteau de bois, battant le sol du talon pour chasser le froid, entourant une cigarette de ses deux mains en coupe.

— Salut, dit-il à notre approche. Qu'est-ce qui se passe ? Putain, ce que ça caille ici.

— Finissez votre cigarette, dit Winsloe. Vous aurez très chaud d'ici peu.

— Je vous ai demandé…

L'un des gardes de Lake pointa sur lui la gueule d'un fusil.

Lake rugit, leva la main pour tenir le garde à distance, puis s'arrêta.

— Je demandais seulement…

— C'est une surprise, dit Winsloe en agrippant un barreau de l'échelle. Finissez votre cigarette.

— Qu'est-ce qu'elle fout là ? demanda Lake en agitant sa cigarette dans ma direction.

Winsloe avait grimpé une vingtaine de barreaux. Il se pencha par-dessus la rambarde.

— C'est une surprise, répéta-t-il. On commencera dès que vous aurez fini.

Lake jeta sa cigarette à terre et l'écrasa sous sa semelle.

— Je suis prêt.

— Alors nous pouvons commencer.

— On le relâche au point deux ? demanda un garde.

— Comme prévu, dit Winsloe. Tout fonctionne comme prévu.

Winsloe continuait son ascension. Je l'imitai, suivie de près par deux gardes. Le temps qu'on arrive en haut, Winsloe cherchait son souffle. Je balayai la forêt du regard au-dessous de moi. Lake et ses deux gardes avaient disparu dans le noir.

— Là-bas, déclara Winsloe d'une voix essoufflée en désignant l'est. C'est le point deux. Le point numéro un est juste au-dessous. Et le trois, près du fleuve.

Non seulement il y avait un point préétabli où relâcher les proies, mais il en existait même plusieurs. Pourquoi ? J'ouvris la bouche pour poser la question, puis compris que je n'avais pas envie de le savoir.

— Le choix du point de départ dépend du gibier, poursuivit Winsloe. Jusqu'ici, je me suis fait une sorcière et un semi-démon.

— Vous leur avez… donné la chasse ?

Il fit la grimace.

— Vous parlez d'une chasse. Surtout la sorcière. Je me serais attendu à un plus grand défi, à la voir jeter des sorts, tout ça. Dans les jeux de rôle, les espèces magiques peuvent être vos joueurs les plus puissants une fois qu'ils ont acquis assez d'expérience. Mais dans la vraie vie ? Elle a perdu tous ses moyens. Elle n'a pas supporté. Elle a jeté quelques sorts dérisoires et baissé les bras. On l'a retrouvée recroquevillée sous un buisson. Aucun instinct de survie. Comme cette vieille dame qu'ils ont emmenée en même temps que vous. Au premier petit ennui, elle déprime. Elle ne supporte pas la pression.

J'étudiai le sol au-dessous de moi. Je me demandai s'il était assez dur pour tuer Winsloe en cas de chute.

— Le semi-démon, c'était un peu mieux. Au moins, il a essayé. Mais ce n'était pas moi qui l'avais relâché. C'était une évasion. On a vite réglé le problème, alors que ça ne vous donne pas d'idées. Il n'est pas allé loin, de toute façon. Les chiens se sont occupés de lui. D'après ce que j'ai entendu dire, il était encore pire que la sorcière. Il a couru à toutes jambes jusqu'à s'effondrer.

— Et maintenant… (Je m'éclaircis la voix et me forçai à rester calme.) Et maintenant, vous allez chasser Lake.

— Un loup-garou. (Winsloe baissa ses jumelles pour me sourire.) La classe, hein ? Le chasseur devient la proie. C'est ça, le truc, le défi. Toutes ces histoires de « jeu le plus dangereux », ce sont des conneries. Placez un type ordinaire dans les bois et il flippe. Retirez-lui ses armes et ses outils, et c'est comme si vous chassiez le cerf. Au moins, les cerfs ont un peu d'expérience pour ce qui est d'éviter les chasseurs. Ils ont leurs propres outils, leurs propres armes. Ils connaissent la forêt. Combinez ça à l'intelligence humaine, et bingo : vous obtenez le gros gibier parfait. (Il me tendit ses jumelles.) Vous voulez jeter un œil ?

Je fis signe que non.

— Allez-y. Ce sont des jumelles de vision nocturne. Pas que vous en ayez besoin, j'imagine. J'ai entendu dire que vous voyez dans le noir, vous autres. C'est pour ça que je le fais la nuit. Ça ajoute au défi. Bien entendu, je dispose de tous les jouets modernes, comme celui-ci. Je n'ai pas envie que le défi devienne trop grand.

J'élevai les jumelles vers mes yeux. Je regardai devant moi et ne vis que la forêt. À l'infini. Puis une brève lueur orange.

— La balise, dit Winsloe, une excitation naissante dans la voix. Ils ont assommé Lake. Maintenant, ils vont s'éloigner. Dans dix minutes, quinze maximum, il va se réveiller seul dans les bois. S'il a ne serait-ce qu'une moitié de cervelle, il comprendra que c'est un piège, mais il s'enfuira quand même. À mon avis, il va sentir l'odeur du fleuve et prendre à l'ouest. Mais on ferait mieux de rester prudents. S'il choisit le chemin le plus évident, il va tomber dans une fosse aux ours. (Winsloe éclata d'un rire grinçant.) Il y a des pièges partout. Ici, là, là-bas.

Je me retournai et le vis désigner des emplacements sur une carte plastifiée. Quand je m'approchai, il l'éloigna vivement de ma vue et agita un doigt devant moi.

— Nan nan. Je ne peux pas vous dévoiler tous mes secrets. Ces jumelles vous plaisent ?

— Elles… sont efficaces.

— Évidemment. Sinon, je ne les aurais pas achetées. Attendez de voir le reste de mes gadgets. Et mes armes. (Il roula des yeux, qui brillèrent d'un éclat quasi lascif.) Les armes. C'est incroyable ce qu'on invente de nos jours. J'en ai des réserves entières éparpillées à travers le terrain de jeu, alors je n'aurai que l'embarras du choix. La seule chose qui me manque, c'est un pistolet à clous. Ça, c'est chiant. J'ai toujours adoré les pistolets à clous.

— Vous chassez avec un pistolet à clous ?

— Pas ici. Dans les jeux, évidemment. Le pistolet à clous, c'est la classe absolue. Ça peut déchiqueter encore mieux qu'une grenade.

— Dans les jeux, répétai-je. Vous parlez de jeux vidéo ?

— Vous en connaissez d'autres ?

J'étudiai la forêt. Le terrain de jeu, comme il venait de l'appeler. Un gigantesque terrain de jeu, conçu sur mesure, rempli de gadgets sophistiqués, de pièges et de tout un arsenal d'armes.

— Alors c'est de ça qu'il s'agit, dis-je lentement. Un jeu vidéo. Dans la vie réelle.

— Un cran au-dessus de la réalité virtuelle. La réalité concrète. Quel concept. (Il sourit et m'assena une nouvelle tape sur les fesses.) Allons-y. La partie peut commencer.

On retrouva les deux gardes de Lake avant d'atteindre le sentier principal. Ils nous confirmèrent que la libération s'était déroulée sans accroc, puis se placèrent devant Winsloe, l'arme dégainée, afin de le protéger. Je marchais derrière lui. Les deux autres gardes nous suivaient, côte à côte, derrière moi. Tous portaient des lunettes de vision nocturne. Même moi, je n'aurais pas craché dessus. Les ténèbres étaient presque totales, un faible croissant de lune se faufilait entre les nuages et les cimes des arbres, et il n'y avait aucune étoile en vue. Ma visibilité dépendait des apparitions et disparitions de la lune. Pas qu'il y ait grand-chose à voir de toute façon. Rien que des arbres, à perte de vue.

Malgré l'appréhension qui me nouait les tripes, mon cœur se mit à bondir d'anticipation à mesure qu'on s'enfonçait dans les bois. Bien que mon cerveau sache ce que je faisais ici, mon corps refusait d'y croire. Il captait les stimuli – le piquant de l'air nocturne, l'odeur des feuilles en décomposition et de la terre humide, le bruit des campagnols et des souris détalant sur notre passage – et formait sa propre interprétation à partir d'années d'expérience. Je marchais de nuit à travers bois, donc j'allais forcément courir. Ignorant tout ce qui lui indiquait le contraire, mon corps réagissait comme un chiot surexcité qui tire sur sa laisse. Ma peau fourmillait. Mon sang cognait à mes oreilles. Mon souffle s'accélérait. Sur une note plus positive, mes sens s'affinaient et me permettaient de voir, d'entendre et de sentir deux fois mieux. En contrepartie, j'étais habitée par l'inquiétude de voir des parties de mon corps se déformer et se couvrir de poils disgracieux.

Avant de réprimer la réaction de mon corps, je recourus à ma conscience accrue pour mieux jauger mon environnement. Au niveau visuel, elle ne m'aida guère. Aussi perçante que soit ma vue, elle n'égalait pas les lunettes de vision nocturne et je ne distinguais donc rien à travers ces saletés d'arbres. Mes autres sens m'étaient plus utiles. Quelques minutes d'écoute attentive suffirent à me convaincre qu'il n'y avait rien à entendre. Enfin, si, plein de choses – les craquements des branches, le murmure du vent, le bruit des prédateurs et des proies qui ululaient, glapissaient, bondissaient et plongeaient –, mais ce n'était pas ce que je cherchais. J'espérais entendre un bruit lointain de civilisation, mais ne détectais que les ronronnements et sifflements des machines qui faisaient fonctionner le centre. Je recourus ensuite à l'odorat, le plus développé de mes sens. De nouveau, je cherchai des signes de vie humaine et ne trouvai que la puanteur du bâtiment principal et la route de gravier qui y menait. L'odeur de la route était faible, indiquant qu'elle se dirigeait au sud du centre. Malheureusement, la forêt était au nord, direction dans laquelle je courrais si je m'échappais. Peut-être existait-il une issue plus pratique au sud, mais il était plus sûr de m'en tenir à ce que je connaissais, et je n'avais vu pour l'instant que cette forêt.

Au-delà du centre, la nature ne dégageait que ses propres odeurs. Elle régnait ici en maître. Même le chemin ne portait que d'infimes traces d'odeur humaine, comme si la nature s'empressait de le nettoyer dès le départ de ces intrus. De nouveau, mon corps et mon cerveau rivalisèrent pour interpréter la situation. Mon corps se croyait au paradis, un éden aussi parfait que celui de Stonehaven, et – mieux encore – un paradis tout neuf à explorer. Mon cerveau se croyait en enfer, une forêt infinie sans la moindre trace de civilisation en vue. Si je m'échappais, je devrais bien aller quelque part. Une maison, une ville, un endroit public où mes poursuivants craindraient de me donner la chasse.

Il était hors de question que je m'échappe maintenant. Même si je parvenais à fausser compagnie aux gardes armés, je ne deviendrais qu'une attraction supplémentaire de la partie de chasse de Ty Winsloe. J'allais devoir attendre, mais j'espérais toujours m'échapper du centre tôt ou tard, de préférence avant que mes ravisseurs se lassent de moi comme ils l'avaient fait de Patrick Lake. Si je m'échappais – non, *quand* je m'échapperais, où irais-je? Il n'y avait rien d'autre ici que la forêt. À perte de vue. Je pourrais courir des heures et des heures sans… Une seconde. Qu'est-ce que je racontais là? J'étais un loup. À moitié, en tout cas. Et que peut bien faire un loup dans la nature ? *Tss.* Survivre, bien sûr. Ici, j'échapperais bien plus facilement à mes poursuivants que dans n'importe quelle jungle de béton. J'étais dans mon élément. Même en ce moment, sous forme humaine, j'étais ici chez moi, capable de voir dans l'obscurité quasi totale, de flairer l'eau et la nourriture, d'entendre la plus silencieuse des chouettes passer au-dessus de ma tête. Je n'avais pas besoin du filet de sécurité de la civilisation. Enfin, il faudrait bien que je trouve un moyen de rejoindre les autres, mais j'échapperais à tout humain qui tenterait de me recapturer – même équipé de lunettes de vision nocturne, de télescopes sophistiqués ou que sais-je encore. J'allais devoir me montrer prudente, mais le seul danger viendrait de mes poursuivants. Je n'avais certainement pas à m'inquiéter de mourir de faim, de déshydratation ou d'exposition.

—Où sont ses habits ? aboya Winsloe.

Je m'arrêtai brutalement avant de percuter son large dos. Émergeant de ma rêverie, je clignai des yeux et regardai autour de moi. Nous nous tenions près d'un arbre couvert de bandes de plastique orange fluorescent.

—C'est le point numéro deux, dit Winsloe.

—Oui, monsieur, dit l'un des gardes de devant en tirant de sa poche une carte qu'il lui tendit.

Winsloe jeta brusquement la carte par terre.

—Ce n'était pas une question. C'était une *affirmation*. Je le sais bien, que c'est le point numéro deux. Je voulais m'assurer que vous le saviez, bande de crétins. C'est ici que vous avez libéré Lake ?

La mâchoire du garde se resserra, mais sa voix conserva la même nuance de respect.

—Bien entendu, monsieur.

Winsloe pivota vers moi.

— Il a bien dû se déshabiller pour se changer en loup, non ? Ou alors déchirer ses habits ?

Je hochai la tête.

— Dans tous les cas, il devrait y avoir des vêtements ici. Où sont-ils ?

Je regardai autour de moi avec insistance, bien qu'il me suffise de renifler pour établir que Lake n'avait rien laissé derrière lui.

— S'il n'y en a pas ici, alors il ne s'est pas transformé.

Winsloe se tourna vers l'un des gardes de l'arrière.

— Pendecki. Les points de contrôle.

Le garde qui se tenait derrière moi sur ma gauche portait une cartouchière noire couverte de gadgets, reliée par des câbles à un pack de batteries. Il en tira calmement un de son étui et enfonça un interrupteur. L'engin émit des bips, des diodes rouges clignotèrent, comme celles des vieux jeux vidéo portatifs.

— La cible a dépassé les points de contrôle cinq et douze, monsieur.

— Nous avons l'image au numéro cinq, dit Winsloe.

— Oui, monsieur. Le point de contrôle numéro cinq dispose d'une caméra et…

— Ce n'est pas une *question* ! C'est une affirmation ! dit Winsloe. Montrez-moi cette putain de bande.

Sans se laisser démonter, Pendecki décrocha un autre gadget, le détacha de son câble et le tendit à Winsloe, qui le lui arracha en jurant. L'expression de Pendecki ne changea pas. Soit il était habitué à Winsloe, soit il avait déjà travaillé avec des hommes comme lui. Les trois autres gardes conservaient moins bien leur sang-froid sous la pression. L'un des deux gardes de devant commençait à transpirer. L'autre donnait des coups de pied dans la terre comme pour tenter de se réchauffer. Le partenaire de Pendecki restait immobile, tendu, guettant les ennuis.

Winsloe tenait un petit écran noir et blanc. Du coin de l'œil, je le regardai enfoncer de minuscules boutons. Une bande se rembobina puis défila, montrant quelques minutes d'images filmées par une caméra infrarouge. Un bras et une jambe apparurent à l'écran, puis disparurent. Winsloe appuya sur des boutons et repassa l'enregistrement.

— Il n'est pas sous forme de loup, dit-il en levant la tête. Quelqu'un peut m'expliquer pourquoi ?

Personne, bien entendu. Sauf moi. J'attendis que tous les yeux se tournent vers moi, puis déclarai :

— Beaucoup de loups-garous extérieurs à la Meute sont incapables de muter sur commande.

Je regrettai ces mots alors même qu'ils franchissaient mes lèvres. Ils conduisaient à une question d'une douloureuse évidence.

— Extérieurs à la Meute, dit Winsloe. Alors Lake ne peut pas changer de forme quand il le veut. Mais vous, si.

— Ça dépend de…

— Bien sûr que oui, dit Winsloe. J'ai vu la bande.

Je compris alors pourquoi je me trouvais là. J'avais supposé que Winsloe m'invitait pour m'impressionner par son petit jeu, comme un chasseur qui frime devant un autre. C'était peut-être en partie le cas. Mais une raison plus profonde l'avait poussé à me parler de ses gadgets, de ses pièges et de ses armes alors qu'il m'empêchait d'approcher de sa carte. Il m'avertissait. Si je faisais tout foirer, si je le contrariais, ce sort-là m'attendrait aussi. Matasumi n'en aurait peut-être pas fini avec moi, mais Winsloe s'en moquerait bien. Il était jeune, riche et puissant. La notion de « satisfaction différée » ne faisait pas partie de son vocabulaire. Pour l'heure, il voulait une partie de chasse. Si Lake ne pouvait pas la lui fournir, moi si.

Je sentis mes lèvres remuer, j'entendis sortir des mots. Je tentai de me persuader que j'avais parlé par simple volonté de survie. Mais ça ne me donnait pas cette impression. Plutôt celle d'un acte de lâcheté. Non, pire encore. De trahison.

—Il mutera s'il a peur.

Winsloe sourit de toutes ses dents.

—Alors foutons-lui la trouille.

ÉCHEC

—Point de contrôle huit il y a quatre minutes, dit Pendecki.

Winsloe me lança un coup d'œil par-dessus son épaule, les yeux brillant de nouveau d'une excitation de petit garçon.

—Pour votre information, je ne recours pas aux points de contrôle quand je chasse. Ce n'est pas très sportif. Cette histoire de caméras n'était même pas mon idée. C'est Tucker qui a insisté. Vous connaissez Tucker? Le chef de la sécurité?

Je hochai la tête, claquant des dents. J'avais beau me répéter qu'il ne faisait pas si froid, je ne pouvais pas m'empêcher de frissonner.

—Un militaire à l'ancienne. Tellement rigide qu'on ne pourrait pas lui fourrer sa plaque d'identification dans le fion. Quand le chaman s'est enfui, il a pensé qu'on avait besoin de ces caméras qui se déclenchent quand on marche sur un fil. Plus tard, quand on a chopé Lake, j'ai décidé qu'elles pourraient m'être utiles pour la chasse. Comme je vous le disais, pas pour suivre la proie à la trace, mais pour m'assurer qu'elle reste dans le périmètre du terrain de jeu. Il faut parcourir des kilomètres avant d'atteindre les limites de la propriété, mais j'ai pensé que le loup-garou était le seul monstre capable de courir si loin.

—Et s'il arrive jusque-là? Vous le laissez filer?

—Oh, bien sûr. À cent mètres au-delà du périmètre, il est libre. C'est ma règle. Bien sûr, avec ces caméras, on est à peu près sûrs qu'il n'arrivera jamais jusque-là.

—Point de contrôle douze, monsieur. Désolé de vous interrompre, mais on est assez près pour que le signal nous parvienne sans décalage.

—Il vient de le franchir?

—Affirmatif.

Winsloe sourit.

—Alors on accélère.

Tout le groupe se mit à suivre le chemin au pas rapide.

—De nouveau le point de contrôle douze, monsieur.

—Il tourne en rond, pavoisa Winsloe. Parfait. Gentil chien. Attendez-moi là.

—Nous arrivons au point douze…

Winsloe leva la main pour nous dire de nous arrêter. Je vis sa tête remuer dans le noir. Puis il désigna le nord-est, où je sentais l'odeur de Lake à vingt mètres de nous. Craquement de broussailles. Le sourire de Winsloe s'élargit. Il plongea la main dans la poche de sa veste. De l'autre, il exécuta une série complexe de mouvements. Les gardes hochèrent la tête. Les deux de l'avant levèrent leur fusil. Ceux de l'arrière posèrent silencieusement les leurs à terre et tirèrent des pistolets de sous leur manteau. Winsloe sortit une grenade de sa veste. Il se tourna vers moi avec un sourire et un clin d'œil, comme s'il n'avait pas envisagé ma mort quelques minutes plus tôt.

Il ôta la goupille de la grenade et la lança dans les airs. À l'instant où il la relâchait, les gardes de l'arrière s'écartèrent, décrivant des cercles opposés autour du trajet de la grenade. Les gardes de l'avant pointèrent leur fusil au loin. Quand la grenade explosa, les gardes tirèrent. La forêt résonna de crépitements.

—Cours, mon salaud, cours, gloussa Winsloe avant de se tourner vers moi, tout sourires. Vous croyez que ça va lui filer les jetons ?

—Si ça ne l'a pas tué.

Winsloe balaya d'un geste ma réponse pessimiste, puis s'arrêta, radieux.

—Vous avez entendu ? Il est en mouvement. Rompez, les gars. La proie est en marche.

Puis le chaos éclata. Du moins, c'était le chaos à mes yeux. Six humains à moitié aveugles poursuivant un loup-garou paniqué à travers une épaisse forêt, ce n'était pas ce que j'appellerais une course-poursuite gracieuse. Plus on courait, plus on faisait de boucan, plus on effrayait Lake, plus il courait. Cercle vicieux qui ne prit fin que lorsque Winsloe s'arrêta, essoufflé, et s'appuya contre un arbre pour se soutenir.

—Faut lui laisser l'occasion de se transformer, siffla-t-il.

—Bonne idée, monsieur, dit Pendecki, avec dans le regard une lueur sarcastique que les ténèbres masquèrent aux yeux de tous, sauf aux miens.

Winsloe se plia en deux, cherchant son souffle.

—L'air est raréfié à cette altitude ?

—Possible, monsieur.

Nous avions donc gravi une colline ? Hum, je ne m'en étais pas vraiment aperçue.

—Alors il va se transformer maintenant ? me demanda Winsloe.

—Il devrait, répondis-je.

S'il n'était pas épuisé. Avec un peu de chance, après cette course initiale et cette chasse, Lake serait trop crevé pour muter. Pourquoi l'espérais-je ? Parce que je ne voulais pas que Winsloe obtienne sa partie de chasse. Je voulais que ce gibier le déçoive autant que les précédents. Si Lake ne donnait pas à Winsloe le flot d'adrénaline qu'il espérait, Winsloe abandonnerait les loups-garous comme proie « idéale » et chercherait ailleurs, comme il l'avait fait après la chasse à la sorcière et au semi-démon. Si Lake répondait à ses attentes, il fouillerait les cellules en quête d'une autre victime et, dans la mesure où j'étais le seul loup-garou restant, je devinais facilement où se porterait son attention. Ty Winsloe aimait peut-être m'attifer de tenues sexy et concocter quelques fantasmes sur lesquels se branler, mais je le soupçonnais de prendre davantage son pied avec le gibier qu'il chassait qu'avec ses conquêtes sexuelles.

Un gémissement traversa les arbres. Winsloe cessa de haleter et leva la tête. Nouveau gémissement, grave et prolongé. Les poils se hérissèrent sur mes bras.

— Le vent ? articula Winsloe.

Pendecki secoua la tête.

Avec un rictus, Winsloe nous fit signe d'avancer vers ce bruit. On progressa à pas furtifs à travers la forêt jusqu'à ce qu'un des gardes de l'avant lève la main, doigt tendu. Quelque chose de pâle apparut à travers les broussailles. J'inspirai, puis m'étouffai, prise d'un soudain haut-le-cœur. Une puanteur de peur et de panique envahissait la clairière, si puissante que je me demandai si les intestins de Lake s'étaient relâchés.

Winsloe s'accroupit et s'avança petit à petit.

— Non, sifflai-je en agrippant le dos de sa veste. Il est en train de muter.

Winsloe se contenta de sourire.

— Je sais.

— Vous ne devez pas voir ça.

Son sourire s'élargit.

— Oh, si.

L'un des gardes anonymes pointa le bout de son fusil contre mon bras, écartant ma main de la veste de Winsloe. Je lui décochai un regard assassin, mais il m'avait déjà distancée pour rattraper Winsloe. Je m'accroupis à mon tour et attendis qu'il arrête Winsloe. Au lieu de quoi il le contourna pour écarter la verdure masquant la cachette de Lake.

— Nom de Dieu! s'écria le garde en se redressant d'un bond. C'est quoi ce…?

En se relevant brusquement, il avait déraciné une fougère, dévoilant la clairière. Une tache de chair pâle s'y détacha, puis retentit un cri aigu qui me fit grincer des dents. Lake roula à terre, levant les jambes pour protéger son ventre. Il bougeait trop vite pour qu'on voie beaucoup plus que sa peau. Puis il s'immobilisa en nous en dévoilant plus. Beaucoup plus.

Un museau dépourvu de poils comme de lèvres dépassait au milieu de son visage, au-dessus duquel son nez toujours humain était planté d'une manière grotesque, narines dilatées. Ses yeux se trouvaient sur les côtés de sa tête, à la place de ses oreilles humaines. Lesquelles avaient poussé, évoquant à présent celles d'une chauve-souris, figées à mi-chemin de leur ascension vers son crâne. Une fourrure clairsemée palmait ses doigts et ses orteils. Un bout de queue nu battait le sol entre ses jambes. L'entaille que je lui avais ouverte dans la jambe palpitait d'un rose vif là où sa peau, en s'étirant, avait fait céder les croûtes. Son dos voûté, tordu, avalait son cou et attirait sa tête dans sa poitrine.

— Mais qu'est-ce qui lui est arrivé? cria le garde, reculant toujours, dirigeant la main vers son arme.

La fureur m'envahit. C'était quelque chose que personne ne devait voir, ce qu'il y avait de plus intime pour un loup-garou. Ils le voyaient là dans ce qu'il avait de plus vulnérable, nu et hideux, un monstre véritable, mais privé des moyens les plus basiques d'autoprotection. Cabot ou pas, Lake me devenait soudain plus proche que ces salopards de voyeurs.

—Il est en train de muter, aboyai-je. Vous vous attendiez à quoi?

—Pas à ça, répondit Winsloe qui regardait fixement la scène comme un gamin lorgne un phénomène de foire. Nom d'un chien. Vous avez vu ça? Je n'ai jamais rien vu d'aussi dégoûtant…

Le museau sans lèvres de Lake se tordit pour lâcher un cri de douleur. Le garde passa le bout de son fusil à travers la verdure pour pousser légèrement Lake.

—Arrêtez! criai-je en me tournant vers le garde. Reculez et laissez-le finir.

Lake se tortilla sur son dos, croisant ses mains difformes pour protéger ses organes vitaux. Le garde avança de nouveau son fusil. Pendecki bondit pour s'emparer du canon.

—Elle a raison, dit-il. Si vous voulez chasser, monsieur, je vous suggère de l'écouter. Reculez et laissez-le finir… ce qu'il est en train de faire.

Winsloe soupira.

—Sans doute. Mais il faudra que je voie ça.

—Attendez quelques jours, répondis-je. Vous pourrez regarder Sondra Bauer passer par là.

—Si elle survit.

Il soupira, non pas à l'idée du décès de sa collègue, mais à celle que cette mort imminente gâche ses chances de voir un loup-garou en pleine Mutation.

—D'accord. Bryce, arrêtez d'agacer cette brute. Demi-tour, les gars. Reculez.

Pendecki et les deux autres gardes s'exécutèrent. Bryce ignora la consigne, mais Winsloe n'y prêta guère attention, captivé par le spectacle qui s'offrait à nos yeux. Tandis que Lake demeurait étendu, recroquevillé en position fœtale, sa chair se mit à onduler, comme s'il avait des serpents coincés sous la peau. La croissance de ses poils, qui jaillissaient en ligne droite du poignet à l'épaule, évoquait la chute inversée d'une rangée de dominos.

—La vache! s'exclama Winsloe.

Les poils se rétractèrent et Lake se convulsa en gémissant.

—Reculez, sifflai-je. Il ne peut pas…

Winsloe me fit signe de me taire et s'approcha furtivement. La tête de Lake pivotait frénétiquement, cherchant à regarder Winsloe de ses deux yeux de traviole en même temps. Son dos se voûta et des rangées jumelles de muscles jaillirent de son cou, qui s'épaissit jusqu'à doubler de volume. Les tendons palpitèrent, se dilatant puis se contractant tour à tour. La Mutation s'interrompit là, et seuls les muscles du cou continuèrent à hésiter entre la forme humaine et celle de loup.

—Qu'est-ce qui se passe? demanda Winsloe qui ne le quittait pas des yeux.

Lake était coincé entre deux formes. Je n'en dis rien à Winsloe. Je n'osai pas ouvrir la bouche car je craignais, si je faisais le moindre mouvement, d'agripper le milliardaire par l'épaule pour le projeter dans les buissons, ce qui me vaudrait de récolter une balle de la part des gardes. Regardant Lake, je priai pour que cette stase prenne fin. Qu'il devienne loup ou humain. Quelque chose. N'importe quoi. Il était condamné de toute manière, mais devait-il mourir comme ça? Cette pensée me glaçait les tripes. Le cauchemar inconscient de tout loup-garou était de se retrouver coincé ainsi, prisonnier de ce corps difforme et monstrueux, incapable de muter dans un sens ou dans l'autre. L'horreur suprême.

Lake roulait d'un côté à l'autre, transpirant, haletant, émettant d'affreux vagissements. Des spasmes aléatoires agitaient ses muscles. Seul son cou changeait de forme à mesure que les tendons se dilataient puis se contractaient. Pris d'une violente convulsion qui faillit l'étouffer, il bascula sur l'autre côté. Pour me regarder droit dans les yeux. Je me détournai.

— Tuez-le, dis-je calmement.

— Ça va pas, non ? s'écria Winsloe qui se releva pour me fusiller du regard. Qui donne les ordres ici ? Ne me dites pas ce que je dois faire. Jamais.

— Il est coincé, expliquai-je. Il ne peut ni terminer, ni revenir en arrière.

— On va attendre.

— Je ne…

— J'ai dit qu'on allait attendre.

— Alors reculez. (Je me forçai à ajouter :) S'il vous plaît. Accordez-lui un peu d'intimité.

Avec un grognement, Winsloe me lança un autre regard noir mais fit signe aux autres de reculer, bien que les trois autres gardes se trouvent déjà à trois mètres du fourré. Bryce ne put résister à la tentation de le pousser une dernière fois du bout de son fusil. Lorsqu'il avança son arme, les mains de Lake se relevèrent brusquement.

— Att… ! commençai-je.

Avec un cri inhumain, Lake prit appui sur ses bras et se jeta sur Bryce. Le garde tira. Lake poussa un glapissement et bascula en arrière, heurta le sol et s'enfonça dans les broussailles, laissant derrière lui une piste sanglante évoquant celle d'une limace.

— Qu'est-ce que vous foutez? hurla Winsloe. Vous lui avez tiré dessus!

— Il m'a attaqué…

— Reculez! cria Winsloe dans une pluie de postillons. Tous. Reculez. Tout de suite!

Les broussailles se mirent à bruire. Tout le groupe sursauta. Bryce et un autre garde levèrent leur arme.

— Baissez vos armes! dit Winsloe. Baissez-les, bordel!

On se figea tous pour écouter le silence. L'odeur de Lake était omniprésente. Je tournai la tête en me concentrant sur elle.

— Bon, dit Winsloe en inspirant profondément. Ça, c'était une connerie de première. Maintenant, voilà ce qu'on va faire, et si j'entends encore un putain de coup de feu, y a intérêt à ce qu'il vienne de moi. Est-ce…

Les buissons explosèrent. Bryce leva son fusil.

— Ne faites pas ça, connard! hurla Winsloe.

Le corps difforme de Lake vola à travers les airs. Deux coups de feu retentirent. Je m'abaissai. Le sol vibra une fois, deux fois. J'entendis un gémissement. Très humain. Je levai la tête pour voir Bryce sur l'herbe, la tête sur le côté, regard braqué sur le mien. Sa bouche s'ouvrit. Une écume sanglante y perlait. Il toussa une fois. Puis s'immobilisa. J'arrachai mon regard de ses yeux morts et regardai autour de moi. Lake se trouvait derrière moi, un trou sanglant au milieu du front.

Je me relevai tant bien que mal, cherchant à comprendre comment Lake avait pu tuer Bryce si rapidement. Une fois debout, je vis le trou creusé par une balle dans la poitrine de Bryce. Derrière lui, Winsloe jeta son pistolet à terre.

— Non mais j'hallucine, s'écria-t-il. J'hallucine! Je lui ai interdit de tirer. Un ordre direct. Il a buté mon loup-garou. Il a buté mon loup-garou, l'enfoiré.

Seul Pendecki bougea, mais ses membres refusèrent de se coordonner. Il s'effondra lourdement, s'agenouilla près du cadavre de Bryce, cherchant son pouls à l'aide de doigts tremblants.

—Mais quel crétin ! cria Winsloe en direction du ciel, poings crispés à ses côtés, visage empourpré de rage, avant de s'avancer vers le corps de Bryce pour lui balancer un coup de pied. Je lui ai interdit de tirer. Vous m'avez entendu le lui interdire ?

—Ou… oui, monsieur, dit Pendecki.

Winsloe pivota vers moi. Mon cœur s'arrêta de battre.

—Éloignez-la d'ici, dit-il. Ramenez-la dans sa putain de cage. Et cassez-vous. Tous. Dégagez de ma vue avant que…

Il s'avança vers l'endroit où son arme reposait dans l'herbe.

On s'exécuta tous avant qu'il ait le temps de se retourner.

Infirmière

J'étais la prochaine.

Quand les gardes me ramenèrent dans ma cellule, je passai trois heures assise au bord de mon lit sans bouger. La partie de chasse de Winsloe avait été une catastrophe encore pire que je n'aurais pu l'imaginer. C'était ce que je voulais, non ? Dans la forêt, tout m'avait semblé si clair. Si la chasse échouait, je serais en sécurité. Mais non. J'étais la prochaine.

J'avais cru que, si Winsloe n'obtenait pas ce qu'il voulait avec Lake, il passerait à autre chose. Je m'étais trompée. Cette soirée n'avait pas représenté pour lui une légère déception, mais un échec. Le plus abject qui soit. Comment y réagirait-il ? En s'énervant, en tapant du pied, en assassinant un garde avant de trouver de nouveaux moyens de se distraire ? Ouais, à d'autres. C'était précisément le type de réaction à l'échec qui aurait aidé Winsloe à bâtir une des plus grandes sociétés de l'industrie informatique. Non, ce «revers» n'arrêterait pas Winsloe. Aux yeux de gens comme lui, l'échec était un obstacle qu'il ne fallait pas se contenter de surmonter, mais carrément dynamiter, éliminer de façon si radicale que son orgueil n'en conserverait pas même une marque de brûlure. Ayant échoué – devant une audience d'êtres inférieurs –, il allait prendre du recul, analyser la situation, cerner la cause de son échec, y remédier puis tout reprendre à zéro. Quand il aurait déterminé ce qui était allé de travers et se serait assuré que ça ne se reproduise plus, il reviendrait me chercher. Je ne pouvais pas attendre qu'on vienne à mon secours. Je devais agir.

Cela dit, c'était parfaitement logique de parler d'action. Mais ce n'était pas comme si je venais de passer trois jours à traîner dans ma cellule en ignorant des occasions d'évasion en or. Si j'avais su comment sortir, je l'aurais fait, tiens. Mon seul et unique plan avait consisté à me faire bien voir de Bauer. Un plan tout à fait génial, si on ignorait le petit détail de sa transformation en loup-garou et de son agonie. Bon, d'accord, elle n'était pas encore morte, mais même si elle récupérait, elle ne serait pas en état de m'aider. À moins que… ? Je n'avais pas menti à Carmichael quand j'affirmais que je ne pouvais rien faire pour Bauer. Mais Jeremy en était capable. Si je parvenais à communiquer avec lui, je pourrais peut-être sauver la vie de Bauer, qui s'estimerait peut-être alors une dette suffisante envers moi pour m'apporter son soutien. Beaucoup trop de « si » et de « peut-être », mais je n'avais pas d'autre plan.

Je formulais cette ligne de conduite avec un détache-ment logique qui m'impressionnait autant qu'il m'effrayait. Assise sur ce lit, regardant défiler les minutes, puis les heures, sur l'horloge à affichage numérique, je n'éprouvais rien. Absolument rien. Je me rappelai le rejet de Clay et n'éprouvai rien. Je me rappelai Bauer en train de se plonger cette seringue dans le bras et n'éprouvai rien. Je me rappelai Lake coincé en pleine Mutation, le garde étendu mort auprès de moi, la rage et la frustration de Winsloe. Et je n'éprouvai toujours rien. Deux heures et demie, trois heures, trois heures et demie. Le passage du temps absorbait mon attention tout entière. À quatre heures, je trouvai mon plan. À quatre heures et demie, je consultai l'horloge et m'aperçus qu'une demi-heure s'était écoulée. Où était-elle passée ? Qu'avais-je fait ? Aucune importance. Rien n'en avait, en réalité. Jeremy et Paige dormaient sans doute. Inutile de les réveiller. Cinq heures. Je devrais peut-être essayer de me connecter à Paige. Disposer des conseils de Jeremy quand les gardes m'apporteraient mon petit déjeuner. Mais ça demandait des efforts. Tellement d'efforts. C'était beaucoup plus facile d'attendre en fixant l'horloge. Pendant une éternité. Cinq heures et demie. Jeremy serait peut-être levé à présent. Je n'avais pas envie de le réveiller. Ce n'était pas si important. Mais je pouvais tenter le coup. Il faudrait peut-être un moment pour contacter Paige. Ça ne servait à rien de repousser ça à plus tard. Six heures. Six… ? Mais où… ? Peu importe. Autant essayer.

Je fis une tentative. Rien ne se produisit. Évidemment. Qu'est-ce qui me faisait croire le contraire ? Ce n'était pas moi qui possédais des pouvoirs télépathiques. Mais cette idée ne me traversa jamais l'esprit. J'appelai mentalement Paige, et, n'obtenant aucune réponse, je me dis simplement « Tiens, bizarre » et répétai ma tentative. D'accord, mon cerveau ne tournait pas rond. Au cours des douze dernières heures, j'avais été rejetée par mon amant, j'avais vu mon seul espoir de liberté se transformer en loup-garou de son plein gré, et découvert que l'instigateur principal de ce projet était un cinglé qui prenait son pied en matant les femmes athlétiques et en chassant les monstres. J'avais bien le droit de péter quelques fusibles.

Je finis par admettre que je ne pouvais pas joindre Paige. J'attendis donc qu'elle le fasse. J'attendis encore. Et encore. Le petit déjeuner arriva. Je l'ignorai. Il repartit.

À neuf heures trente, Paige tenta de me parler. Du moins, je le crois. Tout commença par un mal de tête, comme la veille. Au premier signe de tension, j'avais sauté dans mon lit, je m'étais étendue en fermant les yeux et j'avais attendu. Rien ne s'était produit. Le mal de tête avait diminué, disparu, pour revenir une demi-heure plus tard. J'étais toujours au lit, évitant même de changer de position de peur de briser le contact. Là encore, rien ne se produisit. Je me détendis. Je m'imaginai en train de m'ouvrir, de parler à Paige, imaginai toutes les images susceptibles de me mettre en condition. Mes efforts ne furent même pas récompensés d'un infime soupir.

Et si Paige ne pouvait pas me contacter ? Si elle n'était pas assez puissante, si la fois précédente n'avait été qu'un coup de chance ? Si c'était *moi* qui avais tout fait foirer en rompant la connexion par inadvertance ? Et si, en ce moment même, une partie enfouie au plus profond de ma psyché résistait au contact, terrifiée par la perspective d'un nouveau rejet ? Et si les dégâts étaient permanents ? Et si j'étais seule… pour de bon ?

Non, c'était impossible. Paige allait revenir. Elle trouverait une solution, je parlerais à Jeremy et tout s'arrangerait. C'était temporaire. Peut-être n'avait-elle même pas tenté de me faire signe. C'était peut-être une simple migraine, compréhensible compte tenu des circonstances.

Paige allait revenir, mais je ne resterais pas assise à l'attendre. L'action était le seul remède à la panique. J'avais un plan. D'accord, ce serait plus facile avec les conseils de Jeremy, mais je pouvais commencer seule. Il me suffisait de me rappeler ma propre transformation en plongeant dans les gouffres les plus profonds et les plus soigneusement refoulés de ma psyché pour en déterrer des souvenirs de l'enfer. Une vétille.

Deux heures plus tard, trempée de sueur, je m'arrachai à mes souvenirs. Je passai les vingt minutes suivantes assise au bord du lit, à rassembler mes esprits. Puis j'allai prendre une douche. J'étais prête.

Au déjeuner, j'avertis les gardes que je voulais voir Carmichael. Ils ne répondirent pas. Ils ne me parlaient jamais plus que nécessaire. Une demi-heure plus tard, alors que je commençais à croire qu'ils avaient ignoré ma requête, ils revinrent accompagnés de Matasumi. Ce qui contrariait mes projets. Bien qu'il semble vouloir aider Bauer, il n'avait pas l'air pour autant disposé à me laisser sortir de ma cage. Si on le laissait faire, je crois que les captifs ne quitteraient plus leur cellule de l'instant de leur capture jusqu'à celui où l'on viendrait chercher leur carcasse.

Il se laissa finalement convaincre de me conduire à l'étage, à condition que je sois menottée, munie de fers, accompagnée de toute une brochette de gardes afin de m'empêcher d'approcher de Matasumi à moins de trois mètres. À l'infirmerie, il me quitta pour aller chercher Carmichael. Trois gardes m'escortèrent à l'intérieur tandis que les autres bloquaient la sortie côté salle d'attente.

Bauer reposait sur le premier lit. Près d'elle, Tess lisait un roman policier tout en se rongeant les ongles. Quand elle m'aperçut, elle se redressa brusquement, inquiète, puis remarqua les gardes et choisit de reculer sa chaise de quinze centimètres avant de reprendre sa lecture.

Étendue sur le lit d'hôpital, Bauer se révélait encore plus majestueuse et calme que lorsqu'elle était consciente. Ses cheveux d'un blond sombre s'étalaient sur un oreiller d'une blancheur impeccable. Les fines rides entourant ses yeux et sa bouche avaient disparu, ce qui la faisait paraître la moitié de son âge. Ses yeux étaient fermés, cils reposant contre une peau blanche et immaculée. Ses lèvres dessinaient un léger sourire. Elle était parfaitement calme, immobile et d'une beauté éthérée. On l'aurait crue morte, en somme.

Seul le mouvement gracieux de sa poitrine qui s'élevait et s'abaissait m'apprenait que je n'arrivais pas trop tard, qu'on ne l'avait pas étendue là pour ceux qui souhaitaient voir le corps. Mais la tentation de complimenter la personne qui avait maquillé le cadavre restait forte. Je gardai mes commentaires pour moi. Je doutais que mon auditoire les apprécie.

—Elle a l'air paisible, non? dit derrière moi la voix de Carmichael.

—Elle n'est pas attachée, remarquai-je lorsque Carmichael contourna le lit et fit signe à Tess de s'en aller.

—Les bords du lit sont assez hauts pour empêcher les accidents.

—Ce n'est pas à ça que je pensais. Il faut que ses bras et ses jambes soient entravés. Aussi solidement que possible.

—Elle dort profondément. Pas question que…

—Si vous ne l'entravez pas, je m'en vais.

Carmichael cessa de prendre le pouls de Bauer et leva vivement les yeux.

—Ne me menacez pas, Elena. Vous avez avoué au docteur Matasumi que vous pouviez aider Sondra, alors vous allez le faire, sans conditions. Au premier signe de réaction violente, je l'entraverai.

—Vous n'y parviendrez pas.

—Alors les gardes s'en chargeront. Je veux qu'elle soit à son aise. Si c'est tout ce que nous pouvons faire, ce sera suffisant.

—Quelle noblesse de sentiment. Vous vous êtes déjà demandé si nous étions à notre aise dans les cellules? Ou est-ce qu'on ne compte pas? Vu qu'on n'est pas humains, j'imagine qu'on n'est pas concernés par le serment d'Hippocrate.

—Ne commencez pas, dit Carmichael qui se remit à inspecter les signes vitaux de Bauer.

—Vous avez vos raisons de faire ça, hein? De bonnes raisons bien morales. Comme tout le monde ici. Laissez-moi deviner les vôtres… Faire des découvertes médicales inimaginables qui profiteront à l'humanité tout entière. Je me trompe?

Ses lèvres se pincèrent, mais elle garda les yeux fixés sur Bauer.

—La vache, repris-je. Bien deviné. Alors vous justifiez l'emprisonnement, la torture et le meurtre de créatures innocentes dans l'espoir de créer une superrace humaine? Vous l'avez obtenu où, docteur, votre permis d'exercer? À Auschwitz?

Voyant sa main se crisper autour de son stéthoscope, je crus qu'elle allait me le jeter à la figure. Au lieu de quoi elle le serra jusqu'à faire blanchir ses jointures, puis elle inspira et se tourna vers les gardes derrière moi.

—Veuillez reconduire Mlle Michaels à sa… (Elle s'interrompit et braqua son regard vers le mien.) Non, c'est ce que vous voulez, hein? Que je vous renvoie dans votre cellule, que je vous libère de vos obligations. Eh bien, non. Vous allez me dire comment la soigner.

Le corps de Bauer se raidit. Un frisson la parcourut. Puis ses bras se tendirent, droits comme des piquets. Son dos se cambra contre le lit et elle s'agita violemment.

—Prenez-lui les jambes, cria Carmichael.

—Entravez-la.

Les deux jambes de Bauer se dressèrent à leur tour et l'un de ses genoux heurta Carmichael en pleine poitrine alors qu'elle se penchait pour la maintenir. Carmichael fut projetée en arrière, le souffle coupé, mais elle se reprit en une seconde et se jeta sur le torse de Bauer. Les gardes traversèrent la pièce en courant pour se répartir autour du lit. L'un d'entre eux saisit Bauer par les chevilles. Il perdit prise quand ses jambes se convulsèrent, alla valser en arrière et renversa un chariot. Les deux autres gardes se regardèrent. L'un d'entre eux tendit la main vers son pistolet.

—Non! dit Carmichael. Ce n'est qu'une crise. Elena, prenez-lui les jambes!

Je m'écartai de la table.

—Entravez-la.

La moitié supérieure du corps de Bauer se redressa d'un coup, projetant Carmichael à terre. Bauer s'assit bien droite, puis ses bras se redressèrent pour décrire des moulinets selon un cercle parfait. Quand ils passèrent près de sa tête, ils ne dévièrent pas de leur trajet pour tenir compte de la marge de mouvement normale. Ils continuèrent tout droit en arrière. Un double craquement sourd retentit quand ses épaules se déboîtèrent.

Carmichael attrapa les minces courroies qui pendaient sur les côtés du lit. Je m'apprêtais à lui dire qu'il fallait des liens dix fois plus solides, mais je savais que j'avais déjà poussé trop loin en transformant cette situation en conflit de volontés dans lequel le médecin refuserait de céder. Le garde qui avait saisi les jambes de Bauer un peu plus tôt s'avança d'un pas hésitant.

—Reculez! aboyai-je.

Je me dirigeai vers le pied du lit, ignorant les efforts énergiques de Carmichael pour attacher les entraves, ne m'intéressant qu'aux mouvements des jambes de Bauer. Passant devant le chariot renversé, je pris deux rouleaux de bandages. Je comptai les secondes séparant les soubresauts, attendis que la suivante s'apaise, puis saisis d'une main les deux chevilles de Bauer.

—Prenez ça, dis-je en lançant l'un des rouleaux au garde le plus proche. Attachez-en un bout à sa cheville, puis l'autre au lit. Ne serrez pas trop. Elle casserait ses propres jambes. Faites vite. Il vous reste vingt secondes.

Tout en parlant, j'attachai la jambe gauche de Bauer à la colonne du lit en lui laissant assez de place pour bouger sans se faire mal. Carmichael prit un autre rouleau à terre, voulut saisir les bras de Bauer et se baissa quand l'un d'entre eux battit l'air maladroitement.

—Comptez…, commençai-je.

—Je sais, lâcha Carmichael.

On parvint à attacher au lit les bras, les jambes et le torse de Bauer, sans trop serrer, de sorte qu'elle puisse se convulser sans se blesser. La sueur coulait d'elle en filets musqués et puants. Des miasmes d'urine et de diarrhée s'ajoutaient à ce bouquet. Bauer s'étrangla et vomit une bile verdâtre à l'odeur infecte sur sa chemise de nuit. Puis elle fut de nouveau prise de convulsions, cambrant le torse en décrivant au-dessus du lit un impossible arc de cercle. Elle hurla, crispant très fort ses paupières closes. Carmichael se précipita vers un plateau de seringues à l'autre bout de la pièce.

—Des tranquillisants ? lui dis-je. Vous ne pouvez pas faire ça.

Carmichael remplit une seringue.

—Elle souffre.

—Son corps doit passer par cette phase. Les tranquillisants ne serviront qu'à lui compliquer la tâche la prochaine fois.

—Alors qu'attendez-vous que je fasse ?

—Rien, répondis-je en m'effondrant sur une chaise. Vous asseoir, vous détendre, observer. Peut-être prendre des notes. Le docteur Matasumi ne voudrait certainement pas que vous laissiez passer une telle occasion de vous instruire.

La crise de Bauer prit fin une heure plus tard. Son corps était alors tellement épuisé qu'elle ne broncha même pas quand Carmichael remit en place ses épaules déboîtées. Vers l'heure du dîner survint une autre minicrise pendant laquelle sa température grimpa en flèche. Là encore, je conseillai à Carmichael de s'en tenir aux procédures de secourisme les plus basiques. Des compresses froides, de l'eau versée entre ses lèvres desséchées, et d'infinies réserves de patience. Il fallait, dans la mesure du possible, laisser le corps de Bauer effectuer seul la transformation. Quand sa température eut de nouveau baissé, Bauer dormit, ce qui est le meilleur remède et le plus doux qui soit.

À vingt-deux heures, comme rien d'autre ne se produisait, Carmichael demanda aux gardes de me reconduire dans ma cellule. Je me douchai, renfilai mes habits et découvris en quittant la salle de bains que je n'étais pas seule.

— Dégagez de mon lit, dis-je.

— La journée a été longue ? demanda Xavier.

Je lui jetai ma serviette mais il se téléporta à la tête du lit.

— Susceptible, hein ? J'espérais un accueil plus chaleureux. Vous n'en avez pas encore marre de parler aux humains ?

— La dernière fois qu'on s'est parlé, vous m'avez balancée dans une pièce – toute menottée – avec un cabot très énervé.

— Je ne vous y ai pas balancée. Vous y étiez déjà.

Avec un grognement, je saisis un livre sur l'étagère. Xavier disparut. J'attendis le miroitement qui précédait sa réapparition, puis lançai le livre.

— Merde, grommela-t-il quand il heurta sa poitrine. Vous apprenez vite. Et vous êtes rancunière. Je ne sais pas pourquoi. Ce n'est pas comme si vous étiez incapable d'affronter Lake. J'étais là. Si quelque chose était allé de travers, j'aurais pu l'arrêter.

— Ouais, je n'en doute pas un instant.

— Bien entendu. J'avais reçu la consigne stricte de ne rien laisser vous arriver.

Je m'emparai d'un autre livre. Xavier leva les mains pour me faire signe d'arrêter.

— Hé là, c'est bon. Soyez gentille. Je suis descendu vous parler.

— De quoi ?

— J'en sais rien. Je m'ennuie.

Je résistai à l'envie de lui lancer le livre et le reposai sur l'étagère.

— Eh bien, vous pouvez toujours vous transformer en loup-garou. On dirait que c'est un remède assez populaire contre l'ennui, par ici.

Il s'installa sur le lit.

— Non mais sans blague. Je n'arrive pas à le croire. Il fallait que ça tombe sur Sondra. Je peux concevoir qu'un humain veuille devenir autre chose, mais elle devait avoir pété quelques fusibles pour faire un truc pareil. Enfin ça devait finir par arriver. À force de nous avoir sous les yeux. Les complexes d'infériorité sont inévitables.

— Des complexes d'infériorité ?

— Bien sûr. (Voyant mon expression, il roula des yeux.) Oh, par pitié. Ne me dites pas que vous faites partie de ceux qui pensent que les humains et les êtres surnaturels sont égaux. On possède tous les avantages de l'humanité, et bien d'autres encore. Ça nous rend supérieurs. Alors maintenant, on voit des humains qui, après une vie passée à se croire

311

tout en haut de l'échelle de l'évolution, comprennent que ce n'est pas le cas. Et pire encore, ils découvrent qu'ils *pourraient* être quelque chose de supérieur. Bien sûr, ils ne peuvent pas devenir semi-démons. Mais quand ils verront de quoi sont capables les autres espèces, ils le voudront. C'est en ça que tout ce projet est foireux. Aussi nobles que soient leurs motivations initiales, ils finiront tous par vouloir y goûter. L'autre jour…

Il s'arrêta, jeta un coup d'œil en direction du miroir sans tain comme s'il vérifiait que personne ne l'espionnait, puis disparut une seconde et réapparut.

—L'autre jour, je suis entré dans le bureau de Larry et vous savez ce qu'il faisait? Il s'entraînait à lancer un sort. Enfin il disait faire des recherches scientifiques, mais je n'y ai pas cru une seconde. Sondra, ce n'est que le début.

—Alors qu'allez-vous y faire?

—Y faire? demanda-t-il, yeux écarquillés. Si l'espèce humaine tient tellement à se détruire, c'est son problème. Tant qu'ils me paient un max pour les aider, je suis un homme comblé.

—Belle attitude.

—Honnête. Alors dites-moi…

Il s'arrêta en entendant s'ouvrir la porte. Deux gardes entrèrent, menés par un type plus âgé aux yeux bleus perçants et aux cheveux grisonnants taillés en brosse, vêtu d'un uniforme.

—Reese, gronda-t-il à l'intention de Xavier. Que faites-vous là?

—Je distrais simplement nos pensionnaires. Les femmes, du moins. Elena, je vous présente Tucker. Il préfère «colonel Tucker», mais il a été réformé dans des conditions un peu douteuses. À la limite du passage en cour martiale.

—Reese…, commença Tucker avant de s'interrompre, de se redresser et de se tourner vers moi. On a besoin de vous à l'étage, mademoiselle. Le docteur Carmichael vous demande.

—Mlle Bauer va bien? demandai-je.

—Le docteur Carmichael nous a demandé de vous faire monter.

—N'attendez jamais de réponse directe d'un ex-militaire, dit Xavier avant de sauter du lit. Je vous conduis à l'étage.

—Nous n'avons pas besoin de votre aide, Reese, répliqua Tucker, mais Xavier m'avait déjà poussée au-delà de la porte.

Quand je passai devant la cellule de Ruth, je remarquai qu'elle était vide.

—Ruth va bien? demandai-je.

—Personne ne vous a rien dit? répondit Xavier. J'ai cru comprendre que vous aviez fait une suggestion à Sondra avant son pétage de plombs.

—Une suggestion? Ah, oui. Que Ruth rende visite à Savannah. On l'a laissée faire?

—Encore mieux que ça. Venez jeter un œil.

Xavier se mit en marche le long de la rangée de cellules.

CRISES

— L e docteur Carmichael veut vous voir à l'étage, sur-le-champ, m'annonça Tucker.

Xavier continua à marcher et je le suivis donc. Je jetai un coup d'œil à chaque cellule sur notre passage. Armen Haig, assis à sa table, lisait un *National Geographic*. Leah faisait un somme dans son lit. La cellule du prêtre vodoun était vide. Matasumi l'avait-il «écarté» du programme? Cette idée me fit frissonner car je me rappelai ce qui arrivait aux prisonniers lorsqu'ils avaient perdu toute utilité.

Quand on atteignit la cellule de Savannah, Xavier tendit la main vers la poignée de la porte.

— Je vous l'interdis, siffla Tucker en marchant vers nous à grands pas.

— Détendez-vous, mon vieux. Vous allez faire une crise cardiaque.

— Je suis en meilleure forme physique que vous ne le serez jamais, gamin. Hors de question que vous emmeniez cette… jeune femme dans cette cellule.

— Pourquoi? Vous avez peur de ce qui va se passer? Quatre créatures surnaturelles au même endroit. Imaginez l'incroyable concentration d'énergie psychique, dix Xavier en une imitation passable de Matasumi.

Il ouvrit la porte. Savannah et Ruth étaient assises à la table, têtes penchées l'une contre l'autre tandis que Ruth dessinait des lignes imaginaires sur le plateau de la table. Quand la porte s'ouvrit, elles s'écartèrent brusquement.

—Ah, c'est seulement vous, dit Savannah quand Xavier entra. Qu'est-ce qu'il y a ? Vous ne pouvez plus traverser les murs ? Ce serait dommage de perdre votre seul et unique pouvoir.

—Adorable, hein ? me dit Xavier tandis que Ruth faisait taire Savannah.

Ignorant la vieille femme, la fillette se leva et tordit le cou pour regarder derrière Xavier.

—C'est qui, avec vous ? demanda-t-elle.

—Une pensionnaire, répondit-il. Mais si tu ne veux pas être gentille…

Savannah le contourna et leva les yeux vers moi. Elle sourit.

—Vous êtes la nouvelle, le loup-garou ?

—Elle s'appelle Elena, ma chérie, dit Ruth. Ce n'est pas poli…

—Un loup-garou. Ça, c'est un *vrai* pouvoir, dit Savannah en jetant un coup d'œil à Xavier.

—Entrez, Elena, dit Ruth, qui m'étreignit quand je m'exécutai. Comment allez-vous, ma chère ?

—Je survis.

—J'ai entendu raconter des choses affreuses concernant cette pauvre Mlle Bauer…

—Qu'est-ce qui se passe quand on se transforme en loup ? demanda Savannah. Ça fait mal ? C'est dégueu ? Une fois, j'ai vu un film sur des loups-garous, y avait un type qui avait le museau qui lui sortait par la bouche et qui lui déchirait la tête…

—Savannah ! l'interrompit Ruth.

—Pas de problème, répondis-je en souriant. Mais nous n'avons pas beaucoup de temps. On m'emmène à l'étage. (Je lançai un coup d'œil à Ruth.) Tout va bien ?

Elle regarda Savannah. La fierté perçait derrière l'exaspération.

— Très bien, répondit-elle.

— Tucker s'impatiente, dit Xavier. On ferait mieux d'y aller.

— Ramenez-la de temps en temps, dit Savannah en retournant s'asseoir. Et puis je n'ai plus de Mars, au fait.

— Et rappelle-moi ce qui devrait m'obliger à te rendre ces services ? lança Xavier. Ton charme sans limites ?

Savannah feignit de soupirer, les yeux pétillant d'une ruse mi-femme, mi-enfant.

— Bon. Si tu m'apportes du chocolat, je jouerai au Monopoly avec toi. Vu que tu meuuuuuurs d'ennui.

— Je ne crois pas que ce soit une très bonne idée, ma chérie, murmura Ruth.

— Pas de problème, répondit Savannah. C'est un joueur tellement merd… tellement mauvais qu'on le battra sans problème.

J'avais autre chose à dire à Ruth, mais j'ignorais comment m'y prendre sans que Xavier l'entende. Je n'osais pas demander à lui parler en privé. Même si j'obtenais la permission, où trouverions-nous un peu d'intimité dans un cube de verre ?

— Vous avez du mal à joindre Paige, dit Ruth.

Je sursautai et jetai un coup d'œil à Xavier. Il plaisantait toujours avec Savannah.

— Il ne m'entend pas, reprit Ruth. Mais ne me répondez pas tout haut. Le sortilège ne fonctionne que pour moi. Contentez-vous de hocher la tête.

Je m'exécutai.

— C'est ce que je craignais, soupira-t-elle. Je lui ai parlé hier, mais quand j'ai essayé ce matin, je n'ai pas réussi à la contacter, ni vous non plus. Peut-être parce que je concentre trop de mon énergie sur cette enfant. J'ignorais à quel point Savannah serait puissante. Sa mère avait un grand potentiel, mais elle ne s'est jamais montrée à la hauteur. Trop indisciplinée. Trop attirée par… des choses plus sombres. Avec l'entraînement adéquat, celle-ci pourrait… (Elle s'interrompit.) Mais ce sont des affaires de sorcière. Je ne vais pas vous ennuyer avec ça. Je vous demande simplement de vous assurer qu'elle soit confiée à Paige. Après ce que je suis en train de faire, Savannah ne doit pas être laissée seule. Pour ce qui est de renouveler le contact, essayez de vous détendre, ma chère. Ça viendra. Si je retrouve mon énergie, je communiquerai moi-même avec Paige et vous transmettrai un message.

— … poker ? me demandait Savannah.

— Hmmm ? répondis-je.

— Vous jouez au poker ? répéta-t-elle. Xavier dit qu'il refuse de jouer parce qu'il faut une quatrième personne, mais je crois qu'il a seulement peur d'être battu par une fille.

— Bonne nuit, Savannah, dit Xavier en me faisant sortir de la cellule.

— Pas les Mars noirs, lui cria Savannah quand la porte se ferma. Ça me donne des boutons.

Xavier étouffa un rire et ferma la porte. Tucker attendait toujours dans le couloir, bras croisés.

— Alors ? lui demanda Xavier. Vous avez vu des objets volants non identifiés ? Les murs se sont effrités ?

Tucker se contenta de le fusiller du regard. Avec un rictus, Xavier me conduisit vers la sortie.

— Vous ne croyez pas à cette explication concernant l'énergie psychique ? lui demandai-je tandis que nous marchions. Qu'est-ce que c'est, à votre avis ? Un esprit frappeur ?

— Un esp… ? commença-t-il, puis ses lèvres se retroussèrent. Leah.

— Elle a l'air de penser…

— Je sais ce qu'elle pense, dit-il en ouvrant la porte blindée. Sa théorie sur les esprits frappeurs.

— Vous voilà ! nous lança une voix.

Je me retournai et vis Carmichael foncer vers nous.

— C'est vous, dit-elle à Xavier. J'aurais dû m'en douter. Il y a vingt minutes que j'ai demandé qu'on fasse venir Elena.

— Si c'était une urgence, vous seriez venue vous-même, dit Xavier.

— C'en est une, maintenant. (Elle lui fit signe de s'en aller.) Rendez-vous utile, pour une fois. Peut-être que vous pouvez aider…

Xavier disparut. Carmichael soupira et secoua la tête, puis me saisit par le coude et me poussa vers l'ascenseur. Tandis que nous remontions le couloir jusqu'à l'infirmerie, je perçus des bribes de conversation provenant de derrière une porte close. L'insonorisation étouffait les voix au point de les rendre presque inaudibles, même pour moi. L'une d'entre elles ressemblait à celle de Matasumi. L'autre, une voix masculine nuancée d'une trace d'accent, ne m'était pas familière.

— Des vampires ? dit la voix inconnue. Qui l'a autorisé à capturer un vampire ?

— Personne, répondit Matasumi d'une voix proche du murmure, bien que seul un loup-garou puisse l'entendre à travers ces murs insonorisés. Maintenant que Sondra n'est plus en mesure de travailler, il commence à prendre ses aises. Il veut nous indiquer où trouver un vampire.

Ce « il » désignait sans doute Winsloe. Et le deuxième homme ? Bauer disait que le mage les aidait à trouver des prisonniers potentiels. S'agissait-il du mystérieux Isaac Katzen ? Je ralentis pour écouter lorsqu'on passa devant la porte.

—Vous perdez votre temps, Lawrence, dit l'homme. Vous le savez bien. Vous devez réagir. Lui dire non. Je lui ai donné deux loups-garous. C'est suffisant. Nous devons nous en tenir aux espèces supérieures, aux lanceurs de sorts et aux semi-démons. Les loups-garous et les vampires sont de sales brutes qui n'obéissent qu'à des besoins physiques. Ils n'ont pas de but plus élevé. Ils ne nous seraient utiles en rien.

—Ce n'est pas entièrement vrai, répondit Matasumi. Je vous accorde que nous ferions mieux de nous concentrer sur les lanceurs de sorts, mais les loups-garous nous fournissent de précieux indices quant à la nature des pouvoirs physiques et sensoriels. Un vampire pourrait nous être utile pour…

—Nom d'un chien ! Je n'y crois pas. Vous êtes pire que Sondra. Séduit par…

La voix s'estompa lorsque Carmichael me poussa le long du couloir. Je fis semblant de trébucher pour me laisser le temps d'en entendre davantage, mais les voix se turent. Comme je ne pouvais pas m'attarder plus longtemps, je suivis Carmichael à l'infirmerie.

Il n'y avait pas d'urgence. L'emplacement où Bauer s'était piquée suintait d'un pus épais, puant et ensanglanté et avait enflé jusqu'à la taille d'une balle de golf, ce qui menaçait de couper la circulation de son avant-bras. Bon, d'accord, ça pouvait paraître inquiétant en temps normal, mais dans le cadre de la métamorphose d'humain en loup-garou, ce n'était qu'un risque mortel parmi tant d'autres. Cette fois encore, je déconseillai à Carmichael de recourir à des remèdes sophistiqués. La transformation devait suivre son cours. La seule solution consistait à administrer des soins très simples, presque primitifs. Dans ce cas précis, drainer la plaie, appliquer des compresses pour réduire l'enflure et surveiller les pics de température. Pendant tout ce temps, Bauer continua à dormir. Elle n'avait pas repris pleinement conscience une seule fois depuis qu'elle s'était effondrée dans ma cellule. La nature l'avait emporté, déconnectant son cerveau afin de détourner toutes ses ressources vers son corps lors de cette période cruciale.

Quand la crise fut passée, Carmichael décida que je devais m'installer de façon permanente à l'infirmerie. Je n'allais certainement pas dire non. Tout ce qui me permettait de sortir de ma cellule et de gravir un échelon vers la liberté était le bienvenu. Naturellement, Matasumi n'apprécia guère l'idée. Il se disputa avec Carmichael et perdit la partie, comme d'habitude. On me donna un lit dans l'infirmerie et on me fit surveiller vingt-quatre heures sur vingt-quatre par des gardes, un dans la chambre et deux devant la porte. Puis je formulai moi-même une requête. Je demandai qu'on me retire mes menottes. Si Bauer reprenait conscience, je devais être en mesure de me défendre. Suivit un débat animé avec Matasumi et Carmichael, qui finirent par accepter de me les ôter à condition qu'on place un deuxième garde à l'intérieur de la pièce.

Toujours persuadée que Paige allait me contacter, je compilai mentalement une liste de questions à poser à Jeremy. J'avais oublié tant de choses de ma propre transformation. Je le revoyais m'expliquer qu'il ne pouvait rien me donner contre la douleur, répétant constamment que «la nature devait suivre son cours», mais il m'avait administré un sédatif à une occasion. Pourquoi ? Je ne m'en souvenais pas, mais ça signifiait qu'il devait exister des exceptions à la règle de l'absence de médicaments. Quelles étaient-elles donc ? Jusqu'où fallait-il qu'aillent les choses avant que le fait de *ne pas* droguer Bauer devienne plus dangereux que l'inverse ? Et les entraves ? Qu'est-ce qui serait trop serré ? Trop lâche ? La folie décuplait ses forces, mais est-ce que ça la rendait plus puissante qu'un loup-garou expérimenté et en grande forme physique comme moi ? Une morsure injectait une quantité limitée de salive. Bauer avait dépassé cette dose. Est-ce que ça posait problème ? Le fait qu'elle se soit injecté la salive au lieu de la recevoir par une morsure changeait-il les données ? J'étais persuadée que Jeremy le saurait. Il suffisait de lui parler.

Ça ne se produisit pas. Je demeurai étendue éveillée le plus longtemps possible, mais après trente-six heures sans dormir et remplies de stress, je ne pouvais plus repousser plus longtemps le sommeil. Paige ne me contacta jamais.

La journée du lendemain commença par une succession de crises médicales. D'abord, de nouvelles attaques. Puis, avant que Bauer s'en soit remise, elle cessa de respirer. Sa gorge enfla et les muscles s'épaissirent alors qu'elle commençait à se transformer en loup. Sa structure anatomique n'était pas encore prête pour la transformation, si bien que, tandis que son cou changeait, l'intérieur de sa gorge – trachée, œsophage, que sais-je encore – restait humain. Ne me demandez pas les détails, je ne suis pas médecin. Même Carmichael semblait déconcertée. Enfin bref, Bauer cessa de respirer. Si on avait pris le temps de se demander pourquoi, elle aurait suffoqué. J'inclinai sa tête en arrière, redressant sa trachée, et lui massai le cou pour lui redonner forme humaine. Ce fut efficace, mais trop lent. Carmichael commença à s'inquiéter du manque d'oxygène et je ne pus que lui donner raison. Elle pratiqua donc une trachéotomie d'urgence. Vachement marrant. Quand Bauer se remit à respirer, on put se détendre. Provisoirement.

Ma place à l'infirmerie présentait plus d'avantages que je ne l'avais imaginé. Non seulement j'étais plus près de la liberté, mais au bout du premier jour, les gens commencèrent à me traiter un peu comme Tess. Plus qu'une détenue, je devins l'assistante de Carmichael, assez insignifiante dans la hiérarchie générale pour qu'on m'ignore. En d'autres termes, les gens parlaient en ma présence comme si je faisais partie des meubles. Matasumi parlait à Carmichael, les gardes entre eux, Tess au concierge. Tout le monde parlait. Et j'écoutais. C'était incroyable ce que je pouvais apprendre, non seulement des indices concernant le centre et sa structure hiérarchique, mais aussi des détails insignifiants comme le nom des gardes réputés tirer au flanc. Fascinant.

Plus tard dans la journée, je pus même revoir Armen Haig et le prêtre vodoun, Curtis Zaid, toujours bien vivant. Je n'eus pas beaucoup de chance avec Zaid. Si, comme Bauer l'avait laissé sous-entendre, Leah s'était liée d'amitié avec le prêtre vodoun, ses talents mondains étaient encore meilleurs que je ne pensais. Quand je tentai de parler à Zaid, il ne me répondit que par des regards sinistres et un silence tenace, même lorsque je lui dis simplement bonjour. Je ne pouvais pas espérer m'en faire un allié potentiel. Armen, en revanche, retenait mon attention. Non seulement il voulait s'échapper – et se rendre utile – mais il avait fait ses devoirs. Il connaissait le système de sécurité, les tours de garde et le plan du centre. Mieux encore, il parvint à me transmettre ces informations sous le nez de Carmichael, en les intégrant à une conversation si banale qu'elle ne s'aperçut de rien. Observateur, étrange et très intelligent. Tout à fait mon type d'homme… comme partenaire d'évasion, je veux dire.

SORTIE

L'incident suivant fut une autre crise. Après qu'on eut maîtrisé Bauer, je me trouvai incapable de rester tranquillement assise. Je fis les cent pas dans l'infirmerie, touchant ceci, jouant avec ça, jusqu'à ce que mon genou heurte un chariot d'inox et que Carmichael lève enfin les yeux de sa paperasse.

—Vous voulez bien vous asseoir ? lâcha-t-elle d'une voix brusque. Avant de casser quelque chose.

Je me dirigeai vers la chaise, la regardai, puis m'avançai vers la perfusion de Bauer.

—Ne…, commença Carmichael.

—Qu'est-ce qu'il y a là-dedans ?

—C'est une solution qui contient essentiellement de l'eau et…

Carmichael s'arrêta, voyant que je passais déjà à autre chose et que mon attention était à présent absorbée par les bips du moniteur cardiaque.

—Le moment de votre Mutation approche ?

J'y réfléchis. J'avais muté pour la dernière fois tôt le lundi matin, presque cinq jours plus tôt. Comme chez la plupart des loups-garous, mon cycle était hebdomadaire. Ce qui signifie que, bien que je puisse muter aussi souvent que je le voulais, je devais le faire au minimum une fois par semaine, faute de quoi mon corps chercherait à provoquer une Mutation de force. Je sentais déjà la nervosité me gagner. Bientôt, mes muscles seraient agités de tiraillements douloureux. Pour l'instant, je pouvais encore contrôler la situation. Il me restait quelques jours. Si je devais muter dans cet endroit, on m'enfermerait sans doute dans une cellule sécurisée avec un public et une caméra. Je préférais subir pas mal de crampes et douleurs plutôt que d'accepter ça.

— Non, pas encore, répondis-je. Je suis juste nerveuse. Je n'ai pas l'habitude de me trouver dans un espace si confiné.

Carmichael remit le capuchon de son stylo.

— Je peux sans doute m'arranger pour que vous fassiez une promenade à travers le centre. Sous une garde suffisante. J'aurais dû conseiller qu'on vous fasse faire de l'exercice.

— De l'exercice ? dit une voix depuis la porte. Ne parlez pas comme ça dans mon centre.

— Bonjour, Tyrone, dit Carmichael sans se tourner pour lui faire face. Vous avez besoin de quelque chose ?

Winsloe entra dans la pièce d'un pas nonchalant et me sourit.

— Seulement de ce que vous avez là. Je pensais tenir un moment compagnie à Elena, vous laisser faire votre travail.

— C'est très… attentionné de votre part, Tyrone, mais je crains que vous deviez attendre si vous voulez parler à Mlle Michaels. J'allais justement appeler quelques gardes supplémentaires pour qu'ils l'emmènent faire un tour. Elle est agitée.

— Agitée ? Elle est sur le point de muter ?

— Non, pas encore, répondit Carmichael en posant bruyamment son bloc-notes sur le comptoir et en se dirigeant vers l'interphone.

—Ça ne devrait plus tarder. Elle a peut-être besoin…

—Non.

Carmichael enfonça le bouton de l'interphone. Winsloe vint se placer derrière elle et l'éteignit.

—Vous dites qu'elle a besoin d'exercice ? reprit Winsloe. Et la salle de musculation ? Appelez d'autres gardes et je l'y escorte moi-même.

Carmichael marqua une pause, nous regarda tour à tour, Winsloe et moi, puis déclara :

—Je ne crois pas que ce soit une très bonne idée. Une promenade…

—… ne suffira pas, dit Winsloe avec son sourire de petit garçon. Ça suffira, Elena ?

J'y réfléchis. Je préférais marcher et explorer les lieux, mais je savais aussi que je devais entrer dans les bonnes grâces de Winsloe, lui donner une raison de me garder en vie.

—Je préfère la salle de musculation.

Le regard de Carmichael croisa le mien pour me signaler que je n'étais pas obligée de suivre Winsloe si je n'en avais pas envie. Comme je détournais les yeux, elle dit « Très bien » et enfonça le bouton de l'interphone.

On laissa deux gardes dans l'infirmerie et on récupéra les deux postés à la porte auxquels on ajouta trois autres, ce qui signifiait qu'on m'attribuait deux fois plus de gardes et d'armes qu'à Bauer. Ils s'embrouillaient dans leurs priorités, mais personne ne m'avait demandé mon opinion et je ne ferais que gaspiller de la salive en la partageant. J'étais surprise que Carmichael n'ait pas envoyé tous les gardes avec moi en restant seule avec Bauer.

La salle de musculation n'était ni plus grande ni mieux équipée que celle de Stonehaven. Elle faisait à peine plus de cinq mètres sur cinq et comportait un appareil de musculation, des haltères, un sac de sable, un tapis de course ainsi qu'un stepper. Nous n'avions pas de cardio-training à Stonehaven. Aussi pourri que soit le temps, nous préférions courir dehors plutôt qu'à l'intérieur dans une roue de hamster. Quant au stepper – eh bien, les loups-garous n'étaient pas très fans de ces engins en acier, et à en juger par la poussière qui le recouvrait, les gardes non plus.

À notre arrivée, trois gardes s'exerçaient. Winsloe leur ordonna de partir. L'un d'entre eux obéit. Les deux autres restèrent pour admirer le spectacle. Une fille en train de soulever des poids. Waouh. Quelle attraction. De toute évidence, ils n'avaient pas fréquenté de salle de gym publique depuis un bon moment.

Je ne continuai pas longtemps à soulever des haltères. Chaque fois que je m'asseyais, Winsloe était là, vérifiant combien j'avais soulevé, me demandant quelle était ma capacité, et m'agaçant comme pas deux. N'estimant pas très judicieux de lui lâcher une barre d'haltères de vingt-cinq kilos sur le pied, j'abandonnai donc les poids. J'essayai le tapis roulant mais ne compris pas comment le programmer. Winsloe proposa de m'aider mais ne réussit qu'à bloquer l'ordinateur. De toute évidence, son savoir-faire technique ne s'étendait pas au-delà des PC. Peu importait. Je n'avais pas envie de courir, de toute façon. Ce que je voulais vraiment, c'était frapper quelque chose – et fort. Le parfait exutoire se trouvait dans le coin opposé. Le sac de sable.

Quand j'enfilai des protège-mains, les spectateurs s'approchèrent. Peut-être espéraient-ils que j'allais tabasser Winsloe. Je marchai jusqu'au sac et lui assenai un grand coup à titre expérimental. La foule prit une inspiration collective. Oooh, elle va se battre. La vache. Si seulement il y avait une autre fille face à moi, plutôt qu'un sac de sable. Mais on ne peut pas tout avoir, hein ?

Je frappai plusieurs fois le sac pour me réhabituer à son contact et me rappeler la position, les mouvements. D'abord lentement. Puis plus vite. Plus lentement de nouveau. Crochet du droit. Winsloe s'approcha assez pour que je le perçoive dans mon champ de vision, et je découvris comment superposer son image à celle du sac de sable en plissant les yeux d'une certaine façon. « Bam-bam-bam ! » Trois coups rapides comme l'éclair. Du coin de l'œil, je le vis me regarder fixement, yeux brillants, lèvres entrouvertes. C'était sans doute aussi agréable pour lui que pour moi. Tant mieux. Je reculai en bondissant. M'arrêtai. Inspirai. Prête. Je balançai mon poing en plein dans le sac, une fois, deux fois, trois fois, jusqu'à perdre le fil.

Une demi-heure plus tard, la sueur me collait les cheveux au visage. Elle coulait de mon menton, me piquait les yeux, dégageant une odeur si forte que même le meilleur déodorant ne pourrait jamais la masquer. Si Winsloe remarqua la puanteur, il n'en montra rien. Il ne m'avait pas quittée des yeux depuis que j'avais commencé. De temps en temps, mon regard descendait jusqu'au renflement de son jean et je frappais le sac avec plus d'ardeur. Ça finit bientôt par me devenir insupportable. Je pivotai et balançai un coup de pied circulaire dans le sac qui alla percuter le mur. Puis je me tournai vers Winsloe, laissant la sueur couler sur mon visage.

— La douche, lui demandai-je.

Il désigna une porte derrière le stepper.

— Là-dedans.

Je m'y dirigeai à grands pas. Il me suivit, accompagné de deux gardes auxquels il venait de faire signe. Je m'arrêtai, pivotai sur mes talons et les fusillai du regard. Winsloe se contenta de me reluquer, les lèvres agitées de tics, avec l'impatience d'un collégien qui se faufile dans le vestiaire des filles. Je croisai son regard et quelque chose céda en moi. J'agrippai ma chemise, la déchirai et la jetai dans le coin. Mon soutien-gorge suivit. Puis mon jean, mes chaussettes et enfin ma culotte. Je me redressai et lui lançai un regard mauvais. *C'est ça que tu veux voir ? Très bien. Profites-en.* Pendant qu'il me lorgnait, imité par les gardes, je me précipitai dans la salle de douche.

À ce stade, on s'attendrait à ce que le plus novice des voyeurs y réfléchisse à deux fois, éprouve peut-être une bouffée de gêne. Si Winsloe en ressentit, il dut la confondre avec les symptômes d'une indigestion. Sans se départir de son rictus, il me suivit dans la salle de douche collective, fit signe aux deux gardes d'en faire autant et entreprit de me regarder me doucher. Quand il proposa de me laver le dos, je repoussai sa main en la frappant. Winsloe perdit alors son sourire. Il se dirigea vers les robinets et me coupa l'eau chaude. Je choisis de ne pas le défier en la rouvrant et finis donc de me doucher à l'eau glacée. Ce qui le calma assez pour qu'il me tende une serviette quand j'en eus fini. Je venais d'apprendre quelque chose. Winsloe aimait que je fasse preuve de dureté, tant qu'elle n'était pas dirigée contre lui. Comme ces femmes mises en scène sur la couverture d'un certain type de livres de Fantasy : sveltes, musclées, longues jambes et cheveux en bataille… Avec un collier d'esclave incrusté de bijoux. Son esclave sexuelle personnelle.

Quand on quitta la salle de douche, un garde nous apprit que Carmichael avait appelé. Elle avait besoin de moi. Winsloe me reconduisit à l'infirmerie. Après son départ, je découvris qu'il n'y avait pas eu de crise réelle, juste quelques légers soubresauts. Si Carmichael avait recouru à ce prétexte pour me sauver de Winsloe, elle n'en montra rien et se comporta aussi sèchement qu'à son habitude, émaillant ses ordres de remarques agacées quant à mon incompétence médicale. Mais au bout de deux jours passés ensemble, nous avions établi une routine fondée sur la tolérance et une certaine forme de courtoisie. Je la respectais. Je ne peux pas dire qu'elle me le rendait – je crois qu'elle voyait mon refus de défier Winsloe comme un signe de faiblesse – mais au moins me traitait-elle comme une véritable personne, pas comme un spécimen scientifique.

Un incident se produisit ce soir-là dans les cellules. Un garde arriva à l'infirmerie avec des plaies à la tête, et comme je m'y trouvais en compagnie de Bauer, je fus aux premières loges pour assister à toute l'effervescence et aux discussions qui s'ensuivirent.

Le garde était allé rechercher les couverts de Ruth et de Savannah après le dîner. Quand il avait ouvert la porte, une assiette lui avait volé à la tête. Il s'était baissé, mais elle avait heurté le montant de la porte avec une telle force que des éclats de porcelaine s'étaient logés dans son cuir chevelu et sa tempe, manquant de peu son œil. Carmichael passa une demi-heure à lui ôter ces éclats du visage. Tout en suturant la plus longue entaille, elle parlait avec Matasumi de la situation. Ou plus exactement, Matasumi exposait ses théories et Carmichael acquiesçait d'un grognement à intervalles réguliers, avec l'air de souhaiter qu'il aille expliquer ses hypothèses ailleurs et la laisse travailler. En l'absence de Bauer, Matasumi n'avait sans doute personne d'autre à qui parler. Enfin, il y avait toujours Winsloe, mais nul ne semblait jamais aborder avec lui les sujets importants – il paraissait vivre sur un autre plan, investisseur dilettante auquel on obéissait en lui passant ses caprices, mais qu'on n'impliquait jamais dans les questions de gestion du centre.

Apparemment, le degré d'activité paranormale avait récemment augmenté dans les cellules. Leah, qui occupait la cellule voisine de Savannah, se plaignait de flacons de shampooing renversés, de revues déchirées et de meubles déplacés. Les gardes étaient eux aussi une cible de prédilection. Plusieurs avaient trébuché en passant devant la cellule de Savannah, et tous rapportaient que quelque chose leur avait fait perdre l'équilibre. Des incidents agaçants, mais plutôt bénins. Puis, ce matin, le garde qui apportait les rechanges quotidiens de Ruth et Savannah avait réprimandé la fillette pour avoir renversé du ketchup sur sa chemise de la veille. Alors qu'il quittait la cellule, la porte lui avait heurté l'épaule en lui laissant un sale hématome. Pour Matasumi, ce pic d'activité devait être lié à la présence de Ruth et de Savannah dans la même cellule. Toutefois, même après l'accident plus grave impliquant l'assiette volante, il n'envisageait pas de les séparer. Pourquoi perdre une occasion si précieuse d'étudier l'interaction entre sorcières ? Ça valait bien quelques gardes blessés ou estropiés, non ? Tandis qu'il expliquait le « remarquable potentiel » qu'offrait la situation en termes de découvertes scientifiques, il me sembla entendre Carmichael marmonner quelques noms d'oiseaux à mi-voix, mais je devais me tromper.

Cette nuit-là, recroquevillée sur mon lit, je tentai de contacter Ruth. D'accord, j'étais peut-être dans le déni quant à mon absence de pouvoirs psychiques. J'imaginais sans doute parvenir à un résultat si je me concentrais assez. Suprématie de la volonté. L'incident du garde m'inquiétait.

Si les «événements psychiques» de la cellule augmentaient, ils étaient sans doute liés à la façon dont Ruth entraînait Savannah. Je voulais la mettre en garde: si elles n'y mettaient pas le holà, on risquait de les séparer. Je renonçai au bout d'une heure. Cet échec ne fit que me remémorer mon incapacité à contacter Paige, et par conséquent à contacter Jeremy, ce qui me rappela que j'étais seule. Non, m'admonestai-je, je ne l'étais pas. Simplement, j'étais dans l'impossibilité provisoire de les joindre. Même isolée de Jeremy, j'étais parfaitement capable de concevoir mes propres stratégies. L'année précédente, j'avais mis en œuvre moi-même le sauvetage de Clay. Bien entendu, il y avait eu quelques accrocs... Enfin, un peu plus que ça, au point que j'avais failli me faire tuer. Mais bon, je l'avais sauvé, non? Je ferais mieux cette fois-ci. Il faut bien vivre certaines choses pour en tirer des leçons, non? Dans ce cas précis, c'étaient ces leçons qui me permettraient de vivre.

— Non, pas celui-là... Le tiroir de *gauche*. C'est vous qui êtes gauche, ma parole!

Je me retournai dans mon sommeil, rêvant que Carmichael m'aboyait des ordres.

— Le chariot d'urgence. Nom d'un chien! J'ai dit le chariot d'*urgence*, pas celui-là.

Dans mon rêve, une dizaine de chariots identiques m'entouraient et je passais maladroitement de l'un à l'autre.

— Donnez-moi... Non, écartez-vous. Allez!

Une autre voix, masculine, grommela des excuses. Je clignai des paupières. La lumière fluorescente me brûla les yeux. Je les refermai brusquement, grimaçai puis réessayai en les plissant cette fois. Carmichael se trouvait bien dans l'infirmerie, mais, pour une fois, ce n'était pas moi l'objet de sa frustration. Deux gardes farfouillaient dans toute la pièce, attrapant divers objets tandis qu'elle s'emparait d'un plateau d'instruments sur le comptoir. Les deux gardes qui me surveillaient dans l'infirmerie observaient la scène, abasourdis, comme s'ils dormaient à moitié.

—Je peux faire quelque chose? demanda l'un d'eux.

—Oui, répondit Carmichael. Dégagez le terrain!

À l'aide du chariot d'urgence, elle l'écarta de son chemin et le poussa dehors. Je dégringolai du lit et la suivis, en proie à une somnolence qui accentuait soit mon courage, soit ma bêtise. Dans les deux cas, c'était la bonne décision. Carmichael ne me vit pas la suivre. Quand elle était à ce point préoccupée, il aurait fallu que je la poignarde à coups de scalpel pour attirer son attention. Les gardes ne dirent rien, eux non plus, supposant peut-être que j'étais l'assistante de Carmichael à tous les niveaux et qu'elle m'aurait arrêtée elle-même si elle ne souhaitait pas ma présence.

Quand j'atteignis l'ascenseur en compagnie des gardes, les portes se refermaient derrière Carmichael. On attendit son retour puis on y entra. J'espérais qu'on nous remonterait jusqu'à la surface. Je n'eus pas cette chance. Il descendit. Jusqu'aux cellules.

—Que se passe-t-il? demandai-je.

Les trois gardes m'ignorèrent. Le quatrième m'honora d'un haussement d'épaules en marmonnant « J'en sais rien ». Quand l'ascenseur s'ouvrit à l'étage du bloc de cellules, les gardes se rappelèrent leur boulot et m'encadrèrent pour remonter le couloir. Une fois passée la porte blindée, j'entendis la voix de Savannah.

—Faites quelque chose! Vite!

La porte de la cellule qu'elle partageait avec Ruth était ouverte et des voix s'échappaient dans le couloir.

—Calme-toi, Savannah, dit Matasumi. Il faut que les gardes m'expliquent ce qui s'est passé.

Je grimaçai. Un nouvel incident avec les gardes ? Si vite ? Cette fois, on allait certainement séparer Ruth et Savannah. Je voulus presser le pas, mais les gardes me bloquèrent la voie et me forcèrent à me caler sur leur allure.

—Je n'ai rien fait ! s'écria Savannah.

—Bien sûr que non, lâcha Carmichael d'une voix brusque. Maintenant, dégagez. Tous.

—On n'a pas besoin de tout ce matériel, dit Matasumi. Il n'y avait pas de signes vitaux quand je suis arrivé. Il est trop tard.

—Je vous le dirai quand il sera trop tard, répondit Carmichael.

Pas de signes vitaux ? Aïe. Quand je pénétrai dans la cellule, Savannah se jeta sur moi. Par réflexe, mes mains se levèrent comme pour parer une attaque, mais elle passa les bras autour de ma taille.

—Je n'ai rien fait, dit-elle.

—Je sais, murmurai-je. Je sais.

Je lui caressai maladroitement les cheveux en espérant ne pas la flatter comme un chien. Consoler les enfants en détresse ne faisait pas partie de mes compétences. En fait, je pouvais même affirmer avec certitude que je n'avais jamais eu à le faire de toute ma vie. Je balayai la pièce du regard à la recherche de Ruth. La cellule était bondée. Carmichael et trois gardes étaient rassemblés autour du lit où le médecin s'occupait d'une silhouette couchée sur le ventre. Les quatre gardes qui m'avaient accompagnée se rassemblèrent pour mieux regarder, nous repoussant dans le coin, Savannah et moi. Je tordis le cou pour voir par-dessus leur tête.

—Où est Ruth ? demandai-je.

Savannah se raidit, puis recula. Mes tripes se nouèrent. Je regardai le lit. Carmichael et les trois gardes me bouchaient toujours la vue, mais j'apercevais une main qui pendait par-dessus le bord du lit. Une petite main dodue et couverte de taches de vieillesse.

—Oh, non, murmurai-je.

Savannah s'écarta brusquement.

—Ce… C'est pas moi.

—Bien sûr que non, dis-je en l'attirant de nouveau vers moi et en priant pour qu'elle n'ait pas vu ma réaction initiale.

Matasumi se tourna vers les quatre gardes qui étaient descendus avec moi.

—Je veux savoir ce qui s'est passé.

—On vient d'arriver, dit l'un d'entre eux en désignant les gardes qui entouraient le lit. Ils étaient ici avant nous.

Matasumi hésita, puis s'avança vers le lit et tapota le bras d'un des gardes. Alors que celui-ci se retournait, un grand bruit retentit dans le couloir. Deux nouveaux gardes apparurent, pistolet en main.

—S'il vous plaît! dit Matasumi. Nous n'avons pas demandé de renforts. Veuillez regagner votre poste.

Avant qu'ils puissent bouger, d'autres gardes entrèrent, accompagnés de Leah.

—Qu'est-ce…, balbutia Matasumi, qui s'interrompit et retrouva son calme en prenant une rapide inspiration. Pourquoi Mlle O'Donnell se trouve-t-elle ici?

—En passant devant la cellule, j'ai remarqué qu'elle était très agitée, dit le jeune garde, sur les joues duquel fleurissaient des taches de couleur. Je me suis, hem, servi de l'interphone pour demander ce qui n'allait pas et elle a, heu… demandé à voir ce qui se passait.

—Vous n'avez pas à libérer un sujet de sa cellule. Jamais. Ramenez-la immédiatement.

Leah entra en bousculant Matasumi et se fraya un chemin au cœur du groupe jusqu'à se trouver juste auprès du lit. Quand elle vit Ruth, elle fut prise d'un haut-le-cœur et pivota pour nous faire face, à Savannah et moi.

— Oh, dit-elle en portant les mains à sa bouche, les yeux braqués sur Savannah. Je suis désolée. Qu'est-ce qui… s'est passé ?

— C'est ce que je demande depuis dix minutes, répondit Matasumi.

Le garde qu'il avait enguirlandé s'écarta du lit.

— Je passais devant la cellule en faisant ma ronde quand j'ai vu la vieille… Mlle Winterbourne sur son lit. La gamine se penchait sur elle. J'ai pensé que quelque chose allait de travers, qu'elle avait peut-être eu une crise cardiaque, alors j'ai ouvert. On a trouvé la pendule par terre, près d'elle. Aspergée de sang. Et Mlle Winterbourne avait le crâne défoncé.

Savannah se raidit entre mes bras, le cœur battant.

— Oh, pauvre petite, dit Leah en se précipitant vers moi. Quel horrible accident.

— Ce… c'était pas moi, dit Savannah.

— Quoi qui ait pu se produire, ce n'est pas ta faute, ma puce.

Leah tendit les bras vers Savannah. La fillette hésita, toujours accrochée à moi. Au bout d'un moment, elle finit par prendre la main de Leah et la serrer fort, m'entourant toujours de son bras libre. Une expression déçue passa brièvement sur le visage de Leah. Puis elle hocha la tête, comprenant peut-être que ce n'était pas un concours de popularité. Leah serra la main de Savannah et lui caressa les cheveux.

Au bout d'un moment, Leah se tourna vers le groupe qui entourait le lit. Elle s'éclaircit la voix et demanda tout haut :

—Je peux emmener Savannah dans ma cellule? Elle ne devrait pas être ici.

Carmichael leva les yeux de son ouvrage, son large visage baigné de sueur.

—Qu'est-ce qu'elle fait ici? demanda-t-elle en désignant Leah. Reconduisez-la dans sa cellule.

Les gardes se précipitèrent pour obéir, ce qu'ils n'avaient pas fait pour Matasumi. Deux d'entre eux entraînèrent Leah hors de la cellule. Savannah la regarda partir avec une telle tristesse que j'eus envie de supplier Carmichael de laisser rester Leah, mais je craignais de me faire virer moi aussi. Leah aurait été une compagnie préférable, mais Savannah devrait se contenter d'une femme loup-garou à l'empathie bien moindre. Après le départ de Leah, Savannah s'appuya contre moi. Elle demeura immobile quelques minutes, puis regarda les autres. Tout le monde s'affairait autour de Ruth.

—Je crois…, murmura-t-elle.

Elle s'approcha. Je posai une main hésitante sur son épaule et elle se laissa aller contre moi. Je lui tapotai le dos et lui murmurai des petits bruits que j'espérais réconfortants. Ce qui parut la calmer, sans doute moins grâce à la consolation que je lui offrais que parce qu'elle voyait en moi sa seule alliée restante dans une pièce remplie d'ennemis. Au bout d'une minute, elle leva les yeux vers moi.

—Je crois, murmura-t-elle de nouveau, que c'est peut-être moi qui ai fait ça.

—Ce n'est pas possible…, commençai-je.

—Je ne dormais pas. Je pensais à des choses… que Ruth m'avait dites. Mes leçons. Et puis je l'ai vue. La pendule. Elle s'est envolée, comme l'assiette avec le garde. Je crois que c'est moi. Je ne sais pas comment, mais je crois que c'est moi.

L'impulsion de nier sa culpabilité me monta aux lèvres mais je la ravalai. Son expression n'était pas celle d'un enfant qui supplie qu'on la réconforte par des mensonges bien intentionnés. Elle connaissait la vérité et me la confiait.

— Si c'est toi, ce n'était pas ta faute, répondis-je. Je le sais.

Savannah hocha la tête, essuya les larmes qui lui coulaient sur les joues et appuya la tête contre ma poitrine. On se tint comme ça cinq bonnes minutes, sans parler. Puis Carmichael s'éloigna du lit. Tous cessèrent de s'activer. On n'entendait plus dans la pièce que les battements du cœur de Savannah.

— Heure du décès…, commença Carmichael.

Elle leva le bras, mais elle n'avait pas dû enfiler sa montre lorsqu'on l'avait tirée du lit. Elle resta un long moment à fixer son poignet, comme si elle s'attendait à ce qu'un cadran y apparaisse par magie. Puis elle baissa la main, ferma les yeux, expira et quitta la cellule.

Tout était fini.

MUTATIONS

L e calme revenu, Matasumi s'aperçut de ma présence. Bien entendu, il m'avait vue un peu plus tôt mais n'avait pas compris ce que ça impliquait, à savoir que je me trouvais là où je ne devais pas être. Il s'empressa de me reconduire à l'infirmerie en compagnie de quatre des gardes restants.

Je passai les quelques heures suivantes allongée sur mon lit de camp, fixant les voyants qui clignotaient sur les appareils entourant Bauer. Ruth était morte. Aurais-je pu l'empêcher ? L'aurais-je dû ? Elle connaissait les risques. Ce qui ne me soulageait pas pour autant. À présent, elle était morte et Savannah se le reprochait. J'aurais dû mieux réconforter cette gamine. Trouver les bons mots, les bons gestes. La mort de Ruth resterait un moment décisif dans son existence, et je n'avais réussi à lui fournir qu'un réconfort maladroit. N'aurais-je pas dû être capable d'exhumer quelque instinct maternel ancré profondément qui m'aurait dicté que faire ?

Bien entendu, elle n'avait pas tué Ruth volontairement. Mais était-elle responsable de sa mort ? Je craignais que oui. Plus encore, je redoutais qu'il ne se soit pas agi d'un accident. Non, je ne pensais pas que Savannah avait déplacé cette pendule de son plein gré. Absolument pas. Son chagrin face à la mort de Ruth était trop vif, trop réel. Mais je craignais qu'une partie inconsciente de Savannah n'ait tué Ruth, qu'il y ait dans sa nature, dans ses gènes, quelque chose qu'elle ne maîtrisait pas et qui l'avait poussée malgré elle à attaquer ces gardes et à tuer Ruth. J'avais peut-être vu trop de films d'horreur sur des enfants démoniaques. J'espérais que ce n'était que ça. Je priais que ce soit le cas. J'aimais bien Savannah. Elle était maligne et intelligente, avec un mélange attachant d'innocence enfantine et de culot préadolescent. C'était une gamine ordinaire, mi-ange, mi-démon. Il n'y avait sans doute rien de plus. Mais les manifestations psychiques tournaient autour d'elle. Lorsque Ruth l'avait formée, elles étaient rapidement devenues moins inoffensives, de plus en plus dangereuses. Qu'avait dit Ruth au sujet de Savannah ? Grand pouvoir, potentiel incroyable… et une mère qui penchait vers le « côté obscur » de la magie. Existait-il une prédisposition génétique pour le mal ? Ruth l'avait-elle négligée ? Avait-elle refusé de voir du mal chez quelqu'un de si jeune ? En aidant Savannah à développer ses pouvoirs, avait-elle signé son propre arrêt de mort ? Par pitié, il fallait que je me trompe. Pour Savannah, il le fallait.

Puis vint le matin et avec lui le petit déjeuner. Je n'y touchai pas. Carmichael arriva à l'heure habituelle, peu avant huit heures, en me lançant d'une voix brusque « Comment allez-vous ? », seule indication qu'il se soit produit quelque chose la nuit précédente. Quand je lui répondis que j'allais bien, elle m'étudia une seconde de plus, lâcha un grognement et se plongea dans la paperasse.

Je passai le début de la matinée à ressasser la mort de Ruth, à me demander ce qu'elle changeait et comment j'aurais pu l'éviter. Je m'attardai longtemps sur cette dernière question. Je n'aurais peut-être pas dû. Matasumi aurait pu décider à tout moment que Ruth n'était plus un sujet digne d'intérêt, ou Winsloe débarquer dans sa cellule pour en faire le gibier d'une de ses parties de chasse. Mais je ne pouvais m'empêcher d'endosser une partie de la responsabilité, peut-être parce que ça me donnait l'impression de maîtriser une situation incontrôlable.

En milieu de matinée, un gémissement étouffé me tira de mes pensées. Je levai les yeux. Bauer gémit de nouveau. Elle enfonça la tête dans l'oreiller, le visage tordu par la douleur.

— Docteur ? dis-je en me levant. Elle revient à elle.

Tandis que Carmichael traversait la pièce, je me penchai vers Bauer. Ses yeux s'ouvrirent d'un coup.

— Bonjour, Sondra, dis-je. Nous…

Elle se redressa brusquement, brisant ses entraves trop fragiles, et me poussa violemment l'épaule. Tandis que je reculais, je croisai le regard de Bauer et j'y lus quelque chose de dur et de vide. Avant que je puisse réagir, elle me saisit par les épaules et me projeta dans les airs. L'espace d'un instant, tout ralentit, et il y eut cette fraction de seconde d'incrédulité avant que la gravité reprenne le dessus et que j'aille m'écraser contre le mur.

Carmichael m'aida à me relever et appela les gardes. Bauer s'efforça de sortir du lit, les draps entortillés autour de ses jambes. Son visage était crispé de rage, ses yeux vides, ses lèvres remuaient sans bruit. Comme les draps ne cédaient pas, elle rugit de frustration et tira d'un coup sec, déchirant le tissu. Je me relevai maladroitement, me précipitai vers le lit et me jetai sur Bauer.

— Dégagez vos sales pattes de moi ! rugit-elle. Tous autant que vous êtes ! Reculez ! Ne me touchez pas !

— Elle délire, commenta Carmichael, essoufflée, en se précipitant vers le lit munie d'entraves plus solides. Vous m'avez dit que c'était l'une des étapes.

343

—Ouais, répondis-je, bien qu'ayant pour l'heure d'autres priorités, allongée sur Bauer qui battait l'air en dessous de moi. Mais où sont les gardes, bordel ?

Ils étaient là, occupés à faire ce qu'ils faisaient le mieux : braquer leur arme en attendant le signal de tirer. Carmichael leur lança les entraves.

—Attachez-la ! dit-elle. Vite !

Avant qu'ils puissent bouger, Bauer regimba et m'envoya de nouveau valdinguer. Cette fois, je restai à terre un peu plus longtemps pour reprendre mon souffle. Que ces saletés de gardes s'en occupent donc. Et Carmichael aussi. C'était elle qui avait refusé de sangler correctement Bauer.

Celle-ci cessa de se débattre et se tint assise, aussi immobile qu'une statue. Les quatre gardes entourèrent le lit, tendus, entraves en main, évoquant des employés de fourrière attendant de lancer un filet sur un chien enragé sans qu'aucun d'entre eux veuille faire le premier geste. La sueur ruisselait sur le visage de Bauer qui haletait, bouche ouverte. Elle tournait la tête de gauche à droite, balayant la pièce du regard. Ses yeux sans expression, déments, passèrent sur les gardes, sur moi, sur Carmichael. Ils s'arrêtèrent sur un emplacement vide, sur sa gauche, et elle s'élança, seulement retenue par les draps déchirés.

—Cassez-vous de là ! hurla-t-elle.

Il n'y avait personne à cet endroit-là.

Je me relevai lentement, avec autant de prudence que si je voulais éviter qu'un animal sauvage me repère.

—Il faut l'attacher, chuchotai-je.

Personne ne bougea.

—Donnez-moi ça, dit Carmichael, arrachant les entraves au garde le plus proche.

— Non, dis-je. C'est à eux de le faire. Je vais m'approcher et m'interposer si elle les attaque. Préparez un sédatif et reculez.

Ouais, c'est ça, confiez-moi la tâche mortelle. Et pourquoi ? Personne n'y prêterait attention. Tout le monde s'en moquerait. Malgré tout, il le fallait bien. Si je ne m'en chargeais pas, un de ces rustres allait tirer au premier signe de danger. Et que resterait-il alors de mes projets ? Ils seraient morts et enterrés avec Bauer.

Carmichael se tourna vers les gardes.

— Attendez qu'Elena soit près du lit. Ensuite, agissez vite, mais prudemment. Sondra ne sait pas ce qu'elle fait. Il ne faut pas lui faire de mal.

Plus facile à dire qu'à faire, bien sûr. Tandis que je traversais la pièce sur la pointe des pieds, Bauer restait immobile, le regard fixe, lançant des jurons à d'invisibles intrus. Mais quand les gardes la touchèrent, elle explosa, rassemblant la force inattendue que lui prêtait le délire. À nous tous, on parvint à grand-peine à la faire basculer sur le lit.

Une fois Bauer maîtrisée, j'aidai le garde le plus proche à l'attacher. Tandis que mes doigts s'activaient sur les fermoirs, le bras de Bauer semblait miroiter et se contracter. Je secouai vivement la tête et sentis la douleur rebondir à l'intérieur comme un charbon ardent. Ma vue se brouilla.

— Elena ? grommela Carmichael tout en luttant pour attacher l'autre bras de Bauer.

— Ça va.

Tandis que je m'activais sur le nœud, le bras de Bauer se contracta brusquement, son poignet s'affina, sa main se tordit et se déforma. Mes yeux ne m'avaient pas joué de tours. Elle était en train de muter.

— Elena !

Le cri de Carmichael me fit bondir. La main de Bauer s'extirpa de ses liens et se précipita vers l'emplacement vide où s'était trouvée ma gorge un peu plus tôt. Des doigts palmés et des griffes difformes fendirent l'air. Je me jetai contre la poitrine de Bauer lorsqu'elle se redressa brusquement.

Un grondement rageur s'éleva et elle m'écarta d'une poussée. Ayant libéré ses deux mains, elle attrapa un des gardes qu'elle projeta à travers la pièce. Il s'effondra, inconscient, contre le mur. Le dos de Bauer s'agitait et se déformait, et de gros blocs se déplaçaient sous la peau. Elle hurla et bascula sur le côté.

— Donnez-lui un sédatif ! m'écriai-je.

— Mais vous m'avez dit…, commença Carmichael.

— C'est trop tôt ! Elle n'est pas prête ! Donnez-lui un sédatif ! Tout de suite !

Des poils apparaissaient sur le dos et les épaules de Bauer. Ses os s'allongeaient, raccourcissaient, et elle laissait échapper des cris entre hurlements et geignements. Tout son corps se convulsa, se soulevant au-dessus du lit avec moi toujours accrochée au-dessus d'elle. Son visage était méconnaissable, masque infernal de muscles en mouvement qui n'étaient ni humains, ni animaux. Des crocs saillaient par-dessus ses lèvres. Son nez s'était arrêté à mi-chemin de la transformation en museau. Sa peau se couvrait de touffes de poils. Et puis il y avait les yeux. Les yeux de Bauer. Ils n'avaient pas changé, mais ils paraissaient sortir de leurs orbites et roulaient, traversés de vagues de souffrance. Elle croisa mon regard et je vis l'espace d'un instant qu'elle me reconnaissait. Une partie d'elle avait échappé au délire et retrouvé conscience, prisonnière de cet enfer.

Carmichael plongea la seringue dans le bras de Bauer. Celle-ci se redressa d'un coup et resta immobile, avec moi sur ses genoux. Son corps fut agité de plusieurs secousses, puis elle laissa échapper tout bas un bruit nasillard et ses yeux s'écarquillèrent de surprise. Elle cligna une fois des paupières. Puis se laissa glisser sur le lit.

Je me raidis, guettant l'étape suivante ; puis la Mutation s'inversa. Cette fois, la transformation s'effectua sans violence ni douleur. Elle retrouva paisiblement forme humaine, évoquant un *morphing* réalisé par ordinateur. Redevenue pleinement humaine, elle se blottit en position semi-fœtale et s'endormit.

Armen rendit une nouvelle visite à l'infirmerie. La veille, c'était pour son bilan habituel. Aujourd'hui, il feignait une migraine avec une telle subtilité que Carmichael elle-même ne remit jamais ses symptômes en doute, ce qui n'avait peut-être rien d'étonnant, sachant qu'il était psychiatre et possédait donc lui-même un diplôme en médecine. On reprit notre conversation où elle en était restée. Il avait un projet d'évasion impliquant une autre ruse médicale qui permettrait de le faire monter avec moi au deuxième étage, d'où l'on s'échappait bien plus facilement que du bloc de cellules hautement sécurisé. Cette fois encore, il l'intégra à une conversation si banale que je devais faire fonctionner ma cervelle à plein pot pour ne pas perdre le fil du sous-texte.

Plus je parlais à Armen, plus je considérais mon stratagème impliquant Bauer comme un plan de secours. Armen était un allié davantage à mon goût. Premièrement, il était conscient, ce qui l'avantageait très nettement par rapport à une Bauer comateuse. Deuxièmement, il me rappelait Jeremy, ce qui contribuait nettement à me réconforter. Il était calme, courtois, placide, cachant sous des dehors modestes un esprit vif et une volonté affirmée, le genre d'homme qui prenait instinctivement la situation en main, mais nuançait cet autoritarisme d'assez de grâce et d'esprit pour que je n'aie aucune objection à le laisser prendre les commandes. J'appréciais Armen et lui faisais confiance. Combinaison parfaite.

Le reste de la journée s'écoula paisiblement, mais la nuit compensa en m'imposant des rêves étranges et dérangeants. Je commençai la nuit à Stonehaven où je jouais dans la neige avec Clay et Nick. Nous étions en plein milieu d'une bataille de boules de neige quand un nouveau rêve empiéta sur celui-là comme une station radio plus puissante. Dans l'autre rêve, j'étais étendue au lit tandis que Paige tentait de me contacter. Les deux rêves étaient collés bout à bout : d'abord je sentais de la neige glacée me couler dans le cou, l'instant d'après j'entendais Paige m'appeler. Une partie de moi choisissait le rêve des boules de neige et tentait de bloquer l'autre, mais en vain. Je lançai deux dernières boules à Nick, puis une masse neigeuse m'engloutit, avalant ce rêve pour me recracher dans l'autre.

— Elena ? Répondez-moi, merde.

Je m'efforçai de retourner à mes jeux d'hiver, mais en pure perte. J'étais coincée au milieu du rêve de Paige. Génial.

— Elena. S'il vous plaît. Réveillez-vous.

Même dans mon rêve, je n'avais pas envie de répondre, comme si je savais que m'imaginer parler à Paige ne servirait qu'à me déprimer davantage en me rappelant que nous n'avions pas eu de contacts depuis trois jours, situation qui me semblait à présent définitive.

— Elena ?

Je marmonnai quelque chose d'inintelligible, même à mes propres oreilles.

—Aha! Vous êtes bien là. Parfait. Tenez bon. Je vais vous attirer dans mon corps. Je vous préviens cette fois-ci. Jeremy est là. Maintenant, je vais compter jusqu'à trois. Un, deux, trois, ta-da!

Cinq secondes de silence. Puis :

—Et merde.

Le juron de Paige s'estompa derrière moi tandis que je traversais des bribes de rêves, comme si quelqu'un changeait de chaîne en refusant de s'arrêter assez longtemps pour voir ce qui passait. Quand tout s'interrompit, j'étais louve. Pas besoin de me voir : je le devinais au mouvement de mes muscles, au rythme parfait de chaque foulée. Quelqu'un courait devant moi, dont je percevais la forme à grand-peine à travers les arbres. Un autre loup. Je le savais avec certitude, bien que j'en sois trop loin pour voir autre chose qu'une ombre et un mouvement flou. Alors même que j'étais la poursuivante et non la proie, un courant de peur me traversait. Qui étais-je en train de pourchasser ? Clay. Forcément. Ce degré de panique, de peur aveugle, cette terreur de la perte et de l'abandon – je ne pouvais les associer qu'à lui. Il était là, quelque part, devant moi, sans que j'arrive à le rattraper. Chaque fois que mes pattes heurtaient le sol, un nom résonnait dans mon crâne, un cri mental. Mais ce n'était pas celui de Clay. C'était le mien, répété en boucle à un rythme aligné sur celui de mes pattes. Baissant les yeux, je les aperçus. Ce n'étaient pas les miennes. Trop grandes, trop sombres – un blond proche de l'or. Celles de Clay. Devant moi, j'entrevis une queue touffue au clair de lune. D'un blond pâle. C'était moi-même que je pourchassais.

Je m'éveillai en sursaut et me redressai dans mon lit. Je me penchai en avant, le cœur bondissant dans la poitrine, et me passai les mains dans les cheveux, qui n'étaient pas les miens, c'étaient des boucles courtes plutôt qu'une longue tignasse emmêlée. Je laissai tomber les mains sur mes genoux et les regardai fixement. Des mains épaisses, carrées, aux ongles taillés jusqu'au sang. Des mains d'ouvrier, mais qui ne maniaient guère d'outils plus gros qu'un stylo. Dépourvues de cals, mais pas douces pour autant. Les os brisés à d'innombrables reprises, méticuleusement réparés chaque fois, si bien qu'il n'en restait de traces qu'une carte routière d'infimes cicatrices. Je connaissais chacune d'entre elles. Je me rappelais des nuits où je restais étendue, éveillée, à lui demander : « D'où vient celle-ci ? Et celle-là ? Et… oups, celle-là, c'était moi. »

Une porte s'ouvrit.

— Ça n'a pas marché, hein ? demanda la voix traînante et furieuse de Clay, non pas depuis la porte, mais depuis ce lit.

Jeremy ferma la porte derrière lui.

— Non, Paige n'a pas réussi à établir le lien. Elle pensait que si, mais quelque chose est allé de travers.

— Ça alors, c'est une surprise. Tu confies la vie d'Elena à une apprentie sorcière de vingt-deux ans. Tu le sais bien, non ?

— Je sais que je veux recourir à tous les outils possibles pour trouver Elena. Pour l'instant, cette apprentie sorcière est notre plus grand espoir.

— N'importe quoi. Il existe une autre solution. Moi. Je peux trouver Elena. Mais tu ne veux pas me croire.

— Si Paige est incapable de la joindre…

— Et merde !

Clay s'empara d'un livre sur la table de chevet et le jeta à travers la pièce, abîmant le mur d'en face.

Jeremy marqua une pause, puis poursuivit d'une voix plus impassible que jamais :

— Je vais te chercher quelque chose à boire, Clayton.

— Tu veux dire que tu vas me donner un nouveau sédatif. Me droguer, me faire taire, me garder tranquille et calme pendant qu'Elena est là-bas – toute seule. Je n'ai pas voulu croire que c'était elle qui parlait, et maintenant on l'a perdue. Ne me dis pas que ce n'était pas de ma faute.

Jeremy ne répondit rien

— Merci beaucoup, dit Clay.

— Oui, c'est à cause de toi que nous avons perdu le contact cette fois-là, même si ça n'explique pas pourquoi nous n'arrivons pas à la recontacter. Nous allons continuer à essayer. Entre-temps, nous pourrions peut-être parler de ton autre idée demain matin. Viens me voir si tu changes d'avis à propos de ce verre. Ça t'aiderait à dormir.

Lorsque Jeremy se retira, le rêve s'évapora. Je me tournai et me retournai dans mon lit, projetée de nouveau dans le monde du zapping. « Zap, zap, zap », bribes de rêves et de souvenirs, trop disparates pour que l'ensemble ait la moindre espèce de cohérence. Puis les ténèbres. Un coup à la porte. J'étais assise à un bureau, occupée à étudier une carte. La porte se trouvait derrière moi. J'essayai de me retourner ou de lancer un salut. Au lieu de quoi je sentis mon crayon remuer pour griffonner quelques mots sur un bloc-notes. Sans surprise, je reconnus l'écriture de Clay.

La pièce se mit à tourbillonner, menaçant de s'assombrir. Quelque chose cherchait à me tirer en arrière, avec l'insistance tranquille de la marée. Je résistai. Je me plaisais là où j'étais, merci bien. L'endroit était agréable, rassurant. Le simple fait de sentir la présence de Clay me rendait heureuse, et puis merde, je méritais un peu de bonheur, illusoire ou non. La marée s'intensifia jusqu'à se changer en courant sous-marin. La pièce devint sombre. Je me libérai violemment pour réintégrer le corps de Clay. Il avait cessé d'écrire et étudiait à présent une carte. Une carte de quoi ? On frappa de nouveau à la porte. Il ne répondit pas. Derrière lui, la porte s'ouvrit puis se ferma.

— Clayton, dit la voix suave de Cassandra.

Il ne répondit pas.

— Je me contenterais d'un grognement en guise de salut, murmura-t-elle.

— Ça sous-entendrait que vous êtes la bienvenue. On ne doit pas vous inviter à entrer dans une pièce, normalement ?

— Désolée. Encore un mythe qui se casse la figure.

— Ne vous gênez pas pour vous y conformer.

Cassandra se marra.

— Je vois que c'est Jeremy qui a hérité de toutes les bonnes manières dans la famille Danvers. En même temps, je m'en fiche. J'ai toujours préféré la franchise et la repartie au raffinement. (Sa voix s'approcha à mesure qu'elle traversait la pièce.) J'ai remarqué que la lumière était allumée et je me suis dit que vous aimeriez peut-être partager un verre avec moi.

— J'adorerais, mais je ne suis pas sûr qu'on ait les mêmes goûts en matière de fluides.

— Vous pourriez au moins me regarder quand vous m'envoyez balader.

Pas de réponse.

— À moins que vous ayez peur ?

Clay se tourna pour croiser son regard.

— Voilà. Allez vous faire voir, Cassandra. Vous préférez comme ça ?

— Elle ne reviendra pas, vous savez.

La main de Clay se resserra autour du crayon, mais il ne dit rien.

Je sentis de nouveau qu'on me tirait les pieds, mais je résistai. Quelque part, dans ma tête, Paige m'appelait par mon nom. Le courant s'intensifia mais je tins bon. Pas question que je quitte cette scène-là.

— On ne la retrouvera pas, dit Cassandra.

— D'après vous, on devrait laisser tomber.

— Je dis seulement qu'on perd notre temps. Mieux vaut consacrer nos efforts à arrêter ces gens. Afin de sauver nos vies à tous, pas seulement celle d'Elena. Si, en les arrêtant, on parvient à la délivrer, ce sera formidable. Et sinon… Ce n'est pas la fin du monde.

Le crayon se cassa entre les doigts de Clay. Cassandra s'approcha. Quand le courant menaça de nouveau de m'entraîner, je résistai de toutes mes forces.

Cassandra avança d'un nouveau pas vers Clay. Je le sentis se raidir et faire mine de reculer, puis s'arrêter et tenir bon.

— Oui, vous l'aimez, dit Cassandra. Je le vois bien et c'est quelque chose que j'admire. Vraiment. Mais vous savez combien d'hommes j'ai aimés pendant toutes ces années ? Passionnément ? Et parmi ceux-là, je me rappelle si peu de noms. Si peu de visages.

— Cassez-vous.

— Je vous demande de partager un verre avec moi. Un seul. Rien de plus.

— J'ai dit : cassez-vous.

Cassandra se contenta de sourire en secouant la tête. Dans ses yeux brillait cet éclat que je lui avais vu face au serveur du restaurant, mais en plus prononcé. En plus avide. Ses doigts frôlaient l'avant-bras de Clay. Je voulais lui hurler de détourner le regard, mais je ne pouvais que regarder.

— Ne me faites pas ce coup-là, Cassandra, répondit Clay. Ça ne marche pas sur moi.

— Ah non ?

—Non.

Clay regarda Cassandra bien en face. Elle s'immobilisa totalement, jusqu'à ce que seuls ses yeux bougent encore, luisant d'un éclat plus vif tandis qu'elle le regardait fixement. Plusieurs minutes s'écoulèrent. Puis Clay s'avança vers elle. Je vis ses lèvres esquisser un sourire triomphant. Mon cœur cessa de battre.

—Cassez-vous, Cassandra, dit-il, le visage à quelques centimètres du sien. Dans dix secondes, je vous fous dehors.

—Ne me menacez pas, Clayton.

—Sinon, vous allez faire quoi? Me mordre? Vous croyez que vous arriverez à planter les dents en moi avant que je vous arrache la tête? J'ai entendu dire que c'était un bon remède contre l'immortalité. Cinq secondes, Cassandra. Cinq… Quatre…

Tout devint noir. Sans tourbillon ni traction. Simplement, tout s'arrêta soudain. Je clignai des yeux. La dureté des lumières m'aveugla. Je crispai les paupières. Je vis entre elles la lumière s'éloigner.

—On se réveille, là-dedans.

Une voix. Malheureusement, pas celle de Clay. Ni de Cassandra. Ni même de Paige. C'était pire. Dix fois pire. Ty Winsloe. Je passais des rêves agréables aux visions dérangeantes puis aux cauchemars purs et simples. Je fermai très fort les yeux.

—Vous en dites quoi, les mecs? demanda Winsloe. Vous croyez qu'il faut un baiser pour réveiller notre belle au bois dormant? Évidemment, dans la version d'origine, il fallait bien plus que ça…

Mes yeux s'ouvrirent d'un coup et je me redressai. Winsloe ricana et braqua une lampe torche sur mon visage avant d'en balayer tout mon corps.

— Vous dormez toujours habillée ? demanda-t-il.

— Ce n'est pas ce que j'appellerais une suite privée, répondis-je, montrant les dents tout en bâillant. Il est quelle heure ?

— Un peu plus de trois heures. On a besoin de votre aide. Il y a eu une fuite.

Je m'assis au bord de mon lit, clignant des yeux, tandis que mon cerveau s'efforçait de chasser les images de Clay et Cassandra. Trois heures ? Du matin ? Une fuite ? Voulait-il dire que quelqu'un s'était échappé ? Qui ça ? Pourquoi avait-on besoin de mon aide ? Y avait-il eu un accident ? Carmichael avait-elle besoin de moi ?

— Hein ? répondis-je.

» En voilà une réponse intelligente et articulée. Vous attendiez quoi, à trois heures du mat' ?

Winsloe me poussa hors du lit.

— Je vous expliquerai tout en chemin.

LIMIER

Armen s'était échappé. Quand Winsloe me l'apprit, j'en eus le souffle coupé et restai un long moment incapable de respirer. Armen s'était échappé… sans moi. À la panique succéda un pincement de douleur, puis je compris qu'Armen avait dû voir se présenter une occasion impossible à ignorer. Pouvais-je le lui reprocher ? Bien sûr que non, même si ça n'arrangeait rien. Mon partenaire d'évasion était parti en emportant son plan. Pire encore, Winsloe voulait que je l'arrête.

— Vous voulez que je le traque ? demandai-je.

— C'est ce que je viens de vous dire. Servez-vous de votre nez. Flairez sa piste.

— Comme un limier.

Winsloe me lança un coup d'œil appuyé en entendant mon intonation.

— Oui, comme un limier. Ça vous pose problème ?

Évidemment. J'étais une personne, pas un animal ni un phénomène de foire. Je n'exécutais pas de numéro pour amuser les gens. J'avais envie de lui faire cette réponse, mais le ton de sa voix me défiait de lui tenir tête. Je n'en avais pas le cran. Ou, plus précisément, mon instinct de conservation était trop fort. Je me rappelai la réaction de Winsloe quand j'avais repoussé sa main sous la douche et compris que je ne pouvais pas me permettre de le défier de nouveau. Ça ne voudrait pas dire que je trahissais Armen. On me forçait peut-être à le traquer, mais je n'étais pas obligée pour autant de le trouver.

Flanquée de deux gardes, je suivis Winsloe en bas, jusqu'au bloc de cellules. Deux autres gardes attendaient devant la cellule d'Armen. À l'intérieur, Tucker était agenouillé devant un garde assis par terre, qui serrait sa tête entre ses mains. Le garde me paraissait familier mais je ne parvenais pas à lui donner un nom. Les seules fois où j'avais pris la peine de noter celui d'un des gardes, c'était quand il faisait quelque chose qui les distinguait des autres. La plupart n'en avaient rien fait.

— Vous avez trouvé ce qui s'est passé? demanda Winsloe d'une voix qui sous-entendait qu'il se moquait bien de le savoir et voulait juste partir en chasse.

— Il semblerait que Haig se soit fabriqué une arme, dit Tucker. Quelque chose d'aiguisé, comme un couteau. Il a fait du tapage pendant la ronde des gardes, puis il a dirigé cette arme contre eux quand ils ont ouvert la porte. Il a assommé Ryman. Il a dû emmener Jolliffe avec lui pour passer la sécurité. Ryman est sain et sauf, mais on ferait mieux de se dépêcher si on veut retrouver Jolliffe vivant. On va devoir lui donner la chasse. J'ai envoyé Pendecki chercher les chiens…

— Pas la peine, l'interrompit Winsloe. J'ai une traqueuse de classe mondiale sous la main.

Tucker me regarda et se renfrogna.

— Il s'agit d'un de mes hommes, monsieur. Avec tout le respect que je vous dois, je crois qu'il vaudrait mieux éviter de perdre notre temps…

— Perdre notre temps?

La mâchoire de Tucker claqua comme s'il ravalait un commentaire.

— Je ne voulais pas dire ça… monsieur. Je m'inquiète pour…

— Évidemment. Moi aussi. C'est pour ça que j'ai amené Elena. Ryman, ça vous dirait de vous joindre à nous ?

L'intéressé se releva péniblement.

— Oui, monsieur.

— Je ne pense pas…, commença Tucker.

— Je ne vous paie pas pour penser, le coupa Winsloe. Venez, Ryman, on va voir si on retrouve cet enfoiré. Vous pourrez peut-être lui faire payer cette bosse que vous avez sur la tête.

Une fois sorti du centre, Winsloe renvoya les deux gardes qui m'accompagnaient, ne conservant que Ryman, le blessé. Ce qui me sembla plutôt bon signe, mais j'étais toujours trop abrutie par le sommeil pour l'interpréter. D'autres pensées assaillaient mon cerveau fatigué. Armen s'était fait une arme ? Il avait agressé un garde ? L'avait assommé ? Était-ce le même Armen qui comptait sur moi pour fournir la force brute nécessaire à notre évasion ?

Tandis qu'on pénétrait dans les bois, quelqu'un s'écria « Hé ! » derrière nous. Ryman pivota, l'arme en attente, sans que ce coup reçu à la tête n'altère ses réflexes. Il n'y avait personne. Comme l'herbe morte craquait un peu plus loin sur le sentier, on pivota pour voir Xavier à six mètres de nous.

— Doucement, soldat, dit Xavier, mains en l'air. Ne tirez pas sur les alliés.

— Je devrais, marmonna Ryman. Ça vous donnerait une leçon.

— Que se passe-t-il ? demanda Xavier, s'avançant vers nous d'un pas nonchalant. J'ai entendu dire que Haig s'était barré. On choisit de le récupérer ? Ou de le démolir ? (Puis il me vit et s'arrêta.) Ben ça alors, qu'est-ce que la louve fait hors de sa cage ?

Je lui lançai un regard mauvais. Il s'écarta vite fait, comme pour éviter mon regard, puis se redressa avec un rictus aux lèvres.

—Ça, c'est un regard assassin. Plus mortel que les balles de Ryman. (Il se tourna vers Winsloe.) Alors, qu'est-ce qui se passe ? C'est l'heure des jeux ? J'ai le droit de participer ?

—Peut-être la prochaine fois, répondit Winsloe.

—Oh, allez. Ne soyez pas rabat-joie. Je veux jouer.

—Ah ouais ? dit Ryman. Ça vous dirait de servir de cible d'entraînement ?

Winsloe le fit taire d'un geste.

—Ça suffit. Retournez à l'intérieur, Reese. J'ai dit la prochaine fois.

—Très bien.

Xavier roula des yeux, puis disparut. Visiblement, lui aussi savait qu'il valait mieux éviter de bousculer Winsloe.

—Nous sommes toujours sur la piste, Elena ? demanda Winsloe.

—Hmmm ? Ah oui. (Je reniflai l'air.) Oui, Ar… Haig est passé ici. Avec quelqu'un d'autre.

—Jolliffe, dit Winsloe. Parfait. Tucker sera ravi. Allez-y, on vous suit. Ryman, restez derrière elle.

On se dirigea vers les bois.

—Vous êtes sûre que c'est par ici ? demanda Winsloe dix minutes plus tard.

Ce n'était pas par là. J'avais dévié de la véritable piste d'Armen dix mètres plus tôt. Winsloe braqua sa torche sur mon visage. Je ravalai une affirmation et me mis à renifler l'air de manière appuyée. Du coin de l'œil, je l'observais, jaugeant sa crédulité, et décidai de goûter l'eau avant de faire un plongeon qui risquait d'être fatal.

—Je pensais que oui, répondis-je lentement. La piste semblait tourner par là.

—Les broussailles m'ont l'air épaisses, dit-il.

Ah bon ? Pas tant que ça d'après moi, mais je les regardais sans doute comme une louve, pas comme un humain paniqué qui courait pour sauver sa peau avec un prisonnier dans son sillage. Je m'accroupis et inspirai près du sol. Derrière moi, Ryman ricana.

—Vous avez raison, dis-je. Ils ne sont pas venus par ici. J'ai dû sentir leur odeur dans le vent. Il vaut mieux revenir sur nos pas.

—Vous devriez peut-être rester à quatre pattes, dit Ryman. Pour garder le nez sur la piste.

Il sourit d'un air narquois.

—Pas de souci, Elena, répondit Winsloe. Allez-y lentement. Je ne veux pas que vous sentiez sous pression.

Moi ? Sous pression ? Pourquoi donc ? Parce qu'on me demandait de pourchasser un autre prisonnier, avec un pistolet chargé dans le dos et un mégalo psychotique qui menait la barque ?

—Je suis peut-être un peu nerveuse, répondis-je. Désolée.

Winsloe me gratifia d'un sourire magnanime.

—Ne vous en faites pas. Détendez-vous.

Oui, patron. Pas de problème. J'inspirai, revins sur mes pas jusqu'à la vraie piste et recommençai. Une cinquantaine de mètres plus loin, la piste d'Armen déviait vers l'est. Je décidai de continuer tout droit vers le sud. Je n'avançai pas de trois pas.

—Vous êtes sûre que c'est par là ? cria Winsloe derrière moi.

Je me figeai.

—J'ai l'impression qu'ils sont allés vers l'est, dit-il. Il y a des branches cassées, ici.

Je me retournai vers les buissons qui entouraient la large brèche par laquelle Armen était passé. Pas une seule brindille cassée. Winsloe n'avait aucun moyen de déterminer qu'Armen avait tourné ici. À moins qu'il le sache déjà. Le picotement de méfiance que j'éprouvais depuis le début de cette expédition se changea en courant glacé. Winsloe savait exactement où Armen s'était enfui, et l'avait probablement déjà traqué et capturé avant de venir à l'infirmerie. Il me mettait à l'épreuve, testant mes capacités aussi bien que ma sincérité. Avais-je déjà échoué ?

Étouffant l'impulsion qui me dictait de bredouiller des excuses, je regardai tour à tour les buissons et le trajet que j'avais choisi, me pinçai l'arête du nez et tentai de paraître épuisée, ce qui ne me demandait pas un gros effort. Je m'accroupis et reniflai le sol, puis m'approchai des buissons pour les flairer et me relevai ensuite pour sentir l'air. Avec un soupir, je me frottai la nuque.

—Alors ? demanda Winsloe.

—Je sens une piste des deux côtés. Donnez-moi une seconde.

Je fis rouler mes épaules et inspirai profondément une bouffée d'air glacial. Puis je me mis à quatre pattes, ignorant les ricanements de Ryman, et suivis les deux pistes potentielles sur plusieurs mètres.

—Celle-ci, dis-je en désignant la véritable piste tout en me relevant. Il a fait quelques pas dans l'autre direction, puis il est revenu en arrière et il est passé par cette brèche entre les buissons.

Plausible, et impossible à réfuter à moins de posséder un flair de loup-garou. Winsloe hocha la tête. Il y croyait. Parfait.

Tout en suivant la piste, je me demandai comment Winsloe comptait mettre fin à cette comédie. De toute évidence, ils avaient déjà recapturé Armen. Allions-nous tomber sur les gardes qui le détenaient ? Ou la piste conduirait-elle de nouveau vers le centre ? Quel était le but de ce petit jeu ? L'amuser en me faisant jouer les chiens savants ? M'humilier tout en testant ma fiabilité ? Espérait-il que j'allais tout faire foirer ou prendre la fuite, ce qui lui fournirait une excuse pour me pourchasser ? Je ne lui donnerais pas cette satisfaction. S'il voulait un chien fidèle à deux pattes, c'était exactement ce qu'il aurait.

Je ne tentai plus de le duper. À quoi bon, s'il détenait déjà Armen ? On parcourut péniblement huit cents mètres de plus dans la forêt. L'odeur s'accentua jusqu'à ce que je puisse la localiser dans le vent.

— Ils sont tout près, dis-je.

— Parfait, répondit Winsloe. Alors ralentissez et…

Devant nous, un massif résonna de jurons et de craquements. Deux silhouettes en jaillirent : Armen était perché sur le dos d'un garde, dont il enserrait la gorge. Winsloe se précipita vers eux, tirant un pistolet de sous sa veste. Ryman fit feu à titre d'avertissement. Armen se figea. Winsloe se lança sur Armen et le fit tomber du dos de Jolliffe.

La fureur m'embrasa les tripes. Je serrai les poings pour m'empêcher d'y céder. J'avais envie de hurler à l'intention de Winsloe, de dénoncer son « exercice » pour ce qu'il était. Un jeu. Encore un jeu puéril, chorégraphié en détail, comme le fait de sauter sur Armen *après* que le bruit du coup de feu l'avait paralysé. *On essaie de m'impressionner, Tyrone ? Ah, ça marche, sans aucun doute. Je n'avais jamais vu de si piètre performance.*

— Voilà, dis-je, à peine capable de desserrer assez la mâchoire pour prononcer ces mots. Vous l'avez retrouvé. Beau boulot. On peut y aller maintenant ?

Tous m'ignorèrent. Winsloe avait étendu Armen à terre, bras et jambes écartées, et le fouillait en quête d'armes. Jolliffe demeurait assis dans l'ombre, comme s'il était trop sonné pour bouger. Ryman s'avança vers lui, main tendue, pour l'aider à se relever.

— Qu'est-ce qui s'est passé ? demanda Winsloe.

— Il avait une arme, monsieur, répondit Jolliffe. Il m'a fait sortir de force de la cellule, il m'a pris mon arme et m'a fait ouvrir les portes, puis il m'a entraîné dans les bois. Il a essayé de me tuer. Je me suis échappé un peu plus loin, et ensuite je l'ai suivi et rattrapé ici.

Et à ce moment-là, tu l'as maintenu jusqu'à notre arrivée, pensai-je. *En restant sans doute en contact radio avec Winsloe après avoir échappé à Armen.*

— Il se cachait dans ces buissons, poursuivit le garde. Il m'a tiré dessus. Je l'ai désarmé, on s'est battus, et ensuite vous êtes arrivés.

— Qu... quoi ? dit Armen en s'efforçant de soulever la tête du sol. Ce n'est pas... C'est vous qui êtes venu dans ma cellule. Qui m'avez amené ici. Vous...

Winsloe cogna violemment le visage d'Armen contre le sol. Cette fois encore, il me fallut déployer toute ma maîtrise pour ne pas me jeter sur lui. Puis l'impulsion s'évanouit et je me retrouvai incapable de bouger, même si je l'avais voulu. Mes jambes se changèrent en plomb quand je vis l'expression d'Armen, la confusion et l'incrédulité masquées sous une couche de sang et d'ecchymoses. Jolliffe prononça quelques mots. Mon regard pivota vers lui. Je vis son visage, le vis vraiment, et le reconnus, tout comme Ryman un peu plus tôt. Les voyant ensemble, je compris où je les avais rencontrés. À la partie de chasse. Les deux hommes sans nom qui accompagnaient Pendecki et Bryce la nuit où nous avions pourchassé Patrick Lake.

Et je les avais revus depuis. C'étaient aussi les deux qui m'avaient accompagnée à la douche avec Winsloe. Ses gardes préférés. Sélectionnés pour une mission spéciale de plus.

Armen ne s'était pas échappé. Ça n'avait aucun sens. C'était un homme réfléchi, pas le genre à prendre un risque sur une soudaine impulsion. Il ne devait pas savoir fabriquer une arme de fortune. Et il n'attaquerait certainement pas des gardes armés deux fois plus grands que lui. Non, il ne s'était pas échappé. On l'avait conduit ici. Battu et traîné dans la forêt. Dans quelle intention ? Lui faire jouer un rôle dans le dernier jeu de Winsloe ? Celui-ci voulait que je pourchasse quelqu'un, alors il avait choisi une cible dans le bloc de cellules et engagé ses gardes préférés pour l'aider à construire le scénario. *Ça en valait la peine, sale enfoiré ? T'as bien pris ton pied, cette fois-ci ?*

—On peut s'en aller maintenant ? demandai-je en élevant la voix pour me faire entendre par-dessus leur conversation. On l'a retrouvé. On ferait mieux de rentrer.

Winsloe se déplaça de manière à se retrouver assis en biais au-dessus d'Armen, et se détendit comme s'il se trouvait dans un fauteuil confortable.

—On ne peut pas faire ça, Elena. J'aimerais bien, mais on ne peut pas. On n'en a pas encore fini.

Il jeta un coup d'œil à Ryman et Jolliffe. Les deux gardes lui rendirent son sourire et j'éprouvai un grand froid au creux des tripes.

—On ne peut pas permettre que des prisonniers s'échappent, hein, les gars ? Qu'ils s'enfuient de leur cellule puis échappent à toute punition. Pas question. Il faut donner l'exemple. Personne ne survit après s'être enfui de mon centre.

Je cherchai mon souffle.

— Mais... Mais je croyais que Haig était un sujet important. Le docteur Matasumi disait...

— Larry comprendra. Un prisonnier s'échappe, on le poursuit, on essaie de le ramener vivant, mais... Enfin bref, ça arrive. Capturer un prisonnier, c'est une affaire délicate. Il y a tant de choses qui risquent de tourner de travers, et bien sûr, on ne peut pas courir le risque de laisser quelqu'un s'échapper et compromettre la sécurité du projet.

Je ne pouvais pas les laisser faire ça. Je m'étais déjà sentie malade de pourchasser Patrick Lake, alors que lui était un salopard de tueur. Armen Haig n'avait rien d'un monstre. C'était quelqu'un de bien, un innocent dans un monde où la plupart d'entre nous, moi comprise, avions renoncé à cette innocence en devenant quelque chose d'inhumain. Les monstres, ici, étaient les trois individus dont le comportement n'avait aucune excuse.

Que voyait Winsloe quand il regardait Armen, quand il me regardait, moi, ou Patrick Lake, ou le garde qu'il avait tué, ou toute autre personne qui habitait son monde ? Voyait-il des gens, des êtres conscients ? Ou des silhouettes de carton, personnages d'un grand jeu conçu pour l'amuser ?

— Vous ne pouvez pas le tuer, dis-je d'une voix aussi neutre que possible.

Winsloe étira ses jambes, appuyant de tout son poids sur Armen.

— Vous avez raison. Je ne peux pas. Enfin si, mais je ne vais pas le faire.

— Parfait. Alors on peut...

— Ce n'est pas moi qui vais le tuer. C'est vous.

SACRIFICE

J e m'arrêtai net, les mots coincés dans la gorge.

—Je… Je…

—C'est bien ça. C'est vous qui allez le tuer. Vous allez vous transformer en loup et le pourchasser.

Winsloe se leva et posa le pied sur le dos d'Armen.

—Ça vous pose un problème, Elena ?

L'espace d'une brève seconde, j'eus la certitude que Winsloe avait appris ma collaboration avec Armen, que c'était sa façon de contrecarrer nos plans, en tuant mon allié et en me faisant savoir qu'il était au courant, mais je compris bien vite que c'était impossible. Armen avait trop habilement déguisé nos discussions. Nous n'avions pas mené nos projets assez loin pour que l'auditeur le plus perspicace qui soit comprenne ce que nous complotions. Si quelqu'un écoutait, il n'aurait entendu que deux personnes en train de bavarder. Parcourue d'un frisson glacial, je me demandai si ça avait suffi. Winsloe nous avait-il entendus et avait-il détecté une amitié naissante ? Est-ce que ça expliquait pourquoi il l'avait choisi parmi les prisonniers, au risque de contrarier Matasumi ? Pourquoi ne pas prendre Leah ou, mieux encore, Curtis Zaid, le prêtre vodoun inutile ? Parce que ça ne me blesserait pas assez. Ce ne serait pas assez sadique.

Winsloe s'avança vers moi.

—J'ai dit : ça vous pose un problème, Elena ?

—Ça, vous pouvez le dire, aboyai-je. Pas question que je tue un homme pour vous distr…

Je reculai brusquement. Sentis l'empreinte de sa main sur ma joue. Trébuchai. Récupérai. Pivotai, poing fonçant vers sa mâchoire. Une balle me brûla le flanc. Me déséquilibra sous l'effet conjugué de l'impact et de la surprise. J'agrippai un arbre. Qui interrompit ma chute. Je restai plantée face au tronc, haletante, un serpent de rage se tortillant dans tout mon corps. Je m'accrochai assez fort pour que l'écorce m'entaille les paumes. Fermai les yeux. Luttai pour retrouver mon sang-froid. Le trouvai. Inspirai profondément puis reculai. Je baissai les doigts vers mon flanc et tâtai la plaie. La balle avait traversé, frôlant à peine une côte.

—Je répète encore une fois, Elena, dit Winsloe en s'approchant derrière moi. Ça vous pose un problème ?

Je me retournai lentement, évitant son regard. Il émit un grognement satisfait en interprétant ce dernier point comme un signe d'intimidation, au lieu de comprendre que je n'osais pas le regarder de peur de lui arracher le visage si je le faisais.

—Répondez-moi, Elena.

—Je ne peux pas. (J'inspirai. Me forçai à adopter un ton désolé.) Je ne peux pas…

Je vis sa main se lever, munie cette fois de son arme. Vis le pistolet se diriger vers mon visage. Je fis marche arrière, mais trop tard. L'arme ricocha sur ma tempe. Des lumières m'aveuglèrent. Puis tout devint noir. Quand je récupérai, j'étais étendue à terre et Winsloe se penchait sur moi.

—Voilà ce qui va se passer, Elena, me dit-il. Vous allez vous transformer en loup. Ici. Maintenant. Ensuite, vous allez pourchasser M. Haig. Quand vous l'aurez capturé, vous le retiendrez jusqu'à mon arrivée. Puis vous le tuerez.

Au moindre écart de ce scénario, vous mourrez tous les deux. Compris ?

Je tentai de m'asseoir. Le pied de Winsloe atterrit sur mon ventre, me repoussant vers le sol et me coupant le souffle.

— Ce n'est… pas si facile, haletai-je entre deux goulées d'air. Je n'arriverai peut-être pas à muter. Et même si j'y parviens, je ne pourrai pas me contrôler une fois que je l'aurai attrapé. Ça ne marche pas comme ça.

— Ça marchera comme je le dirai, répondit Winsloe d'une voix aussi chargée d'émotion que celle d'un pro du golf expliquant les règles du jeu. Si vous échouez, vous devrez en répondre devant moi. Et ensuite, mes gars prendront leur tour, et quand ils se seront lassés de vous, vous mourrez. C'est une motivation suffisante, Elena ?

Je me mis à trembler. Plus de colère à présent. Mais de peur. D'une terreur incontrôlable. Tuer Armen serait un acte de lâcheté impardonnable, même si j'en étais capable. Mais si je ne l'étais pas ? Le viol et la mort. L'idée du viol me terrifiait plus encore que la mort. Les fantômes de mon enfance envahissaient mon cerveau, me rappelant que je m'étais promis que ce genre de chose ne m'arriverait plus jamais, que j'étais trop forte, qu'on ne pourrait plus jamais m'obliger à me soumettre à qui que ce soit.

— Je ne peux pas, murmurai-je. Je ne peux vraiment pas.

Je vis le pied de Winsloe reculer. Fermai très fort les yeux. Sentis sa botte s'enfoncer dans mon flanc, atterrir en plein sur la plaie par balle. Entendis hurler une femme. Moi. Et je me détestai. De toutes mes forces. Pas question de mourir comme ça. De me faire violer. De m'obliger à tuer un innocent. Si je devais mourir, que ce soit comme je l'aurais choisi.

Je me redressai d'un bond, déséquilibrant Winsloe. Il atterrit sur le dos. Je me relevai péniblement et me tournai vers lui.

—Non! cria quelqu'un – Armen.

Je pivotai, vis Ryman lever son arme. Armen plongea vers moi. Le pistolet cracha un flot de balles. Le corps d'Armen s'arrêta en plein vol, la poitrine éclatée, agité de secousses sous l'impact. Quand il heurta le sol, je me laissai tomber près de lui.

—Ça vaut mieux. Pour nous deux, dit-il d'une voix presque inaudible.

Une écume sanglante perlait à ses lèvres.

—Je suis désolée, murmurai-je.

—Ne soyez…

Il battit des paupières. Deux fois. Puis les ferma.

Je baissai la tête, sentis des larmes me serrer la gorge. Dans le silence qui suivit, je me préparai à ce qui allait arriver. Winsloe allait me tuer pour ça. Mais quand je me retournai enfin pour lui faire face, je ne lus dans ses yeux que la satisfaction. Il n'avait absolument pas perdu. Le résultat restait le même. Armen était mort. Par ma faute. Je le savais et j'allais en souffrir.

—Ramenez-la dans sa cellule, dit Winsloe en époussetant son jean. Et faites venir quelqu'un ici pour nettoyer ce bordel.

Lorsqu'il baissa les yeux vers Armen, sa bouche se pinça et il me transperça d'un regard. Le résultat était peut-être le même, mais j'avais gâché son jeu. Il allait me le faire payer. Pas ce soir. Mais ça viendrait.

Ryman et Jolliffe me conduisirent dans la forêt. Nous étions à mi-chemin du centre quand Ryman me poussa soudain très fort. Je trébuchai. Tandis que je me remettais d'aplomb et me retournais pour le fusiller du regard, je me retrouvai face au canon de son arme. Je serrai la mâchoire, pivotai et me remis en marche. J'avais avancé d'un mètre cinquante quand Jolliffe m'envoya un coup de pied dans les jambes qui me fit perdre l'équilibre. Je trébuchai contre un arbre et pris un moment pour me remettre avant de me retourner. Les deux hommes braquaient leur arme sur moi.

— Qu'est-ce que vous voulez ? demandai-je. Une excuse pour me tuer ?

— On n'en a pas besoin, répondit Ryman. On n'aura qu'à dire à Tyrone que vous avez essayé de vous enfuir et qu'on a dû vous abattre.

— Comme un chien enragé, ajouta Jolliffe.

Ils éclatèrent de rire. Une bouffée de rage monta en moi. Ce qui s'était passé dans ce bosquet me rendait malade de culpabilité et de dégoût envers moi-même. Je n'avais qu'une envie, trouver une autre cible vers laquelle diriger cette colère, quelqu'un d'autre à qui reprocher la mort d'Armen. Ces deux crétins semblaient tout désignés. Je les jaugeai du regard. Pourrais-je les terrasser sans me faire tuer ? J'estimais mes chances à cinq contre une. Comme ça me paraissait raisonnable, je sus que j'avais des ennuis. Ma rage consumait presque tout mon bon sens. Je détournai le regard des deux gardes et continuai à marcher.

Ryman vint se placer près de moi et me saisit par le bras. Quand il me plaqua violemment contre un arbre, je commençai par me débattre, puis sentis le métal froid d'un canon braqué contre ma tempe.

— Ne me tourne jamais le dos, salope, me souffla-t-il au visage. Cliff et moi, on était impatients de s'amuser ce soir.

Tu as tout gâché. Ty est peut-être prêt à passer l'éponge, mais pas nous. Et d'abord, pour qui tu te prends ? Pour oser défier Tyrone Winsloe ? Pour oser l'agresser ? Pour gâcher notre jeu ?

— Dégagez vos sales pattes.

— Sinon quoi ? répondit-il en me balançant son genou dans l'entrejambe. Qu'est-ce que tu vas faire, sinon ?

Quelqu'un pouffa sur notre gauche.

— Par exemple… ouvrir votre sale gorge de crétin, vous arracher les testicules et vous découper comme une dinde de Noël. Pas forcément dans cet ordre.

On se retourna pour voir Xavier appuyé contre un arbre, tirant sur une cigarette. Il jeta le mégot, se dirigea vers nous à grands pas, puis m'arracha à la poigne de Ryman.

— Je vous déconseille de déconner avec cette nénette-là, dit Xavier. Vous avez vu ce qu'elle a fait à l'autre loup-garou ? Elle lui a ouvert la jambe… alors qu'elle portait des menottes. Vous êtes peut-être armés, les mecs, mais je n'aimerais pas savoir quels dégâts elle peut causer avant d'être abattue.

Avant que les gardes ouvrent la bouche, Xavier me passa un bras autour de la taille et me conduisit vers le chemin qui se dirigeait vers le centre.

— On dirait qu'elle vous tolère, marmonna Jolliffe en nous suivant. Vous croyez qu'on devrait le dire à Ty, Reese ?

— Je ne suis pas assez taré pour empiéter sur le territoire du patron, répondit Xavier. Qu'est-ce que j'y peux si la pauvre a le béguin pour moi ?

Il me tâta les fesses. Je me retournai pour lui taper dessus, mais il disparut pour réapparaître derrière moi.

— C'est une de ces relations de haine-amour, cria-t-il aux gardes, puis il murmura à mi-voix : Du calme, Elena.

Vous n'avez pas envie que je reprenne mes billes et que je me casse ?

Il avait raison. J'avais beau détester lui être redevable, Xavier restait le seul obstacle me séparant des deux gardes et d'une sale situation potentielle.

Il repassa le bras autour de ma taille et jeta un coup d'œil par-dessus son épaule.

— Vous croyez que Tyrone me la cédera quand il en aura fini ? On pourrait s'enfuir ensemble, se construire une cabane sur une île déserte, vivre de noix de coco, de soleil et de sexe. Qu'est-ce que vous en dites, Elena ? On ferait de jolis bébés. Réfléchissez-y. À nous deux, on pourrait faire des loups une espèce en voie de disparition.

— Ha ha, répondis-je.

Il marqua une pause, pencha la tête.

— Ça ne fait rigoler personne au balcon. Ils n'ont pas dû piger la blague. Vous voulez que je vous l'explique, les mecs ?

— On veut surtout que t'ailles te faire foutre, Reese, répondit Ryman. Là, maintenant.

— Devant vous ? Je suis un démon, pas un exhibitionniste. (Xavier pressa le pas en me poussant à ses côtés.) Enfin bref, on est presque arrivés. Larry se demandait ce qui s'était passé. Il commençait à s'inquiéter pour son sujet vedette. Je me suis porté volontaire pour aller vous chercher. Vous croyez que je gagnerai une médaille ?

— Pas quand Matasumi découvrira ce qui est arrivé au sujet vedette en question, murmurai-je.

Une expression furtive passa sur le visage de Xavier, mais avant que je puisse la déchiffrer, il l'effaça pour afficher son habituelle nonchalance teintée d'effronterie. Il poursuivit son monologue sans interruption jusqu'à ce qu'on arrive au centre. Puis il me fit franchir la porte blindée qu'il laissa se claquer sur les deux gardes. On parvint presque à atteindre l'ascenseur sans eux, mais Jolliffe retint les portes au dernier moment. Ils entrèrent et appuyèrent sur le bouton du bloc de cellules. Quand l'ascenseur s'arrêta à l'étage du milieu, Xavier tenta de me faire sortir. Ryman me saisit par le bras.

—Ty nous a dit de la ramener dans sa cellule.

Xavier soupira.

—Il voulait dire l'infirmerie. C'est là qu'elle dort maintenant. Il a dû oublier.

—Il a parlé de la cellule.

—Il s'est trompé.

Les deux hommes se dévisagèrent. Puis Xavier se redressa et se pencha par la porte de l'ascenseur. La voix et les pas de Carmichael résonnaient dans le couloir.

—Doc? l'appela Xavier. Elena est avec moi. Ces types me disent que Tyrone veut qu'on la ramène dans sa cellule.

—Il a dû se tromper, répondit Carmichael en approchant de nous.

—C'est ce que je leur ai dit.

Carmichael s'arrêta devant les portes ouvertes de l'ascenseur.

—Cliff, Paul, conduisez Mlle Michaels à l'infirmerie. Je vous rejoins tout de suite.

Xavier m'y accompagna et ne partit qu'au retour de Carmichael. Il tenta de s'attarder mais elle le chassa, grommelant qu'on avait déjà bien assez perturbé mon sommeil et qu'elle avait besoin de moi le lendemain matin. Au moment de partir, Xavier articula silencieusement les mots « Vous avez une dette envers moi ». C'était vrai. Et il s'assurerait certainement qu'elle ne reste pas impayée.

Tandis que je m'installais dans mon lit, Carmichael s'activait dans la pièce, préparant du matériel et surveillant Bauer. À une occasion, elle me demanda s'il y avait quelque chose dont je voulais lui parler. C'était le cas, mais je ne pouvais pas m'y résoudre. Je ne voulais pas voir ma culpabilité reflétée sur un autre visage. Quelqu'un de bien était mort cette nuit. Abattu par un garde cruel après qu'un tyran sadique l'avait condamné à mort, mais au bout du compte, le poids de son décès reposait sur mes épaules. Je ne pouvais pas partager ça avec Carmichael. La seule personne au monde sur qui j'aurais pu m'en décharger se trouvait à des centaines de kilomètres de là, livrant ses propres combats dans une chambre de motel. Penser à lui ne fit que me rappeler ma solitude. Avant de partir, Carmichael me prépara une tasse de thé. Je devinai à l'odeur qu'elle contenait un sédatif, mais je la bus quand même. C'était la seule chose qui me permettrait de dormir cette nuit, et j'avais désespérément envie de dormir, de dormir, d'oublier… ne serait-ce que quelques heures.

EXIL

L e lendemain, après le petit déjeuner, Bauer se réveilla.
J'étais assise près de son lit, absorbée dans mes pensées,
comme je l'avais été toute la matinée. Quand elle ouvrit
les yeux, je crus qu'il s'agissait d'un simple réflexe. Elle
resta immobile et se contenta de fixer le plafond, le visage
inexpressif. Puis elle cligna des paupières.

— Docteur ? appelai-je.

Carmichael émit un petit bruit et leva les yeux de
sa paperasse. Une fraction de seconde plus tard, elle se
trouvait près du lit. Il fallut un moment à Bauer pour sortir
de sa torpeur. Je suppose que, quand on vient de passer
plusieurs jours dans les vapes, on ne se met pas à bondir
en hurlant – mais tout bien réfléchi, ça valait plutôt mieux
dans son cas.

Bauer mit près de vingt minutes à se réveiller assez pour
bouger. Elle tenta de basculer sur le côté mais les entraves
l'en empêchèrent. Elle baissa vivement les yeux, fronçant les
sourcils, vit ses liens et lança un regard noir à Carmichael.
Elle ouvrit la bouche mais il n'en sortit qu'un murmure,
si faible que je ne l'entendis pas moi-même. Carmichael
comprit toutefois le message et s'empressa de desserrer ses
liens.

— Heu, ce n'est pas une très bonne idée, lui dis-je.

— Elle est trop faible pour parler, alors pour ce qui est
de bouger…, répondit Carmichael.

Les yeux de Bauer passèrent tour à tour de Carmichael à moi pour suivre notre échange. Elle scruta mon visage sans paraître me reconnaître. Puis je vis le déclic se produire. Elle se souvenait de moi. Elle plissa les yeux.

— Qu... (Elle s'interrompit et avala sa salive.) Qu... Qu'est-ce qu'elle fait ici ?

— Elena m'a aidée, Sondra. Depuis votre... mésaventure.

— Mé... (Bauer avala de nouveau sa salive et passa la langue sur ses lèvres desséchées.) Quelle mésaventure ?

— Apportez-lui un verre d'eau, Elena.

De nouveau, le regard de Bauer se posa sur moi.

— Qu... Qu'est-ce qu'elle fait là ?

— Apportez-lui ce verre et demandez aux gardes de vous emmener faire un tour. Je dois parler à Sondra.

J'apportai l'eau et tentai d'ignorer la deuxième moitié de sa requête, mais elle me chassa. Je savais qu'il ne fallait pas la laisser seule avec Bauer. Je savais aussi que ça ne servait à rien de protester. Je choisis donc de sortir accompagnée des gardes de l'infirmerie et de conseiller à ceux de la porte de s'installer à l'intérieur. À ma grande surprise, ils m'obéirent. Ce que j'aurais interprété comme un signe encourageant de mon pouvoir croissant si je ne les soupçonnais pas de débouler dans l'infirmerie afin de pouvoir régaler leurs collègues de récits en avant-première sur le réveil du nouveau loup-garou.

Après ma balade, Tucker nous rejoignit devant l'infirmerie.

— Confiez-la à Peters et Lewis à l'intérieur, ordonna-t-il. Ensuite, descendez aux cellules et escortez Mlle O'Donnell dans celle de Zaid.

— Je croyais que le docteur Matasumi avait annulé toutes les visites, dit l'un de mes gardes.

— Katz… Le docteur Matasumi a changé d'avis.

— Mais je croyais qu'il avait dit…

— Il a changé d'avis. Mlle O'Donnell rendra visite à M. Zaid pendant une heure, puis à Mlle Levine pendant l'heure suivante.

— Comment va Savannah ? demandai-je.

Trois paires d'yeux se tournèrent vers moi comme si les murs avaient parlé. Je crus d'abord que personne n'allait me répondre, mais Tucker répliqua brusquement :

— Elle va bien.

— Vous savez, ajoutai-je, j'aimerais bien la voir, moi aussi. Peut-être lui remonter un peu le moral.

— Mlle O'Donnell peut s'en charger, répondit Tucker, qui se détourna ensuite puis remonta le couloir.

Les deux gardes m'escortèrent dans la pièce. Bauer reposait toujours sur son lit. Assise à ses côtés, Carmichael lui tenait la main. Je supposai que Bauer s'était rendormie, mais je remarquai ensuite ses yeux ouverts. Carmichael me fit signe de garder le silence.

— Je sais que c'est un choc, murmura-t-elle. Mais vous êtes saine et sauve et…

— Saine et sauve ? cracha Bauer en se tournant vers Carmichael pour la transpercer de ses yeux flamboyants. Vous savez comment je me sens en ce moment même ? C'est… C'est… (Sa main gauche tenta de frapper quelque chose dans les airs mais ne parvint qu'à s'élever faiblement avant de retomber à ses côtés.) Ce n'est *pas* mon corps. Ce n'est pas moi. C'est… une anomalie. Affreuse et dégoûtante. Et les rêves. (Elle eut un hoquet.) Oh, mon Dieu. Les rêves.

Carmichael lui posa la main sur le front. Bauer ferma les yeux et parut se détendre. Puis elle les rouvrit et me vit.

— Faites-la sortir d'ici, dit-elle.

—Je comprends qu'Elena ne soit pas la personne que vous ayez le plus envie de voir en ce…

—Faites-la sortir d'ici.

Carmichael serra fort la main de Bauer.

—Je sais qu'elle vous rappelle ce qui s'est produit, mais vous avez besoin d'elle, Sondra. Elle comprend ce que vous traversez et elle peut nous aider. Sans elle…

—Sans elle? (Bauer me regarda et retroussa les lèvres pour montrer les dents.) Sans elle, je ne serais pas ici.

—Je comprends votre colère, Sondra. Sans l'arrivée d'Elena dans ces lieux, tout ça ne se serait jamais produit. Mais vous ne pouvez pas lui reprocher…

—Ah non? Je ne peux pas le lui reprocher? demanda Bauer en élevant la voix. Qui m'a fait ça, à votre avis?

Une heure plus tard, j'avais regagné ma cellule.

Après tout ce que j'avais fait, tous les risques que j'avais pris, il avait suffi d'une accusation de la part d'un loup-garou récemment converti et à moitié dément pour qu'on me renvoie dans cette saloperie de cellule. J'avais soigné Bauer. J'avais empêché Carmichael de lui administrer des médicaments qui risquaient de mettre sa vie en danger. Je m'étais interposée entre Bauer et les gardes à la gâchette facile. Et comment me récompensait-elle? En me mettant tout sur le dos, non pas au sens figuré – parce qu'elle s'était servie de ma salive – mais en m'accusant littéralement de l'avoir transformée en loup-garou. C'était de la folie, non? Et la seringue? La marque de piqûre? Les preuves m'innocentaient. Qu'est-ce qu'ils croyaient, que j'avais volé une seringue à l'infirmerie pendant mon bilan et que je l'avais remplie de salive avant de la planter dans le bras de Bauer? C'était exactement ce qu'ils pensaient.

Matasumi, du moins. Carmichael semblait avoir assez de bon sens pour comprendre que c'était grotesque. Elle ne l'avait pas formulé tout haut, mais elle avait insisté pour me garder à l'infirmerie et, quand on m'avait obligée à partir, elle m'avait accompagnée à la porte en me promettant d'« arranger les choses ».

Quel genre d'alliée ferait-elle ? Ce n'était qu'une employée sans autorité réelle. Quand Matasumi et Winsloe s'étaient retrouvés seuls responsables, la volonté de Carmichael s'était transformée en réel pouvoir. Dans le cadre d'un conflit de personnalités, Matasumi était sans défense. Winsloe avait la volonté nécessaire pour défier qui que ce soit, mais il se tenait à l'écart de la gestion du centre au quotidien. Si bien que Carmichael, en l'absence de Bauer, n'avait pas eu de mal à me faire admettre à l'infirmerie contre les souhaits de Matasumi. Mais Bauer était désormais de retour. Dans quelle position Carmichael se retrouvait-elle ? Je comparai la personnalité des deux femmes, estimant leurs chances.

Je devais tenir compte d'un autre facteur. Dans quelle mesure Carmichael se battrait-elle pour moi ? Elle ne cachait guère son mépris pour Winsloe et Matasumi, mais elle semblait beaucoup aimer Bauer. Soumettrait-elle sa patiente affaiblie à un bras de fer ? Tout dépendait d'une chose : sa convalescence. Si Carmichael estimait avoir besoin que j'aide Bauer, elle se battrait pour moi. Mais si elle guérissait sans rechute, tout se cassait la figure. Ma meilleure chance serait qu'il se produise quelque chose d'affreux, que Bauer perde tout contrôle, de sorte que Carmichael et Matasumi se rendent compte qu'ils avaient besoin de mon aide. Sachant de quoi était capable un loup-garou récemment converti, c'était un souhait épouvantable.

J'avais vraiment perdu la cote. S'il me restait le moindre doute, il disparut bientôt. Les gardes m'apportèrent mon petit déjeuner avec deux heures de retard, le déposèrent et s'en allèrent. Puis ils m'apportèrent mon déjeuner. Rien ne se produisit dans l'intervalle. Absolument rien. Carmichael ne m'appela pas pour un bilan. Matasumi ne descendit pas m'interroger. Xavier ne passa pas me rendre visite. Même Tess ne reprit pas ses observations devant ma cellule. Je restais seule avec mes pensées, consumée par les souvenirs de la veille. Seule avec mes peurs, mon chagrin, mes récriminations contre moi-même, songeant à la mort d'Armen, puis à celle de Ruth, puis à ma propre situation, qui devenait de plus en plus sinistre au fil des heures.

En milieu d'après-midi, ma porte s'ouvrit et je bondis aussi vite de mon siège que si on venait m'annoncer que j'avais gagné le gros lot à la loterie. D'accord, c'était juste un garde, mais à ce moment-là, n'importe quel visage aurait été le bienvenu. Il venait peut-être me chercher pour me reconduire à l'étage. Ou me livrer un message. Merde, peut-être même qu'il venait me *parler*. Six heures d'exil et j'avais déjà l'impression de sortir d'une semaine d'incarcération solitaire.

Le garde entra, déposa un bouquet de fleurs sur la table et ressortit.

Des fleurs ? Qui pouvait bien m'en envoyer ? Carmichael pour essayer de me remonter le moral ? Ouais, c'est ça. Matasumi qui s'excusait de m'avoir renvoyée dans ma cellule ? Et puis quoi encore ? Bauer qui me remerciait de m'être occupée d'elle avec tant d'altruisme ? Certainement. Avec un rire amer, j'allai chercher la carte dans les fleurs.

Elena,
Désolé d'apprendre ce qui s'est passé.
Je vais voir ce que je peux faire.
                              Ty

Je balançai le vase à terre et serrai les poings, furibonde. Comment osait-il ? Après ce qui s'était produit la nuit précédente, comment osait-il m'envoyer des fleurs, feindre de s'inquiéter de mon exil ? Je lançai un regard mauvais aux fleurs qui jonchaient le tapis. Était-ce une blague à sa sauce ? Ou essayait-il de m'embobiner pour me faire croire qu'il s'intéressait toujours à moi ? Était-ce pour me railler ? Ou se souciait-il réellement de moi, à sa manière tordue ? Et merde ! Avec un grondement, je balançai d'un coup de pied le vase à l'autre bout de la pièce. Comme il ne se brisait pas, je m'en approchai, le saisis d'une main et pivotai pour le jeter contre le mur. Puis je me figeai en plein geste, les doigts serrant toujours le vase. Je ne pouvais pas faire ça. Je ne pouvais pas risquer la colère de Winsloe. La rage impuissante qui m'envahissait suffisait presque à me faire jeter ce vase contre le mur sans me soucier des conséquences. Mais je n'en fis rien. Céder à la rage ne servirait qu'à lui donner une nouvelle excuse de me faire du mal. Ah, il voulait me manœuvrer psychologiquement ? Très bien. Je m'agenouillai et entrepris de ramasser les fleurs, effaçant tout signe de ma colère. La prochaine fois que Tyrone Winsloe entrerait dans ma cellule, il verrait ses fleurs gentiment disposées sur la table. Et je le remercierais de l'attention. Avec le sourire. À bon chat bon rat.

À dix-neuf heures, la porte s'ouvrit. Un garde entra.
— Ils ont besoin de vous à l'étage, dit-il.

L'allégresse m'envahit. Ouf! Pas trop tôt. Puis je vis son visage, la tension de sa mâchoire qui cachait mal l'anxiété contenue dans ses yeux.

—Qu'est-ce qui s'est passé? demandai-je en me levant.

Sans répondre, il se retourna et me tint la porte ouverte. Deux autres gardes attendaient dans le couloir. Tous avaient dégainé. Mon ventre se serra. Que se passait-il? Bauer avait-elle demandé ma mise à mort? Winsloe s'était-il lassé de jouer avec moi et avait-il décidé de me donner la chasse? Mais ça ne rendrait pas les gardes aussi nerveux. Certains, comme Ryman et Jolliffe, se frotteraient même les mains à cette perspective.

Quand je franchis la porte, le premier garde m'enfonça son arme dans le dos, pas très fort, plutôt en signe d'impatience. Je pressai l'allure et on s'empressa de franchir la porte blindée.

La salle d'attente de l'infirmerie était bondée. Je comptai sept gardes, plus Tucker et Matasumi. Lorsque j'entrai, le temps ralentit pour m'offrir un montage d'impressions visuelles dépourvues d'odeurs et de sons, comme un film muet défilant au ralenti.

Matasumi assis, le visage très pâle, regardant fixement dans le vide. Tucker qui aboyait des ordres muets dans l'interphone. Cinq gardes agglutinés autour de lui. Un autre assis près de Matasumi, la tête entre les mains, paumes contre les yeux, le menton humide, une manche de chemise maculée d'une trace humide. Le dernier garde tourné face au mur du fond, appuyé sur ses bras tendus, tête baissée, haletant. Quand je déplaçai mon poids, ma chaussure dérapa. Quelque chose d'humide par terre. Je baissai les yeux. Une petite flaque d'un brun jaunâtre et opaque. Du vomi. Je levai les yeux. La porte de l'infirmerie était fermée.

Je m'avançai, toujours au ralenti. Des visages se tournèrent. La foule s'éloigna, non pas pour me laisser passer mais pour m'éviter. Neuf paires d'yeux braquées sur moi, et des expressions allant de l'appréhension au dégoût.

— Qu'est-ce qui se passe ici ?

La voix de Winsloe, derrière moi, brisa l'illusion.

Je sentais de nouveau les odeurs : vomi, sueur, inquiétude et peur. Quelqu'un marmonna quelque chose d'inintelligible. Winsloe me bouscula pour me dépasser et regarder par la fenêtre de la porte de l'infirmerie. Tous s'immobilisèrent, retenant collectivement leur souffle.

— Nom de Dieu ! s'exclama Winsloe d'une voix exprimant non pas l'horreur mais la stupéfaction. C'est Elena qui a… Ah, merde, je vois. Mais nom d'un chien, regardez-moi ça.

Presque malgré moi, mes pieds se dirigèrent vers la porte de l'infirmerie. Winsloe s'écarta pour me laisser passer et me glissa un bras autour de la taille pour m'attirer vers lui.

— Incroyable, non ? dit-il avant d'éclater de rire. Enfin, pas pour vous, j'imagine.

Au départ, je ne vis rien. Ou plutôt rien d'inhabituel. Au-delà de la fenêtre, j'apercevais le comptoir, d'un blanc clinique et luisant, et l'évier d'inox qui brillait comme celui d'une cuisine d'exposition. Une rangée de flacons s'alignait au garde-à-vous au dos du comptoir. Le classeur de Carmichael reposait suivant un angle parfait de 90 degrés près de l'évier. Tout était impeccable et rangé, comme d'habitude. Puis quelque chose attira mon regard à la base du comptoir. Une obscénité au cœur de cette propreté impeccable. Une tache de sang en forme d'étoile.

Je balayai le sol du regard. Une trace de sang à quinze centimètres du comptoir. De grosses gouttes qui décrivaient un zigzag jusqu'au chariot d'urgence. Lequel était renversé, et son contenu brisé, éparpillé. Une flaque de sang. À l'intérieur, une empreinte de chaussure aux contours parfaitement nets. Puis une autre trace, plus grande, là où la chaussure ensanglantée avait glissé à terre. Le classeur. Le classeur d'acier de cinquante kilos renversé, obstruant le coin du fond comme si quelqu'un l'avait fait basculer pour se cacher derrière cette barricade imparfaite. Des papiers éparpillés à terre. Aspergés de sang. Sous le lit, une chaussure à la semelle ensanglantée. Au-dessus, une jambe. Je me retournai pour faire face aux autres, leur dire qu'il y avait quelqu'un à l'intérieur. Tandis que je pivotais, mon regard remonta le long de la jambe jusqu'au genou, jusqu'à une flaque rouge vif, puis jusqu'au vide. Une jambe coupée. Mon estomac me remonta dans la gorge. Je me détournai très vite, mais pas assez. Je vis une main reposant à un mètre du lit. Plus près de la porte, à demi caché sous un plateau renversé, un morceau de viande sanglant qui avait été humain.

Quelque chose heurta la porte, suscitant de telles vibrations que je basculai sous l'impact. Un rugissement de fureur. Une fourrure d'un brun jaunâtre. Une oreille. Un museau ensanglanté. Bauer.

— Des tranquillisants, sifflai-je en retrouvant mon équilibre. Il faut lui donner des sédatifs. Et vite.

— C'est justement le problème, dit Tucker. Tout est là-dedans.

— Tout ?

J'inspirai, clignant des yeux, m'efforçant de remettre mon cerveau en état de marche. Je me passai la main sur le visage, me redressai et regardai autour de moi.

— Il doit y avoir des réserves. Où est le docteur Carmichael ? Elle doit savoir.

Pas de réponse. Comme le silence se prolongeait, mon estomac se souleva de nouveau. Je fermai les yeux et me forçai à regarder par la fenêtre. Le pied sous le lit. La chaussure. Noire, solide et pratique. Celle de Carmichael.

Oh, mon Dieu. Ce n'était pas juste. C'était d'une telle injustice. Cette rengaine me traversa la tête, chassant toutes mes autres pensées. Parmi toutes les personnes présentes dans cette saloperie d'endroit. Parmi toutes celles que j'aurais vu mourir avec plaisir. Parmi toutes celles que j'aurais même été ravie de voir connaître une mort aussi atroce que celle-ci. Pourquoi Carmichael ?

Une bouffée de rage m'envahit. Je crispai les poings, cédai un moment à la colère, puis la ravalai quand je me retournai pour faire face aux autres.

— Elle a pleinement muté, dis-je. Vous avez là-dedans un loup-garou pleinement transformé, à moitié fou, qui va traverser la porte si vous n'agissez pas vite. Pourquoi tout le monde reste planté là ? Qu'est-ce que vous allez faire ?

— La question, répondit Tucker, est de savoir ce que *vous* allez faire.

Je m'écartai de la porte.

— C'est votre problème, pas le mien. J'ai essayé de vous avertir. Encore et encore. Vous vous êtes servis de moi pour l'aider à guérir, puis vous m'avez rejetée dans ma cellule. Maintenant que tout est allé de travers, vous voulez que je remette les choses en ordre ? Ce n'est pas moi qui ai tout fait foirer.

Tucker fit signe aux gardes. L'un d'entre eux avança vers la porte, jeta un œil par la fenêtre et tourna la poignée.

— Vous trouverez des sédatifs dans les placards du mur du fond, dit Tucker.

—Pas question, répondis-je. Jamais de la vie.

Quatre des gardes restants levèrent leur arme. La braquèrent sur moi.

—Pas quest…

La porte s'ouvrit. On me poussa à l'intérieur. Tandis que j'entrais en trébuchant, la porte claqua derrière moi, me heurtant le talon et me faisant basculer à terre. Quand je me relevai péniblement, je n'entendis que le silence. Puis résonna dans toute la pièce un son que je ressentis plus que je l'entendis. Un grondement.

RAVAGES

Toujours à quatre pattes, je levai lentement les yeux. Un loup de soixante kilos me rendit mon regard, sa fourrure brun-jaune hérissée, ce qui le faisait paraître aussi gros qu'un mastiff. Bauer me regarda droit dans les yeux, les oreilles dressées vers l'avant, babines retroussées, montrant silencieusement les dents.

Je détournai le regard et restai à terre, me maintenant quelques centimètres plus bas que Bauer. Ce geste de soumission me coûtait, mais ma vie valait plus que mon orgueil. Eh oui, sur le moment, je m'inquiétais beaucoup pour mon espérance de vie. Même Clay éviterait d'affronter un loup-garou sous sa forme animale quand lui-même était humain. En tant que louve, Bauer avait sur moi l'avantage des griffes et des dents. De plus, la forme humaine est peu pratique pour combattre un animal – trop lente, trop grande, trop facile à déséquilibrer. La seule arme supérieure dont disposent les humains est leur cerveau, qui ne les aide pas beaucoup contre un corps animal associé à un cerveau humain. Contre un loup-garou récemment converti, le cerveau humain est même désavantagé. Notre esprit est fondamentalement logique. Nous estimons une situation, concevons des stratégies possibles et choisissons celle qui représente le meilleur compromis entre chances de succès et chances de survie. Si je suis en retard au travail, je peux accélérer à fond la caisse jusqu'au bureau mais, compte tenu du risque de me blesser, je choisirai plutôt de rouler à quinze ou vingt kilomètres à l'heure au-dessus de la vitesse maximale et d'arriver au travail un peu en retard mais vivante. Un nouveau loup-garou sous sa forme animale perd cette capacité de raisonnement et d'estimation des conséquences. Telle une bête enragée, il se laisse guider par la rage et l'instinct, prêt à détruire tout ce qu'il voit, même s'il se tue lui-même au passage.

Je ne pouvais combattre Bauer que si je me changeais en loup. Ce qui me prendrait cinq à dix minutes, même dans des conditions idéales. Comme Lake, je serais totalement vulnérable pendant cet intervalle, trop difforme pour me lever et m'enfuir. Bauer me déchiquetterait avant que mes poils aient le temps de pousser. Mais personne ne me laisserait sortir avant que je la neutralise. Le seul moyen d'y parvenir consistait à lui administrer un sédatif.

Pour assommer Bauer, il me suffisait de traverser la pièce en courant, de prendre dans le placard une seringue de sédatif et de la planter en elle. Ça paraissait facile, dit comme ça. Si seulement je n'étais pas séparée du placard par un loup assoiffé de sang. Même si Bauer ne me sautait pas dessus avant que je la dépasse, elle m'attaquerait dès que je lui tournerais le dos. J'inspirai. Première étape : trouver le mélange parfait de soumission et de confiance en moi. Si je me montrais trop servile, elle verrait en moi une proie facile. Trop assurée, elle verrait une menace. La clé consistait à ne pas montrer ma peur. Là encore, ça paraissait simple… tant qu'on ne se trouvait pas dans une pièce jonchée de morceaux de cadavre ensanglantés vous rappelant qu'il suffirait d'un faux mouvement pour que vos membres et organes vitaux aillent les rejoindre.

J'avançai petit à petit, gardant mon regard braqué au-dessous des yeux de Bauer. Au fil de ma progression, je guettai son corps, en quête de signes : muscles contractés, tendons raidis, tous les signaux précédant une attaque. En cinq pas, je me retrouvai parallèle à elle, à un mètre quatre-vingts environ sur sa gauche. La sueur me piquait les yeux. Est-ce qu'elle empestait la peur ? Le nez de Bauer remuait, mais le reste de son corps demeurait immobile. Quand je passai près d'elle, je pivotai, gardant le visage tourné vers elle. Ses yeux me suivirent. Je continuai à me déplacer de biais. Encore une dizaine de pas. L'arrière-train de Bauer se releva, premier signe d'un saut imminent. Je crus avoir le temps de réagir. Ce ne fut pas le cas. Tandis que mon cerveau enregistrait qu'elle allait sauter, elle s'envolait déjà. Je n'eus pas le loisir de me détourner pour m'éloigner. Je plongeai pour me retrouver derrière elle, heurtai le sol et roulai. Derrière moi, Bauer atterrit et dérapa des quatre pattes. La regardant glisser, je compris que j'avais bel et bien l'avantage ici. Tel un nouveau conducteur largué au volant d'une Maserati, Bauer n'était pas préparée à gérer la puissance et la précision de son nouveau corps. Si j'arrivais à profiter de ses erreurs et de son inexpérience, je pouvais survivre.

Tandis que je me levais en titubant, Bauer fit volte-face. Je la dépassai en courant et bondis sur le comptoir. Ouvrant brusquement un placard, j'agrippai une des étagères de bois pour retrouver mon équilibre et me retourner. Bauer bondit sur moi. Je lui balançai un coup de pied sous la mâchoire et elle culbuta en arrière, dérapant sur le sol. Quand je me retournai pour faire face aux placards, je vis des visages assemblés contre la fenêtre de l'infirmerie. Appréciaient-ils le spectacle ? J'espérais bien que oui.

Tandis que Bauer recouvrait ses esprits, j'ouvris à toute volée la deuxième porte du placard et fouillai les deux côtés en quête de seringues remplies de sédatif. Au lieu de quoi je trouvai une boîte de seringues sous plastique et des rangées de flacons étiquetés. J'allais devoir tout faire moi-même. Merde! Étaient-ce les bonnes seringues? De quel flacon avais-je besoin? Jusqu'où fallait-il remplir? Je chassai ces questions, m'emparai d'une seringue et me mis à longer le comptoir en direction des flacons. Puis je m'arrêtai, pris dans la boîte une deuxième seringue emballée et la fourrai dans ma poche. Précaution de gaffeuse. Quand j'atteignis les flacons, je les parcourus du regard en quête d'un nom familier. Près de moi, Bauer se redressait tant bien que mal. *Vite, Elena! Prends-en un!* J'aperçus du pentobarbital, me rappelai en avoir vu dans la trousse médicale de Jeremy et m'en emparai. Bauer bondit vers le comptoir mais calcula mal son coup et le percuta. Toute la structure trembla tandis que mes doigts effleuraient le pentobarbital. Ma main renversa le flacon. Je tentai maladroitement de le reprendre mais il bascula du placard, rebondit sur le comptoir et roula sur le linoléum. Lorsque Bauer fit volte-face pour attaquer de nouveau, je tendis la main vers un autre flacon de sédatif. Je n'en vis aucun. Paniquée, je balayai l'étagère du regard mais ne reconnus rien de familier. Bauer bondit. Je pivotai pour la frapper de nouveau mais la manquai de peu. Cette fois, je ne m'étais pas préparée, si bien que le mouvement me déséquilibra. Je basculai en avant et bondis au bas du comptoir avant de tomber. Bauer m'attrapa au niveau du genou gauche. Ses crocs s'y enfoncèrent. La souffrance brouilla ma vue. Aveuglément, je balançai mon poing vers la source de cette souffrance et heurtai son crâne, qui fut projeté en arrière, sans doute plus à cause de la surprise que de la douleur. Quand elle s'écarta, ses crocs me déchirèrent le genou. Ma jambe céda sitôt que je m'appuyai dessus. Serrant les dents, je titubai jusqu'au flacon de pentobarbital tombé à terre, le trouvai intact, m'en emparai puis me dirigeai maladroitement vers le premier lit. Quand Bauer me sauta dessus, je lui jetai le lit et la déséquilibrai.

Je déchirai le sceau du flacon et remplis la seringue. Y en avait-il trop ? M'en souciais-je seulement ? Du moment que j'arrêtais Bauer – de façon temporaire ou définitive –, ça me convenait. Elle bondit sur le lit. J'enjambai le lit voisin mais Bauer m'attrapa le pied. Ses crocs m'éraflèrent la cheville quand ma chaussure lui resta dans la bouche, coincée entre ses dents. Bauer bascula à terre, secouant furieusement la tête pour se libérer de ce nouvel ennemi. Toujours perchée sur le deuxième lit, j'élevai la seringue et la plongeai en elle, éprouvant une allégresse momentanée quand l'aiguille pénétra dans l'épaisse fourrure derrière sa tête. Il ne me restait plus qu'à enfoncer le piston. Mais j'avais mis tant de force dans ce geste que je n'étais pas préparée pour l'étape suivante. Je lâchai la seringue pour trouver une meilleure prise et Bauer s'échappa avec l'aiguille plantée inutilement dans son épaule.

Tandis qu'elle plongeait vers mes jambes, je me jetai au sol. À ce rythme-là, j'allais vite me retrouver à court d'obstacles. Je contournai le lit à toute allure tandis que Bauer le franchissait d'un bond. Je le repoussai pour tenter de la frapper de nouveau, mais elle avait sauté assez haut cette fois-ci et l'évita facilement. Tandis qu'elle le contournait, je traversai la pièce à toute allure. Pouvais-je m'approcher suffisamment pour enfoncer le piston de la seringue ? Pas sans me trouver assez près pour qu'elle m'ouvre la gorge.

J'agrippai un chariot métallique et le jetai vers Bauer qui fonçait vers moi. Il la renversa en arrière. Je me retournai pour chercher une nouvelle arme. À mes pieds reposait un morceau de tissu blanc ensanglanté. Avec un torse rongé à l'intérieur et une tête au-dessus, le cou déchiré jusqu'à deux doigts de la décapitation, les yeux écarquillés, incrédules. Carmichael. Ses yeux me paralysèrent. J'aurais pu la sauver. Si on m'avait conduite ici un peu plus tôt… Combien de temps avaient-ils attendu ? Combien de temps Carmichael était-elle restée enfermée ici avec Bauer ? À essayer de sauver sa peau ? À sentir des dents lui déchirer la chair ? Sachant que tout était fini mais espérant malgré tout, priant pour qu'on vienne à son secours ? Était-elle morte avant que Bauer commence à la déchiqueter ? À la dévorer ? Oh, mon Dieu. Je me pliai en deux, vaguement consciente d'un mouvement sur ma gauche, comprenant que Bauer approchait mais incapable de bouger, d'arracher mon regard ou mes pensées des restes de Carmichael. Du coin de l'œil, je vis bondir la louve. Ce qui rompit le charme.

Je plongeai hors de sa trajectoire mais elle agrippa ma jambe de pantalon et je basculai à terre. Tandis que je me retournais, elle bondit vers ma poitrine, mâchoires grandes ouvertes, pour m'attaquer à la gorge. Je levai les poings vers le dessous de sa mâchoire pour la faire dévier. Entourant de mes deux mains la fourrure de son cou, je luttai pour écarter sa tête de la mienne. Ses mâchoires se refermèrent si près qu'une bouffée d'air chaud me prit à la gorge. La puanteur de son haleine m'enveloppa, miasme de sang, de rage et de viande crue. Je levai la tête pour croiser son regard, cherchant à affirmer ma supériorité. En vain. Ça ne marcherait jamais. Elle était trop enragée pour reconnaître un loup dominant. Tout en luttant contre elle, je parvins à lever les deux jambes pour les lui balancer en plein ventre. Elle recula. Tandis que je m'extirpai de sous son corps, quelque chose bougea sur ma gauche. Xavier. Il agita les bras.

— Viens là, gentil chien-chien, s'écria-t-il. Viens chercher ton nouveau joujou.

Bauer ne me lâchait pas. Xavier plongea vers elle et lui agrippa la queue. Lorsqu'elle se retourna brusquement, il disparut pour réapparaître deux mètres plus loin. Elle chargea. Il se transporta à l'autre bout de la pièce.

— Par ici mon toutou, l'appela-t-il. Allez-y, Elena. Vous devez enfoncer le piston pour que ça marche.

— Je le sais bien, aboyai-je.

Bauer pivota pour foncer de nouveau sur Xavier. Cette fois, je m'élançai. Xavier attendit la toute dernière seconde avant de disparaître. Bauer voulut s'arrêter, mais elle avait acquis une trop grande vitesse et alla heurter le mur. Je sautai sur son dos et enfonçai vivement le piston de la seringue. Le soulagement m'envahit. Puis je compris que Bauer se tortillait vers moi, mâchoires ouvertes. Je m'attendais à quoi ? À ce qu'elle s'effondre à la seconde où le sédatif pénétrerait dans son organisme ? Je balançai ma main ouverte contre la partie sensible du dessus de son museau. Puis je m'éloignai à toute allure. J'entendis derrière moi un choc sourd, mais je ne me retournai qu'après avoir bondi sur le haut du comptoir. Bauer était effondrée sur le sol. L'espace d'un moment, je restai plantée là, bien droite, le cœur battant à tout rompre. Puis je me laissai lourdement retomber sur le comptoir.

Une heure plus tard, j'étais de retour dans ma cellule. Je commençais à distinguer une sorte de schéma – sauver la mise, puis me retrouver abandonnée dans ma prison solitaire. Génial, comme motivation.

Bauer n'avait fait que m'érafler le pied, mais elle m'avait bien amoché le genou. Sans Carmichael, il n'y avait personne pour soigner mes blessures. Matasumi avait examiné ma jambe et déclaré que les muscles et tendons étaient peut-être, ou peut-être pas, déchirés. Super, merci. Tucker avait suturé les deux entailles les plus longues. Sans anesthésie, mais j'étais trop épuisée pour m'en soucier.

Une fois dans ma cellule, j'allai dans la salle de bains où je me déshabillai et me nettoyai à l'aide d'un gant de toilette. J'aurais adoré me doucher mais je ne pouvais pas mouiller mes pansements. Tandis que je lavais le sang de mon jean déchiré, je me rappelai les traces de sang dans l'infirmerie, et par association d'idées, les parties du corps de Carmichael jonchant le carrelage. Je m'arrêtai pour prendre une inspiration. Quelle idiote. Pourquoi ne m'avait-elle pas écoutée ? Si elle avait prêté attention à mes avertissements, si elle avait convenablement entravé Bauer, si elle l'avait fait surveiller, si elle s'était battue davantage pour me garder dans l'infirmerie... Ça en faisait, des *si*.

Je fermai les yeux et pris une nouvelle inspiration. Je ne connaissais même pas son prénom. Quand cette pensée coupable ricocha dans mon cerveau, je compris que ça n'avait aucune importance. J'en savais assez sur elle pour comprendre qu'elle n'avait pas mérité de mourir comme ça, aussi tordus qu'aient été les rêves et aspirations qui l'avaient conduite ici. Elle était la seule personne à se soucier de Bauer, et celle-ci, une fois devenue loup-garou, s'était empressée de la massacrer. Alors, Sondra, elle vous plaît cette nouvelle vie ? Conforme à vos attentes ?

La porte de ma cellule s'ouvrit. Levant les yeux, j'aperçus Xavier qui entrait pour une fois par la méthode la plus conventionnelle. Il ferma la porte derrière lui et agita une bouteille de Jack Daniel's.

—J'ai pensé que vous ne diriez pas non. Ce truc-là n'est peut-être pas terrible, mais Winsloe passe son temps à déplacer sa réserve des meilleurs alcools.

J'essorai mon jean au-dessus du lavabo et l'enfilai. Xavier me voyait en petite tenue à travers le mur de verre mais ne fit aucun commentaire. Peut-être la tragédie qui s'était déroulée à l'étage l'avait-elle secoué. À moins qu'il soit simplement trop crevé pour garder son sens de la repartie.

Quand Xavier était venu à mon secours dans l'infirmerie, j'avais supposé que c'était Matasumi ou Tucker qui l'envoyait, mais en les écoutant plus tard discuter de la situation tandis qu'ils examinaient mon genou, j'avais appris qu'il avait agi de son propre chef. Bien entendu, compte tenu de ses pouvoirs, il n'avait jamais réellement couru de danger face à Bauer, mais au moins avait-il pris l'initiative de m'aider. Si bien que, pour une fois, je ne lui demandai pas de dégager de ma cellule. Sans compter que j'avais effectivement bien besoin d'un verre.

Tandis que je me rhabillais, Xavier remplit les deux verres qu'il avait apportés. Il m'en tendit un quand je sortis de la salle de bains.

—Comment ça a pu se produire? demandai-je. Où étaient les gardes?

—Ils avaient décidé qu'il n'y en avait pas besoin. Sondra était toujours partiellement attachée la dernière fois que je l'ai vue. Soit elle s'est libérée, soit c'est le gentil docteur qui l'a relâchée. Un garde est passé à dix-huit heures trente et a trouvé Sondra en train de boulotter son premier repas de louve.

—Personne n'a rien entendu?

—Ils ont acheté le meilleur système d'insonorisation du marché, vous vous rappelez? J'ai dans l'idée que Carmichael a enfoncé le bouton de l'interphone mais n'a pas eu le temps de rester à bavarder. Évidemment, personne à la sécurité n'admet avoir entendu la sonnerie.

Je vidai mon whisky et secouai la tête.

— Ça fait deux fois que je vous sauve la mise, dit Xavier. Avec Ryman et Jolliffe hier, et maintenant avec Sondra.

— Désolée, mais on m'a confisqué mon carnet de chèques à mon arrivée. Il faudra m'envoyer une facture.

Il sourit, guère froissé.

— Y a pas que l'argent dans la vie. Enfin, c'est ce qu'on me répète tout le temps. Le moment me semble bien choisi pour mettre cette théorie à l'épreuve et essayer une méthode de commerce encore plus ancienne. Le troc. Un échange de services.

— Hum.

— Oh, ne me regardez pas comme ça, dit-il en reversant un doigt d'alcool dans mon verre. Je ne parle pas de sexe. Vous risqueriez de me bouffer tout cru. (Il s'interrompit et fit la grimace.) Le choix des termes est malheureux. Mes excuses au gentil docteur. Je voulais dire que vous avez une sacrée dette envers moi et que je vous demanderai un jour de l'honorer.

— Je n'en doute pas.

— Et tant que vous en êtes à tenir les comptes, je vous offre un conseil en plus. Vous devenez indésirable, Elena. Le boss est en rogne contre nous deux, à l'instant où je vous parle.

— Winsloe. (Je fermai les yeux et grimaçai.) Qu'est-ce que j'ai encore fait ?

— Vous en avez fait assez. Je sais que vous devez avoir des projets d'évasion, alors je vous conseille de les mettre à exécution avant qu'il explose. (Il baissa la voix jusqu'au murmure.) Maintenant, vous devez faire attention à deux choses quand vous vous évaderez. La première, c'est Katzen…

—Le mystérieux mage. Je ne l'ai pas encore rencontré.

—Moi non plus. C'est un sale parano. Il n'accepte de voir personne d'autre que…

La porte de ma cellule s'ouvrit. Winsloe entra en compagnie de Ryman et de Jolliffe.

—Trop tard, murmura Xavier par-dessus le bord de son verre.

Il but une gorgée, puis agita son verre vide en direction de Winsloe.

—Vous voyez à quoi on en est réduits? Au Jack Daniel's. C'est à peine buvable. Vous me rendez accro au bon whisky, et ensuite vous le planquez. Espèce de sadique.

Je lus dans le sourire de Xavier une grande satisfaction, le plaisir de pouvoir lancer ces mots à la face de Winsloe en toute impunité.

—Enfin bref, vous me devez une bouteille de cognac, poursuivit-il. J'aime le Remy Martin XO, pas le VSOP. Vous n'aurez qu'à demander à quelqu'un de le laisser dans ma chambre un peu plus tard.

Winsloe haussa les sourcils.

—Qu'est-ce qui vous fait dire ça?

—J'ai sauvé votre nana. Deux fois, maintenant. (Il gratifia Ryman et Jolliffe d'un rictus.) Mais on ne va pas revenir sur la première, hein, les gars? Je ne suis pas une commère. Et puis ce n'était pas bien grave. Mais là-haut… Waouh. Une minute de plus et elle était foutue.

—Vous croyez? dit Winsloe.

—Ça, oui. (Xavier m'assena une tape dans le dos.) Ne m'en veuillez pas, Elena, mais vous étiez dépassée.

—Merci, répondis-je en parvenant presque à paraître sincère.

—Alors vous avez une dette envers moi, Ty. Faites-moi livrer cette bouteille quand vous voulez.

Winsloe éclata de rire.

— Vous avez des couilles, Reese. Très bien, alors. J'ai une dette envers vous. Vous aurez votre cognac. Passez le récupérer chez moi d'ici une heure. Peut-être que j'arriverai à nous procurer quelques verres de Louis XIII, ça ferait passer ce XO pour de la saloperie de contrebande.

— Je suis pour.

Au-dessous des sourires trop fréquents de Xavier et de la camaraderie tranquille de Winsloe, je percevais une tension si forte qu'elle en était presque visible. Xavier disait vrai. Il était réellement dans la mouise. Et pourtant, ils bavardaient comme si tout allait bien, comme s'ils étaient juste deux copains qui décidaient quand se revoir plus tard pour prendre un verre. Quels baratineurs de première, ces deux-là.

— Alors vous passerez dans ma chambre ? demanda Winsloe. Dans une heure ?

— Et comment, répondit Xavier.

Je compris alors qu'il ne comptait nullement se rendre au rendez-vous, tout comme je devinai, lorsqu'il me souhaita une bonne nuit, qu'il me faisait en réalité ses adieux et que, s'il venait jamais me demander d'honorer ma dette, ce ne serait plus entre les murs de ce centre. Comme tous les bons joueurs, Xavier savait quand se tirer avec le fric.

Quand il eut disparu de la chambre, le regard de Winsloe glissa sur moi et il fit la moue.

— C'est toujours la tenue que vous portiez à votre arrivée, dit-il. On vous a donné d'autres fringues, non ? Et le débardeur que je vous ai apporté ?

En fait, j'avais tenté de m'en servir comme d'un gant de toilette de rechange, mais il n'y avait pas assez de tissu pour faire mousser le savon. *Sois gentille*, me rappelai-je. Si Xavier disait vrai, Winsloe m'avait déjà dans le nez. Une fois de plus. Je ne pouvais pas me permettre d'aggraver les choses. Quoi que j'aie pu subir cette nuit-là, sur un plan physique aussi bien qu'émotionnel, je devais faire bonne figure. Il le fallait. Quoi qu'il puisse dire. Ou faire. Je ne pouvais pas rendre les coups. Ce qui me demanderait bien plus d'endurance et d'esprit que mon bras de fer contre Bauer, mais j'en étais capable. Réellement.

—C'est un truc de loup-garou, lui dis-je en faisant mine de m'excuser. La lessive, l'assouplissant… l'odeur est trop forte.

—Vous auriez dû me le dire. Je demanderai au personnel de se procurer du détergent inodore. Laissez tomber les habits que Sondra vous a fournis. Je vais vous en faire apporter de nouveaux.

Joie, bonheur.

Winsloe s'assit lourdement sur mon lit. Je restai debout, tournant le dos à la bibliothèque, en faisant de gros efforts pour ne pas m'inquiéter.

—C'est incroyable, ce que Sondra a fait au toubib, hein ? dit Winsloe, les yeux brillant comme ceux d'un petit garçon qui vient de voir son premier match de hockey dégénérer en bagarre sanglante.

—Ce sont… des choses qui arrivent.

—Vous avez déjà fait ça ?

—Je fais partie de la Meute.

Il hésita, comme si ça n'appelait aucune réponse. Puis il se pencha vers moi.

—Mais vous en seriez capable. Forcément. Vous êtes plus forte et *beaucoup* plus jeune.

Comme je ne répondais pas, il bondit sur ses pieds et se balança sur les talons.

—Vous vous en êtes tirée comme un chef, pour ce qui est d'échapper à Sondra. Mieux que le toubib, c'est clair.

(Il éclata de rire. Ce bruit me hérissa.) Quel dommage que Xavier soit intervenu. J'espérais que vous alliez vous battre contre Sondra.

—Désolée.

J'aurais dû lui expliquer pourquoi je ne m'étais pas battue, mais j'en étais incapable. Je me sentais trop épuisée. Une excuse devrait suffire. Si je me montrais polie sans trop l'encourager, peut-être qu'il comprendrait l'allusion et s'en irait.

—Vous auriez dû vous battre contre elle, dit Winsloe.

Je secouai la tête, les yeux baissés, et m'affalai sur une chaise.

—J'aurais aimé que vous le fassiez, poursuivit-il.

Et vous, Ty, ça vous brancherait de vous battre contre elle la prochaine fois? Ça, je demandais à voir. Je gardai les yeux baissés pour qu'il n'y voie pas brûler une lueur de mépris.

—J'aurais vraiment aimé, Elena, répéta-t-il en baissant la tête pour me regarder.

—Fallait me le dire.

Et merde! Trop agressif. Vite, battre en retraite.

—Je croyais plutôt que vous la vouliez vivante. J'aurais dû poser la question.

Silence. Ma réponse paraissait-elle trop sarcastique? Merde! Vite, changement de tactique. Je bâillai et me passai les mains sur le visage.

—Désolée, Ty. Je suis crevée.

—Vous n'en aviez pas l'air quand je suis entré. Quand je vous ai trouvée en train de bavarder avec Xavier. Vous avez l'air très potes, tous les deux.

—Je le remerciais, c'est tout. Il m'a rendu un grand service en sautant sur…

Il claqua des doigts et son expression dépitée s'évanouit en un clin d'œil.

—À propos de service. J'avais un truc à vous soumettre. Deux secondes, je reviens.

J'avais envie de lui demander si ça pouvait attendre le lendemain. Très envie, même. Mais après le fiasco de la nuit précédente, je devais absolument entrer dans ses bonnes grâces. Je ne pouvais pas lui refuser un service. Par ailleurs, il semblait d'humeur joyeuse. C'était bon signe. Je rassemblai donc mes derniers vestiges de courage, parvins à esquisser un demi-sourire et hochai la tête. Cela dit, mon consentement importait peu. Winsloe et ses gardes étaient déjà ressortis.

TORTURE

Au retour de Winsloe, je somnolais sur ma chaise. Il déboula dans la cellule en agitant une enveloppe kraft.

— J'ai eu un mal de chien à dégotter ce truc, dit-il. Larry les avait déjà classées dans les affaires en attente. Trop efficace, celui-là.

Je sortis de ma torpeur. Feignis l'intérêt. Bâillai par accident.

— Je vous ennuie, Elena ? demanda Winsloe.

Le mordant contenu dans sa voix changea son sourire en grimace qui lui dénudait les dents.

— Non, non. (Je ravalai un nouveau bâillement.) Pas du tout. Qu'est-ce que vous avez là ?

— Des photos de surveillance d'un loup-garou que j'aimerais vous faire identifier.

— D'accord. (*Et merde, Elena, arrête de bâiller !*) Si j'y arrive, mais je n'ai pas la mémoire des visages.

— Pas de souci. Celui-là n'en a pas. (Winsloe gloussa.) De visage humain, je veux dire. C'est un loup. Pour moi, tous les loups se ressemblent, c'est pour ça que Larry n'a pas pris la peine de vous demander vos papiers. Mais ensuite, je me suis dit : peut-être que je réfléchis trop comme un humain. Vous savez, comme les témoins qui regardent les suspects alignés et qui désignent le mauvais Noir parce qu'ils ont l'impression que tous les Noirs se ressemblent ?

—Ouais.

Qu'il en vienne au fait. Vite. Avant que je m'assoupisse.

—Donc j'ai pensé que tous loups ne se ressemblaient peut-être pas aux yeux des autres loups. Ou des loups à temps partiel.

Nouveau gloussement qui me hérissa.

—Je vais faire de mon mieux, répondis-je. Mais si j'ai déjà vu ce cabot, c'était sans doute sous forme humaine. Je préférerais disposer d'une odeur.

—Une odeur. (Winsloe claqua des doigts.) Pourquoi n'y ai-je pas pensé? Vous voyez? Je raisonne trop comme un humain. Et dire que je suis fier de moi quand j'arrive à reconnaître à l'odeur une pizza aux *pepperoni*.

Je tendis la main vers l'enveloppe. Il se laissa tomber sur le lit et la jeta près de lui, comme s'il n'avait pas remarqué mon geste.

—Je peux voir…, commençai-je.

—Une équipe a repéré ce type tard hier soir. Enfin non, tôt ce matin. Aux aurores, quoi.

Je hochai la tête. Par pitié, qu'il en vienne au fait.

—Dans des circonstances très bizarres, ajouta-t-il, songeur. Depuis qu'on vous a récupérées, vous et la vieille sorcière, on a une équipe qui essaie de trouver le reste de votre groupe. On aurait bien besoin d'un autre loup-garou, et Larry tient vraiment à trouver ce type, là, le démon du feu. On a perdu leur trace après vous avoir chopées toutes les deux. Ça n'a rien d'un secret, mais je préférerais que vous ne disiez pas à Larry que je vous en ai parlé. Il n'est pas franchement ravi de la situation, mais je pense que ça doit vous rassurer de savoir que vos amis nous ont échappé.

Winsloe marqua une pause. Et attendit.

—Merci de me l'avoir dit, répondis-je.

— Mais de rien. Donc, on a une équipe en reconnaissance dans cette zone qui rassemble des indices, inutiles pour la plupart. Hier, Tucker rappelle ce groupe et en envoie un nouveau pour le remplacer. Pour remonter le moral des troupes, tout ça. Au retour, la première équipe a passé la nuit dans un motel paumé. Le lendemain matin, ils se lèvent pour partir avant l'aube, ils sortent, et que croyez-vous qu'ils aperçoivent, à la lisière des bois ?

— Un… hum… (*Allez, on se réveille, les neurones.*) Un… hum, un loup ?

— Ravi de voir que vous suivez, Elena. Oui, c'était un loup. Et un sacré morceau. Qui restait planté à les regarder. Donc, soit c'est la plus grosse coïncidence du monde, soit ce loup-garou les suivait. Il cherchait l'équipe de recherches.

Mon cerveau se remettait en marche.

— Où était-ce ?

— Quelle importance ?

— Les loups-garous ont une très forte notion de territoire. Techniquement, les cabots ne peuvent pas en posséder, mais la plupart s'en tiennent à un terrain familier, par exemple un État, où ils se contentent de se déplacer de ville en ville. Si je savais où ça se déroulait, ça m'aiderait à comprendre de qui il pouvait s'agir.

Winsloe sourit.

— Et vous aider à découvrir où vous êtes, *vous*. Pas de ça, Elena. Maintenant, laissez-moi finir mon histoire. Donc, les gardes voient ce loup et comprennent que c'est un loup-garou. L'un d'entre eux s'empare d'un appareil pour prendre quelques photos. Les deux autres vont chercher leur fusil tranquillisant. Mais avant qu'ils puissent les déballer, le loup disparaît. Ils se préparent et pénètrent dans les bois. Et vous savez quoi ? Il est là, comme s'il les attendait. Ils s'approchent, il se met à courir, puis s'arrête pour les attendre. Il est en train de leur tendre un piège. Incroyable, non?

—Les loups-garous conservent une intelligence humaine. Ce n'est pas si étrange.

Mais ça l'était. Pourquoi donc? Parce que cette façon d'attirer les proies était une tactique animale et que les cabots n'y recouraient jamais. Non, rectifiai-je très vite. Ils employaient *rarement* des tactiques animales. Bien entendu, ils en étaient *capables*. Certains le faisaient.

—Attendez, dit Winsloe avec un rictus. Ça devient de plus en plus bizarre. Vous savez ce que ce loup fait ensuite? Il les sépare. Il se trouve face à un commando, dont fait partie un ancien Navy Seal, et il réussit à en séparer les membres. Ensuite, il commence à les éliminer. Il les tue! Incroyable, non? (Winsloe éclata de rire en secouant la tête.) Ah, ce que j'aurais adoré voir ça. Un loup-garou isolé qui fait passer ces crétins de militaires pour des tarés finis qui se baladent dans les bois et se font zigouiller comme des blondasses dans un film d'horreur. Le loup en tue deux et fonce sur le troisième. Et vous savez ce qu'il fait?

Mon cœur battait à présent la chamade.

—Il le tue.

—Non. C'est ça, le plus fort. Il ne le tue pas. Il l'épuise. Comme s'il le voulait vivant mais trop faible pour se battre. Bon, d'accord, peut-être que j'interprète, que je prête des motivations humaines à un animal. C'est de l'anthro… On dit comment déjà?

—Anthropomorphisme, murmurai-je avec l'impression que tout l'air avait été chassé de mes poumons et sachant que l'emploi de ce terme n'était pas accidentel.

—Ouais. L'anthropomorphisme. Dites, c'est bien ce qu'étudie votre copain? Les religions anthropomorphiques? Je trouve ça chiant comme la pluie, mais y a bien des gens qui disent la même chose des ordinateurs. Bon, j'en étais où ?

—Au loup, murmurai-je. Qui fait courir le dernier survivant.

—Vous n'avez pas l'air en forme. Vous devriez peut-être venir vous allonger ici. Y a largement la place. Non ? Comme vous voulez. Donc, le loup décrit des cercles autour de ce dernier type. Sauf qu'un truc tourne mal.

J'avais envie de me boucher les oreilles. Je savais ce qui allait suivre. Il n'existait qu'une façon dont Winsloe avait pu obtenir les photos de cette enveloppe et apprendre l'histoire. Si le dernier membre de l'équipe avait survécu. Si le loup…

—Je ne sais pas comment, mais ce crétin a déconné. Il a dû mal calculer un tournant ou une distance. Il s'est approché trop près. Le garde a tiré. Boum ! Le loup est mort.

—Montrez-moi… les photos.

Winsloe me jeta l'enveloppe. Lorsqu'elle tomba par terre, je me précipitai pour la ramasser, l'ouvrir et en tirer le contenu. Trois photos d'un loup. À la fourrure dorée et aux yeux bleus. Je sentis un geignement me remonter le long de la gorge.

—Vous le connaissez ? demanda Winsloe.

Je m'accroupis sur place, serrant les photos entre mes doigts.

—Non ? Bon, vous êtes fatiguée. Gardez-les. Reposez-vous et réfléchissez. Xavier doit m'attendre à l'étage. Je reviendrai demain matin.

Winsloe sortit. Je ne le vis pas partir. Pas plus que je ne l'entendis. Je ne voyais que les photos de Clay, ne percevais que le sang qui cognait à mes oreilles. Un autre geignement monta de ma poitrine, mais il mourut avant d'atteindre ma bouche. Je ne pouvais plus respirer. Ni émettre le moindre bruit.

Soudain, mon corps se convulsa. Une vague de souffrance m'aveugla. Je basculai. Les photos s'éparpillèrent en tourbillonnant sur le tapis. Les muscles de mes jambes se nouèrent tous d'un coup, comme si j'étais saisie d'un millier de crampes à la fois. Je hurlai. Les vagues se succédaient à toute vitesse et je hurlai jusqu'à l'essoufflement. Mes membres s'agitaient et battaient l'air comme si on me les déboîtait. Une partie lointaine de mon cerveau comprit que j'étais en train de muter et me dicta de me maîtriser avant que ça me déchire. Je n'en fis rien. J'y cédai, laissai la souffrance me traverser, accueillis chaque nouvelle vague de douleur alors même que je hurlais pour réclamer la délivrance. Puis tout prit fin. Je restai étendue là, haletante et vidée, jusqu'à ce que j'entende quelque chose. Un infime grattement dans le couloir. Winsloe était là. Il m'observait. J'eus envie de me lever d'un bond, de foncer sur le mur et de m'y fracasser jusqu'à le briser ou me briser moi-même. J'avais envie de déchiqueter Winsloe, bouchée par bouchée, de le garder en vie dans le dessein d'arracher jusqu'au dernier cri de ses poumons. Mais la douleur m'écrasait au sol et je ne trouvais même plus l'énergie de me lever. Je parvins à soulever mon ventre et à me traîner dans l'intervalle étroit entre le mur et le pied du lit, le seul endroit où Winsloe ne puisse pas me voir. Je me calai dans cet espace minuscule, rangeai ma queue au-dessous de moi et cédai à la douleur.

Je passai la nuit à me remémorer les paroles de Winsloe, à lutter contre le chagrin pour me les rappeler en détail. Où les gardes avaient-ils vu le loup? Derrière le motel ou à côté? Quand ça s'était-il produit exactement? Qu'entendait

Winsloe par «aux aurores»? Faisait-il déjà jour? Tandis que je me posais ces questions, une partie de moi se demandait si je préférais simplement permettre à mon esprit de s'accrocher à des inepties plutôt que d'affronter la possibilité terrassante que Clay soit mort. Non. Ces questions recelaient de minuscules indices qui trahiraient un mensonge dans les propos de Winsloe. Je devais le déceler. Sinon, je craignais que mon souffle reste coincé dans ma gorge et que je m'étouffe de chagrin.

Je me torturai donc en me répétant l'histoire de Winsloe, le cerveau envahi par sa voix tant haïe. Trouver le mensonge. L'incohérence, le terme employé à tort, le détail parfaitement illogique. Mais, malgré le nombre de fois où je me repassai son récit, je n'y repérai pas la moindre erreur. Si Clay avait découvert l'équipe de recherches, il aurait fait exactement que qu'affirmait Winsloe : les attirer dans la forêt, les séparer et les tuer, puis en laisser un en vie qu'il puisse torturer pour lui soutirer des informations. Winsloe n'avait pas pu inventer quelque chose qui soit à ce point conforme au caractère de Clay. Il n'aurait pas davantage pu deviner ce qu'aurait fait Clay dans cette situation. Il m'avait donc dit la vérité.

Mon cœur me remonta dans la gorge. Je cherchai mon souffle. Non, il mentait forcément. Si Clay était mort, je le saurais. J'aurais ressenti l'instant où la balle l'avait atteint. Oh, mon Dieu, j'avais une telle envie de croire que je l'aurais su s'il était mort. Clay et moi partagions un lien psychophysique, peut-être parce que c'était lui qui m'avait mordue. Si j'étais blessée et qu'il n'était pas là pour le voir, il sentait que quelque chose allait mal. J'avais déjà éprouvé ces tiraillements, ce vague sentiment de malaise et d'anxiété lorsqu'il était blessé. Je n'avais rien ressenti de tel ce matin-là. En étais-je bien sûre? À l'aube, je dormais, assommée par le sédatif de Carmichael. Aurais-je éprouvé *quoi que ce soit*?

Je me forçai à m'interrompre. Ça ne servait à rien de ressasser des histoires de prémonitions et de tiraillements psychiques. Mieux valait en rester aux faits. Y trouver un mensonge. D'après Winsloe, le dernier garde avait tué Clay, puis était revenu avec les photos et l'histoire. Si je pouvais parler à ce garde, peut-être se révélerait-il un menteur moins chevronné que Winsloe. Peut-être… J'inspirai brusquement. Le garde avait rapporté les photos et l'histoire. Mais le corps?

Si ce garde avait tué Clay, il aurait rapporté le corps. Au minimum, il l'aurait photographié. S'il y avait eu un cadavre ou des clichés, Winsloe n'aurait pas choisi de me montrer des photos de Clay vivant. Il savait très bien qui était ce loup et il m'avait raconté cette histoire pour me torturer, me punir. Voilà ce que j'avais mérité en lui désobéissant la veille. Il suffisait d'un faux pas pour qu'il m'inflige la pire punition que je puisse imaginer. Que ferait-il si je le contrariais pour de bon?

Une fois que je fus persuadée que Clay était vivant, l'épuisement reprit enfin le dessus et je m'endormis. Bien que je me sois assoupie louve, je me réveillai humaine. Ça se produisait parfois, surtout quand la Mutation était provoquée par la peur ou l'émotion. On se détendait dans le sommeil, et le corps reprenait sa forme humaine sans douleur. Je me réveillai donc, nue, avec la tête et le torse pris en sandwich entre le lit et le mur et les jambes qui dépassaient.

Je ne me levai pas immédiatement. Je réfléchis plutôt à un moyen de prendre Winsloe en flagrant délit de mensonge, afin de savoir avec certitude si Clay était vivant. Je devais m'en assurer. Winsloe m'avait laissé les photos. Peut-être que je verrais quelque chose si je les étudiais…

— Ouvrez-moi tout de suite cette putain de porte ! cria une voix.

Je me redressai d'un coup et me cognai la tête contre le lit. Sonnée, j'hésitai puis m'extirpai de ma cachette en me tortillant.

— Laissez-moi sortir !

Une voix de femme. Déformée, mais familière. Je tressaillis en le reconnaissant. Non. Par pitié, non. N'avais-je pas déjà assez souffert ?

— Je sais que vous m'entendez ! Je sais que vous êtes là !

Surmontant ma répugnance, je m'approchai du trou percé dans la cloison de ma cellule. Je savais ce que j'y verrais. Ma nouvelle voisine. Je me penchai pour jeter un œil. Bauer se tenait devant le miroir sans tain qu'elle martelait de ses poings, sans un bruit. Elle avait les cheveux emmêlés, le visage toujours maculé de sang. On l'avait revêtue d'un survêtement gris mal ajusté qui devait appartenir à l'un des gardes les moins baraqués. Elle n'avait plus rien de l'héritière soigneusement pomponnée. Toute personne voyant désormais Sondra Bauer la prendrait pour une malade mentale recrachée des boyaux de quelque asile gothique.

Après le carnage de la veille, on avait installé Bauer dans la cellule voisine. Les derniers vestiges de mon rêve d'évasion s'évaporèrent. Elle était désormais aussi prisonnière que moi. Elle ne pouvait strictement plus rien pour moi. Pire encore, je voisinais maintenant avec un loup-garou dément et meurtrier dont seul me séparait un mur troué. L'idée venait-elle de Winsloe ? La torture de la veille ne lui suffisait-elle pas ? Je compris que rien ne suffirait jamais. Tant que je resterais dans ce centre, il trouverait de nouveaux moyens de me persécuter. Pourquoi ? Parce qu'il le pouvait.

J'avais envie de ramper de nouveau dans ma cachette et de m'y assoupir. Je ne dormirais pas vraiment, bien entendu, mais je pourrais fermer les yeux pour effacer ce cauchemar, extirper de mon cerveau un joyeux monde fantasmatique où vivre jusqu'à ce qu'on vole à mon secours ou qu'on me tue, quoi qui puisse bien survenir en premier.

Au lieu de quoi, non sans mal, je me laissai tomber sur mon lit et balayai la pièce du regard. La Mutation avait réduit mes habits en lambeaux. Tant pis pour ma rébellion vestimentaire. J'expirai. Je n'avais pas le temps de broyer du noir. J'allais devoir porter ce qu'on me donnerait. Première étape : me rendre présentable. Ensuite, découvrir pourquoi Bauer occupait la cellule voisine.

Quand je sortis de la salle de bains, propre et habillée, je retournai jeter un œil à travers le trou, au cas où la présence de Bauer n'aurait été qu'un tour sadique de mon imagination. Ce n'était pas le cas. Étendue au pied de la porte, recroquevillée sur elle-même, elle geignait en grattant la vitre comme un chaton coincé sous la pluie. J'aurais dû éprouver quelque chose, mais j'étais à court de compassion.

Je perçus une présence dans le couloir. Ou plutôt, je devinai que Tess ou Matasumi devaient observer le nouveau loup-garou. Je me passai les doigts dans les cheveux, ajustai ma chemise et me dirigeai vers mon propre miroir sans tain.

— Pourrais-je parler à quelqu'un, s'il vous plaît ? demandai-je d'une voix calme et claire, espérant me distinguer de la cinglée d'à côté.

Quelques instants plus tard, deux gardes entrèrent dans ma cellule.

— Quelqu'un pourrait-il me dire pourquoi Mlle Bauer occupe la cellule voisine ? demandai-je.

Ils se regardèrent comme s'ils cherchaient à décider s'il fallait ou non me répondre. Puis l'un d'eux déclara :

— Le docteur Matasumi a jugé nécessaire de l'enfermer. Pour des questions de sécurité.

Sans blague.

— Je le comprends très bien. Mais pourriez-vous me dire pourquoi elle se trouve dans *cette* chambre en particulier ? Le mur qui sépare nos cellules est troué.

— Je crois qu'ils sont au courant.

— Qui ça, *ils* ? demandai-je en ouvrant de grands yeux innocents.

— M. Winsloe et le docteur Matasumi.

— Ah. (J'inspirai doucement. Toute cette saccharine me faisait mal aux dents.) Alors ils savent qu'ils donnent à Mlle Bauer une pièce qui permet un accès vers la mienne.

— M. Winsloe a estimé que ça remplissait tous les critères de sécurité.

Avec mon sourire le plus suave, je les remerciai de m'avoir consacré un moment, suite à quoi ils sortirent. J'avais donc raison. L'idée venait de Winsloe. Enfermer Bauer dans la cellule voisine de la mienne, laisser le trou intact, et voir ce qui se produirait.

Après leur départ, j'inspectai le trou. Il faisait moins de trente centimètres sur trente. Il n'y avait donc aucun risque réel que Bauer passe à travers. Le maximum que nous puissions faire, c'était communiquer.

Sans prévenir, Bauer se leva d'un bond et se mit à marteler la vitre de ses poings.

— Ouvrez-moi cette porte, bande d'enfoirés ! Ouvrez-la ou je vous arrache le cœur ! C'est moi le grand méchant loup, maintenant. Je vais souffler si fort que votre maison s'envolera !

Sa voix s'estompa et céda la place à un rire aigu et hoquetant.

Enfin, on pouvait communiquer en *théorie*.

J'examinai les photos de Clay en quête d'indices quant à l'endroit où elles avaient été prises. La date du 27 août était imprimée au dos. Je comptai mentalement les jours. Le 27 août, c'était hier. Winsloe disait donc vrai – du moins, lorsqu'il affirmait qu'on avait pris ces photos de Clay la veille au matin. Je refusais toujours de le croire mort. À en juger par le réalisme du récit, je supposai que Clay avait bel et bien tué plusieurs membres de l'équipe de recherches. Ça se tenait. Si Jeremy avait découvert que ces gardes suivaient le groupe, il avait dû envoyer Clay à leur poursuite avec la consigne d'en ramener un vivant pour l'interroger. Mais la dernière fois que j'avais vu Clay, il n'était pas en état de se voir confier des missions à haut risque.

— Vous le reconnaissez ?

Je pivotai pour trouver Winsloe et ses deux gardes dans ma cellule.

Winsloe sourit.

— Votre ouïe de loup-garou n'est pas au point ce matin, Elena ?

Alors, Ty, tu viens voir quels dégâts ton stratagème de sadique a causés ? Eh bien, tu n'auras pas de plus grande récompense que ma crise d'hier soir. J'étais de retour et prête à jouer le jeu.

—Désolée, répondis-je. J'étais occupée à étudier le loup des photos. Il me paraissait vaguement familier, mais je n'arrive pas à trouver son nom.

Sans quitter les photos des yeux, je demandai :

—Alors, Xavier a apprécié le cognac ?

Il hésita une fraction de seconde. Du coin de l'œil, je vis les lèvres de Winsloe se pincer. Un point pour moi. Je me mordis la lèvre pour me retenir de sourire. Winsloe traversa la pièce en faisant rouler ses épaules. Quand il regarda de nouveau dans ma direction, il avait retrouvé le sourire.

—Cet enfoiré ne s'est jamais pointé, répondit Winsloe. Il a dû tomber ivre mort dans un coin pour cuver son Jack Daniel's.

C'est ça. Le cuver dans un hôtel cinq étoiles avec le fric volé dans le portefeuille de Winsloe.

—Sans doute, répondis-je. Pour en revenir à ce loup que vous voulez me faire identifier, comme je vous le disais hier, une odeur m'aiderait beaucoup plus. Si je l'ai déjà rencontré, c'est comme ça que je le reconnaîtrai.

—Vous êtes si bonne que ça ?

Je souris.

—Je suis la meilleure. Si vous aviez une pièce d'habillement ou… (Je levai brusquement la tête.) Je sais. Le corps. Vous avez son corps, non ? Le docteur Matasumi ne laisserait pas un cadavre dans la forêt où n'importe qui pourrait tomber dessus. Conduisez-moi au corps et je vous l'identifierai.

Winsloe tira ma chaise et s'y installa pour gagner quelques secondes. *Allez, connard. Trouve-moi vite quelque chose.*

—Eh bien, ça pose un problème, répondit-il. Le garde était vraiment secoué après avoir tiré sur la bête. Il est revenu ici à toute berzingue. Larry et Tucker lui ont passé un de ces savons, vous n'imaginez pas. Laisser le corps d'un loup-garou dans les bois ? C'est clair qu'on n'a pas embauché ces mecs-là pour leur cervelle. Hier après-midi, Tucker a rassemblé une nouvelle équipe qu'il a envoyée rechercher le corps. Mais ils n'ont pas pu. Devinez pourquoi.

— Il avait disparu.

Winsloe éclata de rire et inclina sa chaise.

— Vous aussi, vous êtes fan de films d'horreur ? Exactement. Ils ont retrouvé l'emplacement et le sang, mais pas de corps. Larry est furax, il croit le projet menacé parce que quelqu'un d'autre a trouvé le corps. Mais il existe une autre explication, non ? Peut-être que le loup-garou est encore vivant. (Winsloe fredonna le thème de *Halloween*.) Donc, j'ai demandé à une autre équipe de partir à la recherche de notre mystérieux immortel. Mais ne vous en faites pas.

— À quel sujet ?

Winsloe sourit.

— Je sais à quoi vous pensez, Elena. Pas la peine de jouer les dures à cuire avec moi. Vous avez peur qu'on le retrouve. Je me trompe ?

— Je n'en ai rien à…

— Mais si. Vous craignez qu'on rapporte ce « cabot » ici et qu'il essaie de vous faire du mal, comme Lake. Ou, pire encore, qu'il usurpe votre place ici, qu'on voie en lui un spécimen plus intéressant et qu'on se débarrasse de vous. Mais ça ne se produira pas. J'empêcherai que ça se produise, Elena. Vous êtes trop importante à mes yeux. Aucun autre loup-garou ne prendra votre place. Je m'en suis assuré. Avant le départ de la dernière équipe, je l'ai prise à part en promettant une prime de cent mille dollars au type qui m'apportera sa tête. Rien que sa tête. J'ai bien insisté là-dessus. Je ne veux pas de ce loup-garou vivant.

Il se leva pour partir. Je serrai les poings, enfonçant les ongles dans mes paumes jusqu'à sentir l'odeur du sang. Winsloe avança de cinq pas. Ryman me lança un sourire narquois, puis ouvrit la porte à Winsloe. Avant de la franchir, celui-ci claqua des doigts et tira de sa poche une petite enveloppe qu'il jeta à mes pieds.

—J'ai failli oublier. De nouvelles photos de surveillance. Elles datent de la nuit dernière. On dirait que Tucker s'est servi de sa cervelle et qu'il a envoyé une nouvelle équipe à la recherche de votre ami. Elle l'a trouvé. Enfin, pendant quelques heures. Depuis, ils ont perdu sa trace, mais je vous tiendrai au courant. Je sais que vous êtes inquiète.

Je serrai les dents. Des éclats de fureur menaçaient de me faire exploser le crâne.

—On dirait qu'ils cherchent quelqu'un, poursuivit Winsloe.

—Moi, parvins-je à répondre.

—Oh, c'est ce que je pensais, mais on a appris depuis que quelqu'un d'autre avait disparu. Notre équipe a réussi à capter quelques bribes de conversation. Quelqu'un a déserté le navire. Quelqu'un d'important. Le problème, c'est qu'on a du mal à comprendre qui. Larry y travaille, il compare ces nouvelles photos à nos anciennes. Vous devinerez peut-être qui a disparu. Mais vous n'êtes pas obligée de me le dire. Je ne vous demanderais jamais de balancer vos amis.

Winsloe sortit. Je fermai les yeux, sentis la douleur me transpercer le crâne et les paumes. Il me fallut plusieurs minutes avant de me sentir prête à regarder les clichés. Quand je le fis, je découvris des photos du groupe en train de conférer. Je n'eus pas besoin de chercher qui manquait. Un coup d'œil à l'expression de Jeremy m'apprit que Clay avait disparu. La veille au matin, il n'agissait pas sous les ordres de Jeremy quand il s'en était pris à la précédente équipe de recherches. Il était là de son plein gré. Tout seul.

Il venait me chercher.

Je passai la matinée à me creuser la cervelle en quête d'un nouveau plan d'évasion. Il fallait que je sorte. Pas plus tard, ni bientôt, mais tout de suite, avant que Winsloe se lasse de son nouveau jeu et augmente de nouveau la mise. Plus je m'efforçais de trouver une idée, plus je paniquais et plus il me devenait difficile de réfléchir. Je devais me calmer, faute de quoi l'inspiration ne viendrait jamais.

Bauer s'apaisa un peu plus tard dans la matinée. Quand j'eus la certitude qu'elle était lucide (c'est-à-dire quand elle eut cessé de hurler et entamé son petit déjeuner froid), je me dirigeai vers le trou et tentai de lui parler. Elle m'ignora. Quand elle eut terminé son repas, elle fouilla dans un tiroir en quête d'un crayon et d'un papier et rédigea une lettre de deux pages, puis se dirigea vers la porte et demanda poliment si quelqu'un pouvait la livrer. J'en devinais le contenu : une demande de libération, version plus raisonnable de ses divagations de ces dernières heures.

Bauer voulait donc sortir. Comme nous tous. Se considérait-elle comme une « pensionnaire » à présent ? Tandis que cette idée me traversait la tête, un plan se forma dans un recoin de mon cerveau. Bauer voulait sortir. Moi aussi. Quand j'avais accepté de la soigner, j'espérais qu'elle m'aiderait à m'enfuir en signe de gratitude. Il n'était désormais plus question de gratitude. Mais d'évasion ? Et si je lui proposais de s'enfuir avec moi ? Bauer connaissait le système de sécurité du centre ainsi que ses faiblesses – enfin, si elle était assez saine d'esprit pour se les rappeler. En combinant ma force et son expérience à ses connaissances, nous formerions une équipe d'enfer. Ce n'était pas vraiment un plan abouti et infaillible, mais c'était un début.

Restait un problème – bon, d'accord, plus d'un, mais celui-là était de taille : trouver comment nous échapper de nos cellules. Je réfléchis à une mise en scène qui me permettrait de quitter la mienne. D'accord, j'en serais sans doute capable, mais parviendrais-je à faire sortir Bauer en même temps ? Peu probable. Quand les gardes m'apportèrent mon déjeuner, j'étudiai l'ouverture de la porte, regardai comment elle fonctionnait, cherchant une faiblesse. Puis je remarquai un détail si flagrant que je me giflai mentalement de ne pas l'avoir vu plus tôt. Les gardes ne fermaient jamais totalement la porte. Pourquoi ? Parce qu'elle ne s'ouvrait que de l'extérieur et qu'ils n'amenaient jamais de garde supplémentaire qui reste dans le couloir pour leur ouvrir, comme l'avaient toujours fait Bauer et Matasumi. Quand ils entrèrent, ils laissèrent la porte entrebâillée de quelques centimètres, juste assez pour pouvoir l'ouvrir en y passant un doigt. Comment pouvais-je retourner ce détail à mon avantage ? Eh bien, je pouvais assommer un garde pendant que l'autre tirerait son arme pour m'abattre… D'accord, mauvaise idée. Je pouvais dire « Hé, c'est quoi ce truc qui rampe le long du mur ? » et me casser quand ils se retourneraient. Hum, non. Mieux valait y réfléchir un peu.

ALLIANCE

Les gardes m'apportèrent mon déjeuner à treize heures. Quand ils ouvrirent la porte pour repartir, je regardai dans le couloir. Tess n'y était pas. C'était l'heure du déjeuner pour tout le monde. Parfait. Tant que Bauer était lucide et que personne ne nous écoutait, je pouvais aborder avec elle le sujet de l'évasion. Était-ce sans risque ? Elle pouvait essayer de gagner les faveurs de Matasumi en me trahissant, mais je doutais qu'elle soit assez désespérée pour ramper devant qui que ce soit. Pas pour l'instant. Par ailleurs, compte tenu des circonstances et de son animosité envers moi, personne ne la croirait si elle vendait la mèche.

Guettant des bruits révélateurs dans le couloir, j'approchai ma chaise du trou, m'y assis et jetai un œil. Bauer faisait les cent pas.

— Vous vous sentez mieux ? lui demandai-je.

Elle ne s'interrompit pas.

— Je n'ai pas envie d'aggraver les choses, lui dis-je. Mais vous savez bien qu'ils ne vous laisseront pas sortir de cette cellule. De leur point de vue, vous êtes passée de l'autre côté.

Elle allait et venait sans cesse de la porte à la télé.

— Si vous voulez sortir, il va falloir le faire vous-même.

Toujours pas de réaction. Même pas un coup d'œil dans ma direction.

—Vous devez vous enfuir, ajoutai-je.

Bauer pivota vers moi.

—M'enfuir ? (Elle éclata d'un rire âpre.) Qu'est-ce qui m'attendrait ? Une vie de monstre ?

J'aurais pu lui rappeler qui avait choisi cette vie mons-trueuse, mais je n'en fis rien.

—Je sais que c'est pénible en ce moment, mais ça deviendra plus facile…

—Mais je ne veux pas ! rugit-elle en s'avançant à grands pas vers le trou. Je veux que ça s'arrête ! C'est ça que je veux qu'ils fassent pour moi. Qu'ils m'en débarrassent. Qu'ils drainent cette malédiction de mes veines pour que je redevienne normale.

—Ils ne peuvent pas faire ça, dis-je doucement. Per-sonne ne le peut.

—N'importe quoi ! lâcha-t-elle en postillonnant. Vous voulez que je souffre, hein ? Ça vous fait plaisir. « Sondra n'a eu que ce qu'elle mérite. » Ha ha ha. Eh bien non, je n'ai pas mérité ça. Vous ne m'aviez pas dit que ce serait comme ça. Vous m'avez trompée !

—Trompée ? Je vous ai formellement déconseillé de le faire.

—Vous ne m'avez pas tout dit.

—Oh, pardon. Quand vous avez déboulé ici comme une cinglée avec une seringue en me répétant à quel point votre nouvelle vie serait géniale, j'aurais dû vous faire signer un formulaire vous avertissant que ça n'allait pas vous plaire ?

Bauer s'empara d'une chaise, la jeta en direction du trou, puis gagna la salle de bains à pas lourds.

J'allais devoir réviser mon approche.

Quelques heures plus tard, sa lucidité refit une brève apparition. J'étais prête. Plan numéro deux : faire preuve d'une plus grande empathie. J'avais du mal à ressentir une grande compassion pour une personne qui s'était infligé ça elle-même, mais une faible impulsion au plus profond de moi me dictait d'en éprouver. Bauer était elle aussi une femme loup-garou, sans doute la seule autre que je rencontrerais jamais. Comme je me rappelais l'horreur de ma propre transformation, je comprenais ce qu'elle traversait. Winsloe m'avait demandé si j'avais déjà fait quelque chose de semblable à ce que Bauer avait fait subir à Carmichael. Je n'avais pas répondu très honnêtement. À l'époque où je m'étais enfuie de Stonehaven, mon cerveau déjà possédé avait cédé à une folie et une rage incontrôlables. J'avais tué deux personnes avant que Jeremy vienne à mon secours. Contrairement à Bauer, je ne connaissais pas mes victimes et je ne les avais ni tourmentées, ni démembrées. Mais j'avais fait quelque chose que je n'oublierais jamais. Je les avais dévorées. Étais-je à ce point différente de Bauer ? Je ne m'étais pas injecté de salive de loup-garou, mais j'étais tombée amoureuse d'un homme que je soupçonnais d'être dangereux. Je n'avais pas tué un ami, mais j'avais massacré des innocents. Malgré ma résistance, je comprenais Bauer. Et j'avais envie de comprendre ce qu'elle ressentait.

La question était : en étais-je *capable* ? Comme l'avait prouvé ma maladresse quand j'avais voulu consoler Savannah, l'empathie n'était pas mon fort. Chassant mes doutes, je me plaçai près du trou et jetai un œil dans la cellule de Bauer.

— Comment ça va ? demandai-je.

Elle se tourna pour me faire face.

— À votre avis ? (Elle inspira profondément, puis ferma les yeux comme sous l'effet de la douleur.) Ce n'est pas moi.

Ce corps, cette personnalité. Ce n'est pas moi. Je n'emploie pas ces termes-là. Je ne pique pas de crises. Je ne supplie pas qu'on me laisse sortir. Mais vous savez le pire? Je suis encore là, *moi*, coincée là-dedans, à regarder au-dehors.

— Votre cerveau est toujours en train d'accepter la transformation. Ça va…

— Ne me dites pas que ça va devenir plus facile.

Je savais ce que j'avais à dire, à partager, mais les mots se coincèrent dans ma gorge. Ravalant mon orgueil, je me forçai à les prononcer.

— Juste après ma morsure, je…

— Non.

— Je voulais juste vous dire…

— Ne vous comparez pas à moi, Elena. Nous n'avons rien en commun. Si j'ai pu vous donner cette impression, c'était seulement parce que je voulais obtenir quelque chose de vous.

— Peut-être, mais nous avons un point commun, à présent. Je suis…

Elle répondit d'une voix glaciale.

— Vous n'êtes rien, Elena. Une moins que rien qui est devenue quelqu'un par accident. Devenir loup-garou a été le plus grand exploit de votre vie, et vous n'y avez même pas contribué. Votre argent, votre jeunesse, votre force, votre position, votre amant, tout ça n'est à vous que parce que vous étiez la seule femme loup-garou.

— Je…

— Sans ça, vous êtes quoi? Une journaliste quelconque dont le salaire annuel ne couvrirait même pas ma garde-robe.

Sur ce, elle se détourna, fonça dans la salle de bains et ouvrit la douche.

Vous savez, l'empathie, c'est à double sens.

À dix-neuf heures, les gardes m'apportèrent mon dîner. Comme d'habitude, l'un d'eux entra me donner le plateau pendant que l'autre montait la garde, l'arme prête à l'usage. Je les ignorai, ayant renoncé à tout espoir de me faire un allié parmi eux ou de leur soutirer la moindre information de valeur. Mieux valait les traiter comme des serveurs sourds et muets. J'avais d'autres soucis.

Quand ils entrèrent, je me trouvais sur mon lit, en train de réfléchir à des plans d'évasion. Au bout d'un moment, je remarquai que le garde qui portait le plateau s'attardait à ma table, regardant les photos de Clay. Il fit un signe de tête à son partenaire et attira son attention sur les photos.

— C'est lui, articula-t-il tout bas.

— Vous le connaissez ? demandai-je.

Le garde sursauta, comme si c'était le lit qui venait de parler.

— Vous le connaissez ? répétai-je. Le loup de la photo ?

Ils me regardèrent tous deux comme si je venais de rejoindre Bauer dans son asile privé, songeant sans doute que c'était *moi* qui devais reconnaître les loups-garous, pas eux.

— C'est Tyrone qui les a apportées, ajoutai-je, toujours allongée sur le dos, feignant toute la nonchalance dont j'étais capable. Il pensait que je pourrais peut-être identifier ce type, mais non. On dirait qu'il a foutu un sacré bordel au motel.

Maintenant, ils me regardaient bel et bien comme si j'étais mûre pour la camisole.

— Vous ne le reconnaissez pas ? demanda celui qui se tenait près de la porte.

J'étouffai un semi-bâillement.

— Je devrais ?

— Ce n'est pas votre partenaire ?

— Clay ? Non. Il ne quitterait jamais l'Alpha – notre chef.

— Alors pourquoi… ? (Le garde s'interrompit, se tourna vers son partenaire et baissa la voix.) Matasumi est au courant ?

— Pourquoi ? répondit l'autre sans prendre la peine de chuchoter. On s'en fout de savoir qui est le loup-garou. Si quelqu'un le revoit par ici, on le tue. Ce sont les ordres.

Mes poings se crispèrent, mais je me forçai à n'émettre aucun bruit, ne pas prononcer un mot, ne pas poser de questions. Le deuxième garde haussa les épaules et ils sortirent sans me lancer ne serait-ce qu'un coup d'œil.

Clay était tout près. Je ne m'étais pas trompée. Il venait me chercher. Je ne pouvais pas le laisser faire ça. Il y avait trop de choses qu'il ignorait, auxquelles il n'était pas préparé. Clay n'avait pas eu trop de mal à battre l'équipe de recherches de Tucker, mais il y avait ici au moins cinq fois plus de gardes, sans parler d'un bâtiment souterrain fortifié doté d'un système de sécurité haut de gamme, le tout au milieu d'une forêt truffée de pièges par Ty Winsloe. Je devais arrêter Clay avant qu'il tente de venir à mon secours. Et pour ça, je devais m'échapper – et vite. Je jetai un coup d'œil à la cage de Bauer. Il était temps de renoncer aux pincettes.

Elle retrouva sa lucidité peu avant minuit. Ces deux derniers jours, j'avais affiné ma capacité à discerner s'il y avait quelqu'un dans le couloir. Je faisais appel en partie à mon ouïe, en partie à mon intuition. Bien qu'il soit difficile de déterminer si quelqu'un nous observait, il existait une manière infaillible de deviner si l'on nous écoutait. L'interphone. Quand il s'allumait, il émettait un déclic audible puis un sifflement étouffé jusqu'à ce qu'on l'éteigne. Quand Bauer eut retrouvé ses esprits, j'attendis que les gardes fassent leur ronde comme toutes les heures, guettai attentivement le bruit de l'interphone puis m'allongeai sur mon lit.

— Vous croyez toujours qu'ils vont vous laisser sortir, hein ? lui lançai-je.

Elle inspira mais ne répondit pas.

— Je sais que vous vous souvenez, dis-je. Comme vous le disiez, il y a une partie de vous qui se trouve encore là, une partie lucide, qui observe. Vous vous rappelez comment c'était ? De lui courir après ? De la voir si perdue ? Incrédule ? De l'écouter vous supplier de la laisser en vie ? Vous la voyez toujours, non ? Son expression quand vous lui avez ouvert la gorge. (Je marquai une pause.) Vous vous rappelez quel goût elle avait ?

Un grand fracas dans la pièce voisine. Puis un bruit de haut-le-cœur. J'attendis. Bauer resta dans la salle de bains.

— Qui va vous faire sortir d'ici, Sondra ? demandai-je. Qui va risquer de devenir votre prochain repas ? Y a-t-il une seule personne là-dehors qui se soucie de vous ? Il n'y en avait qu'une, et maintenant, elle se trouve dans un sac-poubelle… enfin, plusieurs.

— Arrêtez, répondit Bauer d'une voix étouffée, presque tremblotante.

— Vous comptez peut-être vous échapper seule. Et ensuite ? Vous iriez où ? Vous rentreriez chez vous boulotter papa et maman ?

— Arrêtez.

D'une voix plus forte, mais toujours tremblante.

—C'est ce qui va se passer. Vous ne pourrez pas vous débarrasser de la faim ni des Mutations. Vous finirez peut-être par acquérir assez de maîtrise pour survivre, mais à quel prix ? Combien devront mourir d'abord ? Vous vous mettrez à tuer parce que vous le devez, parce que vous finirez par prendre goût à la puissance comme à la viande. C'est ce qui arrive aux cabots.

Je marquai une pause avant de poursuivre.

—À propos de cabots, le premier que vous rencontrerez vous tuera. Bien entendu, il commencera sans doute par vous violer, car ce sera son unique occasion de baiser une femelle de sa propre espèce.

—Bouclez-la.

—Je vous prédis votre avenir, Sondra. Gratos. Il n'y a qu'une personne qui puisse vous éviter tout ça. L'Alpha de la Meute. La question, c'est de savoir comment vous obtiendrez son aide. Si vous vous échappez seule, vous pourrez toujours vous pointer sur le pas de votre porte et implorer sa clémence. Il se montrera très gentil. Il vous invitera à entrer, il prendra votre manteau, vous conduira au salon, vous offrira du café. Ensuite, il vous présentera Clayton. Et ce joli visage que vous admirez tant sera la dernière chose que vous verrez jamais. Enfin, si je suis toujours en vie. Si je meurs ici, je vous déconseille formellement d'approcher de l'État de New York. L'enfer que vous vivez actuellement n'est rien comparé à ce que Clay vous fera subir si je meurs.

La porte de la salle de bains claqua.

—Vous essayez de me faire peur.

J'éclatai de rire.

—Vous savez bien que non, Sondra. Vous avez rencontré Patrick Lake. Vous savez comment sont les cabots. Vous connaissez Clay de réputation. Je vous offre une issue. Si vous m'aidez à m'échapper, je ferai en sorte que Jeremy vous aide.

—Pourquoi devrais-je croire que vous allez tenir parole?

—Parce que je suis une louve de la Meute et que je ne m'abaisserais pas à mentir à un cabot. À mes yeux, c'est ce que vous êtes. Un cabot utile, mais un cabot malgré tout.

Bauer ne répondit rien. On garda le silence une bonne heure dans nos cellules respectives. Puis, d'une voix dépassant à peine le murmure, elle accepta. Suite à quoi on s'endormit.

ÉVASION

On passa la journée du lendemain à tout prévoir, étudiant les rondes des gardes, l'heure des repas, ainsi que les accès de folie récurrents de Bauer. C'était ce dernier point qui m'inquiétait le plus. Et si elle pétait un plomb en plein milieu de notre évasion ? Ses périodes de lucidité se rallongeaient, mais dureraient-elles assez ?

D'après Bauer, l'identité de chaque membre du personnel du centre avait été codée en dur dans le système de sécurité de Winsloe. Cette écriture dans le code source rendait presque impossible pour un prisonnier de trafiquer l'ordinateur afin d'y ajouter ses propres empreintes. Bien sûr, ça signifiait également qu'il était tout aussi difficile d'en supprimer une identité. Quel rapport avec nous ? L'identité de Bauer devait toujours s'y trouver. Elle avait l'autorisation d'aller et de venir à tous les niveaux du centre en compagnie d'une deuxième personne.

Bauer sortirait-elle avec un seul compagnon ? Je n'avais toujours pas pris ma décision. Je culpabilisais par rapport à Leah et à Curtis Zaid, mais je ne pouvais pas les emmener. Ruth avait raison. Plus j'incluais de gens dans mon plan d'évasion, plus le risque d'échec augmentait. Mieux valait soulager ma conscience en me promettant de les libérer quand nous aurions rejoint les autres. Mais Savannah ? Ruth m'avait demandé de la laisser. Devais-je le faire ? En étais-je capable ? Deux questions très différentes. Compte

433

tenu du lien presque certain entre la mort de Ruth et les autres incidents, était-il prudent de la libérer ? Je craignais que les enseignements de Ruth n'aient fait qu'intensifier les pouvoirs de Savannah, ne l'aient rendue que plus dangereuse. Était-il judicieux d'emmener la fillette loin d'ici et de l'abandonner aux soins d'une apprentie sorcière comme Paige ? Ou valait-il mieux que je la laisse ici, où l'on pourrait contenir ses pouvoirs, jusqu'à ce que nous trouvions un arrangement avec les autres sorcières du Convent ? Peut-être Ruth avait-elle anticipé le danger, raison pour laquelle elle m'avait demandé de ne pas emmener Savannah quand je m'évaderais. Mieux valait donc la laisser ici.

Mais en étais-je *capable* ? D'abandonner une enfant ici, sachant qu'il pouvait lui arriver quelque chose avant mon retour ? D'accord, cette gamine était peut-être en mesure de faire du mal, mais certainement pas de son plein gré. Elle était innocente. J'en étais persuadée. Comment pouvais-je la laisser derrière moi ? Je ne pouvais pas. Bauer parviendrait à nous faire passer toutes les deux par les sorties en faisant deux voyages, l'un après l'autre. Ça nous ralentirait, mais ça ne justifiait pas d'abandonner Savannah. Si c'était possible, je l'emmènerais. Simplement, je ne voulais pas en parler à Bauer. Pas encore.

On avait prévu de s'échapper cette nuit, quand les gardes m'apporteraient mon encas nocturne à vingt-deux heures trente. Étions-nous prêtes ? Sans doute pas, mais je n'osais pas attendre plus longtemps. Je devais arrêter Clay. Nous avions besoin de la journée du lendemain par sécurité, au cas où je n'arriverais pas à sortir de ma cellule cette nuit-là.

Je passai le début de la soirée à me reposer au lit. Bien entendu, je ne me détendis pas vraiment – pas sur un plan mental, du moins. Je restai étendue, éveillée, à m'inquiéter de tout ce qui pouvait aller de travers. Avant l'arrivée des gardes, j'arracherais les croûtes de mes genoux, qui se remettraient à saigner, puis je profiterais de leur distraction pour les tuer et m'enfuir. Et si la vue de mon genou en sang ne suscitait en eux aucune inquiétude ? Et si je n'étais pas assez rapide, si le deuxième garde tirait son arme pendant que je tuais le premier ? Je devais les éliminer. Je ne pouvais pas risquer qu'ils reprennent conscience pendant qu'on s'échappait…

Shhhh…

Je me figeai car j'avais reconnu ce bruit avant même que mon cerveau l'enregistre. La porte de ma cellule s'était ouverte. Au lieu de bondir pour voir qui venait d'entrer, je demeurai immobile, tendue, aux aguets. Quelle heure était-il ? Vingt et une heures vingt. Trop tard pour Matasumi. Trop tôt pour mon encas. Xavier était parti. Il ne restait que Winsloe. Pitié, non. Pas ce soir. Figée, je prêtai l'oreille et flairai l'air, espérant avoir mal entendu.

Il s'écoula une pleine minute sans que j'entende ni salut, ni le bruit de la porte en train de se refermer, ni ne sente l'odeur d'un intrus. Je soulevai ma tête de l'oreiller et me tournai vers la porte. Personne. Je me hissai sur mes coudes pour mieux y voir. La porte était fermée. Non, un instant. Pas fermée. Entrebâillée d'un centimètre, peut-être même moins. Cette fois encore, je me tins prête. Winsloe se trouvait-il dans le couloir, en train de donner des instructions de dernière minute à Ryman et à Jolliffe ? Mais je n'entendais ni ne sentais rien. Je comptai soixante secondes, puis passai les jambes par-dessus le bord du lit et m'approchai de la porte à pas de loup. Je me penchai vers l'ouverture et inspirai. Seules de vieilles odeurs me répondirent. Comment était-ce possible ? Quelqu'un avait ouvert la porte quelques minutes plus tôt. Pourquoi ne sentais-je pas son odeur ?

M'accroupissant à moitié, j'entrouvris la porte d'un autre centimètre, puis d'un deuxième, puis d'une bonne trentaine. J'étirai les tendons de mes jarrets, me mis sur la pointe des pieds et jetai un coup d'œil à l'extérieur. Il y avait quelqu'un dans le couloir. Je reculai brusquement, puis compris qui j'avais vu et m'avançai de nouveau. Bauer se tenait à l'extérieur de sa cellule et regardait des deux côtés. Lorsqu'elle m'aperçut, elle se redressa.

— C'est vous qui… ? chuchota-t-elle.

Je fis signe que non et m'avançai dans le couloir. Avant que je puisse dire un mot, une porte s'ouvrit à l'autre extrémité et Savannah sortit, trébuchant à moitié sous l'effet du sommeil, ses sombres cheveux emmêlés, une mince épaule dépassant de sa chemise de nuit de tissu écossais rouge. En nous voyant, elle se passa une main sur le visage et bâilla.

— Qu'est-ce qu'il y a ? demanda-t-elle.

Je lui fis signe de se taire et d'approcher. Comme je n'avais senti personne d'autre dans le couloir, les portes avaient dû s'ouvrir automatiquement en raison de quelque défaillance mécanique. La coïncidence était-elle trop grosse ? Possible, mais je ne comptais pas laisser passer l'occasion. Oui, c'était peut-être un piège, mais dans quel but ? Voir si nous allions tenter de nous enfuir ? Ça ressemblait plutôt à un test de QI – toute personne qui resterait en prison une fois les portes ouvertes aurait manifestement une case en moins. Il pouvait s'agir d'une des expériences de Matasumi, comme la fois où il m'avait laissée seule dans cette pièce avec Patrick Lake. Ou pire encore, d'un des jeux malsains de Winsloe. Fallait-il donc que je reste assise dans ma cellule sans rien faire ? Peut-être bien, mais je ne pouvais pas. Si tout cela était réel, j'avais l'occasion de sauver les trois personnes dont la sécurité m'inquiétait le plus : Savannah, Bauer, et bien sûr moi-même.

—On s'en va, murmurai-je en me penchant à l'oreille de Savannah. Bau… Sondra peut nous faire sortir. File discrètement dans ta cellule chercher tes chaussures.

—On s'en va tout de suite ? chuchota Bauer.

—On est dehors, non ?

Tandis que Savannah regagnait sa cellule en courant, Bauer hésita, les yeux voilés par la confusion. Je me dis qu'elle avait simplement sommeil, mais je craignais que ce ne soit pire. Son esprit embrouillé réagirait mal aux changements de routine. Elle avait pensé que nous partirions dans quelques heures, et même cet écart du projet, aussi minime soit-il, risquait de déboussoler son cerveau. Avec mon sourire le plus encourageant, je la dirigeai vers sa cellule.

—Allez chercher vos chaussures, lui dis-je.

Bauer hocha la tête et tendit la main vers la poignée de la porte. Elle la tourna, fronça les sourcils, jeta un œil par-dessus son épaule puis secoua la poignée et appuya contre la porte. Laquelle refusa de s'ouvrir. Je poussai Bauer de côté, tirai brusquement sur la poignée, donnai un violent coup d'épaule dans la porte. Elle ne bougea pas.

—Elle devrait s'ouvrir, dit Bauer d'une voix où s'infiltrait la panique. Elle *doit* s'ouvrir. Il n'y a pas de verrou externe.

—Je ne peux pas entrer dans ma cellule, dit Savannah qui nous rejoignait en courant. La porte est coincée.

—Celle-ci aussi, répondis-je. J'imagine que si une défaillance mécanique peut les ouvrir, elle peut aussi les fermer. On va devoir partir comme ça.

—Et Leah et M. Zaid ? demanda Savannah. On ne devrait pas les aider à sortir ?

—Si on peut.

Mais ça se révéla impossible. Je commençai par Curtis Zaid. Le prêtre vodoun, blotti au-dessus de ses couvertures, dormait profondément. Sa porte était bien fermée.

—Elle est coincée, dis-je.

Savannah courut essayer la porte de Leah.

—Pareil ici.

—Ils vont devoir rester ici pour l'instant, dis-je. Sondra, la sortie proche de la porte de Savannah, c'est celle du poste de garde, non ? Celle qui est proche de la mienne est équipée d'une caméra reliée au poste.

Bauer hocha la tête.

—Parfait.

Je me dirigeai vers la sortie du côté de Savannah. Bauer me saisit par le bras.

—C'est celle qui est gardée, dit-elle.

—Je sais.

—Mais vous ne pouvez pas… On ne peut pas… Ils vont nous tirer dessus !

Je dégageai mon bras et croisai son regard paniqué.

—On a déjà parlé de tout ça, vous vous rappelez, Sondra ? Les deux portes donnent sur un couloir commun et l'ascenseur est au milieu.

Devoir lui répéter ces explications m'agaçait, mais je savais que c'était ce que ferait Jeremy, apaisant ainsi son hystérie croissante.

—Si nous sortons par la porte qui est surveillée par caméra, l'alarme avertira les gardes. Ils nous verront par la caméra et viendront à notre rencontre avant qu'on atteigne l'ascenseur. Si on passe par l'autre porte, ils seront de l'autre côté. Ils n'auront que quelques secondes pour réagir avant que je leur tombe dessus. Ils n'auront pas le temps d'appeler à l'aide. Je vais les tu… les neutraliser pour qu'on puisse se faufiler discrètement à l'étage.

Je poussai légèrement Bauer afin qu'elle avance et fis signe à Savannah de me suivre. Tandis que Bauer se dirigeait vers la porte, quelque chose tomba du plafond. Je me précipitai pour l'écarter. L'objet heurta le sol avec un bruit sourd et un tintement de verre.

—Ce n'est qu'une ampoule, dit Savannah. Vous avez réagi vite, dites donc.

Tandis que Bauer recouvrait ses esprits, je levai les yeux. Je vis au-dessus de nous une rangée de six ampoules, avec une douille vide à la place de la première. Un faible grincement attira mon attention et je vis bouger la deuxième de la rangée. Sous mes yeux, elle tournait lentement pour se dévisser de la douille.

—Ouah, dit Savannah. On dirait presque…

«Clac, clac, clac»! Toute la rangée d'ampoules alla se briser à terre, nous plongeant dans le noir. Bauer poussa un cri.

—Tout va bien, Sondra, lui dis-je. Vos yeux vont s'y accoutumer. Vous voyez dans le noir à présent. La lumière de la porte blindée suffira. Avancez vers elle et…

Savannah poussa un cri aigu. Je me retournai et tendis les bras dans les ténèbres pour la calmer. Quelque chose me chatouilla le bras gauche. Je le giflai de ma main droite et sentis du sang couler sous ma paume. Bauer hurla. Je vis quelque chose de blanc et de flou se jeter vers mon visage et m'entailler la joue. Quand je m'en emparai, un éclat de verre au tranchant de rasoir mordit ma paume. Un autre atteignit mon cuir chevelu. Mes yeux s'accoutumèrent alors au noir et je vis un tourbillon de verre brisé voler autour de nous.

—La porte! m'écriai-je. Sondra! Retenez la porte!

J'apercevais à grand-peine sa silhouette recroquevillée contre la cellule d'en face, bras repliés et tête baissée pour éviter l'attaque. Des éclats de verre piquèrent et entaillèrent mes bras nus et mon visage quand je me précipitai vers elle. Je la saisis par le bras et l'entraînai brusquement vers la sortie, la plaçant face à la caméra rétinienne. Alors que je m'apprêtais à appuyer sur le bouton, je vis qu'elle fermait très fort les paupières.

—Ouvrez les yeux! m'écriai-je.

Elle les crispa encore plus fort, enfonçant son menton dans sa poitrine.

—Ouvrez les yeux pour le scanner, bordel!

Je tendais la main pour les lui ouvrir de force quand elle cligna des paupières. J'enfonçai le bouton. Le premier voyant rouge clignota, s'éteignit, puis tout le tableau devint noir. J'enfonçai de nouveau le bouton. Rien ne se produisit. J'insistai, balayant le panneau du regard en quête d'un signe de vie. Aucun. Ni lumières, ni sons. Tout était éteint. Je me retournai. À l'autre bout du couloir, une faible lueur rouge se reflétait au coin.

—L'autre porte a encore du courant, dis-je. Allons-y.

—Je ne peux pas, chuchota Bauer, protégeant sa tête des éclats de verre qui volaient dans tous les sens. Je ne peux pas.

Je l'ignorai.

—Savannah, fonce dans ma cellule. Je n'ai pas fermé ma porte. Entre pendant qu'on déverrouille l'autre sortie.

Je saisis Bauer des deux mains pour la faire avancer dans le couloir, la traînant à moitié, la poussant à moitié. Le maelström de verre nous suivit, tournoyant tout autour de nous, pour nous piquer tel un millier de guêpes.

Sous l'effet conjugué de ma hâte et de l'obscurité, je passai près de Savannah et atteignis ma cellule avant elle. Avec un spasme de soulagement, je vis que ma porte était toujours ouverte. Je me rappelai avoir besoin de mes chaussures et fonçai les chercher à l'intérieur. Quand je me retournai, le pied de mon lit bougea. Il s'éleva de quinze centimètres au-dessus du sol, puis jaillit brusquement dans les airs et se précipita vers moi. J'eus à peine le temps de sortir de la cellule avant que le matelas vienne heurter la porte qui claqua aussitôt.

— Qu'est… Qu'est-ce…, balbutia Bauer.

Je la poussai vers l'autre sortie. Une série de coups secs retentit en *staccato*. Croyant à des coups de feu, je me laissai tomber à genoux. Le couloir se remplit d'un assourdissant crépitement, comme si quelqu'un avait poussé chaque interphone à son maximum. Savannah me frôla. Je serrai son épaule et voulus lui dire que tout irait bien, mais le vacarme couvrit le son de ma voix. Je la rassurai d'une petite tape puis saisis Bauer et la poussai vers la porte blindée. Peut-être comprit-elle cette fois que c'était le seul moyen pour elle d'échapper à ce tourbillon de verre, car elle se plaça en face du scanner rétinien et enfonça le bouton. Le voyant rouge s'éteignit et tout resta inerte l'espace d'un instant. Puis un voyant vert s'alluma. Bauer saisit la poignée et le deuxième voyant passa du rouge au vert. Elle ouvrit brusquement la porte et se précipita dans le couloir. Je savais que Bauer ne pouvait passer qu'accompagnée d'une seule personne, et qu'une alarme se déclencherait donc quand Savannah et moi franchirions la porte ensemble. Mais je ne pouvais pas m'en inquiéter. Les gardes nous verraient de toute façon grâce à la caméra.

Je claquai la porte derrière nous. Quelques éclats de verre isolés tombèrent à terre sans nous faire de mal.

—Qu'est-ce qui s'est passé là-dedans? chuchota Savannah.

—Je n'en sais rien, répondis-je. Vous allez bien, toutes les deux?

Savannah et Bauer hochèrent la tête. Oui, chaque centimètre de notre peau semblait saigner, mais personne n'avait reçu d'éclat au niveau des yeux ou des artères, ce qui signifiait sans doute qu'on «allait bien».

Des voix résonnèrent à l'autre bout du couloir. Savannah releva brusquement la tête.

—On ne va pas y arriver, murmura-t-elle.

—Mais si, répondit Bauer qui se redressa, essuyant un filet de sang qui coulait de son arcade sourcilière. Pas question que je retourne là-dedans. Maintenant que je suis libre, je compte bien le rester. Elena va s'occuper des gardes. On reste ici à l'abri.

En soixante secondes à peine, la méduse pleurnicharde se transformait en chef du groupe? J'appréciais de la voir retrouver son sang-froid, mais ce n'était pas le genre de changement que j'avais espéré. Aucune importance. Au moins, elle n'était pas recroquevillée dans un coin. Et puis c'était à *moi* d'aller trouver les gardes. Bauer ne ferait que me gêner.

Alors que j'allais me mettre en marche, Savannah me saisit par la chemise.

—Je vais vous aider, murmura-t-elle. Je vais jeter un sort.

J'hésitai, prête à lui dire de ne pas prendre cette peine, mais je compris que la laisser se rendre utile calmerait peut-être ses peurs. Et par ailleurs, elle n'était qu'une sorcière néophyte de douze ans. Elle ne devait connaître que les sortilèges les plus simples.

—D'accord, répondis-je. Tant que tu le jettes d'ici. Reste baissée et ne fais pas de bruit.

Tandis que j'avançais à pas de loup, un grand fracas retentit dans le couloir. Suivi d'un autre. Puis d'un bruit de verre brisé, plus sonore que la chute des ampoules. Puis l'obscurité totale. Oui! Cette fois, je l'accueillis avec gratitude. Elle me donnerait un avantage… tant que le verre brisé ne se remettait pas à voler.

— Et merde! siffla une voix, sans doute celle d'un garde. D'abord, la sortie numéro un tombe en rade, ensuite la caméra de la numéro deux, et maintenant ce truc-là. Une vacherie de coupure de courant.

— Je vais chercher la lampe torche, dit une deuxième voix.

— Je t'accompagne. Pas envie de rester planté là dans le noir.

Il n'y avait donc que deux gardes? De mieux en mieux. J'accélérai l'allure, tournai au coin et enfonçai le bouton de l'ascenseur. Puis je me dirigeai vers le poste de garde. En chemin, je trébuchai sur quelque chose et baissai les yeux pour voir une ampoule fluorescente. Je fis un pas de côté et posai mon pied sans chaussure en plein sur un éclat de verre. Je me mordis les joues pour ne pas crier et passai le pied de gauche à droite pour déblayer le terrain tandis que j'avançais. Un rayon lumineux apparut soudain au coin. Les gardes avaient trouvé leur lampe. Merde.

Derrière moi, les portes de l'ascenseur s'ouvrirent en grinçant. J'entendis une voix hurler, non pas devant moi, mais derrière. Je me figeai à mi-pas. Quand les gardes tournèrent au coin, le faisceau de leur lampe rebondit sur les murs. Quelqu'un cria derrière moi. Je pivotai, vis un pistolet et m'abaissai à terre. Des coups de feu résonnèrent devant et derrière moi. Une balle m'érafla la jambe. Prise d'un hoquet, je me faufilai vers le côté du couloir. Hurlement. Cri de rage. Juron. Je levai les yeux. Les gardes se tiraient dessus, les deux du poste canardant les trois de l'ascenseur. Deux autres étaient étendus à terre, dont l'un se tortillait en hurlant. Des balles me frôlèrent en sifflant. Je me redressai sur les mains et les genoux, me penchai et fonçai tête baissée vers les autres. Je frôlai à toute vitesse le deuxième groupe de gardes. Ils ne me remarquèrent même pas.

—Faites demi-tour! hurlai-je à Bauer et à Savannah. Retournez à l'intérieur!

IMPASSE

Bauer écarta Savannah et effectua la procédure d'identification dans l'urgence. Quand la sortie s'ouvrit, on s'y faufila tant bien que mal. Je claquai la porte derrière nous. Savannah s'écria que la porte de la cellule qui faisait face à la mienne était maintenant ouverte. On s'y précipita.

— Je jetais un coup d'œil au coin, dit Savannah tandis que j'avalais des goulées d'air. Quand les gardes sont arrivés avec la lampe, j'ai vu les autres sortir de l'ascenseur. Je leur ai jeté un sort de confusion pour que vous puissiez passer. Ça a bien marché, hein ?

— Très bien, répondis-je sans préciser que j'avais failli me ramasser une balle perdue.

Mais qu'avait bien pu apprendre Ruth à cette gamine ? Une sorcière de douze ans devait lancer des sorts servant à calmer des chatons effrayés, pas pousser des hommes armés à s'entre-tuer.

— Salut, dit une voix depuis l'entrée. Je n'ai pas reçu mon invitation à la fête ?

On sursauta toutes les trois. Leah entra en bâillant, passant les doigts dans ses cheveux emmêlés par le sommeil.

— Ne la fermez pas ! s'écria Bauer en rattrapant la porte de la cellule.

Est-ce que ça importait encore ? Je m'abstins de le formuler tout haut, mais je n'envisageais certainement pas de nouvelle tentative d'évasion dans notre futur proche. Même si l'ouverture des cellules n'était pas un piège, on ne pouvait pas parler pour autant d'évasion réussie. C'était même le contraire. Mon grand projet s'était évanoui dans ce déluge de balles. Même si nous survivions à cette situation chaotique, il suffirait à Winsloe de consulter le journal de son ordinateur pour comprendre que j'avais utilisé Bauer afin de passer les procédures de sécurité. Il ferait en sorte que ça ne se produise plus jamais. Je m'efforçai de ne pas penser à la multitude de façons dont il pouvait s'y prendre.

Leah se dirigea vers la chaise et s'y affala.

— Je me suis coupé le pied en venant ici. Il y a du verre partout sur le sol. Et comment se fait-il que les portes soient ouvertes? Pas que je m'en plaigne, mais… Holà, qu'est-ce qui vous est arrivé?

— Tempête de verre, répondis-je.

— Eh ben. Je ne regrette pas d'avoir raté ça. Personne n'est blessé? J'ai quelques notions de secourisme.

— Tout va bien, répliqua Bauer en se dirigeant vers le lit.

Tandis que nous parlions, Savannah se pencha par la porte ouverte.

— Je ne vois personne. Ils sont tous morts?

— Morts? répéta Leah tandis que je tirais Savannah à l'écart de la porte ouverte. Qui est mort?

Je lui expliquai ce qui s'était produit. Tandis que je parlais, Leah jetait des coups d'œil discrets à Savannah, qui s'était effondrée sur le tapis et ne semblait pas lui prêter attention.

— … nous ferions mieux de rester ici, dis-je. De garder notre calme en espérant qu'ils feront de même. Pas de mouvements brusques. Rien qui puisse les énerver.

Savannah se releva.

— Je connais un sort apaisant…

— Je te crois sur parole, ma chérie, répondit Leah. Mais ce n'est peut-être pas une très bonne idée.

Le visage de Savannah s'assombrit. Leah lui passa un bras autour des épaules et la serra contre elle.

— Elena et moi, on va s'occuper des gardes, dit Leah. On va te trouver un endroit sûr, ma chérie, au cas où il y aurait des ennuis à l'arrivée des gardes.

Avec un regard en biais, Leah détourna mon attention de Savannah pour la diriger vers les éclats d'ampoule qui jonchaient le sol. Mon cœur se serra. Savannah. Qui d'autre aurait pu provoquer ce tourbillon de verre ? Nous n'étions que trois dans le couloir, et parmi nous, une seule personne était connue pour projeter des objets dangereux à travers les airs. Ça allait beaucoup plus loin que le lancer d'assiettes, mais ce sort de confusion mortel m'avait déjà confirmé l'augmentation des pouvoirs de Savannah. Bien entendu, elle ne l'avait pas fait exprès – elle avait été blessée tout autant que nous –, mais la question n'était pas là. Qu'elle ait ou non agi volontairement, Savannah était dangereuse. Sous l'effet d'une grande tension émotionnelle, elle réagissait par la violence.

— Bonne idée, répondis-je. On devrait emmener Savannah en lieu sûr.

Aussi bien pour elle que pour nous.

— Sondra, dit Leah, si vous restiez avec elle ? Ma cellule est ouverte. Vous pouvez vous y cacher.

Bauer était assise sur le lit, genoux remontés, regard braqué sur le mur. Elle était redevenue la méduse pleurnicharde.

— Non, ça va, dit-elle.

— Vous avez passé un sale moment, dit Leah. Elena et moi pouvons nous occuper de tout ça. Et si vous emmeniez Savannah…

— Non, ça va, rugit Bauer, relevant brusquement la tête, retroussant les lèvres.

Puis elle se figea, comme si elle comprenait ce qu'elle venait de faire. Elle ferma les yeux et frissonna.

— Non, ça va, répéta-t-elle d'une voix ferme. Je veux vous aider.

— Peut-être qu'on pourrait parler aux gardes, répondis-je. Leur expliquer ce qui s'est passé. Est-ce qu'il y a un interphone, Sondra ? Un moyen de communiquer avec eux ?

Bauer secoua la tête.

À l'extérieur de la cellule, quelque chose heurta la porte de sortie. On s'arrêta toutes pour tendre l'oreille. Deux nouveaux coups rapides, puis le silence.

— Ils ne peuvent pas entrer, chuchota Bauer. La porte de sortie doit être coincée, ou alors le courant est coupé.

— C'était bien la peine d'espérer qu'ils étaient tous morts, dit Leah. Il y a combien de gardes en tout ?

— Trente-six… Non, trente, répondit Bauer. Nous… Il y en avait trente-six au départ, mais il y a eu des pertes.

— Pas de bol. Bon, faisons sortir Savannah d'ici avant que les choses dégénèrent.

Leah tendit la main vers la fillette, qui l'évita et se précipita vers moi.

— Je veux vous aider, dit-elle en levant les yeux vers moi.

Comme si je ne me sentais pas déjà assez coupable de la croire responsable de la tempête de verre. Mais si Leah et moi voulions régler la situation, nous devions emmener Savannah dans un endroit sûr où elle pourrait se calmer.

— On n'essaie pas de t'exclure, Savannah. Je sais que tu es capable de nous aider. Ce sort de confusion… (Je parvins à esquisser un sourire ironique.)… Eh bien, il m'a impressionnée, pour tout te dire.

— Mais…, soupira Savannah avec la lassitude résignée d'une enfant qui voyait arriver ce « mais » à des kilomètres.

— Mais si tu restes, Leah et moi serons trop inquiètes et ça nous empêchera de nous concentrer sur le danger.

— Nous serions *très* inquiètes si tu restais, dit Leah en me jetant un regard furtif. Nous nous sentirions toutes *beaucoup* mieux si tu étais dans un endroit… plus sûr. Je vais t'emmener dans ma cellule.

— D'accord, répondit Savannah d'une voix qui signifiait plutôt le désaccord.

Leah tendit la main pour prendre la sienne, mais la fillette la repoussa et franchit la porte à grands pas. Leah trottina derrière elle.

Leah nous rejoignit d'un pas pressé quelques minutes plus tard. Les gardes cognaient toujours la porte de sortie.

— Elle est dans ma cellule, dit Leah. Cachée derrière le lit. J'ai fermé la porte.

J'allais hocher la tête, mais je m'arrêtai.

— Vous avez fermé la porte ? Et si elle reste coincée ? Comment on la fera sortir ?

— Pour l'instant, je m'inquiète plutôt de l'empêcher de sortir. Si je ne l'avais pas enfermée, elle serait revenue ici en deux minutes chrono pour essayer de nous aider. Nous n'avons pas besoin de ce genre de coup de main. (Elle jeta un coup d'œil au verre brisé.) Elle a déjà bien assez aidé comme ça.

—Si Savannah a fait voler tout ce verre, ce n'était pas intentionnel.

Leah haussa les épaules.

—Vous avez sans doute raison. Dans tous les cas, ce n'est pas sa faute. À quoi faut-il s'attendre, avec une mère comme Eve ?

—Vous croyez que c'est ça ? Ce n'est pas forcément parce que sa mère pratiquait la magie noire que…

—Eve n'était pas seulement une sorcière, Elena. Son père était un démon, ce qui faisait d'elle un hybride de sorcière et de semi-démon. Une combinaison assez rude. Je suis plutôt relax, comme fille. Pas facile à effrayer. Mais Eve me foutait une trouille bleue. Sondra, vous vous rappelez son arrivée ici…

Bauer pivota pour nous faire face.

—Qu'est-ce qu'on en a à foutre, Leah ? Il y a Dieu sait combien de gardes armés qui cognent à la porte de sortie et vous discutez de l'ascendance de Savannah ?

—Détendez-vous, Sondra. Elena et moi maîtrisons la situation. Nous sommes habituées à ce genre de chose. Tout ce que je dis, Elena, c'est qu'il faut faire attention en présence de Savannah. Rappelez-vous que c'est une préadolescente et que ses hormones la travaillent. Ce qui ne fait qu'aggraver les choses. Qui sait…

—Et merde ! s'écria Bauer. Ces enfoirés sont en train d'enfoncer cette putain de porte !

—Vous croyez qu'ils vont entrer ? demanda calmement Leah, comme si Bauer était une démente qui hurlait dans une chambre capitonnée.

—Ils vont bien finir par y arriver, répondis-je.

Elle soupira.

—D'accord. Alors il est temps de préparer le comité d'accueil.

Quand on eut fini de tout planifier, on éteignit la lumière. Grâce à notre vision nocturne, Bauer et moi nous en sortirions très bien, et Leah avait décidé que l'ensemble des avantages que présentait l'obscurité l'emportait sur l'inconvénient personnel que lui posait sa vision limitée.

On se faufila dans le couloir, sans dépasser le coin au cas où les gardes feraient irruption dans un déluge de coups de feu.

— Ohé ! s'écria Leah. Nous sommes coincées là-dedans ! Plusieurs d'entre nous sont blessés ! Qu'est-ce qui se passe là-dehors ? Vous nous entendez ?

Pas de réponse. Comme Bauer nous en avait averties, la porte était insonorisée. Leah renouvela plusieurs fois sa tentative, puis je lui fis signe de se taire et tendis l'oreille. Je n'entendais que des bribes de conversations étouffées.

— … quand… arriver ici ?

— … autre porte… plus de courant…

— … radio… encore…

— … service ?… Matasumi, Winsloe ?

Leah s'appuya contre mon épaule.

— Vous pouvez me dire combien il y en a ?

Je secouai la tête.

— Trois voix, peut-être quatre, sans compter ceux qui ne parlent pas. Attendez, j'entends autre chose.

Un sifflement bruyant s'éleva de l'autre côté de la sortie. Tandis que j'essayais de l'identifier, il se transforma en ronronnement sonore, assez fort pour être entendu même des non-loups-garous.

— Un chalumeau, dit Leah. Ils vont réussir à passer. On ferait mieux de se tenir prêtes.

On n'eut jamais l'occasion de mettre notre plan à exécution. Tandis que j'entrais dans la cellule vide, la porte de sortie s'ouvrit brusquement. Les cris de surprise des gardes cédèrent la place à un déluge d'ordres. Leah se précipita dans la première cellule avec moi. Quand je me retournai pour fermer la porte, je m'aperçus que Bauer ne nous avait pas suivies.

— Elle a filé, dit Leah.

— Et merde!

J'ouvris la porte à toute volée. Bauer courait le long du couloir.

— Sondra! criai-je.

Elle s'arrêta. Au lieu de se retourner, elle se mit à marteler la porte de la cellule située sur sa droite.

— Ouvrez! hurla-t-elle. Mais ouvrez-moi, nom de Dieu!

Je crus d'abord qu'elle avait perdu la tête. Puis je compris qu'elle se trouvait devant la dernière cellule occupée, celle du prêtre vodoun. Bien entendu, Zaid ne l'entendait pas. Le mur était insonorisé. Malgré tout ce qui se passait ici, le pauvre devait toujours dormir à poings fermés. Je me penchai par la porte pour dire à Bauer de se cacher, mais elle avait déjà disparu dans l'ancienne cellule d'Armen Haig.

Alors que je fermais la porte, je pris conscience d'un problème. Leah et moi nous cachions derrière un miroir sans tain. Les gardes nous verraient depuis le couloir, mais nous ne les verrions pas. Aïe. Je balayai la cellule du regard en quête d'une cachette, sachant que je n'en trouverais aucune. Nous étions exposées. D'une seconde à l'autre, les gardes apparaîtraient au coin… Je m'arrêtai. Pourquoi n'étaient-ils pas déjà là? Quand j'avais entrebâillé la porte, j'avais entendu des cris paniqués, puis un hurlement inhumain qui m'avait hérissée.

452

Je fis signe à Leah de reculer.

—Je vais jeter un œil.

—Accroupissez-vous, dit-elle. Restez au-dessous du niveau de leurs yeux.

On se baissa toutes deux. J'entrouvris légèrement la porte. Un éclat lumineux ricocha sur mes yeux et je reculai brusquement, mais ne vis que le faisceau qui oscillait du mur au sol puis au plafond, comme si quelqu'un agitait vivement une lampe torche. J'entendis une voix masculine couvrant les cris. Puis une sonnerie aiguë noya tous les autres bruits. Je reniflai et sentis quelque chose qui me surprit tant que je doutai de mes propres sens. Une âcre puanteur de viande brûlée remplissait l'air. Quand j'inhalai de nouveau pour vérifier que je ne me trompais pas, un garde passa devant nous si vite que je n'eus pas le temps de me retirer dans la cellule. Peu importait. Il fonçait à toute allure, bouche ouverte sur un hurlement avalé par la sirène. Quelque chose lui battait le flanc. Je plissai les yeux dans la pénombre, puis frissonnai. C'était son bras, presque amputé au-dessus du coude, qui oscillait d'arrière en avant au rythme de sa course.

Le faisceau de la lampe rebondissait toujours le long des murs. Des formes vacillaient, projetant des ombres déformées sur le mur. La sirène tremblota et se tut en crachotant. Lorsqu'elle mourut, d'autres bruits remplirent l'air : le sifflement du chalumeau, les cris des gardes toujours cachés au coin, les hurlements incessants du garde au bras coupé. Un autre garde débeula en titubant, le chalumeau clignotant près de lui. Lorsqu'il passa devant notre cellule, il glissa sur quelque chose et ses jambes cédèrent. Le chalumeau s'envola. Puis s'arrêta. S'immobilisa à deux mètres cinquante au-dessus du sol et y resta suspendu, crachant des flammes bleues. Le garde tombé à terre se releva d'un bond. Le chalumeau retomba et l'entailla dans le dos. Il releva vivement les bras et se mit à courir, hurlant tandis que sa chemise prenait feu. Une puanteur de chair et de tissu brûlés remplit l'air.

— Ouvrez-moi cette porte! hurla un garde un peu plus loin. Faites-nous sortir d'ici!

— Ils sont pris au piège, chuchotai-je à Leah. Je ne vois pas ce qui se passe. Le chalumeau…

Bang! Un coup de feu. Puis trois autres à la suite. Quatre bruits métalliques sonores.

— Ils sont en train de tirer sur la porte, dit Leah. On ferait mieux de ne pas bouger.

— Croyez-moi, je n'irai nulle part.

Un grondement soudain noya les cris et hurlements.

— Qu'est-ce que c'est? demanda Leah.

Je le savais. Alors même que je scrutais le couloir en plissant les yeux, je savais ce que j'allais voir. Bauer s'était changée en loup. Elle fonça sur les gardes. J'ouvris la porte à toute volée. Leah me saisit par le bras.

— Les gardes sont toujours au tournant, dis-je. Je peux arrêter Sondra avant qu'ils la voient.

— Et ensuite?

Bauer se cabra lorsqu'elle percuta le garde en flammes. Avec un glapissement, elle s'éloigna aussitôt du feu. Puis l'instinct humain prit le dessus sur l'animal. Elle pivota, esquiva le corps en flammes et se remit à foncer le long du couloir.

— Laissez-moi seulement…, commençai-je.

— Non. Réfléchissez, Elena. Vous ne pouvez rien pour elle.

Bauer passa devant nous à toute allure et tourna au coin. Un garde hurla. Il se précipita dans la partie principale du couloir, du sang giclant de son épaule déchirée. Bauer le poursuivit. Avant qu'ils atteignent la porte de notre cellule, elle bondit et lui atterrit sur le dos. Lorsqu'ils tombèrent, elle lui planta les crocs dans la nuque et arracha une bouchée de chair. Une gerbe de sang jaillit.

— Je vais profiter de cette distraction pour courir jusqu'à l'autre sortie, dit Leah. Elle est peut-être ouverte maintenant.

— Qu'est-ce… ? commençai-je, avant de comprendre qu'elle ne voyait pas ce qui se produisait, que ça ne l'affectait pas.

Leah passa près de moi.

— Attention! hurlai-je, mais elle avait déjà filé et Bauer était trop concentrée sur sa victime actuelle pour en pourchasser une autre.

Bauer arrachait de gros morceaux de chair des épaules et du dos du garde et les jetait en l'air. Le corps du garde était tordu de convulsions. Son visage était blanc comme un linge, les yeux vides et affreusement écarquillés. Un peu plus loin, un garde cria comme s'il venait à peine de constater la disparition de son camarade.

Je ne pouvais pas regarder ça plus longtemps. J'ouvris la porte à toute volée et me précipitai dehors, sans autre plan en tête que de trouver comment sauver Bauer. Le méritait-elle? Valait-elle la peine que je risque ma vie pour la sienne? Aucune importance. C'était un loup-garou, une femelle née de mes gènes. Je devais la protéger.

Tandis que je me ruais hors de la cellule, un autre garde apparut au coin, son arme levée. Il tira. Le coup de feu transperça les ténèbres et atteignit la hanche gauche de Bauer. Elle plongea vers lui. Il leva son arme, mais elle était déjà sur lui et lui déchirait la gorge. Tandis que je courais vers eux, deux formes jaillirent des ténèbres. Des coups de feu résonnèrent dans le couloir. Je me baissai, me tortillant juste à temps pour voir les balles atteindre Bauer à la tête et au poitrail.

À la même seconde, alors que le sang et la cervelle jaillissaient de son crâne fracassé, avant que son corps s'effondre au-dessus du garde mort, je vis s'ouvrir la porte de sortie. Je compris que je tenais là ma seule chance. Je sentis mes pieds bouger, mon corps se tourner. Savannah me traversa l'esprit. Je ne pouvais pas partir sans elle. Même si j'en étais capable, le devais-je ? Qui savait de jusqu'où elle irait si les choses tournaient vraiment mal ? Avec Savannah dans mon sillage, je n'arriverais peut-être pas à m'enfuir, et je mourrais peut-être même en essayant. Mieux valait la laisser ici, sous terre, où l'on pouvait mieux contrôler ses pouvoirs, où elle était trop importante pour qu'on la tue. Je reviendrais la chercher plus tard avec les autres.

Je me trouvais déjà dans le couloir, car mon corps avait décidé alors même que mon cerveau hésitait. Et Leah ? Allais-je l'abandonner, elle aussi ? Quel acte de lâcheté ! Mais mes pieds me poussaient sans relâche vers l'ascenseur. Une fois sur place, j'abattis mon poing sur le bouton, encore et encore, sentis la douleur me remonter le long du bras mais frappai de plus en plus fort pour me punir de ma couardise.

Les portes de l'ascenseur s'ouvrirent. J'entrai.

FUITE

—E lena!
La voix de Leah. Je retins les portes de l'ascenseur avant qu'elles se referment. Quand je me penchai, je vis Leah me rejoindre en courant depuis la sortie opposée.

—Je n'ai pas pu atteindre Savannah, lui criai-je.

—Moi non plus. Et merde! C'est une pagaille pas possible là-dedans. On ne va jamais pouvoir y retourner.

—Alors on fonce.

Tandis qu'elle courait, une secousse agita les portes de l'ascenseur comme si elles tentaient de se fermer. Je les repoussai mais elles continuèrent à bouger, de plus en plus insistantes, jusqu'à ce que je doive m'y appuyer de toutes mes forces pour les maintenir ouvertes.

—Vite! braillai-je. Il y a un problème avec les portes.

Quand Leah se trouva à moins d'un mètre cinquante, les portes s'ébranlèrent violemment et me heurtèrent brutalement l'épaule. Je vacillai. Leah tendit la main pour m'attraper, mais je tombai en arrière dans la cabine. Les portes se refermèrent avec un bruit métallique. Je me relevai vivement et enfonçai le bouton pour les rouvrir.

—Ça ne s'ouvre pas! hurlai-je. Appuyez sur le bouton!

—C'est ce que je fais!

L'ascenseur s'ébranla soudain. Il s'éleva, agité de telles secousses que je faillis perdre l'équilibre. Alors que j'agrippais la rampe, un grincement strident fendit l'air. Je serrai la rampe jusqu'à ce que mes jointures blanchissent, tandis que mon cerveau s'emballait pour se rappeler ce qu'il fallait faire en cas de chute d'ascenseur. Plier les genoux ? Me mettre à terre ? Prier ? L'ascenseur ralentit, puis s'arrêta en grinçant. Je retins mon souffle, m'attendant à voir le sol céder sous mes pieds. Puis les portes s'ouvrirent.

Je me retrouvai face à un mur à hauteur de ma taille. Non, pas un mur. Un palier. L'ascenseur s'était arrêté entre deux étages. Quand je m'avançai pour regarder dehors, l'ascenseur se secoua de nouveau. Les mécanismes grincèrent dans la cage, au-dessus de moi, et l'ascenseur se remit à descendre. Le sol passa de ma taille au milieu de ma poitrine. Mon espérance d'évasion rétrécissait – littéralement. Agrippant le palier, je me hissai, perdis prise et retombai dans la cabine. Je me redressai et renouvelai ma tentative. Cette fois, je parvins à garder prise et à me faufiler de justesse à l'instant même où l'ascenseur disparaissait dans la cage.

Regardant autour de moi, je reconnus l'étage supérieur. L'ascenseur m'avait donc conduite jusqu'en haut. Dieu merci. Si je m'étais retrouvée larguée dans un étage intermédiaire, je n'aurais eu aucune idée de l'endroit où trouver un escalier.

Il me fallut un moment pour me calmer et me rappeler où était la sortie. Sur ma gauche, au bout du couloir. Tandis que je me retournais, des voix qui venaient dans ma direction résonnèrent derrière moi. Je cherchai une cachette autour de moi. Il y avait une porte six mètres plus loin dans le couloir. Je m'y précipitai, l'ouvris à toute volée, et j'étais en train de m'y ruer quand je remarquai que les voix s'étaient tues. Les gardes avaient regagné l'ascenseur. Je les entendis débattre de ce qu'ils allaient faire pour les dégâts, puis décider à l'unanimité de s'en remettre à quelqu'un d'autre – Tucker, en l'occurrence. Une minute plus tard, ils étaient partis.

J'attendis que le bruit de leurs bottes s'éloigne et disparaisse, puis me faufilai hors de ma cachette, regardai des deux côtés et fonçai. Le couloir donnait sur une petite pièce. Où se trouvait la porte de la liberté. Il me suffisait de l'ouvrir. Et pour ça, je n'avais besoin que de la rétine et de l'empreinte manuelle d'une personne autorisée. Et merde ! Pourquoi n'y avais-je pas pensé ? Parvenir à ce niveau-*ci* n'était que la moitié du problème.

Les voix entendues près de l'ascenseur réapparurent. Déjà de retour ? Je me précipitai de nouveau dans le débarras. Une fois dedans, je tendis l'oreille. Rien que deux voix cette fois. Ils attendaient que leurs compagnons reviennent avec Tucker. Je n'avais pas le temps de concevoir un plan infaillible, ni même un plan tout court. Contre plus de deux gardes, je n'avais aucune chance. Si j'hésitais, je me retrouverais coincée dans ce placard jusqu'à ce qu'on me retrouve.

Poussant la porte, j'inspectai le couloir et m'assurai que je ne voyais pas les gardes – et par conséquent qu'eux ne me voyaient pas non plus. Le plus silencieusement possible, je me précipitai vers l'ascenseur. Je m'arrêtai au coin, m'accroupis et regardai tout autour. Deux gardes faisaient face au mur opposé, l'un scrutant la cage d'ascenseur, l'autre râlant du retard. Je pris une inspiration puis me jetai sur le premier garde, que je poussai dans la cage d'ascenseur. Ses bras décrivirent des moulinets et il disparut tout au fond. Je faillis basculer à sa suite et ne parvins à l'éviter que parce que je profitai de ma vitesse acquise pour me retourner et bondir sur le deuxième garde. Il porta la main à son arme. Tandis qu'il tirait son pistolet, je le lui arrachai et le jetai dans la cage d'ascenseur. Puis je plaquai la paume sur la bouche du garde et le poussai en avant. Comme il résistait, je le soulevai de terre. Ses pieds battirent violemment l'air. Il heurta mon genou blessé, ce qui diffusa dans ma jambe une telle vague de douleur que je tombai en avant. À deux doigts de le lâcher, je regagnai prise et me mis à courir, trébuchant à moitié, bondissant à moitié vers la sortie.

J'entraînai le garde jusqu'à la porte. Le tableau de sécurité était le même que ceux des sorties du bloc de cellules. J'enfonçai le bouton dont s'était servie Bauer et relevai brusquement le menton du garde. Quand la caméra se mit à ronronner, le garde comprit ce que je faisais et ferma les yeux. Mais trop tard. Le premier voyant passa au vert. Je lui saisis la main et lui ouvris le poing de force. Des os cédèrent. Je forçai ses doigts cassés à entourer la poignée de porte. Le deuxième voyant passa au vert. Posant la main par-dessus la sienne, je tirai brusquement sur la porte. Puis je lui brisai la nuque. Je n'hésitai pas, ne me demandai pas si j'étais obligée de le tuer, s'il n'existait pas d'autre moyen. L'heure n'était pas aux cas de conscience. Je le tuai, lâchai son corps à terre, pris ses bottes et fonçai.

Je courus à travers bois, évitant le réseau de sentiers pour me diriger vers les épaisses broussailles. Personne ne me suivait. Ils le feraient bientôt. La question était de savoir quelle distance je pourrais parcourir avant. À combien de kilomètres se situait la ville la plus proche ? Dans quelle direction ? Je chassai les premières vrilles de panique. Retrouver la civilisation ne pouvait être ma priorité. Il était plus important de trouver un endroit sûr. Alors que les vestiges d'humanité en moi associaient la notion de sécurité à celle de lieux publics, je savais que toute cachette assez éloignée du centre ferait l'affaire. M'enfuir très loin, me mettre à l'abri, récupérer. Ensuite, je pourrais me concentrer sur la recherche d'un téléphone.

La nuit était semblable à celle où Winsloe avait pourchassé Lake : froide, humide, couverte, et les nuages étouffaient l'éclat de la lune. Belle nuit pour une évasion de prison. L'obscurité me protégerait, et le froid m'éviterait tout risque de surchauffe. Cependant, je découvris bientôt que la température de mon corps ne posait pas de problème. Je ne pouvais pas bouger assez vite pour me mettre à transpirer. À l'écart des sentiers, les bois étaient aussi denses qu'une forêt tropicale. Les plantes grimpantes et la végétation morte envahissaient chaque centimètre carré. Çà et là, je tombais sur des sentiers laissés par les cerfs, mais je passais mon temps à les perdre lorsqu'ils rétrécissaient, déjà repris par la végétation. C'était un endroit pour les animaux, pas pour les humains. Contrairement à la plupart des prisonniers en fuite, je pouvais me changer en animal, mais pas m'accorder dix minutes pour muter. Pas si près du centre. Les gardes me poursuivraient à pied, si bien que je pouvais pour l'instant me permettre de partager avec eux cet inconvénient.

Tandis que je fonçais à travers bois, je compris que j'avais plusieurs handicaps physiques que ne partageaient pas les gardes. Tout d'abord, je portais une paire de bottes d'homme trop grandes de deux tailles. Plus important, j'étais blessée. Mes bras et mon visage étaient couverts de coupures, qui me brûlaient chaque fois qu'une branche me cinglait. Sans parler de la myriade d'autres plaies convalescentes accumulée lors de la semaine écoulée. Je pouvais y survivre. Serrer les dents comme une grande fille. Mais mon genou était une autre affaire. Depuis que Bauer me l'avait entaillé à l'infirmerie, le feu s'était apaisé pour céder la place à une brûlure sourde mais constante. Les coups de pied du garde avaient ravivé les flammes, et courir dans la forêt ne faisait que les attiser davantage. Au bout de vingt minutes, je me mis à boiter. Très fort, même. Un sang chaud me coulait le long du mollet, et la chair à vif frottait contre mon pantalon, m'indiquant que les sutures de Tucker avaient cédé. Je devais muter. Le calcul était simple : une jambe déglinguée sur quatre, c'était deux fois mieux qu'une sur deux.

Je ralentis, progressant désormais plus prudemment afin de ne pas laisser de traces trop visibles de mon passage. Après cinq minutes passées à zigzaguer, je trouvai un fourré où je me faufilai, puis tendis l'oreille. Je n'entendais toujours pas mes poursuivants. Je retirai donc mes habits et mutai.

Je m'affairais toujours aux dernières étapes de ma Mutation quand quelque chose me plaqua au sol. Me relevant d'un bond, je me tortillai pour faire face à mon agresseur. Un rottweiller se tenait à un mètre de moi, montrant les dents, une stalactite de bave frémissant au bord de sa lèvre supérieure retroussée. Sur sa gauche, un gros limier. Un chien policier et un tueur. Ces deux-là ne s'étaient pas échappés d'une ferme du voisinage. Ils venaient du centre. Et merde ! Je ne m'étais même pas aperçue qu'ils avaient des chiens. Le chenil devait se trouver à l'extérieur. Si je m'étais arrêtée avant de foncer dans les bois, j'aurais senti l'odeur des bêtes et je m'y serais préparée. Mais je n'avais pas pris le temps.

La Mutation terminée, je me redressai de toute ma hauteur. Le limier fit demi-tour et se mit à courir, pas tant intimidé que perdu, car il voyait un canidé mais flairait un humain. Le rottweiller resta sur place et attendit que je fasse le prochain pas de cette danse rituelle d'intimidation. Au lieu de quoi je lui sautai dessus. Qu'il aille se faire voir, le rituel. Le moment était mal choisi pour respecter l'étiquette. Si des chiens me traquaient, ça signifiait que des gardes me poursuivaient, certainement équipés d'armes à feu. Je préférais me colleter avec le rottweiller.

La soudaineté de mon assaut le prit au dépourvu, et je plongeai les dents dans son arrière-train avant qu'il puisse se dégager. Il se tortilla pour m'attraper mais je filai hors d'atteinte. Quand je plongeai de nouveau, il se tenait prêt et reculait pour m'atteindre en plein saut. On se percuta, chacun luttant pour prendre l'autre à la gorge, mouvement crucial. Ses dents m'éraflèrent la mâchoire inférieure. Dangereusement près. Je m'écartai et me redressai. Le rottweiller se releva tant bien que mal et me sauta dessus. J'attendis la dernière minute, puis feintai à gauche. Il heurta le sol, déployant les quatre pattes pour freiner sa chute. Je fonçai derrière lui et bondis sur son dos. Lorsqu'il retomba, il se tortilla pour refermer les dents sur ma patte avant. La douleur me transperça, mais je résistai à l'impulsion de m'écarter. Je m'attaquai à sa gorge dévoilée, enfonçant les crocs à travers fourrure et chair. Le rottweiller se convulsa et regimba pour se débarrasser de moi. Je baissai de nouveau la tête, agrippant cette fois sa gorge mutilée pour le clouer au sol. J'attendis qu'il cesse de se débattre, puis le lâchai et me mis à courir.

Le bruit du limier aux abois résonnait déjà dans l'air nocturne. Le sol vibrait de la course des pattes. Trois chiens, peut-être quatre. Le limier avait retrouvé son courage ainsi que des renforts. Pouvais-je combattre quatre chiens ? Non, mais l'expérience m'avait appris que la vue d'un loup-garou en ferait fuir un ou deux, comme le limier tout à l'heure. Pouvais-je affronter les deux restants ? Tandis que je m'interrogeais, quelqu'un cria, ce qui trancha pour moi. Le temps que je combatte les chiens, les gardes nous rattraperaient. Mes options se réduisaient au nombre de deux : semer le limier ou entraîner les chiens loin de leurs maîtres. Dans les deux cas, je devais courir.

La meilleure façon de perdre le limier consistait à courir dans l'eau. Winsloe avait parlé d'un fleuve. Où se trouvait-il ? L'air nocturne était tellement humide que tout sentait l'eau. J'avais parcouru dans les huit cents mètres quand l'humidité contenue dans le vent de l'ouest tripla. Je mis le cap à l'ouest, trouvai un chemin et l'empruntai. La question était moins la vitesse que le choix d'un trajet difficile à suivre. Sur le chemin, je courus à fond de train, tête baissée, yeux plissés pour les protéger du vent. Je traversai en courant une étendue de sol spongieux que je franchis en trois foulées. Quand mes pattes avant atteignirent un terrain plus ferme, le sol céda soudain sous mes pattes arrière. M'efforçant de retrouver prise, je plongeai les griffes dans la terre tandis que mes pattes arrière pédalaient dans le vide. Derrière moi, mon arrière-train disparut dans la noirceur d'un trou profond. Je me rappelai ce qu'avait dit Winsloe à propos de Lake courant vers le fleuve : « ... s'il choisit le chemin le plus évident, il va tomber dans une fosse aux ours. » Pourquoi ne m'en étais-je pas souvenue cinq minutes plus tôt ?

Les aboiements du limier atteignirent un *crescendo* puis se séparèrent en deux voix distinctes. Deux limiers. Qui approchaient très, très près. Ma patte arrière droite heurta quelque chose sur le côté de la fosse, pierre ou racine. Je la repoussai, trouvant assez d'appui pour projeter mon arrière-train quasiment hors du trou. Maudissant mon absence de doigts, j'agrippai la terre de mes ongles avant, plantant mes griffes arrière sur le côté de la fosse, et parvins à en extraire mon arrière-train en me tortillant. Un chien jappa près de moi. Je ne me retournai pas pour voir s'il était près. Mieux valait ne pas le savoir.

Je me précipitai vers le fleuve. Un hurlement assourdissant résonna sur ma gauche, si proche que j'en éprouvai la vibration. Je tournai à droite et continuai à la même allure. Le fracas de la course des pattes faisait trembler le sol. Je me tapis pour gagner en vitesse. J'étais plus rapide que n'importe quel chien. Tout ce que j'avais à faire, c'était rester hors de leur portée assez longtemps pour les distancer. Tant que je ne fonçais pas dans un piège, c'était possible. Le bruit d'un cours d'eau s'accrut jusqu'à noyer le halètement des chiens. Où se trouvait ce fleuve ? Je le flairais, je l'entendais… mais je ne le voyais pas. Je ne distinguais que le chemin qui s'étendait encore sur une cinquantaine de mètres. Et au-delà ? Rien. Ce qui signifiait que le sol descendait vers le fleuve. Quelle était l'inclinaison de la pente ? Une petite berge ou un à-pic de trente mètres ? Étais-je prête à prendre ce risque, à continuer à courir jusqu'à tomber par-dessus le rebord ? Le bruit de l'eau semblait proche, donc la pente ne devait pas être trop escarpée. Je devais tenter le coup. Sans ralentir, je fonçai vers le bout du chemin. Puis, à moins de dix mètres, une forme jaillit de la forêt pour atterrir sur mon chemin.

DÉPART

Mes quatre pattes dérapèrent d'un même mouvement, comme les freins d'une voiture qui échapperait au contrôle de son chauffeur. J'entrevis de la fourrure, des canines, et anticipai l'attaque. Un ventre fauve me survola. Quels crétins, ces chiens. Jamais capables de viser. Je me retournai pour agresser mon attaquant à l'atterrissage mais ne fis qu'apercevoir sa queue tandis qu'il filait. Ha. Ç'avait été du gâteau. Lorsque je me mis à courir vers la berge, un grondement furieux fendit l'air nocturne et je m'arrêtai de nouveau en dérapant. Je connaissais ce grondement. J'inspirai pour flairer l'odeur de mon agresseur et compris pourquoi il ne m'avait pas attaquée.

Pivotant, je vis Clay foncer sur un groupe de cinq chiens. Je me précipitai à sa suite. Avant que je puisse franchir les quinze mètres nous séparant, les deux limiers et un rottweiler prirent leurs pattes à leur cou et s'enfuirent. Il ne nous restait donc à affronter qu'un chien chacun, rottweiler et berger allemand. Parfait! Attendez une minute... Clay courait après les fuyards en me laissant les deux chiens restants. Et merde! Ne pouvait-il pas simplement les laisser filer? Non mais quel égoïste... Le rottweiler se retourna vers moi, interrompant net ma tirade mentale. Quand je lui fis face, le berger bondit vers mon arrière-train. Je basculai en arrière et m'efforçai de le faire tomber. Il voulut me sauter à la gorge, mais j'aperçus ses dents et baissai vivement la tête pour protéger mon cou. Quand le berger recula, j'agrippai son oreille entre mes dents et la déchirai d'un coup. Il recula en glapissant. Le rottweiler m'attrapa de nouveau l'épaule et me secoua. Mes jambes luttèrent pour trouver prise. La douleur me transperça l'épaule. Mon genou traître protesta et le supplice redoubla. Tandis que ma jambe arrière valide raclait le sol, je plantai les griffes, trouvai appui et roulai, déséquilibrant le rottweiler. On se mit à basculer, culbutant ensemble, claquant des mâchoires vers tout ce qui se trouvait à portée. Puis, en plein mouvement, le rottweiler s'envola. Littéralement. L'instant d'avant, ses dents plongeaient dans l'épaisse fourrure de mon cou, puis soudain, il s'envolait vers le ciel. Du sang m'aspergea les yeux. Aveuglée, je me redressai d'un bond, secouant la tête pour éclaircir ma vue. La première chose que je vis fut le rottweiler accroché aux mâchoires de Clay. Puis je remarquai un mouvement sur ma droite. Le berger. Il fonça sur Clay. Je me retournai, l'attrapai à mi-vol et lui déchirai la gorge avant même qu'il atteigne le sol. Son corps était toujours agité de soubresauts quand j'entendis crier les gardes.

Je me ruai vers la berge. Clay m'intercepta et me poussa vers les bois. Alors que je claquais des mâchoires dans sa direction, je vis les corps de deux limiers étendus un peu plus loin sur le chemin et compris. Clay avait poursuivi les deux chiens en fuite pour s'assurer qu'ils ne puissent pas revenir sur leurs pas et retrouver notre piste. Maintenant qu'ils étaient morts, nous n'avions plus besoin de nous diriger vers l'eau.

Plongeant dans les broussailles, on décrivit un cercle pour reprendre la direction du nord, ce qui nous fit passer à dix mètres des gardes qui rejoignaient le fleuve en courant. Ils continuèrent sans s'arrêter, tout comme le rottweiler qui les suivait en bondissant. Ils faisaient assez de bruit pour couvrir le nôtre, et le vent du sud-est éloignait notre odeur du chien.

Je suivis Clay à travers trois kilomètres de forêt, en direction du nord-est. Quand il s'arrêta, je cherchai la puanteur d'une route mais ne flairai que la forêt. Tandis que j'étudiais le vent, il me frôla le flanc, se frottant assez près pour que je sente la chaleur de son corps à travers sa fourrure. Il décrivit un cercle autour de moi, s'arrêta près de mon épaule blessée qu'il lécha deux fois, puis se remit à tourner. Cette fois, il s'arrêta à ma jambe arrière gauche et me força à la plier pour m'asseoir sur mon arrière-train. Il renifla mon genou entaillé puis se mit à le lécher. Je me redressai brusquement, voulus me remettre en marche, lui fis signe que nous devions continuer, mais il replia de nouveau mes pattes arrière, avec moins de douceur cette fois, et s'affaira de nouveau sur mon genou avant de reporter son attention sur mon épaule. De temps à autre, il approchait son museau de ma joue, où je sentais la chaleur de son haleine, puis se remettait à nettoyer mes plaies. Tandis qu'il s'activait, mes oreilles pivotaient constamment, guettant le bruit des gardes, mais ils ne venaient pas. Puis Clay me fit enfin lever, me frôla une dernière fois le flanc et se dirigea vers le nord-est à un rythme soutenu. Je le suivis. Une demi-heure plus tard, je flairai l'odeur lointaine de la route. L'heure était venue de muter.

Même une fois retrouvée ma forme humaine, je demeurai dans ma cachette. Tandis que Clay faisait les cent pas au-delà du fourré, je m'y tapis, guettant le crissement des feuilles mortes sous ses pas et m'interrogeant sur ce que j'étais en train de faire. Depuis neuf jours, je me demandais si j'allais jamais revoir Clay. L'espace d'une nuit interminable, je l'avais même cru mort. Dès la fin de ma Mutation, j'aurais dû me précipiter vers lui. Au lieu de quoi je restais agenouillée, le cœur battant à tout rompre, non sous l'effet de l'anticipation, mais d'une sensation plus proche de la peur. J'ignorais comment lui faire face. C'était comme si un étranger m'attendait et que je ne savais trop comment réagir, et je ne voulais rien tant que rester tapie là en attendant qu'il s'éloigne. Je n'avais pas envie que Clay s'éloigne. Simplement... j'aurais voulu voir Jeremy. N'était-ce pas affreux? De souhaiter la présence d'un bouclier qui me protège des retrouvailles avec l'homme que j'aimais? Clay était la seule personne avec qui je me sois jamais sentie parfaitement à l'aise, et il me semblait maintenant me trouver en présence d'un étranger? Qu'est-ce que c'étaient que ces conneries? Mais j'avais beau maudire ma folie, je ne pouvais me résoudre à le rejoindre. J'avais peur. De voir quelque chose d'absent dans ses yeux, d'y lire l'écho de ce regard qu'il m'avait lancé quand il m'avait prise pour Paige.

Clay s'arrêta de faire les cent pas.

—Elena? dit-il doucement.

—Hum... Je n'ai pas de vêtements.

De toutes les bêtises que j'aurais pu lui dire, celle-là décrochait la palme. Je m'attendais à ce qu'il s'écroule de rire. Il n'en fit rien. Sans un bruit, il tendit simplement le bras à travers le fourré pour me prendre la main. Je fermai les yeux, la serrai et le laissai m'attirer au-dehors.

—Le moment est mal choisi pour les blagues, hein?

Mais il ne souriait pas. Il restait immobile, scrutant mon visage, hésitant. Puis il m'attira contre lui. Mes genoux cédèrent et je basculai dans ses bras, enfouis mon visage contre son épaule, inspirant son odeur tandis qu'un bruit dangereusement proche du sanglot s'échappait de mes lèvres. J'inhalai son odeur, m'en remplis le cerveau, chassant tout le reste. Mon corps frissonna puis se mit à trembler. Clay me serra très fort, une main entortillée dans mes cheveux, l'autre me frottant le dos.

Quand je cessai de trembler, je pliai les genoux pour nous abaisser à terre. Ses mains glissèrent derrière mon dos pour le protéger de la froideur de la terre. J'approchai mes lèvres des siennes, hésitante, comme s'il risquait de reculer, de me rejeter. Ses lèvres remuèrent contre les miennes, doucement puis plus fermement, avec une pression et une intensité croissantes, jusqu'à ce que je ne puisse plus respirer et m'en moque. Je dirigeai mes hanches vers les siennes et l'attirai en moi.

Plus tard, tandis que nous reposions sur la terre humide de rosée, je guettai des bruits humains mais n'entendis que le battement du cœur de Clay qui ralentissait à chaque inspiration. Ce serait bien ma chance si les gardes nous trouvaient maintenant, étendus dans l'herbe à dix mètres de la liberté, après avoir retardé notre fuite pour faire l'amour. Était-ce le comble du cran, de l'insouciance ou de la bêtise ? Sans doute un mélange des trois. Qu'il ne soit jamais dit que Clay et moi fassions quoi que ce soit d'aussi conventionnel que fuir un danger mortel sans nous accorder un moment pour fêter nos retrouvailles charnelles.

— On ferait mieux d'y aller, dis-je.

Clay éclata de rire.

— Tu crois ?

— Sans doute. À moins que tu aies apporté à manger. Là, peut-être qu'on pourrait caser un pique-nique avant de partir et regarder le soleil se lever.

— Désolé, chérie. Rien à manger. Il y a une ville à quinze kilomètres d'ici. On prendra le petit déj là-bas.

471

— Ça ne sert à rien de précipiter les choses. Le sexe. Un repas pour se détendre. Merde, peut-être même qu'on aura le temps de faire un peu de tourisme avant de partir.

Clay éclata de rire.

— J'ai bien peur qu'on ne voie pas d'autre attraction locale que le restau le plus proche où passer commande en bagnole. Comme j'étais un peu pressé de me tirer, je n'ai pas emporté de rechange. On va devoir partager ce que j'ai. Évidemment, ce sera plus facile si on décide de s'arrêter de nouveau pour faire l'amour après le petit déj.

— Ramène-moi simplement à la maison, lui dis-je.

— J'aimerais pouvoir, chérie.

— Je veux dire là où sont Jeremy et les autres.

Il hocha la tête et récupéra ses habits derrière un arbre tout proche. Puis il me tendit sa chemise, son boxer-short et ses chaussettes, gardant pour lui son jean et ses chaussures. Quand on fut rhabillés – enfin, à moitié –, il me porta jusqu'à la voiture qui nous attendait. Non, ce n'était pas dans un grand élan de romantisme. Le sol était humide et j'aurais trempé mes chaussettes en marchant. Sans compter que mon genou me lançait toujours si j'appuyais dessus. Finalement, c'était peut-être bien du romantisme. Pragmatique. Celui qui nous convenait le mieux.

Nous nous trouvions dans le Maine. Pas celui des vacances au bord de la mer, mais en plein milieu de la région nord, plus isolée. Avant que Clay ait quitté Jeremy pour venir à ma recherche, les autres avaient réduit leur champ de recherches à la partie nord du Maine. En l'absence de Clay, Jeremy avait fait déplacer tous les autres au Nouveau-Brunswick, qui lui semblait l'endroit le plus sûr à partir duquel nous chercher. Clay l'apprit en appelant Jeremy depuis un téléphone public en bord de route. Jeremy avait toujours mon portable et put donc lui indiquer le chemin.

Sur la route du Nouveau-Brunswick, on s'en tint le plus longtemps possible aux routes de campagne mais, dans cette partie du Maine, et à l'exception des autoroutes, les routes étaient souvent insignifiantes au point de ne pas figurer sur les cartes. On se rabattit bientôt sur la I-95. Quarante minutes plus tard, on atteignit la frontière de Houlton-Woodstock. Passer la frontière pour entrer au Canada fut aussi facile que d'habitude. Il suffisait de s'arrêter au guichet et de répondre à quelques questions simples. Nationalité ? Destination ? Durée du séjour ? Transportions-nous des armes à feu/spiritueux/produits frais ? Profitez bien de votre séjour. J'espérais que ce serait le cas.

Jeremy avait conduit les autres dans un motel à quelques kilomètres à l'écart de l'autoroute transcanadienne, près de Nackawic. Pourquoi avoir choisi le Nouveau-Brunswick pour en faire leur camp de base ? Pour deux raisons. Premièrement, c'était situé hors des États-Unis. Tucker et ses gardes étaient américains, savaient que nous l'étions tous (moi exceptée) et supposeraient donc que nous resterions aux États-Unis, bien que le Canada se trouve à peine à quelques heures de là. Deuxièmement, l'ouest du Nouveau-Brunswick était principalement de langue française. Ce qui pouvait sembler un obstacle – comme l'espérait Jeremy –, bien que la barrière de la langue soit aussi facile à franchir que la frontière internationale. Jeremy et moi parlions tous deux français, mais la plupart des gens du coin étaient de toute façon bilingues. C'était difficile de vivre au Canada sans parler un peu anglais, malgré notre bilinguisme national officiel. Si Tucker pensait même à envoyer une équipe de recherches de l'autre côté de la frontière, il graviterait autour des régions de langue anglaise, dans la partie est du Nouveau-Brunswick. Bien que nous trouvant à moins de trois cents kilomètres du centre, nous étions plus en sécurité ici que si nous avions descendu toute la côte jusqu'en Floride.

Pendant toute la durée du voyage, Clay me parla à peine. Toute autre personne m'aurait bombardée de questions sur mes ravisseurs, le centre, mon évasion. Je finirais bien par devoir y répondre, mais pour l'heure, je n'avais envie que de me laisser aller sur mon siège, de regarder défiler le paysage et d'oublier ce que j'avais laissé derrière moi. Clay me le permettait.

On atteignit le motel à neuf heures trente. Il était vieux mais bien entretenu, muni d'un immense panneau en bord de route annonçant «Bienvenue/Welcome». Seule une demi-douzaine de voitures occupait le parking. En soirée, il se remplirait de vacanciers voyageant de l'Ontario et du Québec aux Maritimes, mais il était actuellement désert, car tous s'étaient levés tôt pour prendre la route à l'heure du petit déjeuner.

—C'est le bon endroit? demandai-je. Tu reconnais l'une des voitures de location?

—Non, mais ils ont dû les changer pour en prendre des neuves. Et je reconnais ce type près de la barrière.

Debout près d'un enclos où étaient parqués grouses et faisans, Jeremy nous tournait le dos. J'ouvris brusquement la porte et bondis à l'extérieur avant l'arrêt de la voiture.

—Tu as faim? criai-je à Jeremy en courant vers lui. Ils m'ont l'air assez gras.

Jeremy se tourna vers moi pour me gratifier d'un demi-sourire, l'air aussi peu surpris que si je me tenais derrière lui depuis une éternité. Il avait dû nous voir arriver et venir se placer ici pour regarder les oiseaux. À une époque pas si lointaine, j'aurais cru y voir une rebuffade et j'aurais passé des heures à me torturer en me demandant pourquoi il n'était pas venu me saluer. Mais je savais que Jeremy ne m'avait pas ignorée. Il m'attendait. Il ne viendrait pas plus me saluer en courant qu'il ne me serrerait dans ses bras en me disant que je lui avais manqué. Les autres membres de la Meute se comportaient ainsi, mais ce n'était pas et ne serait jamais sa façon de faire. Quand je l'entourai de mes deux bras et l'embrassai sur la joue, il me rendit mon étreinte et murmura qu'il était content de me voir. Ça me suffisait.

—Tu as mangé ? me demanda-t-il.

Typique de Jeremy, là encore. J'avais passé neuf jours enfermée dans une cellule et il s'inquiétait d'abord de savoir si l'on m'avait nourrie correctement.

—On a pris le petit déj, dit Clay en approchant. Mais elle doit encore avoir les crocs.

—Je meurs de faim.

—Il y a un restaurant à un kilomètre d'ici, dit Jeremy. On va y prendre un repas digne de ce nom. Mais d'abord, je vous conseillerais de vous habiller un peu plus. Tous les deux. (Il me dirigea vers le motel.) On va aller dans ma chambre. Ma trousse est là-bas. À en juger par l'aspect de ton genou, on va en avoir besoin.

La porte d'une chambre s'ouvrit et Paige en émergea, mais Jeremy continua à me guider vers l'autre bout du motel. Je parvins à lui adresser un sourire furtif et un signe de main avant que Jeremy me conduise dans sa chambre.

—Ils sont impatients de te voir, mais ça peut attendre, dit-il.

—Je préférerais me doucher d'abord.

—Les soins médicaux en priorité. Ensuite, la douche, le repas et le sommeil. Il n'est pas urgent que tu parles à qui que ce soit.

—Merci.

—Le pire, c'est son genou, dit Clay alors que je m'asseyais. Son épaule a un sale aspect, mais la déchirure n'est pas très profonde. La blessure au genou l'est davantage. Partiellement guérie puis rouverte. Les coupures au bras et au visage sont superficielles, mais il faut les nettoyer. Idem pour l'entaille de sa main et les brûlures de poudre sur son épaule et ses côtes. Tu devrais aussi examiner les plaies guéries sur son ventre.

—Ah oui, je devrais ? demanda Jeremy.

—Désolé.

Je savais que Clay ne s'excusait pas tant pour ces instructions médicales données à Jeremy que pour son comportement des derniers jours, pour être parti seul. On garda tous le silence tandis que Jeremy examinait mes blessures. Pendant qu'il se penchait sur mon genou, mon estomac se mit à gargouiller.

Jeremy jeta un coup d'œil à Clay par-dessus son épaule.

—Le restaurant se trouve du côté est de l'autoroute. Prends le virage qui mène au sud. Ils doivent avoir des crêpes.

—*Et du jambon, s'il te plaît**, dis-je.

—Ils parlent anglais, dit Jeremy, les lèvres agitées de spasmes tandis que Clay hésitait près de la porte.

Il ôta prudemment de mon genou une demi-douzaine de fils cassés avant d'ajouter :

—Elle vient de dire qu'elle voulait du jambon. *Naturellement**.

—Ouais, répondit Clay avant de quitter la pièce.

---

* En français dans le texte (*NdT*)

* Idem

Récupération

Après avoir examiné et nettoyé mes innombrables plaies, Jeremy refit les sutures de mon genou. On pourrait se demander comment il se trouvait, par le plus grand des hasards, avoir à portée de main une aiguille chirurgicale et du fil, mais Jeremy partirait plus volontiers en vacances sans brosse à dents que sans trousse médicale – et il était très méticuleux en matière d'hygiène buccale. L'expérience passée lui avait appris à l'emporter pratiquement chaque fois qu'il sortait en compagnie de Clay ou de moi. Nous transformions souvent les plus inoffensifs des événements en urgences médicales, comme la fois où nous étions allés à l'opéra et où je m'étais retrouvée avec une fracture de la clavicule – à cause d'une bêtise de ma part, mais c'était Clay qui avait commencé.

Je persuadai Jeremy de renoncer à panser mes blessures. Il était plus important que je prenne une douche chaude. Quand il eut terminé les sutures et m'eut avertie de « ne pas trop les mouiller », je fonçai dans la salle de bains. J'attendis que l'eau devienne brûlante avant d'entrer sous la douche. J'y restai plusieurs minutes immobile, laissant l'eau chaude tomber sur moi en cascade, me purifiant de tous les vestiges de la semaine écoulée. Quand la porte de la douche s'ouvrit, je ne me retournai pas. Bien sûr, j'avais vu *Psychose*, mais aucun intrus muni d'un couteau ne pourrait entrer ici en présence de Jeremy. Et je savais que ce n'était pas Jeremy qui ouvrait la porte – il aurait été plus probable que ce soit le maniaque au couteau! Une peau fraîche effleura mes jambes nues. Quand la porte de la douche se referma en coulissant, des doigts descendirent le long de ma hanche en me chatouillant. Je fermai les yeux et me laissai aller contre Clay, sentis son corps se glisser contre les contours de mon dos. Il se pencha en avant, tendit la main vers le shampooing. Tandis que j'inclinais le visage vers la trombe d'eau, il leva les mains vers mes cheveux, tirant du bout des doigts sur les mèches emmêlées, tandis que l'odeur forte du savon parfumait le flot. Je laissai aller ma tête en arrière entre ses mains, ronronnant presque de contentement.

Quand il en eut fini avec mes cheveux, il s'éloigna un moment, puis revint. Des mains savonneuses me caressèrent les bras puis glissèrent jusqu'à mes jambes, y dessinant des cercles avant de se déplacer progressivement vers l'intérieur de mes cuisses. J'écartai les jambes et Clay eut un rire qui se répercuta contre mon dos. Ses doigts décrivirent de lents zigzags ascendants et descendants à l'intérieur de mes cuisses, aguicheurs, puis se glissèrent en moi. Je gémis et me cambrai contre lui. Il passa sa main libre autour de ma taille, m'attirant plus près, appuyant son érection au creux de mes reins. Je me dressai sur la pointe des pieds et me tortillai pour tenter de le guider en moi. Au lieu de quoi il me retourna face à lui et me hissa sur lui. Je penchai la tête en arrière, sous le flot, attirant Clay contre moi lorsqu'il m'embrassa. L'eau s'était refroidie et me cinglait le visage. Je tendis la main pour entortiller les doigts dans les boucles trempées de Clay et sentis des filets d'eau me chatouiller l'intérieur des poignets. Il émit un bruit de gorge, entre gémissement et grognement, s'enfonça en moi et faillit nous faire basculer tous deux dans la baignoire. Puis il frissonna et se retira.

—Ne me dis pas que tu en as fini, lui dis-je, toujours appuyée en arrière contre ses bras.

Clay éclata de rire.

—Je te ferais ça, moi ? Non, ça va, mais ton petit déj est en train de refroidir.

—Oh, je ne m'inquiète pas pour ça.

Je tendis la main pour l'attirer de nouveau en moi, mais il se dégagea doucement, s'assura une meilleure prise sur ma taille, ouvrit la porte de la douche et me porta à l'extérieur. Une fois dans la chambre, il me jeta sur le lit et s'enfonça en moi avant que le matelas cesse de rebondir.

—C'est mieux comme ça ? demanda-t-il.

—Mmmm, beaucoup mieux.

Je fermai les yeux et me cambrai contre lui. Tandis que je bougeais, l'odeur du petit déjeuner flotta jusqu'à nous depuis le meuble de chevet. J'hésitai une fraction de seconde. Mon estomac gronda.

—Éclipsé par les crêpes et le jambon, dit Clay. Une fois de plus.

—Je peux attendre.

Clay s'enfonça en moi en feignant de ronchonner.

—C'est trop gentil, chérie.

J'élevai mes hanches contre les siennes. Mon estomac se mit à émettre des gloussements et sifflements. Clay se souleva et s'avança. Je tendis la main pour le repousser, mais au lieu de se retirer, il tendit la main au-dessus de ma tête. Quand je refermai les yeux, de la graisse me coula sur la joue et une tranche de jambon s'appuya contre mes lèvres. J'ouvris la bouche et l'engouffrai en quelques bouchées, puis soupirai et soulevai mes hanches vers celles de Clay.

—Mmmm.

—C'est pour moi ou pour le jambon ? murmura-t-il contre mes cheveux.

Avant que je puisse rassurer son ego, il enfourna une autre tranche de jambon dans ma bouche, puis pencha la tête pour lécher la graisse qui était tombée, dessinant des cercles sur ma joue à l'aide de sa langue. On s'activa quelques minutes jusqu'à ce que j'oublie le jambon. Si, je vous jure. Puis Clay tendit de nouveau la main qui revint cette fois munie d'une crêpe pliée. Je plongeai les dents dans la moitié inférieure et repoussai le reste vers sa bouche à lui. Il éclata de rire et en prit une bouchée. Quand j'en eus fini, je levai la tête pour lécher les miettes sur ses lèvres. Il prit une autre crêpe qu'il agita au-dessus de moi. Je levai brusquement la tête pour l'attraper. Mes dents se plantèrent dans quelque chose qu'il ne m'offrait pas.

— Ouille! s'écria-t-il en agitant son doigt blessé.

— Alors ne joue pas avec la nourriture, marmonnai-je à travers une bouchée de crêpe.

Avec un grognement, Clay baissa la tête jusqu'à mon cou et se mit à mordiller un point sensible. Je poussai un cri et tentai de m'écarter, mais il me cloua sur place et s'enfonça en moi. Je frissonnai, prise d'un hoquet. Puis j'oubliai la nourriture pour de bon.

Vingt minutes plus tard, j'étais pelotonnée près de Clay dont j'entourais le dos d'un bras, dessinant dans la sueur entre ses omoplates tandis qu'il mordillait le creux entre mon cou et mon épaule. Je bâillai, étirai les jambes, puis les enroulai autour des siennes.

— Tu veux dormir? demanda-t-il.

— Plus tard.

— Parler?

— Pas encore. (J'enfouis me visage dans sa poitrine, inspirai et soupirai.) Ce que tu sens bon.

Ma remarque le fit rire.

—L'odeur du jambon?

—Non, la tienne. Tu m'as manqué.

Il retint son souffle. Puis tendit la main vers mes cheveux pour écarter doucement une mèche de mon oreille. En temps ordinaire, je ne parlais pas comme ça. Quand je lui disais qu'il m'avait manqué, j'ajoutais presque toujours une pique. Quand je disais que je l'aimais, c'était presque toujours alors qu'on faisait l'amour et que je ne répondais pas de mes paroles. Pourquoi donc? Parce que j'avais peur, peur qu'en avouant à quel point il comptait pour moi, je lui donne le pouvoir de me blesser encore plus qu'il ne l'avait fait en me mordant. C'était idiot, bien sûr. Clay savait très bien à quel point je l'aimais. La seule personne que je dupais, c'était moi-même.

—J'ai eu peur, lui dis-je.

Encore une chose que je détestais m'avouer, mais tant que j'étais lancée…

—Moi aussi, répondit-il en m'embrassant le sommet du crâne. Quand j'ai constaté ta disparition…

On frappa à la porte. Clay jura à mi-voix.

—Cassez-vous, murmura-t-il trop bas pour que le visiteur l'entende.

—C'est peut-être Jeremy, dis-je.

—Il ne nous dérangerait pas. Pas maintenant.

—Elena? C'est moi, cria Paige.

Clay se hissa sur ses avant-bras.

—Cassez-vous!

—Je voulais juste voir si Elena…

—Non!

Paige poussa un soupir qui traversa la porte.

—Pas la peine de crier, Clayton. Je ne vais pas la harceler. Je sais qu'elle a traversé de sales moments. Je voulais simplement…

481

—Vous la verrez en même temps que tout le monde. Attendez jusque-là.

—Je devrais peut-être lui parler, chuchotai-je.

—Si tu ouvres cette porte, elle ne partira pas avant de t'avoir soutiré toutes les infos.

—J'ai entendu, Clayton, dit Paige.

Il montra les dents en direction de la porte, marmonnant à mi-voix. J'avais l'intuition que Clay et Paige n'avaient pas sympathisé en mon absence. Étonnant.

—Hum, Paige ? l'appelai-je. Je suis un peu fatiguée, mais si vous me donnez une minute pour me rhabiller…

—Elle ne va pas s'en aller, dit Clay. Tu as besoin d'un peu de temps pour te détendre. Tu n'as pas besoin de répondre aux questions d'une bande d'étrangers.

—Je ne suis *pas* une étrangère, dit Paige. Vous pourriez être un peu moins grossier, Clayton ?

Clay avait raison. Si je laissais entrer Paige, elle voudrait tout savoir. Je n'étais pas prête. Pas plus que je n'avais envie de rester allongée là à écouter Clay et Paige se disputer à travers une porte close.

Je me traînai hors du lit et jetai son jean à Clay. Quand il ouvrit la bouche pour protester, je désignai la fenêtre, puis portai ce même doigt à mes lèvres. Il hocha la tête. Pendant que je me glissais dans son tee-shirt et son boxer-short, il ouvrit doucement la fenêtre. Puis, tandis que Paige attendait patiemment qu'on ouvre la porte, on s'échappa dans la forêt environnante.

—Ce n'était sans doute pas très gentil, dis-je tandis qu'on s'enfonçait dans les bois.

Clay ricana.

—Je ne vais pas en perdre le sommeil.

—Je sais que Paige n'est pas toujours facile à vivre, mais…

—C'est une emmerdeuse, chérie. Et ça, c'est un euphémisme. Cette gamine à peine sortie de l'école se prend pour le chef, se mêle de tout, contredit tout le monde, essaie de doubler Jeremy. Avant de te rencontrer à Pittsburgh, elle ne s'était jamais trouvée confrontée à un vrai danger, et du jour au lendemain, la voilà qui se prend pour une experte. (Il secoua les mains.) Ne me lance pas sur le sujet.

—On dirait que c'est déjà fait.

—Nan, ça c'est rien, chérie. Donne-moi quelques heures et je vais te dire ce que je pense vraiment de Paige Winterbourne. *Personne* ne parle comme ça à Jeremy, surtout pas une petite fille qui se fait une idée exagérée de sa propre importance. Si on me laissait faire, y a une semaine que je l'aurais renvoyée plier bagage. Mais tu connais Jeremy. Il ne tolère pas ses conneries, mais il ne se laisse pas atteindre pour autant. (Il écarta un méli-mélo de branches d'arbre.) Où est-ce qu'on va ?

—Ça te dirait de courir ? Même Paige n'irait pas emmerder un loup.

—Que tu crois.

Après notre course, on fit l'amour. Une fois de plus. Après quoi on resta étendus dans l'herbe, absorbant le soleil de fin d'été qui perçait le toit végétal au-dessus de nous.

—Tu as senti ça ? demanda Clay.

—Hmmm ?

—Une odeur de nourriture.

—Morte ou vivante ?

Clay éclata de rire.

—Morte, chérie. En train de cuire.

Il se redressa, regarda autour de lui, puis me fit signe d'attendre et disparut dans les bois. Trente secondes plus tard, il revint muni d'un panier de pique-nique. Plus exactement d'une boîte en carton, mais les odeurs qui s'en échappaient appartenaient sans doute aucun à la catégorie pique-nique. Il la déposa dans l'herbe et en sortit fromage, pain, fruits, une assiette de poulet couverte, une bouteille de vin, ainsi que des couverts assortis de carton et de plastique.

— Les fées du pique-nique sont passées par là ? demandai-je avant de percevoir une bouffée odorante qui répondit à ma question. Jeremy! (Je m'emparai d'un pilon dont j'arrachai une bouchée.) Je suis trop gâtée.

— Tu le mérites.

— Oui, hein ? répondis-je avec rictus.

En moins de dix minutes, on fit un sort à la nourriture et au vin. Puis je m'étendis de nouveau dans l'herbe et soupirai, satisfaite et repue pour la première fois depuis près de deux semaines. Je fermai les yeux et une première vague de sommeil déferla délicieusement sur moi. Le sommeil. Ininterrompu. Parfaite conclusion d'une parfaite journée. Je roulai contre Clay avec un sourire somnolent et laissai ces vagues de sommeil m'attirer sous la surface. Puis je m'éveillai en sursaut.

— On ne peut pas dormir ici, lui dis-je. Ce n'est pas très sûr.

Ses lèvres m'effleurèrent le front.

— Je vais rester éveillé, chérie.

Alors que j'ouvrais la bouche pour protester, la voix de Jeremy nous parvint d'un peu plus loin.

— Vous pouvez dormir tous les deux. Je reste ici.

J'hésitai, mais Clay m'attira vers le sol, enroulant ses jambes autour des miennes et me protégeant la tête de son bras. Je me laissai envahir par sa chaleur et m'endormis.

Jeremy nous réveilla en fin d'après-midi. Clay grogna entre deux ronflements mais ne bougea pas. Je bâillai, me retournai et continuai à rouler jusqu'à me retrouver sur mon autre flanc, sur quoi je me rendormis aussi sec. Jeremy nous secoua plus fort.

—Oui, je sais que vous êtes encore fatigués, dit-il tandis que Clay grommelait quelque chose d'inintelligible. Mais Elena doit parler aux autres aujourd'hui. Je ne peux pas repousser ça jusqu'à demain matin.

Clay marmonna à mi-voix.

—Oui, je sais que je *peux*, dit Jeremy. Mais ce ne serait pas poli. Ils ont attendu toute la journée.

—On a besoin de…, commençai-je.

—J'ai apporté vos habits.

—Je dois me brosser…

—Il y a un peigne et du bain de bouche avec les habits. Non, pas question que vous regagniez votre chambre, sinon j'ai dans l'idée que je ne reverrai aucun de vous avant demain matin. On se réunit dans un quart d'heure. Je ferai bref.

La réunion devait avoir lieu dans la chambre de Kenneth et d'Adam. Tandis que nous traversions le parking, je vis Paige faire les cent pas sur le trottoir esquinté. Elle croisait les bras, sans doute pour se protéger de la fraîcheur de l'air nocturne, mais semblait retenir un flot de questions qu'elle avait attendu une demi-journée pour me balancer. J'avais bien besoin de… Non, ce n'était pas juste. Évidemment que Paige était impatiente de me parler. Je m'étais trouvée dans le camp ennemi. J'avais vu ce que nous affrontions. Il

485

était compréhensible qu'elle meure d'envie de m'interroger sur le camp, les ravisseurs, les autres prisonniers... Oh, mon Dieu. Ruth. Paige n'était pas au courant. Les souvenirs de la semaine écoulée étaient tellement confus que j'avais totalement oublié que Paige m'avait contactée *avant* la mort de Ruth. La dernière fois qu'elle avait eu de nos nouvelles, sa tante était en vie. Et merde ! Comment avais-je pu me montrer aussi insensible ? Paige attendait des nouvelles de sa tante. Elle avait patienté pendant que Jeremy soignait mes plaies, m'avait laissé le temps de me doucher, puis était venue m'interroger sur Ruth. Et comment avais-je réagi ? En filant par la fenêtre de la chambre.

— Je dois parler à Paige, dis-je.

— Reste en vue, répondit Clay tandis que je m'éloignais en trottinant.

Quand j'approchai d'elle, Paige se retourna, hocha la tête pour me montrer qu'elle notait ma présence, mais ne dit rien. Le visage inexpressif, elle masquait toute contrariété sous un vernis de bonnes manières.

— Comment vous sentez-vous ? demanda-t-elle. Jeremy dit que vos blessures ne sont pas trop graves.

— Pour tout à l'heure, dis-je. Je suis... Je ne pensais pas... J'ai vraiment eu une sale journée. (Je secouai la tête.) Désolée. C'est une excuse minable. Vous vouliez savoir pour votre tante. Je n'ai jamais pensé... Je n'aurais pas dû...

— Elle est morte, c'est ça ?

— Je suis sincèrement désolée. Ça s'est produit le lendemain du jour où nous avons perdu le contact, et j'avais oublié que vous n'étiez pas au courant.

Les yeux de Paige s'écartèrent des miens pour aller se braquer sur le parking. Je cherchai désespérément quelque chose à dire, mais elle reprit la parole en premier, fixant toujours un point éloigné.

—Je le savais, dit-elle d'une voix aussi distante que son regard. Je sentais bien qu'elle n'était plus là, même si j'espérais me tromper.

Elle s'interrompit, avala sa salive puis secoua vivement la tête et se retourna vers moi.

—C'est arrivé comment?

J'hésitai. Le moment était mal choisi pour lui dire la vérité. Je ne pouvais pas avant d'avoir parlé à Jeremy.

—Crise cardiaque, dis-je.

Paige fronça les sourcils.

—Mais son cœur…

—Ravi de vous revoir! s'écria Adam depuis l'autre côté du parking.

Je me retournai pour le voir courir vers moi, un sourire aux lèvres.

—Vous avez l'air en forme, dit Adam. Enfin, à part ces coupures. On leur fera payer ça. Comment vont vos bras? Les brûlures, je veux dire. Je n'ai jamais eu l'occasion de m'expliquer. Je ne l'ai pas fait exprès, comme vous l'avez sans doute compris, étant donné que Clay ne m'a pas tué pour ça. Enfin bref, je suis désolé. Sincèrement.

—Pour être honnête, j'avais totalement oublié.

—Parfait. Alors oubliez que j'en ai parlé. (Il se retourna lorsque Clay nous rejoignit.) Pourquoi vous ne m'avez pas emmené? J'aurais pu vous aider à organiser l'évasion.

—Il n'y en a pas eu, dit Clay en m'entourant la taille d'un bras. Pendant que je cherchais un moyen d'entrer, Elena s'est échappée. Tout ce que j'ai fait, c'est lui fournir le véhicule.

—Vous voyez? dit Cassandra lorsqu'elle nous rejoignit. Je vous avais dit que cette fille était pleine de ressources.

Paige roula des yeux en entendant le mot «fille», mais Cassandra l'ignora.

—Félicitations, Elena, dit-elle en posant une main fraîche sur mon bras. Je suis ravie de vous voir libre et en bonne santé.

Elle avait l'air sincère. Je m'interrompis. Pourquoi ne le serait-elle pas ? Parce que j'avais rêvé qu'elle conseillait aux autres de m'abandonner et qu'elle faisait des avances à Clay ? Ce n'était qu'un rêve, me rappelai-je. Une manifestation de mes propres insécurités. Le sourire chaleureux de Cassandra était tout à fait franc. Si le bras de Clay sembla se resserrer autour de moi, eh bien, c'était sans doute une coïncidence. Ou mon imagination.

—On devrait commencer cette réunion, dit Paige. On fera vite. Vous devez être épuisée, Elena. On ne vous harcèlera pas ce soir pour connaître les détails. Je vous le promets.

CONSIGNES

Lors de la réunion, Jeremy résuma ce que mon évasion nous apprenait de nouveau. En combinant mes informations à celles de Clay, nous pouvions brosser un tableau de la géographie interne et externe du centre. Plus important peut-être, nous savions où trouver nos ennemis. Compte tenu de la taille et de la complexité de l'opération, il était peu probable qu'ils lèvent le camp dans un futur proche.

— Donc, raisonna Jeremy, nous pouvons prendre le temps de définir une stratégie d'infiltration, de mettre fin à la menace de façon permanente, et de libérer Ruth et les autres.

Quand il prononça ces mots, je compris qu'ils la croyaient toujours en vie. Pourquoi en serait-il autrement? Je n'avais pas dit le contraire.

— Ruth… ne s'en est pas sortie, répondis-je.

— Quoi? (Le regard d'Adam fila vers Paige.) Vous voulez dire qu'elle…

— Elle n'est plus des nôtres, dit Paige d'une petite voix.

— Merde, dit Adam avant de s'approcher de Paige et de lui entourer les épaules d'un bras. Qu'est-ce qui s'est passé?

J'étais prise au piège. Allais-je mentir devant le groupe tout entier, sachant qu'ils apprendraient la vérité quand j'aurais tout expliqué à Jeremy? Ou faire preuve de franchise, quitte à ce que Paige se demande pourquoi je lui avais menti quelques minutes plus tôt ? Comment m'étais-je fourrée dans cette situation ? Mieux valait décharger ma conscience avant de m'enfoncer davantage.

—C'est un peu… compliqué, commençai-je.

—Ils l'ont assassinée, c'est ça ? demanda Paige. Je sais que l'enlèvement a dû être stressant, mais elle était en excellente santé.

En d'autres termes, elle n'avait pas gobé mon histoire de crise cardiaque. Je la remerciai mentalement de me permettre ainsi de m'en sortir avec grâce au lieu de me traiter publiquement de menteuse.

—En fait, non, répondis-je. Ils ne l'ont pas tuée. Pas les gens qui l'ont enlevée, en tout cas. C'était l'une des autres captives. Mais ce n'était pas sa faute.

—Un accident ? demanda Paige en fronçant les sourcils.

—Hum, en quelque sorte, mais pas exactement. (J'inspirai.) Ruth ne vous a pas tout dit quand elle vous a contactée. Il y avait une autre sorcière dans cet endroit. Une jeune fille.

Je leur racontai toute l'histoire : comment Ruth avait formé Savannah, les événements inexpliqués du centre, les attaques dirigées vers les gardes, la mort de Ruth et la pagaille qu'avait semée la gamine lors de la tentative d'évasion.

—Alors vous dites que cette gosse est le mal incarné, dit Adam.

—Non. Pas du tout, répondis-je. Elle fait juste…

—…le mal, conclut Cassandra. Je suis désolée, Elena, mais pour moi, ça revient au même. Que ce soit intentionnel ou non, la question n'est pas là. Nous devons nous demander s'il est très judicieux de libérer une enfant qui possède un tel potentiel destructeur. D'après ce que j'ai entendu, je doute sincèrement qu'un seul d'entre nous soit capable de la contrôler. Surtout le Convent.

Cassandra jeta un regard en biais à Paige. Celle-ci s'empourpra et ouvrit la bouche comme pour protester, mais la referma ensuite.

—Alors c'est réglé, dit Cassandra. On ne peut pas se soucier de cette fillette…

—Ce n'est pas Savannah qui a fait tout ça, déclara doucement Paige.

Cassandra soupira.

—Je comprends pourquoi vous préférez penser ça, Paige. Personne n'a envie de croire une enfant capable de faire le mal, et encore moins de la condamner à mort, mais les faits sont là…

—Ce n'est pas elle, dit Paige d'une voix plus assurée. Une sorcière n'est pas capable de faire ces choses-là. C'est comme ça. Un sortilège qui déplace un objet inanimé ? Oui. Qui le déplace avec assez de force pour briser le crâne de quelqu'un ? Certainement pas. Le mieux qu'une sorcière puisse faire, c'est renverser une assiette d'une table, pas la projeter à travers la pièce.

—Mais Eve était aussi un semi-démon, dit Adam. On était gamins au moment de son départ, mais je m'en souviens.

—Son père était un Aspicio, dit Paige. Ce qui signifie que le pouvoir d'Eve se limitait à la vision. Elle disposait d'une vision accrue et pouvait provoquer une cécité temporaire. C'est tout. Par ailleurs, les pouvoirs d'un semi-démon ne se transmettent pas à leur progéniture. Tu le sais bien.

Une longue minute de silence s'écoula.

—Écoutez, reprit Paige. Cassandra a raison. Je n'ai pas envie de croire que quelque chose va de travers chez cette fillette. Mais est-ce que je mentirais pour la sauver si ça revenait à mettre d'autres personnes en danger? Bien sûr que non. J'ai un minimum de bon sens. Si Savannah a pu tuer Ruth, elle pourrait me tuer, moi aussi.

—Il y avait une autre théorie, dis-je. Certaines personnes pensaient à un… esprit frappeur.

—Un quoi? demanda Clay.

Je lui lançai un regard mauvais.

—Je ne fais que répéter ce que j'ai entendu, d'accord?

—Ce n'en était pas un, dit Paige. Et oui, Clayton, ces choses-là existent, mais ce n'est pas comme ça qu'elles se manifestent. C'est une personne située à l'intérieur du centre qui en était responsable. Quels autres êtres surnaturels y avait-il?

—De l'autre côté? demandai-je. Le semi-démon rencontré à Pittsburgh, celui qui se téléporte, mais il est parti il y a quelques jours. Et j'ai entendu dire qu'il y avait un mage du nom d'Isaac Katzen parmi le personnel, même si je ne l'ai jamais rencontré.

—Un mage en serait capable, dit Adam.

—D'une partie des faits, oui, répondit Paige. Ouvrir les portes des cellules, trafiquer les interphones, bloquer les sorties. Tout ça, leurs sorts peuvent le provoquer. Mais jeter des objets et dévisser des ampoules? Jamais de la vie. Ça demande un talent tout à fait spécifique.

—La télékinésie, murmurai-je.

—Exactement, dit Paige. Plusieurs espèces possèdent divers degrés de pouvoir télékinétique, telles que…

—… certains semi-démons, complétai-je tandis qu'un bloc de glace me figeait les entrailles. Mais elle m'avait dit… Et merde! (J'inspirai brusquement.) Il y en avait une dans ce centre. Une prisonnière. Elle se disait incapable de faire ces choses-là. Et je l'ai crue. Ça doit vous paraître franchement débile, mais *tout le monde* la croyait. Et puis elle n'était même pas présente quand la plupart de ces choses se produisaient.

—Ça n'a aucune importance, dit Paige. Les Volos, qui sont les plus puissants des semi-démons doués de télékinésie, n'ont pas besoin d'être présents pour exercer leurs pouvoirs. Je me rappelle avoir entendu parler d'un cas dans lequel un Volo était capable de trouver une flèche dans une pièce voisine et de la lancer assez fort en plein cœur d'une cible pour réduire la hampe en éclats de la taille d'allumettes.

Je fermai les yeux.

—Comment ai-je pu être aussi stupide ?

—Ce n'est pas votre faute, répondit Paige. Comme vous le dites, tout le monde la croyait. Quand les gens pensent à la télékinésie, ils se représentent quelqu'un qui tord des cuillers, mais en réalité, les Volos sont peut-être les semi-démons les plus dangereux qui soient. Ils sont capables de balancer quelqu'un par la fenêtre du dixième étage sans lever le petit doigt.

Je me maudis d'avoir gobé le petit numéro de Leah qui jouait les voisines ordinaires, faisait mine de s'inquiéter, proposait son aide et son amitié. Je l'avais crue. Je l'avais écoutée tisser un réseau de mensonges et de tromperies autour d'une enfant innocente et étendre les racines du doute jusqu'à ce que Savannah elle-même se croie coupable. Leah savait-elle que Ruth formait Savannah ? L'avait-elle tuée pour l'en empêcher ? Quels que soient les projets de Leah, ils impliquaient Savannah. Et je les avais laissées ensemble.

J'en eus soudain le souffle coupé. Je me relevai en titubant et quittai la pièce en courant.

J'entendis Clay derrière moi. Plutôt que de ralentir, je contournai le motel en courant et me dirigeai vers la forêt. Il ne me cria pas d'arrêter ni de l'attendre, mais se contenta de me rattraper alors que j'entrais dans les bois.

— Paige a raison, dit-il au bout de quelques minutes. Ce n'était pas ta faute.

— Mais si. Je voulais faire sortir Savannah. Seulement, je ne l'ai pas fait. Quand l'occasion s'est présentée, j'ai craqué. Je me suis dit que je faisais le meilleur choix en la laissant là, mais au plus profond de moi, je savais bien que non. J'ai vu ma chance de m'enfuir et je l'ai saisie. En me foutant de ce qui arrivait aux autres.

— Je n'y crois pas. Si tu l'as laissée là-bas, c'est parce qu'il le fallait. On la fera sortir quand on y retournera.

— Mais on dirait qu'on ne va pas y retourner de sitôt.

— On y retournera dès que tu seras prête, Elena, dit Jeremy qui s'avançait derrière nous. Tu es saine et sauve, alors je ne compte pas précipiter les choses.

— Mais Savannah…

— Notre objectif principal, c'est d'arrêter ces gens, pas de voler au secours de qui que ce soit.

— Mais tu prévoyais d'y aller pour moi.

— C'était différent. Clay et moi étions prêts à courir le risque. Tous les autres étaient libres de leur décision. Je ne risquerai pas ta vie ni celle de Clayton en me précipitant là-bas pour sauver une étrangère. Même une enfant.

— Et si je décide de prendre ce risque moi-même ?

— Tu n'es pas libre de décider, Elena. Tant que tu appartiens à la Meute, je peux le faire pour toi, et je t'interdis d'y retourner.

— Ce n'est…

— … pas juste, conclut Jeremy. Je sais, nous avons déjà parlé de tout ça. Mais c'est notre loi. Et ne menace pas de quitter la Meute, car je vais m'assurer que tu ne regagnes pas ce centre toute seule, quel que soit le droit au libre arbitre que tu revendiques. Je prends la responsabilité de cette décision. Nous ferons de notre mieux pour sauver cette enfant quand nous retournerons là-bas. S'il lui arrive quoi que ce soit avant notre arrivée, c'est à moi que la faute en reviendra, pas à toi.

Je voulus protester, mais Jeremy s'éloignait déjà.

Je ne le poursuivis pas pour continuer la discussion. Après dix années passées à vivre sous son toit et sous ses règles, je savais ce qui fonctionnait ou non. Le harceler ne servait à rien. Quand Jeremy prenait une décision, le seul moyen de le faire changer d'avis consistait à saper les obstacles à force de logique et de persuasion. Si l'on sortait les béliers, il ne faisait que doubler les fortifications. J'avoue que la patience ne fait pas partie de mes qualités, mais j'avais décidé d'attendre un peu. Au moins quelques heures. Peut-être toute la nuit.

—Donc, pour passer le système de sécurité, il faut à la fois une vérification des empreintes et un scanner rétinien ? demanda Jeremy.

Il était assis à la minuscule table de notre chambre. Clay et moi étions vautrés en travers du lit, Clay assoupi et moi faisant de gros efforts pour ne pas l'imiter.

—Heu, oui, répondis-je.

Il griffonna quelques mots.

—L'index ?

—Hein ? Ah, non. Désolée. La paume, pas les doigts. On saisit la poignée et elle lit votre empreinte.

—On n'est pas obligés de faire ça ce soir. On aura bien le temps plus tard.

495

Pas si j'avais mon mot à dire.

—Je veux m'en occuper tant que c'est encore frais dans ma tête.

—Est-ce qu'on a dîné ? s'éleva la voix étouffée de Clay depuis les oreillers.

—Quoi ?

Il roula sur le dos.

—Je compte les repas. On a pris le petit déj dans le Maine, et ensuite un autre ici. Ou bien c'était le brunch ? Dans ce cas-là, le pique-nique, c'était le déjeuner ou le dîner ?

—Je le compte comme déjeuner, répondis-je.

—Parfait. Alors on va dîner.

Jeremy insista pour inviter poliment les autres à se joindre à nous. Lorsque Clay frappa chez Kenneth et Adam, la porte de la chambre voisine s'ouvrit et Adam sortit, se retournant pour adresser quelques mots à la personne qui se trouvait à l'intérieur. Quand Kenneth ouvrit sa porte, Clay entra. J'attendis Adam dehors.

—On va dîner, dis-je. Vous avez mangé ?

—Nan. J'allais justement vous faire la même proposition. Je vais chercher mes clés de voiture.

—C'était Paige ? demandai-je en désignant la chambre voisine d'un mouvement de tête.

—Ouais. Elle est bouleversée.

—Vous croyez que je dois lui proposer de nous accompagner ?

Il haussa les épaules.

—Vous pouvez essayer, mais je ne crois pas qu'elle soit d'humeur. Sinon, dites-lui que je lui apporterai quelque chose.

J'aurais préféré qu'Adam le lui demande lui-même, mais il disparut dans sa chambre en me laissant m'en charger. J'étais sans doute la dernière personne au monde que Paige aurait envie de voir. Sa tante était morte et je n'avais même pas eu la correction de l'en avertir d'emblée. J'inspirai, approchai de sa porte et frappai à coups légers, espérant à moitié qu'elle ne m'entendrait pas. Après une pause d'une seconde, je me détournai pour partir. Puis j'entendis cliqueter la chaînette du verrou et la porte s'ouvrit.

— Salut, dit Paige qui parvint à esquisser un demi-sourire pâle. Vous êtes toujours debout ? Comment vous vous sentez ? J'ai des infusions si vous avez du mal à dormir.

Comment je me sentais ? Je ne savais plus où me mettre. Paige avait les yeux et le nez rouges comme si elle venait de passer les deux dernières heures à pleurer, et elle s'inquiétait de savoir si je trouvais le sommeil ?

— Je suis vraiment désolée, répondis-je. Pour votre tante. Je ne veux pas vous déranger, mais nous sortons dîner et je me demandais si vous aviez envie de vous joindre à nous.

— Non, répondit-elle. Je vous remercie, mais je n'y tiens pas.

— Adam a dit qu'il vous rapporterait quelque chose.

Elle hocha la tête d'un air distrait, hésita puis dit très vite :

— Vous pourriez... Je ne veux pas vous déranger. Vraiment. Je sais que vous êtes fatiguée et que vous avez mal, et je déteste vous harceler, mais vous pourriez passer me voir à votre retour ? J'ai...

Elle s'arrêta et regarda par-dessus mon épaule. J'entendis Clay s'avancer derrière moi. Paige s'interrompit, se redressa comme pour se redonner du courage, puis poursuivit :

— Clayton, je demandais à Elena si vous pouviez me la prêter un moment ce soir. Trente minutes grand max. Je vous le promets.

— Vous ne venez pas dîner ? demanda-t-il.

— Je n'en ai pas trop envie.

— Personne ne reste seul, dit-il. C'est la règle de Jeremy. (Je lui lançai un regard mauvais pour lui demander de faire preuve d'un peu plus de sensibilité, mais il ne saisit pas l'allusion et poursuivit :) Cassandra va rester avec vous.

— Oh, elle va adorer, dit Paige.

— Si elle n'aime pas les règles, elle n'a qu'à partir.

— Ce serait trop beau, murmura Paige à mi-voix. Mais sérieusement. Vous n'êtes pas obligés de laisser quelqu'un avec moi. Je connais plein de sorts de protection.

— Ce sont les règles, répéta Clay. Personne ne reste seul. Ce n'est pas comme si Cassandra mangeait, de toute façon.

Il fit mine de s'en aller, mais ajouta :

— Si Elena en a envie, elle n'aura qu'à passer avec votre dîner. Vingt minutes. Ensuite, il faut qu'elle se repose.

— Waouh, ça veut dire que j'ai ta permission ? lui criai-je.

— Je ne répondrai pas à ça, dit-il sans se retourner.

— Petit malin. (Je regardai Paige.) Je passerai tout à l'heure.

— Merci. C'est très gentil.

SUCCESSION

À vingt-deux heures, je regagnai la chambre de Paige, son dîner toujours chaud en main. Je la trouvai seule.

—Où est Cassandra? demandai-je.

—Sortie. Chercher son dîner ou de la compagnie. Je refuse d'appartenir à la première catégorie, et je ne conviens pas pour la seconde. Pas le bon sexe.

—Personne n'est censé rester seul. Jeremy sait qu'elle vous a lâchée?

—Non, et comme je ne suis pas du genre commère, on garde ça entre nous. Personnellement, je me sens plus en sécurité en son absence. Un vampire, ce n'est pas l'idée que je me fais d'une colocataire parfaite. Une fringale nocturne et je suis foutue. Je partageais une chambre avec Adam, mais comme Kenneth supportait mal de cohabiter avec Cassandra, on a échangé.

—Alors vous êtes… ensemble, Adam et vous?

Elle fronça les sourcils, puis comprit et éclata de rire.

—Oh, mon Dieu, non. On est des amis d'enfance. Croyez-moi, on se connaît trop bien pour aller plus loin. (Elle se dirigea vers le minibar.) Je peux vous offrir à boire? Il y a de l'eau minérale et du soda light. Rien de plus fort, malheureusement.

—Non merci.

—Ne faites pas de manières, d'accord?

—Je ne voulais pas dire…

Elle fit un geste de la main.

—Ne vous en faites pas. Je sais que vous êtes fatiguée et, une fois de plus, je suis désolée de vous ennuyer. C'est simplement que je travaille à rassembler toutes les informations dont on dispose sur le centre, le plan, les chiffres, tout ça. Je sais qu'on n'en a pas besoin dans l'immédiat, mais enfin bref, je préfère avoir quelque chose à faire. C'est plus facile… (Elle se mordilla la lèvre inférieure et détourna le regard.) Plus facile si j'ai de quoi m'occuper l'esprit.

Je comprenais. L'année précédente, quand deux de mes frères de Meute étaient morts, je n'avais pu apaiser mon chagrin qu'en passant à l'action. Je m'étais concentrée sur la manière de m'en prendre aux cabots qui l'avaient tué, en partie pour me venger et en partie pour m'empêcher de ressasser leur mort. En préparant notre attaque contre les assassins de Ruth, Paige faisait la même chose. Je comprenais.

—J'ai déjà fait le plus gros, dit-elle en me tendant le carnet posé sur la table. J'ai simplement besoin que vous combliez quelques blancs.

Je parcourus ses notes.

—En fait, Jeremy a déjà la plus grande partie de ces données. Vous pourriez…

—Le lui demander. Ouais. C'est ça. (Elle se retourna, mais pas avant que je lise une déception furtive sur son visage.) J'aurais dû me douter qu'il avait deux longueurs d'avance sur moi. Bon, eh bien dans ce cas, c'est tout ce que je voulais. Désolée. Je n'ai pas réfléchi.

—Oh, attendez. Il y a ici quelques détails que Jeremy ne m'a pas demandés, mentis-je. Écoutez, je ne suis pas encore fatiguée. Si vous voulez, je peux compléter tout ce qui vous manque. Même si j'en ai déjà parlé à Jeremy, ça ne fait jamais de mal d'avoir deux exemplaires.

—Ah ? (Pour la première fois depuis mon arrivée, son sourire atteignit ses yeux.) Génial. Merci.

Comme je le disais, je comprenais ce qu'elle éprouvait. Enfin, pas précisément, car j'ignorais dans quelle mesure elle était proche de sa tante, mais je comprenais qu'elle ait besoin de s'occuper à quelque chose qui lui donne l'impression d'agir. Le lui fournir était le moins que je puisse faire.

Quand on en eut fini, je lui proposai de passer la nuit dans sa chambre, avançant que Cassandra ne semblait guère pressée de revenir et que Jeremy partageait notre chambre, si bien que personne ne serait seul si je restais. Paige refusa. Elle m'assura que ses sorts de verrouillage empêcheraient la plupart des intrus d'entrer et que ses sorts de protection l'avertiraient si quelqu'un y parvenait malgré tout. Comme je la soupçonnais surtout de vouloir rester seule avec son chagrin, je n'insistai pas.

Cette nuit-là, je rêvai que je m'échappais du centre. Encore et encore. Les circonstances variaient chaque fois, mais un élément demeurait identique. Je partais sans Savannah. Parfois, je l'oubliais jusqu'à ce que je me retrouve dehors et qu'il soit trop tard. D'autres fois, ma culpabilité était plus évidente. Je passais devant sa cellule en courant sans m'arrêter. Je l'entendais m'appeler mais je ne m'arrêtais pas. Je voyais Leah tendre la main pour s'emparer d'elle… et je ne m'arrêtais pas. Enfin, dans la énième version du rêve, je courais vers la porte de sortie ouverte. Puis Savannah apparaissait de l'autre côté et me pressait de continuer. Je m'arrêtai. Me retournai. Et courus dans l'autre sens.

Je me réveillai en sursaut, la respiration coupée. Clay me serrait contre lui, écartant de mon visage mes cheveux trempés de sueur.

—Tu as envie d'en parler? demanda-t-il.

Quand je fis signe que non, il resserra son étreinte, mais je ne regardai pas son visage. Je n'en avais pas envie. Je ne pouvais pas lui parler de ça. Il essaierait seulement de me convaincre que j'avais agi comme il le fallait en m'échappant saine et sauve. Dans la situation inverse, voudrais-je que Clay risque sa vie pour secourir un étranger? Bien sûr que non. Mais la question ne se posait pas car Clay ne prendrait jamais de risques pour un étranger. Il le pousserait sur le trajet d'une balle pour protéger sa Meute, mais il ne s'arrêterait pas pour aider une victime d'accident. Si j'étais là, il le ferait parce qu'il savait que je le voudrais, mais s'il était seul, l'idée ne le traverserait jamais.

Je ne m'attendais pas à ce que Clay se soucie de Savannah. Enfin, j'espérais peut-être encore qu'il se découvrirait une conscience sociale, mais j'avais appris que désirer un tel changement égalait en naïveté le fait de souhaiter la paix dans le monde. Clay ne se souciait que de sa Meute. Comment pouvais-je espérer qu'il comprenne ma culpabilité par rapport à Savannah?

Tandis que je me détendais entre ses bras, je vis que Jeremy m'observait depuis le lit de camp situé de l'autre côté de la pièce, appuyé sur ses coudes. Il haussa les sourcils pour exprimer une question tacite. Préférais-je lui en parler, à lui? Je secouai légèrement la tête et me rallongeai sur le lit. Je sentais bien qu'ils me regardaient tous deux, mais je fermai les yeux pour feindre le sommeil. Le silence finit par retomber dans la chambre. Je me glissai alors sur le dos et restai allongée dans le noir, à réfléchir.

Avais-je tiré des conclusions hâtives un peu plus tôt, quand j'avais décidé que c'était Leah qui causait ces ennuis en faisant porter le chapeau à Savannah ? Et si j'avais persuadé Jeremy d'agir très tôt, pour découvrir ensuite que je m'étais trompée ? Si des gens mouraient à cause de cette erreur ? Si je ne faisais rien et que Savannah mourait à cause de cette erreur-*là* ? Je devais trouver un juste milieu. Si nous disposions d'informations suffisantes, nous prendrions l'avantage en agissant très vite. Mais en savions-nous assez ? Ou, plus précisément, quelles étaient nos chances d'en apprendre un peu plus ? Plutôt minces. Nous avions les données que j'avais rassemblées dans le centre, plus ce que Clay avait appris en allant en reconnaissance sur le site, plus ce que les autres avaient découvert grâce à leurs recherches. Ce que nous ne savions pas déjà, nous ne l'apprendrions sans doute jamais. Nous devions nous accorder sur la mise au point d'un plan...

Dehors, j'entendis le déclic d'une porte voisine. Je me raidis et tendis l'oreille. Notre groupe occupait toutes les pièces de ce côté du motel. Quelqu'un sortait-il ? Je consultai l'heure : deux heures trente-cinq. Oh, génial. On lui demande de surveiller Paige et elle se casse la moitié de la nuit. Paige n'avait peut-être pas envie de jouer les commères, mais moi, si. Jeremy devait savoir qu'on ne pouvait pas se fier à Cassandra pour soutenir Paige.

Tandis que je me laissais de nouveau aller sur l'oreiller, j'entendis un bruit de pas traînants sur le trottoir. Je jetai un coup d'œil à Clay et à Jeremy. Ils dormaient à poings fermés. Je me glissai hors du lit et approchai de la fenêtre sur la pointe des pieds. Soulevant un coin de rideau, je vis Paige traverser furtivement le parking, valise dans une main, carnet dans l'autre. Merde !

Prenant soin de ne pas réveiller les garçons, j'enfilai mon jean et ma chemise et sortis discrètement. Paige contourna l'enclos des oiseaux et disparut dans les ténèbres. Pieds nus, je la suivis d'un pas rapide, un œil sur ma cible, l'autre sur le trottoir pour vérifier qu'il n'y ait pas d'éclats de verre. Quand j'atteignis l'enclos, un faisan se réveilla, ouvrit un œil somnolent, puis s'éleva précipitamment dans les airs en poussant des cris. Et merde ! Parfois, ma nature de loup-garou me posait de sérieux problèmes. Alors même que je m'éloignais de la cage, d'autres oiseaux s'éveillèrent pour ajouter leur voix au vacarme. Et moi qui espérais passer inaperçue. Je traversai à toute allure le bosquet où je me rappelais avoir vu Paige pour la dernière fois et la trouvai dans un parking auxiliaire. Debout près d'une voiture, elle regardait les oiseaux paniqués en fronçant les sourcils. Quand elle m'aperçut, elle chercha maladroitement la bonne clé sur son trousseau et parvint tout juste à ouvrir la portière avant mon arrivée.

— Tiens, salut, dit-elle en feignant un sourire radieux. Vous vous promenez bien tard.

— Vous allez quelque part ? lui demandai-je.

— Hum, je sortais juste acheter à manger, répondit-elle en s'installant sur le siège du chauffeur. Le truc que m'a apporté Adam a refroidi, alors je pensais aller voir si je trouvais une épicerie ouverte ou quelque chose comme ça.

— Ça ne vous dérange pas si je vous accompagne ? demandai-je en ouvrant brusquement la portière pour me glisser à l'intérieur, avant de désigner sa valise. Sacré sac à main que vous avez là.

Elle posa les mains sur le volant, marqua une pause, puis me jeta un coup d'œil.

— Je m'en vais, Elena. Je sais que c'est une mauvaise façon de m'y prendre, mais j'avais peur qu'on tente de m'arrêter. C'en est trop pour moi. Je m'en vais.

—Je suis désolée pour votre tante.

—Ce n'était…, commença Paige en regardant par le pare-brise. Ce n'était pas ma tante.

—Ah bon, alors votre sœur de Convent ou quel que soit le…

—C'était ma mère.

—Votre… ?

—Ça marche comme ça dans le Convent, répondit Paige, regard braqué sur le pare-brise. Ou du moins, ça marchait comme ça. À l'ancienne mode, du temps de ma mère. Comme les sorcières ne se mariaient pas, elles élevaient leurs filles comme des nièces pour éviter d'être stigmatisées en tant que mères célibataires. Personne ne connaît la vérité en dehors du Convent. Dans mon cas, seul Adam est au courant. Quand ma mère était jeune, elle était trop occupée à se préparer à devenir chef de Convent pour penser à une héritière. Quand elle en a pris la tête, elle s'est rendu compte que le Convent était en déclin et a décidé qu'il lui fallait une fille qu'elle pourrait former et préparer à sa façon. Alors, à cinquante-deux ans, elle a recouru à la magie pour en avoir une. Moi.

—Ce qui signifie que vous êtes…

—La nouvelle dirigeante officielle du Convent. (Ses lèvres se tordirent en un sourire sardonique.) Ce serait drôle si ce n'était pas aussi ridicule. Un chef de vingt-deux ans. (Elle inspira brusquement et secoua la tête.) Enfin bref. Ce que je veux dire, c'est que j'ai été formée pour ça. Pour cette responsabilité. Je ne peux pas m'attendre à ce que Jeremy, Kenneth ou Cassandra acceptent de me voir comme leur égale, mais je sais que j'en suis capable. Seulement, pour l'instant, je dois rentrer chez moi. Il y a des choses à faire, des dispositions à prendre.

—Je comprends. (Je me penchai par-dessus son giron et pris le carnet qu'elle avait laissé tomber entre son siège et la porte.) Mais si vous rentrez chez vous, vous n'aurez pas besoin de ça.

Elle me reprit le livre.

—Oh, si, en fait. Pour les archives du Convent.

—Vous ne rentrez pas chez vous, Paige. Vous allez au centre.

Elle se força à rire.

—Toute seule ? Ce serait de la folie.

—C'est exactement ce que je pense. Je comprends que vous vouliez venger votre mère, et je vous promets que vous aurez votre revanche quand nous y retournerons, mais il n'y a pas…

Lorsqu'une expression confuse traversa furtivement son visage, je compris que son motif n'était pas la vengeance. Puis je me rappelai que Ruth m'avait avertie de ne pas l'informer de l'existence de Savannah, faute de quoi elle insisterait pour aller secourir la fillette.

—Vous allez chercher Savannah, dis-je.

—Il le faut, dit-elle doucement.

—Parce que votre Convent veut que vous le fassiez ?

—Non, parce que *moi*, je le veux. Comment pourrais-je être chef du Convent si je laisse mourir cette petite fille ? Comment le pourrais-je ? Vivre avec moi-même ? Écoutez, je ne suis ni stupide, ni suicidaire. Je ne vais pas entrer là-dedans tous sortilèges dehors et semer la pagaille. Et je n'en serais pas capable de toute façon. Tout ce que je veux, c'est Savannah. Je serai prudente. Je prendrai mon temps, j'explorerai cet endroit et je trouverai un moyen de la récupérer. Ne vous en souciez pas. C'est une affaire de sorcières. Je…

La portière de Paige s'ouvrit brusquement et elle faillit basculer à terre. Clay plongea la tête à l'intérieur. Paige sursauta et s'approcha de moi.

— Qu'est-ce qui se passe ? demanda-t-il.

— Paige veut aller chercher Savannah.

— Oh, merde ! (Il claqua la porte et contourna la voiture pour venir de mon côté.) Laisse-moi deviner. Elle va chercher la gosse et elle a besoin de ton aide.

— Je ne…, commença Paige.

— Elle ne me demande pas mon aide, dis-je en sortant de la voiture. Elle veut y aller seule.

— Alors elle a décidé de t'en parler pour commencer ? Elle t'attire ici, elle te raconte ce qu'elle mijote et elle s'attend à ce que tu la laisses partir seule ? N'importe quoi. Elle joue sur ta solidarité. Tu vas insister pour la suivre et…

— Elle ne m'a pas attirée ici, dis-je. C'est moi qui suis sortie.

Paige se faufila hors de la voiture, se redressa et croisa le regard de Clay.

— Je fais ça toute seule, Clay. Je ne demande pas d'aide, pas plus que je n'en accepte.

— Vous êtes dingue ?

Il s'approcha d'elle et tenta de lui arracher les clés du poing, mais elle recula. Il s'arrêta et tendit la main.

— Donnez-moi ça, Paige. Vous n'irez nulle part.

Elle nous regarda tour à tour, Clay et moi, comme pour évaluer ses chances de s'échapper.

— Vous n'avez aucune chance, dis-je. On est deux. On peut vous battre à la course. Au combat. À moins que vous ayez un sort de tous les diables en réserve, vous ne partirez pas d'ici.

Elle jeta un coup d'œil par-dessus son épaule et semblait réellement prête à s'enfuir quand Jeremy sortit des buissons derrière elle. Elle hésita. Puis ses épaules s'affaissèrent et les clés glissèrent de sa main.

— Venez, on rentre, dit Jeremy. On va parler.

— Je dois libérer Savannah, dit Paige tandis que nous entrions dans notre chambre de motel. Vous ne comprenez pas. Je ne m'attends pas à ce que vous me compreniez. Comme je l'ai dit à Elena, ce sont des affaires de sorcière.

— Nous comprenons que vous vous inquiétiez pour elle, commença Jeremy.

Paige se retourna vivement vers lui.

— Que je m'inquiète ? Je suis terrifiée pour elle. (Elle feuilleta son carnet et montra une page du doigt.) Regardez, j'ai noté tout ce qui s'est passé la nuit où Elena s'est évadée. J'ai divisé les événements entre les activités qu'on peut attribuer à un mage et à une semi-démone douée de télékinésie. Il y a des recoupements, mais à eux deux, ils couvrent toute la liste. Maintenant, quelles sont les chances pour que ce mage et cette semi-démone aient décidé, chacun de son côté, de semer la pagaille la même nuit ? C'est toujours possible qu'un des deux ait commencé et que l'autre s'y soit joint, mais j'en doute. Cette semi-démone collabore avec un mage.

— D'accord, répondis-je.

Le regard de Paige balaya nos visages.

— Vous voyez ? Vous ne *comprenez* pas. Vous ne pouvez pas.

— Expliquez-nous, dit Jeremy.

Elle prit une inspiration.

— Les mages détestent les sorcières. Et vice versa. La plus grosse querelle de toute l'histoire des espèces surnaturelles. Notre version des Montaigu et des Capulet. Sauf que ce sont les mages qui tirent les premiers. On leur rappelle de sales souvenirs… (Elle inspira de nouveau.) Enfin vous n'avez pas besoin d'un cours d'histoire. Faites-moi seulement confiance sur ce point. Si Leah collabore avec Katzen et qu'elle accuse Savannah de meurtre, alors ça annonce des ennuis. De gros ennuis. Je n'ai aucune idée de leurs motivations, mais je sais que Savannah est en danger. En une seule nuit, Winsloe et ses acolytes ont perdu leurs deux loups-garous et leurs installations ont subi des dégâts inestimables. Et sur qui va-t-on rejeter la faute ? Sur la petite sorcière. N'est-ce pas ce que Leah vous a dit avant votre évasion ? Que c'était Savannah qui avait fait tout ça ?

— Ils ne la tueront pas, dis-je. Elle est trop importante.

Alors même que je prononçais ces mots, j'entendis le doute dans ma propre voix. Maintenant que Bauer et Carmichael étaient mortes, Winsloe et Matasumi étaient les seuls responsables encore présents. Matasumi voudrait peut-être Savannah vivante, mais il n'était qu'un scientifique. Comme Winsloe finançait l'opération, il avait le dernier mot. Je me rappelai la conversation entendue entre Matasumi et l'homme que je supposais être Katzen. À ce moment-là, Winsloe avait déjà commencé à s'imposer et à choisir le genre de captifs qu'il voulait. Winsloe ne s'intéressait pas aux sorcières. Je le savais. Savannah était désormais seule, sans même Xavier pour la protéger.

— Tout ça, ce ne sont que des hypothèses, dit Clay.

— J'en suis parfaitement consciente, répondit Paige. C'est pour ça que je ne veux pas mettre en danger d'autres vies que la mienne.

— Vous ne pouvez pas faire ça, dit Jeremy. Si vous êtes le nouveau chef du Convent, vous devez songer à ses intérêts. Que se passera-t-il s'il perd à la fois Ruth et son héritière ? Vous avez le devoir de rester en vie, ne serait-ce que jusqu'à ce que vous ayez choisi et formé la prochaine dirigeante.

— Mais…

— On va voir ce qu'on peut faire, décréta-t-il. Donnez-moi vos notes et on va passer en revue les éléments dont on dispose.

RETOUR

Deux jours plus tard, nous quittions le motel. Nous retournions là-bas.

Nous avions passé ces deux jours à établir des plans. Jeremy avait enfin admis que nous savions déjà tout ce que nous étions susceptibles d'apprendre et qu'il ne servait donc à rien de retarder notre retour. Paige était irritée de devoir patienter mais n'avait pas tenté de fuir, sans doute parce que Jeremy et moi restions constamment avec elle pour nous en assurer. Je m'étais même installée dans sa chambre, laissant ainsi Cassandra avoir la sienne, ce qui, en plus d'empêcher Paige de disparaître en pleine nuit, me rassurait beaucoup sur sa sécurité. Quant à Cassandra, eh bien, elle n'avait besoin de personne.

Pour le trajet jusqu'au centre, on se répartit entre deux voitures, en fonction des deux groupes que nous formerions une fois arrivés. Le plan consistait à ce que Jeremy, Cassandra et Kenneth attendent en retrait pendant que Clay, Adam, Paige et moi entrions et neutralisions toute résistance initiale. Nous avions discuté pour décider dans quel groupe devait se trouver Paige. En tant que chef du Convent – et compte tenu du fait qu'elle n'avait pas l'habitude de se battre –, elle aurait dû rester en arrière avec Jeremy. Mais elle répondait que ses sortilèges pouvaient se révéler précieux pour la protection du groupe qui s'avancerait en première ligne. Elle était capable de

511

déverrouiller des portes, de nous camoufler, de semer la confusion parmi les attaquants, de communiquer avec Kenneth – la liste était longue. Par ailleurs, elle avait très envie de participer, au contraire de Cassandra qui n'avait pas semblé désireuse de jouer un rôle plus actif. Au bout du compte, l'obstination de Paige s'était révélée payante et nous avions accepté qu'elle se joigne à mon groupe.

Je conduisais la deuxième voiture car Paige refusait d'entrer dans tout véhicule ayant Clay au volant, et celui-ci refusait de monter à l'arrière si une apprentie sorcière conduisait – chef du Convent ou pas –, si bien que c'était à moi qu'incombait la conduite si nous espérions quitter le parking. Avant qu'on s'entasse dans le véhicule, je remarquai que Clay jetait des coups d'œil à Jeremy qui montait dans l'autre voiture.

—Tu peux l'accompagner si tu veux, dis-je.

—Non, répondit Clay. Il a raison. On doit parler de notre stratégie en cours de route, alors ça vaut mieux comme ça. Et puis ce n'est pas comme si je ne l'avais pas déjà laissé seul.

—Je suis désolée.

—De quoi ?

—D'être partie ce jour-là. De ne pas avoir fait attention. De m'être fait enlever. D'avoir perdu le contact avec vous. De t'avoir obligé…

Il appuya les lèvres contre les miennes pour m'interrompre.

—Tu ne m'as obligé à rien du tout. C'est moi qui ai choisi de venir te chercher.

—C'est seulement que je déteste… (Je laissai ma phrase en suspens et haussai les épaules.) Tu sais, te mettre en position de… (Je lançai un coup d'œil à Jeremy et expirai.) De te forcer à faire un choix.

Clay éclata de rire.

—Me forcer à faire un choix? Chérie, on vit avec ce mec. On partage une maison, un compte en banque, on part même en vacances ensemble. On n'est jamais seuls mais je ne t'ai jamais entendue t'en plaindre. Tu ne m'as jamais demandé de choisir et tu ne peux pas savoir à quel point je t'en remercie, parce que si je devais choisir un jour, ce serait toi, quelles que soient les conséquences pour la Meute.

—Je ne te ferais jamais ça.

—C'est pour ça que je sais à quel point tu m'aimes. Oui, j'ai très mauvaise conscience d'avoir abandonné Jeremy, mais il le comprend et je ne le regrette pas, même si tu as réussi à te libérer sans mon aide. (Il recula pour m'étudier.) À propos, tu es sûre que tu te sens prête? À retourner là-bas? Parce que sinon…

—Pas de souci. Je veux en finir. Dire au revoir à tous ces braves gens et rentrer chez moi, retrouver notre maison, nos lits, et qu'on soit enfin seuls.

—Ou à peu près, dit Clay en lançant un nouveau coup d'œil à Jeremy.

—Quelque chose comme ça.

—Alors on y va.

Quand Clay et moi nous étions échappés des terres du centre, nous avions emprunté la voie principale qui coupait en deux la partie ouest de la propriété. Ce n'était vraiment pas le chemin le plus sûr, mais Clay n'en avait pas trouvé d'autre. Cette fois, nous empruntions une route défoncée et envahie par l'herbe qui devait dater de plusieurs générations de propriétaires. Paige en avait découvert l'existence en piratant des actes de propriété et de vieilles cartes. Oui, je parle bien de piratage informatique. Quand elle m'avait appris comment elle avait obtenu ces informations, je lui avais demandé de répéter – plusieurs fois. Peut-être mes préjugés remontaient-ils à la surface, mais j'imaginais les pirates comme des types ressemblant à Tyrone Winsloe, sans sa fortune et avec une hygiène encore plus déplorable. Paige s'empressa de rectifier. Elle n'était pas une pirate informatique, mais une programmeuse professionnelle qui savait pirater. Pour moi, ça revenait à couper les cheveux en quatre, mais je me tus. Quels que soient les moyens employés, je lui en étais reconnaissante. Comme nous tous… même Clay. Les cartes montraient tout le réseau d'anciennes routes qui parcouraient les terres du centre. On en sélectionna plusieurs pour choisir celle qui offrait le meilleur compromis entre isolement et accessibilité. Je m'y avançai d'une centaine de mètres puis m'arrêtai pour conférer une dernière fois avec Jeremy avant l'assaut.

Vingt minutes plus tard, assise sur une vieille souche d'arbre, je parlais avec Paige tandis que Clay et Adam étudiaient les cartes. Jeremy nous avait donné nos consignes et réglait à présent quelques détails de dernière minute avec Kenneth. Celui-ci assurait avec Paige la liaison télépathique entre les deux groupes, ce qui nous permettrait de communiquer sans talkies-walkies ni téléphones portables. Liaison télépathique. Cette phrase glissait si facilement sur ma langue mentale. C'en était effrayant. Sorts d'entrave, sorcellerie, projection astrale, télépathie, télékinésie, téléportation – m'étais-je jamais attendue à entendre ces mots ailleurs que dans un épisode de *X-Files* ? Voilà que je me trouvais dans un bosquet en compagnie d'une sorcière, d'un semi-démon, d'une vampire et d'un chaman, cherchant à déjouer un complot maléfique visant à usurper nos pouvoirs pour influer sur l'évolution de l'humanité. Parlez de théories du complot.

Ayant conféré quelques minutes avec Kenneth, Jeremy fit signe à Paige d'approcher. Je restai sur place.

— Ça vous ennuie? demanda Cassandra qui se dirigeait vers moi. De revenir ici?

Je haussai les épaules. Nous ne nous étions pas beaucoup parlé ces derniers jours. Un choix de ma part. Quoi qu'elle ait pu faire ou non en mon absence, je ne lui pardonnais pas d'avoir abandonné Paige à un moment aussi délicat. Malgré tout ce que Clay pouvait penser d'elle, j'appréciais Paige. Elle avait de l'esprit, de l'énergie et un altruisme que j'admirais sincèrement. Clay lui-même avait commencé à la laisser un peu tranquille ces derniers jours, ce qui ne rendait l'insensibilité de Cassandra qu'encore moins compréhensible. Même quand je l'avais informée franchement que je m'installais dans la chambre de Paige parce qu'elle fuyait ses responsabilités, elle n'avait pas éprouvé le moindre semblant de remords. Et moi qui accusais Clay d'égocentrisme.

— Soyez prudents là-dedans, poursuivit Cassandra. Rappelez-vous ce qu'a dit Jeremy. Vous ignorez quelles nouvelles mesures de sécurité ils ont pu prendre depuis votre évasion. Je pensais réellement ce que je vous ai dit avant votre enlèvement. J'aimerais apprendre à mieux vous connaître, Elena. Faisons en sorte d'en avoir l'occasion.

Elle posa la main sur mon avant-bras et sourit, un éclat sauvage dans le regard.

— Je dois avouer que tout ceci me réjouit. Je n'ai pas eu beaucoup d'occasions de faire du grabuge ces derniers jours.

Paige nous rejoignit.

— Eh bien, Cass, si vous voulez vraiment vous amuser, vous pouvez toujours changer d'avis et nous rejoindre en première ligne. Oh, mais ce n'est pas ce que vous vouliez dire, hein? Vous voulez du grabuge maîtrisé et sans risques.

— Mes dons sont plus adaptés à cette deuxième catégorie, dit Cassandra en souriant à Paige comme si elle rembarrait un enfant malpoli.

Clay nous rejoignit.

— Et je ne veux personne dans notre équipe qui n'ait pas envie d'être là. (Il me saisit le bras pour le dégager, sans grande subtilité, de la prise de Cassandra.) Jeremy a des consignes de dernière minute pour toi, chérie.

— Laisse-moi deviner, répondis-je. « Sois prudente. Ne te fais pas remarquer. Ne prends pas de risques inutiles. »

Clay sourit.

— Nan. Toi, il te fait confiance. C'est plutôt du genre « Assure-toi que Clay soit prudent, qu'il ne se fasse pas remarquer, qu'il ne prenne pas de risques inutiles ». Des consignes de baby-sitting.

Je roulai des yeux et me dirigeai vers Jeremy. Il se trouvait seul, penché sur une carte étalée sur le capot d'une voiture. À mon approche, il la replia sans lever les yeux.

— C'est toi qui seras aux commandes là-dedans, Elena, me dit-il en se retournant.

— Je connais le refrain. Je m'occupe de Clay. Je donne l'exemple. Je m'assure qu'il se maîtrise.

— C'est toi qui mènes la barque. Il le sait bien.

— Et Adam et Paige? Ils le savent?

— Aucune importance. Adam suivra les instructions de Clay. Paige a assez de bon sens pour ne pas s'embarquer dans des querelles d'autorité en plein champ de bataille. Prends les commandes et ils te suivront.

—Je vais essayer.

—Autre chose. Reste avec Clay. Si vous vous séparez, vous serez trop inquiets l'un pour l'autre pour vous concentrer sur votre tâche. Même si ça tourne mal, restez ensemble. Ne prenez pas de risques.

—Je sais.

—Je suis sérieux. (Il tendit la main pour écarter de mon épaule une mèche de cheveux égarée.) Je sais que tu en as marre de l'entendre, mais ne prends pas de risques. S'il te plaît.

—Je vais le surveiller.

—Ce n'est pas ce que je veux dire. Tu le sais très bien.

Je hochai la tête et l'embrassai sur la joue.

—Je serai prudente. Pour nous deux.

Étape numéro un : inspecter le terrain.

En compagnie de Clay, de Paige et d'Adam, je suivis sur trois kilomètres la voie d'accès envahie par l'herbe jusqu'à l'endroit où la route, au nord, décrivait une boucle en s'éloignant du centre, ce qui signifiait que nous devions conclure le voyage en traversant d'épaisses broussailles sur huit cents mètres. Une fois parvenus assez près pour voir le centre, on s'arrêta pour faire le tour de la zone en demeurant aussi loin que possible dans la forêt sans perdre de vue le terrain dégagé qui entourait le bâtiment. On chercha des traces visuelles, auditives et olfactives de toute personne se trouvant à l'extérieur des murs du centre. Clay affirmait, en se fondant sur ses observations de la fois précédente, que les gens ne sortaient que pour trois raisons : fumer, nourrir les chiens et quitter le centre. Cette dernière option impliquait de conduire l'un des véhicules utilitaires qui attendaient dans un garage tout proche. Personne ne partait à pied ni n'allait marcher dans la forêt. Ces types n'avaient rien d'amoureux de la nature. Notre tour d'horizon nous confirma qu'il n'y avait personne dehors.

Étape numéro deux : tuer les chiens.

Lorsque Clay était venu en reconnaissance, il avait trouvé le chenil. C'était un bâtiment de parpaings niché à trente mètres sous les bois, comme si on l'avait volontairement placé en retrait du centre pour éliminer les bruits. Ces chiens étaient chargés de traquer et de tuer, pas de monter la garde. Tandis que nous approchions du chenil, je compris pourquoi. De temps en temps, l'une des bêtes commençait à faire un boucan de tous les diables, aboyait en direction de ses compagnons, d'un bruit entendu dans la forêt, ou tout simplement par ennui. Même si la probabilité qu'ils trahissent notre présence était faible, nous allions devoir les éliminer. J'avais vu ce qu'ils étaient capables de me faire en tant que louve. Je ne voulais même pas réfléchir aux dégâts qu'ils pouvaient m'infliger sous forme humaine. Une fois que les gardes auraient compris que nous nous trouvions dans le centre, quelqu'un viendrait chercher les chiens qui feraient ce pour quoi on les avait entraînés, c'est-à-dire nous déchiqueter.

On contourna le chenil par le sud, en suivant le sens du vent. Le bâtiment faisait dans les trois mètres sur six, avec une cour de la moitié de cette taille. Comme l'avait découvert Clay lors de sa précédente visite, aucun garde n'était posté au chenil. Pas plus qu'on n'avait mis en place de mesures de sécurité pour protéger les animaux. Seul un cadenas de modèle standard fermait le portail.

Lorsqu'on se trouva sous le vent par rapport au chenil, je comptai les chiens en distinguant leur odeur. Trois. Tandis que nous approchions tout doucement, Clay, Adam et moi, Paige jeta un sort de camouflage. Le même que Ruth avait lancé dans cette ruelle de Pittsburgh, et qui nous rendait invisibles tant que nous restions immobiles. Quand nous nous déplacions, notre image était déformée, mais visible. Il fonctionna très bien sur les chiens, les désorientant assez longtemps pour que Clay puisse briser le cadenas et qu'on entre tous les trois. Je tuai ma cible très facilement, tout comme Clay. Adam ramait avec la prise d'étranglement que nous lui avions montrée. Ce n'était pas sa faute. La plupart des gens ne sont pas des experts du brisage de nuque. Le chien parvint à lui laisser quatre sillons sanglants sur le bras avant que Clay achève la tâche. Paige tenta d'inspecter la plaie, mais Adam s'écarta et aida Clay à traîner les carcasses des chiens dans le bâtiment du chenil.

Étape numéro trois : saboter les véhicules.

Ça, Clay et moi ne pouvions pas nous en charger. Pourquoi ? Parce que nous étions tous deux si nuls en mécanique que nous faisions rarement nous-mêmes le plein d'essence de peur de voir la voiture exploser sous nos yeux dans un déluge de flammes. Adam se voyait donc offrir l'occasion de se rattraper pour cette prise d'étranglement ratée. Après qu'on eut brisé les verrous des portes, Adam souleva les capots, tira sur quelques câbles et pièces mécaniques et déclara le véhicule inutilisable. Clay et moi ne pouvions que le regarder faire. Pire encore, Paige le conseilla quant à la façon de rendre les dégâts plus difficiles à détecter, de sorte que même les gardes les plus experts en mécanique ne puissent déceler et résoudre rapidement le problème. Non, je ne les enviais pas. À quoi bon savoir changer l'huile d'une bagnole quand on était capable de briser le cou d'un rottweiler en moins de trois secondes ? Ça, c'était un talent utile.

Étape numéro quatre : pénétrer dans le centre.

Bon, c'était là que les choses se compliquaient. Dans les films, les héros parvenaient toujours à se faufiler dans des bâtiments apparemment impénétrables à travers un conduit de chauffage, de ventilation ou une entrée de service. Dans la vraie vie, quand on se donne la peine de créer un système de sécurité élaboré, on ne laisse pas de conduit d'aération de un mètre carré fermé par une simple grille métallique munie de quatre vis. À moins d'être un crétin fini. Ces gens ne l'étaient pas. Merde, il n'y avait même pas ces bouches d'aération munies d'un ventilateur tournant aux pales très acérées qui nous découperait en morceaux si on ne passait pas exactement au bon moment. Non. Aucun de tous ces trucs distrayants. Même pas de bonnes vieilles fenêtres. Il n'existait qu'une voie d'accès. La porte d'entrée.

Quand Clay avait exploré le centre pendant ma captivité, il avait découvert que les gardes se livraient au rituel sacré de tous les fumeurs invétérés au travail, condamnés à se serrer tous ensemble pour se protéger des éléments. De toute évidence, même les locaux abritant les plus noirs complots étaient non fumeurs, de nos jours. Ayant établi qu'il n'existait qu'une manière d'entrer dans le centre, nous devions duper le système de sécurité. Ce qui signifiait qu'il nous fallait une main valide ainsi qu'une rétine. Comme nous n'avions pas besoin d'une paire de poumons saine, l'un des fumeurs ferait l'affaire.

On se positionna dans les bois, près de la porte de sortie. Au bout de vingt-cinq minutes d'attente, deux gardes sortirent allumer leur cigarette. J'en ciblai un, Clay en prit un autre et on les tua. Aucun des gardes n'eut seulement le temps de nous voir, peut-être sous l'emprise de ce premier flot de nicotine. Ils avaient à peine fini un quart de leur cigarette avant qu'on les guérisse définitivement de cette habitude.

On traîna les cadavres sur trente mètres dans les bois. Puis Clay lâcha le sien et tira de sa poche arrière un sac-poubelle plié.

—Il ne rentrera jamais là-dedans, dit Paige.

Clay secoua le sac pour l'ouvrir.

—Pas tout entier, non.

—Vous n'allez pas…

Paige pâlit et je vis presque des flash-backs de l'incident de la « tête coupée dans un sac » lui traverser l'esprit.

—Pourquoi vous ne pouvez pas simplement le soulever jusqu'à la caméra de sécurité ?

—Parce que, d'après Elena, il y aura d'autres procédures de sécurité à déjouer une fois dedans, alors si vous avez envie de trimballer un cadavre de cent kilos, ne vous en privez pas.

—Je ne vois pas pourquoi…

Adam se mit à fredonner. Quand Paige se tourna pour le fusiller du regard, je reconnus la mélodie.

—*Little Miss Can't Be Wrong*[1], murmurai-je… en faisant de gros efforts pour étouffer un rire.

Adam sourit.

—Une fois, pendant votre absence, Clay l'a surnommée comme ça. Si elle commence à jouer les gendarmes, vous n'avez qu'à chanter ça. Ça lui ferme le clapet à tous les coups.

—Essaie un peu de recommencer et tu vas voir, dit Paige.

---

1. Chanson des Spin Doctors dont le titre signifie « La demoiselle ne peut pas se tromper ». (*NdT*)

Le sourire d'Adam s'élargit.

—Tu vas faire quoi, me changer en crapaud ?

Paige fit mine de ne pas l'entendre.

—Elena, vous savez que l'une des principales accusations contre les sorcières, pendant l'Inquisition, était qu'elles provoquaient l'impuissance ?

—Hum, non, répondis-je.

—Et je ne parle pas d'impuissance psychologique, répondit Paige. Les hommes accusaient les sorcières de leur voler littéralement leur pénis. Ils croyaient qu'on les rangeait dans de petites boîtes où ils se tortillaient tandis qu'on les nourrissait d'avoine et de maïs. Il y a même une histoire, dans le *Malleus Maleficarum*, sur un type qui est allé voir une sorcière pour demander qu'elle lui rende le sien. Elle lui a dit de grimper à un arbre où il le trouverait dans un nid d'oiseau. Bien entendu, il a tenté de prendre le plus gros, mais la sorcière lui a répondu qu'il ne pouvait pas prendre celui-là parce qu'il appartenait au curé de la paroisse.

J'éclatai de rire.

—Les hommes, dit Paige. Ils accusent les femmes de tout et n'importe quoi. (Elle marqua une pause et lança un regard en biais à Adam.) Évidemment, c'est une accusation tellement extravagante qu'on ne peut s'empêcher de se demander si elle ne contient pas une parcelle de vérité.

Adam feignit d'avaler sa salive.

—Personnellement, je préférerais qu'on me change en crapaud.

—Alors renonce à une carrière de chanteur ou tu le feras en tant que soprano.

J'éclatai de rire et regardai Clay. Il tenait son bras droit tendu et le soutenait de sa main gauche. De la sueur perlait à son front tandis que les muscles de son avant-bras commençaient à palpiter.

—Qu'est-ce que vous… ? commença Paige.

Je lui fis signe de se taire. Le moment était mal choisi pour ennuyer Clay. Comme nous ne pouvions pas franchement trimballer une boîte à outils, il devait improviser un moyen d'ôter la tête et la main du cadavre.

Adam regarda fixement la main de Clay à laquelle étaient en train de pousser des griffes.

—Ça doit être le truc le plus cool que j'aie jamais vu. Ou le plus dégueu.

—Venez par ici, dis-je à Paige. Vous n'avez pas besoin de voir ça.

On s'enfonça dans les bois. Paige garda le regard braqué sur un arbre au loin, la joue agitée de tics, comme si elle essayait en vain de ne pas penser à ce qui se passait derrière nous. Il y eut un bruit humide de déchirure, puis un choc sourd quand la tête coupée du garde heurta le sol.

—Nan, dit Adam. *Ça*, c'était le plus dégueu. Haut la main.

—Bas la main, rectifia Clay, pince-sans-rire. C'est la prochaine étape.

Adam se précipita vers Paige et moi.

—Tu sais, dit celle-ci en regardant Adam, j'ai toujours cru que « devenir tout vert » était une expression. Apparemment non.

—C'est ça, rigole, répondit Adam. Mais c'est un des avantages que présentent mes pouvoirs. L'odeur de la chair brûlée est atroce, mais au moins, il n'y a pas de sang.

—Bon, dit Clay en sortant des bois. Je suis prêt. On y va.

INFILTRATION

On se dirigea vers l'entrée en vérifiant d'abord que personne d'autre n'était sorti prendre sa dose de nicotine. Une fois sur place, Clay tira du sac la tête et la main. Je pris la main. Lorsqu'il éleva la tête vers la caméra, j'approchai la main toujours tiède de la poignée de porte, prête à m'en saisir dès que le premier voyant passerait au vert. Au lieu de quoi il resta rouge et un « bip » retentit. Je me retournai et vis un clavier numérique fixé au mur. Les lettres « ID ? » s'affichèrent sur l'écran minuscule.

— Merde ! m'écriai-je. Il faut un code. Comment est-ce que ça a pu m'échapper ?

— C'est parce que tu essayais de te barrer, chérie, pas d'entrer, dit Clay. Je n'avais pas remarqué non plus. Il doit y avoir des mesures de sécurité supplémentaires pour entrer.

— Pas de problème, dit Paige. On va résoudre ça par la logique. D'abord, trouver le nombre de chiffres.

Elle s'apprêta à appuyer sur le bouton « 9 ».

— Arrête ! s'écria Adam qui lui saisit la main. Si on tape le mauvais code, on risque de déclencher une alarme.

— Je le sais bien. J'essaie simplement de voir combien de chiffres il accepte. Cinq, on dirait. Bon. Alors on retourne jusqu'au cadavre de ce type pour voir si on trouve un numéro à cinq chiffres.

— Peut-être tatoué sur sa poitrine, dit Adam.

—Pas la peine de faire du sarcasme, rétorqua Paige. Peut-être qu'il portait une carte sur laquelle le numéro était inscrit. Même quand un numéro est secret, comme un code personnel, beaucoup de gens le notent et le cachent dans leur portefeuille. On n'aura qu'à chercher un numéro à cinq chiffres.

—C'est débile, marmonna Adam.

—Non, répondis-je. C'est logique, comme l'a dit Paige. Je vais retourner…

—On n'a pas le temps !

—On va le prendre, dit Clay. Vous deux, retournez vous cacher dans les bois.

Accompagnée de Clay, je rejoignis le corps sans tête pour lui fouiller les poches, sans découvrir de portefeuille ni quoi que ce soit qui porte un numéro. À notre retour, Adam était en train de faire les cent pas juste au-delà de la lisière de la forêt.

—Rien trouvé, hein ? demanda-t-il.

Je hochai la tête puis me tournai vers Paige.

—Donc, on sait qu'il s'agit d'un numéro à cinq chiffres. Vous seriez capable de pirater le système ? De déchiffrer le code ?

—Pas sans un ordinateur portable et beaucoup de temps devant moi. (Elle jeta un coup d'œil à Adam, qui s'était assez éloigné pour ne plus nous entendre, puis baissa la voix.) Il est à cran. Je crois qu'il n'a pas beaucoup dormi la nuit dernière.

—Ça va aller, répondis-je. Examinons de nouveau ce clavier.

On se dirigea vers la porte.

—Alors ? demanda Adam. On a un plan ?

—On y travaille, répondis-je.

—Et vous deux ? demanda Paige. Vous pouvez vous changer en loups et nous faire entrer ?

— Comment ? demanda Clay. En geignant et en grattant la porte jusqu'à ce qu'on nous ouvre ?

— C'est notre seul plan ? lâcha Adam d'un ton brusque. Et le plan de secours ?

— Pas de panique, dit Clay. On y travaille.

— On y travaille ? Vous voulez dire que vous n'en avez pas ?

Paige posa la main sur le bras d'Adam. Il la repoussa.

— Mais qu'est-ce qu'on attend, bordel ? demanda-t-il d'une voix tendue qui montait dans les aigus sous l'effet de la panique. On doit se magner. On a sans doute déclenché une alarme en utilisant ce scanner. Et même dans le cas contraire, quelqu'un va forcément venir chercher ces deux gardes. Et merde !

Le blanc de ses yeux s'imprégnait de rouge à mesure que la rage succédait à la panique. L'odeur du feu m'envahit les narines. Clay saisit Adam par le dos de sa chemise à l'instant précis où le poing du jeune homme heurtait la porte. Il y eut un bruit sec et sonore. La porte se mit à miroiter. Clay tira Adam en arrière et le projeta au sol, puis, nous écartant d'une poussée, Paige et moi, se pencha sur Adam.

— Contrôlez-vous, lui dit-il. Concentrez-vous.

Adam était étendu à terre, sur le ventre. Ses mains ouvertes formèrent des poings, agrippant l'herbe et la terre à pleines paumes. L'herbe se mit à grésiller et à fumer. Quand Adam voulut se lever, Clay planta le pied sur son dos.

— Ça y est, vous vous maîtrisez ? demanda-t-il. Je ne vous lâche pas avant.

Adam hocha la tête et Clay recula, mais demeura tendu. Adam s'assit, enfouit le visage dans ses mains et se mit à gémir comme un étudiant de première année affligé d'une gueule de bois de tous les diables. Puis il secoua vivement la tête et nous regarda.

—Désolé, dit-il. Je ne voulais pas… (Il leva brusquement les yeux.) C'est moi qui ai fait ça ?

Je suivis son regard et vis la porte ouverte. Je clignai des paupières et compris que ce n'était pas vraiment le cas. Elle avait disparu. Il n'en restait qu'un tas de cendres.

—Nom de Dieu, murmura Paige. Tu l'as consumée.

—J'ai fait ça ?

Adam se leva, se dirigea vers la porte pour en toucher le bord, puis poussa un cri et retira sa main. Des traces rouges lui couronnaient le bout des doigts. Il sourit comme un enfant faisant ses premiers pas. « Regarde, maman, y a plus de porte ! » Il donna un coup de poing en l'air et poussa un cri de triomphe.

—Finalement, je ne suis pas si minable, comme démon du feu. T'as vu cette porte, Paige ? Repenses-y la prochaine fois que tu décideras de me lancer des noms d'oiseaux.

—Félicitations, dit Clay. Dépêchez-vous d'entrer là-dedans.

Adam hocha la tête et tenta de se composer une expression sérieuse, mais son sourire perçait malgré tout. Clay lui fit signe d'ouvrir la marche. Lorsqu'il enjamba le tas de cendres, il se pencha pour y passer les doigts, puis se tourna vers Paige et sourit, les yeux brillants. Elle lui rendit son sourire puis le poussa par la porte. Nous étions entrés.

L'étape suivante consistait à neutraliser la radio et le système d'alarme. Mes trajets entre la cellule et l'infirmerie m'avaient appris que le centre de communication se situait au deuxième étage, au premier tournant après l'ascenseur. Plusieurs gardes y étaient postés en permanence pour faire fonctionner les machines. Le bureau de Tucker était contigu au poste de garde. Avec un peu de chance, il s'y trouverait. Tuer Tucker était une autre tâche de haute priorité. De tout le personnel restant, il était le plus dangereux, non pas en raison de qualités personnelles – je ne le connaissais pas assez pour en juger –, mais parce qu'il commandait les troupes. Quand on découvrirait que nous avions infiltré le centre, il leur donnerait l'ordre d'agir. Sans Tucker et le système radio, les gardes perdraient tout sens de la discipline – du moins l'espérions-nous. La seule autre personne capable de contrôler les hommes était Winsloe. Que les gardes l'apprécient et le respectent ou non, il leur versait leur salaire, qu'ils ne toucheraient pas s'ils s'enfuyaient au premier signe de grabuge. Winsloe serait donc la prochaine cible sur notre liste.

Une fois Winsloe et Tucker morts, on se soucierait plutôt de combattre des gardes individuels que de partir à la recherche des derniers membres du personnel. Oh, bien sûr, Tess nous menacerait peut-être de sa lime à ongles, mais je parviendrais sans doute à la vaincre. Ce qui laissait Matasumi, un type même pas foutu de sortir d'une salle de bains verrouillée. Oui, bon, j'oubliais quelqu'un. Le mage. Paige m'assurait qu'elle identifierait Katzen si elle le voyait. Les sorcières reconnaissaient instinctivement les mages… du moins l'avait-elle entendu dire, bien qu'elle n'en ait jamais rencontré elle-même. Très rassurant.

Nous avions prévu de prendre notre temps pour passer de l'entrée au poste de garde, d'éviter les confrontations, de prendre des voies transversales. La porte incinérée y mettait le holà. Nous devions atteindre le poste de garde et neutraliser les radios avant que quiconque remarque les dégâts.

Par chance, on atteignit le centre de communications sans incident. Notre coup de bol se prolongea quand on découvrit que deux gardes seulement occupaient le poste. L'un d'entre eux mâchonnait une barre de céréales. L'autre faisait les mots croisés d'un journal de la semaine précédente. Nous n'apercevions que leur profil, mais ça suffit à me faire frissonner. Je souris. C'étaient là deux gardes que je reconnaissais et n'oublierais jamais : Ryman et Jolliffe, qui avaient aidé Winsloe à chasser Lake, joué un rôle clé dans la mort d'Armen, qui faisaient leur boulot avec une telle fierté, un plaisir si cruel. Ce duo consciencieux était maintenant à ce point absorbé par son travail qu'on parvint, Clay et moi, à nous glisser derrière eux à leur insu. La tentation de crier « Bouh ! » pour les voir bondir au plafond était presque trop grande. Mais nous étions pressés. Clay coinça donc la tête de Ryman au creux de son bras et je brisai la nuque de Jolliffe tandis qu'il cherchait un synonyme en neuf lettres de « stupidité ». Comme il nous fallait un garde en vie, nous avions choisi Ryman en espérant qu'il aurait la bouche trop pleine de céréales pour crier. Ce fut le cas. Malheureusement, elle était si pleine qu'il faillit s'étouffer lorsque Clay le saisit à la gorge, ce qui suscita une discussion animée quant à la bonne manière de pratiquer la manœuvre de Heimlich. C'est toujours triste de devoir sauver la vie de quelqu'un avant de le tuer.

Ryman finit par recracher en toussant un bloc de céréales ramolli puis lâcha un flot de grossièretés.

— Ça ne ressemble pas à un merci, dit Clay en lui plaquant la main contre la bouche.

— Bonjour la gratitude, répondis-je.

Je me penchai vers Ryman.

— Vous vous souvenez de moi ?

Son visage devint tout blanc. Je souris, dévoilant mes dents.

— Ce sont les deux dont je t'ai parlé, dis-je à Clay.

Ses yeux étincelèrent et il me rendit mon sourire.

—Parfait.

Ryman émit un bruit qui ressemblait étrangement à un gémissement. Je le gratifiai d'un dernier sourire puis m'éloignai en le laissant à Clay. Lorsque Adam déconnecta les appareils de communication, je brisai la serrure du bureau de Tucker, me penchai à l'intérieur pour y jeter un œil et reniflai.

—On dirait que notre chance s'arrête là, dis-je. Aucune trace du colonel.

—C'est justement à ça qu'il va nous servir, lui, dit Clay en cognant la tête et le torse de Ryman contre le bureau, renversant une bouteille d'eau minérale. On va faire bref. Où est Tucker?

Du sang coulait du nez de Ryman. Il cligna des yeux, recouvra ses esprits puis s'éclaircit la voix et leva la tête.

—Paul Michael Ryman, dit-il d'une voix de robot. Ancien caporal-chef de l'armée américaine. Sous les ordres du colonel R. J. Tucker des forces spéciales.

—C'est quoi, ça? demanda Clay.

Paige étouffa un rire.

—Je… je crois que c'est sa façon de donner son nom, son rang et son matricule. Désolée, Paul, mais ça ne va pas beaucoup nous aider.

Clay se pencha, posa la main de Ryman à plat sur le bureau, puis la brisa d'un coup de poing. Il y eut un craquement écœurant, comme le bruit d'un squelette d'oiseau en train de céder. Ryman hurla, interrompu par la main de Clay qui vint se plaquer sur sa bouche.

—Les médecins vont en baver pour réparer ça, dit Clay. Je dirais que cette main est bonne pour la casse. C'était la gauche. Prochaine étape, la droite. Où est Tucker?

—Paul Michael Ryman, haleta Ryman quand Clay lui découvrit la bouche. Ancien caporal-chef de l'armée américaine. Sous les ordres du colonel R. J. Tucker des forces spéciales.

—Oh, par pitié, dit Paige. Allez, Paul. Nous apprécions votre loyauté à sa juste valeur, mais très franchement, personne n'en saura rien. Dites simplement à ce type ce qu'il veut savoir et finissons-en.

—Paul Michael Ryman. Ancien caporal-chef de l'armée américaine. Sous les ordres du colonel R. J. Tucker des forces spéciales.

—Les hommes, marmonna Paige en secouant la tête.

Clay aplatit la main droite de Ryman sur le bureau. Un violent crépitement jailli d'un haut-parleur me fit sursauter. Clay se contenta de jeter un coup d'œil vers Adam.

—Désolé, dit celui-ci. J'en ai presque fini.

Il baissa le volume du haut-parleur qui crachait des parasites, puis se pencha pour inspecter le circuit électrique de l'autre.

—Bon, dit Clay. Dernière chance. Où…

Le haut-parleur toujours en état de marche émit un couinement assourdissant. Lorsque Adam tendit la main pour l'éteindre, une voix s'en éleva.

—La base, ici Jackson. Vous me recevez? Je répète, la sécurité a été forcée. À vous.

—Attendez, murmura Clay avant qu'Adam puisse l'éteindre. (Il me fit signe d'empêcher Ryman de parler et de bouger, puis arracha le micro à Adam.) Comment ça marche, ce truc?

—Appuyez sur le bouton pour parler. Relâchez-le pour écouter. Ils n'entendent rien tant que le bouton est enfoncé.

Clay poussa le volume du haut-parleur déconnecté. Des crépitements remplirent la pièce. Il enfonça le bouton pour parler.

—Jackson, ici la base, dit-il en ravalant son accent. Ici Ryman. On a un problème de matériel. Veuillez répéter. À vous.

—Merde, Paul, répondit la voix. Je vous entends à peine. Je disais que la sécurité avait été forcée. Quelqu'un a fait sauter la porte. Je penche pour des explosifs, mais vous devriez voir ça. Il ne reste plus que des cendres. Putain de bombe.

—Non, dit Adam en souriant. Putain de semi-démon.

Clay lui fit signe de se taire, puis enfonça le bouton du micro.

—Où est Tu… le colonel Tucker ?

—La dernière fois que je l'ai vu, il se trouvait au niveau deux, en train de faire l'inventaire de l'armurerie. Sa radio ne répond pas ?

—Je vais réessayer. Restez en place. J'envoie des renforts.

Clay tendit le micro à Adam, puis me désigna ainsi que Ryman.

—Tu le veux ? demanda-t-il.

Mon regard glacial croisa celui du garde.

—Pas vraiment. Vas-y, tue-le.

Les yeux de Ryman s'écarquillèrent. Il ouvrit la bouche mais Clay lui brisa le cou avant qu'il puisse émettre le moindre son. Quand Adam eut fini de déconnecter la radio et le système de sécurité, on se dirigea vers l'armurerie.

En fait, on ne savait pas trop où le trouver. Le garde avait parlé du niveau deux, ce qui nous renseignait quelque peu. J'avais appris, lors de mes excursions à l'infirmerie, que le deuxième étage était conçu plus ou moins comme celui des cellules, composé d'un grand bloc avec un couloir unique qui faisait le tour de l'étage et dont les extrémités se rejoignaient au niveau de l'ascenseur. Ce qui nous facilitait les choses. Il nous suffirait de commencer d'un côté et d'inspecter toutes les pièces jusqu'à trouver Tucker. Soutirer à Ryman l'emplacement exact de l'armurerie nous aurait pris trop de temps.

Lors de notre recherche, on trouva et tua deux employés de cuisine. Non, ils ne nous avaient pas menacés. Nous ne les avions même pas perçus comme une menace. La pénible vérité, c'était que nous devions tuer tout le monde. Si inoffensifs qu'ils puissent paraître, même les plus humbles des employés possédaient l'arme la plus dangereuse qui soit : l'information. Ils connaissaient notre existence, et pour cette simple raison, on ne pouvait leur permettre de quitter le centre.

Alors qu'on cherchait Tucker, on trouva Matasumi dans une pièce fermée à clé – ou plutôt, devrais-je dire, je le sentis à travers une porte verrouillée. On tendit un moment l'oreille, puis Paige jeta un sort mineur pour l'ouvrir. Elle avoua qu'il ne fonctionnait normalement que sur des verrous simples, mais puisqu'il était silencieux, on décida de tenter le coup avant de recourir à des techniques plus physiques. Lorsqu'il eut fait effet, on ouvrit tout doucement la porte. Jetant un coup d'œil à l'intérieur, je vis Matasumi assis devant un ordinateur. Il était seul. Je refermai doucement la porte, cognant le menton de Paige qui tendait le cou pour regarder.

— La voie est libre, chuchotai-je. Il travaille sur un ordinateur. Il n'a même pas l'air conscient qu'il y ait un problème.

— Moi si, dit Paige. Vous avez vu les CD ? Le sac à dos ? Il est en train de sauvegarder les données et de vider le disque dur avant de s'enfuir.

— Et il va se manger une erreur fatale, dit Adam. Vous permettez que je m'occupe de celui-là ?

Clay me jeta un coup d'œil.

— Il est seul, dis-je. Il y a une arme à feu sur le bureau. Un fusil automatique, je crois. Il a dû prendre le plus gros truc qu'il ait trouvé. Ça m'étonnerait qu'il sache s'en servir. (Je fis un signe de tête à Adam.) Pas de problème, allez-y. On vous couvre. Soyez simplement…

— … prudent, compléta Adam. Je sais.

J'entrouvris légèrement la porte. Matasumi faisait face au mur du fond. Ses doigts volaient sur le clavier. Lorsque Adam pénétra dans la pièce, Matasumi se pencha pour insérer un autre disque dans l'unité. Il vit Adam et se figea, puis jeta un coup d'œil furtif au fusil posé sur le coin du bureau. Sa main se tendit brusquement, mais Adam s'empara du fusil avant que Matasumi puisse en approcher.

Adam brandit l'arme en sifflant.

— Joli jouet que vous avez là. Vous avez un permis, doc ?

Matasumi se figea de nouveau, la main toujours tendue.

— Ça m'aurait étonné, dit Adam. Moi non plus, alors si on s'en débarrassait avant que quelqu'un se blesse ?

Adam s'apprêtait à lancer l'arme à Clay, mais il se ravisa, la posa à terre et nous la lança à l'aide de son pied.

— Adam Vasic, murmura Matasumi.

— Vous connaissez mon nom ? Je suis flatté.

Adam saisit la main de Matasumi et la serra. Matasumi poussa un cri et la retira. Il regarda fixement les traces rouge vif qui ornaient sa paume, puis tourna son regard vers Adam, comme s'il ne parvenait pas à croire qu'il l'avait brûlé.

— Oups, dit Adam. Désolé, doc. Je ne maîtrise pas encore bien mes effets. (Il se tourna vers l'ordinateur.) Vous travaillez sur quoi ? Ça, c'est du matos. T'as vu ça, Paige ? Pentium III ou IV ?

Adam se pencha pour inspecter la tour en plissant les yeux. Il tendit la main pour la toucher. Des étincelles en jaillirent. Des circuits éclatèrent. Matasumi recula vivement.

— La vache ! s'écria Adam. Ça a l'air grave. Tu crois pouvoir réparer ça, Paige ?

— Désolée, je ne suis pas technicienne.

Adam secoua la tête.

— C'est vraiment pas de bol. Désolé. Qu'est-ce que vous faisiez, exactement ? Vous téléchargiez des fichiers ? (Adam éjecta le disque de l'unité. Il se mit à grésiller, puis à fondre comme de la cire entre ses doigts.) Oups. J'espère que vous avez des copies de sauvegarde.

Les yeux de Matasumi se dirigèrent vers un placard au-dessus de lui. Clay s'avança pour l'ouvrir brusquement. Adam s'y empara d'une poignée de boîtiers de CD. Cette fois, ils se désintégrèrent à son contact, réduits à l'état de fragments carbonisés de plastique et de métal.

— Vous voyez ? dit-il en montrant à Clay sa poignée de cendres. Voilà ce qui se passe quand vous m'aidez à renforcer mes pouvoirs. C'est encore pire que la malédiction de Midas. Au moins, l'or a de la valeur. (Il se tourna vers Matasumi et haussa les épaules.) Désolé, doc, c'est dans l'intérêt de tous. On ne peut pas laisser ces infos sortir de ces murs, hein ? Oh, attendez. Il me reste un bloc mémoire à effacer. Mes excuses par avance.

Adam arracha un câble de l'ordinateur et le passa autour du cou de Matasumi. L'espace d'une seconde, celui-ci ne sembla pas comprendre ce qui se passait. Puis ses mains se portèrent à sa gorge. Trop tard. Lorsque Adam serra le câble, il s'enflamma puis s'éteignit tandis que Matasumi s'effondrait de côté, étranglé.

—Tu y prends beaucoup trop de plaisir, dit Paige.

Adam ne fit que sourire.

—Tu t'attends à quoi ? Je suis un démon.

—*Semi*-démon.

—Un vrai démon aurait commencé par torturer ce pauvre type. Au moins, j'ai fait preuve de clémence.

—Terminez de détruire les fichiers et l'ordinateur, dit Clay. Ensuite, on dégage.

—Je devrais peut-être contacter Kenneth sans attendre ? demanda Paige alors que nous quittions la pièce.

Clay fit signe que non et continua à avancer.

—Mais Jeremy nous a demandé de le prévenir dès qu'on serait à l'intérieur et qu'on aurait détruit les systèmes.

—Non, il a dit de le prévenir quand Elena vous en donnerait le signal.

Paige me jeta un coup d'œil. Je secouai la tête.

—Pas encore.

—Mais on pourrait avoir besoin de leur aide.

—Celle de qui ? demanda Clay qui s'arrêta soudain et pivota vers elle. De Kenneth ? Il ne sait pas se battre. De Cassandra ? Elle se battra peut-être, *si* elle en a envie. On les appellera quand tout sera déblayé.

—Mais…

—Y a pas de mais, dit Clay en fusillant Paige du regard. Vous me demandez de placer mon Alpha dans une situation potentiellement dangereuse où, en plus d'être le seul à se battre, il sera responsable de deux autres personnes. Hors de question.

— Désolée, murmura Paige tandis que Clay se détournait.

Clay se tourna vers elle.

— Quoi ?

— J'ai dit que j'étais désolée.

Clay hésita, hocha brusquement la tête puis nous fit signe de nous taire et se remit en marche.

Quand on trouva l'armurerie, je m'approchai furtivement d'une porte ouverte, jetai un œil à l'intérieur et vis Tucker en train d'écrire sur un bloc-notes. Non seulement il était seul, mais en plus il nous tournait le dos. Peut-être Bauer avait-elle raison quand elle avait fait ce petit discours sur la tendance à trop se reposer sur la technologie dans cette ère postindustrielle. Ces types étaient tellement convaincus de l'infaillibilité de leur système de sécurité sophistiqué qu'ils se sentaient à l'abri tant qu'ils n'entendaient pas sonner d'alarme. Tucker n'était même pas armé. Franchement, où était le défi ?

Je m'éloignai de la porte et fis signe à Clay. Il s'approcha tout doucement de moi, regarda brièvement dans la pièce et secoua la tête. Suivit une discussion animée en langage des signes. Puis je hochai la tête, reculai et fis signe à Paige et Adam d'avancer. Clay franchit la porte sans que ses chaussures fassent le moindre bruit sur le linoléum. Quand Adam essaya de nous suivre, je tendis les mains pour l'arrêter. Clay pouvait s'en occuper seul. Mieux valait rester cachés.

Je fermai les yeux pour affiner mon ouïe et suivis sa progression au bruit de sa respiration, estimant la distance le séparant de Tucker. L'écart se réduisait entre eux. Puis, alors que j'attendais les bruits de l'assaut, deux cliquetis sonores brisèrent le silence. Des armes à feu.

Je plongeai par la porte ouverte. Paige m'attrapa par le dos de la chemise, m'arrêtant à l'instant même où deux gardes sortaient de leur cachette, braquant leur arme vers la tête de Clay.

ANNIHILATION

Clay se figea en plein mouvement. Il regarda tour à tour les deux gardes, mais sans bouger, sans même terminer sa foulée. Tucker se retourna pour lui faire face, souriant.

—Alors c'est bien vous, dit Tucker. La brute qui a descendu mes hommes près d'Augusta. Si on n'avait pas retrouvé l'appareil photo, je n'y aurais jamais cru. Trois de mes meilleurs hommes. Tués par un chien sauvage.

Clay ne répondit pas. Je restai plantée à l'entrée, tout comme Paige et Adam. Tucker nous ignora.

—Ce n'était pas une mauvaise idée de saboter les radios et les alarmes, dit Tucker. Pas mauvaise, mais pas géniale non plus. Vous avez sous-estimé l'entraînement que j'ai donné à mes hommes. Dès que Jackson a compris la présence d'intrus, il a envoyé un homme de son équipe m'avertir personnellement.

Paige me tenait toujours par le bras. Lorsque Tucker parla, elle le serra. Croyant qu'elle avait peur, je ne la repoussai pas. Puis elle me pinça si fort que je dus réprimer un cri. Quand je lui lançai un regard noir, elle désigna le garde le plus proche d'un signe de tête quasi imperceptible. Je lui répondis d'un geste tout aussi discret. Pas question que je mette en danger la vie de Clay en attaquant un garde. Paige serra plus fort mon bras et me lança un regard impatient. Je me détournai.

541

Tucker poursuivit :

—Oui, je sais qu'on est maintenant trois contre quatre. Les chances ne sont pas exceptionnelles pour nous, mais je pense qu'elles vont s'améliorer d'un instant à l'autre. L'un de mes hommes ramène des renforts en ce moment même. (Il inclina la tête.) Est-ce que ce sont des pas que j'entends là ? Je crois bien que oui. Mais c'est vous qui avez une oreille bionique. Dites-moi, combien d'hommes en approche ? Quatre ? Six ? Dix ?

Paige murmura à mi-voix. Elle était en train de lancer un sort. Avant que je puisse l'arrêter, le garde le plus éloigné de nous se raidit. Il regarda de gauche à droite, mais seuls ses yeux bougeaient, gagnés par une panique progressive. Je compris alors ce que venait de lancer Paige : un sort d'entrave. Alors qu'elle lâchait mon bras, je me jetai sur le garde le plus proche. Quand je le percutai, un coup de feu fut tiré au plafond. Je lui arrachai son arme des mains tandis que nous tombions à terre. Le deuxième garde se tournait à présent, le sort rompu.

Adam se jeta sur moi et poussa l'autre garde contre le mur. Clay attrapa Tucker par le cou. Tandis que j'enfonçais les poings dans le ventre de ma cible, son genou m'atteignit à la poitrine et me coupa le souffle. La puanteur de la chair en train de brûler remplit la pièce. L'autre garde hurla. Lorsqu'il entendit ce bruit, le garde dont je m'occupais hésita juste assez longtemps pour que je reprenne mon souffle. Je le soulevai au-dessus de ma tête et le projetai vers de lourdes étagères d'acier. Sa nuque heurta le coin de la plus haute. Il y resta suspendu une minute, en plein air. Ses yeux clignèrent une fois, puis il bascula face contre terre, du sang jaillissant d'une entaille à l'arrière de son crâne. Quand je me relevai, Clay prit le pouls du garde.

—Il est mort, dit-il.

Un coup d'œil à Tucker et à l'autre garde m'apprit qu'ils souffraient du même mal.

— Tu entends approcher quelqu'un, chérie ? demanda Clay.

— Je crois que Tucker bluffait, répondis-je. Mais maintenant, ils arrivent. Ils sont au moins quatre. Je dirais sept. On ferait mieux de s'enfuir.

— S'enfuir ? dit Adam. Eux sept contre nous quatre ? Les chances me paraissent correctes.

— Je veux qu'elles soient excellentes, pas correctes. Sept contre quatre, c'est quasiment la garantie qu'il y aura des pertes de notre côté. Vous vous portez volontaire pour tenir ce rôle ?

Adam jeta un coup d'œil à Clay.

— Elena a raison, dit celui-ci. Pour l'instant, on court en espérant qu'ils vont se séparer. Sinon, on se bagarre. Ici, on est cernés.

On quitta donc l'armurerie.

J'entendais approcher les gardes mais ils n'étaient pas encore en vue. Après le premier tournant, on se faufila par une porte ouverte.

— Ils sont à l'armurerie, chuchotai-je tout en tendant l'oreille. Ils parlent… Ils viennent de trouver Tucker. Un d'entre eux… Non, deux d'entre eux sont restés sur place, ils essaient de savoir s'il est vivant. Les autres vont continuer à chercher. Ils ont ralenti l'allure, mais ils viennent par ici.

— Ils sont séparés, murmura Clay. Mais pas pour longtemps.

Je me tournai vers Paige.

— Vous pouvez lancer ce sort de camouflage ?

— Bien sûr, répondit-elle.

543

— Est-ce qu'il est… fiable ?

Son visage s'assombrit.

— Évidemment… (Elle s'interrompit et hocha la tête.) Ça va marcher. C'est un sort de niveau trois. Je suis une apprentie de niveau quatre. L'entrave, c'est le niveau quatre, c'est pour ça que ça me donne tant de mal.

— Parfait. Vous trois, attendez ici dans l'entrée. Paige va jeter son sort de camouflage. Si vous restez immobiles, ils ne vous verront pas. Ne me couvrez pas, Paige. Je vais servir d'appât et les attirer un peu plus loin. Clay et Adam pourront les attaquer par-derrière. Une fois que l'attention des gardes – et leurs armes – seront détournées de moi, je me mêlerai à la bagarre.

Paige secoua la tête.

— Ce sera *moi*, l'appât.

— On n'a pas le temps de se disputer, dit Clay.

— Adam, Elena et vous, vous savez vous battre. Pas moi. Il vaut mieux que vous les attaquiez tous les trois. Et puis, Elena n'a peut-être pas l'air trop menaçante, mais quand ces types me verront, ils ne me cataloguent jamais « dure à cuire ». Ils ne s'attendront pas à devoir se battre.

— Elle a raison, dit Clay.

J'hésitai.

— On reste ici, me chuchota-t-il, trop bas pour que les autres nous entendent. Il ne lui arrivera rien.

— Tout le monde en place, dit Paige. Les voilà.

Au cours de la bataille qui s'ensuivit, Adam reçut une balle dans l'épaule. Douloureux, mais pas handicapant. Les gardes moururent. Tous – les quatre qui étaient venus à notre recherche, plus les deux restés en arrière pour s'occuper de Tucker, et trois autres qui étaient apparus avant que Paige finisse de lancer un sort curatif pour arrêter l'hémorragie d'Adam. Neuf gardes. Tous morts. Quand ce fut fini, Paige resta plantée parmi les gardes morts, baissa les yeux vers les corps et se retira. Elle passa les cinq minutes suivantes dans une pièce vide. On ne la dérangea pas. Elle n'était pas la seule à avoir vu assez de morts pour la journée. Quand je pensais à tous les gens qu'il faudrait encore tuer, aux gardes et membres du personnel que nous n'avions pas encore croisés, ma propre résolution commençait à flancher. C'en était trop. Oui, j'avais déjà tué, mais il s'agissait de cabots, eux-mêmes tueurs impitoyables, et leurs morts s'étalaient sur toutes les années de mon existence de loup-garou. Tuer tant de gens en si peu de temps… Je savais que je revivrais cette journée dans mes cauchemars, que je reverrais leur visage, me demanderais s'ils avaient une femme, une copine, des enfants. Je me dis que je ne pouvais pas penser à ça. Ils devaient mourir pour protéger nos secrets. Quand ils avaient rejoint ce projet, ils étaient conscients du danger, mais voir les choses de ce point de vue ne me facilitait pas les choses pour autant. À mesure que les corps s'empilaient, j'aurais tant préféré trouver un moyen d'éviter ces meurtres. Mais il n'y en avait pas. Tout le monde devait mourir.

En l'absence de Paige, je n'échangeai pas un mot avec Adam et Clay. Quand elle revint, son visage était pâle mais sévère.

—Allez, dit-elle, on en finit.

Adam cligna des yeux et regard autour de lui, perdu, tel un somnambule qui se réveille dans son jardin. Il était aussi pâle que Paige. Les effets du choc. Clay regarda tour à tour Paige et Adam. Il posa le bout des doigts sur mon bras et se détourna à demi des deux autres pour me faire face.

—Je vais terminer, dit-il. Vous en avez fait assez. Montrez-moi où chercher et couvrez-moi. Je m'occupe du reste.

Je croisai son regard. Il paraissait aussi fatigué que moi. Je ne parle pas d'épuisement physique, mais mental. Lui aussi en avait fait assez. Quand je lui touchai la main, il me serra les doigts.

—On va leur trouver une cachette sûre, murmurai-je trop bas pour que les deux autres entendent. Ensuite, on va en finir tous les deux.

Clay hésita.

—Jeremy nous a dit de rester ensemble, lui rappelai-je. Pas question que je te laisse te battre seul.

Clay scruta mon visage puis expira lentement.

—D'accord, chérie. On en finit, et ensuite on pourra rentrer chez nous.

On laissa Paige et Adam en arrière. Paige accepta sans commentaires. Adam protesta, mais je le pris à part pour lui expliquer que nous nous inquiétions pour Paige et que je n'osais pas la laisser en arrière sans quelqu'un pour monter la garde. Je crois qu'il n'était pas dupe, mais comme on lui offrait ainsi la possibilité de se retirer de l'action tout en gardant sa dignité intacte, il accepta ce changement de plans et escorta Paige dans une pièce vide.

Avec Clay, je parcourus deux fois entièrement le niveau deux. Ne trouvant aucun signe de Winsloe, on monta à l'étage, sortit du centre et chercha des fugitifs potentiels. Les quatre véhicules se trouvaient toujours dans le garage. On tua deux gardes qui bricolaient frénétiquement une Bronco sabotée. Puis on contourna le centre, tendant l'oreille et flairant l'air pour nous assurer que personne n'avait filé dans les bois. Rien. Aucune trace de Winsloe non plus.

Quand on rejoignit Paige et Adam, je demandai à Paige de contacter Kenneth. Il était temps que Jeremy nous rejoigne. Il leur faudrait une bonne demi-heure pour traverser les bois. D'ici là, on aurait besoin de leur aide pour nettoyer et détruire les preuves. Mais d'abord, il nous restait une dernière tâche : vider les cellules.

LIBÉRATION

Paige et Adam insistèrent pour nous accompagner en bas. D'après mes calculs, la plupart des gardes étaient déjà morts, si bien qu'on autorisa les jeunes gens à nous suivre. Comme je m'y attendais, le poste de garde du bloc de cellules n'était occupé que par les deux types habituels. On les élimina, Clay et moi, avant de nous diriger vers les cellules. Comme Adam avait déconnecté le système de sécurité, toutes les portes étaient maintenant ouvertes, si bien qu'on put se débarrasser du sac de morceaux de cadavres que Clay avait récupéré dehors.

Avant d'entrer dans le bloc de cellules, on se sépara. Oui, Jeremy nous l'avait déconseillé, mais je savais qu'il n'avait pas voulu dire que nous ne devions pas nous perdre de vue un seul instant. Il comptait sur ma discrétion habituelle, laquelle me dictait qu'il vaudrait mieux que nous entrions dans le bloc par des portes opposées. On ne resta séparés que lors des quelques secondes nécessaires pour passer du couloir au bloc de cellules. Cette entrée par deux portes différentes signifiait que personne ne pourrait s'enfuir de l'autre côté à notre arrivée. Précaution inutile. Winsloe ne se cachait pas dans le couloir séparant les cellules. Ni personne d'autre. J'entrai avec Paige du côté du poste de garde, et lorsqu'on franchit la porte, Adam et Clay se dirigeaient déjà vers nous depuis l'autre côté.

—On devrait relâcher tout le monde, leur criai-je alors qu'ils approchaient.

Clay hocha la tête.

—Ça nous permettra de vérifier que Winsloe ne s'y trouve pas.

—C'est elle? chuchota Paige.

Me retournant, je vis qu'elle s'était arrêtée devant la cellule de Savannah. À l'intérieur, la fillette jouait à la Game Boy, le nez plissé sous l'effet de la concentration.

—Elle va bien, dis-je. Parfait.

—On peut la faire sortir? demanda Paige, murmurant toujours comme si Savannah pouvait nous entendre.

Je secouai la tête.

—On va d'abord voir Leah. Nous assurer qu'elle est bien enfermée dans sa cellule.

La cellule de Leah voisinait avec celle de Savannah, et on l'y trouva hélas bien vivante et en forme, assise sur sa chaise, pieds posés sur la table, en train de lire *Cosmo*.

Adam jeta un œil dans la cellule.

—C'est elle? Cette salope de Leah? Elle ne m'a pas l'air très dangereuse. Je pourrais la battre.

Paige roula des yeux.

—J'y crois pas. Le p'tit pyromane désintègre une porte et il se prend pour le roi des démons.

—Petit? bafouilla Adam. J'ai un an de plus que toi.

—Circulez, dit Clay. Tant qu'elle est enfermée, on la laisse là jusqu'à ce que Jeremy décide de ce qu'il veut en faire.

Adam lança un dernier regard plein d'envie en direction de Leah, puis se retourna vers moi.

—Et maintenant?

—Clay et vous, vous pouvez vérifier combien d'autres cellules sont occupées. Paige et moi, on va parler à Savannah.

Tandis qu'Adam et Clay remontaient le couloir, je m'approchai de la cellule de Savannah en compagnie de Paige. À l'intérieur, elle jouait toujours à son jeu vidéo. On s'arrêta devant sa porte.

— Est-ce que ma mère a parlé de moi à Savannah ? demanda Paige.

Je hochai la tête.

— Elle sait à quoi s'attendre, elle sait que vous allez vous occuper d'elle. Enfin, c'était le projet, mais je suppose que du moment que vous la ramenez à votre Convent, ça suffira. Ça m'étonnerait que Ruth se soit vraiment attendue à ce que vous adoptiez une gamine de douze ans.

— Mais si, répondit Paige. Même si je me demande ce que Savannah pensera de cette idée.

— Oh, ça lui conviendra très bien. (Je saisis la poignée de porte.) Prête ?

Une expression proche de la panique traversa furtivement le visage de Paige. Puis elle expira, lissa sa chemise et passa la main à travers ses boucles, comme si elle se préparait à un entretien d'embauche.

— Prête, répondit-elle.

Elle se pencha pour ouvrir la porte et entra.

— Bonjour, Savannah.

La fillette sursauta. Sa Game Boy alla s'écraser par terre. Ses yeux balayèrent Paige avant de se braquer sur moi. Avec un sourire, elle se précipita pour m'entourer de ses deux bras.

— Je savais que tu reviendrais, dit-elle.

Ouille. Ça faisait mal, ça. Très mal. Mais j'étais revenue, non ? Je regrettais simplement d'avoir manqué de confiance au point de l'abandonner en premier lieu.

— Je te présente Paige Winterbourne, dis-je. Ruth était…

— … ma mère, termina Paige.

Savannah se tourna vers Paige. Elles faisaient la même taille.

— C'est la sorcière qui est censée m'emmener ? demanda Savannah qui nous regardait tour à tour. Elle a quel âge ?

— Vingt-deux ans, répondit Paige en souriant.

Savannah ouvrit de grands yeux horrifiés.

— Vingt-deux ? Elle est à peine plus vieille que moi !

— On parlera de ça plus tard, dis-je. Pour l'instant…

— C'est qui, lui ?

Elle désigna Clay sur le pas de la porte, puis comprit qu'elle le montrait du doigt et transforma ce geste en salut.

— Clayton, répondis-je. Mon…

— Ruth m'a parlé de lui. Votre mari, non ?

— Heu… Oui.

Savannah le jaugea de la tête aux pieds comme le font les adolescentes, c'est-à-dire sans descendre plus bas que le cou. Elle hocha la tête d'un air approbateur puis se pencha, manquant trébucher sur moi.

— Et lui ?

— Adam Vasic, répondit l'intéressé qui entra dans la pièce et feignit de s'incliner.

Savannah étouffa un rire.

— Ruth m'a parlé de vous. Le démon du feu. Ça n'a pas l'air *trop* dangereux, mais vous savez faire quoi ?

— On ferait vraiment mieux…, commença Paige.

— Tu t'appelles Savannah Levine, c'est ça ? demanda Adam.

Elle hocha la tête. Avec un grand geste, Adam tendit la main, s'arrêta puis posa son doigt contre le mur. La cloison sèche se mit à fumer. À l'aide de son doigt, il grava les lettres S. L. puis les entoura d'un cœur.

Le visage de Savannah s'éclaira, mais elle tenta de cacher son expression sous un masque d'indifférence.

—Pas mal. Mais tout le monde peut faire ça avec une loupe. Vous n'avez pas de *vrais* pouvoirs ?

—Plus tard, dit Clay. On a encore deux cellules à vider.

Adam s'écarta pour laisser passer Savannah et lui tint la porte ouverte. Elle feignit de l'ignorer, mais ne put retenir un minuscule sourire et un dernier coup d'œil à son œuvre d'art ornant le mur. Pauvre Xavier. Si vite évincé de l'affection de Savannah par un semi-démon plus jeune et plus puissant. Qu'il est inconstant, le cœur d'une jeune fille de douze ans.

Lorsque Savannah dépassa Adam, elle entra en collision avec Clay qui bloquait la sortie.

—Elle reste ici, dit-il. Paige peut la surveiller.

Savannah poussa un cri.

—On aurait dû la relâcher en dernier, dit-il. Peut-être qu'il reste des gardes. Je n'ai pas envie de la savoir en vadrouille.

—Je ne vais pas…

Clay la fit taire d'un regard. Ils se fixèrent droit dans les yeux, puis Savannah céda la première.

—D'accord, dit-elle.

Elle pivota sur ses talons, marcha vers son lit et s'y jeta, bras croisés, face au mur.

—Adam, restez avec elles, dit Clay. Montez la garde.

—Je n'ai pas besoin qu'on me protège, dit Savannah en se retournant pour s'asseoir, tout ressentiment disparu à l'approche d'Adam. Mais vous pouvez veiller sur *elle*. (Elle désigna Paige du menton.) Peut-être qu'elle aura besoin d'aide.

—Eh ben, on va se marrer, murmura Paige à mi-voix. Vous n'auriez pas pu me trouver une gentille petite sorcière de huit ans ?

—Ça pourrait être pire, répondis-je. Elle pourrait avoir seize ans.

—Un jour, elle les aura.

Restaient deux prisonniers. Curtis Zaid, le prêtre vodoun, et un nouveau captif dans la cellule qui faisait face à mon ancienne.

—Tu crois qu'il appartient à quelle espèce ? demandai-je à Clay, penchant la tête pour inspecter le nouveau venu. J'ai entendu dire qu'ils cherchaient à capturer un nouveau vampire, mais ce type ne me paraît pas franchement anémique.

C'était un euphémisme. L'occupant de cette cellule mesurait au moins un mètre quatre-vingt-dix, avec de larges épaules et une imposante musculature, soulignés par un sweat-shirt sans manches et un jean usé. Vraiment pas anémique.

—Arrête de baver, chérie, me dit Clay.

Je lui répondis d'une grimace et me retournai vers l'étranger.

—Tu crois que c'est un vampire ?

—Tu veux que je passe le cou dans sa cellule pour vérifier ?

—Peut-être plus tard. Pour l'instant, je crois qu'on devrait le laisser où il est. Simple question de sécurité.

On se dirigea vers la cellule de Curtis Zaid. Je l'observai à travers le miroir sans tain, cherchant à estimer sa stabilité mentale.

—Ça a l'air d'aller, dis-je. Il n'est pas en train de jurer ni de marmonner. Je crois que ce pauvre type a perdu la tête, mais il n'est pas dangereux. Il ne possède pas de vrais pouvoirs. Il risque plus de représenter une gêne qu'une menace.

—Alors on le fait sortir, dit Clay en ouvrant la porte.

Lorsqu'on entra dans sa cellule, Zaid se retourna et retira quelque chose de ses oreilles. Des écouteurs reliés à un lecteur de CD posé sur la table. Il ferma son livre, et le posa au-dessus d'un magnétoscope. Des CD ? Des livres ? Merde, on ne m'avait jamais rien filé d'autre que de vieux bouquins et une télé dont deux chaînes étaient brouillées. Peut-être que j'aurais dû marmonner des incantations, moi aussi.

—On vient vous faire sortir, Curtis, lui dis-je.

Zaid ne sembla pas surpris le moins du monde. Peut-être n'avait-il déjà plus toute sa tête. Il nous ignora, se leva et se dirigea vers la porte. On s'écarta pour le laisser passer. Il s'avança dans le couloir, s'arrêta et regarda autour de lui, comme s'il s'attendait à un piège. Puis il se dirigea vers la sortie.

—Heu, je vous déconseille de partir tout de suite, lui criai-je. Il y a une trotte d'ici à la prochaine ville.

Zaid ne s'arrêta pas.

—Laisse-le, dit Clay. Il n'ira pas loin. On le retrouvera avant de partir.

Savannah surgit de sa cellule en courant. Adam pivota sur ses talons pour essayer de la saisir par le bras, mais il la manqua.

—Vous avez fini ? nous cria-t-elle. On peut y aller maintenant ? Hé, c'est M. Zaid ? (Elle s'arrêta à un mètre de Zaid, leva les yeux vers lui, puis recula d'un pas minuscule.) Ce n'est pas un prêtre vaudou…

—Savannah ! dit Paige qui sortait en courant de la cellule. Je t'ai dit de rester…

Elle s'interrompit net. Je suivis son regard braqué sur Zaid, qui s'était arrêté et se tournait lentement vers les deux sorcières. Paige devint toute blanche. Très blanche.

Zaid leva la main comme pour les saluer. Les pieds de Savannah décollèrent du sol. Elle se mit à flotter dans les airs.

— Savannah ! hurla Paige en se jetant vers la fillette.

Le corps de Savannah resta suspendu en l'air une seconde, puis se précipita vers nous comme un caillou projeté depuis un lance-pierres. Non, pas vers *nous*. Vers le mur situé derrière nous. Je pivotai, bras tendus pour la rattraper, imitée par Clay. Son corps heurta mon épaule assez fort pour me précipiter contre le mur. Clay bondit pour nous rattraper toutes les deux avant qu'on heurte le sol.

Par-dessus son épaule, je vis Paige à un mètre cinquante de Zaid. Silencieux, ils se faisaient face. Zaid esquissa un faible sourire.

— Il y a longtemps que je n'ai pas eu le plaisir d'affronter une sorcière, dit-il. Et en voici deux d'un coup. Dommage qu'elles ne soient qu'apprenties. On aurait pu s'amuser.

Il agita les doigts et les genoux de Paige cédèrent. Elle trébucha mais se rattrapa.

— Une apprentie sorcière vaut mieux qu'un mage qui frappe dans le dos.

— Katzen, murmurai-je.

Tandis que je restais accroupie à terre, serrant Savannah contre moi, Adam et Clay approchèrent de Katzen par des côtés opposés. Il leur jeta un coup d'œil et décrivit un cercle d'une main. Clay s'arrêta net, clignant des yeux. Il tendit la main, qui sembla heurter quelque chose de dur mais d'invisible. Il balança le poing, qui s'arrêta en plein geste. Katzen nous jeta un regard qui traduisait l'ennui.

— Ne vous en mêlez pas, dit-il. C'est entre la sorcière et moi. Profitez bien du spectacle, mais ne vous mettez pas trop à l'aise. Ça ne va pas durer longtemps. (Il se tourna vers Paige.) Je me sens d'humeur magnanime aujourd'hui, sorcière. Si vous cédez, je vous laisse partir.

—Rien à faire, répondit Paige. Mais si *vous* cédez, je vous laisserai partir.

Katzen fit un geste du poignet. Cette fois, Paige marmonna quelques mots et arrêta sa main. Il plia les doigts, brisant sans aucun mal le sort d'entrave, mais lorsqu'il voulut répéter son geste, Paige lança un autre sort, l'interrompant avant qu'il ait terminé.

—Bien tenté, dit-il. Mais vous perdez votre temps. Aucune sorcière, surtout apprentie, ne peut espérer vaincre un mage. Je suis sûr que vous connaissez vos cours d'histoire. Vous autres, les sorcières, vous êtes *tellement* douées pour vous rappeler le passé. C'est tout ce qui vous reste. C'est plutôt triste.

—Je connais mes cours d'histoire, dit Paige. Tous les vrais pouvoirs que possèdent les mages proviennent des sorcières. On vous a tout appris, mais quand l'Inquisition a commencé, est-ce que vous nous avez protégées ? Non. Dès qu'on s'est retrouvées ciblées, vous leur avez tendu nos têtes sur un plateau d'argent. On vous a donné du pouvoir et vous nous avez trahies.

—Peut-être que je me suis trompé, dit Katzen. Peut-être que l'histoire n'est pas tout ce qui vous reste. J'oubliais l'amertume. Et l'envie.

Katzen leva les deux mains. Les lèvres de Paige remuèrent, mais avant qu'un sortilège puisse en sortir, elle se retrouva projetée dans les airs. Lorsqu'elle heurta le sol, elle roula sous l'impact puis disparut. Totalement. Katzen balaya le sol du regard.

—Un sort de camouflage. Comme c'est original.

Il se retourna, tapa du pied, puis se retourna de nouveau et répéta son geste comme pour écraser une fourmi en fuite.

La barrière de Katzen les entourait tous deux, emprisonnant Adam de l'autre côté du couloir. Les yeux du jeune homme brûlaient d'un éclat rouge tandis qu'il cognait contre la barrière, mais son pouvoir ne lui permit pas de la percer. Clay faisait les cent pas de notre côté, passant les mains sur la barrière en cherchant une faille. Je berçais Savannah tout en cherchant la présence de fractures. Apparemment, elle était juste un peu sonnée et n'avait rien de plus grave que des bleus.

Katzen continuait à taper du pied, se déplaçant chaque fois de quelques centimètres.

— Dites-le-moi quand je brûle, sorcière. Vous savez très bien que je vais vous trouver. Dès que vous bougerez, vous allez vous révéler. C'est le problème avec vos sorts, non ? Vous ne pouvez que vous défendre. Pas vous battre.

Une forme miroita à quelques pas de Katzen. C'était Paige, remuant les lèvres.

— Paige ! m'écriai-je pour l'avertir qu'elle se dévoilait.

Avant que Katzen puisse se retourner, une boule de feu tomba du plafond, le frappa en pleine poitrine et explosa. Il recula en titubant et en toussant, les vêtements roussis. Il regarda tout autour de lui en quête de Paige. L'un de ses courts dreadlocks s'enflamma et lui cingla la joue, y laissant une tache d'un rouge vif. Avec un grondement, il éteignit le feu d'une gifle, puis regarda de nouveau autour de lui. Paige avait disparu.

— Bien joué, sorcière, dit-il. Vous avez lu les grimoires des mages ?

Il allait en dire plus, mais il s'interrompit et se retourna comme si quelque chose avait attiré son regard. Ses lèvres esquissèrent lentement un sourire. Je suivis son regard jusqu'à la cellule de Leah. Le sourire de Katzen s'élargit et il fit un geste de la main en murmurant quelques mots. Il y eut un déclic, trop subtil pour que les oreilles humaines l'entendent. Puis la porte de Leah s'entrouvrit en grinçant. À l'intérieur, elle se redressa et sa revue glissa à terre. Elle s'avança vers la porte, l'ouvrit et sortit.

DÉMONSTRATION

—Tu as manqué le début de la fête, ma chère, dit Katzen quand Leah quitta sa cellule. Pourquoi tu n'emmènerais pas la gamine à l'abri pendant que je m'occupe de celle-ci ?

Leah cligna des yeux, brièvement désorientée, puis balaya du regard le couloir et les silhouettes inconnues pour elle d'Adam et de Paige. Je fis descendre Savannah de mes genoux et me levai. Leah vit mon geste et se retourna.

— J'aurais dû m'en douter, dit-elle. Ravie de vous revoir, Elena.

Clay s'approchait de nous à pas de loups, s'efforçant de ne pas attirer son attention avant qu'il soit en mesure de lui sauter dessus. De l'autre côté de la barrière invisible, Adam faisait les cent pas, les yeux flamboyants. Je fis un pas de côté pour me placer devant Savannah.

— N'y comptez pas, dis-je.

— Leah ? dit Savannah, l'air toujours sonné, qui s'efforçait tant bien que mal de se redresser derrière moi. Tu peux… nous aider ?

La semi-démone sourit.

— Bien entendu.

Je me jetai sur Leah. Quelque chose m'atteignit à l'arrière de la tête. Lorsque je tombai en avant, tout devint noir. Je repris brusquement connaissance en heurtant le sol de ciment. Clay m'entourait de ses bras pour me relever.

— Savannah, dis-je en me redressant précipitamment.

Je titubai, toujours sonnée. La pièce se mit à tourner. Un sang chaud me coulait sur la nuque. Clay tenta de me stabiliser, mais je le repoussai.

— Va aider Savannah, lui dis-je.

Il voulut saisir la fillette, qui se tenait maintenant devant nous. Mais sa main ne l'atteignit pas. Elle s'arrêta net, tout comme lorsqu'elle avait rencontré le champ de force entourant Katzen et Paige.

— N'essayez pas d'intervenir, homme-loup, dit Katzen. On n'a pas besoin de votre espèce, ni du démon du feu. Emmenez votre ami et votre partenaire et sortez d'ici avant que cette sorcière aiguise mon appétit et me donne envie de plus grands défis.

Je m'avançai d'un pas chancelant et me heurtai à la barrière qui entourait Savannah et Leah. Ma tête tournait toujours. Quand je martelai des poings le mur invisible, le recul me fit perdre l'équilibre. Lorsque Clay me rattrapa, j'aperçus quelque chose à terre. Un livre, provenant sans doute de la cellule de Katzen. Le coin en était tacheté de sang. Le mien. Je le regardai fixement. Un livre. Leah m'avait frappée avec un livre ordinaire, projeté assez fort pour m'assommer et me tirer du sang. Je regardai Savannah et la peur m'envahit.

— Lâchez-la, dis-je. Ce n'est qu'une gamine.

Leah roula des yeux.

— Ne me jouez pas le coup de l'« enfant innocente », Elena. Savannah a douze ans. Ce n'est plus une petite fille. Et elle n'a rien d'une innocente. (Elle sourit à Savannah.) Mais je m'en fiche. Je vais m'occuper de toi.

Savannah nous regarda tour à tour, Leah et moi, toujours perdue. Je compris alors ce qu'avait mijoté Leah avec ces mises en scène d'objets volants et la façon dont elle en accusait Savannah. Elle essayait de devenir la seule alliée de la fillette, la seule personne qui l'accepterait quoi qu'elle fasse. Leah s'était également alliée à Katzen, comme le soupçonnait Paige. Ensemble, ils avaient organisé ce spectacle chaotique la nuit de mon évasion. Dans quel but? Aucune importance. Pour l'heure, le plus grave était que Paige se trouve emprisonnée avec Katzen et que Savannah risque de partir avec Leah. Je ne pouvais rien faire dans le premier cas, mais dans le deuxième…

—Elle est innocente, insistai-je. Innocente de tout ce qui s'est passé ici. Pourquoi ne lui dites-vous pas qui a réellement attaqué ces gardes, qui a réellement tué Ruth Winterbourne? Des objets volants… Une semi-démone douée de télékinésie. Hmmm, y aurait-il un lien, par le plus grand des hasards?

—Mais… (Clignant des yeux, Savannah nous regarda tour à tour.) Tu… tu ne ferais pas ça.

—Bien sûr que non, dit Leah. Je ne te ferais jamais de mal, Savannah.

—Ah non? demandai-je. Et ce tourbillon de verre, vous croyez que ça chatouillait? Mais vous n'étiez pas là, hein? Comme par hasard, vous êtes apparue quand tout était fini.

Le regard de Savannah pivota de Leah vers moi, puis de nouveau vers elle.

—D'accord, dit-elle calmement. Si tu es mon amie, Leah, laisse-les partir. Dis à ce type de relâcher Paige. Elle n'a rien fait de mal. Laisse-les partir et viens avec nous.

—Je ne peux pas, Savannah, dit Leah. Ils ne te comprennent pas. Ils vont t'emmener, et quand les choses iront de travers, ils ne comprendront pas. Je suis la seule…

—Non! cria Savannah.

Elle se redressa d'un coup. L'espace d'un instant, je crus que Katzen s'emparait de nouveau d'elle. Je me jetai contre la barrière, puis je vis l'expression de Savannah. Ses yeux flamboyaient et la rage déformait ses traits. Ses lèvres remuaient.

Leah s'approcha de la fillette, mais se figea. Un éclat de confusion apparut dans ses yeux, auquel succéda une infime nuance de peur quand elle comprit. Elle ne bougea pas. Ne remua même pas un muscle. Je regardai Savannah. Son regard était braqué sur Leah.

—Mon Dieu, chuchota Paige. Elle l'a entravée.

Katzen ne sembla pas remarquer que Paige était réapparue en brisant son sort de camouflage. Il regarda Savannah puis éclata de rire.

—Ça, c'est du pouvoir, dit-il. (Il baissa les yeux vers Paige assise à terre.) *Ça*, c'est un sort d'entrave, sorcière. Vous auriez peut-être dû lui demander des cours avant de m'affronter. Dommage. J'aurais apprécié une vraie séance d'entraînement.

Il claqua des doigts et Paige alla valser en arrière contre le mur. Elle heurta le sol en roulant et disparut. Katzen se remit à la chercher en tapant du pied. Derrière eux, Savannah tournait le dos à l'action, entravant Leah. Adam, Clay et moi, impuissants, partagions notre attention entre ces deux batailles.

Paige se mit à miroiter tandis qu'elle lançait un sort. Katzen pivota juste à temps pour la voir à soixante centimètres derrière lui, et son pied l'atteignit au ventre avant qu'elle termine son incantation. La respiration sifflante, Paige roula hors de sa portée et se leva péniblement. Elle répéta le sort. Une nouvelle sphère brûlante jaillit de nulle part et alla cette fois heurter Katzen entre les omoplates, le projetant à genoux. Au cours de sa chute, il leva les mains et Paige se retrouva catapultée dans les airs, en direction du plafond. Elle prononça quelques mots et rompit brusquement le sort du mage, si bien qu'elle tomba violemment à terre. Elle roula hors de sa vue et disparut derrière un nouveau sort de camouflage.

— Un répertoire impressionnant mais malheureusement limité, dit Katzen en se relevant. Ces boules de feu ne me tueront pas, sorcière. Vous le savez.

— Oh, je le sais bien, dit Paige, qui apparut à trois mètres derrière lui.

Katzen pivota pour lui faire face. Assise en tailleur sur le sol, elle ne faisait pas mine de se redresser.

— Mais je parie que je peux vous tuer, dit-elle. En fait, je peux le faire sans vous toucher, sans même me lever.

Katzen éclata de rire.

— Ah, nous y voilà. Le bluff. Faites de votre mieux, sorcière. Ensuite, je ferai de même.

Paige ferma les yeux et prononça quelques mots. Katzen se prépara à réagir. Je retins mon souffle. Mais rien ne se produisait. Katzen hésita, puis éclata de rire. Paige tourna la tête vers Clay. Il croisa son regard et hocha la tête, puis fit un pas de côté vers le mur invisible… qu'il traversa. La barrière avait disparu. Katzen n'avait rien remarqué.

— Merde, marmonna Paige. Je peux… je… peux réessayer ?

Katzen explosa de rire. Je me redressai d'un bond et me jetai sur lui. Clay et Adam plongèrent eux aussi, si bien qu'on atteignit le mage en même temps. Il leva vivement les mains pour jeter un sort. Je lui attrapai les poignets et les serrai si fort que je lui brisai les os. Katzen en eut le souffle coupé. Clay lui saisit la tête et tourna. Le corps du mage se convulsa, heurtant l'épaule blessée d'Adam et le renversant en arrière. Puis son corps devint flasque. Clay prit son pouls, attendit que son cœur s'arrête, puis le laissa retomber.

—Il est mort.

Cette déclaration ne provenait pas de Clay, mais d'un peu plus loin dans le couloir. De Savannah. Tous les regards se braquèrent sur la fillette qui nous tournait toujours le dos, maintenant Leah sous l'emprise de son sort. Elle n'avait pas bougé. Elle n'avait rien vu du combat, incapable de quitter Leah des yeux sans rompre le sortilège.

—Il est mort, répéta-t-elle, et je compris qu'elle parlait à la semi-démone. C'est terminé.

Le visage de Leah devint tout blanc. Le chagrin et l'indignation envahirent son regard. Un grondement remplit la pièce. Puis un craquement sonore. Suivi d'un autre. Un morceau de plâtre tomba du mur derrière moi. Les ampoules éclatèrent. Je me retournai vers Savannah lorsqu'une chaise jaillit de la cellule de Katzen. Elle heurta Savannah dans le dos et la fillette s'effondra. Je me précipitai vers elle, mais pas assez vite. Elle bascula en arrière sur le sol. Je la rattrapai en même temps que Paige. Du verre tournoyait autour de nous, mêlé à un tourbillon de poussière dû à la chute du plâtre. Clay cria. Adam aussi. Paige et moi, on se pencha vers Savannah pour la protéger de ce déluge de débris. Puis tout cessa aussi soudainement que ç'avait commencé. Et Leah avait disparu.

En compagnie de Clay, je suivis la piste de Leah jusqu'à l'extérieur, mais nous n'étions pas allés très loin quand une voix familière nous salua. Jeremy sortit des bois, suivi de Kenneth et de Cassandra.

—Qu'est-ce qui s'est passé ? demanda-t-il en voyant nos habits couverts de poussière et notre peau entaillée par le verre.

Il tendit la main pour essuyer une goutte de sang sur ma joue. Je m'appuyai contre lui, fermant les yeux pour savourer un bref moment de paix.

—Ça va? murmura-t-il

—Je suis vivante, répondis-je. On l'est tous.

Je lui livrai un rapport détaillé que je conclus par la fuite de Leah. J'avais envie de partir immédiatement à sa recherche, mais il mit son veto. Il voulait d'abord arrêter Tyrone Winsloe et de trouver le reste du personnel. Si Leah était en fuite, elle ne représentait aucun danger immédiat. Le chemin était long jusqu'au téléphone le plus proche. Nous pourrions la rattraper plus tard. Pour l'heure, nous devions nous assurer qu'il ne restait dans le centre aucun humain susceptible d'emporter nos secrets.

—Clay et moi, on va chercher Winsloe, dis-je.

—Je vous accompagne, dit Cassandra. On n'a trouvé qu'un garde, et Jeremy s'en est occupé. Tyrone Winsloe est peut-être ma dernière chance de me bagarrer un peu moi-même.

—On est capables de s'en charger tous les deux, dit Clay. Si vous voulez vous occuper, Cassandra, allez fouiner au deuxième étage et voyez si vous trouvez quelque chose de chaud à manger.

Elle se contenta de sourire.

—Non, merci, Clayton. J'attendrai Winsloe. Il devrait être assez chaud quand vous en aurez fini avec lui.

—Ce qui me rappelle autre chose, dis-je. Il reste un prisonnier. Il pourrait s'agir d'un vampire, mais nous n'en sommes pas sûrs. Ça vous dérangerait d'y jeter un œil, Cassandra? Si c'en est un, vous me direz si on peut le relâcher sans risques. Vous le reconnaîtriez, non?

Elle hocha la tête.

—Il n'y a pas beaucoup de vampires en Amérique du Nord. Si c'est l'un d'entre nous, je devrais le reconnaître.

Lorsqu'on eut tous regagné le bloc de cellules, je conduisis Cassandra jusqu'au prisonnier restant. Tout en marchant, je cherchais un moyen d'empêcher la vampire de nous accompagner dans notre recherche de Winsloe. Je ne voulais pas d'elle. Winsloe m'appartenait. Je lui en voulais toujours pour tout ce qu'il avait fait, tout ce qu'il avait menacé de faire. Sa mort serait une affaire privée que je ne voulais partager qu'avec Clay.

On atteignit la cellule avant que je trouve un plan. Cassandra jeta un coup d'œil à son occupant et cligna des yeux. Très fort.

—Vous le connaissez? demandai-je.

Elle s'arrêta et sembla se demander s'il valait mieux mentir ou non.

—C'est un vampire.

J'en déduisis qu'elle l'identifiait.

—Il est dangereux?

—Pas vraiment. Pas très utile non plus. Mais je serais vous, je ne m'empresserais pas de le libérer. Il ne ferait que nous gêner. On peut repasser plus tard.

Elle se tourna pour s'en aller. Je la saisis par le bras. Sa peau était fraîche au toucher, comme si elle venait de passer la journée dans un bureau climatisé.

—Et s'il arrive quelque chose et qu'on ne peut pas le relâcher plus tard? lui demandai-je. À moins que vous soyez prête à courir ce risque, comme pendant ma captivité?

Ces paroles me surprirent moi-même. Cassandra se retourna pour scruter mon visage.

—Alors Clayton vous en a parlé, répondit-elle. J'aurais cru qu'il voudrait épargner vos sentiments. Mais ce n'était pas ce que vous croyez, Elena. Vous êtes un loup-garou. Une guerrière. Intelligente et pleine de ressources. Vous n'aviez pas besoin de mon aide pour vous échapper. Je n'aurais rien pu faire.

— Et les autres? Vous leur aviez conseillé de ne pas m'aider. De me laisser pourrir ici.

Cassandra soupira.

— Ce n'était pas ce que vous croyez, Elena.

— Et cette histoire avec Clay? La façon dont vous lui avez fait des avances avant que mon côté du lit ait refroidi.

— Je ne parlerais pas d'«avances». Clayton est un homme très intrigant. J'étais peut-être un peu trop intriguée, mais vous ne pouvez pas me le reprocher. Maintenant, vous êtes de retour. C'est votre homme. Je le respecte. Vous n'avez pas à vous inquiéter de moi.

Je souris, dévoilant mes dents.

— Croyez-moi, Cassandra, je n'étais pas inquiète. (Je jetai un coup d'œil à l'occupant de la cellule.) Mais je le suis pour ce pauvre type. Je le laisse sortir.

Cassandra blêmit et s'éloigna dans le couloir, marchant plus vite que je ne l'avais jamais vue le faire. Nous faussait-elle compagnie? Hmmm.

J'ouvris la porte de la cellule. L'homme se retourna et me jaugea de la tête aux pieds, l'air méfiant.

— Oui? dit-il d'un ton poli mais froid.

— Bonjour, je m'appelle Elena. (Je tendis la main.) Votre sauveteuse du jour.

— Ah oui?

Toujours très froid. Sourcils haussés. Aucun effort pour me serrer la main.

— Vous voulez sortir? demandai-je.

Il sourit, nuance chaleureuse qui fit fondre cette froideur.

— En fait, je commençais à me sentir à mon aise ici, mais si vous insistez, je peux sans doute me résoudre à partir.

—Une vieille amie à vous nous accompagne. Elle est impatiente de vous voir.

—Une amie ?

—Cassandra… Je ne connais pas son nom de famille. Cheveux auburn. Yeux verts. Vampire.

—Cassandra ? répéta-t-il en plissant les yeux. Où ça ?

—Un peu plus loin dans ce couloir.

Je me penchai par la porte ouverte. L'homme me frôla quand il sortit pour remonter le couloir à grands pas.

—Cassandra ! hurla-t-il.

Au milieu du couloir, l'intéressée se retourna. Lentement.

—Aaron ! cria-t-elle, un large sourire étirant ses lèvres tandis qu'elle se dirigeait vers nous. Mon Dieu, c'est vraiment toi ? Ça fait combien de temps ? Tu sais que tu n'as absolument pas changé ?

—Très drôle, répondit Aaron. Maintenant, Cass…

Elle prit ses mains dans les siennes et lui déposa un baiser sur la joue.

—Je n'arrive pas à y croire. À quand remonte la dernière fois où je t'ai vu ? 1917, non ? À Philadelphie ?

—1932, en Roumanie, grommela Aaron en dégageant ses mains de l'étreinte de Cassandra. Cinquième étape de notre tour d'Europe. On aurait pu aller à Prague, à Varsovie ou à Kiev, mais non, tu as voulu t'arrêter dans un trou paumé de Roumanie pour t'amuser à jouer les Dracula pour les paysans. Et je suis sûr que ç'aurait été très distrayant si c'était *toi* qu'on avait enfermée trois jours dans le sous-sol d'une église et failli noyer dans une cuve d'eau bénite.

—C'était une erreur, murmura Cassandra.

—Une erreur ? Tu m'as laissé là-bas !

—Elle vous a abandonné ? dis-je. Quelle surprise.

— Oh non, répondit Aaron dont le regard mauvais transperçait Cassandra. Elle ne s'est pas contentée de m'abandonner. Elle m'a *livré* à eux. Quand sa petite farce a dérapé et que la foule est venue nous chercher, elle a sauvé sa peau en me livrant à eux.

— Ce n'était pas ce que vous croyez, dit Cassandra.

— Sans doute que non, dis-je. Bon, j'imagine que vous avez beaucoup de choses à vous raconter, tous les deux. Allez-y, Cassandra. Clay et moi, on peut s'occuper nous-mêmes de Winsloe.

Tandis que je m'éloignais, Cassandra tenta de me suivre mais Aaron la saisit par le bras. Ils étaient toujours occupés à parler du bon vieux temps quand je quittai la cellule en compagnie de Clay pour aller trouver Winsloe.

Représailles

Le chien se trouvait dans le chenil.

On flaira l'odeur de Winsloe dès qu'on se retrouva à six mètres du petit bâtiment. On explora la zone en repérage tandis que j'expliquais mon plan à Clay en chuchotant. Avant que j'en finisse, il me saisit par le bras pour m'arrêter.

— Tu es vraiment sûre, chérie ? demanda-t-il.

— Oh, oui. Pas toi ?

Clay m'attira vers lui et approcha mon visage du sien.

— Je suis sûr d'avoir envie de le faire, et je ne doute pas un instant que ce salopard le mérite. C'est un exemple de justice immanente ou je ne m'y connais pas. Mais est-ce que c'est *vraiment* ce que tu veux ?

— Absolument.

— Très bien, dans ce cas. Mais s'il y a le moindre problème, je le descends.

— Non, c'est moi qui vais le faire.

Clay hésita.

— D'accord, chérie. Si on a le choix, il est à toi. Mais je n'attendrai pas si tu es en danger.

— Marché conclu.

On se dirigea vers le chenil.

Winsloe était assis à l'arrière du parc du milieu. Dos au mur, genoux contre la poitrine, pistolet braqué sur la porte. Une fois qu'on eut déterminé sa position en regardant par les fenêtres poussiéreuses, on choisit une ligne de conduite. De toute évidence, il était hors de question de débouler par la porte. Nous n'étions pas immunisés contre les balles. Comme l'entrée se trouvait sur la gauche de Winsloe, je choisis la fenêtre la plus proche de lui sur sa droite. Clay me hissa pour que je puisse prudemment soulever la vitre. L'ouverture faisait dans les soixante centimètres carrés, trop petite pour Clay, si bien que je dus y aller seule. Il me souleva un peu plus haut et je m'y faufilai par les pieds, m'efforçant d'écouter Winsloe au-dessous de moi, prête à m'extirper de là au moindre mouvement de sa part. Il ne bougea pas. Lorsque j'eus passé le bas de mon torse par la fenêtre, j'agrippai à deux mains le rebord supérieur, basculai sur le côté et bondis pour atterrir sur la tête et les épaules de Winsloe. Il hurla. Je m'emparai de son arme que je projetai par-dessus le grillage dans la cage voisine.

—Joli hurlement, Tyrone, dis-je en brossant la paille de mon jean. Très macho.

Clay entra d'un pas vif par la porte.

—Pour moi, c'était plutôt un glapissement, chérie.

Winsloe se retourna brusquement pour regarder Clay.

—Oui, dis-je, c'est Clayton. Il a plutôt bonne mine pour un mort, non?

Tandis que Winsloe tentait de se relever, Clay marcha vers lui, l'attrapa par le cou, le plaqua contre le mur et le fouilla.

—Il n'est pas armé, dit-il en relâchant Winsloe.

—Quoi? dis-je. Pas de grenade? Pas de pistolet à clous? Et ça se dit chasseur.

—Vous voulez combien ? demanda Winsloe d'une voix calme où perçait plus de colère que de peur. Que vaut une vie de nos jours ? Un million ? Deux ?

—De l'argent ? répondis-je en riant. On n'en a pas besoin, Tyrone. Jeremy en a plus qu'assez et le partage bien volontiers.

—Deux millions de dollars ? ricana Winsloe. Ce n'est rien du tout. Alors voilà le marché. Vous m'avez attrapé à la régulière. Je tiens à vous verser une somme à titre de gage. Dix millions.

Clay fronça les sourcils.

—C'est quoi cette histoire, chérie ? Tu ne m'as jamais parlé de marché. Tu m'as promis une partie de chasse.

—Désolée, Ty. Clay a raison. Je lui ai promis une chasse, et si je ne l'exauce pas, il va me faire la tête pendant des jours.

—Une partie de chasse ? (Un éclat d'appréhension naquit dans les yeux de Winsloe mais il s'empressa de le gommer.) C'est ce que vous voulez ? D'accord. C'est de bonne guerre. Comme je le disais, vous m'avez attrapé. Alors voilà le marché. Laissez-moi aller chercher mon matériel et ça nous fera une vraie partie de chasse. Si je vous tue tous les deux, je gagne. Si vous me coincez, je vous donne quinze millions.

—Ce mec a des couilles, chérie, dit Clay. Faut au moins lui reconnaître ça. (Il souleva Winsloe par l'avant de sa chemise.) Vous voulez conclure un marché ? Alors voilà. On vous laisse partir. Vous vous cassez à toutes jambes. Si vous arrivez à sortir du terrain de jeu, on vous laisse filer. Si on vous attrape en premier, on vous tue. D'accord ?

—Ce n'est pas équitable, balbutia Winsloe.

Clay rejeta la tête en arrière et éclata de rire.

—T'entends ça, chérie. C'est pas équitable. Ce n'était pas *vos* règles ? Celles que vous comptiez appliquer si vous donniez la chasse à Elena? Elle serait relâchée et chassée par une équipe de professionnels expérimentés. Si elle s'échappait du terrain de jeu, elle aurait la vie sauve. Autrement, elle mourrait. J'ai raté un truc?

— Ce n'est pas la même chose, dit Winsloe, le regard mauvais. Je ne suis pas un loup-garou. Les humains ne peuvent pas se battre sans armes.

— Et ces réserves que vous avez dehors?

— Elles sont verrouillées.

— Très bien, soupirai-je. On va rendre ça plus «équitable», dans ce cas. Faudrait pas que ce soit trop facile. Sans défi, ce n'est pas marrant.

Je me dirigeai vers la cage voisine et ramassai le pistolet. En l'examinant, je découvris comment ouvrir la chambre et fis tomber les balles à terre. Puis je rejoignis Winsloe et lui tendis l'arme vide.

— Que voulez-vous que je foute avec ça? dit-il.

Clay secoua la tête.

— Je le croyais intelligent, ce mec. Réfléchissons. On doit muter pour vous donner la chasse. On ne va pas vous laisser une arme chargée pour que vous puissiez nous tirer dessus pendant qu'on se transforme.

— Vous pouvez toujours nous retrouver et nous taper sur la tête avec ce flingue vide, dis-je. Mais je vous le déconseille. On va muter à tour de rôle. Si vous approchez, on vous tue. Pendant qu'on est occupés, vous aurez le temps de faire quelque chose. Combien de temps? Ne comptez pas sur moi pour vous le dire. Mais vous avez le temps d'*agir*. Vous pouvez vous barrer à toutes jambes. Ou retourner dans ce centre chercher des munitions. Ou vous précipiter vers la réserve d'armes la plus proche et tenter de faire sauter la serrure. Ou vous diriger vers le garage et voir si vous pouvez remettre en marche l'un des véhicules sabotés.

—Voilà, dit Clay. On vous a tout expliqué. Ça vous paraît assez équitable ?

Winsloe regarda Clay droit dans les yeux.

—Vingt millions.

—Vingt secondes.

—Vingt-cinq mill…

—Dix-neuf secondes.

Winsloe serra la mâchoire, se détourna de Clay pour diriger son regard vers moi, puis sortit du chenil d'un air digne.

—Il le prend remarquablement bien, dis-je après son départ.

—Déçue ? demanda Clay.

—J'avoue que j'espérais qu'il pisserait dans son froc. Mais ça va. Au moins, il va essayer. Le défi sera plus grand.

Clay sourit.

—Et plus marrant.

Nous n'étions pas assez idiots pour muter dans le chenil. On trouva une clairière à l'extérieur, à une quinzaine de mètres de là. Clay muta le premier tandis que je montais la garde. Puis on échangea les rôles. Quand j'en eus fini, on regagna le chenil où je flairai la piste de Winsloe pour le suivre.

Il n'avait pas regagné le centre. Pas plus qu'il n'avait tenté le garage. Il avait foncé droit dans les bois, soit pour se casser le plus loin possible, soit parce qu'il nourrissait l'espoir pitoyable d'arriver à crocheter la serrure d'une des réserves d'armes avant qu'on le rattrape. Pire encore – du moins, pour Winsloe –, il avait emprunté le sentier principal. S'il s'était frayé lui-même un chemin à travers les broussailles, il nous aurait ralentis. Sur ce large sentier, on pouvait courir à toute allure, côte à côte. Ce qu'on fit. La prudence n'était même pas nécessaire. Armé seulement d'un pistolet vide, Winsloe ne pouvait, au pire, que se cacher dans les buissons et nous le balancer quand on passerait. Il n'y avait pas franchement de quoi s'en faire.

On passa devant la tour de guet, je sentis une bouffée d'odeur métallique. Ma mémoire repassa cette chasse initiale avec Lake et je me rappelai le point de repère suivant : une réserve d'armes. C'était donc là le plan de Winsloe ? À moins d'avoir des outils de serrurier sous la main, il se préparait à une grosse surprise. Et nous, à une chasse très brève.

Je contournai la tour et aperçus la réserve devant nous. Aucune trace de Winsloe. Avait-il fini par laisser tomber pour s'enfuir ? Alors que j'approchais de la réserve, je remarquai quelque chose par terre. Des lunettes à vision nocturne. Près d'elles, une boîte de munitions. Et des jumelles. Je m'arrêtai brusquement. Les portes de la réserve étaient ouvertes. La lumière du soleil se reflétait sur une clé métallique insérée dans la serrure. Winsloe la portait depuis le début ou savait où se la procurer. Il était à présent armé de Dieu sait quel genre d'artillerie.

Tandis que je contemplais ce désordre, Clay heurta mon épaule, me projetant dans les buissons. Une salve de coups de feu brisa le silence. Clay me poussa un peu plus loin dans les buissons. Comme je ne bougeais pas assez vite, il me mordit l'arrière-train. Je m'enfonçai à l'abri, mon ventre raclant le sol. Clay me suivit. Une nouvelle salve de coups de feu fit pleuvoir des balles qui décrivirent un arc loin au-dessus de nos têtes. Quelle que soit sa cachette, Winsloe ne nous voyait pas et se guidait à l'ouïe. Je ralentis l'allure pour me faufiler sans bruit parmi les broussailles. Une fois hors de portée de tir, je trouvai un fourré où je m'arrêtai. Clay approcha derrière moi à pas furtifs. Il me renifla le long du flanc, jusqu'au cou, cherchant une odeur de sang. Quand il en eut fini, je lui rendis la pareille. Nous nous en étions tous deux sortis indemnes... jusqu'ici. De combien d'armes Winsloe disposait-il à présent ? De combien de munitions ? Avait-il des grenades ou autres surprises du même genre ? Quand je disais vouloir un défi, ce n'était pas tout à fait ce que j'avais en tête.

On se tapit dans le fourré, moins pour nous cacher que pour rester immobiles et à l'abri le temps de localiser Winsloe. Au bout de quelques minutes, Clay me donna un petit coup sur l'épaule et désigna du museau le nord-est. Je levai le nez, mais le vent soufflait depuis le sud. Clay agita les oreilles pour me dire : *Écoute au lieu de flairer.* Je fermai les yeux, me concentrai et entendis un faible bruit de tissu frottant contre le tissu. Winsloe se trouvait au nord-est, à trente mètres au moins, et s'était de nouveau approché de la réserve. À en juger par le bruit, il changeait de matériel ou se déplaçait vers un meilleur poste d'observation, mais sans trop s'éloigner. Parfait. Je fis signe à Clay qu'il valait mieux nous séparer pour le contourner. Il s'ébroua doucement et quitta le fourré à pas furtifs. Quand je sortis à mon tour, il avait déjà disparu.

Je devinais à l'odeur de Clay qu'il était parti sur la gauche, si bien que je pris à droite. À distance respectueuse de Winsloe, je me faufilai au travers des broussailles et calculai que je me trouvais directement au nord par rapport à lui. Puis je ralentis et m'avançai furtivement vers le sud. Le vent était maintenant mon allié, car il me soufflait l'odeur de Winsloe dans les narines à chaque inspiration. J'aurais dû envoyer Clay par là. Son odorat était bien meilleur que le mien et le vent l'aurait aidé. Mais peu importait. Clay s'en sortirait très bien sans ce coup de pouce. Comme toujours.

Ayant progressé de six mètres supplémentaires, je me retrouvai assez près pour entrevoir la veste grise de Winsloe lorsqu'il bougeait. Je m'accroupis, flairai l'air en quête de Clay et trouvai son odeur. Je m'y accrochai, scrutai les arbres en plissant les yeux et aperçus un faible éclat de fourrure dorée qui se détachait sur les ternes broussailles. Comme Clay était plus près de Winsloe que moi, je me faufilai jusqu'à rattraper mon retard. À présent, je pouvais passer le museau à travers les broussailles et voir clairement Winsloe. Accroupi dans une clairière, il entourait de ses deux mains une arme automatique imposante, les yeux filant de gauche à droite. Je le vis changer de position, se tourner vers le sud, balayer la forêt du regard, puis pivoter de nouveau vers le nord et observer les alentours sous ce nouvel angle, sans jamais tourner le dos à une direction très longtemps. Malin. Très malin. Tandis qu'il bougeait, je parcourus sa clairière du regard en quête d'armes mais ne vis que celle qu'il tenait en main. Il devait en avoir d'autres, sans doute cachées sous sa veste.

Tandis que je l'observais, j'entendis sur ma gauche un grondement étouffé. C'était Clay qui préférait m'avertir de sa présence plutôt que de réapparaître soudain à mes côtés en me foutant une trouille pas possible. Quand je me retournai, il traversa le dernier bouquet d'arbres nous séparant. Ça ne faisait pas partie du plan. Je lui lançai un regard noir tout en soufflant. Il secoua la tête. Un coup d'œil me suffit à comprendre ce qu'il voulait dire. La partie était terminée. Winsloe était armé jusqu'aux dents, ce qui faisait nettement pencher les chances en sa faveur. L'heure était venue de le tuer vite. Clay décrivit un cercle à l'aide de son museau puis le pointa vers Winsloe. Là encore, je compris. Nous allions en revenir à la routine, ennuyeuse mais fiable. Clay décrirait de nouveau un cercle vers le sud. J'allais effrayer Winsloe et le pousser entre les mâchoires de Clay. Je lâchai un soupir canin et m'étendis pour attendre que Clay se mette en position. Mais il ne s'éloigna pas. Il me poussa pour me relever et désigna Winsloe, puis moi. Ah, une variation par rapport à la routine. Clay allait rabattre Winsloe depuis le sud et le pousser vers *mes* mâchoires. Je crus d'abord que Clay faisait preuve de gentillesse en m'accordant la mise à mort que j'avais demandée. Puis je compris qu'il voulait échanger les rôles parce que effrayer Winsloe serait plus dangereux que de le tuer. D'accord, c'était tout aussi prévenant de sa part de vouloir m'éviter de me faire atomiser. J'aurais bien protesté, mais je mourais d'envie de tuer Winsloe moi-même.

Clay disparut dans les bois. Je suivis le murmure de ses pas. Quand il fut à mi-chemin de la cachette de Winsloe, celui-ci se redressa soudain. Je me figeai. Avait-il entendu Clay ? Je me préparai à l'attaque et tendis l'oreille. Je ne perçus que les gazouillis et bruissements habituels de la forêt. Mais si Winsloe pointait seulement son arme sur Clay, je jaillirais aussitôt des buissons, et au diable la prudence. Winsloe se redressa, fit rouler ses épaules pour s'étirer, puis leva les yeux vers les arbres, tordant le cou pour regarder le ciel. Clay était-il déjà en position ? Si oui, c'était le moment parfait pour attaquer. Mais je ne sentais pas son odeur dans le vent, ce qui signifiait qu'il devait toujours progresser vers le sud. Et merde ! Winsloe se frotta la nuque puis inspecta son arme, regarda pour la dernière fois autour de lui et sortit de la clairière en direction de l'ouest.

Je m'approchai de la clairière désormais vide. Quand j'en atteignis la lisière, je vis Clay au sud-est, partiellement caché par les buissons. Lorsqu'il m'aperçut, il recula et disparut. Quelques secondes plus tard, il réapparut à mes côtés. Je le regardai. Et maintenant ? Notre proie était en marche. Lui faire peur et la pousser dans la bonne direction serait dix fois plus difficile. Une embuscade serait ce que nous avions de mieux à faire, mais ça impliquait de contourner Winsloe pour nous placer devant lui, d'anticiper son trajet et de trouver un endroit bien caché où l'attendre. C'était déjà bien assez difficile quand on connaissait le terrain, mais carrément suicidaire dans le cas contraire. À en juger par son expression, Clay non plus ne trouvait aucun plan adéquat. Il finit par s'ébrouer, se frotter contre moi, puis s'élancer dans la direction de Winsloe. Nous allions improviser.

On quitta la clairière pour entrer dans un épais bosquet. Devant nous, la veste de Winsloe se détachait parmi les ombres. Avançant prudemment pour éviter les tas de feuilles mortes bruyantes, on le suivit à pas furtifs. Il ne se retourna pas. Il marchait vite. À mesure qu'on prenait de la vitesse, la forêt s'éclaircissait. Le soleil de fin d'après-midi perçait le dôme épais au-dessus de nos têtes, mouchetant le sol de flaques de lumière croissantes. La forêt prenait fin. On pressa légèrement l'allure. Winsloe disparut dans un flot de lumière du soleil. Une clairière. Une grande. Je reniflai l'air. De l'eau. Nous approchions du fleuve. Je jetai un coup d'œil à Clay. Il me répondit d'un grognement qu'il sentait l'eau mais ne s'inquiétait pas. Winsloe pensait-il pouvoir nous semer dans le fleuve ? S'éloigner à la nage ou noyer sa piste ? Ça ne marcherait pas. Nous nagions très bien, sans doute bien mieux que lui. Pour ce qui était de perdre sa trace, nous ne pouvions effectivement pas le traquer dans l'eau, mais nous étions si près que ça importait peu. Même si nous le perdions de vue, je retrouverais son odeur dans l'air.

Winsloe marcha jusqu'au bord de l'eau, s'arrêta et pivota très vite, brandissant son arme d'un grand geste. Ne voyant rien derrière lui, il se tourna vers le fleuve, l'inspecta des deux côtés, puis se mit à faire les cent pas sur la berge. Clay s'ébroua d'un air impatient. Tant que Winsloe se trouvait à neuf mètres de la limite de la forêt, nous n'osions pas nous approcher, ou il aurait le temps de tirer avant qu'on le neutralise. S'il marchait dans l'eau, on pourrait progresser parallèlement à lui, en restant parmi les arbres jusqu'à ce que la forêt se rapproche de la berge et qu'on se retrouve donc à une distance assez réduite pour attaquer.

Winsloe cessa enfin de faire les cent pas. Il s'arrêta au pied d'un chêne immense, inclina la tête en arrière et se protégea les yeux pour l'inspecter. Puis il saisit la branche la plus basse et tira dessus pour tester sa solidité. Lorsqu'il balança son arme par-dessus son épaule, Clay jaillit de la forêt. Winsloe ne le remarqua pas. Nous tournant toujours le dos, il saisit de nouveau la branche et se hissa. Je compris alors ce qu'il faisait. Il grimpait à l'arbre. Bon, j'admets être un peu lente à la détente. Le temps que je bondisse hors de notre cachette, Winsloe se trouvait à trois mètres au-dessus du sol. Courant toujours, Clay s'accroupit et bondit. Alors seulement, Winsloe le vit. Il regarda par-dessus son épaule une fraction de seconde avant que les dents de Clay s'enfoncent dans son genou. Winsloe hurla. De sa jambe libre, il lui assena un coup de pied à la tempe. Clay tint bon. Du sang aspergea son museau tandis que Winsloe battait l'air, criant et s'efforçant de ne pas lâcher l'arbre. J'étais encore à plusieurs mètres d'eux mais je courais à toute allure. Je voyais dans le mollet de Winsloe de profonds sillons là où les dents de Clay avaient entaillé sa jambe jusqu'à l'os. Lorsque la chair céda, Clay commença à perdre prise. Il oscilla sur ses pattes arrière sans oser lâcher Winsloe assez longtemps pour s'assurer une nouvelle prise. Je parcourus les derniers mètres et bondis sur la jambe libre de Winsloe. Il donna un coup de pied pile au bon moment et m'atteignit à l'œil. Je poussai un cri et basculai en arrière. Quand je me redressai, la prise de Clay glissa jusqu'à la chaussure de Winsloe. Avant que je puisse bondir une fois de plus, sa chaussure se retira et Clay bascula en arrière. Winsloe leva les jambes hors de portée, grimpa maladroitement jusqu'à la branche suivante et s'empara de son arme. On fonça. Une salve de coups de feu retentit mais nous étions bien à l'abri, de nouveau cachés dans la forêt.

On s'arrêta derrière un épais bosquet. Clay me fit signe de rester sur place, puis se retourna et s'éloigna pour un meilleur aperçu de la situation. Je ne le suivis pas, non parce qu'il me l'avait interdit – je n'ai jamais été très bonne pour obéir aux ordres – mais parce qu'il valait mieux qu'un seul d'entre nous s'aventure à découvert. Bien qu'il me coûte de l'admettre, Clay était meilleur traqueur que moi. Si j'essayais de l'aider, je ne ferais que tripler le risque de faire du bruit et de nous faire repérer et canarder.

Le fait que Winsloe ait grimpé à cet arbre nous posait un problème. Un gros. La prochaine fois, je ferais preuve d'une plus grande prudence en réclamant un défi. Je savais que Winsloe était intelligent, mais je ne m'étais pas attendue à ce qu'il conserve un tel sang-froid sous pression. Compte tenu de ce que j'avais vu de lui – cette suffisance et cette impudence masquant un ego si facile à blesser –, j'avais cru qu'il paniquerait quand il comprendrait que sa vie était en danger. Peut-être ne croyait-il pas que c'était le cas. Peut-être tout ça n'était-il qu'un jeu à ses yeux. Malheureusement pour nous, il était en train de le gagner. Parlons-en, d'ego blessé. D'abord, il nous avait embobinés et il était parvenu à s'armer. Ensuite, il était monté en haut d'un arbre, seul endroit où nous ne pouvions pas le suivre. En plus de lui fournir un abri, cet arbre lui conférait aussi un parfait poste d'observation d'où tirer. Comment pouvions-nous seulement nous approcher…

La forêt résonna du vacarme de coups de feu. Je bondis hors de ma cachette puis m'arrêtai en pleine course. Je ne devais pas me retrouver à découvert. J'étais plus en sécurité ici. Clay aussi, si je restais. Mais que s'était-il passé ? Winsloe tirait-il à l'aveuglette ? Ou avait-il vu Clay ?

Nouvelle salve rapide de coups de feu. Puis le silence. Je restai plantée là, les jambes tremblantes et l'oreille tendue. Quand Winsloe se remit à tirer, je faillis jaillir de ma cachette. Ce fut le déclic. Je dévalai la pente en direction du fleuve. Nouveaux coups de feu. Je m'arrêtai à la lisière des arbres, me tapis et avançai à pas furtifs jusqu'à voir ce qui se passait. Devant moi se dressait le vieux chêne où Winsloe était perché à six mètres de haut, regardant attentivement vers le sud, son arme levée. À part ça, la clairière était vide. Et silencieuse. Soudain, un craquement de feuilles rompit le silence. Je tournai la tête vers le nord. J'entrevis une tache blonde qui filait à travers les arbres. Winsloe se retourna et tira en direction du bruit. Clay était parti depuis longtemps. Il gaspillait ses balles. Je compris que l'idée était là. Pousser Winsloe à vider son pistolet en tirant sur des mirages. Un plan astucieux auquel j'aurais pensé moi-même… Enfin, plus tard.

J'envisageai de regagner ma cachette, mais je ne pouvais pas. Je savais qu'il serait plus sûr de laisser Clay s'en occuper tout seul, mais je deviendrais dingue d'inquiétude si je ne voyais pas ce qui se passait. Peu de temps après, il me repéra à l'odeur. Il approcha et tenta de me repousser dans les bois, mais je refusai de bouger. Je m'étendis, posai la tête sur mes pattes avant et regardai fixement dans la clairière. Il comprit. Je devais regarder, m'assurer qu'il ne lui arrivait rien. Il me frôla du museau, puis saisit ma nuque entre ses mâchoires, non pour mordre mais pour maintenir ma tête en place, me demandant de rester immobile ici. J'acquiesçai d'un grondement. Il frôla mon museau du sien puis disparut dans la forêt.

Winsloe vida rapidement son automatique, utilisant plusieurs recharges de munitions. Puis il tira un pistolet de sous sa veste. Il se montrait à présent plus prudent, moins pressé de gaspiller ses balles pour de simples bruits entendus dans la forêt. Clay dut par conséquent redoubler d'audace. Au début, il ne fit qu'approcher de la lisière des bois, laissant Winsloe entrevoir sa fourrure. Puis vint le moment où cette tactique ne suffit plus et où il dut foncer à découvert. À ce stade, je gardais alors les yeux bien fermés. Mon cœur cognait si fort que je m'attendais presque à ce que Winsloe l'entende. Mais ensuite, tout prit fin. Le dernier coup avait été tiré. Au bout de quelques minutes, Clay se faufila hors de la forêt. Il resta planté là, bien en vue, muscles raidis, et attendit. Winsloe lui jeta le pistolet vide en jurant. Clay approcha lentement, cible parfaite si Winsloe cachait une autre arme sous sa veste. Rien. Terminé pour lui.

Maintenant, j'avais un plan. Heureusement, sinon mon ego aurait souffert bien plus qu'une simple blessure. C'était ma partie de chasse et je n'avais presque rien fait, pris aucun risque. Mon tour était venu. Tandis que Clay s'assurait que Winsloe était à court de munitions, je m'enfonçai furtivement dans la forêt et trouvai un emplacement adéquat où muter.

Moins de dix minutes plus tard, je marchai jusqu'en lisière de la forêt et sifflai. Winsloe redressa brusquement la tête et balaya la forêt du regard.

— T'as entendu ça ? cria-t-il à Clay. Voilà quelqu'un. On dirait que vous n'avez pas tué tous les gardes, en fin de compte.

Il se pencha par-dessus la branche et baissa les yeux. Clay avait disparu. Quelques secondes plus tard, il franchit la lisière des bois et me regarda. Il m'interrogea du regard. Voulais-je qu'il mute lui aussi ? Je lui fis signe que non et m'agenouillai pour lui expliquer mon plan tout bas. Tandis que je parlais, il s'approcha, frôlant ma peau nue de sa fourrure. Sans réfléchir, je passai les doigts à travers ses poils épais. Quand j'eus fini de parler, je compris ce que je faisais et m'arrêtai. Le rouge me monta aux joues. Dans les rares occasions où la situation était inverse, où c'était moi la louve et Clay l'humain, je piquais une crise quand il me touchait. C'était… eh bien, trop bizarre. Cette fois, quand je reculai, Clay approcha le museau de ma main et me lécha entre les doigts pour me dire que ça ne lui posait aucun problème.

Effectivement. Clay restait Clay, quelle que soit sa forme. Encore un pas minuscule vers l'acceptation de ma propre dualité.

—Ça te paraît bien ? chuchotai-je quand j'eus fini de détailler mon plan.

Il inclina la tête, songeur, puis s'ébroua en signe d'acquiescement.

Je souris.

—De toute façon, tu ne peux pas protester, hein ?

Il feignit de grogner et me pinça la main, puis me poussa pour que je me lève. On se dirigea alors vers le chêne.

Le temps que j'émerge de la forêt, Winsloe était à moitié redescendu et s'attardait à trois mètres du sol, croyant visiblement que Clay s'était enfui mais n'osant pas toucher terre avant l'arrivée de secours. Quand il m'entendit approcher, il cria «Par ici»… puis me reconnut. Je lus la déception sur son visage. Pas la peur, juste la déception. Voyant Clay à mes côtés, il grimpa sur la branche suivante.

—Combien de temps vous comptez rester là-haut ? lui criai-je.

—Aussi longtemps qu'il le faudra. (Ses yeux s'attardèrent sur mon corps nu et il parvint à m'adresser un sourire dénué d'humour.) Vous espérez me séduire pour me faire descendre ?

—Si l'idée de vous séduire m'était supportable, je l'aurais fait pendant que j'étais prisonnière de cette cellule.

Sa bouche se pinça. Incroyable. Même coincé en haut d'un arbre par deux loups-garous, il accordait plus d'importance à son orgueil qu'à sa vie. Je m'approchai de la base de l'arbre et saisis la branche la plus basse. Il se contenta de me regarder. C'était encore un jeu à ses yeux.

Je me hissai sur la branche. Il grimpa plus haut. Je poursuivis jusqu'à la branche suivante. Lui aussi. Au-dessous de nous, Clay contournait le tronc. Trois mètres plus haut, le pied nu de Winsloe dérapa. La branche qu'il tenait céda et il attrapa le tronc pour ne pas tomber. Ayant repris son équilibre, il scruta attentivement les deux branches au-dessus de lui.

— Elles ne supporteront pas votre poids, dis-je. Mais vous n'êtes pas obligé de me croire sur parole.

Il n'en fit rien. Il attrapa une branche et tira. Elle céda dans sa main. Il hésita, puis s'abaissa sur la branche jusqu'à s'y retrouver assis. Quand je fus assez proche, il me balança un coup de pied. Comme si je ne l'avais pas vu venir. Je me baissai sans effort et attrapai sa jambe blessée. Avec un hoquet, il recula vivement et faillit basculer dans le vide.

— Si vous voulez me combattre, allez-y, dis-je en grimpant sur sa branche. Mais il vaut mieux que vous ayez un autre flingue en réserve sous votre veste, si vous espérez gagner.

Il ne répondit rien. Je vacillai sur la branche, cherchai mon équilibre. Winsloe restait assis, immobile, comme résigné. Puis sa main jaillit vers ma cheville. J'attrapai une grosse branche au-dessus de moi et repris mon équilibre. Au-dessous de moi, la branche oscilla.

— Ne faites pas ça, dis-je. Si cette branche se casse, je peux sauter à terre. Même si vous survivez à cette chute, vous ne survivrez pas à ce qui vous attend en bas.

Winsloe marmonna quelque chose, fit mine de se calmer, puis m'agrippa le mollet à deux mains. Je le saisis par le col, le soulevai puis le cognai en arrière contre le tronc.

— Vous voulez vous battre ? demandai-je. D'accord, on va se battre.

Il ne bougea pas. Il baissa brièvement les yeux. Je lui cognai violemment la tête contre l'arbre.

— Vous pensiez me faire perdre l'équilibre ? N'essayez même pas. Si vous faites ça, on tombe tous les deux. Au cas où vous n'auriez pas remarqué, je n'essaie pas de vous tuer. En fait, je n'ai pas posé la main sur vous sans qu'il y ait eu provocation de votre part, n'est-ce pas ?

Un éclat rusé lui éclaira le regard.

— Vous voulez négocier ?

— Peut-être.

— Quinze millions.

— Je croyais qu'on en était à vingt-cinq ?

— Vingt, alors.

— Ah, ça marche comme ça ? Dès que je fais preuve d'un peu d'intérêt, l'offre baisse. Un véritable homme d'affaires.

Sa bouche se pinça.

— Très bien. Vingt-cinq.

Je feignis d'y réfléchir.

— Vous savez, Clay avait raison. On n'a pas besoin d'argent. On en a bien assez. Ce serait de la cupidité d'en vouloir plus.

— Trente millions.

Je le saisis par le col de sa chemise et le fis basculer sur le côté. Ses pieds cherchèrent prise mais ne rencontrèrent que le vide. Je me déplaçai de côté et appuyai le dos contre le tronc. Quand il tenta de me griffer, je le tendis à bout de bras.

— Faites-moi une meilleure offre, dis-je.

Sa bouche se pinça. Je le laissai glisser jusqu'au bout de mes doigts. Il se mit à battre l'air, agitant ses quatre membres, se tortillant, balançant des coups de poing. Je commençai à lâcher prise.

— Cinquante millions, dit-il.

— Pas suffisant. (Je le laissai glisser d'un centimètre de plus.) Offrez-moi tout.

— Quoi ?!

Je lâchai sa chemise d'une main.

— Très bien, très bien ! D'accord !

Je le rattrapai plus solidement. Il inspira une goulée d'air, puis jeta un coup d'œil furtif au sol et frissonna.

— Mettons les choses au clair, dis-je. Qu'est-ce que vous m'offrez exactement ?

— Mes biens. En leur totalité.

— Vos biens personnels ? Ça ne suffit pas. Je veux vos actions. Chaque dollar, chaque titre, absolument tout ce que vous possédez. Offrez-moi ça.

— Qu… De quoi est-ce que je vivrais ?

— Repartez de zéro. Vous êtes intelligent. Vous devriez pouvoir gagner votre vie. Au moins, vous serez vivant. C'est plus qu'on ne peut en dire de Lake et de Bryce, hein ?

— Je vous donne toutes mes actions sauf celles de Promethean Fire.

Je le lâchai. Il poussa un cri, battant l'air de ses bras. Avant qu'il tombe, je le saisis par l'avant de sa chemise, le soulevai et me penchai vers lui.

— Vous voulez réessayer ? demandai-je.

Sa chemise se déchira d'un centimètre à peine, mais ce bruit fendit le silence comme une tronçonneuse.

— Tout, dit-il. Espèce de salope. Prenez tout.

— Y a rien de pire que la mort, hein ? Dites-moi, Ty, comment auriez-vous réagi si Armen Haig vous avait fait la même offre ? S'il vous avait promis tout ce qu'il possédait ? Vous l'auriez laissé en vie ?

La chemise de Winsloe se déchira d'un nouveau centimètre. Il me regarda fixement, yeux écarquillés, remuant les lèvres en silence.

—Je vais répondre pour vous, Ty. C'est « non ». Il aurait pu vous offrir des millions, vous l'auriez quand même tué. Pourquoi ? Parce que sa mort valait plus que tout l'argent qu'il pouvait donner. Les quelques secondes d'amusement que vous offrait sa mort valaient bien plus.

—S'il vous plaît, dit-il. S'il vous plaît, je vais…

—… tomber ? Ha. Trop facile. Si vous tombez, Clay vous déchire la gorge. Fin de partie.

—Ça n'a rien d'un jeu, bordel !

Je plaçai la main en coupe derrière mon oreille.

—Pardon, Ty ? Je crois que j'ai mal entendu.

—J'ai dit que ça n'avait rien d'un jeu. C'est ma vie !

—Non, c'est votre mort. Tiens, ça, c'est une idée. Pas juste un jeu, mais un jeu télévisé. Le titre me fait penser à cette émission, *This Is Your Life*[1]. Bon, j'avoue que je suis un peu jeune pour l'avoir vue. Je ne connais que le titre, donc je vais improviser. Je vais mélanger à un truc que je me rappelle avoir regardé gamine. *Let's Make a Deal*.

Je l'attirai de nouveau sur la branche et le laissai retrouver son équilibre sans le lâcher, les mains toujours entortillées dans l'avant de sa chemise.

—Vous… Vous voulez négocier. (Il essuya la sueur de son visage et avala bruyamment sa salive.) Bon. D'accord. Négocions.

—Négocier ? Et puis quoi encore ? Je vous propose un marché concernant la nature de votre exécution, Ty. Vous allez mourir. C'est un fait. La seule question est *comment*.

—N… non. Non. Attendez. Parlons…

—De quoi ? Vous m'avez déjà offert tout ce que vous possédiez. Vous n'avez plus rien à me proposer, hein ?

---

1. Littéralement : « C'est votre vie ». (*NdT*)

Il me regarda fixement, remuant les lèvres en silence.

— Vous m'avez tout offert. J'ai refusé. Donc vous allez mourir. Pourquoi ? Parce que je vois enfin les choses de votre point de vue. Vous m'avez convaincue. Regarder quelqu'un mourir peut valoir plus que tout l'or du monde.

Le sang déserta totalement son visage, tandis que sa bouche s'ouvrait et se fermait comme celle d'un poisson hors de l'eau.

— Derrière la porte numéro un, nous avons le choix le plus évident. Vous tombez de cet arbre. Seulement, je m'assure que Clay ne vous tue pas. Et je ne parle pas de vous laisser tomber, mais de vous jeter. Assez fort pour vous briser tous les os, mais pas assez pour vous tuer. Ensuite, on vous bâillonne et on vous laisse mourir, lentement et dans d'atroces souffrances. Derrière la porte numéro deux...

— Non, dit-il d'une voix presque inaudible. Non. Ne...

— Hé, je suis juste en train de vous échauffer. Vous savez ce que j'admire le plus chez vous, Ty ? Votre créativité. Votre ingéniosité. Comme la fois où vous m'avez laissé le choix entre tuer Armen ou me faire violer par vos hommes. Vous avez été une grande source d'inspiration pour moi, alors bouclez-la et écoutez-moi.

» Option numéro deux. Vous vous rappelez cette vidéo que vous avez vue de moi en train de combattre Lake ? Celle où je me laisse pousser des griffes ? Chouette astuce, hein ? Eh bien, voici mon idée. Je transforme ma main et je vous ouvre les tripes. Pas beaucoup, je me contenterai peut-être de vous tirer un bout d'intestin, de provoquer une hémorragie régulière. Vous savez ce qu'on dit des plaies par balle ? Que c'est au ventre qu'elles sont les plus douloureuses. On met une éternité à mourir et ça fait un mal de chien. Si vous voulez mon avis, ce serait un bon avant-goût de ce que vous pouvez attendre de l'éternité. J'aime assez cette option-là. Très appropriée. Oh, et puis on s'en fout du jeu, je choisis celle-ci.

J'appuyai la main contre son ventre. Il fut pris de spasmes et une odeur forte et âcre s'éleva. Baissant les yeux, je vis une tache humide s'étaler le long de sa jambe de pantalon.

—Et merde. C'était une blague, Ty.

J'agitai la main devant lui.

—Arrêtez, murmura-t-il. S'il vous…

—Je ne peux pas. Vous vous rappelez *Let's Make a Deal*, non ? Vous avez à peu près mon âge, donc vous devez l'avoir vu gamin. Il reste une troisième porte. Et derrière celle-ci, il y a… Hmmm.

Je regardai autour de moi et aperçus quelque chose au-dessus de ma tête.

—Voilà. Vous voyez cet oiseau qui vole vers l'est ? Vous savez ce que c'est ? Un urubu. Également connu sous le nom de charognard. Ce sera le dernier choix. Mourir sous le bec d'un charognard. Je vous descends de cet arbre et je vous cloue au sol. Ensuite, je vous entaille. Des tas de petites coupures bénignes, juste assez pour faire couler le sang. Très vite, vous verrez de très près tous les charognards de cette forêt. Ah oui, et je vais devoir vous couper la langue pour vous empêcher de hurler. Par rapport à l'étouffement, c'est une nette progression dans le sadisme, non ? Vous devriez être fier de moi, Ty. Je suis sûr que vous n'en croyez pas vos yeux. D'ailleurs, à propos d'yeux, je ne vais pas vous les bander. Comme ça, vous verrez les vautours et les chiens en train de se nourrir de vous. Enfin, jusqu'à ce que les charognards vous prennent vos yeux…

—Arrêtez! (Sa voix monta dans les aigus, presque stridente à présent.) Je sais ce que vous êtes en train de faire. Vous voulez que je vous supplie de me laisser en vie. Que je vous offre davantage.

—Quoi donc? Vous m'avez déjà tout offert, Ty. Et j'ai refusé.

Ses yeux roulèrent, fous de peur et de déni.

—Non. Vous n'allez pas me tuer. J'ai trop de valeur pour ça.

—Strictement aucune. Seule votre mort vaut quelque chose à mes yeux.

—Non! Vous n'allez pas faire ça, Elena. Je le sais. Vous voulez m'effrayer, mais vous n'iriez jamais...

—Jamais?

—Vous n'en êtes pas capable.

—Option un, deux ou trois. Choisissez.

—Vous êtes en train de me torturer. C'est tout. Vous voulez seulement me voir au supplice. Vous n'en êtes pas...

Je le saisis par la gorge et le soulevai dans les airs. Puis j'approchai mon visage du sien.

—Ne me dites pas de quoi je ne suis pas capable.

Je grondai. Lus la terreur dans ses yeux et m'en délectai. Puis je le relâchai. Clay lui déchira la gorge avant que son corps touche terre.

NETTOYAGE

Après avoir tué Winsloe, Clay muta et on regagna l'emplacement où étaient restés nos habits. Pas le temps de nous attarder. Il restait du travail au centre. Il fallait trouver et détruire toutes les preuves. Ensuite, faire disparaître toute trace de notre présence. Quelqu'un finirait bien par trouver le centre et les cadavres qu'il renfermait. Afin de réduire la probabilité d'une enquête de police à grande échelle, Paige s'était infiltrée dans le système informatique en début de matinée et avait transféré l'acte de propriété à un cartel de la drogue colombien. Ne me demandez pas comment elle connaissait le nom d'un seigneur de la came sud-américain. Mieux vaut laisser certaines questions sans réponse. Quant à Winsloe, on s'était débarrassés de son corps d'une manière qui nous garantissait que personne ne le trouverait jamais. Comment? Eh bien, c'est encore une de ces questions. L'important, c'était que personne ne trouverait jamais Winsloe ni ne ferait le lien avec le centre, ce qui éviterait la tempête médiatique qui entourerait sa mort.

— Savannah t'a paru aller bien? demandai-je quand on eut terminé de se rhabiller. Elle a heurté ce mur assez violemment.

— Elle semblait indemne. Jeremy va s'occuper d'elle.

— Tu crois que Paige s'en sortira ?

— Si elle s'en est sortie face à ce mage, elle s'en sortira face à une gosse de douze ans. Tout ira bien pour elle, chérie. Pour toutes les deux.

— J'espère.

Clay écarta une branche pour moi.

— En te regardant avec Savannah, je me disais…

— Non.

— Je n'ai rien dit.

— Parfait. Continue comme ça.

— Je me disais juste…

— Pas d'enfants.

Il éclata de rire et m'entoura d'un bras.

— Ça m'a l'air clair et net.

— Ça l'est. Tu me vois en mère ? (Je frissonnai.) Je n'imagine qu'une chose qui puisse être pire : toi en père.

— Eh ben merci. Je ferais… un assez bon père. Et sinon, y a Jeremy. C'est un père génial. Il compenserait mes lacunes.

— Bonne idée. On fait les gosses et on lui laisse toute la responsabilité. Il adorerait.

— Ça ne l'ennuierait pas.

— Pas d'enfants, grognai-je.

Clay avança de quelques mètres puis sourit.

— Hé, tu sais quoi ? Si on avait des enfants, tu ne pourrais plus partir. Tu resterais coincée auprès de moi. Ça, c'est une idée.

— Tu… C'est… Oh !

Je levai les bras en l'air et m'éloignai à pas lourds. Le rire de Clay résonna dans toute la forêt. Il me rattrapa en courant, me souleva de terre et me chatouilla.

— Je te préviens, je cache ma pilule, dis-je en cherchant mon souffle.

—On en discutera plus tard.

—Jam…

Il m'interrompit d'un baiser. Quelques minutes plus tard, j'entendis un bruissement dans les buissons.

—Ils sont en train de s'embrasser, dit une voix juvénile.

Savannah.

Je me retournai pour voir Jeremy la tirer en arrière. Puis il jeta un œil dans les buissons.

—Ah, vous êtes habillés, dit-il avant de relâcher la gamine.

Je me dégageai de la poigne de Clay.

—Évidemment. Tu nous as déjà vus nous arrêter en plein milieu d'une situation dangereuse pour… (je jetai un coup d'œil à Savannah)… nous reposer ?

Jeremy roula des yeux.

—Vous avez tué Winsloe ? demanda Savannah.

—Tué…, m'étranglai-je. Hum, non, nous… hem…

—Ils se sont occupés de lui, dit Jeremy. Maintenant, je crois qu'on devrait te ramener à Paige avant que…

—Te voilà ! dit Paige qui jaillit des buissons, le visage luisant de sueur. Je t'avais dit de rester tout près.

—C'est ce que j'ai fait, répondit Savannah. Tu ne m'as pas dit près de qui.

—J'étais sorti chercher la piste de Leah, nous expliqua Jeremy. Aucune trace d'elle. Vous y arriverez peut-être mieux, tous les deux.

—J'accompagne Elena, dit Savannah. Si on retrouve Leah, je pourrai encore me servir de mon sort d'entrave.

J'ouvris la bouche pour protester, tout comme Paige, mais Jeremy nous prit de vitesse.

—Et si on allait chercher Adam ? dit-il. Peut-être qu'on peut l'aider.

Ce nom fit briller les yeux de Savannah, mais elle se contenta de hausser les épaules et d'admettre que ce serait *peut-être* envisageable. Quand Jeremy se dirigea vers le centre, Savannah le suivit.

Paige soupira.

—J'ai peut-être enfin trouvé un défi pour lequel je ne sois pas préparée. Dieu merci, j'ai mes sœurs du Convent. Elles vont avoir une syncope quand je leur avouerai que j'ai besoin d'aide.

—Vous voulez venir avec nous chercher Leah? lui demandai-je. Histoire de faire une pause?

—Non, allez-y tous les deux. Soyez prudents.

Je souris.

—Mais ce serait moins marrant, non?

Paige éclata de rire et rejoignit Jeremy et Savannah en courant.

Quand on quitta le centre à l'aube, aucune preuve suggérant qu'il s'y était produit des événements sortant de l'ordinaire ne subsistait. D'accord, un bâtiment rempli de cadavres n'a rien de très banal, mais il n'y avait aucune preuve d'ordre surnaturel. Avant de partir, Adam déclencha une série de petits incendies, pas suffisants pour être vus par des avions de passage, mais assez pour remplir les lieux d'une épaisse fumée et abîmer davantage tout ce qui restait.

Ah, et Leah? On ne la retrouva jamais. Je passai deux heures à fouiller les alentours du centre. Si elle était partie, j'aurais dû trouver une piste. N'en décelant aucune, on supposa qu'elle s'était terrée quelque part à l'intérieur du centre où elle avait bien dû finir par succomber à la fumée. Et si elle était parvenue à s'échapper? Eh bien, disons simplement qu'aucun d'entre nous ne comptait passer par l'État du Wisconsin, où elle habitait, dans un futur proche.

CPI

Achevé d'imprimer en janvier 2010 par CPI Hérissey à Évreux (Eure)

N° d'impression : 113186 - Dépôt légal : janvier 2010

Imprimé en France

81120271-1